U0924503

莎士比亚经典戏剧集 全5册

[英] 威廉·莎士比亚 著　　朱生豪 译

I

哈姆莱特　麦克白

江苏凤凰文艺出版社
JIANGSU PHOENIX LITERATURE AND ART PUBLISHING, LTD

图书在版编目(CIP)数据

莎士比亚经典戏剧集:全5册/(英)威廉·莎士比亚著;朱生豪译. -- 南京:江苏凤凰文艺出版社,2018.10

ISBN 978-7-5594-2812-7

Ⅰ.①莎… Ⅱ.①威… ②朱… Ⅲ.①剧本—作品集—英国—中世纪 Ⅳ.①I561.33

中国版本图书馆CIP数据核字(2018)第195313号

书　　名	莎士比亚经典戏剧集:全5册
著　　者	(英)威廉·莎士比亚
译　　者	朱生豪
策划编辑	李　艳
责任编辑	袁　媛　姚　丽
出版发行	江苏凤凰文艺出版社
出版社地址	南京市中央路165号,邮编:210009
出版社网址	http://www.jswenyi.com
印　　刷	北京市昌平新兴胶印厂
开　　本	880×1230毫米　1/32
印　　张	44
字　　数	650千字
版　　次	2018年10月第1版　2018年10月第1次印刷
标准书号	ISBN 978-7-5594-2812-7
定　　价	198.00元(全5册)

(江苏文艺版图书凡印刷、装订错误可随时向承印厂调换)

出版说明

莎士比亚留存至今的戏剧共三十九部，其中悲剧和喜剧最为普及。他的戏剧广泛而深刻地反映了十六世纪至十七世纪英国的社会百态，被称为文艺复兴时期人文主义文学的集大成者。他的写作前无古人，后无来者，既博大精深，也庞杂通俗。

本套书收录了莎翁的经典之作，精选出悲剧、喜剧及悲喜剧共十部，包括人们耳熟能详的四大悲剧《哈姆莱特》《奥瑟罗》《李尔王》《麦克白》，四大喜剧《仲夏夜之梦》《皆大欢喜》《第十二夜》《威尼斯商人》，以及盛传不衰的悲喜剧《罗密欧与朱丽叶》《特洛伊罗斯与克瑞西达》两部。

一九四七年，朱生豪先生译著《莎士比亚戏剧全集》由世界书局出版。本版即以该版为底本进行甄选与编校。

作为中国较早译介莎士比亚作品的翻译家，朱生豪译文首要宗旨系“保持原作之神韵”，其次为晓畅明白。译著至今已七十载有余，仍广受欢迎。朱译与当今汉语格调基本一致，其中颇有特色的吴语方言，及为现代读者不识却富含典故、文采斐然的语词，本版皆予以保留。若联系语境，这些表达既不会对理解原文造成障碍，读者也可由此领略原译神韵。

本版编校原则如下：

一、根据最新版《通用规范汉字字典》就部分字形规范统一；个别未改动的旧字形，在全书最初出现处作编者注；其余未加特别说明的注释皆为译者注。

二、就专有名词，如书名、人名、地名等，按现代习惯统一修订。

三、为避免因标点造成歧义，据现代汉语规范，修订部分标点符号的用法。

四、为保持易读性，全书脚注统一注在该页页码面。

五、希望本书能带给读者原汁原味的阅读感受。

译者自序

于世界文学史中，足以笼罩一世，凌越千古，卓然为词坛之宗匠，诗人之冠冕者，其唯希腊之荷马，意大利之但丁，英之莎士比亚，德之歌德乎。此四子者，各于其不同之时代及环境中，发为不朽之歌声。然荷马史诗中之英雄，既与吾人之现实生活相去过远，但丁之天堂地狱，复与近代思想诸多抵牾；歌德去吾人较近，彼实为近代精神之卓越的代表。然以超脱时空限制一点而论，则莎士比亚之成就，实远在三子之上。盖莎翁笔下之人物，虽多为古代之贵族阶级，然彼所发掘者，实为古今中外贵贱贫富人人所同具之人性。故虽经三百余年以后，不仅其书为全世界文学之士所耽读，其剧本且在各国舞台与银幕上历久搬演而弗衰，盖由其作品中具有永久性与普遍性，故能深入人心如此耳。

中国读者耳莎翁大名已久，文坛知名之士，亦尝将其作品，译出多种，然历观坊间各译本失之于粗疏草率者尚少，失之于拘泥生硬者实繁有徒。拘泥字句之结果，不仅原作神味，荡焉无存，甚且艰深晦涩，有若天书，令人不能卒读，此则译者之过，莎翁不能任其咎者也。

余笃嗜莎剧，尝首尾严诵全集至十余遍，于原作精神，自觉颇有会心。廿四年[①]春，得前辈同事詹文浒先生之鼓励，始着手为翻译全集之尝试。越年战事发生，历年来辛苦搜集之各种莎集版本，及诸家注释考证批评之书，不下一二百册，悉数毁于炮火，仓猝中惟携出牛津版全集一册，及译稿数本而已。厥后转辗流徙，为生活而奔波，更无暇晷，以续未竟之志。及三十一年春，目睹事变日亟，闭户家居，摈绝外务，始得专心一志，致力译事。虽贫穷疾病，交相煎迫，而埋头伏案，握管不辍。凡前后历十年而全稿完成[②]，夫以译莎工作之艰巨，十年之功，不可云久，然毕生精力，殆已尽注于兹矣。

余译此书之宗旨，第一在求于最大可能之范围内，保持原作之神韵；必不得已而求其次，亦必以明白晓畅之字句，忠实传达原文之意趣；而于逐字逐句对照式之硬译，则未敢赞同。凡遇原文中与中国语法不合之处，往往再四咀嚼，不惜全部更易原文之结构，务使作者之命意豁然呈露，不为晦涩之字句所掩蔽。每译一段竟，必先自拟为读者，查阅译文中有无暧昧不明之处。又必自拟为舞台上之演员，审辨语调之是否顺口，音节之是否调和。一字一句之未惬，往往苦思累日。然才力所限，未能尽符理想；乡居僻陋，既无参考之书籍，又鲜质疑之师友。谬误之处，自知不免。所望海内学人，惠予纠正，幸甚幸甚！

生豪书于三十三年[③]四月

① 民国廿四年，即一九三五年——编者注。

② 案译者撰此文时，原拟在半年后可以译竟。讵意体力不支，厥功未就，而因病重辍笔。

③ 民国三十三年，即一九四四年——编者注。

目　录

哈姆莱特

在莎剧中，议论最多、篇幅最长的就是《哈姆莱特》，许多文学家和评论家一直认为《哈姆莱特》是莎翁最伟大的作品。作品具有深刻的悲剧意义、复杂的人物性格以及丰富完美的悲剧艺术手法，代表着整个西方文艺复兴时期文学的最高成就。一千个读者就有一千个哈姆莱特，有人沉醉于惊心动魄的复仇故事和拼杀场面；有人看见真疯与假疯的对比和交织，看见思想与行动的矛盾，看见亲人之间爱与恨的纠结，看见个人与时代社会的不相容。

剧中人物

克劳狄斯	丹麦国王
哈姆莱特	前王之子，今王之侄
福丁布拉斯	挪威王子
霍拉旭	哈姆莱特之友
波洛涅斯	御前大臣
雷欧提斯	波洛涅斯之子
伏提曼德	朝臣
考尼律斯	朝臣
罗森格兰兹	朝臣
吉尔登斯吞	朝臣
奥斯里克	朝臣
马西勒斯	军官
勃那多	军官
弗兰西斯科	兵士
雷奈尔多	波洛涅斯之仆

英国使臣

众伶人

二小丑 掘坟墓者

葛特露 丹麦王后，哈姆莱特之母

奥菲利娅 波洛涅斯之女

贵族、贵妇、军官、兵士、教士、水手、使者及侍从等

哈姆莱特父亲的鬼魂

地点

丹麦城堡厄尔锡诺

第一幕

第一场

厄尔锡诺。城堡前的露台

守望者勃那多和弗兰西斯科相遇。

勃那多　那边是谁？

弗兰西斯科　不，你先回答我；站住，告诉我你是什么人。

勃那多　国王万岁！

弗兰西斯科　勃那多吗？

勃那多　正是。

弗兰西斯科　你来得很准时。

勃那多　现在已经打过十二点钟了；你去睡吧，弗兰西斯科。

弗兰西斯科　谢谢你来替换我；天冷得厉害，我心里也老大不舒服。

勃那多　你守在这儿，一切都很安静吗？

弗兰西斯科　一只小老鼠也不见走动。

勃那多　好，晚安！要是你碰见霍拉旭和马西勒斯，我的守夜的伙伴们，就叫他们赶紧点来。

弗兰西斯科　我想我听见他们的声音了。喂，站住！那边是谁？

霍拉旭及马西勒斯上。

霍拉旭　都是自己人。

马西勒斯　丹麦王的臣民。

弗兰西斯科　祝你们晚安！

马西勒斯　啊！再会，正直的军人！谁替换了你？

弗兰西斯科　勃那多接替我的班。祝你们晚安！（下）

马西勒斯　喂！勃那多！

勃那多　喂——啊！霍拉旭也来了吗？

霍拉旭　这儿有一个他。

勃那多　欢迎，霍拉旭！欢迎，好马西勒斯！

马西勒斯　什么！这东西今晚又出现过了吗？

勃那多　我还没有瞧见什么。

马西勒斯　霍拉旭说那不过是我们的幻想。我告诉他我们已经两次看见这一个可怕的怪象，他总是不肯相信；所以我请他今晚也来陪我们守一夜，要是这鬼魂再出来，就可以证明我们并没有看错，还可以叫他对它说几句话。

霍拉旭　嘿，嘿，它不会出现的。

勃那多　先请坐下；虽然你一定不肯相信我们的故事，我们还是要把我们这两夜来所看见的情形再向你絮叨一遍。

霍拉旭　好，我们坐下来，听听勃那多怎么说。

勃那多　昨天晚上，当那照耀在北斗西端的天空的明星正在向它现在吐射光辉的地方运行的时候，马西勒斯跟我两个人，那时候钟刚敲了一点——

马西勒斯　住声！不要说下去；瞧，它又来了！

鬼魂上。

勃那多　正像已故的国王的模样。

马西勒斯　你是有学问的人，对它说话，霍拉旭。

勃那多　它的样子不像已故的国王吗？看好，霍拉旭。

霍拉旭　像得很；它使我心里充满了恐怖和惊奇。

勃那多　它希望我们对它说话。

马西勒斯　你去问它，霍拉旭。

霍拉旭　你是什么鬼物，胆敢僭窃丹麦先王出征时的神武的雄姿，在这样深夜的时分出现？凭着上天的名义，我命令你说话！

马西勒斯　它生气了。

勃那多　瞧，它昂然不顾地走了！

霍拉旭　不要去！说呀，说呀！我命令你，快说！（鬼魂下）

马西勒斯　它去了，不愿回答我们。

勃那多　怎么，霍拉旭！你在发抖，你的脸色这样惨白。这不是幻想吧？你有什么高见？

霍拉旭　当着上帝起誓，倘不是我自己的眼睛向我证明，我再也不会相信这样的怪事。

马西勒斯　它不像我们的国王吗？

霍拉旭　正像你就是你自己一样。它身上的那副战铠，就是他讨伐野心的挪威王的时候所穿的；它脸上的那副怒容，活像他有一次在一场激烈的争辩中把那些波兰人打倒在冰上那时候的神气。怪事怪事！

马西勒斯　前两次他也是这样不早不晚地在这个静寂的时辰，用军人的步态走过我们的眼前。

霍拉旭　我不知道究竟应该怎样想；可是我有一种大致的感觉，这恐怕预兆着我们国内将要有一番非常的变故。

马西勒斯　好吧，坐下来。谁要是知道请告诉我，为什么我们要有这样森严的戒备，使全国的军民每夜不得安息；为什么每天都在制造铜炮，还要向国外购买战具；为什么赶造这许多船只，连星期日也不停止工作；这样夜以继日地辛苦忙碌，究竟将有什么事情要发生呢？谁能够告诉我？

霍拉旭　我可以告诉你；至少一般人都是这样传说。刚才他的形象还向我们出现的那位已故的王上，你们知道，曾经接受骄矜好胜的挪威的福丁布拉斯的挑战；在那一次决斗中间，我们的勇武的哈姆莱特——他的英名是举世称颂的——把福丁布拉斯杀死了；按照双方根据法律和武士精神所订立的协定，福丁布拉斯要是战败了，除了他自己的生命以外，必须把他所有的一切土地拨归胜利的一方；同时我们的王上也提出拿相当的土地作为赌注，要是福丁布拉斯得胜了，就归他没收占有，正像在同一协定上所规定的，他失败了，哈姆莱特可以把他的土地没收占有一样。现在要说起那位福丁布拉斯的儿子，他生得一副烈火似的性格，已经在挪威的四境召集了一群无赖之徒，供给他们衣食，驱策他们去干冒险的勾当。他唯一的目的我们的当局看得很清楚，无非是要用武力和强迫性的条件，夺回他父亲所丧失的土地。照我所知道的，这就是我们种种准备的主要动机，我们这样戒备的唯一原因，也是全国之所以这样慌忙骚乱的缘故。

勃那多　我想正是为了这一个缘故。我们那位王上在过去和目前的战乱中间，都是一个主要的角色，所以无怪他的武装形象要向我们出现示警了。

霍拉旭　那是扰乱我们心灵之眼的一点微尘。从前在富强繁盛的罗马，在那雄才大略的裘利斯•凯撒遇害之前不久，披着殓衾的死人都从坟墓里出来，在街道上啾啾鬼语，星辰拖着火尾，露水带血，太阳变色，支配潮汐的月亮被吞蚀得像一个没有起色的病人；这一类预示重大变故的征兆，在我们国内也已经屡次见到了。

鬼魂重上。

霍拉旭　可是不要响！瞧！瞧！它又来了！（鬼魂张开双臂）我要挡住它的去路，即使它会害我。不要走，鬼魂！要是你能开口，对我说话吧；要是我有可以为你效劳之处，使你的灵魂得到安息，那么对我说话吧；要是你预知祖国的命运，靠着你的指示，也许可以及时避免未来的灾祸，那么对我说话吧！或者你在生前曾经把你搜刮得来的财宝埋藏在地下，我听见人家说，鬼魂往往在他们藏金的地方徘徊不散，（鸡啼）要是有这样的事，你也对我说吧；不要走，说呀！拦住它，马西勒斯。

马西勒斯　要不要用我的戟刺它？

霍拉旭　好的，要是它不肯站定。

勃那多　它在这儿！

霍拉旭　它在这儿！

马西勒斯　它走了！（鬼魂下）我们不该用暴力对待这样一个尊严的亡魂；因为它是像空气一样不可侵害的，我们无益的打击不过是恶意的徒劳。

勃那多　它正要说话的时候，鸡就啼了。

霍拉旭　于是它就像一个罪犯听到了可怕的召唤似的惊跳起来。我听人家说，报晓的雄鸡用它高锐的啼声，唤醒了白昼之神，一听到它的警告，那些在海里、火里、地下、空中到处浪游的有罪的灵魂，就一个个钻回各自的巢穴里去；这句话现在已经证实了。

马西勒斯　它在鸡啼的时候隐去。有人说我们的救主将要诞生以前，这报晓的鸟儿彻夜长鸣；那时候，他们说，没有一个鬼魂可以出外行走，夜间的空气非常清净，没有一颗星用毒光射人，没有一个神仙用法术迷人，妖巫的符咒也失去了力量，一切都是圣洁而美好的。

霍拉旭　我也听人家这样说过，倒有几分相信。可是瞧，清晨披着赤褐色的外衣，已经踏着那边东方高山上的露水走过来了。我们也可以下岗了。照我的意思，我们应该把我们今夜看见的事情告诉年轻的哈姆莱特；因为凭着我的生命起誓，这个鬼魂虽然对我们不发一言，见了他一定有话要说。你们以为按着我们的交情和责任说起来，是不是应当让他知道这件事情？

马西勒斯　很好，我们决定去告诉他。我知道今天在什么地方最容易找到他。（同下）

第二场

城堡中的大厅

国王、王后、哈姆莱特、波洛涅斯、雷欧提斯、伏提曼德、考尼律斯、群臣、侍从等上。

国王 虽然我们亲爱的王兄哈姆莱特新丧未久，我们的心里应当充满了悲痛，我们全国都应当表示一致的哀悼，可是我们凛于后者责任的重大，不能不违情逆性，一方面固然要用适度的悲哀纪念他，一方面也要为自身的利害着想；所以在一种悲喜交集的情绪之下，让幸福和忧郁分据了我的双眼，殡葬的挽歌和结婚的笙乐同时并奏，用盛大的喜乐抵消沉重的不幸，我已经和我旧日的长嫂、当今的王后、这一个尚武之国的共同的统治者，结为夫妇；这一次婚姻事先曾经征求各位的意见，多承你们诚意的赞助，这是我必须向大家致谢的。现在我要告诉你们知道，年轻的福丁布拉斯看轻了我们的实力，也许他以为自从我们亲爱的王兄崩逝以后，我们的国势已经瓦解，所以挟着他的从中取利的梦想，不断向我们书面要求把他的父亲依法割让给我们英勇的王兄的土地归还。这是他一方面的说话。现在要讲到我们的态度和今天召集各位来此的目的。我们的对策是这样的：我这儿已经写好了一封信给挪威国王，年轻的福丁布拉斯的叔父，他因为卧病在床，不曾与闻他侄子的企图，在信里我请他注意他的侄子擅自在国内征募丁壮，训练士卒，积极进行各种准备的事实，要求他从速制止他的进一步的行动；现在我就派遣你，考尼律斯，还有你，伏提曼德，替我把这封信送去给挪威老王，除了训令上所规定的条件以外，你们不得僭用你们的权力和挪威成立逾越范围的妥协。（交一份文书）你们赶紧就去吧，再会！

考尼律斯、伏提曼德　我们定当尽力执行陛下的旨意。

国王　我相信你们的忠心，再会！（伏提曼德、考尼律斯同下）现在，雷欧提斯，你有什么话说？你对我说你有一个请求，是什么请求，雷欧提斯？只要是合理的事情，你向丹麦王说了，他总不会不答应你。你还有什么要求，雷欧提斯，是我不会在你没有开口以前就自动许给了你？丹麦王室和你父亲的关系，正像头脑之于心灵一样密切；丹麦国王乐意为你父亲效劳，正像双手乐意为嘴效劳。你要些什么，雷欧提斯？

雷欧提斯　陛下，我要请求您允许我回到法国去。这一次我回国参加陛下加冕的盛典，略尽臣子的微忱，实在是莫大的荣幸；可是现在我的任务已尽，我的心愿又向法国飞驰，但求陛下开恩允许。

国王　你父亲已经答应了你吗？波洛涅斯怎么说？

波洛涅斯　陛下，我却不过他几次三番的恳求，已经勉强答应他了。请陛下放他去了吧。

国王　好好利用你的时间，雷欧提斯，尽情发挥你的才能吧！可是，来，我的侄儿哈姆莱特，我的孩子——

哈姆莱特　（旁白）超乎寻常的亲族，漠不相干的路人。

国王　为什么愁云依旧笼罩在你的身上？

哈姆莱特　不，陛下；我已经在太阳里晒得太久了。

王后　好哈姆莱特，脱下你的黑衣，对你的父王应该和颜悦色一点；不要老是垂下了眼皮，在泥土之中找寻你的高贵的父亲。你知道这是一件很普通的事情，活着的人谁都要死去，从生存的空间踏进了永久的宁静。

哈姆莱特　嗯，母亲，这是一件很普通的事情。

王后　既然是很普通的，那么你为什么瞧上去好像老是这样郁郁于心呢？

哈姆莱特　"好像"，母亲！不，是这样就是这样，我不知道什么"好像"不"好像"。好妈妈，我的墨黑的外套、礼俗上规定的丧服，勉强吐出来的叹气、像滚滚江流一样的眼泪、悲苦沮丧的脸色，以及一切仪式、外表和忧伤的流露，都不能表示出我的真实的情绪。这些才真是给人瞧的，因为谁也可以做作成这种样子。它们不过是悲哀的装饰和衣服；可是我的郁结的心事却是无法表现出来的。

国王　哈姆莱特，你这样孝思不匮，原是你天性中纯笃过人之处；可是你要知道，你的父亲也曾失去过一个父亲，那失去的父亲自己也失去过父亲；那后死的儿子为了尽他的孝道起见，必须有一个时期服丧守制，然而固执不变的哀伤，却是一种逆天悖理的愚行，不是堂堂男子所应有的举止；它表现出一个不肯安于天命的意志，一个经不起艰难痛苦的心，一个缺少忍耐的头脑和一个简单愚昧的理性。既然我们知道那是无可避免的事，无论谁都要遭遇到同样的经验，那么我们为什么要这样固执地把它介怀于心呢？嘿！那是对上天的罪戾，对死者的罪戾，也是违反人情的罪戾；在理智上它是完全荒谬的，因为从第一个死了的父亲起，直到今天死去的最后一个父亲为止，理智永远在呼喊"这是无可避免的"。我请你抛弃这种无益的悲伤，把我当做你的父亲；因为我要让全世界知道，你是王位的直接继承者，我要给你尊荣和恩宠，不亚于一个最慈爱的父亲之于他的儿子。至于你要回到威登堡去继续求学的意思，那是完全违反我们的愿望的；请你听从我的劝告，不要离开这里，在朝廷上领袖群臣，做我们最密近的国亲和王儿，使我们因为每天能够看见你而感到欢欣。

王后　不要让你母亲的祈求全然无用，哈姆莱特；请你不要离开我们，不要到威登堡去。

哈姆莱特　我将要勉力服从您的意志，母亲。

国王　啊，那才是一句有孝心的答复；你将在丹麦享有和我同等的尊荣。御妻，来。哈姆莱特这一种自动的顺从使我非常高兴；为了表示庆祝，今天丹麦王每一次举杯祝饮的时候，都要放一响高入云中的礼炮，让上天应和着地上的雷鸣，发出欢乐的回声。来。（除哈姆莱特外，均下）

哈姆莱特　啊，但愿这一个坚实的肉体会融解、消散，化成一片露水或者那永生的真神不曾制定禁止自杀的律法！上帝啊！上帝啊！人世间的一切在我看来是多么可厌、陈腐、乏味而无聊！哼！哼！那是一个荒芜不治的花园，长满了恶毒的莠草。想不到居然会有这种事情！刚死了两个月！不，两个月还不满！这样好的一个国王，比起这个来，简直是天神和丑怪；这样爱我的母亲，甚至于不愿让天风吹痛她的脸庞。天和地啊！我必须记着吗？嘿，她会偎倚在他的身旁，好像吃了美味的食物，格外促进食欲一般；可是，只有一个月的时间，我不能再想下去了！脆弱啊，你的名字就是女人！短短的一个月以前她哭得像个泪人儿似的，送我那可怜的父亲下葬；她在送葬的时候所穿的那双鞋子现在还没有破旧，她就，她就——上帝啊！一头没有理性的畜生也要悲伤得长久一些——她就嫁给了我的叔父，我的父亲的弟弟，可是他一点不像我的父亲，正像我一点不像赫剌克勒斯一样。只有一个月的时间，她那流着虚伪之泪的眼睛还没有消去它们的红肿，她就嫁了人。啊，罪恶的仓促，这样迫不及待地钻进了乱伦的衾被！那不是好事，也不会有好结果；可是碎了吧，我的心，因为我必须噤住我的嘴！

霍拉旭、马西勒斯、勃那多同上。

霍拉旭　祝福，殿下！

哈姆莱特 我很高兴看见你身体健康，霍拉旭。

霍拉旭 我也是这样，殿下；我永远是您的卑微的仆人。

哈姆莱特 不，你是我的好朋友；我愿意和你朋友相称。你怎么不在威登堡，霍拉旭？马西勒斯！

马西勒斯 殿下——

哈姆莱特 我很高兴看见你。（向勃那多）午安，朋友。——可是你究竟为什么离开威登堡？

霍拉旭 无非是偷闲躲懒罢了，殿下。

哈姆莱特 我不愿听见你的仇敌说这样的话，你也不能用这样的话刺痛我的耳朵，使它相信你对你自己所作所为的诽谤；我知道你不是一个偷闲躲懒的人。可是你在厄尔锡诺有什么事？趁着你未去之前，我们要陪你痛饮几杯哩。

霍拉旭 殿下，我是来参加您父王的葬礼的。

哈姆莱特 请你不要取笑，我的同学；我想你是来参加我母后的婚礼的。

霍拉旭 真的，殿下，这两件事情相去得太近了。

哈姆莱特 这是一举两便的办法，霍拉旭！葬礼中剩下来的残羹冷炙，正好宴请婚筵上的宾客。霍拉旭，我宁愿在天上遇见我的最痛恨的仇人，也不愿看到那样的一天！我的父亲，我仿佛看见了我的父亲。

霍拉旭 啊，在什么地方，殿下？

哈姆莱特 在我的心灵的眼睛里，霍拉旭。

霍拉旭 我曾经见过他一次；他是一位很好的君王。

哈姆莱特 他是一个堂堂男子；整体说起来，我再也见不到像他那样的人了。

霍拉旭 殿下，我想我昨天晚上看见他了。

哈姆莱特 看见谁？

霍拉旭 殿下，我看见您的父王。

哈姆莱特 我的父王！

霍拉旭 不要吃惊，请您静静地听我把这件奇事告诉您，这两位可以替我做见证。

哈姆莱特 看在上帝的分上，讲给我听。

霍拉旭 这两位朋友，马西勒斯和勃那多，在万籁俱寂的午夜守望的时候，曾经连续两夜看见一个自顶至踵全身甲胄像您父亲一样的人形，在他们的面前出现，用庄严而缓慢的步伐走过他们的身边。在他们惊奇骇愕的眼前，他三次步行过去，他手里所握的鞭杖可以碰到他们的身上；他们吓得几乎浑身都瘫痪了，只是呆立着不动，一句话也没有对他说。怀着惴惧的心情，他们把这件事悄悄地告诉了我，我就在第三夜陪着他们一起守望；正像他们所说的一样，那鬼魂又出现了，出现的时间和他的形状，证实了他们的每一个字都是正确的。我认识您的父亲；那鬼魂是那样酷肖他的生前，我这两手也不及他们彼此的相似。

哈姆莱特 可是这是在什么地方？

马西勒斯 殿下，就在我们守望的露台上。

哈姆莱特 你有没有对它说话？

霍拉旭 殿下，我说了，可是它没有回答我；不过有一次我觉得它好像抬起头来，像要开口说话似的，可是就在那时候，晨鸡高声啼了起来，它一听见鸡声，就很快地隐去不见了。

哈姆莱特 这很奇怪。

霍拉旭 凭着我的生命起誓，殿下，这是真的；我们认为按着我们的责任，应该让您知道这件事。

哈姆莱特 不错，不错，朋友们；可是这件事情很使我迷惑。你们今晚仍旧要去守望吗？

马西勒斯、勃那多　是，殿下。

哈姆莱特　你们说它穿着甲胄吗？

马西勒斯、勃那多　是，殿下。

哈姆莱特　从头到脚？

马西勒斯、勃那多　从头到脚，殿下。

哈姆莱特　那么你们没有看见它的脸吗？

霍拉旭　啊，看见了，殿下；它的脸甲是掀起的。

哈姆莱特　怎么，瞧上去像在发怒吗？

霍拉旭　它的脸上悲哀多于愤怒。

哈姆莱特　它的脸色是惨白的还是红红的？

霍拉旭　非常惨白。

哈姆莱特　它眼睛注视着你吗？

霍拉旭　它直盯着我瞧。

哈姆莱特　我希望当时我也在场。

霍拉旭　那一定会使您骇愕万分。

哈姆莱特　多半会的，多半会的。它停留得长久吗？

霍拉旭　大概一个人用不快不慢的速度从一数到一百那样长。

马西勒斯、勃那多　还要长久一些，还要长久一些。

霍拉旭　我看见它的时候，不过是这么久。

哈姆莱特　它的胡须是斑白的吗？

霍拉旭　是的，正像我在他生前看见的那样，乌黑的胡须里略有几根变成白色。

哈姆莱特　我今晚也要守夜去；也许它还会出来。

霍拉旭　我可以担保它一定会出来。

哈姆莱特　要是它借着我的父王的形貌出现，即使地狱张开嘴来，叫我不要作声，我也一定要对它说话。要是你们到现在还没有把你们所看见的告诉别人，那么我要请求你们大家继续保持沉默；无论今夜发生什么事情，都请放在心里，不要在口舌之间泄漏出去。我一定会报答你们的忠诚。好，再会；今晚十一点钟到十二点钟之间，我要到露台上来看你们。

众人 我们愿意为殿下尽忠。

哈姆莱特 让我们彼此保持着不渝的交情；再会！（霍拉旭、马西勒斯、勃那多同下）我父亲的灵魂披着甲胄！事情有些不妙；我恐怕这里面有奸人的恶计。但愿黑夜早点到来！静静地等着吧，我的灵魂；罪恶的行为总有一天会发现，虽然地上所有的泥土把它们遮掩。（下）

第三场

波洛涅斯家中一室

雷欧提斯及奥菲利娅上。

雷欧提斯 我需要的物件已经装在船上，再会了；妹妹，好风给人方便，路上没有阻碍的时候，不要贪睡，让我听见你的消息。

奥菲利娅 你还不相信我吗？

雷欧提斯 对于哈姆莱特和他的调情献媚，你必须把它认作一时的感情冲动，一朵初春的紫罗兰早熟而易凋，馥郁而不能持久，一分钟的芬芳和喜悦，如此而已。

奥菲利娅 不过是如此吗？

雷欧提斯 不过如此；因为像新月一样逐渐饱满的人生，不仅是肌肉和体格的成长，随着身体的发展，精神和心灵也同时扩大。也许他现在爱你，他的真诚的意志是纯洁而不带欺诈的；可是你必须留心，他有这样高的地位，他的意志并不属于他自己，因为他自己也要被他的血统所支配；他不能像一般庶民一样为自己选择，因为他的决定足以影响到整个国本的安危，他是全身的首脑，他的选择必须得到各部分肢体的同意；所以要是他说，他爱你，你应当想一想，以他王子之尊究竟能做到几分，那是必须以丹麦的公意给他的赞同为限的。你再想一想要是你用过于轻信的耳朵倾听他的歌曲，让他攫走了你的心，在他的狂妄的渎求之下打开了你的宝贵的童贞，那时候你的名誉将要蒙受多大的损失。留心，奥菲利娅，留心，我亲爱的妹妹，不要放纵你的爱情，不要让欲望的利箭把你射中。一个自爱的女郎不应该向月亮显露她的美貌；圣贤也不能逃避谗口的中伤；春天的草木往往还没有吐放它们的蓓蕾，就被蛀虫蠹蚀；朝露一样晶莹的青春，常常会受到罡风的吹打。所以留心吧，戒惧是最安全的方策；即使没有旁人的诱惑，少年的血气也要向他自己叛变。

奥菲利娅 我将要记住你这段很好的教训，让它看守着我的心。可是，我的好哥哥，你不要像有些坏牧师一样，指点我上天去的险峻的荆棘之途，自己却在花街柳巷流连忘返，忘记了自己的箴言。

雷欧提斯 啊！不要为我担心。我耽搁得太久了；我的父亲来了。

波洛涅斯上。

雷欧提斯 两度祝福是双倍福分；第二次的告别是格外可喜的。

波洛涅斯 还在这儿，雷欧提斯！上船去，上船去，真好意思！风息在帆顶上，人家都在等着你哩。好，我为你祝福！还有几句教训，希望你铭刻在记忆之中：不要想到什么就说什么，凡事必须三思而行。对人要和气，可是不要过分狎昵。相知有素的朋友，应该用钢圈箍在你的灵魂上，可是不要对每一个泛泛的新知滥施你的交情。留心避免和人家争吵；可是万一争端已起，就应该让对方知道你不是可以轻侮的。倾听每一个人的意见，可是只对极少数人发表你自己的看法；接纳每一个人的批评，可是保留你自己的判断。尽你的财力购制贵重的衣服，可是不要炫新立异，必须富丽而不浮艳，因为服装往往可以表现人格；法国的名流要人，在这一点上是特别注重的。不要向人告贷，也不要借钱给人；因为债款放了出去，往往不但丢了本钱，而且还失去了朋友；向人告贷的结果，容易养成因循懒惰的习惯。尤其要紧的，你必须对你自己忠实；正像有了白昼才有黑夜一样，对自己忠实，才不会对别人欺诈。再会；愿我的祝福使这一番话在你的行事中实践。

雷欧提斯 父亲，我告别了。

波洛涅斯 时候不早了；去吧，你的仆人都在等着。

雷欧提斯 再会，奥菲利娅，记住我对你说的话。

奥菲利娅 你的话已经锁在我的记忆里，那钥匙你替我保管着吧。

雷欧提斯 再会！（下）

波洛涅斯 奥菲利娅，他对你说些什么话？

奥菲利娅 回父亲的话，我们刚才谈起哈姆莱特殿下的事情。

波洛涅斯 嗯，这是应该考虑一下的。听说他近来常常跟你在一起，你也从来不拒绝他的求见；要是果然有这种事——人家这样告诉我，也无非是叫我注意的意思——那么我必须对你说，你还没有懂得你做了我的女儿，按照你的身份，应该怎样留心你自己的行动。究竟在你们两人之间有些什么关系？老实告诉我。

奥菲利娅 父亲，他最近曾经屡次向我表示他的爱情。

波洛涅斯 爱情！呸！你讲的话完全像是一个不曾经历过这种危险的不懂事的女孩子。你相信他的表示吗？

奥菲利娅 父亲，我不知道我应该怎样想才好。

波洛涅斯 好，让我来教你；你应该这样想，你是一个小孩子，把这些假意的表示当作了真心的奉献。你应该把你自己的价值抬高一些，否者——实话实说——你会叫我大大地出丑。

奥菲利娅 父亲，他向我求爱的态度是很光明正大的。

波洛涅斯 嗯，他的态度；很好，很好。

奥菲利娅 而且，父亲，他差不多用尽一切指天誓日的神圣的盟约，证实他的言语。

波洛涅斯 嗯，这些都是捕捉愚蠢的山鹬的圈套。我知道在热情燃烧的时候，一个人无论什么盟誓都会说出口来；这些火焰，女儿，是光多于热的，一下子就会光消焰灭，因为它们本来是虚幻的，你不能把它们当做真火看待。从现在起，你还是少露一些你的女儿家的脸；你应该抬高身价，不要让人家以为你是可以随意呼召的。对于哈姆莱特殿下，你应该这样想，他是个年轻的王子，他比你在行动上有更大的自由。总而言之，奥菲利娅，不要相信他的盟誓，因为它们都是诱人堕落的淫媒，用庄严神圣的辞令，掩饰淫邪险恶的居心。我言尽于此，简单一句话，从现在起，我不许你跟哈姆莱特殿下谈一句话。你留点儿神吧。进去。

奥菲利娅　我一定听从您的话，父亲。（同下）

第四场

露台

哈姆莱特、霍拉旭及马西勒斯上。

哈姆莱特　风吹得人怪痛的，这天气真冷。

霍拉旭　是很凛冽的寒风。

哈姆莱特　现在是什么时候了？

霍拉旭　我想还不到十二点。

马西勒斯　不，已经打过了。

霍拉旭　真的？我没有听见；那么鬼魂出现的时候快要到了。（内喇叭奏花腔及鸣炮声）这是什么意思，殿下？

哈姆莱特　王上今晚大宴群臣，作通宵的醉舞；每次他喝下了一杯葡萄美酒，铜鼓和喇叭便吹打起来，欢祝万寿。

霍拉旭　这是向来的风俗吗？

哈姆莱特　嗯，是的。可是我虽然从小就熟习这种风俗，却也不是常常举行的。这一种酗酒纵乐的风俗，使我们在东西各国受到许多非议；他们称我们为酒徒醉汉，将下流的污名加在我们头上，使我们各项伟大的成就都因此而大为减色。在个人方面也常常是这样，有些人因为身体长了丑陋的黑痣——这本来是天生的缺陷，不是他们自己的过失——或者生就一种令人侧目的怪癖，虽然他们此外还有许多纯洁优美的品性，可是为了这一个缺点，往往会受到世人的歧视。一点点恶癖往往遮盖了高贵的品性，败坏一个人的声誉。

鬼魂上。

霍拉旭　瞧，殿下，它来了！

哈姆莱特　天使保佑我们！不管你是一个善良的灵魂或是万恶的妖魔，不管你带来了天上的和风或是地狱中的罡风，不管你的来意好坏，因为你的形状是这样和蔼可亲，我要对你说话；我要叫你哈姆莱特君王，父亲！尊严的丹麦先王，啊，回答我！不要让我在无知的蒙昧里抱恨终天；告诉我为什么你的长眠的骸骨不安墓穴，为什么安葬着你的遗体的坟茔张开它沉重的大理石的两颚，把你重新吐放出来。你这已死的尸体这样全身甲胄，出现在月光之下，使黑夜变得这样阴森，使我们这些为造化所玩弄的愚人充满了不可思议的恐怖，究竟是什么意思呢？说，这是为了什么？你要我们怎样？

（鬼魂向哈姆莱特招手）

霍拉旭　它招手叫您跟着它去，好像它有什么话要对您一个人说似的。

马西勒斯　瞧，它用很有礼貌的举动，招呼您到一个僻远的所在去；可是别跟它走。

霍拉旭　千万不要跟它去。

哈姆莱特　它不肯说话；我还是跟它去。

霍拉旭　不要去，殿下。

哈姆莱特　嗨，怕什么呢？我把我的生命看得不值一枚针；至于我的灵魂，那是跟它自己同样永生不灭的，它能够加害它吗？它又在招手叫我前去了；我要跟它去。

霍拉旭　殿下，要是它把您诱到潮水里去，或者把您领到下临大海的峻峭的悬崖之巅，在那边它现出了狰狞的面貌，吓得您丧失理智，变成疯狂，那可怎么好呢？您想，无论什么人一到了那样的地方，望着下面千仞的峭壁，听见海水奔腾的怒吼，即使没有别的原因，也会怪念迭起。

哈姆莱特　它还是在向我招手。去吧，我跟着你。

马西勒斯　您不能去，殿下。

哈姆莱特　放下你们的手！

霍拉旭　听我们的劝告，不要去。

哈姆莱特　我的命运在高声呼喊，使我全身每一根微细的血管都变得像怒狮的筋骨一样坚硬。（鬼魂招手）它仍旧在招我去。放开我，朋友们；凭着上天起誓，谁要是拉住了我，我要叫他变成一个鬼！走开！去吧，我跟着你。（鬼魂及哈姆莱特同下）

霍拉旭　幻想占据了他的头脑，使他不顾一切。

马西勒斯　让我们跟上去；我们不应该服从他的话。

霍拉旭　那么跟上去吧。这种事情会引出些什么结果来呢？

马西勒斯　丹麦国里恐怕有些不可告人的坏事。

霍拉旭　上天的意旨支配一切。

马西勒斯　不，我们还是跟上去吧。（同下）

第五场

露台的另一处

鬼魂及哈姆莱特上。

哈姆莱特 你要领我到什么地方去？说，我不愿再前进了。

鬼魂 听我说。

哈姆莱特 我在听着。

鬼魂 我的时间快要到了，我必须再回到硫黄的烈火里去受煎熬的痛苦。

哈姆莱特 唉，可怜的亡魂！

鬼魂 不要可怜我，你只要留心听着我将要告诉你的话。

哈姆莱特 说吧，我在这儿听着。

鬼魂 你听了以后，必须替我报仇。

哈姆莱特　什么？

鬼魂　我是你父亲的灵魂，因为生前孽障未尽，被判在晚间游行地上，白昼忍受火焰的烧灼，必须经过相当的时期，等生前的过失被火焰净化以后，方才可以脱罪。若不是因为我不能违犯禁令，泄漏我的狱室中的秘密，我可以告诉你一点事，最轻微的一句话都可以使你魂飞魄散，使你年轻的血液凝冻成冰，使你的双眼像脱了轨道的星球一样向前突出，使你的纠结的卷发根根分开，像愤怒的豪猪身上的刺毛一样森然耸立；可是这一种永恒的神秘，是不能向血肉的凡耳宣示的。听着，听着，啊，听着！要是你曾经爱过你的亲爱的父亲——

哈姆莱特　上帝啊！

鬼魂　你必须替他报复那逆伦惨恶的杀身的仇恨。

哈姆莱特　杀身的仇恨！

鬼魂　杀人是重大的罪恶；可是这一件谋杀的惨案，是最骇人听闻而逆天害理的罪行。

哈姆莱特　赶快告诉我知道，让我驾着像思想和爱情一样迅速的翅膀，飞去把仇人杀死。

鬼魂　我的话果然激怒了你；要是你听见了这种事情而漠然无动于衷，那你除非比舒散在忘河之滨的蔓草还要冥顽不灵。现在，哈姆莱特，听我说；一般人都以为我在花园里睡觉的时候，一条蛇来把我螫死，这一个虚构的死状，把丹麦全国的人都骗过了；可是你要知道，好孩子，那毒害你父亲的蛇，头上戴着王冠呢。

哈姆莱特 啊，果然给我猜到了！我的叔父！

鬼魂 嗯，那头乱伦的奸淫的畜生，他有的是过人的诡诈，天赋的奸恶，凭着他的阴险的手段，诱惑了我的外表上似乎非常贞淑的王后，满足他的无耻的兽欲。啊，哈姆莱特，那是一个多么相去悬殊的差异！我的爱情是那样纯洁真诚，始终信守着我在结婚的时候对她所作的盟誓；她却会对一个天赋和才德远不如我的恶人降心相从！可是正像一个贞洁的女子，虽然淫欲罩上神圣的外表也不能把她煽动一样，一个淫妇虽然和光明的天使为偶，也会有一天厌倦于天上的唱随之乐，而宁愿搂抱人间的朽骨。可是且慢！我仿佛嗅到了清晨的空气；让我把话说得简短一些。当我按照每天午后的惯例在花园里睡觉的时候，你的叔父乘我不备，悄悄溜了进来，拿着一个盛着毒草汁的小瓶，把一种使人麻痹的药水注入我的耳腔之内，那药性发作起来，会像水银一样很快地流过了全身的大小血管，像酸液滴进牛乳般地把淡薄而健全的血液凝结起来；它一进入我的身体里，我全身光滑的皮肤上便立刻发生无数疱疹，像害着癞病似的满布着可憎的鳞片。这样我在睡梦之中，被一个兄弟同时夺去了我的生命、我的王冠和我的王后；甚至于不给我一个忏罪的机会，使我在没有领到圣餐也没有受过临终涂膏礼以前，就一无准备地负着我的全部罪恶去对簿阴曹。可怕啊，可怕！要是你有天性之情，不要默尔而息，不要让丹麦的御寝变成了藏奸养逆的卧榻；可是无论你怎样进行复仇，你的行事必须光明磊落，更不可对你的母亲有什么不利的图谋，她自会受上天的裁判和她自己内心中的荆棘的刺

戳。现在我必须去了！萤火的微光已经开始暗淡下去，清晨快要到来了。再会，再会！哈姆莱特，记着我。（下）

哈姆莱特　天上的神明啊！地啊！再有什么呢？我还要向地狱呼喊吗？啊，呸！忍着吧，忍着吧，我的心！我的全身的筋骨，不要一下子就变成衰老，支持着我的身体呀！记着你！是的，你可怜的亡魂，当记忆不曾从我这混乱的头脑里消失的时候，我会记着你的。记着你！是的，我要从我的记忆的碑版上拭去一切琐碎愚蠢的记录，一切书本上的格言，一切陈言套语，一切过去的印象，我的少年的阅历所留下的痕迹，只让你的命令留在我的脑筋的书卷里，不掺杂一点下贱的废料；是的，上天为我作证！啊，最恶毒的妇人！啊，奸贼，奸贼，脸上堆着笑的万恶的奸贼！我的记事板呢？我必须把它记下来：一个人尽管满面都是笑，骨子里却是杀人的奸贼；至少我相信在丹麦是这样的。（写字）好，叔父，我把你写下来了。现在我要记下我的话，那是，“再会，再会！记着我。”我已经发过誓了。

霍拉旭　（在内）殿下！殿下！

马西勒斯　（在内）哈姆莱特殿下！

霍拉旭及马西勒斯上。

霍拉旭　上天保佑他！

马西勒斯　但愿如此！

霍拉旭　喂，呵，呵，殿下！

哈姆莱特　喂，呵，呵，孩儿！来，鸟儿，来。

马西勒斯　怎样，殿下！

霍拉旭　有什么事，殿下？

哈姆莱特　啊，奇怪！

霍拉旭　好殿下，告诉我们。

哈姆莱特　不，你们会泄漏出去的。

霍拉旭　不，殿下，凭着上天起誓，我一定不泄漏。

马西勒斯　我也一定不泄漏，殿下。

哈姆莱特　那么你们说，哪一个人会想得到有这种事？可是你们能够保守秘密吗？

霍拉旭、马西勒斯　是，上天为我们作证，殿下。

哈姆莱特　在全丹麦从来不曾有哪一个奸贼——不是一个十足的坏人。

霍拉旭　殿下，这样一句话是用不着什么鬼魂从坟墓里出来告诉我们的。

哈姆莱特 啊，对了，你说得有理；所以，我们还是不必多说废话，大家握握手分开了吧。你们可以去照你们自己的意思干你们自己的事——因为各人都有各人的意思和各人的事——至于我自己，那么我对你们说我是要去祈祷去的。

霍拉旭 殿下，您这些话好像有些疯疯癫癫似的。

哈姆莱特 我的话冒犯了你，真是非常抱歉；是的，我从心底里抱歉。

霍拉旭 哪儿的话，殿下。

哈姆莱特 不，凭着圣伯特力克[①]的名义，霍拉旭，我真是非常冒犯了你。讲到这一个幽灵，那么让我告诉你们，它是一个诚实的亡魂；你们要是想知道它对我说了些什么话，我只好请你们暂时不必多问。现在，好朋友们，你们都是我的朋友，都是学者和军人，请你们允许我一个卑微的要求。

霍拉旭 是什么要求，殿下？我们一定允许您。

哈姆莱特 永远不要把你们今晚所见的事情告诉别人。

霍拉旭、马西勒斯 殿下，我们一定不告诉别人。

哈姆莱特 不，你们必须宣誓。

霍拉旭 凭着良心起誓，殿下，我决不告诉别人。

---

① 圣伯特力克，爱尔兰的保护神。

马西勒斯 凭着良心起誓，殿下，我也决不告诉别人。

哈姆莱特 把手按在我的剑上宣誓。

马西勒斯 殿下，我们已经宣誓过了。

哈姆莱特 那不算，把手按在我的剑上。

鬼魂 （在台板下）宣誓！

哈姆莱特 啊哈！孩儿！你也这样说吗？你在那儿吗，好家伙？来，你们听不见这个地窖里的人怎么说吗？宣誓吧。

霍拉旭 请您教我们怎样宣誓，殿下。

哈姆莱特 永不向人提起你们所看见的这一切。把手按在我的剑上宣誓。

鬼魂 （在下）宣誓！

哈姆莱特 你到处跟着我们吗？那么我们换一个地方。过来，朋友们。把你们的手按在我的剑上，宣誓永不向人提起你们所听见的这一切。

鬼魂 （在下）宣誓！

哈姆莱特 说得好，老鼹鼠！你能够在地底钻得这么快吗？好一个开路的先锋！好朋友们，我们再来换一个地方。

霍拉旭　哎哟，真是不可思议的怪事！

哈姆莱特　那么你还是用见怪不怪的态度对待它吧。霍拉旭，天地之间有许多事情，是科学所没有梦想到的呢。可是，来，上帝的慈悲保佑你们，你们必须再作一次宣誓。我今后也许有时候要故意装出一副疯疯癫癫的样子，你们要是在那时候看见了我的古怪的举动，切不可像这样交叉着手臂，或者这样摇头摆脑地，或者嘴里说一些吞吞吐吐的词句，例如“呃，呃，我们知道”或者“只要我们高兴，我们就可以”或是“要是我们愿意说出来的话”或是“有人要是怎么怎么”，诸如此类的含糊其辞的话语，表示你们知道我有些什么秘密；你们必须答应我避免这一类言词，上帝的恩惠和慈悲保佑着你们，宣誓吧。

鬼魂　（在下）宣誓！（众宣誓）

哈姆莱特　安息吧，安息吧，受难的灵魂！好，朋友们，我用全心的真情，信赖着你们两位；要是在哈姆莱特的微弱的能力以内，能够有可以向你们表示他的友情之处，上帝在上，我一定不会有负你们。让我们一同进去；请你们记着在无论什么时候都要守口如瓶。这是一个颠倒混乱的时代，唉，倒霉的我却要负起重整乾坤的责任！来，我们一块儿去吧。（同下）

第二幕

第一场

波洛涅斯家中一室

老波洛涅斯及雷奈尔多上。

波洛涅斯 把这些钱和这封信交给他，雷奈尔多。

雷奈尔多 是，老爷。

波洛涅斯 好雷奈尔多，你在去看他以前，最好先探听探听他的行为。

雷奈尔多 老爷，我本来就有这个意思。

波洛涅斯 很好，很好，好得很。你先给我调查调查有些什么丹麦人在巴黎，他们是干什么事情去的，叫什么名字，有没有钱，住在什么地方，跟哪些人作伴，用度大不大；用这种转弯抹角的方法，要是你打听到他们也认识我的儿子，你就可以更进一步，表示你对他也有相当的认识；你可以这样说："我知道他的父亲和他的朋友，对他也略为有点认识。"你听着没有，雷奈尔多？

雷奈尔多 是，我在留心听着，老爷。

波洛涅斯 "对他也略为有点认识，可是，"你可以说，"不怎么熟悉；不过假如果然是他的话，那么他是个很放浪的人，有些怎么怎么的坏习惯。"说到这里，你就可以随便捏造一些关于他的坏话；当然，你不能把他说得太不成样子，那是会损害他的名誉的，这一点你必须注意；可是你不妨举出一些纨绔子弟们所犯的最普通的浪荡行为。

雷奈尔多 譬如赌钱，老爷。

波洛涅斯 对了，或是喝酒、斗剑、赌咒、吵嘴、嫖妓之类，你都可以说。

雷奈尔多 老爷，那是会损害他的名誉的。

波洛涅斯 不，不，你可以在言语之间说得轻淡一些。可不能多糟践他。你不能说他公然纵欲，那可不是我的意思；可是你要把他的过失讲得那么巧妙，让人家听着好像那不过是行为上的小小的不检，一个血气方刚的少年的一时胡闹，是一般公子哥难免的放荡行为。

雷奈尔多 可是老爷——

波洛涅斯 为什么叫你做这种事？

雷奈尔多 是的，老爷，请您告诉我。

波洛涅斯 呃，我的用意是这样的，我相信其中自有妙处：你这样轻描淡写地说了我儿子的一些坏话，就像你提起一件略有污损的东西似的，听着，要是跟你谈话的那个人，也就是你向他探询的那个人，果然看见过你所说起的那个少年犯着你刚才所列举的那些罪恶，他一定会用这样的话对你表示同意："好先生——"也许他称你"朋友""仁兄"，按照着各人的身份和各国的习惯。

雷奈尔多 很好，老爷。

波洛涅斯 然后他就——他就——我刚才要说一句什么话？哎哟，我正要说一句什么话；我说到什么地方啦？

雷奈尔多 您刚才说到"用这样的话表示同意"。

波洛涅斯 说到"用这样的话表示同意"，嗯，对了，他会用这样的话对你表示同意："我认识这位绅士，昨天我还看见他，或许是前天，或许是什么什么时候，跟什么什么人在一起，正像您所说的，他在什么地方赌钱，在什么地方喝得醺醺大醉，在什么地方因为打网球而跟人家打起架来，"也许他还会说，"我看见他走进什么什么一家生意人家去，"那就是说窑子或是诸如此类的所在。你瞧，你用说谎的钓饵就可以把事情的真相诱上你的钓钩；我们有智慧有见识的人，往往用这种旁敲侧击的方法，间接达到我们的目的；你也可以照着我上面所说的那一番话，探听出我的儿子的行为。你懂得我的意思没有？

雷奈尔多 老爷，我懂得。

波洛涅斯 上帝和你同在；再会！

雷奈尔多 那么我去了，老爷。

波洛涅斯 你自己也得留心观察他的举止。

雷奈尔多 是，老爷。

波洛涅斯 叫他用心学习音乐。

雷奈尔多 是，老爷。

波洛涅斯 你去吧！（雷奈尔多下）

奥菲利娅上。

波洛涅斯 啊，奥菲利娅！什么事？

奥菲利娅 哎哟，父亲，吓死我了！

波洛涅斯　凭着上帝的名义，吓什么？

奥菲利娅　父亲，我正在房间里缝纫的时候，哈姆莱特殿下跑了进来，走到我的面前；他上身的衣服完全没有扣上纽子，头上也不戴帽子，他的袜子上沾着污泥，没有袜带，一直垂到脚踝上；他的脸色像他的衬衫一样白，他的膝盖互相碰撞，他的神气是那样凄惨，好像他刚从地狱里逃出来，要向人讲述它的恐怖一样。

波洛涅斯　他因为不能得到你的爱而发疯了吗？

奥菲利娅　父亲，我不知道，可是我想也许是的。

波洛涅斯　他怎么说？

奥菲利娅　他握住我的手腕紧紧不放，拉直了手臂向后退立，用他的另一只手这样遮在他的额角上，一眼不眨地瞧着我的脸，好像要把它临摹下来似的。这样经过了好久的时间，然后他轻轻地摇动一下我的手臂，他的头上上下下点了三次，于是他发出一声非常惨痛而深长的叹息，好像他的整个的胸部都要爆裂，他的生命就在这一声叹息中间完毕似的。然后他放松了我，转过他的身体，他的头还是向后回顾，好像他不用眼睛的帮助也能够找到他的路，因为直到他走出了门外，他的两眼还是注视在我的身上。

波洛涅斯　跟我来；我要见王上去。这正是恋爱不遂的疯狂；一个人受到这种剧烈的刺激，什么不顾一切的事情都会干得出来；我真后悔。怎么，你最近对他说过什么使他难堪的话没有？

奥菲利娅　没有，父亲，可是我已经遵从您的命令，拒绝他的来信，并且不允许他来见我。

波洛涅斯　这就是使他疯狂的原因。我很后悔看错了人。我以为他不过把你玩弄玩弄，恐怕贻误你的终身；可是我不该这样多疑！正像年轻人干起事来往往不知道瞻前顾后一样，我们这种上了年纪的人，总是免不了思虑过多。来，我们见王上去。这种事情是不能蒙蔽起来的，要是隐讳不报，也许会闹出乱子来。来。（同下）

第二场

城堡中一室

喇叭奏花腔。国王、王后、罗森格兰兹、吉尔登斯吞及侍从等上。

国王　欢迎，亲爱的罗森格兰兹和吉尔登斯吞！这次匆匆召请你们两位前来，一方面是因为我非常思念你们，一方面也是因为我有需要你们帮忙的地方。你们大概已经听到哈姆莱特的变化；我把它称为变化，因为无论在外表上或是精神上，他已经和从前大不相同。除了他父亲的死以外，究竟还有些什么原因，把他激成了这种疯疯癫癫的样子，我实在无从猜测。你们从小便跟他在一起长大，素来知道他的脾气，所以我特地请你们到我们宫廷里来盘桓几天，陪伴陪伴他，替他解解愁闷，同时趁机窥探他究竟有些什么秘密的心事，为我们所不知道的，也许一旦公开之后，我们就可以替他对症下药。

王后　他常常讲起你们两位，我相信世上没有哪两个人比你们更为他所亲信了。你们要是不嫌怠慢，答应在我们这儿小作勾留，帮助我们实现我们的希望，那么你们的盛情雅意，一定会受到丹麦王室隆重的礼谢的。

罗森格兰兹　我们是两位陛下的臣子，两位陛下有什么旨意，尽管命令我们；像这样言重的话，倒使我们置身无地了。

吉尔登斯吞　我们愿意投身在两位陛下的足下，两位陛下无论有什么命令，我们都愿意尽力奉行。

国王　谢谢你们，罗森格兰兹和善良的吉尔登斯吞。

王后　谢谢你们，吉尔登斯吞和善良的罗森格兰兹。现在我就要请你们立刻去看看我的大大变了样子的儿子。来人，领这两位绅士到哈姆莱特的地方去。

吉尔登斯吞　但愿上天保佑，使我们能够得到他的欢心，帮助他恢复常态！

王后　阿门！（罗森格兰兹、吉尔登斯吞及若干侍从下）

波洛涅斯上。

波洛涅斯　启禀陛下，我们派往挪威去的两位钦使已经喜气洋洋地回来了。

国王　你总是带着好消息来报告我们。

波洛涅斯　真的吗，陛下？不瞒陛下说，我把我对于我的上帝和我的宽仁厚德的王上的责任，看得跟我的灵魂一样重呢。要是我的脑筋还没有出毛病，想到了岔路上去，那么我想我已经发现了哈姆莱特发疯的原因。

国王　啊！你说吧，我急着要听呢。

波洛涅斯　请陛下先接见了钦使；我的消息留作为茶余饭后的话题吧。

国王　那么有劳你去迎接他们进来。（波洛涅斯下）我的亲爱的王后，他对我说他已经发现了你的儿子心神不定的原因。

王后　我想主要的原因还是他父亲的死和我们过于迅速的结婚。

国王　好，等我们仔细问问。

波洛涅斯率伏提曼德及考尼律斯重上。

国王　欢迎，我的好朋友们！伏提曼德，我们的挪威王兄怎么说？

伏提曼德　他叫我们向陛下转达他的友好的问候。他听到了我们的要求，就立刻传谕他的侄儿停止征兵；本来他以为这种举动是准备对付波兰人的，可是一经调查，才知道它的对象原来是陛下；他知道此事以后，痛心自己因为年老多病，受人欺罔，震怒之下，传令把福丁布拉斯逮捕；福丁布拉斯并未反抗，受到了挪威王一番申斥，最后就在他的叔父面前立誓决不兴兵侵犯陛下。老王看见他诚心悔过，非常欢喜，当下就给他三千克朗的年俸，并且委任他统率他所征募的那些军士，去向波兰人征伐；同时他叫我把这封信呈上陛下，（以书信呈上）请求陛下允许他的军队借道通过陛下的领土，他已经在信里提出若干条件，保证绝不扰乱地方的安宁。

国王　这样很好，等我们有空的时候，还要仔细考虑一下，然后答复。你们远道跋涉，不辱使命，很是劳苦了，先去休息休息，今天晚上我们还要在一起欢宴。欢迎你们回来！（二使节及侍从下）

波洛涅斯　这件事情总算圆满结束了。王上、娘娘，要是我向你们长篇大论地解释君上的尊严，臣下的名分，白昼何以为白昼，黑夜何以为黑夜，时间何以为时间，那不过徒然浪费了昼夜的时间；所以，既然简洁是智慧的灵魂，冗长是肤浅的藻饰，我还是把话说得简单一些吧。你们的那位殿下是疯了；我说他疯了，假如要说明什么才是真疯，那么除了说他发疯了以外，还有什么话好说呢？可是那也不用说了。

王后　多谈些实际，少弄些玄虚。

波洛涅斯　娘娘，我发誓我一点不故弄玄虚。他疯了，这是真的；惟其是真的，所以才可叹，它的可叹也是真的——蠢话少说，因为我不愿故弄玄虚。好，让我们同意他已经疯了；现在我们就应该求出这一个结果的原因，或者不如说，这一种病态的原因，因为这个病态的结果不是无因而至的，这就是我们现在要做的一步工作。我们来想一想吧。我有一个女儿——当她还不过是我的女儿的时候，她是属于我的——难得她一片孝心，把这封信给了我；现在请猜一猜这里面说些什么话。（读信）“给那天仙化人的，我的灵魂的偶像，最美丽的奥菲利娅——”这是一句恶劣的句子，下流的句子；“美丽的”也是很下流的字眼。可是你们听下去吧，“让这几行诗句留下在她的皎洁的胸中——”

王后 这是哈姆莱特写给她的吗？

波洛涅斯 好娘娘，等一等，听我念下去。（读信）

你可以疑心星星是火把；
你可以疑心太阳会移转；
你可以疑心真理是谎话；
可是我的爱永没有改变。

亲爱的奥菲利娅啊！我的诗写得太坏。我不会用诗句来抒写我的愁怀；可是相信我，最好的人儿啊！我最爱的是你。再会！亲爱的小姐，只要我一息尚存，我就永远是你的，哈姆莱特。

这一封信是我的女儿出于孝顺之心拿来给我看的；此外，她又把他一次次求爱的情形，在什么时候、用什么方法、在什么所在，全都讲给我听了。

国王 可是她对于他的爱情抱着怎样的态度呢？

波洛涅斯　陛下以为我是怎么样的一个人？

国王　一个忠心正直的人。

波洛涅斯　但愿我能够证明自己是这样一个人。可是假如我看见这场热烈的恋爱正在进行——不瞒陛下说，我在我的女儿没有告诉我以前就早已看出来了——假如我知道有了这么一回事，却在暗中玉成他们的好事，或者故意视若无睹，假作痴聋，一切不闻不问，那时候陛下的心里觉得怎样？我的好娘娘，您这位王后陛下的心里又觉得怎样？不，我一点儿也不敢懈怠我的责任，立刻我就对我那位小姐说："哈姆莱特殿下是一位王子，不是你可以仰望的；这种事情不能让它继续下去。"于是我把她教训一番，叫她深居简出，不要和他见面，不要接纳他的来使，也不要收受他的礼物；她听了这番话，就照着我的意思实行起来。说来话短，他受到拒绝以后，心里就郁郁不快，于是饭也吃不下了，觉也睡不着了，他的身体一天憔悴一天，他的精神一天恍惚一天，这样一步步发展下去，就变成现在他这一种为我们大家所悲痛的疯狂。

国王　你想是这个原因吗？

王后　这是很可能的。

波洛涅斯　我倒很想知道知道，哪一次我肯定地说过了"这件事情是这样的"，结果却并不这样？

国王　照我所知道的，那倒是没有。

波洛涅斯　要是我说错了话，把这个东西从这个上面拿了下来吧。（指自己的头及肩）只要有线索可寻，我总会找出事实的真相，即使那真相一直藏在地球的中心。

国王　我们怎么可以进一步试验试验？

波洛涅斯　您知道，有时候他会接连几个钟头在这走廊里踱来踱去。

王后　他真的常常这样踱来踱去。

波洛涅斯　趁他踱来踱去的时候，我就放我的女儿去见他，你我可以躲在帷幕后面注视他们相会的情形；要是他不爱她，他的理智不是因为恋爱而丧失，那么不要叫我襄理国家的政务，让我去做个耕田的农夫吧。

国王　我们要试一试。

哈姆莱特读书上。

王后　可是瞧，这可怜的孩子忧忧愁愁地念着一本书来了。

波洛涅斯　请两位陛下避一避开；让我上前招呼他。（国王、王后及侍从等下）

哈姆莱特读书上。

波洛涅斯　啊，恕我冒昧。您好，哈姆莱特殿下？

哈姆莱特 呃，上帝怜悯世人！

波洛涅斯 您认识我吗，殿下？

哈姆莱特 认识认识，你是一个卖鱼的贩子。

波洛涅斯 我不是，殿下。

哈姆莱特 那么，我但愿你是一个鱼贩一样的老实人。

波洛涅斯 老实，殿下？

哈姆莱特 嗯，先生；在这世上，一万个人中间只不过有一个老实人。

波洛涅斯 这句话说得很对，殿下。

哈姆莱特 要是太阳在一头大可亲吻的死狗尸体上孵育蛆虫——你有一个女儿吗？

波洛涅斯 我有，殿下。

哈姆莱特 不要让她在太阳光底下行走；怀孕是一种幸福，可是你的女儿要是怀了孕，那可糟了。朋友，留心哪。

波洛涅斯 （旁白）你们瞧，他念念不忘地提着我的女儿；可是最初他不认识我，他说我是一个卖鱼的贩子。他的疯病已经很深了，很深了。说句老实话，我在年轻的时候，为了恋爱也曾大发其疯，那样子也跟他差不多哩。让我再去对他说话——您在读些什么，殿下？

哈姆莱特 都是些空话，空话，空话。

波洛涅斯 有些什么内容，殿下？

哈姆莱特 谁和谁啊？

波洛涅斯 殿下，我问的是你书里的事情。

哈姆莱特 一派诽谤，先生。这个专爱把人讥笑的坏蛋在这儿说着，老年人长着灰白的胡须，他们的脸上满是皱纹，他们的眼睛里沾满了眼屎，他们的头脑是空空洞洞的，他们的两腿是摇摇摆摆的；这些话，先生，虽然我十分相信，可是照这样写在书上，总有些有伤厚道；因为就是拿您先生自己来说，要是您能够像一只蟹一样向后倒退，那么您也应该跟我差不多老了。

波洛涅斯 （旁白）这些虽然是疯话，却有深意在内。——您要走到避风的地方去吗，殿下？

哈姆莱特 走进我的坟里去？

波洛涅斯 （旁白）那可真是一个避风的地方。（旁白）他的回答有时候是多么深刻！疯狂的人往往能够说出理智清明的人所说不出来的话。我要离开他，立刻就去想法让他跟我的女儿见面。——殿下，我要向您告别了。

哈姆莱特　先生，那是再好没有的事；但愿我也能够向我的生命告别，但愿我也能够向我的生命告别，但愿我也能够向我的生命告别。

波洛涅斯　再会，殿下。

哈姆莱特　这些讨厌的老傻瓜！

罗森格兰兹及吉尔登斯吞上。

波洛涅斯　你们要去找哈姆莱特殿下，那边就是。

罗森格兰兹　上帝保佑您，大人！（波洛涅斯下）

吉尔登斯吞　我的尊贵的殿下！

罗森格兰兹　我的最亲爱的殿下！

哈姆莱特　我的好朋友们！你好，吉尔登斯吞？啊，罗森格兰兹！好孩子们，你们两人都好？

罗森格兰兹　不过像一般庸庸碌碌之辈，在这世上虚度时光而已。

吉尔登斯吞　无荣无辱便是我们的幸福；我们不是命运女神帽上

的钮扣。

哈姆莱特　也不是她鞋子的底吗？

罗森格兰兹　也不是，殿下。

哈姆莱特　那么你们是在她的腰上，或是在她的怀抱之中吗？

吉尔登斯吞　说老实话，我们是在她的私处。

哈姆莱特　在命运身上秘密的那部分吗？啊，对了；她本来是一个娼妓。你们听到什么消息没有？

罗森格兰兹　没有，殿下，我们只知道这世界变得老实起来了。

哈姆莱特　那么世界末日快要到了；可是你们的消息是假的。让我再问你们一些私人的问题；我的好朋友们，你们在命运手里犯了什么案子，她把你们送到这儿牢狱里来了？

吉尔登斯吞　牢狱，殿下！

哈姆莱特　丹麦是一所牢狱。

罗森格兰兹　那么世界也是一所牢狱。

哈姆莱特　一所很大的牢狱，里面有许多监房、囚室、地牢；丹麦是一间最坏的囚室。

罗森格兰兹　我们倒不这样想，殿下。

哈姆莱特　啊，那么对于你们它并不是牢狱；因为世上的事情本来没有善恶，都是各人的思想把它们分别出来的；对于我它是一所牢狱。

罗森格兰兹　啊，那是因为您的梦想太大，丹麦是个狭小的地方，不够给您发展，所以您把它看成一所牢狱啦。

哈姆莱特　上帝啊！倘不是因为我有了噩梦，那么即使把我关在一个果壳里，我也会把自己当做一个拥有着无限空间的君王的。

吉尔登斯吞　那种噩梦便是您的野心；因为野心家本身的存在，也不过是一个梦的影子。

哈姆莱特　一个梦的本身便是一个影子。

罗森格兰兹　不错，因为野心是那么空虚轻浮的东西，所以我认为它不过是影子的影子。

哈姆莱特　那么我们的乞丐是实体，我们的帝王和大言不惭的英雄，却是乞丐的影子了。我们进宫去好不好？因为我实在不能陪着你们谈玄说理。

罗森格兰兹、吉尔登斯吞　我们愿意侍候殿下。

哈姆莱特　没有的事，我不愿把你们当做我的仆人一样看待；老实对你们说吧，在我旁边伺候我的人太多啦。可是，凭着我们多年的交情，老实告诉我，你们到厄尔锡诺来有什么贵干？

罗森格兰兹 我们是来拜访您来的，殿下。没有别的原因。

哈姆莱特 像我这样一个叫花子，我的感谢也是不值钱的，可是我谢谢你们；我想，亲爱的朋友们，你们专诚而来，只换到我的一声不值半文钱的谢谢，未免太不值得了。不是有人叫你们来的吗？果然是你们自己的意思吗？真的是自动的访问吗？来，不要骗我。来，来，快说。

吉尔登斯吞 叫我们说些什么话呢，殿下？

哈姆莱特 无论什么话都行，只要不是废话。你们是奉命而来的；瞧你们掩饰不了你们良心上的惭愧，已经从你们的脸色上招供出来了。我知道是我们这位好国王和好王后叫你们来的。

罗森格兰兹 为了什么目的呢，殿下？

哈姆莱特 那可要请你们指教我了。可是凭着我们朋友间的道义，凭着我们少年时候亲密的情谊，凭着我们始终不渝的友好的精神，凭着其他一切更有力量的理由，让我要求你们开诚布公，告诉我究竟你们是不是奉命而来的？

罗森格兰兹 （向吉尔登斯吞旁白）你怎么说？

哈姆莱特 （旁白）好，那么我看透你们的行动了——要是你们爱我，别再抵赖了吧。

吉尔登斯吞 殿下，我们是奉命而来的。

哈姆莱特 让我代你们说明来意，免得你们泄漏了自己的秘密，有负国王王后的付托。我近来不知为了什么缘故，一点兴致都提不起来，什么游乐的事都懒得过问；在这一种抑郁的心境之下，仿佛负载万物的大地，这一座美好的框架，只是一个不毛的荒岬；覆盖众生的苍穹，这一顶壮丽的帐幕，这一个点缀着金黄色的火球的庄严的屋宇，只是一大堆污浊的瘴气的集合。人类是一件多么了不得的杰作！多么高贵的理性！多么伟大的力量！多么优美的仪表！多么文雅的举动！在行为上多么像一个天使！在智慧上多么像一个天神！宇宙的精华！万物的灵长！可是在我看来，这一个泥土塑成的生命算得什么？人类不能使我发生兴趣；不，女人也不能使我发生兴趣，虽然从你的微笑之中，我可以看到你们持有异议。

罗森格兰兹 殿下，我心里并没有这样的思想。

哈姆莱特 那么当我说"人类不能使我发生兴趣"的时候，你为什么笑起来？

罗森格兰兹 我想，殿下，要是人类不能使您发生兴趣，那么那班戏子们恐怕要来自讨一场没趣了；我们在路上追上他们，他们是要到这儿来向您献技的。

哈姆莱特 扮演国王的那个人将要得到我的欢迎，我要在他的御座之前致献我的敬礼；冒险的骑士可以挥舞他的剑盾；情人的叹息不会没有酬报；躁急易怒的角色可以平安下场；小丑将要使那班善笑的观众捧腹；我们的女主角必须坦白诉说她的心事，不用担心那无韵诗行将要脱去板眼。他们是一班什么戏子？

罗森格兰兹　就是您向来所欢喜的那一个班子，在城里专演悲剧的。

哈姆莱特　他们怎么走起江湖来呢？固定在一个地方演戏，在名誉和进益上都要好得多哩。

罗森格兰兹　我想他们不能在一个地方立足，是为了时势的变化。

哈姆莱特　他们的名誉还是跟我在城里那时候一样吗？他们的观众还是那么多吗？

罗森格兰兹　不，他们现在已经今非昔比了。

哈姆莱特　怎么会这样的？他们的演技退步了吗？

罗森格兰兹　不，他们还是跟从前一样努力；可是，殿下，他们的地位已经被一群羽毛未丰的黄口小儿占夺了去。这些娃娃们的嘶叫博得了台下疯狂的喝彩，他们是目前流行的宠儿，他们的声势压倒了所谓普通的戏班，以至于许多佩剑绅士都因为惧怕那些专为童伶写戏的剧作家的鹅毛笔的威力，而不敢去那里看戏了。

哈姆莱特　什么！是一些童伶吗？谁维持他们的生活？他们的薪工是怎么计算的？他们一到不能唱歌的年龄，就不再继续他们的本行了吗？要是他们攒不了多少钱，长大起来多半还是要做普通戏子的，那时候他们不是要抱怨他们的批评家们不该在从前把他们捧得那么高，结果反而妨碍了他们自己的前途吗？

罗森格兰兹　真的，两方面闹过不少的纠纷，全国的人都站在旁边恬不为意地呐喊助威，怂恿他们互相争斗。曾经有一个时期，一本脚本非到编剧家和演员争吵得动起武来，是没有人愿意出钱购买的。

哈姆莱特　有这等事？

吉尔登斯吞　啊！两边曾大动干戈呢。

哈姆莱特　结果是孩子们大获全胜？

罗森格兰兹　正是这样，殿下，他们连“环球剧场”也一并席卷去了。

哈姆莱特　那也没有什么稀奇；我的叔父是丹麦的国王，当我父亲在世的时候对他扮鬼脸的那些人，现在都愿意拿出二十、四十、五十、一百块金洋来买他的一幅小照。哼，这里面有些不是常理可解的地方，要是哲学能够把它推究出来的话。（内喇叭奏花腔）

吉尔登斯吞　这班戏子们来了。

哈姆莱特　两位先生，欢迎你们到厄尔锡诺来。把你们的手给我；按照通俗的礼节，我应该向你们表示欢迎。让我不要对你们失礼，因为这些戏子们来了以后，我不能不敷衍他们一番，也许你们见了会发生误会，以为我招待你们还不及招待他们的殷勤。我欢迎你们；可是我的叔父、父亲和婶母、母亲可弄错啦。

吉尔登斯吞　弄错了什么，我的好殿下？

哈姆莱特　天上刮着西北风，我才发疯的；风从南方吹来的时候，我不会把一头鹰当作了一头鹭鸶。

波洛涅斯重上。

洛涅斯　祝福你们，两位先生！

哈姆莱特（对二人旁白）听着，吉尔登斯吞；你也听着；两人站在我的两边，听我说，你们看见的那个大孩子，还在襁褓之中，没有学会走路哩。

罗森格兰兹　也许他是第二次裹在襁褓里，因为人家说，一个老年人是第二次做婴孩。

哈姆莱特　我可以预言他是来报告我戏子们来了的消息；听好，（故意大声）你说得不错，在星期一早上；正是正是。

波洛涅斯　殿下，我有消息要来向您报告。

哈姆莱特 大人，我也有消息要向您报告。当罗歇斯[①]在罗马演戏的时候——

波洛涅斯 那班戏子们已经到这儿来了，殿下。

哈姆莱特 嗤！嗤！

波洛涅斯 凭着我的名誉起誓——

哈姆莱特 那时每一个伶人都骑着驴子而来——

波洛涅斯 他们是全世界最好的伶人，无论悲剧、喜剧、历史剧、田园剧、田园喜剧、田园史剧、历史悲剧、历史田园悲喜剧、不分场的古典剧或是近代的自由诗剧，他们无不擅长；塞内加的悲剧不嫌其太沉重，普鲁图斯的喜剧不嫌其太轻浮[②]。无论在规矩的或是即兴的演出方面，他们都是唯一的演员。

哈姆莱特 以色列的士师耶弗他啊，你有一件怎样的宝贝！[③]

波洛涅斯 他有什么宝贝，殿下？

哈姆莱特 嗨，

他有一个独生娇女，

爱她胜过掌上明珠。

---

① 罗歇斯，古罗马著名伶人。

② 塞内加，普鲁图斯均为罗马剧作家，前者善写悲剧，后者善写喜剧。

③ 耶弗他得上帝之助，击败敌人，乃以其女献祭。事见《旧约·士师记》。

波洛涅斯 （旁白）还是在提着我的女儿。

哈姆莱特 我念得对不对，耶弗他老头儿？

波洛涅斯 要是您叫我耶弗他，殿下，那么我有一个爱如掌珠的娇女。

哈姆莱特 不，下面不是这样的。

波洛涅斯 那么是应当怎样的呢，殿下？

哈姆莱特 啊，“命中注定，老天知道”，接下去你知道，“且说那一日”。你去查那首圣经歌谣的第一节吧。瞧，有人来打断我的谈话了。

优伶四五人上。

哈姆莱特 欢迎，各位朋友，欢迎欢迎！我很高兴看见你们都是这样健康。啊，我的老朋友！你的脸上比我上次看见你的时候，多长了几根胡子，格外显得威武啦；你是要到丹麦来向我挑战吗？啊，我的年青的姑娘！凭着圣母起誓，您穿上了一双高底木靴，比我上次看见您的时候更苗条得多啦；求求上帝，但愿您的喉咙不要沙哑得像一面破碎的铜锣才好！各位朋友，欢迎欢迎！我们要像法国的猎鹰一样，看见什么就飞扑上去；让我们立刻就来念一段剧词。来，试一试你们的本领，来一段激昂慷慨的剧词。

伶甲 殿下要听的是哪一段？

哈姆莱特 我曾经听见你向我背诵过一段台词，可是它从来没有上演过；即使上演，也不会有一次以上，因为我记得这本戏并不受大众的欢迎。它是不合一般人口味的鱼子酱；可是照我的意思看来，还有其他在这方面比我更有权威的人也抱着同样的见解，它是一本绝妙的戏剧，场面支配得很是适当，文字质朴而富于技巧。我记得有人这样批评它，说是没有哗众取宠的笑料，也不见矫揉造作的痕迹；他把它称为一种老老实实的写法，喜人又健康，漂亮但不招摇。其中有一段话是我最喜爱的，那就是埃涅阿斯对狄多讲述的故事，尤其是讲到普里阿摩斯被杀的那一节[①]。要是你们还没有把它忘记，请从这一行念起；让我想想，让我想想——

野蛮的皮洛斯像猛虎一样[②]——

不，不是这样；它是从皮洛斯开始的——

野蛮的皮洛斯蹲伏在木马之中，
黝黑的手臂和他的决心一样，
像黑夜一般阴森而恐怖；
在这黑暗狰狞的肌肤之上，
现在更染上令人惊怖的纹章，
从头到脚，他全身一片殷红，
溅满了父母子女们无辜的血；
那些燃烧着熊熊烈火的街道，
发出残忍而惨恶的凶光，

① 以下所引剧词，叙述特洛亚亡国惨状，大约系莎翁模拟古典剧风之作。普里阿摩斯，为特洛亚之王。

② 皮洛斯，希腊英雄亚契尔斯之子，以骁勇残忍著称。

照亮敌人去肆行他们的杀戮，
也焙干了到处横流的血泊；
冒着火焰的熏炙，像恶魔一般，
全身胶黏着凝结的血块，
圆睁着两颗血红的眼睛，
他来往寻找普里阿摩斯老王的踪迹。

你接下去吧。

波洛涅斯 上帝在上，殿下，您念得好极了，真是抑扬顿挫，曲尽其妙。

伶甲 那老王正在气喘吁吁，
在希腊人的重围中苦战，
一点不听他手臂的指挥，
他的古老的剑锵然落地；
皮洛斯瞧他孤弱可欺，
疯狂似地向他猛力攻击，
凶恶的剑锋上下四方挥舞，
却把心胆俱丧的老翁击倒。
这一下打击有如天崩地裂，
惊动了没有感觉的伊利昂[①]，
冒着火焰的屋顶霎时坍下，

① 伊利恩，特洛亚之别名。

那轰然的巨响像一个霹雳，
震聋了皮洛斯的耳朵；瞧！
他的剑还没砍下普里阿摩斯白发的头颅，
却已在空中停住；
像画中的暴君，
将行为行，兀立不动。
在一场暴风雨未来以前，
天上往往有片刻的宁静，
一块块乌云静悬在空中，
狂风悄悄地收起它的声息，
死样的沉默笼罩整个大地；
可是就在这片刻之内，
可怕的雷鸣震裂了天空。
经过暂时的休止，杀人的暴念
重新激起了皮洛斯的精神；
库克罗普斯[①]为战神铸造甲胄，
那巨力的锤击，还不及皮洛斯
流血的剑向普里阿摩斯身上劈下
那样凶狠无情。
去，去，你娼妇一样的命运！
天上的诸神啊！剥去她的权力，

① 库克罗普斯，传说中之一族独眼巨人。

不要让她僭窃神明的宝座；
拆毁她的车轮，把它滚下神山，
直到地狱的深渊。

波洛涅斯　这一段太长啦。

哈姆莱特　它应当跟你的胡子一起到理发匠那儿去剪一剪。念下去吧。他只爱听俚俗的歌曲和淫秽的故事，否则他就要瞌睡的。念下去；下面要讲到赫卡柏了[①]。

伶甲　可是啊！谁看见那蒙脸的王后——

哈姆莱特　“那蒙脸的王后”？

波洛涅斯　那很好；“蒙脸的王后”是很好的句子。

伶甲　满面流泪，在火焰中赤脚奔走，
一块布覆在失去宝冕的头上，
也没有一件蔽体的衣服，
只有在惊惶中抓到的一幅毡巾，
裹住她瘦削而多产的腰身；
谁见了这样伤心惨目的景象，
不要向残酷的命运申申毒詈？
她看见皮洛斯以杀人为戏，

---

① 赫卡柏，特洛亚王普里阿摩斯之后。

正在把她丈夫的肢体脔割，
忍不住大放哀声，那凄凉的号叫，
除非人间的哀乐不能感动天庭，
即使光明的日月也会陪她流泪，
诸神的心中都要充满悲愤。

波洛涅斯 瞧，他的脸色都变了，他的眼睛里已经含着眼泪！不要念下去了吧。

哈姆莱特 很好，其余的部分等会儿再念给我听吧。大人，请您去找一处好好的地方安顿这一班伶人。听着，他们是不可能怠慢的，因为他们是这一个时代的缩影；宁可在死后得到一首恶劣的墓铭，不要在生前受他们一场刻毒的讥讽。

波洛涅斯 殿下，我按着他们应得的名分对待他们就是了。

哈姆莱特 哎哟，朋友，还要客气得多哩！要是照每一个人应得的名分对待他，那么谁逃得了一顿鞭子？照你自己的名誉地位对待他们；他们越是不配受这样的待遇，越可以显出你的谦虚有礼。领他们进去。

波洛涅斯 来，各位朋友。

哈姆莱特 跟他去，朋友们；明天我们要听你们唱一本戏。（波洛涅斯偕众伶下，伶甲独留）听着，老朋友，你会演《贡扎古之死》吗？

伶甲　会演的，殿下。

哈姆莱特　那么我们明天晚上就把它上演。也许我因为必要的理由，要另外写下约莫有十几行句子的一段剧词插进去，你能够把它预先背熟吗？

伶甲　可以，殿下。

哈姆莱特　很好。跟着那位老爷去；留心不要取笑他。（伶甲下。向罗森格兰兹、吉尔登斯吞）我的两位好朋友，我们今天晚上再见；欢迎你们到厄尔锡诺来！

吉尔登斯吞　再会，殿下！（罗森格兰兹、吉尔登斯吞同下）

哈姆莱特　好，上帝和你们同在！现在我只剩一个人了。啊，我是一个多么不中用的蠢材！这一个伶人不过在一本虚构的故事、一场激昂的幻梦之中，却能够使他的灵魂融化在他的意象里，在它的影响之下，他的整个的脸色变成惨白，他的眼中洋溢着热泪，他的神情流露着仓皇，他的声音是这么呜咽凄凉，他的全部动作都表现得和他的意象一致，这不是很不可思议的吗？而且一点也不为了什么！为了赫卡柏！赫卡柏对他有什么相干，他对赫卡柏又有什么相干，他却要为她流泪？要是他也有了像我所有的那样使人痛心的理由，他将要怎样呢？他一定会让眼泪淹没了舞台，用可怖的字句震裂了听众的耳朵，使有罪的人发狂，使无罪的人惊骇，使愚昧无知的人惊惶失措，使所有的耳目迷乱了它们的功能。可是我，一个糊涂颟顸的家伙，垂头丧气，一天到晚像在做梦似的，忘记了杀父的大仇；虽然一个国王给人家用万恶的手段掠夺了他的权位，杀害了他的最宝贵的生命，我却始终哼不出一句话来。我是一个懦夫吗？谁骂我恶人？谁敲破我的脑壳？谁拔去我的胡子，把它吹在我的脸上？谁扭我的鼻子？谁当面指斥我胡说？谁对我做这种事？嘿！我应该忍受这样的侮辱，因为我是一个没有心肝，逆来顺受的怯汉，否则我早已用这奴才的尸肉，喂肥了满天盘旋的乌鸢了。嗜血的，荒淫的恶贼！狠心的、奸诈的、淫邪的、悖逆的恶贼！啊！复仇！——嗨，我真是个蠢材！我的亲爱的父亲被人谋杀了，鬼神都在鞭策我复仇，我这做儿子的却像一个下流女人似的，只会用空言发发牢骚，学起泼妇骂街的样子来，真是了不得的勇敢！呸！呸！活动起来吧，我的脑筋！我听人家说，犯罪的人在看戏的时候，因为台上表演的巧妙，有时会激动天良，当场供认他们的罪恶；因为暗杀的事情无论干得怎样秘密，总会借着神奇的喉舌泄露出来。我要叫这班伶人在我的叔父面前表演一本跟我的父亲的惨死情节相仿的戏剧，我就在一旁窥察他的神色；我要探视到他的灵魂的深处，要是他稍露惊骇不安之态，我就知道我应该怎么办。我所看见的幽灵也许是魔鬼的化身，借着一个美好的形状出现，魔鬼是有这一种本领的；对于柔弱忧郁的灵魂，他最容易发挥他的力量；也许他看准了我的柔弱和忧郁，才来向我作祟，要把我引诱到沉沦的路上。我要先得到一些比这更切实的证据；凭着这一本戏，我可以发掘国王内心的隐秘。（下）

第三幕

第一场

城堡中一室

国王、王后、波洛涅斯、奥菲利娅、罗森格兰兹及吉尔登斯吞上。

国王　你们不能用迂回婉转的方法，探出他为什么这样神魂颠倒，让紊乱而危险的疯狂困扰他的安静的生活吗？

罗森格兰兹　他承认他自己有些神经迷惘，可是绝口不肯说为了什么缘故。

吉尔登斯吞　他也不肯虚心接受我们的探问；当我们想要从他嘴里知道他自己的一些真相的时候，他总是用假作痴呆的神气回避不答。

王后　他对待你们还客气吗?

罗森格兰兹　很有礼貌。

吉尔登斯吞　可是不大自然。

罗森格兰兹　不大说话，但是对我们的问题倒是回答得十分详细。

王后　你们有没有劝诱他找些什么消遣?

罗森格兰兹　娘娘，我们来的时候，刚巧有一班戏子也要到这儿来，给我们赶上了；我们把这消息告诉了他，他听了好像很高兴。现在他们已经到了宫里，我想他今晚就要看他们的表演的。

波洛涅斯　一点不错；他还叫我来请两位陛下同去看看他们演得怎样哩。

国王　那好极了；我非常高兴听见他在这方面感兴趣。请你们两位还要更进一步鼓起他的兴味，把他的心思移转到这种娱乐上面。

罗森格兰兹　是，陛下。（罗森格兰兹、吉尔登斯吞同下）

国王　亲爱的葛特露，你也暂时离开我们；因为我们已经暗中差人去唤哈姆莱特到这儿来，让他和奥菲利娅见见面，就像是他们偶然相遇的一般。她的父亲跟我两人将要权充一下密探，躲在可以看见他们却不能被他们看见的地方，注意他们会面的情形，从他的行为上判断他的疯病究竟是不是因为恋爱上的苦闷。

王后　我愿意服从您的意旨。奥菲利娅，但愿你的美貌果然是哈姆莱特疯狂的原因；更愿你的美德能够帮助他恢复原状，使你们两人都能安享尊荣。

奥菲利娅　娘娘，但愿如此。（王后下）

波洛涅斯　奥菲利娅，你在这儿走走。陛下，我们就去躲起来吧。（向奥菲利娅）你拿这本书去读，他看见你这样用功，就不会疑心你为什么一个人在这儿了。人们往往用至诚的外表和虔敬的行动，掩饰一颗魔鬼般的内心，这样的例子是太多了。

国王　（旁白）啊，这句话是太真实了！它在我的良心上抽了多么重的一鞭！涂脂抹粉的娼妇的脸颊，还不及掩藏在虚伪的言辞后面的我的行为更丑恶。难堪的重负啊！

波洛涅斯　我听见他来了；我们退下去吧，陛下。（国王及波洛涅斯下）

哈姆莱特上。

哈姆莱特　生存还是毁灭，这是一个值得考虑的问题；默然忍受命运的暴虐的毒箭，或是挺身反抗人世的无涯的苦难，在奋斗中扫清这一切，这两种行为，哪一种更高贵？死了，睡去了，什么都完了；要是在这一种睡眠之中，我们心头的创痛，以及其他无数血肉之躯所不能避免的打击，都可以从此消失，那正是我们求之不得的结局。死了，睡去了。睡去了也许还会做梦。嗯，阻碍就在这儿：

因为当我们摆脱了这一具朽腐的皮囊以后，在那死的睡眠里，究竟将要做些什么梦，那不能不使我们踌躇顾虑。人们甘心久困于患难之中，也就是为了这一个缘故。谁愿意忍受人世的鞭挞和讥嘲、压迫者的凌辱、傲慢者的冷眼、被轻蔑的爱情的惨痛、法律的迁延、官吏的横暴和微贱者费尽辛勤所换来的鄙视，要是他只要用一柄小小的刀子就可以清算他自己的一生？谁愿意负着这样的重担，在烦劳的生命的压迫下呻吟流汗，倘不是因为惧怕那不可知的死后，惧怕那从来不曾有一个旅人回来过的神秘之国，是它迷惑了我们的意志，使我们宁愿忍受目前的磨折，不敢向我们所不知道的痛苦飞去？这样，重重的顾虑使我们全变成了懦夫，决心的赤热的光彩，被审慎的思维盖上了一层灰色，伟大的事业在这一种考虑之下，也会逆流而退，失去了行动的意义。且慢！美丽的奥菲利娅！——女神，在你的祈祷之中，不要忘记替我忏悔我的罪孽。

奥菲利娅　我的好殿下，您这许多天来贵体安好吗？

哈姆莱特　谢谢你，很好，很好，很好。

奥菲利娅　殿下，我有几件您送给我的纪念品，我早就想把它们还给您；请您现在收回去吧。

哈姆莱特　不，我不要，我从来没有给你什么东西。

奥菲利娅　殿下，我记得很清楚您把它们送给了我，那时候您还向我说了许多甜蜜的言语，使这些东西格外显得贵重；现在它们的芳香已经消散，请您拿了回去吧，因为送礼的人要是变了心，礼物虽贵，也会失去了价值。拿去吧，殿下。

哈姆莱特　哈哈！你贞洁吗？

奥菲利娅　殿下！

哈姆莱特　你美丽吗？

奥菲利娅　殿下是什么意思？

哈姆莱特　要是你既贞洁又美丽，那么顶好不要让你的贞洁跟你的美丽来往。

奥菲利娅　殿下，美丽和贞洁相交，那不是再好没有吗？

哈姆莱特　嗯，真的。因为美丽可以使贞洁变成淫荡，贞洁却未必能使美丽受它自己的感化。这句话从前像是怪诞之谈，可是现在的时世已经把它证实了。我曾经爱过你。

奥菲利娅　真的，殿下，您曾经使我相信您爱我。

哈姆莱特　你当初就不应该相信我，因为美德不能熏陶我们罪恶的本性；我没有爱过你。

奥菲利娅　那么我真是受了骗了。

哈姆莱特　进尼姑庵去吧；为什么你要生养一群罪人出来呢？我自

己还不算是一个顶坏的人；可是我可以指出我的许多过失，一个人有了那些过失，他的母亲还是不要生下他来的好。我很骄傲、使气、不安分，还有那么多的罪恶，连我的思想里也容纳不下，我的想象也不能给它们形象，甚至于我都没有充分的时间可以把它们实行出来。像我这样的家伙，匍匐于天地之间，有什么用处呢？我们都是些十足的坏人；一个也不要相信我们。进尼姑庵去吧。你的父亲呢？

奥菲利娅　在家里，殿下。

哈姆莱特　把他关起来，让他只好在家里发发傻劲。再会！

奥菲利娅　哎哟，天哪！救救他！

哈姆莱特　要是你一定要嫁人，我就把这一个诅咒送给你做嫁奁：尽管你像冰一样坚贞，像雪一样纯洁，你还是逃不过谗人的诽谤。进尼姑庵去吧，去！再会！或者要是你必须嫁人的话，就嫁给一个傻瓜吧；因为聪明人都明白你们会叫他们变成怎样的怪物。进尼姑庵去吧，去；越快越好。再会！

奥菲利娅　天上的神啊，让他清醒过来吧！

哈姆莱特　我也知道你们会怎样涂脂抹粉；上帝给了你们一张脸，你们又替自己另外造了一张。你们烟视媚行，淫声浪气，替上帝造下的生物乱取名字，卖弄你们不懂事的风骚。算了吧，我再也不敢领教了，它已经使我发了狂。我说，我们以后再不要结什么婚了。

已经结过婚的，除了一个人以外，都可以让他们活下去；没有结婚的不准再结婚，进尼姑庵去吧，去。（下）

奥菲利娅 啊，一颗多么高贵的心是这样陨落了！朝臣的眼睛、学者的辩舌、军人的利剑、国家所瞩望的一朵娇花；时流的明镜、人伦的雅范、举世瞩目的中心，这样无可挽回地陨落了！我是一切妇女中间最伤心而不幸的，我曾经从他音乐一般的盟誓中吮吸芬芳的甘蜜，现在却眼看着他的高贵无上的理智，像一串美妙的银铃失去了谐和的音调，无比的青春美貌，在疯狂中凋谢！啊！我好苦，谁料过去的繁华，变作今朝的泥土！

国王及波洛涅斯重上。

国王 恋爱！他的精神错乱不像是为了恋爱；他说的话虽然有些颠倒，也不像是疯狂。他有些什么心事盘踞在他的灵魂里，我怕它也许会产生危险的结果。为防万一起见，我已经当机立断，决定了一个办法：他必须立刻到英国去，向他们追索延宕未纳的贡物；也许他到海外各国游历一趟以后，时时变换的环境，可以替他排解去这一桩使他神思恍惚的心事。你看怎么样？

波洛涅斯 那很好；可是我相信他烦闷的根本原因，还是为了恋爱上的失意。啊，（奥菲利娅趋前）奥利菲娅！你不用告诉我们哈姆莱特殿下说些什么话，我们全都听见了。陛下，照您的意思办吧；可是您要是认为可以的话，不妨在戏剧终场以后，让他的母后独自一人跟他在一起，恳求他向她吐露他的心事；她必须很坦白地跟他谈谈，我就找一个所在听他们说些什么。要是她也探听不出他的秘密来，您就叫他到英国去，或者凭着您的高见，把他关禁在一个适当的地方。

国王 就是这样吧，大人物的疯狂是不能听其自然的。（同下）

第二场

城堡中的厅堂

哈姆莱特及三伶人上。

哈姆莱特 请你念这段剧词的时候，要照我刚才读给你听的那样子，一个字一个字打舌头上很轻快地吐出来；要是你也像多数的伶人们一样，只会拉开了喉咙嘶叫，那么我宁愿叫那宣布告示的公差念我这几行词句。也不要老是把你的手在空中这么摇挥；一切动作都要温文，因为就是在洪水暴风一样的感情激发之中，你也必须取得一种节制，免得流于过火。啊！我顶不愿意听见一个披着满头假发的家伙在台上乱嚷乱叫，把一段感情片片撕碎，让那些只爱热闹的下层观众听了出神，他们中间的大部分是除了欣赏一些莫名其妙的哑剧和喧嚣以外，什么都不懂得的。我可以把这种家伙抓起来抽一顿鞭子，因为他把妥玛刚特形容过了分，希律王的凶暴也要对他甘拜下风[1]。请你留心避免才好。

伶甲 我留心着就是了，殿下。

哈姆莱特 可是太平淡了也不对，你应该接受你自己的常识的指导，把动作和言语互相配合起来；特别要注意到这一点：你不能越过人情的常道；因为不近情理的过分描写是和演剧的原意相反的，自有戏剧以来它的目的始终是反映人生，显示善恶的本来面目，给它的时代看一看它自己演变发展的模型。要是表演得过了分或者太懈怠了，虽然可以博外行的观众一笑，明眼之士却要因此而皱眉；你必须看重这样一个卓识者的批评甚于满场观众盲目的毁誉。啊！我曾经看见有几个伶人演戏，而且也听见有人把他们极口捧场，说一句并不过分的话，他们既不会说基督徒的语言，又不会学着人的样子走路，瞧他们在台上大摇大摆，使劲叫喊的样子，我心里就想一定是什么造化的雇工把他们造了下来：才造得这样拙劣，以至于全然失去了人类的面目。

伶甲 我希望我们在这方面已经相当纠正过来了。

哈姆莱特 啊！你们必须彻底纠正这一种弊病。还有你们那些扮演小丑的，除了剧本上专为他们写下的台词以外，不要让他们临时编造一些话儿加上去。往往有许多小丑爱用自己的笑声，引起台下一

---

① 妥玛刚特，传说中残恶凶暴之回教女神。希律，耶稣时代统治伽利利之暴君。二者为往时教训剧及神迹剧中常见之角色。

些无知的观众的哄笑，虽然那时候全场的注意力应当集中于其他更重要的问题上；这种行为是不可恕的，它表示出那丑角的可鄙的野心。去，准备起来吧。（伶人等同下）

波洛涅斯、罗森格兰兹及吉尔登斯吞上。

哈姆莱特 啊，大人，王上愿意来听这一本戏吗?

波洛涅斯 他跟娘娘都就要来了。

哈姆莱特 叫那些戏子们赶紧点儿。（波洛涅斯下）你们两人也去帮着催催他们。

罗森格兰兹、吉尔登斯吞 是，殿下。（罗森格兰兹、吉尔登斯吞下）

哈姆莱特 喂！霍拉旭！

霍拉旭上。

霍拉旭 有，殿下。

哈姆莱特 霍拉旭，你是在我所交往的人中最正直的一个。

霍拉旭 啊，殿下！——

哈姆莱特 不，不要以为我在恭维你；你除了你的善良的精神以外，身无长物，我恭维了你又有什么好处呢？为什么要向穷人恭维？不，让蜜糖一样的嘴唇去吮舐愚妄的荣华，在有利可图的所在弯下他们生财有道的膝盖来吧。听着。自从我能够辨别是非、察择贤愚以后，你就是我灵魂里选中的一个人，因为你虽然经历一切的颠沛，却不曾受到一点伤害，命运的虐待和恩宠，你都是受之泰然；能够把感情和理智调整得那么适当，命运不能把他玩弄于指掌之间，那样的人是有福的。给我一个不为感情所奴役的人，我愿意把他珍藏在我的心坎，我的灵魂的深处，正像我对你一样。这些话现在也不必多说了。今晚我们要在国王面前表演一本戏剧，其中有一场的情节跟我告诉过你的我的父亲的死状颇相仿佛；当那幕戏正在串演的时候，我要请你集中你的全部精神，注视我的叔父，要是他在听到了那一段剧词以后，他的隐藏的罪恶还是不露出一丝痕迹来，那么我们所看见的那个鬼魂一定是个恶魔，我的幻想也就像铁匠的砧石那样黑漆一团了。留心看好他，我也要把我的眼睛看定在他的脸上，过后我们再把各人观察到的结果综合起来，替他下一个判断。

霍拉旭　很好，殿下。在这本戏表演的时候，要是他在容色举止之间，有什么地方逃过了我们的注意，请您唯我是问。

喇叭奏花腔，奏丹麦进行曲。国王、王后、波洛涅斯、奥菲利娅、罗森格兰兹、吉尔登斯吞及其他贵族上；国王侍卫持火炬上。

哈姆莱特　他们来看戏了。我必须装作无所事事的神气。你去拣一个地方坐下。

国王　你好吗，哈姆莱特贤侄？

哈姆莱特　很好，好极了。我吃的是变色蜥蜴的肉，喝的是充满着甜言蜜语的空气，你们的肥鸡还没有这样的味道哩。

国王　你这种话真是答非所问，哈姆莱特，我不是那个意思。

哈姆莱特　不，我现在也没有那个意思。（向波洛涅斯）大人，您说您在大学里念书的时候，曾经演过一回戏吗？

波洛涅斯　是的，殿下，他们都赞我是一个很好的演员哩。

哈姆莱特　您扮演什么角色呢？

波洛涅斯　我扮的是裘力斯•凯撒，勃鲁托斯在朱庇特神殿里把我杀死。

哈姆莱特　他在神殿里杀死了那么好的一头小牛，真太残忍了。那班戏子已经预备好了吗？

罗森格兰兹　是，殿下，他们在等候您的旨意。

王后　过来，我的好哈姆莱特，坐在我的旁边。

哈姆莱特　不，好妈妈，这儿有一个更迷人的东西哩。（在奥菲利娅脚边躺下）

波洛涅斯 （向国王）啊哈！您看见吗？

哈姆莱特 小姐，我可以睡在您的怀里吗？

奥菲利娅 不，殿下。

哈姆莱特 我的意思是说，我可以把我的头枕在您的膝上吗？

奥菲利娅 嗯，殿下。

哈姆莱特 您以为我在转着下流的念头吗？

奥菲利娅 我没有想到，殿下。

哈姆莱特 睡在姑娘大腿的中间，想起来倒是很有趣的。

奥菲利娅 什么，殿下？

哈姆莱特 没有什么。

奥菲利娅 您在开玩笑哩，殿下。

哈姆莱特 谁，我吗？

奥菲利娅 嗯，殿下。

哈姆莱特 上帝啊！我不过是给您消遣消遣的。一个人为什么不说说笑笑呢？您瞧，我的母亲多么高兴，我的父亲还不过死了两个钟头。

奥菲利娅 不，已经四个月了，殿下。

哈姆莱特 这么久了吗？哎哟，那么让魔鬼去穿孝服吧，我可要去做一身貂皮的新衣啦。天啊！死了四个月，还没有把他忘记吗？那么也许一个大人物死了以后，他的记忆还可以保持半年之久；可是凭着圣母起誓，他必须造下几所教堂，否则他就要跟那被遗弃的木马一样，没有人再会想念他了。

高音笛奏乐。哑剧登场。

国王及王后上，状极亲热，互相拥抱。后跪地，向王做宣誓状，国王扶王后起，俯首王后颈上。国王就花坪上睡下；王后见国王睡熟离去。另一人上，自王头上去冠，吻冠，注毒药于王耳，下。王后重上，见国王死，作哀恸状。下毒者率其他三四人重上，佯作陪王后悲哭状。从者舁王尸下。下毒者以礼物赠后，向其乞爱；王后先作憎恶不愿状，卒允其请。同下。

奥菲利娅 这是什么意思，殿下？

哈姆莱特 呃，这是阴谋诡计的意思。

奥菲利娅 大概这一场哑剧就是全剧的本事了。

致开场词者上。

哈姆莱特 这家伙可以告诉我们一切；演戏的都不能保守秘密，他们什么话都会说出来。

奥菲利娅 他讲得出他们表演的是什么吗？

哈姆莱特 讲得出，你给他演什么，他就讲得出什么；你有脸演，他就有脸讲。

奥菲利娅 殿下真坏，殿下真坏！我要看戏了。

致开场词者 这悲剧要是演不好，
要请各位原谅指教，
小的在这厢有礼了。（下）

哈姆莱特 这还算开场词呢，还是指环上的诗铭？

奥菲利娅 它很短，殿下。

哈姆莱特 正像女人的爱情一样。

二伶人扮国王王后上。

伶王 日轮已经盘绕三十春秋，
那茫茫海水和滚滚地球，
月亮吐耀着借来的晶光，

三百六十回向大地环航，
自从爱把我们缔结良姻，
许门替我们证下了鸳盟。

伶后 愿日月继续他们的周游，
让我们再厮守三十春秋！
可是唉，你近来这样多病，
郁郁寡欢，失去旧时高兴，
好教我满心里为你忧惧。
可是，我的主，你不必疑虑；
女人的忧伤像她的爱一样，
不是太少，就是超过分量；
你知道我爱你是多么深，
所以才会有如此的忧心。
越是相爱，越是挂肚牵胸；
不这样哪显得你我情浓？

伶王 爱人，我不久必须离开你，
我的全身将要失去生机；
留下你在这繁华的世界
安享尊荣，受人们的敬爱；
也许再嫁一位如意郎君——

伶后 啊！我断不是那样薄情人；
我倘忘旧迎新，难邀天恕，
再嫁的除非是杀夫淫妇。

哈姆莱特 （旁白）苦恼，苦恼！

伶后 妇人失节大半贪慕荣华，
多情女子决不另抱琵琶；
我要是与他人共枕同衾，
怎么对得起地下的先灵！

伶王 我相信你的话发自心田，
可是我们往往自食前言。
志愿不过是记忆的奴隶，
总是有始无终，虎头蛇尾，
像未熟的果子密布树梢，
一朝红烂就会离去枝条。
我们对自己所负的债务，
最好把它丢在脑后不顾；
一时的热情中发下誓愿，
心冷了，那旨意也随云散。
过分的喜乐，剧烈的哀伤，
反会毁害了感情的本常。
人世间的哀乐变幻无端，
痛哭一转瞬早换了狂欢。
世界也会有毁灭的一天，
何怪爱情要随境遇变迁；
有谁能解答这一个哑谜，
是境由爱造？是爱逐境移？
失财势的伟人举目无亲；

走时运的穷酸仇敌逢迎。
这炎凉的世态古今一辙：
富有的门庭挤满了宾客；
要是你在穷途向人求助，
即使知交也要情同陌路。
把我们的谈话拉回本题，
意志命运往往背道而驰，
决心到最后会全部推倒，
事实的结果总难符预料。
你以为你自己不会再嫁，
只怕我一死你就要变卦。

伶后　地不要养我，天不要亮我！
昼不得游乐，夜不得安卧！
毁灭了我的希望和信心；
铁锁囚门把我监禁终身！
每一种恼人的飞来横逆，
把我一重重的心愿摧折！
我倘死了丈夫再作新人，
让我生前死后永陷沉沦！

哈姆莱特　要是她现在背了誓！

伶王　难为你发这样重的誓愿。
爱人，你且去；我神思昏倦，
想要小睡片刻。（睡）

伶后 愿你安睡；

上天保佑我俩永无灾悔！（下）

哈姆莱特 母亲，您觉得这本戏怎样？

王后 我想那女人发的誓太重了。

哈姆莱特 啊，可是她会守约的。

国王 这本戏是怎么一个情节？里面没有什么要不得的地方吗？

哈姆莱特 不，不，他们不过开玩笑毒死了一个人；没有什么要不得的。

国王 戏名叫什么？

哈姆莱特 《捕鼠机》。呃，怎么？这是一个象征的名字。戏中的故事影射着维也纳的一件谋杀案。贡扎古是那公爵的名字，他的妻子叫做巴普蒂斯塔。您看下去就知道是怎么一回事。这是一本很恶劣的作品，可是那有什么关系？它不会对您陛下跟我们这些灵魂清白的人有什么相干，让那被鞍子磨伤的马儿去惊跳退缩吧，我们的肩背都是好好儿的。

一伶人扮琉西安纳斯上。

哈姆莱特 这个人叫做琉西安纳斯，是那国王的侄子。

奥菲利娅 您很会解释剧情，殿下。

哈姆莱特 要是我看见傀儡戏搬演您跟您爱人的故事，我也会替你们解释的。

奥菲利娅 殿下，您太尖刻了。

哈姆莱特 想磨掉我这尖儿，你非得哼哼不可。动手吧，凶手！混账东西，别扮鬼脸了，动手吧！来，哇哇的乌鸦发出复仇的啼声。

琉西安纳斯 黑心快手，遇到妙药良机；
趁着没人看见事不宜迟。
你夜半采来的毒草炼成，
赫卡忒的咒语念上三巡[①]，
赶快发挥你凶恶的魔力，
让他的生命速归于幻灭。（以毒药注入睡者耳中）

哈姆莱特 他为了觊觎权位，在花园里把他毒死。他的名字叫贡扎古，那故事原文还存在，是用很好的意大利文写成的。底下就要做到那凶手怎样得到贡扎古的妻子的爱了。

奥菲利娅 王上起来了！

哈姆莱特 什么！给一响空枪吓坏了？

---

① 赫卡忒，黑夜及幽冥之女神。

王后 陛下怎么样啦?

波洛涅斯 不要演下去了!

国王 给我点起火把来!去!

众人 火把!火把!火把!(除哈姆莱特、霍拉旭外,均下)

哈姆莱特 嗨,让那中箭的母鹿掉泪,
没有伤的公鹿自去游玩。
有的人失眠,有的人酣睡,
世界就是这样循环轮转。

老兄,要是我的命运跟我作起对来,凭着我这样的本领,再插上满头的羽毛,开缝的靴子上缀上两朵绢花,你想我能不能在戏班子里插足?

霍拉旭 也许他们可以让您领半额包银。

哈姆莱特 我可要领全额的。
因为你知道,亲爱的台芒,
这一个荒凉破碎的国土。
原本是乔武统治的雄邦,
而今王位上却坐着——孔雀。

霍拉旭 您该把它押了韵才是。

哈姆莱特　啊，好霍拉旭！那鬼魂真的没有骗我。你看见吗？

霍拉旭　看见的，殿下。

哈姆莱特　当那演戏的一提到毒药的时候？

霍拉旭　我看得他很清楚。

哈姆莱特　啊哈！来，奏乐！来，那吹笛子的呢？
要是国王不爱这本喜剧，
那么他多分是不能赏识。
来，奏乐！

罗森格兰兹及吉尔登斯吞重上。

吉尔登斯吞　殿下，允许我跟您说句话。

哈姆莱特　好，你对我讲全部历史都可以。

吉尔登斯吞　殿下，王上——

哈姆莱特　嗯，王上怎么样？

吉尔登斯吞　他回去以后，非常不舒服。

哈姆莱特　喝醉酒了吗？

吉尔登斯吞　不，殿下，他在发脾气。

哈姆莱特 你应该把这件事告诉他的医生，才算你的聪明；因为叫我去替他诊视，恐怕反而更会激动他的脾气的。

吉尔登斯吞 好殿下，请您说话检点些，别这样拉扯开去。

哈姆莱特 好，我是听话的，你说吧。

吉尔登斯吞 您的母后心里很难过，所以叫我来。

哈姆莱特 欢迎得很。

吉尔登斯吞 不，殿下，这一种礼貌是用不着的。要是您愿意给我一个好好的回答，我就把您母亲的意旨向您传达；不然的话，请您原谅我，让我就这么回去，我的事情算是完了。

哈姆莱特 我不能。

吉尔登斯吞 您不能什么，殿下？

哈姆莱特 我不能给你一个好好的回答，因为我的脑子已经坏了。可是我所能够给你的回答，你——我应该说我的母亲——可以要多少有多少。所以别说废话，言归正传吧。你说我的母亲——

罗森格兰兹 她这样说：您的行为使她非常吃惊。

哈姆莱特 啊，好儿子，居然会叫一个母亲吃惊！可是在这母亲的吃惊的后面，还有些什么话呢？说吧。

罗森格兰兹　她请您在就寝以前，到她房间里去跟她谈谈。

哈姆莱特　即使她十次是我的母亲，我也一定服从她。你还有什么别的事情？

罗森格兰兹　殿下，我曾经蒙您错爱。

哈姆莱特　凭着我这双扒儿手起誓，我现在还是欢喜你的。

罗森格兰兹　好殿下，您心里这样不痛快，究竟是为了什么原因？要是您不肯把您的心事告诉您的朋友，那恐怕会累您自己失去自由的。

哈姆莱特　我不满足我现在的地位。

罗森格兰兹　怎么！王上自己已经亲口把您立为王位的继承者了，您还不能满足吗？

哈姆莱特　嗯，可是“要等草儿青青——”[①]这句老古话也有点儿发了霉啦。

乐工等持笛上。

哈姆莱特　啊！笛子来了，拿一支给我。跟你们退后一步说话，为什么你们这样千方百计地窥探我的隐私，好像一定要把我逼进你们的圈套？

---

① 一句古老的谚语：“要等草儿青青，马儿早已饿死。”

吉尔登斯吞　啊！殿下，要是我有太冒昧放肆的地方，那都是因为我对于您的敬爱太深了。

哈姆莱特　我不大懂得你的话。你愿意吹吹这笛子吗？

吉尔登斯吞　殿下，我不会吹。

哈姆莱特　请你吹一吹。

吉尔登斯吞　我真的不会吹。

哈姆莱特　请你不要客气。

吉尔登斯吞　我真的一点不会，殿下。

哈姆莱特　那是跟说谎一样容易的；你只要用你的手指按着这些笛孔，把你的嘴放在上面一吹，它就会发出最好听的音乐来。瞧，这些是音栓。

吉尔登斯吞　可是我不会从它里面吹出谐和的曲调来；我没有懂得它的技巧。

哈姆莱特　哼，你把我看成了什么东西！你会玩弄我；你自以为摸得到我的心窍；你想要探出我的内心的秘密；你会从我的最低音试到我的最高音；可是在这支小小的乐器之内，藏着绝妙的音乐，你却不会使它发出声音来。哼，你以为玩弄我比玩弄一支笛子容易吗？无论你把我叫做什么乐器，你也只能拨动我，不能玩弄我。

波洛涅斯重上。

哈姆莱特 上帝祝福你，先生！

波洛涅斯 殿下，娘娘请您立刻就去见她说话。

哈姆莱特 你看见那片像骆驼一样的云吗？

波洛涅斯 哎哟，它真的像一头骆驼。

哈姆莱特 我想它还是像一头鼬鼠。

波洛涅斯 它拱起了背，正像是一头鼬鼠。

哈姆莱特 还是像一条鲸鱼吧？

波洛涅斯 很像一条鲸鱼。

哈姆莱特 那么等一会儿我就去见我的母亲。（旁白）我给他们愚弄得再也忍不住了。（高声）我等一会儿就来。

波洛涅斯 我就去这么说。（下）

哈姆莱特 等一会儿是很容易说的。离开我，朋友们。（除哈姆莱特外，均下）现在是一夜之中最阴森的时候，鬼魂都在此刻从坟墓里出来，地狱也要向人世吐放疠气；现在我可以痛饮热腾腾的鲜血，干那白昼所不敢正视的残忍的行为。且慢！我还要到我母亲那儿去一趟。心啊！不要失去你的天性之情，永远不要让尼禄[1]的灵魂潜入我这坚定的胸怀；让我做一个凶徒，可是不要做一个逆子。我要用利剑一样的说话刺痛她的心，可是决不伤害她身体上一根毛发；我的舌头和灵魂要在这一次学学伪善者的样子，无论在言语上给她多么严厉的谴责，在行动上却要做得丝毫不让人家指摘。（下）

第三场

城堡中的一室

国王、罗森格兰兹及吉尔登斯吞上。

国王　我不喜欢他；纵容他这样疯闹下去，对于我是一个很大的威胁。所以你们快去准备起来吧；我马上叫人办好你们要递迭的文书，同时打发他跟你们一块儿到英国去。就我的地位而论，他的疯狂每小时都可以危害我的安全，我不能让他留在我的近旁。

吉尔登斯吞　我们就去准备起来；许多人的安危都寄托在陛下身上，这一种顾虑是最圣明不过的。

---

① 尼禄，古罗马暴君。

罗森格兰兹　每一个庶民都知道怎样远祸全身，一个身负天下重寄的人，尤其应该时刻不懈地防备危害的袭击。君主的薨逝不仅是个人的死亡，它像一个漩涡一样，凡是在它近旁的东西，都要被它卷去同归于尽；又像一个矗立在最高山峰上的巨轮，它的轮辐上连附着无数的小物件，当巨轮轰然崩裂的时候，那些小物件也跟着它一齐粉碎。国王的一声叹气，总是随着全国的呻吟。

国王　请你们准备立刻出发；因为我们必须及早制止这一种公然的威胁。

罗森格兰兹、吉尔登斯吞　我们就去赶紧预备。（罗森格兰兹、吉尔登斯吞同下）

波洛涅斯上。

波洛涅斯　陛下，他到他母亲房间里去了。我现在就去躲在帷幕后面，听他们怎么说。我可以断定她一定会把他好好教训一顿的。您说得很不错，母亲对于儿子总有几分偏心，所以最好有一个第三者躲在旁边偷听他们的谈话。再会，陛下；在您未睡以前，我还要来看您一次，把我所探听到的事情告诉您。

国王　谢谢你，贤卿。（波洛涅斯下）啊！我的罪恶的戾气已经上达于天；我的灵魂上负着一个元始以来最初的诅咒，杀害兄弟的暴行！我不能祈祷，虽然我的愿望像决心一样强烈；我的更坚强的罪恶击败了我的坚强的意愿。像一个人同时要做两件事情，我因为不知道应该先从什么地方下手而徘徊歧途，结果反弄得一事无成。要是这一只可诅咒的手上染满了一层比它本身还厚的兄弟的血，难道天上所有的甘霖，都不能把它洗涤得像雪一样洁白吗？慈悲的使命，不就是宽宥罪恶吗？祈祷的目的，不是一方面预防我们的堕落，一方面救拔我们于已堕落之后吗？那么我要仰望上天；我的过失已经犯下了。可是唉！哪一种祈祷才是我所适用的呢？“求上帝赦免我的杀人重罪”吗？那不能，因为我现在还占有着那些引起我的犯罪动机的目的物，我的王冠、我的野心和我的王后。非分攫取的利益还在手里，就可以幸邀宽恕吗？在这贪污的人世，罪恶的镀金的手也许可以把公道推开不顾，暴徒的赃物往往就是枉法的贿赂；可是天上却不是这样的，在那边一切都无可遁避，任何行动都要显现它的真相，我们必须当面为我们自己的罪恶作证。那么怎么办呢？还有什么法子好想呢？试一试忏悔的力量吧。什么事情是忏悔所不能做到的？可是对于一个不能忏悔的人，它又有什么用呢？啊，不幸的处境！啊，像死亡一样黑暗的心胸！啊，越是挣扎，越是不能脱身的胶住了的灵魂！救救我，天使们！试一试吧：弯下来，顽强的膝盖；钢丝一样的心弦，变得像新生之婴的筋肉一样柔嫩吧！但愿一切转祸为福！（退后跪祷）

哈姆莱特上。

哈姆莱特　他现在正在祈祷，我正好动手；我决定现在就干，让他上天堂去，我也算报了仇了。不，那还要考虑一下：一个恶人杀死我的父亲；我，他的独生子，却把这个恶人送上天堂。啊，这简直是以恩抱怨了。他用卑鄙的手段，在我父亲满身俗念、罪孽正重的时候趁其不备地把他杀死；虽然谁也不知道，在上帝面前他的生前的善恶如何相抵，可是照我们一般的推想，他的孽债多分是很重的。现在他正在洗涤他的灵魂，要是我在这时候结果了他的性命，那么天国的路是为他开放着，这样还算是复仇吗？不！收起来，我的剑，等候一个更惨酷的机会吧；当他在酒醉以后，在愤怒之中，或是在荒淫纵欲的时候，在赌博、咒骂或是其他邪恶的行为的中间，我就要叫他颠踬在我的脚下，让他幽深黑暗不见天日的灵魂永堕地狱。我的母亲在等我。这一服续命的药剂不过延长了你临死的痛苦。（下）

国王起立。

国王　我的言语高高飞起，我的思想滞留地下；没有思想的言语永远不会上升天界。（下）

第四场

王后寝宫

王后及波洛涅斯上。

波洛涅斯　他就要来了。请您把他着实教训一顿，对他说他这种狂妄的态度，实在叫人忍无可忍，倘没有您娘娘替他居中回护，王上早已对他大发雷霆了。我就悄悄地躲在这儿。请您对他讲得着力一点。

哈姆莱特 （在内）母亲，母亲，母亲！

王后 都在我身上，你放心吧。退下去，我听见他来了。（波洛涅斯匿帏后）

哈姆莱特上。

哈姆莱特 母亲，您叫我有什么事？

王后 哈姆莱特，你已经大大得罪了你的父亲啦。

哈姆莱特 母亲，您已经大大得罪了我的父亲啦。

王后 来，来，不要用这种胡说八道的话回答我。

哈姆莱特 去，去，不要用这种胡说八道的话问我。

王后 啊，怎么，哈姆莱特！

哈姆莱特 现在又是什么事？

王后 你忘记我了吗？

哈姆莱特 不，凭着十字架起誓，我没有忘记你；你是王后，你的丈夫的兄弟的妻子，你又是我的母亲——但愿你不是！

王后　哎哟，那么我要去叫那些会说话的人来跟你谈谈了。

哈姆莱特　来，来，坐下来，不要动；我要把一面镜子放在你的面前，让你看一看你自己的灵魂。

王后　你要干什么呀？你不是要杀我吗？救命！救命呀！

波洛涅斯　（在帷后）喂！救命！救命！救命！

哈姆莱特　（拔剑）怎么！是那一个鼠贼？要钱不要命吗？我来结果你。（以剑刺穿帷幕）

波洛涅斯　（在帷后）啊！我死了！

王后　哎哟！你干了什么事啦？

哈姆莱特　我也不知道；那不是国王吗？

王后　啊，多么鲁莽残酷的行为！

哈姆莱特　残酷的行为！好妈妈，简直就跟杀了一个国王，再去嫁给他的兄弟一样坏。

王后　杀了一个国王！

哈姆莱特　嗯，母亲，我正是这样说。（揭帏见波洛涅斯）你这倒运的，粗心的，爱管闲事的傻瓜，再会！我还以为是一个在你上面的人哩。也是你命不该活，现在你可知道爱管闲事的危险了——别尽扭着你的手。静一静，坐下来，让我扭你的心；你的心倘不是铁石打成的，万恶的习惯倘不曾把它硬化得透不进一点感情，那么我的话一定可以把它刺痛。

王后 我干了些什么错事，你才敢这样肆无忌惮地向我摇唇弄舌呢？

哈姆莱特 你的行为可以使贞节蒙污，使美德得到了伪善的名称；从纯洁的恋情的额上取下娇艳的蔷薇，替它盖上一个烙印；使婚姻的盟约变成博徒的誓言一样虚伪；啊！这样一种行为，简直使盟约成为一个没有灵魂的躯壳，神圣的婚礼变成一串谵妄的狂言；苍天的脸上也为它带上羞色，大地因为痛心这样的行为，也罩上满面的愁容，好像世界末日就要到来一般。

王后 唉！究竟是什么极恶重罪，你把它说得这样惊人呢？

哈姆莱特 瞧这一幅图画，再瞧这一幅；这是两个兄弟的肖像。你看这一个的相貌是多么高雅优美：太阳神的鬈发，天神的前额，像战神马斯一样威风凛凛的眼睛，像降落在高吻穹苍的山巅的神使一样矫健的姿态；这一个完善卓越的仪表，真像每一个天神都曾在那上面打下印记，向世间证明这是一个男子的典型。这是你从前的丈夫。现在你再看这一个：这是你现在的丈夫，像一株霉烂的禾穗，损害了他的健硕的兄弟。你有眼睛吗？你甘心离开这一座大好的高山，靠着这荒野生活吗？嘿！你有眼睛吗？你不能说那是爱情，因为在你的年纪，热情已经冷淡下来，它必须等候理智的判断；什么理智愿意从这么高的地方，降落到这么低的所在呢？知觉你当然是有的，否则你就不会有行动；可是你那知觉也一定已经麻木了；因为就是疯人也不会犯那样的错误，无论怎样丧心病狂，总不会连这样悬殊的差异都分辨不出来的。那么是什么魔鬼蒙住了你的眼睛，把你这样欺骗呢？你的视觉，听觉，触觉，嗅觉，全都失去了交相为用的功能了吗？因为单单一个感官有了毛病，决不会使人愚蠢到这步田地。羞啊！你不觉得惭愧吗？要是地狱中的孽火可以在一个中年妇人的骨髓里煽起了蠢动，那么在青春的烈焰中，让贞操像蜡一样融化了吧。因为少年情欲的驱动而失身，又有什么可耻呢？霜雪都会自动燃烧，理智都会做情欲的奴隶呢。

王后　啊，哈姆莱特！不要说下去了！你使我的眼睛看进了我自己灵魂的深处，看见我灵魂里那些洗拭不去的黑色的污点。

哈姆莱特　嘿，生活在汗臭垢腻的眠床上，让淫邪熏没了心窍，在污秽的猪圈里调情弄爱——

王后　啊，不要再对我说下去了！这些话像刀子一样戳进我的耳朵里；不要说下去了，亲爱的哈姆莱特！

哈姆莱特　一个杀人犯，一个恶徒，一个不及你前夫二百分之一的庸奴，一个冒充国王的丑角，一个盗国窃位的扒手，从架子上偷下那顶珍贵的王冠，塞在自己的腰包里！

王后　别说了！

哈姆莱特　一个身着斑斓彩衣的下流国王——

鬼魂着睡衣上。

哈姆莱特　天上的神明啊，救救我，用你们的翅膀覆盖我的头顶！——陛下英灵不昧，有什么见教？

王后　哎哟，他疯了！

哈姆莱特　您不是来责备您的儿子不该浪费他的时间和感情，把您煌煌的命令搁在一旁，耽误了我所应该做的大事吗？啊，说吧！

鬼魂　不要忘记。我现在是来磨砺你的快要蹉跎下去的决心。可是瞧！你的母亲那惊愕的表情。啊，快去安慰安慰她的正在交战中的灵魂吧！最柔弱的人最容易受幻想的激动。对她说话去，哈姆莱特。

哈姆莱特　您怎么啦，母亲？

王后　唉！你怎么啦？为什么你把眼睛睁视着虚无，向空中喃喃说话？你的眼睛里射出狂乱的神情，像熟睡的军士突然听到警号一般，你的整齐的头发一根根都像有了生命似的竖立起来。啊，好儿子！在你的疯狂的热焰上，浇洒一些清凉的镇静吧！你在瞧什么？

哈姆莱特　他，他！您瞧，他的脸色多么惨淡！看见了他这一种形状，要是再知道他所负的沉冤，即使石块也会感动的。不要瞧着我，因为那不过徒然勾起我的哀感，也许反会妨碍我的冷酷的决心；也许我会因此而失去勇气，让挥泪代替了流血。

王后 你这番话是对谁说的？

哈姆莱特 您没有看见什么吗？

王后 什么也没有；要是有什么东西在那边，我不会不看见的。

哈姆莱特 您也没有听见什么吗？

王后 不，除了我们两人的说话以外，我什么也没有听见。

哈姆莱特 啊，您瞧！瞧，它悄悄去了！我的父亲，穿着他生前所穿的衣服！瞧！他就在这一刻，从门口走出去了！（鬼魂下）

王后 这是你脑中虚构的意象；一个人在心神恍惚的状态中，最容易发生这种幻妄的错觉。

哈姆莱特 心神恍惚！我的脉搏跟您的一样，在按着正常的节奏跳动哩。我所说的并不是疯话。要是您不信，我可以把我刚才说过的话一字不漏地复述一遍，一个疯人是不会记忆得那样清楚的。母亲，为了上帝的慈悲，不要自己安慰自己，以为我这一番说话只是出于疯狂，不是真的对您的过失而发。那样的思想不过是骗人的油膏，只能使您溃烂的良心上结起一层薄膜，那内部的毒疮却在底下愈长愈大。向上天承认您的罪恶吧，忏悔过去，警戒未来；不要把肥料浇在莠草上，使它们格外蔓延起来。原谅我这一番正义的劝告；因为在这种万恶的时世，正义必须向罪恶乞恕，它必须俯首屈膝，要求人家接纳他的善意的箴规。

王后　啊，哈姆莱特！你把我的心劈为两半了！

哈姆莱特　啊！把那坏的一半丢掉，保留那另外的一半，让您的灵魂清净一些。晚安！可是不要上我叔父的床！即使您已经失节，也得勉力学做一个贞节妇人的样子。习惯虽然是一个可以使人失去羞耻的魔鬼，但是它也可以做一个天使，对于勉力为善的人，它会用潜移默化的手段，使他徙恶从善。您要是今天晚上自加抑制，下一次就会觉得这一种自制的功夫并不怎样为难，慢慢地就可以习以为常了；因为习惯简直有一种改变气质的神奇的力量，它可以使魔鬼主宰人类的灵魂，也可以把他从人们心里驱逐出去。让我再向您道一次晚安，当您希望得到上天祝福的时候，我将求您祝福我。至于这一位老人家，（指波洛涅斯）我很后悔自己一时鲁莽把他杀死，可是这是上天的意思，要借着他的死惩罚我，同时借着我的手惩罚他，使我一方面自己受到天谴，一方面又成为代天行刑的使者。我现在先去把他的尸体安顿好了，再来担承这一个杀人的过咎。晚安！为了顾全母子的恩慈，我不得不忍情暴戾。不幸已经开始，更大的灾祸还在接踵而至。再有一句话，母亲。

王后　我应当怎么做？

哈姆莱特　我不能禁止您不再让那骄淫的僭王引诱您和他同床，让他拧您的脸颊，叫您做他的小耗子；我也不能禁止您因为他给了您一两个恶臭的吻，或是用他万恶的手指抚摩您的颈项，就把您所知道的事情一起说了出来，告诉他我实在是装疯，不是真疯。您应该让他知道，因为哪一个聪明懂事的王后，愿意隐藏着这样重大的消息，不去告诉一头蛤蟆、一头蝙蝠、一头老雄猫知道呢？不，虽然理性警告您保守秘密，您尽管学那寓言中的猴子，因为受了好奇心的驱使到屋顶上去开了笼门，把鸟儿放出，自己钻进笼里去，结果连笼子一起掉下来跌死吧。

王后　你放心吧，要是言语是从呼吸里吐出来的，我决不会让我的呼吸泄漏了你对我所说的话。

哈姆莱特　我必须到英国去，您知道吗？

王后　唉！我忘了，这事情已经这样决定了。

哈姆莱特　公文已经封好，打算交给我那两个同学带去，对这两个家伙我要像对待两条咬人的毒蛇一样随时提防，他们将要做我的先驱，引导我钻进什么圈套里去。我倒要瞧瞧他们的能耐。开炮的要是给炮轰了，也是一件好玩的事。他们会埋地雷，我要比他们埋得更深，把他们轰到月亮里去。啊！用诡计对付诡计，不是顶有趣的吗？这家伙一死，多分会提早了我的行期，让我把这尸体拖到隔壁去。母亲，晚安！这一位大臣生前是个愚蠢饶舌的家伙，现在却变成非常谨严庄重的人了。来，老先生，让我把您拖下您的坟墓里去。晚安，母亲！（各下；哈姆莱特拖波洛涅斯尸体入内）

第四幕

第一场

城堡中的一室

国王、王后、罗森格兰兹及吉尔登斯吞上。

国王 这些长吁短叹之中，都含着深长的意义，我们必须设法探索出来。你的儿子呢？

王后 （向罗森格兰兹、吉尔登斯吞）请你们暂时退开。（罗森格兰兹、吉尔登斯吞下）啊，陛下！今晚我看见了多么惊人的事情！

国王 什么，葛特露？哈姆莱特怎么啦？

王后 疯狂得像彼此争强斗胜的天风和海浪一样。在他野性发作的时候，他听见帷幕后面有什么东西爬动的声音，就拔出剑来，嚷着，“有耗子！有耗子！”于是在一阵疯狂的恐惧之中，把那躲在幕后的好老人家杀死了。

国王 啊，罪过罪过！要是我在那儿，我也会照样死在他手里的。放任他这样胡作非为，对于你，对于我，对于每一个人，都是极大的威胁。唉！这一件流血的暴行应当由谁负责呢？我们是不能辞其咎的，因为我们早该防患未然，把这个发疯的孩子关禁起来，不让他到处乱走。可是我们太爱他了，以至于不愿想一个适当的方策，正像一个害着恶疮的人，因为不让它出毒的缘故，弄到毒气攻心，无法救治一样。他到哪儿去了？

王后 拖着那个被他杀死的尸体出去了。像一堆下贱的铅铁掩不了真金的光彩一样，他知道他自己做错了事，他的纯良的本性就从他的疯狂里透露出来，他哭了。

国王 啊，葛特露！来！太阳一到了山上，我们必须赶紧让他登船出发。对于这一件罪恶的行为，我们必须用最严正的态度、最巧妙的措辞，决定一个执法原情的措置。喂！吉尔登斯吞！

罗森格兰兹及吉尔登斯吞重上。

国王 两位朋友，我们还要借重你们一下。哈姆莱特在疯狂之中，已经把波洛涅斯杀死；他现在把那尸体从他母亲的房间里拖出去了。你们去找他来，对他说话要和气一点，再把那尸体搬到教堂里去。请你们快去把这件事情办好。（罗森格兰兹、吉尔登斯吞下）来，葛特露，我们要去召集我们那些最有见识的朋友们，把我们的决定和这一件意外的变故告诉他们，免得外边无稽的谰言牵涉到我们身上，它的毒箭从低声的密语中间散放出去，是像弹丸从炮口里射出去一样每发必中的。啊，来吧！我的灵魂里充满着混乱和惊愕。（同下）

第二场

城堡中的另一室

哈姆莱特上。

哈姆莱特 藏好了。

罗森格兰兹、吉尔登斯吞 （在内）哈姆莱特！哈姆莱特殿下！

哈姆莱特 什么声音？谁在叫哈姆莱特？啊，他们来了。

罗森格兰兹及吉尔登斯吞上。

罗森格兰兹 殿下，您把那尸体怎么样啦？

哈姆莱特 它本来就是泥土，我仍旧让它回到泥土里去。

罗森格兰兹 告诉我们它在什么地方，让我们把它搬到教堂里去。

哈姆莱特 不要相信。

罗森格兰兹 不要相信什么?

哈姆莱特 相信我会放弃我自己的意见来听你的话。而且,一块海绵也敢问起我来!一个堂堂王子应该用什么话去回答它呢?

罗森格兰兹 您把我当做一块海绵吗,殿下?

哈姆莱特 嗯,先生,一块吸收君王的恩宠、利禄和官爵的海绵。可是这样的官员要到最后才会显出他们最大的用处来;像猴子吃硬壳果一般,他们的君王先把他们含在嘴里舐弄了好久,然后再一口咽了下去。当他需要被你们所吸收去的东西的时候,他只要把你们一挤,于是,海绵,你又是一块干干的海绵了。

罗森格兰兹 我不懂您的话,殿下。

哈姆莱特 那很好,一句下流的话睡在一个傻瓜的耳朵里。

罗森格兰兹 殿下,您必须告诉我们那尸体在什么地方,然后跟我们见王上去。

哈姆莱特 他的身体和国王同在,可是那国王并不和他的身体同在。国王是一件东西——

吉尔登斯吞 一件东西,殿下!

哈姆莱特 一件虚无的东西。带我去见他。狐狸躲起来，大家追上去。（同下）

第三场

城堡中的另一室

国王上，侍从后随。

国王 我已经叫他们找他去了，并且叫他们把那尸体寻出来。让这家伙任意胡闹，是一件多么危险的事情！可是我们又不能把严刑峻法加在他的身上，他是为糊涂的群众所喜爱的，他们喜欢一个人，只凭眼睛，不凭理智。我要是处罚了他，他们只看见我的刑罚的苛酷，却不想到他犯的是什么重罪。为了顾全各方面的关系，叫他迅速离国，不失为一种适宜的策略。应付非常的变故，必须用非常的手段。

罗森格兰兹上。

国王 啊！事情怎样啦？

罗森格兰兹 陛下，他不肯告诉我们那尸体在什么地方。

国王　可是他呢？

罗森格兰兹　在外面，陛下；我们把他看起来了，等候您的旨意。

国王　带他来见我。

罗森格兰兹　喂，吉尔登斯吞！带殿下进来。

哈姆莱特及吉尔登斯吞上。

国王　啊，哈姆莱特，波洛涅斯呢？

哈姆莱特　吃饭去了。

国王　吃饭去了！什么地方？

哈姆莱特　不是在他吃饭的地方，是在人家吃他的地方；有一群精明的蛆虫正在他身上大吃特吃哩。蛆虫是全世界最大的饕餮家；我们喂肥了各种牲畜给自己受用，再喂肥了自己去给蛆虫受用。胖胖的国王跟瘦瘦的乞丐是一个桌子上两道不同的菜——不过是这么一回事。

国王　唉！唉！

哈姆莱特　一个人可以拿一条吃过一个国王的蛆虫去钓鱼，再吃那吃过那条蛆虫的鱼。

国王　你这句话是什么意思？

哈姆莱特　没有什么意思，我不过指点你一个国王可以在一个乞丐的脏腑里出巡呢。

国王　波洛涅斯呢？

哈姆莱特　在天上。你差人到那边去找他吧。要是你的使者在天上找不到他，那么你可以自己到另外一个所在地去找他。可是你们在这一个月里要是找不到他的话，你们只要跑上走廊的阶石，也就可以闻到他的气味了。

国王　（向若干侍从）到走廊里找一找。

哈姆莱特　他在等着你们哩。（侍从等下）

国王　哈姆莱特，你干出这种事来，使我非常痛心。为了你自身的安全起见，你必须火速离开国境。所以快去给自己预备预备。船已经整装待发，风势也很顺利，同行的人都在等着你，一切都已经准备好向英国出发。

哈姆莱特　到英国去！

国王　是的，哈姆莱特。

哈姆莱特　好。

国王　要是你明白我的用意，你应该知道这是为了你的好处。

哈姆莱特　我看见一个明白你的用意的天使。可是，来，到英国去！再会，亲爱的母亲！

国王　你的慈爱的父亲，哈姆莱特。

哈姆莱特　我的母亲。父亲和母亲是夫妇两个，夫妇是一体之亲；所以再会吧，我的母亲！来，到英国去！（下）

国王　跟在他的后面，劝诱他赶快上船，不要耽误；我要叫他在今晚离开国境。去！这件事情一解决，什么都没有问题了。请你们赶快一点。（罗森格兰兹、吉尔登斯吞下）英格兰王啊，丹麦的宝剑在你的身上还留着鲜明的创痕，你向我们纳款输诚的敬礼至今未减，要是你畏惧我的威力，重视我的友谊，你就不能忽视我的旨意；我已经在公函里要求你把哈姆莱特立即处死，照着我的意思做吧，英格兰王，因为他像是我深入膏肓的痼疾，一定要借你的手把我医好。我必须知道他已经不在人世，我脸上才会有笑容浮起。（下）

第四场

丹麦原野

福丁布拉斯率列队兵士上。

福丁布拉斯 队长，你去替我问候丹麦国王，告诉他说福丁布拉斯因为得到他的允许，已经按照约定，率领一支军队通过他的国境。你知道我们在什么地方集合。要是丹麦王有什么话要跟我当面说的，我也可以入朝晋谒；你就这样对他说吧。

队长 是，主将。

福丁布拉斯 慢步前进。（福丁布拉斯及兵士等下，队长留后）

哈姆莱特、罗森格兰兹、吉尔登斯吞等同上。

哈姆莱特 官长，这些是什么人的军队？

队长 他们都是挪威的军队，先生。

哈姆莱特　请问他们是开到什么地方去的?

队长　到波兰的某一部分去。

哈姆莱特　谁是领兵的主将?

队长　挪威老王的侄儿福丁布拉斯。

哈姆莱特　他们是要向波兰本土进攻呢，还是去袭击边疆?

队长　不瞒您说，我们是要去夺一小块只有空名毫无实利的土地。叫我出五块钱去把它租赁下来，我也不要。无论挪威人、波兰人，要是把它标卖起来，谁也不会付出比这大一点的价钱把他买下来的。

哈姆莱特　啊，那么波兰人一定不会防卫它的了。

队长　不，他们早已布防好了。

哈姆莱特　为了这么一点鸡毛蒜皮，竟浪掷两千条活生生的性命和两万块的金元！这完全是因为国家太平富足生平了，晏安的积毒蕴蓄于内。虽然已经到了溃烂的程度，外表上却还一点看不出将死的征象来。谢谢您，官长。

队长　上帝和您同在，先生。（下）

罗森格兰兹　我们去吧，殿下。

哈姆莱特 我就来，你们先走一步。（除哈姆莱特外，均下）我所见到听到的一切，都好像在对我谴责，鞭策我赶快进行我的蹉跎未就的复仇大愿！一个人要是在他生命的盛年，只知道吃吃睡睡，他还算是个什么东西？简直不过是一头畜生！上帝造下我们来，使我们能够这样高谈阔论，瞻前顾后，当然要我们利用他所赋予我们的这一种能力和灵明的理智，不让它们白白废掉。现在我明明有理由，有决心，有力量，有方法，可以动手干我所要干的事，可是我还是在说一些空话，“我要怎么怎么干”，而始终不曾在行动上表现出来。我不知道这是为了鹿豕一般的健忘呢，还是为了三分懦怯一分智慧的过于审慎的顾虑。像大地一样显明的榜样都在鼓励我。瞧这一支勇猛的大军，领队的是一个娇养的少年王子，勃勃的雄心振起了他的精神，使他蔑视不可知的结果，为了区区弹丸大小的一块不毛之地，拼着血肉之躯，去向命运、死亡和危险挑战。真正的伟大不是轻举妄动，而是在荣誉遭遇危险的时候，即使为了一根稻秆之微，也要慷慨力争。可是我的父亲给人惨杀，我的母亲给人污辱，我的理智和感情都被这种不共戴天的大仇所激动，我却因循隐忍，一切听其自然，看着这两万个人为了博取一个空虚的名声，走下坟墓竟如躺上眠床，目的只是争夺一方还不够作为他们战场和埋骨之所的土地，相形之下，我将何地自容呢？啊！从这一刻起，让我屏除一切的疑虑妄念，把流血的思想充满在我的脑际！（下）

第五场

厄尔锡诺。城堡中一室

王后、霍拉旭及一侍臣上。

王后 我不愿意跟她说话。

侍臣 她一定要见您。她的神气疯疯癫癫，瞧着怪可怜的。

王后 她要什么？

侍臣 她不断提起她的父亲；她说她听见这世上到处是诡计；一边呻吟，一边捶她的心，对一些琐琐屑屑的事情痛骂，讲的都是些很玄妙的话，好像有意思又好像没有意思。她的话虽然不知所云，可是却能使听见的人心中发生反应而企图从它里面找出意义来；他们妄加猜测，把她的话断章取义，用自己的思想附会上去；当她讲那些话的时候，有时眨眼，有时点头，做着种种的手势，的确使人相信在她的言语之间，含蓄着什么意思，虽然不能确定，却似乎隐藏着不祥之兆。

霍拉旭 最好有什么人跟她谈谈，因为也许她会在愚妄的脑筋里散布一些危险的猜测。

王后 让她进来。（侍臣下）

我负疚的灵魂惴惴惊惶，
琐琐细事也像预兆灾殃；
罪恶是这样充满了疑猜，
越小心越容易流露鬼胎。

奥菲利娅披头散发、精神恍惚、弹鲁特琴上。

奥菲利娅 丹麦的美丽的王后陛下呢？

王后 啊，奥菲利娅！

奥菲利娅 （唱）为寻真爱满街走，
谁是知心郎？
毡帽在头杖在手，
草鞋穿一双。

王后 唉！好姑娘，这支歌是什么意思呢？

奥菲利娅 您说？请您听好了。（唱）
姑娘，姑娘，他死了，
一去不复来；
头上盖着青青草，

脚下石生苔。

嗬呵！

王后 哎，可是，奥菲利娅——

奥菲利娅 请您听好了。（唱）

殓衾遮体白如雪——

国王上。

王后 唉！陛下，您瞧。

奥菲利娅 鲜花红似雨；

花上盈盈有泪滴，

伴郎坟墓去。

国王 你好，美丽的姑娘？

奥菲利娅 好，上帝保佑您！他们说猫头鹰是一个面包师的女儿变成的。主啊！我们谁也不知道自己将来会变成什么。愿上帝和您同席！

国王 她父亲的死激成了她这种幻想。

奥菲利娅 对不起，我们以后再别提这件事了。要是有人问您这是什么意思，您就这样对他说：（唱）

情人佳节就在明天，

我要一早起身，
梳洗齐整到你窗前，
来做你的恋人。
他下了床披了衣裳，
他开开了房门；
她进去时是个女郎，
出来变了妇人。

国王 美丽的奥菲利娅！

奥菲利娅 真的，不用发誓，我会把它唱完：（唱）
凭着神圣慈悲名字，
这种事太丢脸！
少年男子不知羞耻，
一味无赖纠缠。
你曾答应婚嫁，
然后再同枕席；
谁料如今被你欺诈，
懊悔万千无及！

国王 她这个样子已经多久了？

奥菲利娅 我希望一切转祸为福！我们必须忍耐；可是我一想到他们把他放下寒冷的泥土里去，我就禁不住掉泪。我的哥哥必须知道这件事。谢谢你们很好的劝告。来，我的马车！晚安，太太们；晚安，可爱的小姐们；晚安，晚安！（下）

国王　紧紧跟住她；留心不要让她闹出乱子来。（霍拉旭下）啊！深心的忧伤把她害成了这样子；这完全是为了她父亲的死。啊，葛特露，葛特露！不幸的事情总是接踵而来：第一是她父亲的被杀；然后是你儿子的远别，他闯了这样大祸，不得不亡命异国，也是自取其咎。人民对于善良的波洛涅斯的暴死，已经群疑蜂起，议论纷纷；我们这样匆匆忙忙地把他秘密安葬，更加引起了外间的疑窦；可怜的奥菲利娅也因此而悲伤得失去了她的正常的理智。我们人类没有了理智，不过是画上的图形，无知的禽兽。最后，跟这些事情同样使我不安的，是她的哥哥已经从法国秘密回来，行动诡异，居心莫测；他的耳中所听到的，都是那些播弄是非的人所散播的关于他父亲死状的恶意的谣言，少不得牵涉到我们身上。啊，我的亲爱的葛特露！这种消息像一尊杀人的巨炮，到处都在危害我的生命。（内喧呼声）

王后　哎哟！这是什么声音？

一侍臣上。

国王　我的瑞士卫队呢？叫他们把守宫门。什么事？

侍臣　赶快避一避吧，陛下；比大洋中的怒潮冲决堤岸还要汹汹其势，年轻的雷欧提斯带领着一队叛军，打败了您的卫士，冲进宫里来了。这一群暴徒把他称为主上；就像世界还不过刚才开始一般，他们推翻了一切的传统和习惯，那应当核准我们言语的尺度，他们全抛到脑后，只顾高喊着，“我们推举雷欧提斯做国王！”他们掷帽举手，吆喝的声音响彻云霄，“让雷欧提斯做国王，让雷欧提斯做国王！”

王后　他们这样兴高采烈，却不知道已经误入歧途！啊，你们干了错事了，你们这些不忠的丹麦狗！

雷欧提斯率众上。

国王　宫门都已打破了。

雷欧提斯　这国王在哪儿？弟兄们，大家站在外面。

众人　不，让我们进来。

雷欧提斯　对不起，请你们让我一个人在这儿。

众人　好，好。（众人下）

雷欧提斯　谢谢你们；把门看守好了。啊，你这万恶的奸王！还我的父亲来！

王后　安静一点，好雷欧提斯。

雷欧提斯　我身上要是有一点血安静下来，我就是个野生的杂种，我的父亲是个王八，我的母亲的贞洁的额角上，也要雕上娼妓的恶名。

国王　雷欧提斯，你这样大张声势，兴兵犯上，究竟为了什么原因？——放了他，葛特露；不要担心他会伤害我的身体，一个君王是有神灵呵护的，他的威严可以吓退叛逆。——告诉我，雷欧提斯，你有什么气恼不平的事？——放了他，葛特露。——你说吧。

雷欧提斯　我的父亲呢？

国王　死了。

王后　但是并不是他杀死的。

国王　尽他问下去。

雷欧提斯　他怎么会死的？我可不能受人家的愚弄。忠心，到地狱里去吧！让最黑暗的魔鬼把一切誓言抓了去！什么良心，什么礼貌，都给我滚下无底的深穴里去！我要向永劫挑战。我的立场已经决定：死也好，活也好，我什么都不管，只要痛痛快快地为我的父亲复仇。

国王　谁可以阻止你？

雷欧提斯　除了我自己的意志以外，全世界也不能阻止我；不费多大力气，我的目的就可以达到。

国王　好雷欧提斯，要是你想知道你的亲爱的父亲究竟是怎样死去的话，难道你的复仇是把朋友和敌人搅在一起，把输家和赢家都一扫而光？

雷欧提斯 冤有头，债有主，我只要找我父亲的敌人算账。

国王 那么你要知道谁是他的敌人吗？

雷欧提斯 对于他的好朋友，我愿意张开我的手臂拥抱他们，像舍身的企鹅一样，把我的血供他们喝饮[①]。

国王 啊，现在你才说得像一个孝顺的儿子和真正的绅士。我不但对于令尊的死不曾有分，而且为此也感觉到非常的悲痛；这一个事实将会透过你的心，正像白昼的阳光照射你的眼睛一样。

众人 （内喧哗声）放她进去！

雷欧提斯 怎么！那是什么声音？

奥菲利娅重上。

雷欧提斯 啊，赤热的烈焰，炙枯了我的脑浆吧！七倍辛酸的眼泪，灼伤了我的视觉吧！天日在上，我一定要叫那害你疯狂的仇人重重地抵偿他的罪恶。啊，五月的玫瑰！亲爱的女郎，好妹妹，奥菲利娅！天啊！一个少女的理智，也会像一个老人的生命一样受不起打击吗？人的性情因为热爱会变得格外敏感，这敏感的惰性又常常把自己最珍贵的部分献给所爱。

---

① 昔人误信企鹅以其血哺雏，故云。

奥菲利娅 （唱）他们把他抬上柩架；

哎呀，哎呀，哎哎呀；

在他坟上泪如雨下；

再会，我的鸽子！

雷欧提斯 要是你没有发疯，你会激励我复仇，你的言语也不会比你现在这样子更使我感动了。

奥菲利娅 啊，这纺轮转动的声音多么好听！是那坏良心的管家把主人的女儿拐了去了。

雷欧提斯 这一种无意识的话，比正言危论还要有力得多。

奥菲利娅 这是表示记忆的迷迭香；爱人，请你记着吧：这是表示思想的三色堇。

雷欧提斯 她在疯话中，把思想和记忆混杂在一起了。

奥菲利娅 （向克劳狄斯）这是给您的茴香和漏斗花；这是给您的芸香；这儿还留着一些给我自己；啊！您可以把您的芸香插戴得别致点儿。这儿是一枝骗人的雏菊；我想要给您几朵紫罗兰，可是我父亲一死，它们全都谢了；他们说他死得很好——

（唱）可爱的罗宾是我的宝贝。

雷欧提斯 忧愁、痛苦、悲哀和地狱中的磨难，在她身上都变成了可怜可爱。

奥菲利娅 （唱）他会不会再回来？

他会不会再回来？

不，不，他死了；

你的命难保，

他再也不会回来。

他的胡须像白银，

满头黄发乱纷纷。

人死不能活，

且把悲声歇；

上帝饶赦他灵魂！

求上帝饶赦一切基督徒的灵魂！上帝和你们同在！（下）

雷欧提斯 上帝啊，你看见这种惨事吗？

国王 雷欧提斯，我必须跟你详细谈谈关于你所遭逢的不幸；你不能拒绝我这一个权利。你不妨先去选择几个你的最有见识的朋友，请他们在你我两人之间做公证人：要是他们评断的结果，认为是我主动或同谋杀害的，我愿意放弃我的国土、我的王冠、我的生命以及我所有的一切作为对你的补偿；可是他们假如认为我是无罪的，那么你必须答应帮助我一臂之力，让我们两人开诚合作，定出一个惩凶的方策来。

雷欧提斯 就是这样吧，他死得这样不明不白，他的下葬又是这样偷偷摸摸的，他的尸体上没有一些战士的荣饰，也不曾替他举行一些哀祭的仪式，从天上到地下都在发出愤懑不平的呼声，我不能不问一个明白。

国王　你可以明白一切；谁是真有罪的，让斧钺加在他的头上吧。请你跟我来。（同下）

第六场

城堡中另一室

霍拉旭及数人上。

霍拉旭　要来见我说话的是些什么人？

仆人　是几个水手，先生。他们说他们有信要交给您。

霍拉旭　叫他们进来。（仆人下）倘不是哈姆莱特殿下差来的人，我不知道在这世上的哪一部分会有人来看我。

水手等上。

水手甲　上帝祝福您，先生！

霍拉旭　愿他也祝福你。

水手乙　他要是高兴，先生，他会祝福我们的。这儿有一封信给您，先生——它是从那位到英国去的钦使寄来的——要是您的名字果然是霍拉旭的话。

霍拉旭　（读信）“霍拉旭，你把这封信看过以后，请把来人领去见一见国王；他们还有信要交给他。我们在海上的第二天，就有一艘很凶猛的海盗船向我们追击。我们因为船行太慢，只好勉力迎敌；在彼此相持的时候，我跳上了盗船，他们就立刻抛下我们的船，扬帆而去，剩下我一个人做他们的俘虏。他们对待我很是有礼，可是他们知道他们所做的事对他们有利；我还要重谢他们哩。把我给国王的信交给他以后，请你就像逃命一般火速来见我。我有一些可以使你听了张口结舌的话要在你的耳边说；可是事实的本身比这些话还要严重得多。来人可以把你带到我现在所在的地方。罗森格兰兹和吉尔登斯吞到英国去了；关于他们我还有许多话要告诉你。再会。你的哈姆莱特。”

来，让我立刻就带你们去把你们的信送出，然后请你们领我到那把这些信交给你们的那个人的地方去。（同下）

第七场

城堡中另一室

国王及雷欧提斯上。

国王 你已经用你同情的耳朵，听见我告诉你那杀死令尊的人，也在图谋我的生命。现在你必须明白我的无罪，并且把我当做你的一个心腹的友人了。

雷欧提斯 听您所说，果然像是真的；可是告诉我，为了您自己的安全起见，为什么您对于这样罪大恶极的暴行，不采取严厉的手段呢？

国王 啊！那是因为有两个理由，也许在你看来是不成其为理由的，可是对于我却有很大的关系。王后，他的母亲，差不多一天不看见他就不能生活；至于我自己，那么不管这是我的好处或是我的致命的弱点，我的生命和灵魂是这样跟她连接在一起，正像星球不能跳出轨道一样，我也不能没有她而生活。而且我之所以不能把这件案子公开，还有一个重要的顾虑：一般民众对他都有很大的好感，他们盲目崇拜，就像一股使树木变成石块的魔泉一样，把他所有的错处都变成了优点。我的箭太轻，太没有力了，遇到这样的狂风，一定不能射中目的，反而给吹了转来。

雷欧提斯　那么难道我的一个高贵的父亲就是这样白白死去，一个好好的妹妹就是这样白白疯了不成？她的完美卓越的姿容才德，是可以傲视一世，睥睨古今的。可是我的报仇的机会总有一天会到来。

国王　不要让这件事扰乱了你的睡眠。你不要以为我是这样一个麻木不仁的人，会让人家揪着我的胡须，还以为不过是开开玩笑。不久你就可以听到消息。我爱你父亲，我也爱我自己。那我希望可以使你想到——

一使者携信件上。

国王　啊！什么消息？

使者　启禀陛下，是哈姆莱特寄来的信；这一封是给陛下的，这一封是给王后的。

国王　哈姆莱特寄来的！是谁把它们送到这儿来？

使者　他们说是几个水手，陛下，我没有看见他们。这两封信是克劳狄奥交给我的，来人把信送在他手里。

国王　雷欧提斯，你可以听一听这封信。出去！（使者下。读信）

“陛下，我已经光着身子回到您的国土上来了。明天我就要请您允许我拜见御容。让我先向您告我的不召而返之罪，然后再禀告您我这次突然而意外回国的原因。哈姆莱特敬上。”这是什么意思？同去的人也都一起回来了吗？还是什么人在捣鬼，并没有这么一回事？

雷欧提斯 您认识这笔迹吗？

国王 这确是哈姆莱特的亲笔。“光着身子”！这儿还附着一笔，说是“一个人回来”。你看他是什么用意？

雷欧提斯 我可猜不出来，陛下。可是他来得正好，我一想到我能够有这样一天当面申斥他的罪状，我郁闷的心也热起来了。

国王 要是他真的回来了，雷欧提斯，你愿意听我的吩咐吗？

雷欧提斯 愿意，陛下，只要您不勉强我跟他和解。

国王 我是要使你自己心里得到平安。要是他现在中途而返，不预备再做这样的航行，那么我已经想好了一个计策，刺激他去干一件事情，一定可以叫他自投罗网；而且他死了以后，谁也不能讲一句闲话，即使他的母亲也不能觉察我们的诡计，只好认为是一件意外的灾祸。

雷欧提斯 陛下，我愿意服从您的指挥；最好请您设法让他死在我的手里。

国王　我正是这样计划。自从你到国外游学以后，人家常常说起你有一种特长的本领，这种话哈姆莱特也是早就听到过的。虽然在我的意见之中，这不过是你所有的才艺中间最不足道的一种，可是你的一切才艺的总和，都不及这一种本领更能挑起他的妒忌。

雷欧提斯　是什么本领呢，陛下？

国王　它虽然不过是装饰在少年人帽上的一条缎带，但也是少不了的。因为年轻人应该装束得华丽潇洒一些，表示他的健康活泼，正像老年人应该装束得朴素大方一些，表示他的矜严庄重一样。两个月以前，这儿来了一个诺曼底的绅士；我自己曾经和法国人在马上比过武艺，他们都是很精于骑术的。可是这位好汉简直有不可思议的魔力，他骑在马上，好像和他的坐骑化成了一体似的，随意驰骤，无不出神入化。他的技术是那样远超过我的预料，无论我杜撰一些怎样夸大的辞句，都不够形容它的奇妙。

雷欧提斯　是个诺曼人吗？

国王　是诺曼人。

雷欧提斯　那么一定是拉摩德了。

国王　正是他。

雷欧提斯　我认识他；他的确是全国知名的勇士。

国王　他承认你的武艺很了不得，对于你的剑术尤其极口称赞，说是倘有人能够和你对敌，那一定大有可观；他发誓说他们国里的剑士要是跟你交起手来，一定会眼花缭乱，全然失去招架之功。他对你的这一番夸奖，使哈姆莱特妒恼交集，一心希望你快些回来，跟他比赛一下。从这一点上——

雷欧提斯 从这一点上怎么，陛下？

国王 雷欧提斯，你是真爱你的父亲吗？还是不过是做作出来的悲哀，只有表面，没有真心吗？

雷欧提斯 您为什么这样问我？

国王 我不是以为你不爱你的父亲；可是我知道爱不过起于一时感情的冲动，经验告诉我，经过了相当时间，它是会逐渐冷淡下去的。爱像一盏油灯，灯芯烧枯以后，它的火焰也会由微暗而至于消灭。一切事情都不能永远保持良好，因为过度的善反会摧毁它的本身，正像一个人因充血而死去一样。我们所要做的事，应该一想到就做，因为一个人的心理是会随时变化的，一迟疑就会遭遇种种的阻碍。可是回到我们所要谈论的中心问题上来吧。哈姆莱特回来了，你预备怎样用行动代替言语，表明你自己的确是你父亲的孝子呢？

雷欧提斯 我要在教堂里割破他的喉咙。

国王 无论什么所在都不能庇护一个杀人的凶手，报仇雪恨不应受任何拘束。可是，好雷欧提斯，你要是果然志切复仇，还是住在自己家里不要出来。哈姆莱特回来以后，我们可以让他知道你也已经回来，叫几个人在他的面前夸奖你的本领，把你说得比那法国人所讲的还要了得，怂恿他和你做一次比赛。他是个粗心的人，一点不会想到人家在算计他，一定不会仔细检视比赛用的刀剑的利钝；你只要预先把一柄利剑混杂在里面，趁他没有注意的时候不动声色地自己拿了，在比赛之际，看准他的要害刺了过去，就可以替你的父亲报仇了。

雷欧提斯　我愿意这样做。为了达到复仇的目的，我还要在我的剑上涂一些毒药。我已经从一个卖药人手里买到一种致命的药油，只要在剑头上沾了一滴，刺到人身上，它一碰到血，即使只是擦破了一些皮肤，也会毒性发作，无论什么灵丹仙草，都不能挽救他的性命。这药油我就涂一点在我的剑头上，保管一丁点擦伤就让他送命。

国王　让我们再考虑考虑，看时间和机会能够给我们什么方便。要是这一个计策会失败，要是我们会在行动之间露出破绽，那么还是不要尝试的好。为了预防失败起见，我们应该另外再想一个万全之计。且慢！让我想来：我们可以对你们两人的胜负打赌。啊，有了：你在跟他交手的时候，必须使出你全副的精神，使他疲于奔命，等他口干舌燥要讨水喝的当儿，我就为他预备好一杯毒酒，万一他逃过了你的毒剑，也逃不过我们这一着。且慢！什么声音？

王后上。

国王　啊，亲爱的王后！

王后　一桩祸事刚刚到来，又有一桩接踵而至。雷欧提斯，你的妹妹掉在水里溺死了。

雷欧提斯 溺死了！啊！在哪儿？

王后 在小溪之旁，斜生着一株杨柳，它的毵毵的枝叶倒映在明镜一样的水流之中。她一个人到那边去，用毛茛、荨麻、雏菊和长颈兰编成了一个个花圈，替她自己作成了奇异的装饰。她爬上一根横垂的树枝，想要把她的花冠挂在上面，就在这时候，一根心怀恶意的树枝折断了，她连人带花一起落入呜咽的溪水里。她的衣服四散展开，使她暂时像人鱼一样漂浮水上，她嘴里还断断续续唱着古老的谣曲，好像一点不感觉到处境的险恶，又好像她本来就是生长在水中的一般。可是不多一会儿，她的衣服给水浸得重起来了，这可怜的人儿歌还没有唱完，就已经沉到了泥里。

雷欧提斯 唉！那么她溺死了吗？

王后 溺死了，溺死了！

雷欧提斯 太多的水淹没了你的身体，可怜的奥菲利娅，所以我必须忍住我的眼泪。可是人类的常情是不能遏阻的，我掩饰不了心中的悲哀，只好顾不得惭愧了。当我们的眼泪干了以后，我们的妇人之仁也是会随着消灭的。再会，陛下！我有一段炎炎欲焚的烈火般的话，可是我的傻气的眼泪把它浇熄了。（下）

国王 让我们跟上去，葛特露。我好容易才把他的怒气平息了一下，现在我怕又要把它挑起来了。快让我们跟上去吧。（同下）

第五幕

第一场

墓地

二小丑携锄、锹等上。

小丑甲　她存心自己脱离人世，却要照基督徒的仪式下葬吗？

小丑乙　我对你说是的，所以你赶快把她的坟掘好了吧；验尸官已经验明她的死状，宣布应该按照基督徒的仪式把她下葬。

小丑甲　这可奇了，难道她是因为自卫而跳下水里的吗？

小丑乙　他们验明是这样的。

小丑甲　那一定是“自取灭亡”了，不会有别的原因。因为问题是这样的：要是我有意投水自杀，那必须成立一个行为；一个行为可以分为三部分，那就是干、行、做；所以，她是有意投水自杀的。

小丑乙　哎，你听我说——

小丑甲　对不起。这儿是水，好。这儿站着人，好。要是这个人跑到这个水里，把他自己淹死了，那么，不管他自己愿不愿意，总是他自己跑下去的；你听好了没有？可是要是那水走到他的身上把他淹死了，那就不是他自己把自己淹死。所以，对于他自己的死，无罪的人并没有杀害他自己的生命。

小丑乙　法律上是这样说的吗？

小丑甲　嗯，是的，这是验尸官的验尸法。

小丑乙　说一句老实话，要是这个死的不是一位贵家女子，他们绝不会按照基督徒的仪式把她下葬的。

小丑甲　对了，你说得有理。有财有势的人，就是要投河上吊，比起他们同教的基督徒来也可以格外通融，世上的事情真是太不公平！来，我的锄头。要论家世久远，谁也比不上种地的、挖沟的和掘墓的。他们都是亚当的传人。

小丑乙　亚当难道也是世家？

小丑甲　什么？你是个异教徒吗？你有没有读过圣经？圣经上说“亚当掘地”，那我再问你一个问题，要是你回答得不对，那么你就承认你自己——

小丑乙 你问吧。

小丑甲 谁造出的东西比泥水匠、船匠或是木匠更坚固?

小丑乙 造绞架的人。因为一千个在它上面悬挂过的人都已经先后死去,它还是站在那儿动都不动。

小丑甲 我很欢喜你的聪明,真的。绞架是很合适的。可是它怎么是合适的?它对于那些有罪的人是合适的。你说绞架造得比教堂还坚固,说这样的话是罪过的;所以,绞架对于你是合适的。来,重新说过。

小丑乙 谁造出的东西比泥水匠、船匠或是木匠更坚固?

小丑甲 嗯,你回答了这个问题,我就让你下工。

小丑乙 呃,现在我知道了。

小丑甲 说吧。

小丑乙 真的,我可回答不出来。

哈姆莱特及霍拉旭上,立远处。

小丑甲 别尽绞你的脑汁了,懒驴子是打杀也走不快的。下回有人问你这个问题的时候,你就对他说,"掘坟的人,"因为他造的房子

是可以一直住到世界末日的。去，到“老约翰”酒店里去给我倒一杯酒来。（小丑乙下；小丑甲且掘且歌）

年轻的时候最爱偷情，
觉得那事很有趣味；
规规矩矩学做好人，
在我看来太无意义。

哈姆莱特 这家伙难道对于他的工作一点没有什么感觉，在掘坟的时候还会唱歌吗？

霍拉旭 他做惯了这种事，所以不以为意。

哈姆莱特 正是。不大劳动的手，它的感觉要比较灵敏一些。

小丑甲 （唱）谁料如今岁月潜移，
老景催人急于星火，
两脚挺直，一命归西，
世上原来不曾有我。（掷起一骷髅）

哈姆莱特 那个骷髅里面曾经有一条舌头，它还会唱歌哩；瞧这家伙把它摔在地上，好像它是第一个杀人凶手该隐[①]的颚骨似的！它也许是一个政客的头颅，现在却让这蠢货把它丢来踢去；也许他生前是个偷天换日的好手，你看是不是？

霍拉旭 也许是的，殿下。

---

① 该隐，亚当之长子，杀其弟亚伯，见《旧约·创世记》。

哈姆莱特 也许是一个朝臣，他会说，“早安，大人！您好，大人！”也许他就是某大人，嘴里称赞某大人的马好，心里却想把它讨了来，你看是不是？

霍拉旭 是，殿下。

哈姆莱特 啊，正是。现在却让蛆虫伴寝，他的下巴也脱掉了，一柄工役的锄头可以在他头上敲来敲去。从这种变化上，我们大可看透生命无常。难道这些枯骨生前受了那么多的教养，死后却只好给人家当木块一般抛着玩吗？想起来真是怪不好受的。

小丑甲 （唱）锄头一柄，铁铲一把，

殓衾一方掩面遮身；

挖松泥土深深掘下，

掘了个坑招待客人。（掷起另一骷髅）

哈姆莱特 又是一个。谁知道那不会是一个律师的骷髅？他的舞弄刀笔的手段，颠倒黑白的雄辩，现在都到哪儿去了？为什么他让这个放肆的家伙用龌龊的铁铲敲他的脑壳，不去控告他一个殴打罪？哼！这家伙生前也许曾经买下许多的地产，开口闭口用那些条文、具结、罚款、证据、赔偿一类的名词吓人。现在他的脑壳里塞满了泥土，这就算是他所取得的最后的赔偿了吗？除了两张契约大小的一方地面以外，谁能替他证明他究竟有多少地产？这一抔黄土，就是他所有的一切了吗，哈？

霍拉旭 这就是他所有的一切了，殿下。

哈姆莱特　契约纸不是用羊皮做的吗？

霍拉旭　是的，殿下，也有用牛皮做的。

哈姆莱特　我看痴心指靠那些玩意儿的人，比牲口聪明不了多少。我要去跟这家伙谈谈。喂，这是谁的坟墓？

小丑甲　我的，先生——
挖松泥土深深掘下，
掘了个坑招待客人。

哈姆莱特　我看也是你的，因为你在里头胡闹。

小丑甲　您在外头也不老实，先生，所以这坟不是您的；至于说我，我倒没有在里头胡闹，可这坟的确是我的。

哈姆莱特　您在里头，又说是你的，这就是“在里头胡闹”。因为挖坟是为死人，不是为会蹦会跳的活人，所以说你胡闹。

小丑甲　这套胡闹的话果然会蹦会跳，先生，等会儿又该从我这里跳到您那里去了。

哈姆莱特　你给什么人掘这坟墓？是个男人吗？

小丑甲　不是男人，先生。

哈姆莱特　那么是个女人？

小丑甲　也不是女人。

哈姆莱特　不是男人，也不是女人，那么谁葬在这里面？

小丑甲　先生，她本来是一个女人，可是上帝安息她的灵魂，她已经死了。

哈姆莱特　这浑蛋倒会分辨得这样清楚！我们讲话必须直接痛快，要是这样含含糊糊的，那可把人烦死了。凭着上帝发誓，霍拉旭，我觉得这三年来，时世变得越发不成样子了，一个平民也敢用他的脚趾头去踢痛贵人的后跟。——你做这掘墓的营生，已经多久了？

小丑甲　我开始干这营生，是在我们的老王爷哈姆莱特打败福丁布拉斯那一天。

哈姆莱特　那是多少时候以前的事？

小丑　你不知道吗？每一个傻子都知道的；那正是小哈姆莱特出世的那一天，就是那个发了疯给他们送到英国去的。

哈姆莱特　嗯，对了；为什么他们叫他到英国去？

小丑甲　就是因为他发了疯呀；他到了英国去，他的疯病就会好的，即使疯病不会好，在那边也没有什么关系。

哈姆莱特　为什么？

小丑甲　英国人不会把他当作疯子；他们都是跟他一样疯的。

哈姆莱特　他怎么会发疯？

小丑甲　人家说得很奇怪。

哈姆莱特　怎么奇怪？

小丑甲　他们说他神经有了毛病。

哈姆莱特　从哪里来的？

小丑甲　还不就是丹麦本地来的。我在本地干这掘墓的营生，从小到大，一共有三十年了。

哈姆莱特　一个人埋在地下，要经过多少时候才会腐烂？

小丑甲　假如他不是在未死以前就已经腐烂，——现在多的是害杨梅疮死去的尸体，简直抬都抬不下去，——他大概可以过八九年；一个硝皮匠在九年以内不会腐烂。

哈姆莱特　为什么他要比别人长久一些？

小丑甲　因为，先生，他的皮硝得比人家的硬，可以长久不透水；尸体一碰到水，是最会腐烂的。这儿又是一个骷髅；这骷髅已经埋在地下二十三年了。

哈姆莱特　它是谁的骷髅？

小丑甲　是个婊子养的疯小子。你猜是谁？

哈姆莱特 不，我猜不出。

小丑甲 这个遭瘟的疯小子！他有一次把一瓶葡萄酒倒在我的头上。这一个骷髅，先生，是国王的弄人郁利克的骷髅。

哈姆莱特 这就是他！

小丑甲 正是他。

哈姆莱特 让我看。（取骷髅）唉，可怜的郁利克！霍拉旭，我认识他。他是一个最会开玩笑，非常富于想象力的家伙。他曾经把我负在背上一千次。现在我一想起来，却忍不住心头作呕。这儿本来有两片嘴唇，我不知吻过它们多少次。——现在你还会把人挖苦吗？你还会蹿蹿跳跳，逗人发笑吗？你还会唱歌吗？你还会随口编造一些笑话，说得满座捧腹吗？你没有留下一个笑话，讥笑你自己吗？这样垂头丧气了吗？现在你给我到小姐的闺房里去，对她说，凭她脸上的脂粉搽得一寸厚，到后来总是要变成这个样子的。你用这样的话告诉她，看她笑不笑吧。霍拉旭，请你告诉我一件事情。

霍拉旭 什么事情，殿下？

哈姆莱特 你想亚历山大在地下也是这一副形状吗？

霍拉旭 也是这样。

哈姆莱特 也是有同样的臭味吗？呸！（掷下骷髅）

霍拉旭 也是有同样的臭味的，殿下。

哈姆莱特 谁知道我们将来会变成一些什么下贱的东西，霍拉旭！要是我们用想象推测下去，谁知道亚历山大的高贵的尸体，就不是塞在酒桶口上的泥土？

霍拉旭 那未免太想入非非了。

哈姆莱特 不，一点不，这是很可能的。我们可以这样想：亚历山大死了；亚历山大埋葬了；亚历山大化为尘土；人们把尘土做成烂泥；那么为什么亚历山大所变成的烂泥，不会被人家拿来塞在啤酒桶的口上呢？

凯撒死了，你尊严的尸体
也许变了泥把破墙填砌；
啊！他从前是何等的英雄，
现在只好替人挡雨遮风！
可是不要作声！不要作声！

站开；国王来了。

国王、王后、雷欧提斯、一教士随一棺上，众贵族随后。

哈姆莱特 王后和朝臣们也都来了；他们是送什么人下葬呢？仪式又是这样草率？瞧上去好像他们所送葬的那个人，是自杀而死的，同时又是个很有身份的人。让我们躲在一旁瞧瞧他们。（与霍拉旭退后）

雷欧提斯 还有些什么仪式？

哈姆莱特 （向霍拉旭旁白）那是雷欧提斯，一个很高贵的青年，听好。

雷欧提斯　还有些什么仪式？

教士甲　她的葬礼已经超过了她所应得的名分。她的死状很是可疑，倘不是因为我们迫于权力，按例就该把她安葬在圣地以外，直到最后审判的喇叭吹召她起来。我们不但不应该替她念祷告，并且还要用砖瓦碎石丢在她坟上。可是现在我们已经允许给她处女的葬礼，用花圈盖在她的身上，替她散播鲜花，鸣钟送她入土，这还不够吗？

雷欧提斯　难道不能再有其他的仪式了吗？

教士甲　不能再有其他的仪式了。要是我们为她奏安灵乐，就像对于一般平安死去的灵魂一样，那就要亵渎了教规。

雷欧提斯　把她放到泥土里去。愿她的娇美无瑕的肉体上生出芬芳馥郁的紫罗兰来！我告诉你，你这下贱的教士，我的妹妹将要做一个天使，你死了却要在地狱里呼号。

哈姆莱特　什么！美丽的奥菲利娅吗？

王后　好花是应当散在美人身上的。永别了！（散花）我本来希望你做我的哈姆莱特的妻子，这些鲜花本来要铺在你的新床上，亲爱的女郎，谁想得到我要把它们散在你的坟上！

雷欧提斯　啊！但愿千百重的灾祸，降临在害得你精神错乱的那个该死的恶人的头上！等一等，不要就把泥土盖上去，让我再把她拥抱一次。（跳下墓中）现在把你们的泥土倒下来，把死的和活的一起掩埋了吧，让这块平地上堆起一座高山，那古老的丕利恩和苍秀插天的俄林波斯都要俯伏在它的足下[①]。

哈姆莱特 （上前）哪一个人的心里装载得下这样沉重的悲伤？哪一个人的哀恸的辞句，可以使天上的流星惊疑止步？那是我，丹麦王子哈姆莱特！（跳下墓中）

雷欧提斯 魔鬼抓了你的灵魂去！（将哈姆莱特揪住）

哈姆莱特 你祷告错了。请你不要拉住我的头颈，因为我虽然不是一个暴躁易怒的人，可是我的火性发作起来，是很危险的，你还是不要激恼我吧。放开你的手！

国王 把他们扯开！

王后 哈姆莱特！哈姆莱特！

众人 殿下，公子——

霍拉旭 好殿下，安静点儿。（侍从等分开二人，二人自墓中出）

哈姆莱特 嘿，我愿意为了这个题目跟他决斗，直到我的眼皮不再眨动。

王后 啊，我的孩子！什么题目？

---

① 丕利恩，俄林波斯，均为希腊北境山名。

哈姆莱特 我爱奥菲利娅。四万个兄弟的爱合起来，也抵不过我对她的爱。你愿意为她干些什么事情？

国王 啊！他是个疯人，雷欧提斯。

王后 看在上帝的情分上，不要跟他顶真。

哈姆莱特 哼，让我瞧瞧你会干些什么事。你会哭吗？你会打架吗？你会绝食吗？你会撕破你自己的身体吗？你会喝一大缸醋吗？你会吃一条鳄鱼吗？我都做得到。你是到这儿来哭泣的吗？你跳下她的坟墓里是要当面羞辱我吗？你跟她活埋在一起，我也会跟她活埋在一起；要是你还要夸说什么高山大岭，那么让他们把几百万亩的泥土堆在我们身上，直到我们的地面高耸入云，直到被烈日烧灼，让巍峨的奥萨山[①]在相形之下变得只像一颗痦子那么大小吧！嘿，你会吹，我就不会吹吗？

王后 这不过是他一时的疯话。他的疯病一发作起来，总是这个样子的；可是等一会儿他就会安静下来，正像母鸽孵育她那一双金羽的雏鸽的时候一样温和了。

哈姆莱特 听我说，老兄。你为什么这样对待我？我一向都是爱你的。可是这些都不用说了，有本领的，随他干什么事吧，猫总是要叫，狗总是要闹的。（下）

---

① 奥萨，亦希腊山名，与丕利恩及俄林波斯相近。

国王　好霍拉旭，请你跟住他。（霍拉旭下。向雷欧提斯）记着我们昨天晚上所说的话，格外忍耐点儿吧，我们马上就可以实行我们的办法。好葛特露，叫几个人好好看守你的儿子。这一个坟上将要植立一块永久的墓碑。平静的时间不久就会到来；现在我们必须耐着心把一切安排。（同下）

第 二 场

城 堡 中 的 厅 堂

哈姆莱特及霍拉旭上。

哈姆莱特　这个题目已经讲完，现在我可以让你知道另外一段事情。你还记得当初的一切经过情形吗?

霍拉旭　记得，殿下!

哈姆莱特　在我的心里有一种战争，使我不能睡眠。我觉得我的处境比套在脚镣里的叛变的水手还要难堪。我们应该知道，我们乘着一时的孟浪，往往反而可以做出一些为我们的深谋密虑所做不成功的事。从这一点上，我们可以看出来，无论我们怎样辛苦图谋，我们的结果却早已有一种冥冥中的力量把它布置好了。

霍拉旭　这是无可置疑的。

哈姆莱特　从我的舱里起来，一件航海的宽衣罩在我的身上，我在黑暗之中摸索着找寻他们的所在，果然给我达到目的，摸到了他们的包裹；拿着它回到我自己的地方，疑心使我忘记了礼貌，我大胆地拆开了他们的公文，在那里面，霍拉旭——啊，堂皇的诡计！——我发现一道严厉的命令，借了许多好听的理由为名，说是为了丹麦和英国双方的利益，决不能让我这个危险凶残的家伙逃脱，接到公文后，必须不等磨好利斧，立即砍下我的首级。

霍拉旭　有这等事？

哈姆莱特　这一封就是原来的国书；你有空的时候可以仔细读一下。可是你愿意听我告诉你后来我怎么办吗？

霍拉旭　请您告诉我。

哈姆莱特　在这样重重诡计的包围之中，我的脑筋不等我定下心来思索，就开始活动起来了；我坐下来另外写了一通官样文章的国书。从前我曾经抱着跟我们那些政治家们同样的意见，认为文章写得好是一件有失体面的事，总是想竭力忘记这一种本领，可是现在它却对我有了大大的用处。你知道我写些什么话吗？

霍拉旭　嗯，殿下。

哈姆莱特　我用国王的名义，向英王提出恳切的要求，因为英国是他忠心的藩属，因为两国之间的友谊，必须让它像棕榈树一样发荣繁茂，因为和平的女神必须永远戴着她的荣冠，沟通彼此的情感，以及许许多多诸如此类的重要理由，请他在读完这一封信以后，不要有任何的迟延，立刻把那两个传书的来使处死，不让他们有从容忏悔的时间。

霍拉旭　可是国书上没有盖印，那怎么办呢？

哈姆莱特　啊，就在这件事上，也可以看出一切都是上天预先注定。我的衣袋里恰巧藏着我父亲的私印，它跟丹麦的国玺是一个式样的；我把伪造的国书照着原来的样子折好，签上名字，盖上印玺，把它小心封好，归还原处，一点不露出破绽来。过一天就遇见了海盗，那以后的情形，你早已知道了。

霍拉旭　这样说来，吉尔登斯吞和罗森格兰兹是去送死的了。

哈姆莱特　哎，朋友，他们本来是自己钻求这件差使的。我在良心上没有对不起他们的地方，是他们自己的阿谀献媚断送了他们的生命。两个强敌猛烈争斗的时候，不自量力的微弱之辈，却去插身在他们的中间，这样的事情是最危险不过的。

霍拉旭　嘿，这是一个什么国王！

哈姆莱特　你想，我是不是应该——他杀死了我的父王，奸污了我的母亲，篡夺了我的嗣位的权利，用这种诡计谋害我的生命，凭良心说我是不是应该亲手向他复仇雪恨？上天会不会嘉许我替世上剪除这一个戕害天性的蟊贼，不让他继续为非作恶？

霍拉旭　他不久就会从英国得到消息，知道这一回事情产生了怎样的结果。

哈姆莱特　时间虽然很局促，可是我已经抓住眼前这一刻工夫，说一个“一”字的一刹那就可结束一条生命。可是我很后悔，好霍拉旭，不该在雷欧提斯面前失去了自制；因为他所遭遇的惨痛，正是我自己的怨愤的影子。我要取得他的好感。可是他倘不是那样夸大他的悲哀，我也绝不会动起那么大的火性来的。

霍拉旭　不要作声！谁来了？

名叫奥斯里克的年轻朝臣上。

奥斯里克　殿下，欢迎您回到丹麦来！

哈姆莱特　谢谢您，先生。你认识这头水苍蝇吗？

霍拉旭　不，殿下。

哈姆莱特　那是你的运气，因为认识他是一件丢脸的事。他有许多肥田美壤；要是一头畜生做了万兽之王，他也会在御座之前低头吃草。他是个满身泥土气的伧夫。

奥斯里克　殿下，您要是有空的话，我奉陛下之命，要来告诉您一件事情。

哈姆莱特　先生，我愿意恭聆大教。您的帽子是应该戴在头上的，您还是戴上去吧。

奥斯里克 谢谢殿下，天气真热。

哈姆莱特 不，相信我，天冷得很，在吹北风哩。

奥斯里克 真的有点儿冷，殿下。

哈姆莱特 可是对于像我这样的体质，我觉得这一种天气却是闷热得厉害。

奥斯里克 对了，殿下，真是说不出来的闷热。可是，殿下，陛下叫我来通知您一声，他已经为您下了一个很大的赌注了。殿下，事情是这样的——

哈姆莱特 请您不要这样多礼。（使奥斯里克戴上帽子）

奥斯里克 不，殿下，我还是这样舒服些，真的。殿下，雷欧提斯新近到我们的宫廷里来；相信我，他是一位完善的绅士，充满着最卓越的特点，他的礼貌非常温雅，他的谈吐又是非常渊博。说一句发自衷心的话，他是上流社会的指南针，因为在他身上可以找到一个绅士所应有的品性的总汇。

哈姆莱特 先生，他对于您这一番描写，的确可以当之无愧；虽然我知道，要是把他的好处一件一件列举出来，不但我们的记忆将要因此而淆乱，交不出一篇正确的账目来，而且他这一艘满帆的快船，也绝不是我们失舵之舟所能追及；可是，凭着真诚的赞美而言，我认为他是一个才德优异的人，他的高超的禀赋是那样稀有而罕见，说一句真心的话，除了在他的镜子里以外，再也找不到第二个跟他同样的人，纷纷追踪希迹之辈，不过是他的影子而已。

奥斯里克　殿下把他说得一点不错。

哈姆莱特　您的用意呢？为什么我们要用尘俗的呼吸，嘘在这位绅士的身上呢？

奥斯里克　殿下？

霍拉旭　就是您自己所用的语言，到了别人嘴里，您就听不懂了吗？

哈姆莱特　您向我提起这位绅士的名字，是什么意思？

奥斯里克　雷欧提斯吗？

霍拉旭　他的嘴里已经变得空空洞洞，因为他的那些好听话都说完了。

哈姆莱特　正是雷欧提斯。

奥斯里克　我知道您不是不知道——

哈姆莱特　您既然知道我这人不是不明白，那就很好；可是说句老实话，即使你知道我是明白人，对我也不是什么光荣的事。好，您怎么说？

奥斯里克 您不是不知道雷欧提斯有些什么特长——

哈姆莱特 那我可不敢说，因为也许人家会疑心我有意跟他比并高下。可是要知道一个人的底细，应该先知道他自己。

奥斯里克 殿下，我的意思是说他的武艺。人家都称赞他的本领一时无双。

哈姆莱特 他会使些什么武器?

奥斯里克 长剑和短刀。

哈姆莱特 他会使这两种武器吗?很好。

奥斯里克 殿下，王上已经用六匹巴巴里的骏马跟他打赌；在他的一方面，照我所知道的，押的是六柄法国的宝剑和好刀，连同一切鞘带钩子之类的附件，其中有三柄的挂架尤其珍奇可爱，跟剑柄配得非常合式，式样非常精致，花纹非常富丽。

哈姆莱特 您所说的挂架是什么东西?

霍拉旭 我知道您要听懂他的说话，非得翻查一下注解不可。

奥斯里克 殿下，挂架就是剑柄上的挂钩。

哈姆莱特 要是腰上能挂三门大炮，倒也还说的过去；不然还是叫挂钩吧。好，说下去。六匹巴巴里骏马对六柄法国宝剑，附件在内，外加三条花纹富丽的挂架。为什么两方面这样“押”是为了什么呢？

奥斯里克 殿下，王上跟他打赌，要是你们两人交手起来，在十二个回合之中，他至多不过有三个回合占到您的上风；可是他觉得他可以稳赢九个回合。殿下要是答应的话，马上就可以试一试。

哈姆莱特 要是我不答应呢？

奥斯里克 殿下，我的意思是说，王上要请您去跟他当面比较高低。

哈姆莱特 先生，我还要在这厅堂里散步散步。您去回陛下说，现在是我一天之中休息的时间。叫他们把比赛用的钝剑预备好了，要是这位绅士愿意，王上也不改变他的意见的话，我愿意尽力为他博取一次胜利；万一不幸失败，那我也不过丢了一次脸，给他多剁了两下。

奥斯里克 我就是照这样去回话吗？

哈姆莱特 您就照这个意思去说，随便您再加上一些什么花言巧语的句子都行。

奥斯里克 （鞠躬）那么，殿下，我告辞了。

哈姆莱特 再见，再见。（奥斯里克下）

霍拉旭　这一头小鸭子顶着壳儿逃走了。

哈姆莱特　他在母亲怀抱里的时候，也要先把他母亲的奶头恭维了几句，然后吮吸。像他这一类靠着一些繁文缛礼撑撑场面的家伙，正是愚妄的世人所醉心的；他们的浅薄的牙慧使傻瓜和聪明人同样受他们的欺骗，可是一经试验，他们的水泡就爆破了。

一贵族上。

贵族　殿下，陛下刚才叫奥斯里克来向您传话，知道您在这厅上等候他的旨意；他叫我再来问您一声，您是不是仍旧愿意跟雷欧提斯比剑，还是慢慢再说。

哈姆莱特　我没有改变我的初衷，一切服从王上的旨意。现在也好，无论什么时候都好，只要他方便，我总是随时准备着，除非我丧失了现在所有的力气。

贵族　王上，娘娘，跟其他的人都要到这儿来了。

哈姆莱特　他们来得正好。

贵族　娘娘请您在开始比赛以前，对雷欧提斯客气点儿。

哈姆莱特　我愿意服从她的教诲。（贵族下）

霍拉旭　殿下，您在这一回打赌中间，多分要失败的。

哈姆莱特　我想我不会失败。自从他到法国去了以后，我练习得很勤；我一定可以把他打败。可是你不知道我的心里是多么不舒服；那也不用说了。

霍拉旭 啊，我的好殿下——

哈姆莱特 那不过是一种傻气的心理，可是一个女人也许会因为这种莫名其妙的疑虑而惶惑。

霍拉旭 要是您心里不愿意做一件事，那么就不要做吧。我可以去通知他们不用到这儿来，说您现在不能比赛。

哈姆莱特 不，我们不要害怕什么预兆；一头雀子的死生，都是命运预先注定的。注定在今天，就不会是明天；不是明天，就是今天；逃过了今天，明天还是逃不了，随时准备着就是了。一个人既然在离开世界的时候不知道他会留下些什么，那么早早脱身而去，不是更好吗？随它去。

众人抬一桌酒肴上，上置酒壶数把；鼓号齐鸣；仆从携坐垫、长短剑上；国王、王后、雷欧提斯、奥斯里克及全体贵族上。

国王 来，哈姆莱特，来，让我替你们两人和解和解。（牵雷欧提斯、哈姆莱特二人的手相握）

哈姆莱特 原谅我，雷欧提斯；我得罪了你，可是你是个堂堂男子，请你原谅我吧。这儿在场的众人都知道，你也一定听见人家说起，我是怎样为疯狂所害苦。凡是我的所作所为，足以伤害你的感情和荣誉，挑起你的愤激来的，我现在声明都是我在疯狂中犯下的过失。难道哈姆莱特会做对不起雷欧提斯的事吗？哈姆莱特决不会做这种事。要是哈姆莱特在丧失他自己的心神的时候，做了对不起雷欧提斯的事，那样的事不是哈姆莱特做的，哈姆莱特不能承认。那么是谁做的呢？是他的疯狂。既然是这样，那么哈姆莱特也是属于受害的一方，他的疯狂是可怜的哈姆莱特的敌人。当着在座众人之前，我承认我在无心中射出的箭，误伤了我的兄弟，我现在要向他请求大度包涵，宽恕我的不是出于故意的罪恶。

雷欧提斯　我的气愤虽然已经平息，可是几句道歉的说话却不能使我抛弃我的复仇的誓愿；除非有什么为众人所敬仰的长者，告诉我可以跟你捐除宿怨，指出这样的事是有前例可援的，不至于损害我的名誉，那时我才可以跟你归言于好。可是现在我愿意抛弃一切的猜疑，诚心接受你的友好的表示。

哈姆莱特　我绝对信任你的诚意，愿意奉陪你举行这一次友谊的比赛。把钝剑给我们，来。

雷欧提斯　来，给我一柄。

哈姆莱特　雷欧提斯，我的剑术荒疏已久，不是你的对手；正像最黑暗的夜里一颗吐耀的明星一般，彼此相形之下，一定更显得你的本领的高强。

雷欧提斯　殿下不要取笑。

哈姆莱特　不，我可以举手起誓，这不是取笑。

国王 奥斯里克，把钝剑分给他们。哈姆莱特侄儿，你知道我们怎样打赌吗?

哈姆莱特 我知道，陛下。您把赌注下在实力较弱的一方了。

国王 我想我的判断不会有错。你们两人的技术我都领教过，现在既然众人皆说他胜你一筹，那就叫他让你几招。

雷欧提斯 这一柄太重了，换一柄给我。

哈姆莱特 这一柄我很满意。这些钝剑都是同样长短的吗?

奥斯里克 是，殿下。（二人准备比剑）

国王 替我在那桌子上斟下几杯酒。要是哈姆莱特击中了第一剑或是第二剑，或者在第三次交锋的时候争得上风，让所有的碉堡上一齐鸣起炮来；国王将要饮酒慰劳哈姆莱特，他还要拿一颗比丹麦四代国王戴在王冠上的更贵重的珍珠丢在酒杯里。把杯子给我；鼓声一起，喇叭就接着吹响，通知外面的炮手，让炮声震彻天地，报告这一个消息，“现在国王为哈姆莱特祝饮了！”来，开始比赛吧；（号角齐鸣）你们在场裁判的都要留心看好。

哈姆莱特 请了。

雷欧提斯 请了，殿下。（二人比剑。哈姆莱特刺中对手一剑）

哈姆莱特 一剑。

雷欧提斯　不，没有击中。

哈姆莱特　请裁判员公断。

奥斯里克　中了，很明显的一剑。

雷欧提斯　好，再来。

国王　且慢，拿酒来。哈姆莱特，这一颗珍珠是你的；祝你健康！把这一杯酒给他。（鼓号齐奏。内鸣炮）

哈姆莱特　让我先赛完这一局。暂时把它放在一旁。来。（二人比剑）又是一剑；你怎么说？

雷欧提斯　我承认给你碰着了。

国王　我们的孩子一定会胜利。

王后　他身体太胖，有些喘不过气来。来，哈姆莱特，把我的手巾拿去，揩干你额上的汗。王后为你饮下这一杯酒，祝你的胜利了，哈姆莱特。

哈姆莱特　好妈妈！

国王　葛特露，不要喝。

王后　我要喝的，陛下。请您原谅我。

国王 （旁白）这一杯酒里有毒。太迟了！

哈姆莱特 母亲，我现在还不敢喝酒，等一等再喝吧。

王后 来，让我擦干净你的脸。

雷欧提斯 陛下，现在我一定要击中他了。

国王 我怕你击不中他。

雷欧提斯 （旁白）可是我的良心却不赞成我干这件事。

哈姆莱特 来，再受我一剑，雷欧提斯。你怎么一点不上劲的？请你使出你全身本领来吧，我怕你在开我的玩笑哩。

雷欧提斯 你这样说吗？来。（二人比剑）

奥斯里克 两边都没有中。

雷欧提斯 受我这一剑！（雷欧提斯挺剑刺伤哈姆莱特；二人在争夺中彼此手中之剑各为对方夺去）

国王 分开他们！他们动起火性来了。

哈姆莱特 来，再试一下。（哈姆莱特刺伤雷欧提斯，王后倒地）

奥斯里克 哎哟，瞧王后怎么样啦！

霍拉旭 他们两人都在流血。您怎么啦，殿下？

奥斯里克 您怎么啦，雷欧提斯？

雷欧提斯 唉，奥斯里克，正像一头自投罗网的山鹬，我用诡计害人，反而害了自己，这也是我应得的报应。

哈姆莱特 王后怎么啦？

国王 她看见他们流血，昏了过去了。

王后 不，不，那杯酒，那杯酒——啊，我的亲爱的哈姆莱特！那杯酒，那杯酒，我中毒了。（死）

哈姆莱特 啊，奸恶的阴谋！喂！把门锁上了！阴谋！查出来是哪一个人干的。（雷欧提斯倒地）

雷欧提斯 凶手就在这儿，哈姆莱特。哈姆莱特，你已经不能活命了；世上没有一种药可以救治你，不到半小时，你就要死去。那杀人的凶器就在你的手里，它的锋利的刃上还涂着毒药。这奸恶的诡计已经回转来害了我自己。瞧！我躺在这儿，再也不会站起来了。你的母亲也中了毒。我说不下去了。国王——国王——都是他一个人的罪恶。

哈姆莱特 锋利的刃上还涂着毒药！——好，毒药，发挥你的力量吧！（刺国王）

众人 反了！反了！

国王 啊！帮帮我，朋友们，我不过受了点伤。

哈姆莱特 好，你这败坏伦常，嗜杀贪淫，万恶不赦的丹麦奸王！喝干了这杯毒药；——你那颗珍珠是在这儿吗？——跟我的母亲一道去吧！（国王死）

雷欧提斯 他死得应该，这毒药是他亲手调下的。尊贵的哈姆莱特，让我们互相宽恕，我不怪你杀死我和我的父亲，你也不要怪我杀死你！（死）

哈姆莱特 愿上天赦免你的错误！我也跟着你来了。我死了，霍拉旭。不幸的王后，别了！你们这些看见这一幕意外的惨变而战栗失色的无言的观众，倘不是因为死神的拘捕不给人片刻的留滞，啊！我可以告诉你们——可是随它去吧。霍拉旭，我死了，你还活在世上，请你把我的行事的始末根由昭告世人，解除他们的疑惑。

霍拉旭 不，我虽然是个丹麦人，可是在精神上我却更是个古代的罗马人；这儿还留剩着一些毒药。

哈姆莱特 你是个汉子，把那杯子给我，放手。凭着上天起誓，你必须把它给我。啊，上帝！霍拉旭，我一死之后，要是世人不明白这一切事情的真相，我的名誉将要永远蒙着怎样的损伤！你倘然爱我，请你暂时牺牲一下天堂上的幸福，留在这一个冷酷的世间，替我传述我的故事吧。（内军队自远处行进及鸣炮声）这是哪儿来的战场上的声音？（奥斯里克走至场门，再折回）

奥斯里克 年轻的福丁布拉斯从波兰奏凯班师，这是他对英国来的钦使所发的礼炮。

哈姆莱特 啊！我死了，霍拉旭。猛烈的毒药已经克服了我的精神，我不能活着听见英国来的消息。可是我可以预言福丁布拉斯将被推戴为王，他已经得到我这临死之人的同意；你可以把这儿所发生的一切事实告诉他。此外惟余沉默。（死）

霍拉旭 一颗高贵的心现在碎裂了！晚安，亲爱的王子，愿成群的天使们用歌唱抚慰你安息！——为什么鼓声越来越近了？（内军队行进声）

福丁布拉斯，英国使臣率旗鼓侍从上。

福丁布拉斯 这一场比赛在什么地方举行？

霍拉旭 你们要看些什么？要是你们想知道一些惊人的惨事，那么不用再到别处找了。

福丁布拉斯 好一场惊心动魄的屠杀！啊，骄傲的死神！你用这样残忍的手腕，一下子杀死了这许多王裔贵胄，在你的永久的幽窟里，将要有一席多么丰美的盛筵！

使臣甲 这一个景象太惨了。我们从英国奉命来此，本来是要回复这儿的王上，告诉他我们已经遵从他的命令，把罗森格兰兹和吉尔登斯吞两人处死。不幸我们来迟了一步，那应该听我们说话的耳朵已经没有知觉了，我们还希望从谁的嘴里得到一声感谢呢？

霍拉旭　即使他能够向你们开口说话，他也不会感谢你们。他从来不曾命令你们把他们处死。可是既然你们都来得这样凑巧，有的刚从波兰回来，有的刚从英国到来，恰好看见这一幕流血的惨剧，那么请你们叫人把这几个尸体抬起来放在高台上面，让大家可以看见，让我向那懵无所知的世人报告这些事情的发生经过。你们可以听到奸淫残杀，反常背理的行为，冥冥中的判决，意外的屠戮，借手杀人的狡计，以及陷人自害的结局。这一切我都可以确确实实地告诉你们。

福丁布拉斯　让我们赶快听你说。所有最尊贵的人，都叫他们一起来吧。我在这一个国内本来也有继承王位的权利，现在国中无主，正是我要求这一个权利的机会。可是我虽然准备接受我的幸运，我的心里却充满了悲哀。

霍拉旭　关于那一点，我受死者的嘱托，也有一句话要说，他的意见是可以影响许多人的。可是在这人心惶惶的时候，让我还是先把这一切解释明白了，免得引起更多的不幸、阴谋和错误来。

福丁布拉斯　让四个将士把哈姆莱特像一个军人似的扛到台上，因为要是他能够践登王位，一定会成为一个贤明的君主的；为了表示对他的悲悼，我们要用军乐和战地的仪式，向他致敬。把这些尸体一起抬起来。这一种情形在战场上是不足为奇的，可是在宫廷之内却是非常的变故。去，叫兵士放起炮来。（列队进行下，鸣炮）

麦克白

《麦克白》创作一六〇六年，是莎士比亚创作后期的一部悲剧，取材于贺林谢德的《编年史》。史实是麦克白和班柯联手杀害年轻羸弱的邓肯国王，之后麦克白荣耀的在位十年，但莎士比亚改编成麦克白夫妇谋杀邓肯国王，把詹姆士一世班柯排除于谋杀之外。莎剧评论家卜瑞黎（A.C.Bradley）指出，此剧表现的正是人类与黑暗交手之后的结果：邪恶战胜人性和文明。麦克白清楚是非道德，明白邪恶的诱惑，却仍择恶去善，象征出人性的堕落。但此剧绝非传统上劝人离恶向善的道德剧，因为它不以麦克白最终遭报应为快，而是在于描绘邪恶面的心理效应。

剧中人物

人物	身份
邓肯	苏格兰国
王马尔康	邓肯之子
道纳本	
麦克白	苏格兰军中大将
班柯	
麦克德夫	苏格兰贵族
列诺克斯	
洛斯	
孟提斯	
安格	
凯士纳斯	
弗里恩斯	班柯之子
西华德	诺森伯兰伯爵，英国军中大将
小西华德	西华德之子
西登	麦克白的侍臣

麦克德夫的幼子

英格兰医生

苏格兰医生

军曹门房老翁

麦克白夫人

麦克德夫夫人

麦克白夫人的侍女

赫卡忒及三女巫

贵族、绅士、将领、兵士、刺客、侍从及使者等

班柯的鬼魂及其他幽灵等

地点

苏格兰；英格兰

第一幕

第一场

荒原

雷电。三女巫上。

女巫甲 何时姊妹再相逢，
雷电轰轰雨蒙蒙？

女巫乙 且等烽烟静四陲，
败军高奏凯歌回。

女巫丙 半山夕照尚含辉。

女巫甲 何处相逢？

女巫乙 荒原遇。

女巫丙 麦克白由此去。

三女巫 （合）美即丑恶丑即美，
翱翔毒雾妖云里。（下）

第二场

福累斯附近的营地

内号角声。邓肯、马尔康、道纳本、列诺克斯及侍从等上，与一流血之军曹相遇。

邓肯 那个流血的人是谁？看他的样子，也许可以向我们报告关于叛乱的最近的消息。

马尔康 这就是那个奋勇苦战帮助我冲出敌人重围的军曹。祝福，勇敢的朋友！把你离开战场以前的战况报告王上。

军曹 双方还在胜负未决之中；正像两个精疲力竭的游泳者，彼此扭成一团，显不出他们的本领来。那残暴的麦克唐华德不愧为一个叛徒，因为无数奸恶的天性都丛集于他的一身；他已经征调了西方各岛上的轻重步兵，命运也好像一个娼妓一样，有意向叛徒卖弄风情，助长他的罪恶的气焰。可是这一切都无能为力，因为英勇的麦克白不以命运的喜怒为意，挥舞着他的血腥的宝剑，一路砍杀过去，直到了那奴才的面前，也不打一句话，就挺剑从他的肚脐上刺了进去，把他的胸膛划破，一直划到下巴上；他的头已经割下来挂在我们的城楼上了。

邓肯　啊，英勇的壮士！

军曹　天有不测风云，我们正在兴高采烈的时候，却又遭遇了重大的打击。听着，陛下，听着：当正义凭着勇气的威力正在驱逐敌军向后溃退的时候，挪威国君看见有机可乘，调了一批甲械精良的生力军又向我们开始一次新的猛攻。

邓肯　我们的将军们，麦克白和班柯有没有因此而气馁？

军曹　是的，要是麻雀能使怒鹰退却、兔子能把雄狮吓走的话。实实在在地说，他们就像两尊巨炮，满装着双倍火力的炮弹，愈发愈猛，向敌人射击；瞧他们的神气，好像拼着浴血负创，非让尸骸铺满原野，决不罢手似的。可是我的气力已经不济了，我的伤口需要马上医治。

邓肯　你的叙述和你的伤口一样，都表现出一个战士的精神。来，把他送到军医那儿去。（侍从扶军曹下）

洛斯上。

邓肯　谁来啦？

马尔康　尊贵的洛斯爵士。

列诺克斯　他的眼睛里露出多么慌张的神色！好像要说些什么意想不到的事情似的。

洛斯　上帝保佑吾王！

邓肯　爵士，你是从什么地方来的？

洛斯　从费辅来，陛下；挪威的旌旗在那边的天空招展，把一阵寒风搧进了我们人民的心里。挪威国君亲自率领了大队人马，靠着那个最奸恶的叛徒考特爵士的帮助，开始了一场残酷的血战；后来麦克白披甲而前，和他奋勇交锋，方才挫折了他的傲气；胜利终于属我们所有。

邓肯　好大的幸运！

洛斯　现在史威诺，挪威的国王，已经向我们求和了；我们责令他在圣戈姆小岛上缴纳一万块钱充入我们的国库，否则不让他把战死的将士埋葬。

邓肯　我们不能再让考特爵士泄露我们的秘密。把他立刻宣布死刑，他的原来的爵位移赠麦克白。

洛斯　我就去执行陛下的旨意。

邓肯　他所失去的，也就是尊贵的麦克白所得到的。（同下）

第三场

荒原

邓肯 好大的幸运!

雷鸣。三女巫上。

女巫甲 妹妹，你从哪儿来?

女巫乙 我刚杀了猪来。

女巫丙 姊姊，你从哪儿来?

女巫甲 一个水手的妻子坐在那儿吃栗子，啃呀啃呀啃呀地啃着。“给我吃一点，”我说。“滚开，妖巫！”这个吃人家剩下来的肉皮肉骨的贱人喊起来了。她的丈夫是“猛虎号”的船长，到阿勒坡去了；可是我要坐在一张筛子里追上他去，像一头没有尾巴的老鼠，我要去，我要去，我要去。

女巫乙 我助你一阵风。

女巫甲　感谢你的神通。

女巫丙　我也助你一阵风。

女巫甲　驾风直到海西东。
到处狂风吹海立，
浪打行船无休息；
终朝终夜不得安，
骨瘦如柴血色干；
年年辛辛月月劳，
气断神疲精力销；
波涛汹涌鱼龙怒，
一叶漂流无定处。

瞧我有些什么东西？

女巫乙　给我看，给我看。

女巫甲　这是一个在归途覆舟殒命的舵工的拇指。（内鼓声）

女巫丙　鼓声！鼓声！麦克白来了。

三女巫　（合）手携手，三姊妹，
沧海高山弹指地，
朝飞暮返任游戏。
姊三巡，妹三巡，
三三九转蛊方成。

麦克白及班柯上。

麦克白 我从来没有见过这样阴郁而又是这样光明的日子。

班柯 到福累斯还有多少路？这些是什么人，形容这样枯瘦，服装这样怪诞，不像是地上的居民，可是却在地上出现？你们是活人吗？你们能不能回答我们的问题？好像你们懂得我的话，每一个人都同时把她满是皱纹的手指按在她的干枯的嘴唇上。你们应当是女人，可是你们的胡须却使我不敢相信你们是女人。

麦克白 你们要是能够讲话，告诉我们你们是什么人？

女巫甲 万福，麦克白！祝福你，葛莱密斯爵士！

女巫乙 万福，麦克白！祝福你，考特爵士！

女巫丙 万福，麦克白，未来的君王！

班柯 将军，您为什么这样吃惊，好像害怕这种听上去很好的消息似的？用真理的名义回答我，你们到底是幻象呢，还是果真像你们所显现的那个样子的生物？你们向我的高贵的同伴致敬，并且预言他未来的尊荣和远大的希望，使他听得出了神；可是你们却没有对我说一句话。要是你们能够洞察时间所播的种子，知道哪一颗会长成，哪一颗不会长成，那么请对我说吧；我既不乞讨你们的恩惠，也不惧怕你们的憎恨。

女巫甲 祝福！

女巫乙　祝福！

女巫丙　祝福！

女巫甲　比麦克白低微，可是你的地位在他之上。

女巫乙　不像麦克白那样幸运，可是你比他更为有福。

女巫丙　你虽然不是君王，你的子孙将要君临一国。万福，麦克白和班柯！

女巫甲　班柯和麦克白，万福！

麦克白　且慢，你们这些闪烁其词的预言者，明白一点告诉我。西纳尔死了以后，我知道我已经晋封为葛莱密斯爵士；可是怎么会做起考特爵士来呢？考特爵士现在还活着，他的势力非常煊赫；至于说我是未来的君王，那正像说我是考特爵士一样难于置信。说，你们这种奇怪的消息是从什么地方得来的？为什么你们要在这荒凉的旷野用这种预言式的称呼使我们止步？说，我命令你们。（三女巫隐去）

班柯　水上有泡沫，土地也有泡沫，这些便是大地上的泡沫。她们消失到什么地方去了？

麦克白　消失在空气之中，好像是有形体的东西，却像呼吸一样融化在风里了。我倒希望她们再多留一会儿。

班柯 我们正在谈论的这些怪物，果然曾经在这儿出现吗？还是因为我们误食了令人疯狂的草根，已经丧失了我们的理智？

麦克白 您的子孙将要成为君王。

班柯 您自己将要成为君王。

麦克白 而且还要做考特爵士；她们不是这样说吗？

班柯 正是这样说的。谁来啦？

洛斯及安格斯上。

洛斯 麦克白，王上已经很高兴地接到了你的胜利的消息；当他听见你在这次征讨叛逆的战争中所表现的英勇的勋绩的时候，他简直不知道应当惊异还是应当赞叹，在这两种心理的交相冲突之下，他快乐得说不出话来。他又得知你在同一天之内，又在雄壮的挪威大军的阵地上出现，不因为你自己亲手造成的死亡的惨相而感到些微的恐惧。报信的人像密雹一样接踵而至，异口同声地在他的面前称颂你的保卫祖国的大功。

安格斯 我们奉王上的命令前来，向你传达他的慰劳的诚意；我们的使命只是迎接你回去面谒王上，不是来酬答你的功绩。

洛斯 为了向你保证他将给你更大的尊荣起见，他叫我替你加上考特爵士的称号；祝福你，最尊贵的爵士！这一个尊号是属于你的了。

班柯 什么！魔鬼居然会说真话吗？

麦克白 考特爵士现在还活着；为什么你们要替我穿上借来的衣服呢？

安格斯 原来的考特爵士现在还活着，可是因为他自取其咎，犯了不赦的重罪，在无情的判决之下，将要失去他的生命。他究竟有没有和挪威人公然联合，或者曾经给叛党秘密的援助，或者同时用这两种手段来图谋颠覆他的祖国，我还不能确实知道；可是他的叛国的重罪，已经由他亲口供认，并且有了事实的证明，使他遭到了毁灭的命运。

麦克白 （旁白）葛莱密斯，考特爵士；最大的尊荣还在后面。（向洛斯、安格斯）谢谢你们的跋涉。（向班柯）她们叫我做考特爵士，果然被她们说中了；您不希望您的子孙将来做君王吗？

班柯 您要是果然相信了她们的话，也许做了考特爵士以后，还想把王冠攫到手里。可是这种事情很奇怪；魔鬼为了要陷害我们起见，往往故意向我们说真话，在小事情上取得我们的信任，然后在重要的关头便会堕入他的圈套。两位大人，让我对你们说句话。

麦克白 （旁白）两句话已经证实，这是我有一天将会跻登王座的幸运的预告。（向洛斯、安格斯）谢谢你们两位。（旁白）这种神奇的启示不会是凶兆，可是也不像是吉兆。假如它是凶兆，为什么用一句灵验的预言，保证我未来的成功呢？我现在不是已经做了考特爵士了吗？假如它是吉兆，为什么那句话会在我脑中引起可怖的印象，使我毛发悚然，使我的心全然失去常态，噗噗地跳个不住呢？想象中的恐怖远过于实际上的恐怖；我的思想中不过偶然浮起了杀人的妄念，就已经使我全身震撼，心灵在疑似的猜测之中丧失了作用，把虚无的幻影认为真实了。

班柯 瞧，我们的同伴想得多么出神。

麦克白 （旁白）要是命运将会使我成为君王，那么也许命运会替我加上王冠，用不着我自己费力。

班柯 新的尊荣加在他的身上，就像我们穿上新衣服一样，在没有穿惯以前，总觉得有些不大适合身材似的。

麦克白 （旁白）无论事情怎样发生，最难堪的日子也会过去的。

班柯 尊贵的麦克白，我们在等候着您的意旨。

麦克白 原谅我；我的迟钝的脑筋刚才偶然想起了一些已经忘记了的事情，两位大人，你们的辛苦已经铭刻在我的心版上，我每天都要把它翻开来诵读。让我们到王上那儿去。想一想最近发生的这些事情；等我们把一切仔细考虑过以后，再把各人心里的意思彼此开诚相告吧。

班柯 很好。

麦克白 现在暂时不必多说。来，朋友们。（同下）

第四场

福累斯。宫中一室

喇叭奏花腔。邓肯、马尔康、道纳本、列诺克斯及侍从等上。

邓肯 考特的死刑有没有执行完毕？监刑的人还没有回来吗？

马尔康 陛下，他们还没有回来；可是我曾经和一个亲眼看见他就刑的人谈过话，他说他很坦白地供认他的叛逆，请求您宽恕他的罪恶，并且表示深切的悔恨。他的一生行事，从来不曾像他临终的时候那样值得钦佩；他抱着视死如归的态度，抛弃了他的最宝贵的生命，就像它是不足介意的琐屑一样。

邓肯 世上还没有一种方法，可以从一个人的脸上探察他的居心；他是我所曾经绝对信任的一个人。

麦克白、班柯、洛斯及安格斯上。

邓肯 啊，贤卿！我的忘恩负义的罪恶，刚才还重压在我的心头。你的功劳太超越寻常了，飞得最快的报酬都追不上你；要是它再微小一点，那么也许我可以按照适当的名分，给你应得的感谢和酬劳；现在我只能这样说，一切的报酬都不能抵偿你的伟大的勋绩。

麦克白 为陛下尽忠效命，它的本身就是一种酬报。接受我们的劳力是陛下的名分；我们对于陛下和王国的责任，正像子女和奴仆一样，为了尽我们的敬爱之忱，无论做什么事都是应该的。

邓肯 欢迎你回来；我已经开始把你栽培，我要努力使你繁茂。尊贵的班柯，你的功劳也不在他之下，让我把你拥抱在我的心头。

班柯 要是我能够在陛下的心头生长，那收获是属于陛下的。

邓肯 我洋溢在心头的盛大的喜乐，想要在悲哀的泪滴里隐藏它自己。吾儿，各位国戚，各位爵士，以及一切最亲近的人，我现在向你们宣布封我的长子马尔康为肯勃兰亲王；不仅仅是他一个人受到这样的光荣，广大的恩宠将要像繁星一样，照耀在每一个有功者的身上。陪我到殷佛纳斯去，让我再受你一次盛情的招待。

麦克白 这是一个莫大的光荣；让我做一个前驱者，把陛下光降的喜讯先去报告我的妻子知道；现在我就此告辞了。

邓肯 我的尊贵的考特！

麦克白 （旁白）肯勃兰亲王！这是一块横在我的前途的阶石，我必须跳过这块阶石，否则就要颠仆在它的上面。星星啊，收起你们的火焰！不要让光亮照见我的黑暗幽深的欲望。

邓肯 真的，尊贵的班柯；他的英勇真是名不虚传，我已经饱听人家对他的赞美，那对我就像是一桌盛筵。他现在先去预备款待我们了，让我们跟上去。真是一个无比的国戚。（喇叭奏花腔。众下）

第五场

殷佛纳斯。麦克白的城堡

麦克白夫人上，读信。

麦克白夫人 "她们在我胜利的那天迎接我；我从可靠的传说上知道，她们是具有超越凡俗的知识的。当我燃烧着热烈的欲望，想要向她们详细询问的时候，她们已经化为一阵风不见了。我正在惊奇不置，王上的使者就来了，他们都称我为'考特爵士'；那一个尊号正是这些神巫用来称呼我的，而且她们还对我作这样的预示，说是'祝福，未来的君王！'我想我应该把这样的消息告诉你，我的最亲爱的有福同享的伴侣，好让你不至于因为对于你所将要得到的富贵一无所知，而失去你所应该享有的欢欣。把它放在你的心头，再会。"

你现在已经一身兼葛莱密斯和考特两个显爵，将来也会达到那预言所告诉你的那样高位。可是我却为你的天性忧虑：它充满了太多的人情的乳臭，使你不敢采取最近的捷径；你希望做一个伟大的人物，你不是没有野心，可是你却缺少和那种野心相连属的奸恶；你希望用正直的手段，达到你的崇高的企图；一方面不愿玩弄机诈，一方面却又要作非分的攫夺；你没有事后的追悔，却太多事前的顾忌。赶快回来吧，让我把我的精神力量倾注在你的耳中；命运和玄奇的力量分明已经准备把黄金的宝冠罩在你的头上，让我用舌尖的勇气，把那阻止你得到那顶王冠的一切障碍驱扫一空吧。

一使者上。

麦克白夫人 你带了些什么消息来？

使者 王上今晚要到这儿来。

麦克白夫人 你在说疯话吗？主人是不是跟王上在一起？要是在一起的话，一定会早就通知我们准备准备的。

使者 禀夫人，这话是真的。我们的爵爷快要来了；我的一个伙伴比他早到了一步，他跑得气都喘不过来，好容易告诉了我这个消息。

麦克白夫人 好好看顾他，他带来了重大的消息。（使者下）报告邓肯走进我这堡门来送死的乌鸦，它的叫声是嘶哑的。来，注视着人类恶念的魔鬼们！解除我的女性的柔弱，用最凶恶的残忍自顶至踵贯注在我的全身；凝结我的血液，不要让悔恨通过我的心头，不要让天性中的恻隐摇动我的狠毒的决意！来，你们这些杀人的助手，你们无形的躯体散满在空间，到处找寻为非作恶的机会，进入我的妇人的胸中，把我的乳水当作胆汁吧！来，阴沉的黑夜，用最昏暗的地狱中的浓烟罩住你自己，让我的锐利的刀瞧不见它自己切下的伤口，让青天不能从黑暗的重衾里探出头来，高喊："住手，住手！"

麦克白上。

麦克白夫人 伟大的葛莱密斯！尊贵的考特！比葛莱密斯更伟大、比考特更尊贵的未来的统治者！你的信使我飞越蒙昧的现在，我已经感觉到未来的搏动了。

麦克白 我的最亲爱的亲人，邓肯今晚要到这儿来。

麦克白夫人 什么时候回去呢？

麦克白 他预备明天回去。

麦克白夫人 啊！太阳永远不会见到那样一个明天。您的脸，我的爵爷，正像一本书，人们可以从那上面读到奇怪的事情。你要欺骗世人，必须装出和世人同样的神气；让您的眼睛里、您的手上、您的舌尖，随处流露着欢迎；让人家瞧您像一朵纯洁的花朵，可是在花瓣底下却有一条毒蛇潜伏。我们必须准备款待这位贵宾；您可以把今晚的大事交给我去办；凭此一举，我们今后就可以永远掌握君临万民的无上权威。

麦克白 我们还要商量商量。

麦克白夫人 泰然自若地抬起您的头来；恐惧往往是误事的根源。一切都在我的身上。（同下）

第六场

同前。城堡之前

高音笛奏乐。火炬前导。邓肯、马尔康、道纳本、班柯、列诺克斯、麦克德夫、洛斯、安格斯及侍从等上。

邓肯 这座城堡的位置很好；一阵阵温柔的和风轻轻吹拂着我们微妙的感觉。

班柯 这一个夏天的客人，巡礼庙宇的燕子，也在这里筑下了它的温暖的巢居，这可以证明这里的空气有一种诱人的香味；檐下梁间、墙头屋角，无不是这鸟儿安置吊床和摇篮的地方：凡是它们生息繁殖之处，空气总是很甘美的。

麦克白夫人上。

邓肯 瞧，瞧，我们尊贵的主妇！到处跟随我们的挚情厚爱，往往使我们窘于致谢。

麦克白夫人 我们的犬马微劳，即使加倍报效，比起陛下赐给我们的深恩广泽来，也还是不足挂齿的；我们只有燃起一瓣心香，为陛下祷祝上苍，报答陛下过去和新近加于我们的荣宠。

邓肯 考特爵士呢？我们想要追上他的前面，趁他没有到家，先替他预备设席洗尘；不料他骑马的本领十分了不得，他的一片忠心使他急如星火，帮助他比我们先到了一步。高贵贤淑的主妇，今天晚上我要做您的宾客了。

麦克白夫人 只要陛下吩咐，您的仆人们随时准备把他们自己和他们所有的一切捐献在陛下之前，抵偿他们对您所负的重债。

邓肯 把您的手给我；领我去见我的主人。我很爱重他，我还要继续眷顾他。请了，夫人。（同下）

第七场

同前。堡中一室

高音笛奏乐；室中遍燃火炬。一司膳及若干仆人持肴馔食具上，自台前经过。麦克白上。

麦克白 要是干了以后就完了，那么还是快一点干；要是凭着暗杀的手段，可以攫取美满的结果；要是这一刀砍下去，就可以完成一切、终结一切；要是我们就可以在这里跳过时间的浅濑，展开生命的新页……可是在这种事情上，我们往往可以看见冥冥中的裁判；教唆杀人的人，结果反而自己被人所杀；把毒药投入酒杯里的人，结果也会自己饮鸩而死。他到这儿来本有两重的信任：第一，我是他的亲戚，又是他的臣子，按照名分绝对不能干这样的事；第二，我是他的主人，应当保障他身体的安全，怎么可以自己持刀行刺？而且，这个邓肯秉性仁慈，处理国政，从来没有过失，要是把他杀死了，他的生前的美德，将要像天使一般发出喇叭一样清澈的声音，向世人昭告我的弑君重罪；"怜悯"像一个御气而行的天婴，将要把这可憎的行为揭露在每一个人的眼中，使眼泪淹没了天风。没有一种力量可以鞭策我前进，可是我的跃跃欲试的野心，却不顾一切地驱着我去冒颠踬的危险。

麦克白夫人上。

麦克白　啊！什么消息？

麦克白夫人　他快要吃好了；你为什么跑了出来？

麦克白　他有没有问起我？

麦克白夫人　你不知道他问起过你吗？

麦克白　我们还是不要进行这一件事情吧。他最近给我极大的尊荣；我也好容易从各种人的嘴里博到了无上的美誉，我的名声现在正在发射最灿烂的光彩，不能这么快就把它丢弃了。

麦克白夫人　难道你把自己沉浸在里面的那种希望，只是醉后的妄想吗？它现在从一场睡梦中醒来，因为追悔自己的孟浪，而吓得脸色这样苍白吗？从这一刻起，我要把你的爱情看做同样靠不住的东西。你不敢让你在自己的行为和勇气上跟你的欲望一致吗？你宁愿像一头畏首畏尾的猫儿，顾全你所认为生命的装饰品的名誉，不惜让你在自己眼中成为一个懦夫，让“我不敢”永远跟随在“我想要”的后面吗？

麦克白　请你不要说了。只要是男子汉做的事，我都敢做；没有人比我有更大的胆量。

麦克白夫人　那么当初是什么畜生使你把这一种企图告诉我呢？是男子汉就应当敢作敢为；要是你敢做你所不能做的事，那才更是一个男子汉。那时候，无论时间和地点都不曾给你下手的方便，可是你却居然决意要实现你的愿望；现在你有了大好的机会，你又失去勇气了。我曾经哺乳过婴孩，知道一个母亲是怎样怜爱那吮吸她乳汁的子女；可是我会在它看着我的脸微笑的时候，从它的柔软的嫩嘴里摘下我的乳头，把它的脑袋砸碎，要是我也像你一样，曾经发誓下这样毒手的话。

麦克白　假如我们失败了——

麦克白夫人　我们失败！只要你集中你的全副勇气，我们决不会失败。邓肯赶了这一天辛苦的路程，一定睡得很熟；我再去陪他那两个侍卫饮酒作乐，灌得他们头脑模糊、记忆化成一阵烟雾；等他们烂醉如泥、像死猪一样睡去以后，我们不就可以把那毫无防卫的邓肯随意摆布了吗？我们不是可以把这一件重大的谋杀罪案，推在他的酒醉的侍卫身上吗？

麦克白　愿你所生育的全是男孩子，因为你的无畏的精神，只应该铸造一些刚强的男性。要是我们在那睡在他寝室里的两个人身上涂抹一些血迹，而且就用他们的刀子，人家会不会相信真是他们干下的事？

麦克白夫人　等他的死讯传出以后，我们就假意装出号啕痛哭的样子，这样还有谁敢不相信？

麦克白　我的决心已定，我要用全身的力量，去干这件惊人的举动。去，用最美妙的外表把人们的耳目欺骗；奸诈的心必须罩上虚伪的笑脸。（同下）

第二幕

第一场

殷佛纳斯。堡中庭院

仆人执火炬引班柯及弗里恩斯上。

班柯 孩子，夜已经过了几更了？

弗里恩斯 月亮已经下去；我还没有听见打钟。

班柯 月亮是在十二点钟下去的。

弗里恩斯 我想它要到十二点钟以后方才下去呢，父亲。

班柯 把我的剑拿着。天上也讲究节俭，把灯烛一起熄灭了。把那个也拿着。催人入睡的疲倦，像沉重的铅块一样压在我的身上，可是我却一点也不想睡。慈悲的神明！抑制那些罪恶的思想，不要让它们潜入我的睡梦之中。

麦克白上，一仆人执火炬随上。

班柯 把我的剑给我。——那边是谁？

麦克白 一个朋友。

班柯 什么，爵节！还没有安息吗？王上已经睡了；他今天非常高兴，赏了你家仆人许多的东西。这一颗金刚钻是他送给尊夫人的，他称她为最殷勤的主妇。无限的愉快笼罩着他的全身。

麦克白 我们因为事先没有准备，恐怕有许多招待不周的地方。

班柯 好说好说。昨天晚上我梦见那三个女巫；她们对您所讲的话倒有几分应验。

麦克白 我没有想到她们；可是等我们有了工夫，不妨谈谈那件事，要是您愿意的话。

班柯 悉听尊命。

麦克白 您听从了我的话，包您有一笔富贵到手。

班柯 为了觊觎富贵而丧失荣誉的事，我是不干的；要是您有什么见教，只要不毁坏我的清白的忠诚，我都愿意接受。

麦克白 那么慢慢再说，请安息吧。

班柯 谢谢；您也可以安息啦。（班柯、弗里恩斯同下）

麦克白 去对太太说要是我的酒预备好了，请她打一下钟。你去睡吧。（仆人下）在我面前摇晃着，它的柄对着我的手的，不是一把刀子吗？来，让我抓住你。我抓不到你，可是仍旧看见你。不祥的幻象，你只是一件可视不可触的东西吗？或者你不过是一把想象中的刀子，从狂热的脑筋里发出来的虚妄的意象？我仍旧看见你，你的形状正像我现在拔出的这一把刀子一样明显。你指示着我所要去的方向，告诉我应当用什么利器。我的眼睛倘不是受了其他知觉的愚弄，就是兼领了一切感官的机能。我仍旧看见你；你的刃上和柄上还流着一滴一滴刚才所没有的血。没有这样的事；杀人的恶念使我看见这种异象。现在在半个世界上，一切生命仿佛已经死去，罪恶的梦境扰乱着平和的睡眠，作法的女巫在向惨白的赫卡忒献祭；形容枯瘦的杀人犯，听到了替他巡风的豺狼的嗥声，像一个鬼似的向他的目的地蹑足跨步前进。坚固结实的大地啊，不要听见我的脚步声音是向什么地方去的，我怕路上的砖石会泄漏了我的行踪。我正在这儿威胁他的生命，他却在那儿活得好好的；在紧张的行动中间，言语是多么软弱无力。（钟声）我去，就这么干；钟声在招引我。不要听它，邓肯，这是召唤你上天堂或者下地狱的丧钟。（下）

第二场

同前

麦克白夫人上。

麦克白夫人 酒把他们醉倒了，却提起了我的勇气；浇熄了他们的馋焰，却燃起了我心头的烈火。听！不要响！这是夜枭在啼声，它正在鸣着丧钟，向人们道凄厉的晚安。他在那儿动手了。门都开着，那两个醉饱的侍卫用鼾声代替他们的守望；我曾经在他们的乳酒里放下麻药，瞧他们熟睡的样子，简直分别不出他们是活人还是死人。

麦克白 （在内）那边是谁？喂！

麦克白夫人 哎哟！我怕他们已经醒过来了，这件事情却还没有办好；不是行为的本身，而是我们的企图扰乱了我们。听！我把他们的刀子都放好了；他不会找不到的。倘不是我看他睡着的样子活像我的父亲，我早就自己动手了。我的丈夫！

麦克白上。

麦克白 我已经把事情办好。你没有听见一个声音吗？

麦克白夫人 我听见枭啼和蟋蟀的鸣声。你没有讲过话吗？

麦克白 什么时候？

麦克白夫人 刚才。

麦克白 我下来的时候吗？

麦克白夫人 嗯。

麦克白 听！谁睡在隔壁的房间里？

麦克白夫人 道纳本。

麦克白 （视手）好惨！

麦克白夫人 别发傻，惨什么。

麦克白 一个人在睡梦里大笑，还有一个人喊"杀人啦！"他们把彼此惊醒了；我站定听他们；可是他们念完祷告，又睡了过去了。

麦克白夫人 好一对宝货。

麦克白 一个喊，"上帝保佑我们！"一个喊，"阿门！"好像他们看见我高举这一双杀人的血手似的。听着他们惊慌的口气，当他们说过了“上帝保佑我们”以后，我想要说“阿门”，却怎么也说不出来。

麦克白夫人　不要把它放在心上。

麦克白　可是我为什么说不出“阿门”两个字来呢？我才是最需要上帝垂怜的，可是“阿门”两个字却哽在我的喉间。

麦克白夫人　我们干这种事，不能尽往这方面想下去；这样想着是会使我们发疯的。

麦克白　我仿佛听见一个声音喊着：“不要再睡了！麦克白已经杀害了睡眠。”那清白的睡眠，把忧虑的乱丝编织起来的睡眠，那日常的死亡，疲劳者的沐浴，受伤的心灵的油膏，大自然的副程，生命的盛筵上主要的营养——

麦克白夫人　你这种话是什么意思？

麦克白　那声音继续向全屋子喊着：“不要再睡了！葛莱密斯已经杀害了睡眠，所以考特将再也得不到睡眠，麦克白将再也得不到睡眠！”

麦克白夫人　谁喊着这样的话？唉，我的爵爷，您这样胡思乱想，是会妨害您的健康的。去拿些水来，把您手上的血迹洗洗干净。为什么您把这两把刀子带了来？它们应该放在那边。把它们拿回去，涂一些血在那两个熟睡的侍卫身上。

麦克白　我不愿意再去了；我不敢回想刚才所干的事，更没有胆量再去看它一眼。

麦克白夫人　意志动摇的人！把刀子给我。睡着的人和死了的人不过和画像一样；只有小儿的眼睛才会害怕画中的魔鬼。要是他还流着血，我就把它涂在那两个侍卫的脸上；因为我们必须让人家瞧着是他们的罪恶。（下。内敲门声）

麦克白　那打门的声音是从什么地方来的？究竟是怎么一回事，一点点的声音都会吓得我心惊肉跳？这是什么手！嘿！它们要挖出我的眼睛。大洋里所有的水，能够洗净我手上的血迹吗？不，恐怕我这一手的血，倒要把一碧无垠的海水染成一片殷红呢。

麦克白夫人重上。

麦克白夫人　我的两手也跟你的同样颜色了，可是我的心却羞于像你那样变成惨白。（内敲门声）我听见有人打着南面的门；让我们回到自己房间里去；一点点的水就可以替我们泯除痕迹；不是很容易的事吗？你的魄力不知道到哪儿去了。（内敲门声）听！又在那儿打门了。披上你的睡衣，也许人家会来找我们，不要让他们看见我们还没有睡觉。别这样傻头傻脑地呆想了。

麦克白　一想到我所干的事，最好还是不要记得我自己。（内敲门声）用你打门的声音把邓肯惊醒了吧！我希望你能够惊醒他！（同下）

第三场
同前

内敲门声。一门房上。

门房 门打得这样厉害！要是一个人在地狱里做了管门人，就是拔闩开锁这一件事也够把他累老了。（内敲门声）敲，敲，敲！凭着魔鬼的名义，谁在那儿？一定是什么乡下人，想要来沾一点财主人家的光；赶快进来吧，多预备几方餐巾，这儿有的是大鱼大肉，你流着满身的臭汗都吃不完呢。（内敲门声）敲，敲！凭着还有一个魔鬼的名字，是谁在那儿？哼，一定是什么讲起话来暧昧含糊的家伙，他会同时站在两方面，一会儿帮着这个骂那个，一会儿帮着那个骂这个；他曾经为了上帝的缘故，干过不少亏心事，可是他那条暧昧含糊的舌头却不能把他送上天堂去。啊！进来吧，暧昧含糊的家伙。（内敲门声）敲，敲，敲！谁在那儿？哼，一定是什么英国的裁缝，要想到这儿来从一双法国的袜子里偷些什么回去。进来吧，裁缝；你可以在这儿烧你的鹅肉。（内敲门声）敲，敲；敲个不停！你是什么人？你要进地狱，这儿太冷呢。我再也不要做这鬼看门人了。我倒很想放进几个各色各样的人来，让他们经过酒池肉

林，一直到刀山火焰上去。（内敲门声）来了，来了！请你记着我这看门的人。（开门）

麦克德夫及列诺克斯上。

麦克德夫 朋友，你是不是睡得太晚了，所以睡到现在还爬不起来？

门房 不瞒您说，大人，我们昨天晚上喝酒，一直闹到第二遍鸡啼哩；喝酒这一件事，大人，最容易引起三件事情。

麦克德夫 是哪三件事情？

门房 呃，大人，酒糟鼻、睡觉和撒尿。它挑起淫欲，可是喝醉了酒的人，干起这种事情来是一点不中用的。

麦克德夫 你的主人有没有起床？

麦克白上。

麦克德夫 我们的打门把他吵醒了；他来了。

列诺克斯 早安，爵爷。

麦克白 两位早安。

麦克德夫 爵爷，王上有没有起床？

麦克白 还没有。

麦克德夫　他叫我一早就来叫他；我几乎误了时间。

麦克白　我带您去看他。

麦克德夫　我知道这是您乐意干的事，可是有劳您啦。

麦克白　我们喜欢的工作，可以使我们忘记劳苦。这门里就是。

麦克德夫　那么我就冒昧进去了，因为我奉有王上的命令。（下）

列诺克斯　王上今天就要走吗？

麦克白　是的，他已经这样决定了。

列诺克斯　昨天晚上刮着很厉害的暴风，我们住的地方，烟囱都给吹了下来；他们还说空中有哀哭的声音，有人听见奇怪的死亡的惨叫，还有人听见一个可怕的声音，预言着将要有一场绝大的纷争和混乱，降临在这不幸的时代。不知名的怪鸟整整地吵了一个漫漫的长夜；有人说大地都发热而战抖起来了。

麦克白　果然是一个可怕的晚上。

列诺克斯　我的年轻的经验里唤不起一个同样的回忆。

麦克德夫重上。

麦克德夫、麦克白、列诺克斯　啊，可怕！可怕！可怕！不可言喻、不可想象的恐怖！

麦克德夫 混乱已经完成了他的杰作！大逆不道的凶手打开了王上的圣殿，把他的生命偷了去了！

麦克白 你说什么？生命？

列诺克斯 你是说陛下吗？

麦克德夫 到他的寝室里去，让一幕惊人的惨剧昏眩你们的视觉吧。不要向我追问；你们自己去看了再说。（麦克白、列诺克斯同下）醒来！醒来！敲起警钟来。杀了人啦！有人在谋反啦！班柯！道纳本！马尔康！醒来！不要贪恋温柔的睡眠，那只是死亡的假装，瞧一瞧死亡的本身吧！起来，起来，瞧瞧世界末日的影子！马尔康！班柯！像鬼魂从坟墓里起来一般，过来瞧瞧这一幕恐怖的景象吧！把钟敲起来！（钟鸣）

麦克白夫人上。

麦克白夫人 为什么要吹起这样凄厉的号角，把全屋子睡着的人唤醒？说，说！

麦克德夫 啊，好夫人！我不能让您听见我嘴里的消息，它一进到妇女的耳朵里，是比利剑还要难受的。

班柯上。

麦克德夫 啊，班柯！班柯！我们的主上给人谋杀了！

麦克白夫人 哎哟！什么！在我们的屋子里吗？

班柯 无论在什么地方，都是太惨了。好德夫，请你收回你刚才说过的话，告诉我们没有这么一回事。

麦克白及列诺克斯重上。

麦克白 要是我在这件变故发生以前一小时死去，我就可以说是活过了一段幸福的时间；因为从这一刻起，人生已经失去它的严肃的意义，一切都不过是儿戏；荣名和美德已经死了，生命的美酒已经喝完，剩下来的只是一些无味的渣滓。

马尔康及道纳本上。

道纳本 出了什么乱子了？

麦克白 你们还没有知道你们重大的损失；你们的血液的源泉已经切断了，你们的生命的根本已经切断了。

麦克德夫 你们的父王给人谋杀了。

马尔康 啊！给谁谋杀的？

列诺克斯 瞧上去是睡在他房间里的那两个家伙干的事；他们的手上脸上都是血迹；我们从他们枕头底下搜出了两把刀，刀上的血迹也没有揩掉；他们的神色惊惶万分；谁也不能把他自己的生命信托给这种家伙。

麦克白　啊！可是我后悔一时鲁莽，把他们杀了。

麦克德夫　你为什么杀了他们？

麦克白　谁能够在惊愕之中保持冷静，在盛怒之中保持镇定，在激于忠愤的时候保持他的不偏不倚的精神？世上没有这样的人吧。我的理智来不及控制我的愤激的忠诚。这儿躺着邓肯，他的白银的皮肤上镶着一缕缕黄金的宝血，他的创巨痛深的伤痕张开了裂口，像是一道道毁灭的门户；那边站着这两个凶手，身上浸润着他们罪恶的颜色，他们的刀上凝结着刺目的血块；只要是一个尚有几分忠心的人，谁不要怒火中烧，替他的主子报仇雪恨？

麦克白夫人　啊，什么人来扶我进去！

麦克德夫　快来照料夫人。

马尔康　（向道纳本旁白）这是跟我们切身相关的事情，为什么我们一言不发？

道纳本　（向马尔康旁白）我们身陷危境，不可测的命运随时都会吞噬我们，还有什么话好说呢？去吧，我们的眼泪现在还只在心头酝酿呢。

马尔康　（向道纳本旁白）我们的沉重的悲哀也还没有阻碍了我们的行动。

班柯　照料这位夫人。（侍从扶麦克白夫人下）等我们把自然流露出来的无遮饰的弱点收藏起来以后，让我们举行一次会议，详细彻查这一件最残酷的血案的真相。恐惧和疑虑使我们惊惶失措；站在上帝的伟大的指导之下，我一定要从尚未揭发的假面具下面，探出叛逆的阴谋，和它作殊死的奋斗。

麦克德夫　我也愿意作同样的宣告。

众人　我们也都抱着同样的决心。

麦克白　让我们赶快振起我们刚强的精神，大家到厅堂里商议去。

众人　很好。（除马尔康、道纳本外均下）

马尔康　你预备怎么办？我们不要跟他们在一起。假装出一副悲哀的脸孔，是每一个奸人的拿手好戏。我要到英格兰去。

道纳本　我到爱尔兰去；我们两人各奔前程，对于彼此都是比较安全的办法。我们现在所在的地方，人们的笑脸里都暗藏着利刃；越是跟我们血统相近的人，越是想喝我们的血。

马尔康　杀人的利箭已经射出，可是还没有落下，避过它的目标是我们唯一的活路。所以赶快上马吧；让我们不要斤斤于告别的礼貌，趁着有便就溜出去；明知没有网开一面的希望，就该及早逃避弋人的罗网。（同下）

第四场

同前。城堡外

洛斯及一老翁上。

老翁 我已经活了七十个年头，惊心动魄的日子也经过得不少，稀奇古怪的事情也看到过不少，可是像这样可怕的夜晚，却还是第一次遇见。

洛斯 啊！好老人家，你看上天好像恼怒人类的行为，在向这流血的舞台发出恐吓。照钟上现在应该是白天了，可是黑夜的魔手却把那盏在天空中运行的明灯遮蔽得不露一丝光亮。难道黑夜已经统治一切，还是因为白昼不好意思抬起头来，所以在这应该有阳光遍吻大地的时候，地面上却被无边的黑暗所笼罩？

老翁 这种现象完全是反常的，正像那件惊人的血案一样。在上星期二那天，有一头雄踞在高岩上的猛鹰，被一只鸱鸮飞上去把它啄死。

洛斯 还有一件非常怪异可是十分确实的事情，邓肯有几匹躯干俊美、举步如飞的骏马，的确是不可多得的良种，忽然野性大发，撞破了马棚，冲了出来，倔强得不受羁勒，好像要向人类挑战似的。

老翁　据说它们还彼此相食。

洛斯　是的，我亲眼看见这种事情，简直不敢相信自己的眼睛。麦克德夫来了。

麦克德夫上。

洛斯　情况现在变得怎么样啦?

麦克德夫　啊，您没有看见吗?

洛斯　有没有知道谁干了这件残酷得超乎寻常的行为?

麦克德夫　就是那两个给麦克白杀死了的家伙。

洛斯　唉！他们干了这件事可以希望得到什么好处呢?

麦克德夫　他们一定受人的教唆。马尔康和道纳本，王上的两个儿子，已经偷偷地逃走了，这使他们也蒙上了嫌疑。

洛斯　那更加违反人情了！反噬自己的命根，这样的野心会有什么好结果呢?看来大概王位要让麦克白登上去了。

麦克德夫　他已经受到推举，现在到斯贡即位去了。

洛斯 邓肯的尸体在什么地方？

麦克德夫 已经抬到戈姆基尔，他的祖先的陵墓上。

洛斯 您也要到斯贡去吗？

麦克德夫 不，大哥，我还是到费辅去。

洛斯 好，我要到那里去看看。

麦克德夫 好，但愿您看见那里的一切都是好好的，再会！怕只怕我们的新衣服不及旧衣服舒服哩！

洛斯 再见，老人家。

老翁 上帝祝福您，也祝福那些把恶事化成善事、把仇敌化为朋友的人们！（各下）

第三幕

第一场

福累斯。宫中一室

班柯上。

班柯 你现在已经如愿以偿了：国王、考特、葛莱密斯，一切符合女巫们的预言；你得到这种富贵的手段恐怕不大正当；可是据说你的王位不能传及子孙，我自己却要成为许多君王的始祖。她们的话里既然已经在你麦克白身上应验，难道不也会成为对我的启示，使我对未来发生希望吗？可是闭口！不要多说了。

喇叭奏花腔。麦克白王冠王服；麦克白夫人后冠后服；列诺克斯、洛斯、贵族、贵妇、侍从等上。

麦克白 这儿是我们主要的上宾。

麦克白夫人 要是忘记了请他，那就要成为我们盛筵上的绝大的遗憾，一切都要显得寒伧了。

麦克白 将军，我们今天晚上要举行一次隆重的宴会，请你千万出席。

班柯 谨遵陛下命令；我的忠诚永远接受陛下的使唤。

麦克白 今天下午你要骑马去吗？

班柯 是的，陛下。

麦克白 否则我很想请你参加我们今天的会议，贡献我们一些良好的意见，你的老谋深算，我是一向佩服的；可是我们明天再谈吧。你要骑到很远的地方吗？

班柯 陛下，我想尽量把从现在起到晚餐时候为止这一段时间在马上消磨过去；要是我的马不跑得快一些，也许要到天黑了以后一两个小时才能回来。

麦克白 不要误了我们的宴会。

班柯 陛下，我一定不失约。

麦克白 我听说我那两个凶恶的王侄已经分别到了英格兰和爱尔兰，他们不承认他们的残酷的弑父重罪，却到处向人传播离奇荒谬的谣言；可是我们明天再谈吧，有许多重要的国事要等候我们两人共同处理呢。请上马吧；等你晚上回来的时候再会。弗里恩斯也跟着你去吗？

班柯 是，陛下；时间已经不早，我们就要去了。

麦克白 愿你四蹄轻快，一路平安。再见。（班柯下）大家请便，各人去干各人的事，到晚上七点钟再聚首吧。为要更能领略到嘉宾满堂的快乐起见，我在晚餐以前，预备一个人独自静息静息；愿上帝和你们同在！（除麦克白及侍从一人外均下）喂，问你一句话。那两个人是不是在外面等候着我的旨意？

侍从 是，陛下，他们就在宫门外面。

麦克白 带他们进来见我。（侍从下）单单做到了这一步是不算的，总要把现状确定巩固起来才好。我对于班柯怀着深切的恐惧，他的高贵的天性中有一种使我生畏的东西；他是个敢作敢为的人，在他的无畏的精神上，又加上深沉的智虑，指导他的大勇在确有把握的时机行动。除了他以外，我什么人都不怕，只有他的存在却使我惴惴不安；据说安东尼在凯撒的手下，他的天才完全被凯撒所掩盖，我在他的雄才大略之下，情形也是这样。当那些女巫们最初称我为王的时候，他呵斥她们，叫她们对他说话；她们就像先知似的说他的子孙将相继为王，她们把一顶不结果的王冠戴在我的头上，把一根没有人继承的御杖放在我的手里，然后再从我的手里夺去。要是果然是这样，那么我玷污了我的手，只是为了班柯后裔的好处；我为了他们暗杀了仁慈的邓肯；为了他们良心上负着重大的罪疚和不安；我把我的永生的灵魂送给了人类的公敌，只是为了使他们可以登上王座，使班柯的种子登上王座！不，我不能忍受这样的事，宁愿接受命运的挑战！是谁？

侍从率二刺客重上。

麦克白　你现在到门口去，等我叫你再进来。（侍从下）我们不是在昨天谈过话吗？

刺客甲　回陛下的话，正是昨天。

麦克白　那么好，你们有没有考虑过我的话？你们知道从前都是因为他的缘故，使你们屈身微贱，虽然你们却错怪到我的身上。在上一次我们谈话的中间，我已经把这一点向你们说明白了，我用确凿的证据，指出你们怎样被人操纵愚弄、怎样受人牵制压抑、人家对你们是用怎样的手段、这种手段的主动者，以及一切其他的种种，都可以使一个半痴的、疯癫的人恍然大悟地说，“这些都是班柯干的事。”

刺客甲　我们已经蒙陛下开示过了。

麦克白　是的，而且我还要更进一步，这就是我们今天第二次谈话的目的。你们难道有那样的好耐性，能够忍受这样的屈辱吗？他的铁手已经快要把你们压下坟墓里去，使你们的子孙永远做乞丐，难道你们所受到的教诲，却还要叫你们替这个好人和他的子孙祈祷吗？

刺客甲　陛下，我们是人总有人气。

麦克白　嗯，你们也是算作人类的，正像家狗、野狗、猎狗、狮子狗、杂种狗、癞皮狗，统称为狗一样；它们有的灵敏，有的迟钝，有的狡猾，有的可以看门，有的可以打猎，各自按照造物赋予它们的本能而分别价值的高下，在广泛的总称之上，得到特殊的名号；人类也是一样。要是你们在人类的行列之中，并不属于最卑劣的一级，那么说吧，我就可以把一件事情信托你们，你们照我的话干了以后，不但可以除去你们的仇人，而且还可以永远受我的眷宠；他一天活在世上，我的心病一天不能痊愈。

刺客乙　陛下，我久受世间无情的打击和虐待，为了向这世界发泄我的怨恨起见，我什么事都愿意干。

刺客甲　我也是这样，一次次的灾祸逆运，使我厌倦于人世，我愿意拿我的生命去赌博，或者从此交上好运，或者了结我的一生。

麦克白　你们两人都知道班柯是你们的仇人。

刺客乙　是的，陛下。

麦克白　他也是我的仇人；而且他是我的肘腋之患，他的存在每一分钟都深深威胁着我生命的安全；虽然我可以老实不客气地运用我的权力，把他从我的眼前扫去，而且这样做在我的良心上并没有使我不安的地方，可是我却还不能就这么干，因为他有几个朋友同时也是我的朋友，我不能招致他们的反感，即使我亲手把他打倒，也必须假意为他的死亡悲泣；所以我只好借重你们两人的助力，为了许多重要的理由，把这件事情遮过一般人的眼睛。

刺客乙　陛下，我们一定照您的命令做去。

刺客甲 即使我们的生命——

麦克白 你们的勇气已经充分透露在你们的神情之间。最迟在这一小时之内，我就可以告诉你们在什么地方埋伏，在什么时间动手；因为这件事情一定要在今晚干好，而且要离开王宫远一些，你们必须记住不能把我牵涉在内；同时为了免得留下枝节起见，你们还要把跟在他身边的他的儿子弗里恩斯也一起杀了，他们父子两人的死，对于我是同样重要的，必须让他们同时接受黑暗的命运。你们先下去决定一下，我就来看你们。

刺客乙 我们已经决定了，陛下。

麦克白 我立刻就会来看你们，你们进去等一会儿。（二刺客下）班柯，你的命运已经决定，你的灵魂要是找得到天堂的话，今天晚上你就该找到了。（下）

第二场

同前。宫中另一室

麦克白夫人及一仆人上。

麦克白夫人 班柯已经离开宫廷了吗？

仆人　是，娘娘，可是他今天晚上就要回来的。

麦克白夫人　你去对王上说，我要请他允许我跟他说几句话。

仆人　是，娘娘。（下）

麦克白夫人　费尽了一切，结果还是一无所得，我们的目的虽然达到，却一点不感觉满足。要是用毁灭他人的手段，使自己置身在充满着疑虑的欢娱里，那么还不如那被我们所害的人，倒落得无忧无虑。

麦克白上。

麦克白夫人　啊，我的主！您为什么一个人孤零零的，让最悲哀的幻想做您的伴侣，把您的思想念念不忘地集中在一个已死者的身上？没有挽回的事，只好听其自然；事情干了就算了。

麦克白　我们不过刺伤了蛇身，却没有把它杀死，它的伤口会慢慢平复过来，再用它的原来的毒牙向我们复仇。可是让一切秩序完全解体，让活人、死人都去受罪吧，为什么我们要在忧虑中进餐，在每夜使我们惊恐的恶梦的谑弄中睡眠呢？我们为了希求自身的平安，把别人送下坟墓里去享受永久的平安，可是我们的心灵却把我们磨折得没有一刻平静的安息，使我们觉得还是跟已死的人在一起，倒要幸福得多了。邓肯现在睡在他的坟墓里；经过了一场人生的热病，他现在睡得好好的，叛逆已经对他施过最狠毒的伤害，再没有刀剑、毒药、内乱、外患，可以加害于他了。

麦克白夫人 算了算了，我的好丈夫，把您的烦恼的脸孔收起；今天晚上您必须和颜悦色地招待您的客人。

麦克白 正是，亲人；你也要这样。尤其请你对班柯曲意殷勤，用你的眼睛和舌头给他特殊的荣宠。我们的地位现在还没有巩固，必须把我们的尊严濡染在这种谄媚的流水里，用我们的外貌遮掩着我们的内心，不要给人家窥破。

麦克白夫人 您不要多想这些了。

麦克白 啊！我的头脑里充满着蝎子，亲爱的妻子；你知道班柯和他的弗里恩斯尚在人间。

麦克白夫人 可是他们并不是长生不死的。

麦克白 那还可以给我几分安慰，他们是可以伤害的；所以你快乐起来吧。在蝙蝠完成它黑暗中的飞翔以前，在振翅而飞的甲虫应答着赫卡忒[①]的呼召，用嗡嗡的声音摇响催眠的晚钟以前，将要有一件可怕的事情干好。

麦克白夫人 是什么事情？

麦克白 你暂时不必知道，最亲爱的宝贝，等事成以后，你再鼓掌称快吧。来，使人盲目的黑夜，遮住可怜的白昼的温柔的眼睛，用

---

① 赫卡忒，司幽冥及巫术之女神。

你的无形的毒手，撕毁那使我困顿的重大的束缚吧！天色在在朦胧起来，乌鸦都飞回到昏暗的林中；一天的好事开始沉沉睡去，黑夜的罪恶的使者却在准备攫捕他们的猎物。我的话使你惊奇；可是不要说话；以不义开始的事情，必须用罪恶使它巩固。跟我来。（同下）

第三场

同前。苑囿，有一路通王宫

三刺客上。

刺客甲　可是谁叫你来帮我们的？

刺客丙　麦克白。

刺客乙　他不必不信任我们，他已经把我们的任务和怎样动手的方法都指示给我们了。

刺客甲　那么就跟我们站在一起吧。西方还闪耀着一线白昼的余晖；晚归的行客现在快马加鞭，要来找寻宿处了；我们守候的目标已经在那儿向我们走近。

刺客丙　听！我听见马蹄声。

班柯　（在内）喂，给我们一个火！

刺客乙　一定是他；别的客人们都已经到了宫里了。

刺客甲　他的马在兜圈子。

刺客丙　差不多有一里路；可是他正像许多人一样，常常把从这儿到宫门口的这一条路作为他们的跑道。

刺客乙　一个火，一个火！

刺客丙　是他。

刺客甲　站好。

班柯及弗里恩斯持火炬上。

班柯　今晚恐怕要下雨。

刺客甲　让它下吧。（刺客等向班柯攻击）

班柯　啊，阴谋！快逃，好弗里恩斯，逃，逃，逃！你也许可以替我报仇。啊奴才！（死。弗里恩斯逃去）

刺客丙　谁把火灭了？

刺客甲　不应该灭火吗?

刺客丙　只有一个人倒下;那儿子逃去了。

刺客乙　我们工作的重要一部分失败了。

刺客甲　好,我们回去报告我们工作的结果吧。(同下)

第四场

同前。宫中大厅

厅中陈设筵席。麦克白、麦克白夫人、洛斯、列诺克斯、群臣及侍从等上。

麦克白　大家按着各人自己的品级坐下来;总而言之一句话,我竭诚欢迎你们。

群臣　谢谢陛下的恩典。

麦克白　我自己将要跟你们在一起,做一个谦恭的主人,我们的主妇现在还保持着她的尊严,可是我就要请她对你们殷勤招待。

麦克白夫人　陛下，请您替我向我们所有的朋友们表示我的欢迎的诚意吧。

刺客甲上，至门口。

麦克白　瞧，他们用诚意的感谢答复你了；两方面已经各得其平。我将要在这儿中间坐下来。大家不要拘束，乐一个畅快；等会儿我们就要合席痛饮一巡。（至门口）你的脸上有血。

刺客甲　那么它是班柯的。

麦克白　我宁愿你站在门外，不愿他置身室内。你们已经把他结果了吗？

刺客甲　陛下，他的咽喉已经割破了；这是我干的事。

麦克白　你是一个最有本领的杀人犯；可是谁杀死了弗里恩斯，也一样值得夸奖；要是你也把他杀了，那你才是一个无比的好汉。

刺客甲　陛下，弗里恩斯逃走了。

麦克白　我的心病本来可以痊愈，现在它又要发作了；我本来可以像大理石一样完整，像岩石一样坚固，像空气一样广大自由，现在我却被恼人的疑惑和恐惧所包围拘束。可是班柯已经死了吗？

刺客甲　是，陛下；他安安稳稳地躺在一条泥沟里，他的头上刻着二十道伤痕，最轻的一道也可以致他死命。

麦克白　谢天谢地。大蛇躺在那里；那逃走了的小虫，将来会用它的毒液害人，可是现在它的牙齿还没有长成。走吧，明天再来听候我的旨意。（刺客甲下）

麦克白夫人　陛下，您还没有劝过客；宴会上倘没有主人的殷勤招待，使大家都能客至如归，那就会使合席失去了兴致的。

麦克白　亲爱的，不是你提起，我几乎忘了！来，请放量醉饱吧，愿各位胃纳健旺，身强力壮！

列诺克斯　陛下请安坐。

班柯鬼魂上，坐在麦克白座上。

麦克白　要是班柯在座，那么全国的英俊，真可以说是云集于一堂了；我宁愿因为他的疏怠而嗔怪他，不愿因为他遭到什么意外而为他惋惜。

洛斯　陛下，他今天失约不来，是他自己的过失。请陛下上坐，让我们叨陪末席。

麦克白　席上已经坐满了。

列诺克斯　陛下，这儿是给您留着的一个位置。

麦克白　什么地方？

列诺克斯　这儿，陛下。什么事情使陛下这样变色？

麦克白　你们哪一个人干了这件事？

群臣　什么事，陛下？

麦克白　你不能说这是我干的事；别这样对我摇着你的染着血的头发。

洛斯　各位大人，起来；陛下病了。

麦克白夫人　坐下，尊贵的朋友们，王上常常这样的，他从小就有这种毛病。请各位安坐吧；他的癫狂不过是暂时的，一会儿就会好起来。要是你们太注意了他，他也许会动怒，发起狂来更加厉害；尽管自己吃喝，不要理他吧。你是一个男子吗？

麦克白　啊，我是一个堂堂男子，可以使魔鬼胆裂的东西，我也敢正眼瞧着它。

麦克白夫人　啊，这倒说得不错！这不过是你的恐惧所描绘出来的一幅图画；正像你所说的那柄引导你去行刺邓肯的空中的匕首一样。啊！要是在冬天的火炉旁，听一个妇女讲述她的老祖母告诉她的故事的时候，那么这种情绪的冲动、恐惧的伪装，倒是非常合适的。不害羞吗？你为什么扮这样的怪脸？你瞧着的不过是一张凳子罢了。

麦克白　你瞧那边！瞧！瞧！瞧！你怎么说？哼，我什么都不在乎。要是你会点头，你也应该会说话。要是殡舍和坟墓必须把我

们埋葬了的人送回世上，那么我们的坟墓都要变成鸢鸟的胃囊了。（鬼魂隐去）

麦克白夫人　什么！你发了疯，把你的男子气都失掉了吗？

麦克白　要是我现在站在这儿，那么刚才我明明瞧见他。

麦克白夫人　啐！不害羞吗？

麦克白　在人类不曾制定法律，保障公众福利以前的古代，杀人流血是不足为奇的事；即使在有了法律以后，惨不忍闻的谋杀事件也随时发生。从前的时候，一刀下去，当场毙命，事情就这样完结了；可是现在他们却会从坟墓中起来，他们的头上戴着二十件谋杀的重罪，把我们推下座位。这种事情是比这样一件谋杀案更奇怪的。

麦克白夫人　陛下，您的尊贵的朋友们都因为您不去陪他们而十分扫兴哩。

麦克白　我忘了。不要对我惊诧，我的最尊贵的朋友们；我有一种怪病，认识我的人都知道那是不足为奇的。来，让我们用这一杯酒表示我们的同心永好，祝各位健康！你们干了这一杯，我就坐下。给我拿些酒来，倒得满满的。我为今天在座众人的快乐，还要为我们亲爱的缺席的朋友班柯尽此一杯；要是他也在这儿就好了！来，大家请干杯。

群臣　敢不奉命。

班柯鬼魂重上。

麦克白　去！离开我的眼前！让土地把你藏匿了！你的骨髓已经枯竭，你的血液已经凝冷，你那向人瞪着的眼睛也已经失去了光彩。

麦克白夫人　各位大人，这不过是他的旧病复发，没有什么别的缘故；害各位扫兴，真是抱歉得很。

麦克白　别人敢做的事，我都敢：无论你用什么形状出现，像粗暴的俄罗斯大熊也好，像披甲的犀牛、舞爪的猛虎也好，只要不是你现在的样子，我的坚定的神经决不会起半分战栗；或者你现在死而复活，用你的剑向我挑战，要是我会惊惶胆怯，那么你就可以宣称我是一个少女怀抱中的婴孩。去，可怕的影子！虚妄的揶揄，去！（鬼魂隐去）嘿，他一去，我的勇气又恢复了。请你们安坐吧。

麦克白夫人　你这样疯疯癫癫的，已经打断了众人的兴致，扰乱了今天的良会。

麦克白　世上会有这种事情，像一朵夏天的黑云遮在我们的头上，怎么不叫人吃惊呢？我吓得面无人色，你们眼看着这样的怪象，你们的脸上却仍然保持着天然的红润，这才怪哩。

洛斯　什么怪象，陛下？

麦克白夫人　请您不要对他说话，他越来越疯了，你们多问了他，他会动怒的。对不起，请各位还是散席了吧；大家不必推先让后，请立刻就去，晚安！

列诺克斯　晚安；愿陛下早复健康！

麦克白夫人　各位晚安！（群臣及侍从等下）

麦克白　他们说，流血是免不了的；流血必须引起流血。据说石块曾经自己转动，树木曾经开口说话；鸦鹊的鸣声里曾经预示着阴谋作乱的人。夜过去了多少了？

麦克白夫人　差不多到了黑夜和白昼的交界，分别不出谁是谁来。

麦克白　麦克德夫藐视王命，拒不奉召，你看怎么样？

麦克白夫人　你有没有差人去叫过他？

麦克白　我在路上听人这么说；可是我要差人去唤他。他们这一批人家里谁都有一个被我买通的仆人，替我窥探他们的动静。我明天要趁早去访那三个女巫，听她们还有什么话说；因为我现在非得从最妖邪的恶魔口中知道我的最悲惨的命运不可。为了我自己的好处，只好把一切置之不顾。我已经两足深陷于血泊之中，要是不再涉血前进，那么回头的路也是同样使人厌倦的。我想起了一些非常的计谋，必须在不会被人觉察以前迅速实行。

麦克白夫人　一切有生之伦，都少不了睡眠的调剂，可是你还没有好好睡过。

麦克白　来，我们睡去。我的疑鬼疑神、出乖露丑，都是因为未经磨炼、心怀恐惧的缘故；我们在行事上太缺少经验了。（同下）

第五场

荒原

雷鸣。三女巫上，与赫卡忒相遇。

女巫甲 哎哟，赫卡忒！您在发怒哩。

赫卡忒 我不应该发怒吗？你们这些放肆大胆的丑婆子；你们怎么敢用哑谜和有关生死的秘密和麦克白打交道；我是你们魔法的总管，一切的灾祸都由我主持支配，你们却不通知我一声，让我也来显一显我们的神通？而且你们所干的事，都只是为了一个刚愎自用、残忍狂暴的人；他像所有的世人一样，只知道自己的利益，一点不是对你们存着什么好意。可是现在你们必须补赎你们的过失；快去，天明的时候，在阿契隆的地坑附近会我，他将要到那边来探询他的命运；把你们的符咒、魔蛊和一切应用的东西预备齐整，不得有误。我现在乘风而去，今晚我要用整夜的工夫，布置出一场悲惨的结果；在正午以前，必须完成大事。月亮角上挂着一颗湿淋淋的露珠，我要在它没有坠地以前把它摄取，用魔术提炼以后，就可以凭着它呼灵唤鬼，让种种虚妄的幻影迷乱了他的本性；他将要藐视命运，唾斥死生，超越一切的情理，排弃一切的疑虑，执着他的不可能的希望；你们都知道自信是人类最大的仇敌。（内歌声，“来吧，来吧……”）听！他们在叫我啦；我的小精灵们，瞧，他们坐在云雾之中，在等着我呢。（下）

女巫甲 来，我们赶快，她就要回来了。（同下）

第六场

福累斯。宫中一室

列诺克斯及另一贵族上。

列诺克斯 你现在才想起我从前的话，那些话是还可以进一步解释的；我只觉得事情有些古怪。仁厚的邓肯被麦克白所哀悼；邓肯是已经死去的了。勇敢的班柯不该在深夜走路，您也许可以说，要是您愿意这么说的话，他是被弗里恩斯杀死的，因为弗里恩斯已经逃匿无踪；人总不应该在夜深的时候走路。哪一个人不以为马尔康和道纳本杀死他们仁慈的父亲，是一件多么惊人的巨变？万恶的行为！麦克白为了这件事多么痛心；他不是乘着一时的忠愤，把那两个酗酒贪睡的溺职卫士杀了吗？那件事干得不是很忠勇的吗？嗯，而且也干得很聪明；因为要是人家听见他们抵赖他们的罪状，谁都会怒从心起的。所以我说，他把一切事情分得很好；我想要是邓肯的两个儿子也给他拘留起来——上天保佑他们不会落在他的手里——他们就会知道向自己的父亲行弑，必须受到怎样的报应；弗里恩斯也是一样。可是这些话别提啦，我听说麦克德夫因为出言不逊，又不出席那暴君的宴会，已经受到贬辱。您能够告诉我他现在在什么地方吗？

贵族　被这暴君篡逐出亡的邓肯世子现在寄身在英格兰宫廷之中，谦恭的爱德华对他非常优待，一点不因为他处境颠危而减削了敬礼。麦克德夫也到那里去了，他的目的是要请求贤明的英王协力激励诺森伯兰和好战的西华德，使他们秉承王命，出兵相援，帮助我们恢复已失的自由，使我们仍旧能够享受食桌上的盛馔和酣畅的睡眠，不再畏惧宴会中有沾血的刀剑，让我们能够一方面输诚效忠，一方面安受爵赏而心无疑虑；这一切都是我们现在所渴望而求之不得的。这一个消息已经使我们的王上大为震怒，他正在那儿准备作战了。

列诺克斯　他有没有差人到麦克德夫那儿去？

贵族　他已经差人去过了；他的话说得很决裂。那面有忧色的使者没有明白告诉我他说些什么话，只是转身吟哦，“你给我这样的答复，看着吧，你一定会自食其果。”

列诺克斯　那很可以叫他留心远避当前的祸害。但愿什么神圣的天使飞到英格兰的宫廷里，预先把他的信息带来给我们；让上天的祝福迅速回到我们这一个在毒手压制下备受苦难的国家！

贵族　我愿意为他祈祷。（同下）

第四幕

第一场

山洞。中置沸釜

雷鸣。三女巫上。

女巫甲　斑猫已经叫过三声。

女巫乙　刺猬已经啼了四次。

女巫丙　怪鸟在鸣啸：时候到了，时候到了。

女巫甲　绕釜环行火融融，
毒肝腐脏寘其中。
蛤蟆蛰眠寒石底，

三十一日夜相继；
汗出淋漓化毒浆，
投之鼎镬沸为汤。

众巫 （合）不惮辛劳不惮烦，釜中沸沫已成澜。

女巫乙 沼地蟒蛇取其肉，
脔以为片煮至熟；
蝾螈之目青蛙趾，
蝙蝠之毛犬之齿，
蝮舌如叉蚯蚓刺，
蜥蜴之足枭之翅，
炼为毒蛊鬼神惊，
扰乱人世无安宁。

众巫 （合）不惮辛劳不惮烦，釜中沸沫已成澜。

女巫丙 豺狼之牙巨龙鳞，
千年巫尸貌狰狞；
海底抉出鲨鱼胃，
夜掘毒芹根块块；
杀犹太人摘其肝，
剖山羊胆汁潺潺；
雾黑云深月蚀时，
潜携斤斧劈杉枝；
娼妇弃儿死道间，

断指持来血尚殷；
土耳其鼻鞑靼唇，
烈火糜之煎作羹；
猛虎肝肠和鼎内，
炼就妖丹成一味。

众巫 （合）不惮辛劳不惮烦，釜中沸沫已成澜。

女巫乙 炭火将残蛊将成，
猩猩滴血蛊方凝。

赫卡忒上。

赫卡忒 善哉尔曹功不浅，
颁赏酬劳利泽遍。
于今绕釜且歌吟，
摄人魂魄荡人心。（音乐，众巫唱幽灵之歌。赫卡忒下）

女巫乙 拇指怦怦动，
必有恶人来；
既来皆不拒，
洞门敲自开。

麦克白上。

麦克白 啊，你们这些神秘的幽冥的夜游的妖婆子！你们在干些什么？

众巫 （合）一件没有名义的行动。

麦克白 凭着你们的职业，我吩咐你们回答我，不管你们的知识是从哪里得来的。即使你们的嘴里会放出狂风，让它们向教堂猛击；即使汹涌的波涛会把航海的船只颠覆吞噬；即使谷物的叶片会倒折在田亩上，树木会连根拔起；即使城堡会向它们的守卫者的头上倒下；即使宫殿和金字塔都会倾圮；即使大自然所孕育的一切灵奇完全归于毁灭，我也要你们回答我的问题。

女巫甲 说。

女巫乙 你问吧。

女巫丙 我们可以回答你。

女巫甲 你愿意从我们嘴里听到答复呢，还是愿意让我们的主人们回答你？

麦克白 叫他们出来；让我见见他们。

女巫甲 母猪九子食其豚，
血浇火上焰生腥；
杀人恶犯上刑场，
汗脂投火发凶光。

众巫 （合）鬼王鬼卒火中来，
现形作法莫惊猜。

雷鸣。第一幽灵出现，为一戴盔之头。

麦克白 告诉我，你这不可思议的力量——

女巫甲 他知道你的心事；听他说，你不用开口。

第一幽灵 麦克白！麦克白！麦克白！留心麦克德夫；留心费辅爵士。放我回去。够了。（隐入地下）

麦克白 不管你是什么精灵，我感谢你的忠言警告；你已经一语道破了我的忧虑。可是再告诉我一句话——

女巫甲 他是不受命令的。这儿又来了一个，比第一个法力更大。

雷鸣。第二幽灵出现，为一流血之小儿。

第二幽灵 麦克白！麦克白！麦克白——

麦克白 我要是有三只耳朵，我的三只耳朵都会听着你。

第二幽灵 你要残忍、勇敢、坚决；你可以把人类的力量付之一笑，因为没有一个在妇人腹中生长的人可以伤害麦克白。（隐入地下）

麦克白 那么尽管活下去吧，麦克德夫；我何必惧怕你呢？可是我要使确定的事实加倍确定，从命运手里接受切实的保证。我还是要你死，让我可以斥胆怯的恐惧为虚妄，在雷电怒作的夜里也能安心睡觉。

雷鸣。第三幽灵出现，为一戴王冠之小儿，手持树枝。

麦克白　这是什么，他的模样像是一个王子，他的幼稚的头上还戴着统治的荣冠？

众巫　静听，不要对它说话。

第三幽灵　你要像狮子一样骄傲而无畏，不要关心人家的怨怒，也不要担忧有谁在算计你。麦克白永远不会被人打败，除非有一天勃南的树林会冲着他向邓西嫩高山移动。（隐入地下）

麦克白　那是决不会有的事；谁能够命令树木，叫它从泥土之中拔起它的深根来呢？幸运的预兆！好！勃南的树林不会移动，叛徒的举事也不会成功，我们巍巍高位的麦克白将要尽其天年，在他寿数告终的时候奄然物化。可是我的心还在跳动着想要知道一件事情；告诉我，要是你们的法术能够解释我的疑惑，班柯的后裔会不会在这一个国土上称王？

众巫　不要追问下去了。

麦克白　我一定要知道究竟；要是你们不告诉我，愿永久的咒诅降在你们身上！告诉我。为什么那口釜沉了下去？这是什么声音？（高音笛声）

女巫甲　出来！

女巫乙 出来！

女巫丙 出来！

众巫 （合）一见惊心，魂魄无主；

如影而来，如影而去。

国王装束者八人次第上；最后一人持镜；班柯鬼魂随其后。

麦克白 你太像班柯的鬼魂了；下去！你的王冠刺痛了我的眼珠。怎么，又是一个戴着王冠的，你的头发也跟第一个一样。第二个过去了，第三个又跟第二个一样。该死的鬼婆子！你们为什么让我看见这些人？第四个！跳出来吧，我的眼睛！什么！这一连串戴着王冠的，要到世界末日才会完结吗？又是一个？第七个！我不想再看了。可是第八个又出现了，他拿着一面镜子，我可以从镜子里面看见许许多多戴王冠的人；有几个还拿着两个金球，三根御杖。可怕的景象！啊，现在我知道这不是虚妄的幻象，因为血污的班柯在向我微笑，用手指点着他们，表示他们就是他的子孙。（众幻影消灭）什么！真是这样吗？

女巫甲 嗯，这一切都是真的；可是麦克白为什么这样呆若木鸡？来，姊妹们，让我们鼓舞鼓舞他的精神，用最好的歌舞替他消愁解闷。我先用魔法使空中奏起乐来，你们就搀成一个圈子团团跳舞，让这位伟大的君王知道，我们并没有怠慢他。（音乐。众女巫跳舞，舞毕与赫卡忒俱隐去）

麦克白 她们在哪儿？去了？愿这不祥的时辰在日历上永远被人咒

诅！外面有人吗？进来！

列诺克斯上。

列诺克斯 陛下有什么命令？

麦克白 你看见那三个女巫吗？

列诺克斯 没有，陛下。

麦克白 她们没有打你身边过去吗？

列诺克斯 确实没有，陛下。

麦克白 愿她们所驾乘的空气都化为毒雾，愿一切相信她们言语的人都永堕沉沦！我方才听见奔马的声音，是谁经过这地方？

列诺克斯 启禀陛下，刚才有两三个使者来过，向您报告麦克德夫已经逃奔英格兰去了。

麦克白 逃奔英格兰去了！

列诺克斯 是，陛下。

麦克白 时间，你早就料到我的狠毒的行为，无运弗至的恶念，一旦见之事实，就容易被人所乘；从这一刻起，我心里一想到什么，便要立刻把它实行，没有迟疑的余地；我现在就要用行动表示我的意志。我要去突袭麦克德夫的城堡；把费辅攫取下来；把他的妻子儿女和一切追随他的不幸的人们一起杀死。我不能像一个傻瓜似的只会空口说大话；我必须趁着我这一个目的还没有冷淡下来以前把这件事干好。可是我不想再看见什么幻象了！那几个使者呢？来，带我去见见他们。（同下）

第二场

费辅。麦克德夫城堡

麦克德夫夫人、麦克德夫子及洛斯上。

麦克德夫夫人　他干了什么事，要逃亡国外？

洛斯　您必须安心忍耐，夫人。

麦克德夫夫人　他可没有一点忍耐；他的逃亡全然是发疯。我们的行为本来是光明坦白的，可是我们的疑虑却使我们成为叛徒。

洛斯　您还不知道他的逃亡究竟是明智的行为还是无谓的疑虑。

麦克德夫夫人　明智的行为！他自己高飞远走，把他的妻子儿女、他的宅第尊位，一齐丢弃不顾，这算是明智的行为吗？他不爱我们；他没有天性之情；鸟类中最微小的鹪鹩也会奋不顾身，和鸱鸮争斗，保护它巢中的众雏。他心里只有恐惧没有爱；也没有一点智慧，因为他的逃亡是完全不合情理的。

洛斯　好嫂子，请您抑制一下自己；讲到尊夫的为人，那么他是高尚明理而有识见的，他知道应该怎样见机行事。我不敢多说什么；现在这种时世太冷酷无情了，我们自己还不知道，就已经蒙上了叛徒的恶名；一方面恐惧流言，一方面却不知道为何而恐惧，就像在一个风波险恶的海上漂浮，全没有一定的方向。现在我必须向您告辞；不久我会再到这儿来。最恶劣的事态总有一天告一段落，或者逐渐恢复原状。我的可爱的侄儿，祝福你！

麦克德夫夫人　他虽然有父亲，却和没有父亲一样。

洛斯　我是这样一个傻子，要是我再逗留下去，会叫人家笑话我，还要连累您心里难过；我现在立刻告辞了。（下）

麦克德夫夫人　小子，你爸爸死了；你现在怎么办？你预备怎样过活？

麦克德夫子　像鸟儿一样过活，妈妈。

麦克德夫夫人　什么！吃些小虫儿、飞虫儿吗？

麦克德夫子　我的意思是说，我得到些什么就吃些什么，正像鸟儿们一样。

麦克德夫夫人　可怜的鸟儿！你从来不怕有人张起网、布下陷阱，捉了你去哩。

麦克德夫子　我为什么要怕这些，妈妈？他们是不会算计可怜的小鸟的。我的爸爸并没有死，虽然您是这么说。

麦克德夫夫人　不，他真的死了。你没了父亲怎么好呢？

麦克德夫子　您没了丈夫怎么好呢？

麦克德夫夫人　嘿，我可以到随便哪个市场上去买二十个丈夫回来。

麦克德夫子　那么您买了他们回来，还是要卖出去的。

麦克德夫夫人　这刁钻的小油嘴，可也亏你想得出来。

麦克德夫子　我的爸爸是个反贼吗，妈妈？

麦克德夫夫人　嗯，他是个反贼。

麦克德夫子　怎么叫做反贼？

麦克德夫夫人　反贼就是起假誓扯谎的人。

麦克德夫子　凡是反贼都是起假誓扯谎的吗？

麦克德夫夫人　起假誓扯谎的人都是反贼，都应该绞死。

麦克德夫子　起假誓扯谎的都应该绞死吗？

麦克德夫夫人　都应该绞死。

麦克德夫子　谁去绞死他们呢？

麦克德夫夫人　那些正人君子。

麦克德夫子　那么那些起假誓扯谎的都是些傻瓜，他们有这许多人，为什么不联合起来打倒那些正人君子，把他们绞死了呢？

麦克德夫夫人　哎哟，上帝保佑你，可怜的猴子！可是你没了父亲怎么好呢？

麦克德夫子　要是他真的死了，您会为他哀哭的；要是您不哭，那是一个好兆，我就可以有一个新的爸爸了。

麦克德夫夫人　这小油嘴真会胡说！

一使者上。

使者　祝福您，好夫人！您不认识我是什么人，可是我久闻夫人的令名，所以特地前来，报告您一个消息。我怕夫人目下有极大的危险，要是您愿意接受一个微贱之人的忠告，那么还是离开此地，赶快带着您的孩子们避一避的好。我这样惊吓着您，已经是够残忍的

了；要是有人再要加害于您，那真是太没有人道了。上天保佑您！我不敢多耽搁时间。（下）

麦克德夫夫人　叫我逃到哪儿去呢？我没有做过害人的事。可是我记起来了，我是在这个世上，这世上做了恶事才会被人恭维赞美，做了好事反会被人当作危险的傻瓜；那么，唉！我为什么还要用这种婆子气的话替自己辩护，说是我没有做过害人的事呢？

刺客等上。

麦克德夫夫人　这些是什么人？

众刺客　你的丈夫呢？

麦克德夫夫人　我希望他是在光天化日之下你们这些鬼东西不敢露脸的地方。

刺客　他是个反贼。

麦克德夫子　你胡说，你这蓬头的恶人！

刺客　什么！你这叛徒的孽种！（刺麦克德夫子）

麦克德夫子　他杀死我了，妈妈；您快逃吧！（死，麦克德夫夫人呼“杀了人啦！”下，众刺客追下）

第 三 场

英格兰。王宫前

马尔康及麦克德夫上。

马尔康 让我们找一处没有人踪的树荫，在那里把我们胸中的悲哀痛痛快快地哭个干净吧。

麦克德夫 我们还是紧握着利剑，像好汉子似的大踏步跨过我们颠覆了的身世吧。每一个新的黎明都听得见新孀的寡妇在哭泣，新失父母的孤儿在号啕，新的悲哀上冲霄汉，发出凄厉的回声，就像哀悼苏格兰的命运，替她奏唱挽歌一样。

马尔康 我要为我所知道的一切痛哭，我还要等待机会报复我的仇恨。您说的话也许是事实。一提起这个暴君的名字，就使我们切齿腐舌。可是他曾经有过正直的名声；您对他也有很好的交情；他也还没有加害于您。我虽然年轻识浅，可是您也许可以利用我向他邀功求赏，把一头柔弱无罪的羔羊向一个愤怒的天神献祭，不失为一件聪明的事。

麦克德夫　我不是一个奸诈小人。

马尔康　麦克白却是的。在尊严的王命之下，忠实仁善的人也许不得不背着天良行事。可是我必须请您原谅；您的忠诚的人格决不会因为我用小人之心去测度它而发生变化；最光明的天使也许会堕落，可是天使总是光明的；罪恶虽然可以遮蔽美德，美德仍然会露出它的光辉来。

麦克德夫　我已经失去我的希望。

马尔康　也许您的希望就失去在使我发生怀疑的地方。您为什么不告而别，丢下您的妻子儿女，那些生活中的宝贵的原动力，爱情的坚强的联系，让她们担惊受险呢？请您不要把我的多心引为耻辱，为了我自己的安全，我不能不这样顾虑。不管我心里怎样想，也许您真是一个忠义的汉子。

麦克德夫　流血吧，流血吧，可怜的国家！不可一世的暴君，奠下你的安若泰山的基业吧，因为正义的力量不敢向你诛讨！忍受你的屈辱吧，这是你的已经确定的名分；再会，殿下；即使把这暴君掌握下的全部土地一起给我，再加上富庶的东方，我也不愿做一个像你所猜疑我那样的奸人。

马尔康　不要生气；我说这样的话，并不是完全为了不放心您。我想我们的国家呻吟在虐政之下，流泪、流血，每天都有一道新的伤痕加在旧日的疮痍之上；我也想到一定有许多人愿意为了我的权利奋臂而起，就在友好的英格兰这里，也已经有数千义士愿意给我助力；可是虽然这样说，要是我有一天能够把暴君的头颅放在足下践踏，或者把它悬挂在我的剑上，我的可怜的祖国却要在一个新的暴君的统治之下，滋生更多的罪恶，忍受更大的苦痛，造成更分歧的局面。

麦克德夫 这新的暴君是谁？

马尔康 我的意思就是说我自己；我知道在我的天性之中，深植着各种的罪恶，要是有一天暴露出来，黑暗的麦克白在相形之下，将会变成白雪一样纯洁；我们的可怜的国家看见了我的无限的暴虐，将会把他当作一头羔羊。

麦克德夫 踏遍地狱也找不出一个比麦克白更万恶不赦的魔鬼。

马尔康 我承认他嗜杀、骄奢、贪婪、虚伪、欺诈、狂暴、凶恶，一切可以指名的罪恶他都有；可是我的淫佚是没有止境的：你们的妻子、女儿、妇人、处女，都不能填满我的欲壑；我的猖狂的欲念会冲决一切节制和约束；与其让这样一个人做国王，还是让麦克白统治的好。

麦克德夫 无限制的纵欲是一种"虐政"，它曾经颠覆了不少王位，推翻了无数君主。可是您还不必担心，谁也不能禁止您满足您的分内的欲望；您可以一方面尽情欢乐，一方面在外表上装出庄重的神气，世人的耳目是很容易遮掩过去的。我们国内尽多自愿献身的女子，无论您怎样贪欢好色，也应付不了这许多求荣献媚的娇娥。

马尔康　除了这一种弱点以外，在我的邪僻的心中还有一种不顾廉耻的贪婪，要是我做了国王，我一定要诛除贵族，侵夺他们的土地；不是向这个人索取珠宝，就是向那个人索取房屋；我所有的越多，我的贪心越不知道餍足，我一定会为了图谋财富的缘故，向善良忠贞的人无端寻衅，把他们陷于死地。

麦克德夫　这一种贪婪比起少年的情欲来，它的根是更深而更有毒的，我们曾经有许多过去的国王死在它的剑下。可是您不用担心，苏格兰有足够您享用的财富，它都是属于您的；只要有其他的美德，这些缺点都不算什么。

马尔康　可是我一点没有君主之德，什么公平、正直、节俭、镇定、慷慨、坚毅、仁慈、谦恭、诚敬、宽容、勇敢、刚强，我全没有；各种罪恶却应有尽有，在各方面表现出来。嘿，要是我掌握了大权，我一定要把和谐的甘乳倾入地狱，扰乱世界的和平，破坏地上的统一。

麦克德夫　啊，苏格兰，苏格兰！

马尔康　你说这样一个人是不是适宜于统治？我正是像我所说那样的人。

麦克德夫　适宜于统治！不，这样的人是不该让他留在人世的。啊，多难的国家，一个篡位的暴君握着染血的御杖高踞在王座上，你的最合法的嗣君又亲口吐露了他是这样一个可咒诅的人，辱没了他的高贵的血统，那么你几时才能重见天日呢？你的父王是一个最圣明的君主；生养你的母后每天在死中过活，她朝夕都在屈膝跪求上天的垂怜。再会！你自己供认的这些罪恶，已经把我从苏格兰放逐。啊，我的胸膛，你的希望永远在这儿埋葬了！

马尔康 麦克德夫，只有一颗正直的心，才会有这种勃发的忠义之情，它已经把黑暗的疑虑从我的灵魂上一扫而空，使我充分信任你的真诚。魔鬼般的麦克白曾经派了许多说客来，想要把我诱进他的罗网，所以我不得不着意提防；可是上帝鉴临在你我二人的中间！从现在起，我委身听从你的指导，并且撤回我刚才对我自己所讲的坏话，我所加在我自己身上的一切污点，都是我的天性中所没有的。我还没有近过女色，从来没有背过誓，即使是我自己的东西，我也没有贪得的欲念；我从不曾失信于人，我不愿把魔鬼出卖给他的同伴，我珍爱忠诚不亚于生命；刚才我对自己的诽谤，是我第一次的说谎。那真诚的我，是准备随时接受你和我的不幸的祖国的命令的。在你还没有到这儿来以前，年老的西华德已经带领了一万个战士，装备齐全，向苏格兰出发了。现在我们就可以把我们的力量合并在一起；我们堂堂正正的义师，一定可以得胜。您为什么不说话？

麦克德夫 好消息和恶消息同时传进了我的耳朵里，使我的喜怒都失去了自主。

一医生上。

马尔康 好，等会儿再说。请问一声，王上出来了吗？

医生　出来了，殿下；有一大群不幸的人们在等候他医治，他们的疾病使最高明的医生束手无策，可是上天给他这样神奇的力量，只要他的手一触，他们就立刻痊愈了。

马尔康　谢谢您的见告，大夫。（医生下）

麦克德夫　他说的是什么疾病？

马尔康　他们都把它叫做瘰疬；自从我来到英国以后，我常常看见这位善良的国王显示他的奇妙无比的本领。除了他自己以外，谁也不知道他是怎样祈求着上天；可是害着怪病的人，浑身肿烂，惨不忍睹，一切外科手术无法医治的，他只要嘴里念着祈祷，用一枚金章亲手挂在他们的颈上，他们便会霍然痊愈；据说他这种治病的天能，是世世相传永袭罔替的。除了这种特殊的本领以外，他还是一个天生的预言者，而且具有各种值得讴歌的美德。

麦克德夫　瞧，谁来啦？

马尔康　是我们国里的人；可是我还认不出他是谁。

洛斯上。

麦克德夫　我的贤弟，欢迎。

马尔康　我现在认识他了。好上帝，赶快除去使我们成为陌路之人的那一层隔膜吧！

洛斯　阿门，殿下。

麦克德夫　苏格兰还是原来那样子吗？

洛斯　唉！可怜的祖国！它简直不敢认它自己。它不能再称为我们的母亲，只是我们的坟墓；除了浑浑噩噩、一无所知的人以外，谁的脸上也不曾有过一丝笑容；叹息、呻吟、震撼天空的呼号，都是日常听惯的声音，不能再引起人们的注意；剧烈的悲哀变成一般的风气；葬钟敲响的时候，谁也不再关心它是为谁而鸣；善良人的生命往往在他们帽上的花朵还没有枯萎以前就化为朝露。

麦克德夫　啊！太巧妙，也是太真实的描写！

马尔康　最近有什么可为痛心的事情？

洛斯　一小时以前的变故，在叙述者的嘴里就已经变成陈迹了；每一分钟都产生新的祸难。

麦克德夫　我的妻子安好吗？

洛斯　呃，她很安好。

麦克德夫　我的孩子们呢？

洛斯　也很安好。

麦克德夫　那暴君还没有毁坏她们的平和吗？

洛斯 没有；当我离开她们的时候，她们是很平安的。

麦克德夫 不要吝惜你的言语；究竟怎样？

洛斯 当我带着沉重的消息、预备到这儿来传报的时候，一路上听见谣传，说是许多有名望的人都已经起义；这种谣言照我想起来是很可靠的，因为我亲眼看见那暴君的肆虐。现在是应该出动全力挽救祖国沦夷的时候了；你们要是在苏格兰出现，可以使男人们个个变成兵士，使女人们愿意为了从她们的困苦之下获得解放而奋斗。

马尔康 我们正要回去，让这消息作为他们的安慰吧。友好的英格兰已经借给我们西华德将军和一万兵士，所有基督教的国家里找不出一个比他更老练、更优秀的军人。

洛斯 我希望我也有同样好的消息给你们！可是我所要说的话，是应该把它在荒野里呼喊，不让它钻进人们耳中的。

麦克德夫 它是关于哪方面的？是和大众有关的呢，还是一两个人单独的不幸？

洛斯 天良未泯的人，对于这件事谁都要觉得像自己身受一样伤心，虽然你是最感到切身之痛的一个。

麦克德夫 倘然那是与我有关的事，那么不要瞒过我；快让我知道了吧。

洛斯　但愿你的耳朵不要从此永远憎恨我的舌头，因为它将要让你听见你有生以来所听到的最惨痛的声音。

麦克德夫　哼，我猜到了。

洛斯　你的城堡受到袭击；你的妻子和儿女都惨死在野蛮的刀剑之下；要是我把他们的死状告诉你，那么不但他们已经成为猎场上被杀害的驯鹿似，就是你也要痛不欲生的。

马尔康　慈悲的上天！什么，朋友！不要把你的帽子拉下来遮住你的额角；用言语把你的悲伤倾泄出来吧；无言的哀痛是会向那不堪重压的心低声耳语，叫它裂成碎片的。

麦克德夫　我的孩子也都死了吗？

洛斯　妻子、孩子、仆人，凡是被他们找得到的，杀得一个不存。

麦克德夫　我却不得不离开那里！我的妻子也被杀了吗？

洛斯　我已经说过了。

马尔康　请宽心吧；让我们用壮烈的复仇做药饵，治疗这一段惨酷的悲痛。

麦克德夫　他自己没有儿女。我的可爱的宝贝们都死了吗？你说他们一个也不存吗？啊，地狱里的恶鸟！一个也不存？什么！我的可爱的鸡雏们和他们的母亲一起葬送在毒手之下了吗？

马尔康　拿出男子汉的气概来。

麦克德夫　我要拿出男子汉的气概来；可是我不能抹杀我的人类的感情。我怎么能够把我所最珍爱的人置之度外，不去想念他们呢？难道上天看见这一幕惨剧而不对他们抱同情吗？罪恶深重的麦克德夫！他们都是为了你的缘故而死于非命我真该死，他们没有一点罪过，只是因为我自己不好，无情的屠戮才会降临到他们的身上。愿上天给他们安息！

马尔康　把这一桩仇恨作为磨快你的剑锋的砺石；让哀痛变成愤怒；不要让你的心麻木下去，激起它的怒火来吧。

麦克德夫　啊！我可以一方面让我的眼睛里流着妇人之泪，一方面让我的舌头发出大言壮语。可是，仁慈的上天，求你撤除一切中途的障碍，让我跟这苏格兰的恶魔正面相对，使我的剑能够刺到他的身上；要是我放他逃走了，那么上天饶恕他吧！

马尔康　这几句话说得很像个汉子。来，我们见国王去；我们的军队已经调齐，一切齐备，只待整装出发。麦克白气数将绝，天诛将至；黑夜无论怎样悠长，白昼总会到来的。（同下）

第五幕

第一场

邓西嫩。城堡中一室

一医生及一侍女上。

医生　我已经陪着你看守了两夜，可是一点不能证实你的报告。她最后一次晚上起来行动是在什么时候？

侍女　自从王上出征以后，我曾经看见她从床上起来，披上睡衣，开了橱门上的锁，拿出信纸，把它折起来，在上面写了字，读了一遍，然后把信封好，再回到床上去；可是在这一段时间里，她始终睡得很熟。

医生　这是心理上的一种重大的纷乱，一方面入于睡眠的状态，一方面还能像醒着一般做事。在这种睡眠不安的情形之下，除了走路和其他动作以外，你有没有听见她说过什么话？

侍女　大夫，那我可不能背着她告诉您。

医生　你不妨对我说，而且应该对我说。

侍女　我不能对您说，也不能对任何人说，因为没有一个见证可以证实我的话。

麦克白夫人持烛上。

侍女　您瞧！她来啦。这正是她往常的样子；凭着我的生命起誓，她现在睡得很熟。留心看着她，站近一些。

医生　她怎么会有那支蜡烛？

侍女　那就是放在她床边的；她的寝室里通宵点着灯火，这是她的命令。

医生　你瞧，她的眼睛睁着呢。

侍女　嗯，可是她的视觉却关闭着。

医生　她现在在干什么？瞧，她在擦她的手。

侍女　这是她的一个惯常的动作，好像在洗手似的。我曾经看见她这样擦了足有一刻钟的时间。

麦克白夫人 可是这儿还有一点血迹。

医生 听！她说话了。我要把她的话记下来，免得忘记。

麦克白夫人 去，该死的血迹！去吧！一点、两点，啊，那么现在可以动手了。地狱里是这样幽暗！呸，我的爷，呸！你是一个军人，也会害怕吗？既然谁也不能奈何我们，为什么我们要怕被人知道？可是谁想得到这老头儿会有这么多的血？

医生 你听着没有？

麦克白夫人 费辅爵士从前有一个妻子；现在她在哪儿？什么！这两只手再也不会干净了吗？算了，我的爷，算了；你这样大惊小怪，把事情都弄糟了。

医生 说下去，说下去；你已经知道你所不应该知道的事。

侍女 我想她已经说了她所不应该说的话；天知道她心里有些什么秘密。

麦克白夫人 这儿还是有一股血腥气；所有阿拉伯的香料都不能叫这只小手变得香一点。啊！啊！啊！

医生 这一声叹息多么沉痛！她的心里蕴蓄着无限的凄苦。

侍女 我不愿为了身体上的尊荣，而让我的胸膛里装着这样一颗心。

医生　好，好，好。

侍女　但愿一切都是好好的，大夫。

医生　这种病我没有法子医治。可是我知道有些曾经在睡梦中走动的人，都是很虔敬地寿终正寝。

麦克白夫人　洗净你的手，披上你的睡衣；不要这样面无人色。我再告诉你一遍，班柯已经下葬了；他不会从坟墓里出来的。

医生　有这等事？

麦克白夫人　睡去，睡去；有人在打门哩。来，来，来，来，让我搀着你。事情已经干了就算了。睡去，睡去，睡去。（下）

医生　她现在要去上床去吗？

侍女　就去上床。

医生　外边很多骇人听闻的流言。反常的行为引起了反常的纷扰；良心负疚的人往往会向无言的衾枕泄漏他们的秘密；她需要教士的训诲甚于医生的诊视。上帝，上帝饶恕我们一切世人！留心照料她；避免一切足以使她烦恼的根源，随时注视着他。好，晚安！她扰乱了我的心，迷惑了我的眼睛。我心里所想到的，却不敢把它吐出嘴唇。

侍女　晚安，好大夫。（各下）

第二场

邓西嫩附近乡野

旗鼓前导，孟提斯、凯士纳斯、安格斯、列诺克斯及兵士等上。

孟提斯　英格兰军队已经迫近，领军的是马尔康、他的叔父西华德和麦克德夫三人，他们的胸头燃起复仇的怒火；即使奄奄垂死的人，这种痛入骨髓的仇恨也会激起他溅血的决心。

安格斯　在勃南森林附近，我们将要和他们相见；他们正在从那条路上过来。

凯士纳斯　谁知道道纳本是不是跟他的哥哥在一起？

列诺克斯　我可以确实告诉你，将军，他们不在一起。我有一张他们军队里高级将领的名单，里面有西华德的儿子，还有许多初上战场、乳臭未干的少年。

孟提斯　那暴君有什么举动？

凯士纳斯　他把邓西嫩防御得非常坚固。有人说他疯了；对他比较没有什么恶感的人，却说那是一个猛士的愤怒；可是他不能自己约束住他的惶乱的心情，却是一件无疑的事实。

安格斯　现在他已经感觉到他的暗杀的罪恶紧粘在他的手上；每分钟都有一次叛变，谴责他的不忠不义；受他命令的人，都不过奉命行事，并不是出于对他的忠诚；现在他已经感觉到他的尊号罩在他的身上，就像一个矮小的偷儿穿了一件巨人的衣服一样束手绊脚。

孟提斯　他自己的灵魂都在谴责它本身的存在，谁还能怪他的昏乱的知觉怔忡不安呢。

凯士纳斯　好，我们整队前进吧；我们必须认清谁是我们应该服从的人。为了拔除祖国的沉痼，让我们准备和他共同流尽我们的最后一滴血。

列诺克斯　否则我们也愿意喷洒我们的热血，灌溉这一朵国家主权的娇花，淹没那凭陵它的野草。向勃南进军！（众列队行进下）

第三场

邓西嫩。城堡中一室

麦克白、医生及侍从等上。

麦克白　不要再告诉我什么消息；让他们一个个逃走吧；除非勃南

的森林会向邓西嫩移动，我是不知道有什么事情值得害怕的。马尔康那小子算得什么？他不是妇人所生的吗？预知人类死生的精灵曾经这样向我宣告："不要害怕，麦克白；没有一个在妇人腹中生长的人可以加害于你。"那么逃走吧，不忠的爵士们，去跟那些饕餮的英国人在一起吧。我的头脑，永远不会被疑虑所困扰，我的心灵永远不会被恐惧所震荡。

一仆人上。

麦克白　魔鬼罚你变成炭团一样黑，你这脸色惨白的狗头！你从哪儿得来这么一副呆鹅的蠢相？

仆人　有一万——

麦克白　一万只鹅吗，狗才？

仆人　一万个兵，陛下。

麦克白　去刺破你自己的脸，把你那吓得毫无血色的两颊染一染红吧，你这鼠胆的小子。什么兵，蠢才？该死的东西！瞧你吓得脸像白布一般。什么兵，不中用的奴才？

仆人　启禀陛下，是英格兰兵。

麦克白　不要让我看见你的脸。（仆人下）西登！我心里很不舒服，当我看见——喂，西登！这一次的战争也许可以使我从此高枕无忧，也许可以立刻把我倾覆。我已经活得够长久了；我的生命已经日就枯萎，像一片凋谢的黄叶；凡是老年人所应该享有的尊荣、敬爱、服从和一大群的朋友，我是没有希望再得到的了；代替这一切的，只有低声而深刻的咒诅，口头上的恭维和一些违心的假话。西登！

西登上。

西登　陛下有什么吩咐？

麦克白　还有什么消息没有？

西登　陛下，刚才所报告的消息，全都证实了。

麦克白　我要战到我的全身不剩一块好肉。给我拿战铠来。

西登　现在还用不着哩。

麦克白　我要把它穿起来。加派骑兵，到全国各处巡回视察，要是有谁嘴里提起了一句害怕的话，就把他吊死。给我拿战铠来。大夫，你的病人今天怎样？

医生　回陛下，她并没有什么病，只是因为思虑太过，继续不断的幻想扰乱了她的神经，使她不得安息。

麦克白　替她医好这种病。你难道不能诊治一个病态的心理，从记忆中拔去一桩根深蒂固的忧郁，拭掉那写在脑筋上的烦恼，用一种使人忘却一切的甘美的药剂，把那堆满在胸间、重压在心头的积毒扫除干净吗？

医生　那还是要仗病人自己设法的。

麦克白　那么把医药丢给狗子吧；我不要仰仗它。来，替我穿上战铠；给我拿指挥杖来。西登，把骑兵派出去。大夫，那些爵士们都背了我逃走了——来，快去——大夫，要是你能够用全国的水替她洗去病根，使它回复原来的健康，我一定要使太空之中充满着我对你的赞美的回声——喂，把它脱下了——什么大黄肉桂，什么清泻的药剂，可以把这些英格兰人驱走呢？你听见过关于他们的消息吗？

医生　是的，陛下；您的森严的防卫告诉了我们一些消息。

麦克白　你要是听见什么就来告诉我。除非勃南森林会向邓西嫩移动，我对死亡和毒害都没有半分惊恐。

医生　（旁白）要是我能够从邓西嫩远远离开，高官厚禄再也诱不动我回来。（同下）

第四场

勃南森林附近的乡野

旗鼓前导，马尔康、西华德父子、麦克德夫、孟提斯、凯士纳斯、安格斯、列诺克斯、洛斯及兵士等列队行进上。

马尔康　诸位贤卿，我希望大家都能够安枕而寝的日子已经不远了。

孟提斯　那是我们一点也不疑惑的。

西华德　前面这一座是什么树林?

孟提斯　勃南森林。

马尔康　每一个兵士都砍下一根树枝来，把它举起在各人的面前；这样我们可以隐匿我们全军的人数，让敌人无从知道我们的实力。

众兵士　得令。

西华德　我们所得到的情报，都说那自信的暴君仍旧在邓西嫩深居不出，等候我们兵临城下。

马尔康　这是他的唯一的希望；因为在他手下的人，不论地位高低，一找到机会都要叛弃他，他们接受他的号令，都只是出于被迫，并不是自己心愿。

麦克德夫　让我们用坚毅的战士精神，执行我们惩凶诛暴的正义的使命。

西华德　我们这一次的胜败得失，不久就可以分晓。口头的推测不过是一些悬空的希望，实际的行动才能够产生决定的结果，大家奋勇前进吧！（众列队行进下）

第五场

邓西嫩。城堡内

旗鼓前导，麦克白、西登及兵士等上。

麦克白 把我们的旗帜挂在城墙外面；到处仍旧是一片“他们来了”的呼声；我们这座城堡防御得这样坚强，还怕他们的围攻吗？让他们到这儿来，等饥饿和瘟疫来把他们收拾去了吧。倘不是我们自己的军队也倒了戈跟他们联合在一起，我们尽可以挺身出战，把他们赶回老家去。（内妇女哭声）那是什么声音？

西登 是妇女们的哭声，陛下。（下）

麦克白 我简直已经忘记了恐惧的滋味。从前一声晚间的哀叫，可以把我吓出一身冷汗，一根头发的落下，都会使我惊惶惴恐，好像它的里面藏着我的生命一样。现在我已经饱尝无数的恐怖；我的习惯于杀戮的思想，再也没有什么悲惨的事情可以使它惊悚了。

西登重上。

麦克白 那哭声是为了什么事？

西登　陛下，王后死了。

麦克白　她应该迟一点再死；现在不是应该让我听见这一个消息的时候。明天，明天，再一个明天，一天接着一天地蹑步前进，直到最后一秒钟的时间；我们所有的昨天，不过替傻子们照亮了到死亡的土壤中去的路。熄灭了吧，熄灭了吧，短促的烛光！人生不过是一个行走的影子，一个在舞台上指手画脚的拙劣的伶人，登场了片刻，就在无声无臭中悄然退下；它是一个愚人所讲的故事，充满着喧哗和骚动，却找不到一点意义。

一使者上。

麦克白　你要来拨弄你的唇舌；有什么话快说。

使者　陛下，我应该向您报告我以为我所看见的事，可是我不知道应该怎样说起。

麦克白　好，你说吧。

使者　当我站在山头守望的时候，我向勃南一眼望去，好像那边的树木都在开始行动了。

麦克白　说谎的奴才！

使者　要是没有那么一回事，我愿意悉听陛下的惩处；在这三里路以内，您可以看见它向这边过来；一座活动的树林。

麦克白　要是你说了谎话，我要把你活活吊在树上，让你饥饿而死；要是你的话是真的，我也希望你把我吊死了吧。我的决心已经有些动摇，我开始怀疑起那魔鬼所说的似是而非的暧昧的谎话了；“不要害怕，除非勃南森林会到邓西嫩来；”现在一座树林真的到邓西嫩来了。披上武装，出去！他所说的这种事情要是果然出现，那么逃走固然逃走不了，留在这儿也不过坐以待毙。我现在开始厌倦白昼的阳光，但愿这世界早一点崩溃。敲起警钟来！吹吧，狂风！来吧，灭亡！就是死我们也要捐躯沙场。（同下）

第六场

同前。城堡前平原

旗鼓前导，马尔康、老西华德、麦克德夫等率军队各持树枝上。

马尔康 现在已经相去不远；把你们树叶的幕障抛下，现出你们威武的军容来。尊贵的叔父，请您带领我的兄弟，您的英勇的儿子，先去和敌人交战；其余的一切统归尊贵的麦克德夫跟我两人负责部署。

西华德 再会。今天晚上我们只要找得到那暴君的军队，一定要跟他们拼个你死我活。

麦克德夫 把我们所有的喇叭一齐吹起来；鼓足了你们的勇气，把流血和死亡的消息吹进敌人的耳中。（同下）

第七场

同前。平原上的另一部分

号角声。麦克白上。

麦克白　他们已经缚住我的手脚；我不能逃走，可是我必须像熊一样挣扎到底。哪一个人不是妇人腹中生长的？除了这样一个人以外，我还怕什么人。

小西华德上。

小西华德　你叫什么名字？

麦克白　我的名字说出来会吓坏了你。

小西华德　即使你给自己取了一个比地狱里的魔鬼更炽热的名字，也吓不倒我。

麦克白　我就叫麦克白。

小西华德　魔鬼自己也不能向我的耳中说出一个更可憎恨的名字。

麦克白　他也不能说出一个更可怕的名字。

小西华德　胡说，你这可恶的暴君；我要用我的剑证明你是说谎。（二人交战，小西华德被杀）

麦克白　你是妇人所生的；我瞧不起一切妇人之子手里的刀剑。（下）

号角声。麦克德夫上。

麦克德夫　那喧声是在那边。暴君，露出你的脸来；要是你已经被人杀死，等不及我来取你的性命，那么我的妻子儿女的阴魂一定不会放过我。我不能杀害那些被你雇佣的倒霉的士卒；我的剑倘不能刺中你，麦克白，我宁愿让它闲置不用，保全它的锋刃，把它重新插回鞘里。你应该在那边；这一阵高声的呐喊，好像是宣布什么重要的人物上阵似的。命运，让我找到他吧！我没有此外的奢求了。（下。号角声）

马尔康及老西华德上。

西华德　这儿来，殿下；那城堡已经拱手纳降。暴君的人民有的帮这一面，有的帮那一面；英勇的爵士们一个个出力奋战；您已经胜算在握，大势就可以决定了。

马尔康　我们曾经看见敌人阵中，有的在那儿自相残杀。

西华德　殿下，请进堡里去吧。（同下。号角声）

麦克白重上。

麦克白　我为什么要学那些罗马人的傻样子，死在我自己的剑上呢？我的剑是应该为杀敌而用的。

麦克德夫重上。

麦克德夫　转过来，地狱里的恶狗，转过来！

麦克白　我在一切人中间，最不愿意看见你。可是你回去吧，我的灵魂里沾着你一家人的血，已经太多了。

麦克德夫　我没有话说；我的话都在我的剑上，你这没有一个名字可以形容你的狠毒的恶贼！（二人交战）

麦克白　你不过白费了气力；你要使我流血，正像用你锐利的剑锋在空气上划一道痕迹一样困难。让你的刀刃降落在别人的头上吧；我的生命是有魔法保护的，没有一个在妇人腹中生长的人可以把它伤害。

麦克德夫　不要再信任你的魔法了吧；让你所信奉的神告诉你，麦克德夫是没有足月就从他的母亲的腹中剖出来的。

麦克白　愿那告诉我这样的话的舌头永受咒诅，因为它使我失去了男子汉的勇气！愿这些欺人的魔鬼再也不要被人相信，他们用模棱两可的话愚弄我们，虽然句句应验，却完全和我们原来的期望相反。我不愿跟你交战。

麦克德夫　那么投降吧，懦夫，我们可以饶你活命，可是要叫你在众人的面前出丑：我们要把你当作一头稀有的怪物一样，把你缚在柱上，涂上花脸，下面写着，“请来看暴君的原形。”

麦克白　我不愿投降，我不愿低头吻那马尔康小子足下的泥土，被那些下贱的民众任意唾骂。虽然勃南森林已经到了邓西嫩，虽然今天和你狭路相逢，你偏偏不是在妇人腹中生长的，可是我还要擎起我的雄壮的盾牌，尽我最后的力量。来，麦克德夫，谁先喊“住手，够了”的，让他永远在地狱里沉沦。（二人且战且下）

吹退军号。喇叭奏花腔。旗鼓前导，马尔康、老西华德、洛斯、众爵士及兵士等重上。

马尔康　我希望我们所失去朋友都能够安然到来。

西华德　总有人免不了牺牲；可是照我看见的眼前这些人说起来，我们这次重大的胜利所付的代价是很小的。

马尔康　麦克德夫跟您的英勇的儿子都失踪了。

洛斯　老将军，令郎已经尽了一个军人的责任；他刚刚活到成人的年龄，就用他的勇往直前的战斗精神证明了他的勇力，像一个男子汉似的死了。

西华德　那么他已经死了吗？

洛斯　是的，他的尸体已经从战场上搬去。他的死是一桩无价的损失，您必须勉抑哀思才好。

西华德　他的伤口是在前面的吗？

洛斯　是的，在他的胸前。

西华德　那么愿他成为上帝的兵士！要是我有像头发一样多的儿子，我也不希望他们得到一个更光荣的结局；这就作为他的丧钟吧。

马尔康　他是值得我们更深的悲悼的，我将向他致献我的哀思。

西华德　他已经得到他最大的酬报；他们说，他死得很英勇，他的责任已尽；愿上帝与他同在！又有好消息来了。

麦克德夫携麦克白首级重上。

麦克德夫　祝福，吾王陛下！瞧，篡贼的万恶的头颅已经取来；无道的虐政从此推翻了。我看见全国的英俊拥绕在你的周围，他们心里都在发出跟我同样的敬礼；现在我要请他们陪着我高呼：祝福，苏格兰的国王！

众人　祝福，苏格兰的国王！（喇叭奏花腔）

马尔康　多承各位拥戴，论功行赏，在此一朝。各位爵士国戚，从现在起，你们都得到了伯爵的封号，在苏格兰你们是最初享有这样封号的人。在这去旧布新的时候，我们还有许多事情要做；那些因为逃避暴君的罗网而出亡国外的朋友们，我们必须召唤他们回来；这个屠夫虽然已经死了，他的魔鬼一样的王后，据说也已经亲手杀害了自己的生命，可是帮助他们杀人行凶的党羽，我们必须一一搜捕，处以极刑；此外一切必要的工作，我们都要按照上帝的旨意，分别处理。现在我要感谢各位的相助，还要请你们陪我到斯贡去，参与加冕盛典。（喇叭奏花腔。众下）

莎翁年谱

一五六四年　四月二十三日，威廉·莎士比亚生于英国沃里克郡（Warwickshire）埃文河上之斯特拉福德镇（Stratford-on-Avon）。关于莎氏出生日期，未能十分确定，惟受洗于是年四月二十六日，则有教堂簿籍可稽，依照当时习俗，小儿于出生后三日内受洗，故诞辰可能为四月二十三日。

莎氏先世务农，父约翰，为一识字不多之手套商人，兼营畜牧农产，有住宅二所。母玛丽·阿登（Mary Arden），为乡间富农之嗣女。

是年为伊丽莎白女王（Queen Elizabeth）即位后之第七年，适当“文艺复兴”以后，英国在宗教上已脱离旧教之羁绊，商业繁盛，与欧洲大陆各国来往频繁。学术文艺方面，因感染外国影响，渐露新面目，不复为上层阶级之专有品。在戏剧方面，旧日之神迹剧（Miracle Plays）及教训剧（Morality），日趋没落；纯粹娱乐之民间戏剧逐渐发达，古典型之悲剧喜剧，亦开始为文人所仿作。是年戏剧家克里斯多夫·马洛（Christopher Marlowe）生，至一五九三年即卒。

一五六八年　四岁。王后剧团（The Queen's Players）来镇表演，翌年复来。是年，父约翰任斯特拉福德镇长。

一五七一年　七岁，入本地圣十字义务小学（The Free Grammar School of the Holy Cross）就读。

一五七三年　九岁。大文豪（诗人，散文家，戏剧家）本·琼森（Ben Jonson）生。

一五七五年　十一岁。是年伦敦始有戏院。当时职业伶人虽有贵族及宫廷为其护符，且深得民众之欢迎，惟颇受地方官府之压迫。戏院皆建立于城外，均以木料建成，构造至为简陋；中央为露天之池座，不设座位，舞台即突出其间；楼座成圆环形围绕四周。无布景，亦无幕布；后台用幕遮隔，代表密室山洞等隐藏之处；其上层为阳台，代表楼房城墙等较高之处；两旁各设一门出入。演员均为男子，女角皆以儿童扮演。另有以纯粹儿童演员为号召之私家戏院，则设于寺院之内，设备较佳，取费较贵，该项儿童均系由大教堂唱诗班中遴选而来。

一五七七年　十三岁，辍学。是时家道中落，食口众多（有弟妹四五人），故被迫辍学佐理父业。

一五七八年　十四岁。是年约翰·黎里（John Lyly1554?—1606）所著小说《优弗伊斯》（Euphues）出版，其过度运用辞藻之文体，蔚为当时宫廷阶级流行之风尚。莎氏初期喜剧《爱的徒劳》即以该项文体为讽刺对象。

一五七九年　十五岁。是年托马斯·诺斯(Thomas North)所译普鲁塔克著之《希腊罗马名人传》(Plutarch's Lives)出版，为莎氏罗马史剧所取资。

约翰·弗莱彻(John Fletcher)生，后亦为戏剧家，一六二五年卒。

一五八二年　十八岁，娶安妮·哈撒韦(Anne Hathaway)，安妮为邻邑农家女，长莎氏八岁。

一五八三年　十九岁，长女苏珊娜(Susannah)生。

一五八四年　二十岁。是年剧作家弗朗西斯·博蒙特(Francis Beaumont)生，后与莎氏同年卒。

一五八五年　二十一岁，孪生子哈姆奈特(Hamnet)及女朱迪斯(Judith)生。

一五八六年　二十二岁，离家赴伦敦，投身戏剧界。

传说莎氏偷入托马斯·卢西爵士(Sir Thomas Lucy)之私家苑囿查莱克特林(The Woods of Charlecote)中捕鹿事发，此为其离家之动机。自此十一年中，与家人鲜通音问。并有调《亨利四世》及《温莎的风流娘儿们》中之夏禄法官即系影射卢西爵士。然此说于事实上颇少根据。

贵族文人菲利普·西德尼(Sir Philip Sidney生于一五五四年)卒。

一五八七年　二十三岁。是年马洛所著悲剧《帖木儿大帝》(Tamburlaine)上演。基德(Thomas Kyd 1558—1594)，格林(Robert Greene 1560? —1592)，皮尔(GeorgePeele)，黎里等，当时均为各戏院撰作剧本。

一五九〇年　二十六岁。是年斯宾塞(Edmund Spenser 1552—1599)寓言诗《仙后》(The Fairie Queen)前三卷出版。

一五九一年　二十七岁，是时已开始写作剧本。按莎氏最初仅在伦敦戏院中充打杂役务，其后饰无关紧要之角色，演技上即崭露头角，乃渐以自编剧本问世。

《爱的徒劳》写成。《错误的喜剧》及《亨利六世》约于此时上演。自此以剧作家与名伶驰誉伦敦。

一五九二年　二十八岁。是年格林卒(格林生于1560? 为讽刺剧作家及诗人。)《维洛那二绅士》约于此时写成。

一五九三年　二十九岁，长诗《维纳斯与阿多尼斯》(Venus and Adonis)出版。莎氏以此诗献于骚散普顿伯爵(TheEarl of Southompton)，伯爵为伊丽莎白女王宫廷中一青年贵族，一般推测即系其十四行诗(Sonnets)中赞美之对象。

《理查三世》《约翰王》，约于此年写成。

马洛卒。按马洛虽与莎氏同年，其写作剧本实远在莎氏之先。莎氏初期所作史剧如《理查三世》等，作风颇受马洛影响。其悲剧打破

“三一律”之限制，首先运用“无韵诗”(blank verse)，其主人公多为一受某种情欲支配卒陷于无可避免之失败之人物，已为莎氏后期诸悲剧之前驱。

一五九四年　三十岁。宫内大臣剧团(Lord Chamberlain’s Players)组成，莎氏为该团之一员。因有当时首席名伶Richard Burbage为其台柱，且得莎氏为之经常编剧，该团声誉鹊起。

是年奉女王之召，在格林尼治行宫(Greenwich Palace)演剧。

长诗《鲁克丽丝遭强暴记》(The Rape of Lucrece)出版，仍献与骚散普顿伯爵。《十四行诗》之一部分约于此时写成。

《泰特斯·安德洛尼克斯》出版。

自一五九〇年至此，论者均认为莎氏写作之初期，亦可称为习作时期。此期作品大多改编旧剧，其创作者亦未脱模拟他人之痕迹。喜剧方面受黎里、格林之影响，悲剧史剧则受马洛之影响。

一五九五年　三十一岁。《仲夏夜之梦》《罗密欧与朱丽叶》《理查二世》，约于此年写成。

一五九六年　三十二岁，子哈姆奈特死，始返家。《威尼斯商人》约于此年写成。

一五九七年　三十三岁，在斯特拉福德镇购巨宅一所，名曰“新地”(New Place)，为全镇房屋之冠。此后数年中，在本镇及伦敦陆续购置地产一百余亩。

《罗密欧与朱丽叶》《理查二世》《理查三世》均出版。《驯悍记》约于是年写成。

是年文哲巨子弗朗西斯·培根(Francis Bacon 1561—1626)之论文集(Essays)出版。按有人以为莎氏戏剧实系培根所作，其说至为牵强，不足成立。

一五九八年　三十四岁。《亨利四世》《温莎的风流娘儿们》，约于此年写成。

琼森之喜剧《诙谐大成》(Everyman in His Humour)上演，莎氏参加演出。琼森在当时戏剧界中，为主张严守古典格律最力者之一，其持论与莎氏自由创造之作风相反。然莎氏死后，琼森为其全集题词，中有“君非属于某一时代，乃属于一切时代者”之语，可见其推崇之深。

一五九九年　三十五岁。环球剧院(The Globe Theatre)落成于南华克(Southwark)之班克塞德(Bankside)，莎氏为股东兼演员。是年因父约翰申请之结果，“纹章院”特许莎氏家族世袭“纹章”(Coat of arms)。

《无事生非》《亨利五世》《裘力斯·凯撒》约于此年写成。是年斯宾塞卒。

一六〇〇年　三十六岁。《皆大欢喜》约于是年写成。

一六〇一年　三十七岁。《第十二夜》约于是年写成。至此为莎氏写作之第二期，最佳喜剧均于此期产生。当时戏剧盛行，著名剧作家除莎氏及琼森、博蒙、弗莱彻外，为Thomas Dekker（1570? —1632），Thomas Middleton（1580—1627），John Webster（1575? —1625），George Chapman（1559? —1634），John Marston（1575? —1634）等。

一六〇二年　三十八岁，《哈姆莱特》上演。按约在马洛发表《帖木儿大帝》同时，基德已用同类题材写成一剧，名曰《西班牙悲剧》（The Spanish Tragedy）。《特洛伊罗斯与克瑞西达》《终成眷属》约于此年写成。

一六〇三年　三十九岁。新王詹姆斯一世（James I）即位。莎氏所属剧团更名“国王剧团”（The King’s Players）。

莎氏放弃演剧工作，惟仍继续撰写剧本。《哈姆莱特》第一四开本出版。《一报还一报》约于此年写成。

一六〇四年　四十岁。《奥瑟罗》上演。

一六〇六年　四十二岁。《李尔王》《麦克白》，约于此年写成。是年黎里卒。

一六〇七年　四十三岁。《雅典的泰门》约于此年写成。

一六〇八年　四十四岁。《安东尼与克莉奥佩特拉》《泰尔亲王配力克里斯》约于此年写成。

大诗人约翰·弥尔顿（John Milton）生（卒于一六七四年）。

一六〇九年　四十五岁。《科利奥兰纳斯》约于此年写成。至此为莎氏写作之第三期，此期莎氏几以全力专心写作悲剧，为其艺术成就之极峰。

是年其《十四行诗》出版。按“十四行诗”诗体，最初藉怀特（Thomas Wyatt　1503?—1542）及萨里伯爵（Henry Howard, Earl of Surrey　1517—1546）二人之介绍，自意大利传入英国。伊丽莎白朝诸人纷起模仿，大率千篇一律，不脱恋爱范围，其中以西德尼及斯宾塞两人所作为最称杰构。及莎氏《十四行诗》出，乃以情感之丰富热烈，意境之婉转深刻，辞采之瑰丽优美，盖掩前人。全部共一百五十四首，其前半所赞美爱慕之对象，为一年轻貌美之男性友人；其一往情深之处，令人低徊欲绝。后半则系为一“肤色黝黑之女郎”（此称为“the dark lady”）而作。词多怨愤，似莎氏曾为此女郎所玩弄而终遭遗弃者然。唯此中情事究系确实或仅属诗人骋其想象所构造，则非后人所能断言矣。

一六一〇年　四十六岁。《暴风雨》上演。《辛白林》约于此年写成。加入黑教士戏院（The Blackfriar’s Theatre）为股东。

一六一一年　四十七岁。自舞台退隐乡居。《冬天的故事》上演。是年，詹姆斯王钦定本英译《圣经》（The Bible）出版。

一六一三年　四十九岁。《亨利八世》上演。至此为莎氏写作之第四期，此期作品较少，大率为悲喜杂糅之传奇剧，而以复合团圆为

结束者。除《暴风雨》外，文笔远较前期为松懈而散漫。

一六一六年　四月二十三日卒于故居，适近其五十二岁生辰。临终时妻及二女均在侧，并及见一外孙女。葬于三一教堂（The Trinity Church）。博蒙于同年逝世。又《唐吉坷德》（Don Quixote）之著者西班牙小说家塞万提斯（Miguel de Cerventes Saavedra 生于 1547）亦于此年逝世。

一六二三年　莎氏死后第七年，其友人约翰·赫敏（John Heming）及亨利·康德尔（Henry Condell）始将其所著戏剧装订出版，即所谓“第一对开本”（The First Folio）是也。

莎士比亚经典戏剧集 全5册

[英] 威廉·莎士比亚 著　　朱生豪 译

II

奥瑟罗　李尔王

江苏凤凰文艺出版社
JIANGSU PHOENIX LITERATURE AND ART PUBLISHING, LTD

图书在版编目（CIP）数据

莎士比亚经典戏剧集：全5册 /（英）威廉·莎士比亚著；朱生豪译. -- 南京：江苏凤凰文艺出版社，2018.10

ISBN 978-7-5594-2812-7

Ⅰ. ①莎… Ⅱ. ①威… ②朱… Ⅲ. ①剧本—作品集—英国—中世纪 Ⅳ. ①I561.33

中国版本图书馆CIP数据核字（2018）第195313号

书　　名	莎士比亚经典戏剧集：全5册
著　　者	（英）威廉·莎士比亚
译　　者	朱生豪
策划编辑	李　艳
责任编辑	袁　媛　姚　丽
出版发行	江苏凤凰文艺出版社
出版社地址	南京市中央路165号，邮编：210009
出版社网址	http://www.jswenyi.com
印　　刷	北京市昌平新兴胶印厂
开　　本	880 × 1230毫米　1/32
印　　张	44
字　　数	650千字
版　　次	2018年10月第1版　2018年10月第1次印刷
标准书号	ISBN 978-7-5594-2812-7
定　　价	198.00元（全5册）

（江苏文艺版图书凡印刷、装订错误可随时向承印厂调换）

出版说明

莎士比亚留存至今的戏剧共三十九部，其中悲剧和喜剧最为普及。他的戏剧广泛而深刻地反映了十六世纪至十七世纪英国的社会百态，被称为文艺复兴时期人文主义文学的集大成者。他的写作前无古人，后无来者，既博大精深，也庞杂通俗。

本套书收录了莎翁的经典之作，精选出悲剧、喜剧及悲喜剧共十部，包括人们耳熟能详的四大悲剧《哈姆莱特》《奥瑟罗》《李尔王》《麦克白》，四大喜剧《仲夏夜之梦》《皆大欢喜》《第十二夜》《威尼斯商人》，以及盛传不衰的悲喜剧《罗密欧与朱丽叶》《特洛伊罗斯与克瑞西达》两部。

一九四七年，朱生豪先生译著《莎士比亚戏剧全集》由世界书局出版。本版即以该版为底本进行甄选与编校。

作为中国较早译介莎士比亚作品的翻译家，朱生豪译文首要宗旨系“保持原作之神韵”，其次为晓畅明白。译著至今已七十载有余，仍广受欢迎。朱译与当今汉语格调基本一致，其中颇有特色的吴语方言，及为现代读者不识却富含典故、文采斐然的语词，本版皆予以保留。若联系语境，这些表达既不会对理解原文造成障碍，读者也可由此领略原译神韵。

本版编校原则如下：

一、根据最新版《通用规范汉字字典》就部分字形规范统一；个别未改动的旧字形，在全书最初出现处作编者注；其余未加特别说明的注释皆为译者注。

二、就专有名词，如书名、人名、地名等，按现代习惯统一修订。

三、为避免因标点造成歧义，据现代汉语规范，修订部分标点符号的用法。

四、为保持易读性，全书脚注统一注在该页页码面。

五、希望本书能带给读者原汁原味的阅读感受。

译者自序

于世界文学史中，足以笼罩一世，凌越千古，卓然为词坛之宗匠，诗人之冠冕者，其唯希腊之荷马，意大利之但丁，英之莎士比亚，德之歌德乎。此四子者，各于其不同之时代及环境中，发为不朽之歌声。然荷马史诗中之英雄，既与吾人之现实生活相去过远，但丁之天堂地狱，复与近代思想诸多抵牾；歌德去吾人较近，彼实为近代精神之卓越的代表。然以超脱时空限制一点而论，则莎士比亚之成就，实远在三子之上。盖莎翁笔下之人物，虽多为古代之贵族阶级，然彼所发掘者，实为古今中外贵贱贫富人人所同具之人性。故虽经三百余年以后，不仅其书为全世界文学之士所耽读，其剧本且在各国舞台与银幕上历久搬演而弗衰，盖由其作品中具有永久性与普遍性，故能深入人心如此耳。

中国读者耳莎翁大名已久，文坛知名之士，亦尝将其作品，译出多种，然历观坊间各译本失之于粗疏草率者尚少，失之于拘泥生硬者实繁有徒。拘泥字句之结果，不仅原作神味，荡焉无存，甚且艰深晦涩，有若天书，令人不能卒读，此则译者之过，莎翁不能任其咎者也。

余笃嗜莎剧，尝首尾严诵全集至十余遍，于原作精神，自觉颇有会心。廿四年[1]春，得前辈同事詹文浒先生之鼓励，始着手为翻译全集之尝试。越年战事发生，历年来辛苦搜集之各种莎集版本，及诸家注释考证批评之书，不下一二百册，悉数毁于炮火，仓猝中惟携出牛津版全集一册，及译稿数本而已。厥后转辗流徙，为生活而奔波，更无暇晷，以续未竟之志。及三十一年春，目睹事变日亟，闭户家居，摈绝外务，始得专心一志，致力译事。虽贫穷疾病，交相煎迫，而埋头伏案，握管不辍。凡前后历十年而全稿完成[2]，夫以译莎工作之艰巨，十年之功，不可云久，然毕生精力，殆已尽注于兹矣。

余译此书之宗旨，第一在求于最大可能之范围内，保持原作之神韵；必不得已而求其次，亦必以明白晓畅之字句，忠实传达原文之意趣；而于逐字逐句对照式之硬译，则未敢赞同。凡遇原文中与中国语法不合之处，往往再四咀嚼，不惜全部更易原文之结构，务使作者之命意豁然呈露，不为晦涩之字句所掩蔽。每译一段竟，必先自拟为读者，查阅译文中有无暧昧不明之处。又必自拟为舞台上之演员，审辨语调之是否顺口，音节之是否调和。一字一句之未惬，往往苦思累日。然才力所限，未能尽符理想；乡居僻陋，既无参考之书籍，又鲜质疑之师友。谬误之处，自知不免。所望海内学人，惠予纠正，幸甚幸甚！

生豪书于三十三年[3]四月

---

① 民国廿四年，即一九三五年——编者注。

② 案译者撰此文时，原拟在半年后可以译竟。讵意体力不支，厥功未就，而因病重辍笔。

③ 民国三十三年，即一九四四年——编者注。

目 录

奥瑟罗

在莎士比亚的四大悲剧中，也许以《奥瑟罗》的戏剧结构最为严谨，因此艺术性也可说最完美。奥瑟罗心中存在着善与恶的冲突，就像一种人性的堕落，这是该剧最为吸引人的地方——从最温柔的爱和极大的信任到折磨人的嫉妒、疯狂的仇恨。亚里士多德认为悲剧带来的是哀悯和恐惧，而《奥瑟罗》令观众哀悯恐惧的，可以说就是一度高贵和谐的爱情，竟因自我否认而演变成一场悲剧。

剧中人物

威尼斯公爵	
勃拉班修	元老
葛莱西安诺	勃拉班修之弟
罗多维科	勃拉班修的亲戚
奥瑟罗	摩尔族贵裔，供职威尼斯政府
凯西奥	奥瑟罗的副将
伊阿古	奥瑟罗的旗官
罗德利哥	威尼斯绅士
蒙太诺	塞浦路斯总督，奥瑟罗的前任者
小丑	奥瑟罗的仆人
苔丝狄蒙娜	勃拉班修之女，奥瑟罗之妻
爱米利娅	伊阿古之妻
比恩卡	凯西奥的情妇

元老、水手、吏役、军官、使者、乐工、传令官、侍从等

地点

第一幕在威尼斯；其余各幕在塞浦路斯岛一海口

第一幕

第一场

威尼斯。街道

罗德利哥及伊阿古上。

罗德利哥 嘿！别对我说，伊阿古；我把我的钱袋交给你支配，让你随意花用，你却做了他们的同谋，这太不够朋友啦。

伊阿古 狗娘养的！你总不肯听我说下去。要是我做梦能想到这种事情，你不要把我当作一个人。

罗德利哥 你告诉我，你对他一向怀恨的。

伊阿古 要是我不恨他，你从此别理我。三个这城里的当道要人亲自向他打招呼，举荐我做他的副将；凭良心说，我知道我自己的价值，难道我就做不得一个副将？可是他眼睛里只有自己没有别人，对于他们的请求，都用一套充满了军事上口头禅的空话回绝了，因为，他说，“我已经选定我的将佐了”。他选中的是个什么人呢？哼，一个算学大家，一个叫做迈克尔·凯西奥的弗洛伦萨人，一个几乎因为娶了娇妻而误了终身的家伙；他从来不曾在战场上领过一队兵，对于布阵作战的知识，简直不比一个老守空闺的女人知道得更多；即使懂得一些书本上的理论，那些身穿宽袍的元老大人们讲起来比他更头头是道的。只有空谈，毫无实际，这就是他的全部的军人资格。可是，老兄，他居然得到了任命；我在罗得斯岛，塞浦路斯岛以及其他基督徒和异教徒的国土之上立过多少的军功，都是他亲眼看见的，现在却必须低首下心，受一个市侩的指挥。这位掌柜居然做起他的副将来，而我呢——上帝恕我这样说——却只在这位黑将军的麾下充一名旗官。

罗德利哥　天哪，我宁愿做他的刽子手。

伊阿古　这也是没有办法呀。说来真叫人恼恨，军队里的升迁可以全然不管古来的定法，按照各人的阶级依次递补，只要谁的路子活，能够得到上官的欢心，就可以越级蹿升。现在，老兄，请你替我评一评，我为什么要去跟这摩尔人要好？

罗德利哥　假如是我，我就不愿跟随他。

伊阿古　啊，老兄，你放心吧；我所以跟随他，不过是要利用他达到我自己的目的。我们不能每个人都是主人，每个主人也不是都有忠心的仆人。有一辈都是天生的奴才，他们卑躬屈膝，拼命讨主人的好，甘心受主人的鞭策，像一头驴子似的，为了一些粮草而出卖他们的一生，等到年纪老了，主人就把他们撵走；这种老实的奴才是应该抽一顿鞭子的。还有一种人，他们表面上尽管装出一副鞠躬如也的样子，骨子里却是为他们自己打算；看上去好像替主人做事，实际却靠着主人发展自己的势力，一旦捞够油水，才知道这种人其实是唯我独尊。这种人还有几分头脑，我自己就属于这一类。因为，老兄，正像你是罗德利哥，不是别人一样，我要是做了那摩尔人，我就不会是伊阿古。虽说跟随他，其实还是跟随自己。上天是我的公正人，我这样对他陪着小心，既不是为了感情，又不是为了义务，只是为了自己的利益，才戴上这一张假脸。要是我的表面的行动，果然出于内心的自然流露，那么不久我就要掬出我的心来，让乌鸦们乱啄了。世人所知道的我，并不是实在的我。

罗德利哥　要是那厚嘴唇的家伙也有这么一手，他可以挣到一分多大的家私！

伊阿古　叫起她的父亲来；不要放过他，打断他的兴致，在各处街道上宣布他的罪恶；激怒她的亲族：让他虽然住在气候宜人的地方，也免不了受蚊蝇的滋扰，虽然享受着盛大的欢乐，也免不了受烦恼的缠绕。

罗德利哥　这儿就是她父亲的家；我要高声叫喊。

伊阿古　很好，你嚷起来吧，就像在一座人口众多的城里，因为晚间失慎而起火烧起来的时候，人们用那种惊骇惶恐的声音呼喊一样。

罗德利哥　喂，喂，勃拉班修！勃拉班修先生，喂！

伊阿古　醒来！喂，喂！勃拉班修！捉贼！捉贼！捉贼！留心你的屋子，你的女儿，和你的钱袋！捉贼！捉贼！

勃拉班修自上方窗口上。

勃拉班修　大惊小怪的，叫些什么呀？出了什么事？

罗德利哥　先生，您家里的人没有缺少吗？

伊阿古　您的门都锁上吗？

勃拉班修　咦，你们为什么这样问我？

伊阿古　哼！先生，有人偷了您东西去啦，还不赶快披上您的袍子！您的心碎了，您的灵魂已经丢掉半个；就在这时候，就在这一刻，一头老黑羊在跟您的白母羊交尾哩。起来，起来！打钟惊醒那些鼾睡的市民，否则魔鬼要让您抱外孙啦。喂，起来！

勃拉班修　什么！你发疯了吗？

罗德利哥　老先生，您认识我的声音吗？

勃拉班修　我不认识；你是谁？

罗德利哥　我的名字是罗德利哥。

勃拉班修 讨厌！我叫你不要在我的门前走动；我已经老老实实明明白白对你说，我的女儿是不能嫁给你的。现在你吃饱了饭，喝醉了酒，疯疯癫癫，不怀好意，又要来扰乱我的安静了。

罗德利哥 先生，先生，先生！

勃拉班修 可是你必须明白，我不是一个好说话的人，要是你惹我性起，凭着我的地位，只要略微拿出一点力量来，你就要叫苦不迭了。

罗德利哥 好先生，不要生气。

勃拉班修 说什么有贼没有贼？这儿是威尼斯；我的屋子不是一座独家的田庄。

罗德利哥 最尊严的勃拉班修，我是一片诚心来通知您。

伊阿古 嘿，先生，您也是那种因为魔鬼叫他敬奉上帝而把上帝丢在一旁的人。您把我们当作了坏人，所以把我们的好心看成了恶意，宁愿让您的女儿给一头黑马骑了，替您生下一些马子马孙，攀一些马亲马眷。

勃拉班修 你是个什么混账东西，敢这样胡说八道？

伊阿古 先生，我是一个特意来告诉您一个消息的人，令嫒现在正在跟那摩尔人干那件禽兽一样的勾当哩。

勃拉班修　你是个浑蛋！

伊阿古　您是一位——元老呢。

勃拉班修　你留点儿神吧，罗德利哥，我认识你。

罗德利哥　先生，我愿意负一切责任；可是请您允许我说一句话。要是令嫒因为得到您的明智的同意，所以才会在这样更深人静的午夜，让一个公爵的奴才，一个下贱的船夫，把她载到一个贪淫的摩尔人的粗野的怀抱里——要是您对于这件事情不但知道，而且默许——照我看来，您至少已经给她一部分的同意——那么我们的确太放肆太冒昧了；可是假如您果然没有知道这件事，那么从礼貌上说起来，您也不应该对我们恶声相向。难道我会这样一点不懂规矩，敢来戏侮像您这样一位年尊的长者吗？我再说一句，要是令嫒没有得到您的许可，就把她的责任，美貌，智慧和财产，全部委弃在一个到处为家，漂泊流浪的异邦人身上，那么她的确已经干下一件重大的逆行了。您可以立刻去调查一个明白，要是她好好儿在她的房间里或是在您的屋子里，那么是我欺骗了您，您可以按照国法惩办我。

勃拉班修　喂，点起火来！给我一支蜡烛！把我的仆人全都叫起来！这件事情很像我的噩梦，它的极大的可能性已经重压在我的心头了。喂，拿火来！拿火来！（自上方下）

伊阿古　再会，我要少陪了，要是我不去，我就不得不与这摩尔人当面对质，那不但不大相宜，而且在我的地位上也很多不便；因为我知道无论他将要因此而受到些什么谴责，政府方面不可能不冒任何风险就把他解职，他就要出发指挥那正在进行中的塞浦路斯的战事了，他是再合适不过的人选，因为没有第二个人有像他那样的才能可以担当这一个重任。所以虽然我恨他像恨地狱里的刑罚一样，可是为了事实上的必要，我不得不和他假意周旋，那也不过是表面上的敷衍而已。你等他们出来找人的时候，只要领他们到市政厅去，一定可以找到他；我会在那边跟他在一起。再见。（下）

勃拉班修率众仆持火炬自下方上。

勃拉班修　真有这样的祸事！她去了；只有悲哀怨恨伴着我这衰朽的余年！罗德利哥，你在什么地方看见她的？——啊，不幸的孩子！——你说跟那摩尔人在一起吗？——谁还愿意做一个父亲！——你怎么知道是她？——唉，想不到她会这样欺骗我！——她对你怎么说？——再拿些蜡烛来！唤醒我的所有的亲族！——你想他们有没有结婚？

罗德利哥　说老实话，我想他们已经结婚了。

勃拉班修　天哪！她怎么出去的？啊，血肉的叛逆！做父亲的人啊，从此以后，你们千万留心你们女儿的行动，不要信任她们的心思。世上有没有一种引诱青年少女失去贞操的魔术？罗德利哥，你有没有在书上读到过这一类的事情？

罗德利哥　是的，先生，我的确读到过。

勃拉班修　叫起我的兄弟来！唉，我后悔不让你娶了她去！你们快去给我分头找寻！你知道我们可以在什么地方把她和那摩尔人一起捉到？

罗德利哥　我想我可以找到他的踪迹，要是您愿意多派几个得力的人手跟着我前去。

勃拉班修　请你带路。我要到每一家人家去搜寻；大部分的人家都在我的势力之下。喂，多带一些武器！叫起几个巡夜的警吏！去，好罗德利哥，我一定重谢你的辛苦。（同下）

第二场

另一街道

奥瑟罗、伊阿古及侍从等持火炬上。

伊阿古　虽然我在战场上杀过不少的人，可是总觉得有意杀人是违反良心的；缺少作恶的本能，往往使我不能做我所要做的事。好多次我想要把我的剑从他的肋骨下面刺进去。

奥瑟罗　还是随他说去吧。

伊阿古　可是他唠哩唠叨地说了许多破坏您的名誉的难听话，虽然像我这样一个荒唐的家伙，也实在忍不住我的怒气。可是请问主帅，你们有没有完成婚礼？您要注意，这位元老是很得人心的，他的潜势力比公爵还要大上一倍；他会拆散你们的姻缘，尽量运用法律的力量来给您种种压制和迫害。

奥瑟罗　随他怎样发泄他的愤恨吧；我对贵族们所立的功劳，就可以驳倒他的控诉。世人还没有知道——要是夸口是一件荣耀的事，我就要到处宣布——我是高贵的祖先的后裔，我有充分的资格，享受我目前所得到的值得骄傲的幸运。告诉你吧，伊阿古，倘不是我真心恋爱温柔的苔丝狄蒙娜，即使给我大海中所有的珍宝，我也不愿意放弃我的无拘无束的自由生活，来俯就家室的羁缚的。可是瞧！那边举着火把而来的是些什么人？

伊阿古　她的父亲带着他的亲友来找您了；您还是进去躲一躲吧。

奥瑟罗　不，我要让他们看见我；我的地位和我的清白的人格可以替我表明一切。是不是他们？

伊阿古　两面神在上，我想不是。

凯西奥及若干吏役持火炬上。

奥瑟罗　原来是公爵手下的人，还有我的副将。晚安，各位朋友！有什么消息？

凯西奥　主帅，公爵向您致意，请您立刻就过去。

奥瑟罗　你知道是为了什么事？

凯西奥　照我猜想起来，大概是塞浦路斯方面的事情，看样子很是紧急。就在这一个晚上，战船上已经连续派了十二个使者赶来告急；许多元老都从睡梦中叫了起来，在公爵府里集合了。他们正在到处找您，因为您不在家里，所以元老院派了三队人出来分头寻访。

奥瑟罗　幸而你找到了我。让我到这屋子里去说一句话，就来跟你同去。（下）

凯西奥　他到这儿来有什么事？

伊阿古　不瞒你说，他今天夜里登上了一艘陆地上的大船；要是能够证明那是一件合法的战利品，他可以从此成家立业了。

凯西奥　我不懂你的话。

伊阿古　他结婚了。

凯西奥　跟谁结婚？

奥瑟罗重上。

伊阿古　呃，跟——来，主帅，我们走吧。

奥瑟罗　好，我跟你走。

凯西奥　又有一队人来找您了。

伊阿古　那是勃拉班修。主帅，请您留心点儿，他来是不怀好意的。

勃拉班修、罗德利哥及吏役等持火炬武器上。

奥瑟罗　喂！站住！

罗德利哥　先生，这就是那摩尔人。

勃拉班修　杀死他，这贼！（双方拔剑）

伊阿古　你，罗德利哥！来，我们来比个高下。

奥瑟罗　收起你们明晃晃的剑，它们沾了露水会生锈的。老先生，像您这么年高德劭的人，有什么话不可以命令我们，何必动起武来呢？

勃拉班修　啊，你这恶贼！你把我的女儿藏到什么地方去了？你不想想你自己是个什么东西，胆敢用妖法蛊惑她。我们只要凭着情理判断，像她这样一个年轻貌美娇生惯养的姑娘，多少我们国里有财有势的俊秀子弟她都看不上眼，倘不是中了魔，怎么会不怕人家的笑话，背着尊亲投奔到你这个丑恶的黑鬼的怀里？——吓都吓死她了，还有何乐趣！世人可以替我评一评，是不是显而易见你用邪恶的符咒欺诱她的娇弱的心灵，用药饵丹方迷惑她的知觉；我要叫他们评论评论，这种事情是不是很可能的。所以我现在逮捕你；妨害风化，行使邪术，便是你的罪名。抓住他；要是他敢反抗，你们就用武力制服他。

奥瑟罗　帮助我的，反对我的，大家放下你们的手！我要是想打架，我自己会知道应该在什么时候动手。您要我到什么地方去答复您的控诉？

勃拉班修　到监牢里去，等法庭上传唤你的时候你再开口。

奥瑟罗　要是我听从您的话去了，那么怎么答复公爵呢？他的使者就在我的身边，因为有紧急的公事，等候着带我去见他。

吏役　真的，大人；公爵正在举行会议，我相信他已经派人请您去了。

勃拉班修　怎么！公爵在举行会议！在这样夜深的时候！把他带去。我的事情也不是一件等闲小事；公爵和我的同僚们听见了这个消息，一定会感到这种侮辱简直就像加在他们自己身上一般。要是这样的行为可以置之不问，奴隶和异教徒都要来主持我们的国政了。（同下）

第三场

议事厅

公爵及众元老围桌而坐；议事厅内掌灯，吏役等随侍。

公爵 这些消息彼此纷歧，令人难于置信。

元老甲 它们真是参差不一；我的信上说是共有船只一百零七艘。

公爵 我的信上说是一百四十艘。

元老乙 我的信上又说是二百艘。可是它们所报的数目虽然各各不同，因为根据估计所得的结果，难免多少有些出入，不过它们都证实确有一支土耳其舰队在向塞浦路斯岛进发。

公爵 嗯，这种事情推想起来很有可能；即使消息不尽正确，大体上总是有根据的，我们倒不能不担着几分心事。

水手 （在内）喂！喂！喂！有人吗？

吏役 一个从船上来的使者。

一水手上。

公爵 什么事？

水手 安哲鲁大人叫我来此禀告殿下，土耳其人调集舰队，正在向罗得斯岛进发。

公爵 你们对于这一个变动有什么意见？

元老甲 照常识判断起来，这是不会有的事；它无非是转移我们目标的一种诡计。我们只要想一想塞浦路斯岛对于土耳其人的重要性，远在罗得斯岛以上，而且攻击塞浦路斯，也比攻击罗得斯岛容易得多，因为它的防务比较空虚，不像罗得斯岛那样戒备严密。我们只要想到这一点，就可以断定土耳其人决不会那样愚笨，甘心舍本逐末，避轻就重，进行一场无益的冒险的。

公爵 嗯，他们的目标决不是罗得斯岛，这是可以断定的。

吏役 又有消息来了。

一使者上。

使者 向罗得斯岛前进的土耳其人，已经和后来的另外一支舰队会合了。

元老甲 嗯，果然符合我的预料。照你猜想起来，一共有多少船只？

使者　三十艘模样；它们现在已经回过头来，显然是要开向塞浦路斯岛去的。蒙太诺大人，您的忠实英勇的仆人，叫我来向您报告这一个消息。

公爵　那么一定是到塞浦路斯岛去的了。玛克斯·勒西科斯不在威尼斯吗？

元老甲　他现在到弗洛伦萨去了。

公爵　替我写一封十万火急的信给他。

元老甲　勃拉班修和那勇敢的摩尔人来了。

勃拉班修、奥瑟罗、伊阿古、罗德利哥及吏役等上。

公爵　英勇的奥瑟罗，我们必须立刻派你出去向我们的公敌土耳其人作战。（向勃拉班修）我没有看见你，欢迎，先生，我们今晚正在需要你的指教和帮助呢。

勃拉班修　我也同样需要您的指教和帮助。殿下，请您原谅，我并不是因为听到了什么国家大事而从床上惊起；国家的安危不能引起我的注意，因为我的个人的悲哀是那么压倒一切，把其余的忧虑一起吞没了。

公爵　啊，为了什么事？

勃拉班修　我的女儿！啊，我的女儿！

公爵、众元老 死了吗？

勃拉班修 嗯，她对于我是死了。她已经被人污辱，人家把她从我的地方拐走，用江湖骗子的符咒药物引诱她堕落；因为一个没有残疾，眼睛明亮，理智健全的人，倘不是中了魔法的蛊惑，决不会犯下这样荒唐的错误来的。

公爵 用这种邪恶的手段引诱你的女儿，使她丧失了自己的本性，使你丧失了她的，无论他是什么人，你都可以根据无情的法律，照你自己的解释给他应得的严刑；即使他是我的儿子，你也可以照样控诉他。

勃拉班修 感谢殿下。罪人就在这儿，就是这个摩尔人；好像您有重要的公事而召他来的。

公爵、众元老 那我们真是抱憾得很。

公爵 （向奥瑟罗）你自己对于这件事有什么话要分辩？

勃拉班修 没有，事情就是这样。

奥瑟罗 威严无比，德高望重的各位大人，我的尊贵贤良的主人们，我把这位老人家的女儿带走了，这是完全真实的；我已经和她结了婚，这也是真的；我的最大的罪状仅止于此，别的就不是我所知道的了。我的言语是粗鲁的，一点不懂得那些温文尔雅的辞令；因为自从我这双手臂长了七年的膂力以后，直到最近这九个月时间在无所事事中蹉跎过去以前，它们一直都在战场上发挥它们的本领；对于这一个广大的世界，我除了冲锋陷阵以外，几乎一无所知，所以我也不能用什么动人的字句替我自己辩护。可是你们要是愿意耐心听我说下去，我可以向你们讲述一段质朴无文的关于我的恋爱的全部经过的故事；告诉你们我用什么药物、什么符咒、什么驱神役鬼的手段、什么神奇玄妙的魔法，骗到了他的女儿，因为这是他所控诉我的罪名。

勃拉班修 一个素来胆小的女孩子，她的生性是那么幽娴贞静，甚至于心里略为动了一点感情，就会满脸羞愧；像她这样的品质，像她这样的年龄，竟会不顾国族的畛域，把名誉和一切作为牺牲，去跟一个她瞧着都害怕的人发生恋爱！假如有人竟会宣称，像她这样的好姑娘会做出这样有悖常理的事，这个人的头脑肯定是出了毛病。倘若没有阴谋诡计，怎么会有这种事情？我断定他一定曾经用烈性的药饵或是邪术炼成的毒剂麻醉她的血液。

公爵 没有更确实显明的证据，单单凭着这些表面上的猜测和莫须有的武断，是不能使人信服的。

元老甲 奥瑟罗，你说，你有没有用不正当的诡计诱惑这一位年轻的女郎，或是用强暴的手段逼迫她服从你；还是正大光明地对她心心相印，达到你的求爱的目的？

奥瑟罗 请你们差一个人去叫这位小姐到市政厅来，让她当着她的父亲的面前告诉你们我是怎么一个人。要是你们根据她的报告，认为我是有罪的，你们不但可以撤销你们对我的信任，解除你们给我的职权，并且可以把我判处死刑。

公爵 去把苔丝狄蒙娜带来。（二三侍从下）

奥瑟罗 旗官，你领他们去；你知道她在什么地方。（伊阿古及吏役等下）当她没有到来以前，我要像对天忏悔我的血肉的罪恶一样，把我怎样得到这位美人的爱情和她怎样得到我的爱情的经过情形忠实地向各位陈诉。

公爵 说吧，奥瑟罗。

奥瑟罗 她的父亲很看重我，常常请我到他家里，每次谈话的时候，总是问起我的经历，要我讲述我所经历的各次战争，围城和意外的遭遇。我就把我的一生事实，从我的童年时代起，直到他叫我讲述的时候为止，原原本本地说了出来。我说起最可怕的灾祸，海上陆上惊人的奇遇、间不容发的脱险、在傲慢的敌人手中被俘为奴和遇赎脱身的经过，以及旅途中的种种见闻；那些广大的岩窟，荒凉的沙漠，突兀的崖嶂，巍峨的峰岭；以及彼此相食的野蛮部落和肩下生头的化外异民，都是我谈话的题目。苔丝狄蒙娜对于这种故事，总是出神倾听；有时为了家庭中的事务，她不能不离座而起，可是她总是尽力把事情赶紧办好，再回来孜孜不倦地把我所讲的每一个字都听了进去。我注意到她这种情形，有一天在一个适当的时间，从她的嘴里逗出了她的真诚的心愿：她希望我能够把我的一生经历，对她作一次详细的复述，因为她平日所听到的，只是一鳞半爪、残缺不全的片段。我答应了她的要求。当我讲到我在少年时代所遭逢的不幸的打击的时候，她往往忍不住掉下泪来。我的故事讲完以后，她用无数的叹息酬劳我。她发誓说，那是非常奇异而悲惨的；她希望她没有听到这段故事，可是又希望上天为她造下这样一个男子。她向我道谢，对我说，要是我有一个朋友爱上了她，我只要教他怎样讲述我的故事，就可以得到她的爱情。我听了这一个暗示，才向她吐露我的求婚的诚意。她为了我所经历的种种患难而爱我，我为了她对我所抱的同情而爱她：这就是我的唯一的妖术。她来了；让她为我证明吧。

苔丝狄蒙娜、伊阿古及侍从等上。

公爵　像这样的故事，我想我的女儿听了也会着迷的。勃拉班修，木已成舟，不必懊恼了。刀剑虽破，比起手无寸铁来，总是略胜一筹。

勃拉班修　请殿下听她说；要是她承认她本来也有爱慕他的意思，我从此决不归咎于他。过来，好姑娘，你看这在座的济济众人之间，谁是你所最应该服从的？

苔丝狄蒙娜　我的尊贵的父亲，我在这里所看到的，是我的分歧的义务：对您说起来，我深荷您的生养教育的大恩，您给我的教养使我明白我应该怎样敬重您；您是我的家长和严君，我直到现在都是您的女儿。可是这儿是我的丈夫，正像我的母亲对您克尽一个妻子的义务，把您看得比她的父亲更重一样，我也应该有权利向这位摩尔人，我的夫主，尽我应尽的名分。

勃拉班修　上帝和你同在！我没有话说了。殿下，请您继续处理国家的要务吧。我宁愿抚养一个义子，也不愿自己生男育女。过来，摩尔人。我现在用我的全副诚心，把她给了你；倘不是你早已得到了她，我一定再也不会让她到你手里。为了你的缘故，宝贝，我很高兴我没有别的儿女，否则你的私奔将要使我变成一个虐待儿女的暴君，替他们手脚加上镣铐。我没有话说了，殿下。

公爵 让我替你设身处地，说几句话给你听听，也许可以帮助这一对恋人，使他们能够得到你的欢心。

眼看希望幻灭，恶运临头，
无可挽回，何必满腹牢愁？
为了既成的灾祸而痛苦，
徒然招惹出更多的灾祸。
既不能和命运争强斗胜，
还是付之一笑，安心耐忍。
聪明人遭盗窃毫不介意；
痛哭流涕反而伤害自己。

勃拉班修 让敌人夺去我们的海岛，
我们同样可以付之一笑。
那感激法官仁慈的囚犯，
他可以忘却刑罚的苦难；
倘然他怨恨那判决太重，
他就要忍受加倍的惨痛。
种种譬解虽能给人慰藉，
它们也会格外添人悲戚；
可是空言毕竟无补实际，
几曾有一句话刺透心底？
请殿下继续进行原来的公事吧。

公爵　土耳其人正在向塞浦路斯大举进犯；奥瑟罗，那岛上的实力你是知道得十分清楚的；虽然我们派在那边代理总督职务的，是一个公认为很有能力的人，可是大家的意思，都觉得由你去负责镇守，才可以万无一失；所以说不得只好打扰你的新婚的快乐，辛苦你去赶这一趟了。

奥瑟罗　各位尊严的元老们，习惯的暴力已经使我把冷酷无情的战场当作我的温软的眠床，对于艰难困苦，我总是挺身而赴。我愿意接受你们的命令，去和土耳其人作战；可是我要恳求你们给我的妻子一个适当的安置，按照她的身份，供给她一切日常的需要。

公爵　你要是同意的话，可以让她住在她父亲的家里。

勃拉班修　我不愿意容留她。

奥瑟罗　我也不能同意。

苔丝狄蒙娜　我也不愿住在父亲的家里，让他每天看见我生气。最仁慈的公爵，愿您俯听我的陈请，让我的卑微的衷忱得到您的谅解和赞许。

公爵　你有什么请求，苔丝狄蒙娜？

苔丝狄蒙娜　我的大胆的行动可以代我向世人宣告，我因为爱这摩尔人，所以愿意和他过共同的生活。我的心灵完全为他的高贵的德性所征服，在他天挺的精神里，我看见他奇伟的仪表。我已经把我的灵魂和命运一起呈献给他了。所以，各位大人，要是他一个人迢迢出征，把我遗留在和平的后方，像醉生梦死的蜉蝣一样，我将要因为不能朝夕侍奉他，而在镂心刻骨的离情别绪中度日如年了。让我跟他去吧。

奥瑟罗 请你们允许了她吧。上天为我作证，我向你们这样请求，并不是为了满足我自己的欲望，因为青春的热情在我已成过去了；我的唯一的动机，只是不忍使她失望。请你们千万不要抱着那样的思想，以为她跟我在一起，会使我懈怠了你们所付托给我的重大的使命。不，要是插翅的爱神的风流解数，可以蒙蔽了我的灵明的理智，使我因为贪恋欢娱而误了正事，那么让主妇们把我的战盔当作水罐，让一切的污名都丛集于我的一身吧！

公爵 她的去留行止，可以由你们自己去决定。事情很是紧急，你必须立刻出发。

元老甲 今天晚上你就得动身。

奥瑟罗 很好。

公爵 明天早上九点钟，我们还要在这儿聚会一次。奥瑟罗，请你留下一个将佐在这儿，你的委任状由他转交给你；要是我们随后还有什么决定，可以叫他把我们的训令传达给你。

奥瑟罗 殿下，我的旗官是一个很适当的人物，他的为人是忠实而可靠的；我还要请他负责护送我的妻子，要是此外再有什么必须寄给我的物件，也请殿下一起交给他。

公爵　很好。各位晚安！（向勃拉班修）尊贵的先生，倘然以才德取人，不凭容貌，你这位贤东床难道比不上翩翩年少？

元老甲　再会，勇敢的摩尔人！好好看顾苔丝狄蒙娜。

勃拉班修　留心看好她，摩尔人，不要视而不见；她已经愚弄她的父亲，她也会把你欺骗。（公爵、众元老、吏役等同下）

奥瑟罗　我用生命保证她的忠诚！正直的伊阿古，我必须把我的苔丝狄蒙娜托付给你，请你叫你的妻子当心照料她；看什么时候有方便，就烦你护送她们起程。来，苔丝狄蒙娜，我只有一小时的工夫，和你诉说衷情，料理庶事了。我们必须服从环境的支配。（奥瑟罗、苔丝狄蒙娜同下）

罗德利哥　伊阿古！

伊阿古　你怎么说，好人儿？

罗德利哥　你想我该怎么办？

伊阿古　上床睡觉去吧。

罗德利哥　我立刻就去投水。

伊阿古　好，要是你投了水，我从此不喜欢你了。嘿，你这傻大少爷！

罗德利哥　活着要是这样受苦，傻瓜才愿意活下去；一死可以了却烦恼，还是死了的好。

伊阿古　啊，该死！我在这世上也经历过四七二十八个年头了，自从我能够辨别利害以来，我从来不曾看见过什么人知道怎样爱惜他自己。要是我也会为了爱上一个雌儿的缘故而投水自杀，我宁愿变成一头猴子。

罗德利哥　我该怎么办？我承认这样痴心是一件丢脸的事，可是我没有力量把它补救过来呀。

伊阿古　力量！废话！我们要这样那样，只有靠我们自己。我们的身体就像一座园圃，我们的意志是这园圃里的园丁；不论我们插荨麻、种萵苣、栽下牛膝草、拔起百里香，或者单独培植一种草木，或者把全园种得万卉纷披，让它荒废不治也好，把它辛勤耕垦也好，那力量来自我们的意志。要是在我们的生命之中，理智和情欲不能保持平衡，我们血肉的邪心就会引导我们到一个荒唐的结局；可是我们有的是理智，可以冲淡我们汹涌的热情，肉体的刺激和奔放的淫欲；我认为你所称为爱情的，也不过是那样一种东西。

罗德利哥　不，那不是。

伊阿古　那不过是在意志的默许之下一阵情欲的冲动而已。算了，做一个汉子。投水自杀！捉几头大猫小狗投在水里吧！我曾经声明我是你的朋友，我承认我对你的友谊是用不可摧折的坚韧的缆索联结起来的；现在正是我应该为你出力的时候。把银钱放在你的钱袋里，跟他们出征去；装上一脸假胡子，遮住你的本来面目；我说，把银钱放在你的钱袋里。苔丝狄蒙娜爱那摩尔人决不会长久——把银钱放在你的钱袋里——他也不会长久爱她。她一开始就把他爱得这样热烈，他们感情的破裂一定也是很突然的；你只要把你的银钱放在你的钱袋里。这些摩尔人很容易变心——把你的钱袋装满了钱——现在他吃上去像蝗虫一样美味的食物，不久便要变得像苦苹果一样涩口了。她必须换一个年轻的男子；当她餍足了他的肉体以后，她就会觉悟她的选择的错误。她必须换换口味，她必须；所以把银钱放在你的钱袋里。要是你一定要寻死，也得想一个比投水巧妙一点的死法。尽你的力量搜括一些钱。要是凭着我的计谋和魔鬼们的奸诈，破坏这一个鲁莽的蛮子和这一个狡猾的威尼斯女人之间的脆弱的盟誓，还不算是一件难事，那么你一定可以享受她；所以快去设法弄些钱来吧。投水自杀！什么话！那根本就不用提。你宁可因为追求你的快乐而被人吊死，总不要在没有一亲她的香泽以前投水自杀。

罗德利哥　要是我期待着这样的结果，你一定会尽力帮助我达到我的愿望吗？

伊阿古　你可以完全信任我。去，弄一些钱来。我常常对你说，一次一次反复告诉你，我恨那摩尔人；我的怨毒蓄积在心头，你也对他抱着同样深刻的仇恨，让我们同心合力向他复仇；要是你能够替他戴上一顶绿头巾，你果然是如愿以偿，我也可以拍掌称快。无数人事的变化孕育在时间的胚胎里，我们等着看吧。去，预备好你的钱。我们明天再谈这件事吧。再见。

罗德利哥　明天早上我们在什么地方会面?

伊阿古　就在我的寓所里吧。

罗德利哥　我一早就来看你。

伊阿古　好，再会。你听见吗，罗德利哥?

罗德利哥　你说什么?

伊阿古　别再提起投水的话儿了，你听见没有?

罗德利哥　我已经变了一个人了。我要去把我的田地一起变卖。

伊阿古　好，再会！多放一些钱在你的钱袋里。（罗德利哥下）我总是这样让这种傻瓜掏出钱来给我花用；因为倘不是为了替自己解解闷气，打算占些便宜，那我浪费了时间跟这样一个呆子周旋，那才对不起我的人生阅历呢。我恨那摩尔人，有人说他私通我的妻子，我不知道这句话是真是假；可是在这种事情上，即使不过是嫌疑，我也要把它当作实有其事一样看待。他对我很有好感，这样可以使我对他实行我的计策的时候格外方便一些。凯西奥是一个俊美的男子；让我想想看：夺到他的位置，实现我的一举两得的阴谋；怎么办？怎么办？让我看：等过了一些时候，在奥瑟罗的耳边捏造一些鬼话，说他跟他的妻子看上去太亲热了；他长得漂亮，性情又温和，天生一种媚惑妇人的魔力，像他这种人是很容易引起疑心的。那摩尔人是一个坦白爽直的人，他看见人家在表面上装出一副忠厚诚实的样子，就以为一定是个好人；我可以把他像一头驴子一般牵着鼻子跑。有了！我的计策已经产生。地狱和黑夜酝酿就这空前的罪恶，它必须向世界显露它的面目。（下）

第二幕

第一场

塞浦路斯岛港口一市镇。码头附近的广场

蒙太诺及二军官上。

蒙太诺 你从那海岬上望出去，看见海里有什么船只没有?

军官甲 一点望不见。波浪很高，在天海之间，我看不出一片船帆。

蒙太诺 风在陆地上吹得也很厉害;从来不曾有这么大的暴风打击过我们的雉堞。要是它在海上也是这么猖狂，哪一艘橡树造成的船身支持得住山一样的巨涛迎头倒下？我们将要从这场风暴中间听到什么消息呢?

军官乙　土耳其的舰队一定要被风浪冲散了。你只要站在白沫飞溅的海岸上，就可以看见咆哮的汹涛高击云霄，被狂风卷起的怒浪奔腾山立，好像要把海水浇向光明的大熊星上，熄灭那照耀北极的永古不移的斗宿一样。我从来没有见过这样可怕的惊涛骇浪。

蒙太诺　要是土耳其舰队没有避进港里，它们一定沉没了；这样的风浪是抵御不了的。

另一军官上。

军官丙　报告消息！咱们的战事已经结束了。土耳其人遭受这场暴风浪的突击，不得不放弃他们进攻的计划。一艘从威尼斯来的大船一路上看见他们的船只或沉或破，大部分零落不堪。

蒙太诺　啊！这是真的吗？

军官丙　大船已经在这儿进港，船名是维洛那号。迈克尔·凯西奥，那勇武的摩尔人奥瑟罗的副将，已经上岸来了；那摩尔人自己还在海上，他是奉到全权委任，到塞浦路斯这儿来的。

蒙太诺　我很高兴，这是一位很有才能的总督。

军官丙　可是这个凯西奥说起土耳其的损失，虽然兴高采烈，同时他却满脸愁容，祈祷着那摩尔人的安全，因为他们是在险恶的大风浪中彼此失散的。

蒙太诺　但愿他平安无恙。因为我曾经在他手下做过事，知道他在治军用兵这方面，的确是一个大将之才。来，让我们到海边去！一方面看看新近到来的船舶，一方面把我们的眼睛遥望到海天相接的远处，盼候着勇敢的奥瑟罗。

军官丙　来，我们去吧；因为每一分钟都会有更多的人到来。

凯西奥上。

凯西奥　谢谢，你们这座英勇的岛上的各位壮士，因为你们这样褒奖我们的主帅。啊！但愿上天帮助他战胜风浪，因为我是在险恶的波涛之中和他失散的。

蒙太诺　他的船靠得住吗？

凯西奥　船身很是坚固，舵师是一个很有经验的人，所以我还抱着很大的希望。（内呼声：“一只船！一只船！一只船！”）

一使者上。

凯西奥　什么声音？

使者　全市的人都出来了。海边上站满了人，他们在嚷，“一只船！一只船！”

凯西奥　我希望那就是我们新任的总督。（炮声）

军官乙 他们在放礼炮了；即使不是总督，至少也是我们的朋友。

凯西奥 先生，请你去看一看，回来告诉我们究竟是什么人来了。

军官乙 我就去。（下）

蒙太诺 可是，副将，你们主帅有没有结过婚？

凯西奥 他的婚姻是再幸福不过的。他娶到了一位女郎，她的美貌才德，胜过一切的形容和崇高的名誉；笔墨的赞美不能写尽她的好处，没有一句适当的言语可以充分展现她的天赋的优美。

军官乙重上。

凯西奥 啊！谁到来了？

军官乙 是元帅麾下的旗官，名叫伊阿古。

凯西奥 他倒一帆风顺地到了。汹涌的怒涛，咆哮的狂风，埋伏在海底的礁石沙碛，似乎也懂得爱惜美人，收敛了它们凶恶的本性，让神圣的苔丝狄蒙娜安然通过。

蒙太诺 她是谁？

凯西奥 就是我刚才所说起的，我们大帅的主帅。勇敢的伊阿古护送她到这儿来，想不到他们路上走得这么快，比我们的预期还早了七天。伟大的乔武啊，保佑奥瑟罗，吹一口你的大力的气息在他的船帆上，让他的高大的桅樯在这儿海港里显现它的雄姿，让他跳动着一颗恋人的心投进苔丝狄蒙娜的怀里，重新燃起我们奄奄欲绝的精神，使整个塞浦路斯充满兴奋！

苔丝狄蒙娜、爱米利娅、伊阿古、罗德利哥及侍从等上。

凯西奥　啊！瞧，船上的珍宝到岸上来了。塞浦路斯人啊，向她下跪吧。祝福你，夫人！愿神灵在你前后左右周遭呵护你！

苔丝狄蒙娜　谢谢您，英勇的凯西奥。您知道我的丈夫有什么消息吗？

凯西奥　他还没有到来；我只知道他是平安的，大概不久就会到来。

苔丝狄蒙娜　啊！可是我怕——你们怎么会分散的？

凯西奥　天风和海水的猛烈的激战，使我们彼此相失。可是听！有船来了。（内呼声：“一只船！一只船！”炮声）

军官乙　他们向我们城上放礼炮了；到来的也是我们的朋友。

凯西奥　你去探看探看。（军官乙下）（向伊阿古）旗官，欢迎！（向爱米利娅）欢迎，嫂子！请你不要恼怒，好伊阿古，我总得有礼貌，按我的教养，就得来这么一个放肆的见面礼。（吻爱米利娅）

伊阿古　老兄，要是她向你掀动她的嘴唇，也像她向我掀动她的舌头一样，那你就要叫苦不迭了。

苔丝狄蒙娜 唉！她又不会多嘴。

伊阿古 真的，她太会多嘴了；每次我想睡觉的时候，总是被她吵得不得安宁。不过，在您夫人的面前，我还要说一句，她有些话是放在心里说的，人家瞧她不开口，她却在心里骂人。

爱米利娅 你没有理由这样冤枉我。

伊阿古 得啦，得啦，你们跑出门像图书，走进房像响铃，到了灶下像野猫；设计害人的时候，面子上装得像圣徒，人家冒犯了你们，你们便活像夜叉；叫你们管家，你们只会一味胡闹，一上床却又十足像个幽娴贞静的主妇。

苔丝狄蒙娜 啊，啐！你这乱造谣言的家伙！

伊阿古 不，我说的话儿千真万确，你们起来游戏，上床工作。

爱米利娅 我再也不要你写赞美我的诗句。

伊阿古 对，不要叫我写吧。

苔丝狄蒙娜 要是叫你赞美我，你要怎么写法呢？

伊阿古 啊，好夫人，别叫我做这件事，因为我的脾气是要吹毛求疵的。

苔丝狄蒙娜　来，试试看。有人到港口去了吗？

伊阿古　是，夫人。

苔丝狄蒙娜　我虽然心里愁闷，姑且强作欢容。来，你怎么赞美我？

伊阿古　我正在想着呢；可是我的诗情粘在我的脑壳里，用力一挤就会把脑浆一起挤出来的。有了：

她要是既漂亮又智慧，
就不会误用她的娇美。

苔丝狄蒙娜　赞美得好！要是她虽黑丑而聪明呢？

伊阿古　她要是虽黑丑却聪明，
包她找到一位俊郎君。

苔丝狄蒙娜　不成话。

爱米利娅　要是美貌而愚笨呢？

伊阿古　美女人决不是笨冬瓜，
蠢煞也会抱个小娃娃。

苔丝狄蒙娜　这些都是在酒店里骗傻瓜们笑笑的古老的歪诗。还有一种又丑又笨的女人，你也能够勉强赞美她两句吗？

伊阿古 别嫌她心肠笨相貌丑，
女人的戏法一样拿手。

苔丝狄蒙娜 啊，岂有此理！你把最好的赞美给了最坏的女人。可是你又怎么赞美以为真正值得赞美的女人呢？以为品质优异，连十足的恶棍都不得不称赞的女人呢？

伊阿古 她生得水灵，却不骄傲；
口齿伶俐，却不吵闹；
从不缺钱，却不妖娆；
心想事成，却啥都不要；
受了恶气，本可出气，
自己却先消了不平之气；
明白事理，端庄稳重，
吃着鳕鱼头，不思鲑鱼尾；
脑筋转的快，嘴巴却闭得牢；
有人尾随，头也不回。
要是真有这样的女娇娃——

苔丝狄蒙娜 要她干啥？

伊阿古 奶傻孩子，记油盐账。

苔丝狄蒙娜 啊，这结尾真是太差劲、太没劲了！爱米利娅，不要听他的话，虽然他是你的丈夫。您怎么说，凯西奥？他不是一个胡说八道的家伙吗？

凯西奥　他说得还算对，夫人。您要是把他当作一个军人，不把他当作一个文士，您就不会嫌他出言粗俗了。

伊阿古　（旁白）他捏着她的手心。嗯，交头接耳，好得很。我只要张起这么一张小小的网，就可以捉住像凯西奥这样一头大苍蝇。嗯，对她微笑，很好；我要叫你跌翻在你自己的礼貌中间。——您说得对，正是正是。——要是这种鬼殷勤会葬送你的前程，你还是不要老是吻着你的三个指头，表示你的绅士风度吧。很好，吻得不错！绝妙的礼貌！正是正是。又把你的手指放到你的嘴唇上去了吗？（喇叭声）主帅来了！我听得出他的喇叭声音。

凯西奥　真的是他。

苔丝狄蒙娜　让我们去迎接他。

凯西奥　瞧！他来了。

奥瑟罗及侍从等上。

奥瑟罗　啊，我的娇美的战士！

苔丝狄蒙娜　我的亲爱的奥瑟罗！

奥瑟罗　看见你比我先到这里，真使我又惊又喜。啊，我的心爱的人！要是每一次暴风雨之后，都有这样和煦的阳光，那么尽管让狂风肆意地吹，把死亡都吹醒了吧！让那辛苦挣扎的船舶爬上一座座如山的高浪，就像从高高的天上堕下幽深的地狱一般一泻千丈地跌落下来吧！要是我现在死去，那才是最幸福的；因为我怕我的灵魂已经尝到了无上的欢乐，此生此世，再也不会有同样令人欣喜的事情了。

苔丝狄蒙娜 但愿上天眷顾，让我们的爱情和欢乐与日俱增！

奥瑟罗 阿门，慈悲的神明！我不能充分说出我心头的快乐；太多的欢喜窒住了我的呼吸。一个吻，再一个吻，这就是两根心弦间能奏响的最嘈杂的声音。（吻苔丝狄蒙娜）

伊阿古 （旁白）啊，你们现在是琴瑟调和，看我不动声色，叫你们弦断柱裂。

奥瑟罗 来，让我们到城堡里去。好消息，朋友们；我们的战事已经结束，土耳其人全都溺死了。我的岛上的旧友，您好？爱人，你在塞浦路斯将要受到众人的宠爱，我觉得他们都是非常热情的。啊，亲爱的，我自己太高兴了，所以会说出这样忘形的话来。好伊阿古，请你到港口去一趟，把我的箱子搬到岸上。带那船长到城堡里来；他是一个很好的家伙，他的才能非常叫人钦佩。来，苔丝狄蒙娜。（除伊阿古、罗德利哥外均下）

伊阿古 你马上就到港口来会我。过来。人家说，爱情可以刺激懦夫，使他鼓起本来所没有的勇气；要是你果然有胆量，请听我说。副将今晚在卫舍守夜。第一我必须告诉你，苔丝狄蒙娜是直接跟他发生恋爱的。

罗德利哥 跟他发生恋爱！那是不会有的事。

伊阿古 闭住你的嘴，好好听我说。你看她当初不过因为这摩尔人向她吹了些牛皮，撒下了一些漫天的大谎，她就爱得他那么热烈；难道她会继续爱他，只是为了他的吹牛的本领吗？你是个聪明人，不要以为世上会有这样的事。她的视觉必须得到满足；她能够从魔鬼脸上感到什么佳趣？情欲在一阵兴奋过了以后而渐生厌倦的时候，必须换一换新鲜的口味，方才可以把它重新刺激起来：或者是容貌的漂亮，或者是年龄的相称，或者是举止的风雅，这些都是这摩尔人所欠缺的。她因为在这些必要条件上种种不能满足，一定会觉得她的青春娇艳所托非人，而开始对这摩尔人由失望而憎恨，由憎恨而厌恶，她的天性就会迫令她再作第二次的选择。这种情形是很自然而可能的；要是承认了这一点，试问那一个人比凯西奥更有享受这一种福分的便利？一个很会讲话的家伙，为了达到他的秘密的淫邪的欲望，他会恬不为意地装出一副殷勤文雅的外表。哼，谁也比不上他；一个狡猾阴险的家伙，惯会乘机取利，无孔不入；一个鬼一样的家伙！而且，这家伙又漂亮，又年轻，凡是可以使无知妇女醉心的条件，他无一不备；一个十足害人的家伙。这女人已经把他勾上了。

罗德利哥 我不能相信，她是一位圣洁的女郎。

伊阿古 见鬼去吧，圣洁！她喝的酒也是用葡萄酿成的；她要是圣洁，她就不会爱这摩尔人了。哼，圣洁！你不看见她捏弄他的手心吗？你不看见吗？

罗德利哥 是的，我看见的；可是那不过是礼貌罢了。

伊阿古 我举手为誓，这明明是奸淫！这一段意味深长的楔子，就包括无限淫情欲念的交流。他们的嘴唇那么贴近，他们的呼吸简直互相拥抱了。该死的思想，罗德利哥！这种表面上的亲热一开了端，主要的好戏就会跟着上场，肉体的结合是必然的结论。呸！可是，老兄，你听我说。我特意把你从威尼斯带来，今晚你代我值班守夜。凯西奥是不认识你的；我就在离你不远的地方看着你。你见了凯西奥就找一些借口向他挑衅，或者高声辱骂，或者毁谤他的荣誉，或者随你的意思见机行事。

罗德利哥 好。

伊阿古 他是个性情暴躁，易于发怒的人，也许会向你动武；即使他不动武，你也要激动他和你打起架来；因为借着这一个理由，我就可以在塞浦路斯人中间煽起一场暴动，假如要平息他们的愤怒，除了把凯西奥解职以外没有其他的方法。这样你就可以在我的设计协助之下，早日达到你的愿望，你的阻碍也可以从此除去，否则我们的事情是决无成功之望的。

罗德利哥 我愿意这样干，要是我能够找到下手的机会。

伊阿古 那我可以向你保证。等会儿在城门口见我。我现在必须去替他把应用物件搬上岸来。再会。

罗德利哥 再会。（下）

伊阿古　凯西奥爱她，这一点我是可以充分相信的；她爱凯西奥，这也是一件很自然而可能的事。这摩尔人我虽然气他不过，却有一副坚定仁爱正直的性格；我相信他会对苔丝狄蒙娜做一个最多情的丈夫。讲到我自己，我也是爱她的，并不完全出于情欲的冲动——虽然也许我也犯着这样的罪名——可是一半是为要报复我的仇恨，因为我疑心这好色的摩尔人夺去了我在她心头的地位。这一种思想像毒药一样腐蚀我的肝肠，什么都不能使我心满意足，除非在他身上发泄这一口怨气，他夺去我的人，我也叫他有了妻子享受不成；即使不能做到这一点,我也要叫这摩尔人心里长起根深蒂固的嫉妒来，没有一种理智的药饵可以把它治疗。为了达到这一个目的，我已经利用这威尼斯的蠢货做我的鹰犬；要是他果然听我的唆使，我就可以抓住我们那位迈克尔·凯西奥的把柄，在这摩尔人面前诽谤他——因为我疑心凯西奥跟我的妻子也是有些暧昧的。这样我可以让这摩尔人感谢我，喜欢我，报答我，因为我叫他做了一头大大的驴子，用诡计捣乱他的平和安宁，使他因气愤而发疯。方针已经决定，前途未可预料；恶人的面目待下手后才会揭晓。（下）

第二场

街道

传令官持告示上；民众随后。

传令官 我们尊贵英勇的元帅奥瑟罗有令，根据最近接到的消息，土耳其舰队已经全军覆灭，全体军民听到这一个捷音，理应同表庆祝：跳舞的跳舞，燃放焰火的燃放焰火，每一个人都可以随他自己的高兴尽情欢乐；因为除了这些可喜的消息以外，我们同时还要祝贺我们元帅的新婚。帅府中一切门禁完全撤除，从下午五时起，直到深夜十一时，无论何人，可以自由出入，饮酒宴乐。上天祝福塞浦路斯岛和我们尊贵的元帅奥瑟罗！（同下）

第三场

城堡中的厅堂

奥瑟罗、苔丝狄蒙娜、凯西奥及侍从等上。

奥瑟罗 好迈克尔，今天请你留心警备。我们必须随时谨慎，免得因为纵乐无度而肇成意外。

凯西奥 我已经吩咐伊阿古怎样办了，我自己也要亲自督察照看。

奥瑟罗 伊阿古是个忠实可靠的汉子。迈克尔，晚安，明天你一早就来见我。（向苔丝狄蒙娜）来，我的爱人，我们已经把彼此心身互相交换，愿今后花开结果，恩情美满。晚安！（奥瑟罗，苔丝狄蒙娜及侍从等下）

伊阿古上。

凯西奥 欢迎，伊阿古；我们该守夜去了。

伊阿古 时候还早哪，副将，现在还不到十点钟。咱们主帅因为舍不得他的新夫人，所以这么早就打发我们出去；可是我们也怪不得他，他还没有跟她真个销魂，任是天神见了她也要动心的。

凯西奥 她是一位人间无比的佳人。

伊阿古 我可以担保她也是一个非常风流的人儿。

凯西奥 她的确是一个娇艳可爱的女郎。

伊阿古 她的眼睛多么迷人！简直能摄人心魄。

凯西奥 一双动人的眼睛；可是却有一种端庄贞静的神气。

伊阿古 她说话的时候，不就是爱情的警报吗？

凯西奥 她真是十全十美。

伊阿古 好，愿他们在被窝里快乐！来，副将，我还有一瓶酒；外面有两个塞浦路斯的军官，想要为黑将军祝饮一杯。

凯西奥 今夜可不能奉陪了，好伊阿古。我一喝了酒，头脑就会糊涂起来。我希望有人能够发明在宾客欢会的时候，用另外一种方法招待他们。

伊阿古 啊，他们都是我们的朋友，喝一杯吧，我也可以代你喝。

凯西奥 我今晚只喝了一杯，就是那一杯也被我偷偷儿冲了些水，可是我的头已经有点儿昏啦。我知道自己的弱点，实在不敢再多喝了。

伊阿古 哎呦，朋友！这是一个狂欢的良夜，不要扫了那些绅士的兴致。

凯西奥 他们在什么地方？

伊阿古 就在这儿门外，请你去叫他们进来吧。

凯西奥 我去就去，可是我心里是不愿意的。（下）

伊阿古 他今晚已经喝过了一些酒，我只要再灌他一杯下去，他就会像小狗一样到处招惹是非。我们那位为情憔悴的傻瓜罗德利哥，今晚为了苔丝狄蒙娜也喝了几大杯的酒，我已经派他守夜了。还有三个心性高傲、重视荣誉的塞浦路斯少年，都是这座尚武的岛上的优秀人物，我也把他们灌得酩酊大醉；他们今晚也是要守夜的。在这一群醉汉中间，我要叫我们这位凯西奥干出一些可以激起岛上公愤的事来。可是他们来了。

凯西奥率蒙太诺及军官等重上；众仆持酒后随。

凯西奥 上帝可以作证，他们已经灌了我一满杯啦。

蒙太诺 真的，只是小小的一杯，顶多也不过一品脱的分量。我是一个军人，从来不会说谎的。

伊阿古 喂，酒来！（唱）

一瓶一瓶复一瓶，
饮酒击瓶玎珰鸣。
我为军人岂无情，
人命倏忽如烟云，
聊持杯酒遣浮生。
孩儿们，酒来！

凯西奥 好一支歌儿！

伊阿古 这一支歌是我在英国学来的。英国人的酒量才厉害呢，什么丹麦人、德国人、大肚子的荷兰人——酒来！——比起英国人来都不算得什么。

凯西奥 你那英国人果然这样善于喝酒吗？

伊阿古 嘿，他会不动声色把丹麦人灌得烂醉如泥，面不流汗把德国人灌得不省人事，还没有倒满下一杯，那荷兰人已经呕吐狼藉了。

凯西奥 祝我们的主帅健康！

蒙太诺 赞成，副将，您喝我也喝。

伊阿古 啊，可爱的英格兰！喂，酒来！

凯西奥　好，上帝在我们头上，有的灵魂必须得救，有的灵魂就不能得救。

伊阿古　对了，副将。

凯西奥　讲到我自己——我并没有冒犯我们主帅或是无论哪一位大人物的意思——我是希望能够得救的。

伊阿古　我也是这样希望，副将。

凯西奥　嗯，可是，对不起，你不能比我先得救；副将得救了，然后才是旗官得救。咱们别提这种话啦，还是去干我们的事吧。上帝赦免我们的罪恶！各位先生，我们不要忘记了我们的事情。不要以为我是醉了，各位先生。这是我的旗官；这是我的右手，这是我的左手。我现在并没有醉；我站得很稳，我说话也很清楚。

众人　非常清楚。

凯西奥　那么很好，你们可不要以为我醉了。（下）

蒙太诺　各位朋友，来，我们到露台上守望去。（众绅士随凯西奥下）

伊阿古　你们看见刚才出去的这一个人：讲到指挥三军的才能，他可以和凯撒争一日之雄；可是你们瞧他这一种酗酒的样子，它正好和他的长处互相抵消。我真为他可惜！我怕奥瑟罗对他如此信任，也许有一天会被他误了大事，使全岛大受震动的。

蒙太诺 可是他常常是这样的吗？

伊阿古 他喝醉了酒总是要睡觉；要是没有酒替他催眠，他可以一昼夜打起精神不睡。

蒙太诺 这种情形应该向元帅提起。也许他没有觉察，也许他秉性仁恕，因为看重凯西奥的才能而忽略了他的短处。这句话对不对？

罗德利哥上。

伊阿古 （向罗德利哥旁白）怎么，罗德利哥！你快追上那副将后面去吧；去。（罗德利哥下）

蒙太诺 这高贵的摩尔人竟会让一个染上这种恶癖的人做他的辅佐，真是一件令人抱憾的事。谁能够老实对他这样说，才是一个正直的汉子。

伊阿古 即使把这一座大好的岛送给我，我也不愿意说。我很爱凯西奥，要是有办法，我愿意尽力帮助他除去这一种恶癖。可是听！什么声音？（内呼声："救命！救命！"）

凯西奥驱罗德利哥重上。

凯西奥 浑蛋！狗贼！

蒙太诺 什么事，副将？

凯西奥　一个浑蛋也敢教训起我来！我要把这浑蛋打进一只瓶子里去。

罗德利哥　打我！

凯西奥　你还要利嘴吗，狗贼？（打罗德利哥）

蒙太诺　（拉凯西奥）不，副将，请您住手。

凯西奥　放开我，先生，否则我要一拳打到你的头上来了。

蒙太诺　得啦，得啦，你醉了。

凯西奥　醉了！（与蒙太诺斗）

伊阿古　（向罗德利哥旁白）快走！到外边去高声嚷叫，说是出了乱子啦。（罗德利哥下）不，副将！天哪，各位先生！喂，来人！副将！蒙太诺！帮帮忙，各位朋友！这算是守的什么夜呀！（钟鸣）谁在那儿打钟？该死！全市的人都要起来了。天哪！副将，住手！你的脸要从此丢尽啦。

奥瑟罗及侍从等重上。

奥瑟罗　这儿出了什么事情？

蒙太诺　狗娘养的！我的血流个不停。我受了重伤啦，这家伙死定了。（再次冲向凯西奥）

奥瑟罗　要活命的快住手！

伊阿古　喂，住手，副将！蒙太诺！各位先生！你们忘记你们的地位和责任了吗？住手！主帅在对你们说话；还不住手！

奥瑟罗　怎么，怎么！为什么闹起来的？难道我们都变成野蛮人了吗？上天不许异教徒攻打我们，我们倒要同室操戈吗？为了基督徒的面子，停止这场粗暴的争吵；谁要是一味呕气，再敢动一动，他就是看轻他自己的灵魂，他一举手我就叫他死。叫他们不要打那可怕的钟，它会扰乱岛上的人心。各位，究竟是怎么一回事？正直的伊阿古，瞧你懊恼得脸色惨淡，告诉我，谁开始这场争闹？凭着你的忠心，老实对我说。

伊阿古　我不知道；刚才还是好好的朋友，像正在宽衣解带的新夫妇一般相亲相爱，一下子就好像受到什么星光的刺激，迷失了他们的本性似的，大家拔出剑来，向彼此的胸前直刺过去，拼个你死我活了。我说不出这场任性的争吵是怎么开始的；只怪我这双腿不曾在光荣的战阵上失去，那么我也不会踏进这种是非中间了！

奥瑟罗　迈克尔，你怎么会这样忘记你自己的身份？

凯西奥　请您原谅我，我没有话可说。

奥瑟罗　尊贵的蒙太诺，您一向是个温文知礼的人，您的少年端庄为举世所钦佩，在贤人君子之间，您有很好的名声；为什么您会这样自贬身价，牺牲您的宝贵的名誉，让人家说您是个在深更半夜里酗酒闹事的家伙？给我一个回答。

蒙太诺 尊贵的奥瑟罗，我伤得很厉害，不能多说话；您的贵部下伊阿古可以告诉您我所知道的一切。其实我也不知道我在今夜说错了什么话或是做错了什么事，除非在暴力侵凌的时候，自卫是一桩罪恶。

奥瑟罗 苍天在上，我现在可再也遏制不住我的怒气了。我只要动一动，或是举一举这双手臂，就可以叫你们中间最有本领的人在我的一怒之下丧失了生命。让我知道这一场可耻的骚扰是怎么开始的，谁是最初肇起事端来的人。要是证实了哪一个人是启衅的罪魁，即使他是我的孪生兄弟，我也不能放过他。什么！一个新遭战乱的城市，秩序还没有恢复，人民的心里充满了恐惧，你们却在深更半夜，在全岛治安所依赖的所在为了私人间的细故争吵起来！岂有此理！伊阿古，谁是肇事的人？

蒙太诺 你要是意存偏袒，或是同僚相护，所说的话和事实不尽符合，你就不是个军人。

伊阿古 不要这样逼我；我宁愿割下自己的舌头，也不愿让它说迈克尔·凯西奥的坏话；可是事已如此，我想说老实话也不算对不起他。是这样的，主帅，蒙太诺跟我正在谈话，忽然跑进一个人来高呼救命，后面跟着凯西奥，杀气腾腾地提了剑，好像一定要杀死他才甘心似的；那时候这位先生就挺身前去拦住凯西奥，请他息怒；我自己追赶那个叫喊的人，因为恐怕他在外边大惊小怪，扰乱人心。可是他跑得快，我追不上，又听见背后刀剑碰撞和凯西奥高声咒骂的声音，所以就回来了。我从来没有听见他这样骂过人；我本来追得不远，一转身就看见他们在这儿你一刀我一剑地厮杀得难解难分，正像您到来喝开他们的时候一样。我所能报告的就是这几句话。人总是人，圣贤也有错误的时候；一个人在愤怒之中，就是好朋友也会翻脸不认。虽然凯西奥给了他一点小小的伤害，可是我相信凯西奥一定从那逃走的家伙手里受到什么奇耻大辱，所以才会动起那么大的火性来的。

奥瑟罗　伊阿古，我知道你的忠实和义气，使你把这件事情轻描淡写，替凯西奥减轻他的罪名。凯西奥，你是我的好朋友，可是从此以后，你不是我的部属了。

苔丝狄蒙娜率侍从重上。

奥瑟罗　瞧！我的温柔的爱人也给你们吵醒了！（向凯西奥）我要拿你做一个榜样。

苔丝狄蒙娜　什么事？

奥瑟罗　现在一切都没事了，爱人；去睡吧。先生，您受的伤我愿意亲自替您医治。把他扶出去。（侍从扶蒙太诺下）伊阿古，你去巡视市街，安定安定受惊的人心。来，苔丝狄蒙娜，难圆的是军人的好梦，才合眼又被杀声惊动。（除伊阿古、凯西奥外均下）

伊阿古　什么！副将，你受伤了吗？

凯西奥 嗯，我的伤是无药可救的了。

伊阿古 哎呦，上天保佑没有这样的事！

凯西奥 名誉，名誉，名誉！啊，我的名誉已经一败涂地了！我已经失去我的生命中不死的一部分，留下来的也就跟畜生没有分别了。我的名誉，伊阿古，我的名誉！

伊阿古 我是个老实人，我还以为你受到了什么身体上的伤害，那是比名誉的损失痛苦得多的。名誉是一件无聊的骗人的东西！得到它的人未必有什么功德，失去它的人也未必有什么过失。你的名誉仍旧是好端端的，除非你自以为它已经扫地了。嘿，朋友，你要恢复主帅对你的欢心，尽有办法呢。你现在不过一时遭逢他的恼怒；他给你的这一种处分，与其说是表示对你的不满，还不如说是遮掩世人耳目的政策，正像有人为了吓退一头凶恶的狮子而故意鞭打他的驯良的狗儿一样。你只要向他恳求恳求，他一定会回心转意的。

凯西奥 我宁愿恳求他唾弃我，也不愿蒙蔽他的聪明，这让样一位贤能的主帅手下有这么一个酗酒放荡的不肖将校。纵饮无度！胡言乱道！吵架！吹牛！赌咒！跟自己的影子说些废话！啊，你空虚缥缈的美酒的精灵，要是你还没有一个名字，让我们叫你做魔鬼吧！

伊阿古 你提起了剑追逐不舍的那个人是谁？他怎么冒犯了你？

凯西奥　我不知道。

伊阿古　你怎么会不知道？

凯西奥　我记得一大堆的事情，可是全都是模模糊糊的；我记得跟人家吵起来，可是不知道为了什么。上帝啊！人们居然会把一个仇敌放进自己的嘴里，让它偷去他们的头脑！在欢天喜地之中，把自己变成了畜生！

伊阿古　可是你现在已经很清醒了。你怎么会明白过来的？

凯西奥　气鬼一上了身，酒鬼就自动退让；一件过失引起了第二件过失，简直使我自己也瞧不起自己了。

伊阿古　得啦，你也太认真了。照此时此地的环境说起来，我但愿没有这种事情发生；可是既然事已如此，以后留心改过也就是了。

凯西奥　我要向他请求恢复我的原职，他会对我说我是一个酒棍！即使我有一百张嘴，这样一个答复，也会把它们一起封住。现在还是一个清清楚楚的人，不一会儿就变成个傻子，然后他就变成一头畜生！啊，奇怪！每一杯过量的酒都是魔鬼酿成的毒水。

伊阿古　算了，算了，好酒只要不滥喝，也是一个很好的伙伴，你也不用咒骂它了。副将，我想你一定把我当作一个好朋友看待。

凯西奥　我很信任你的友谊。——我醉了！

伊阿古 朋友，一个人有时候多喝了几杯，也是免不了的。让我告诉你一个办法。我们主帅的夫人现在是我们真正的主帅；我可以这样说，因为他心里只念着她的好处，眼睛里只看见她的可爱。你只要在她面前坦白忏悔，恳求恳求她，她一定会帮助你官复原职。她的性情是那么慷慨仁慈，那么体贴人心，人家请她出十分力，她要是没有出到十二分，就觉得好像对人不起似的。你请她替你弥缝弥缝你跟她的丈夫之间的这一道裂痕，我可以拿我的全部财产打赌，你们的交情一定会反而会因此格外加强的。

凯西奥 你的主意出得很好。

伊阿古 我发誓这一种意思完全出于一片诚心。

凯西奥 我充分信任你的善意；明天一早我就请求贤德的苔丝狄蒙娜替我尽力说情。要是我在这儿给他们革退了，我的前途也就从此毁了。

伊阿古 你说得对。晚安，副将，我还要守夜去呢。

凯西奥 晚安，正直的伊阿古！（下）

伊阿古 谁说我作事奸恶？我贡献给他的这番意见，不是光明正大、很合理，而且的确是挽回这摩尔人的心意的最好办法吗？只要是正当的请求，苔丝狄蒙娜总是有求必应的；她的为人是再慷慨再热心不过的了。至于叫她去说动这摩尔人，更是不费吹灰之力；他的灵魂已经完全成为她的爱情的俘虏，无论她要做什么事，或是把已经做成的事重新推翻，即使叫他抛弃他的信仰和一切得救的希望，他也会唯命是从，让她的好恶主宰他的无力反抗的身心。我既然向凯西奥指示了这一条对他有利的方策，谁还能说我是个恶人呢？佛面蛇心的鬼魅！恶魔往往用神圣的外表，引诱世人干最恶的罪行，正像我现在所用的手段一样；因为这个老实的呆子恳求苔丝狄蒙娜为他转圜，当她竭力在那摩尔人面前替他说情的时候，我就要用毒药灌进那摩尔人的耳中，说是她所以要运动凯西奥复职，只是为了恋奸情热的缘故。这样她越是忠于所托，越是会加强那摩尔人的猜疑；我就利用她的善良的心肠污毁她的名誉，让他们一个个都落进了我的罗网之中。

罗德利哥重上。

伊阿古　啊，罗德利哥！

罗德利哥　我在这儿给你们骗来赶去，不像一头追寻狐兔的猎狗，倒像是替你们凑凑热闹的。我的钱也差不多花光了，今夜我还挨了一顿痛打；我想这番教训，大概就是我费去不少辛苦换来的代价了。现在我的钱囊已经空空如也，我的头脑里总算增加了一点智慧，我要回威尼斯去了。

伊阿古　没有耐性的人是多么可怜！什么伤口不是慢慢儿平复起来的？你知道我们干事情全赖计谋，并不是用的魔法；用计谋就必须等待时机成熟。一切进行得不是很顺利吗？凯西奥固然把你打了一顿，可是你受了一点小小的痛苦，已经使凯西奥把官职都丢了。虽然在太阳光底下，各种草木都欣欣向荣，可是最先开花的果子总是最先成熟。你安心点儿吧。哎呦，天已经亮啦；又是喝酒，又是打架，闹哄哄的就让时间飞过去了。你去吧，回到你的宿舍里去；去吧，有什么消息我再来告诉你；去吧。（罗德利哥下）我还要做两件事情：第一是叫我的妻子在她的女主人面前替凯西奥说两句好话；同时我就去设法把那摩尔人骗一骗开，等到凯西奥去向他的妻子请求的时候，再让他亲眼看见这幕把戏。好，言之有理；不要迁延不决，耽误了锦囊妙计。（下）

第三幕

第一场

塞浦路斯。城堡前

凯西奥及若干乐工上。

凯西奥 列位朋友，就在这儿奏起来吧，我会酬劳你们的。奏一支简短一些的乐曲，敬祝我们的主帅晨安。（音乐）

小丑上。

小丑 怎么，列位朋友，你们的乐器都曾到过那不勒斯，所以会这样嗡咙嗡咙地用鼻音说话？

乐工甲 怎么，大哥，怎么？

小丑　请问这些都是管乐器吗？

乐工甲　正是，大哥。

小丑　啊，原来如此。可是，列位朋友，这儿是赏给你们的钱；将军非常喜欢你们的音乐，他请求你们千万不要再奏下去了。

乐工甲　好，大哥，那么我们不奏了。

小丑　要是你们会奏听不见的音乐，请奏起来吧；可是正像人家说的，将军对于听音乐这件事不大感到兴趣。

乐工甲　我们不会奏那样的音乐。

小丑　那么把你们的笛子藏起来，因为我要去了。去，融化在空气里了。去！（乐工等下）

凯西奥　你听不听见，我的好朋友？

小丑　不，我没有听见您的好朋友，我只听见您。

凯西奥　少说笑话。这一块小小的金币你拿了去，要是侍候将军夫人的那位奶奶已经起身，你就告诉她有一个凯西奥请她出来说话。你肯不肯？

小丑　她已经起身了，先生；要是她愿意出来，我就告诉她。

凯西奥　谢谢你，我的好朋友。（小丑下）

伊阿古上。

凯西奥　来得正好，伊阿古。

伊阿古　你还没有上过床吗？

凯西奥　没有，我们分手的时候，天早就亮了。伊阿古，我已经大胆叫人去请你的妻子出来，我想请她替我设法见一见贤德的苔丝狄蒙娜。

伊阿古　我去叫她立刻出来见你。我还要想一个法子把那摩尔人调开，好让你们谈话方便一些。

凯西奥　多谢你的好意。（伊阿古下）我从来没有认识过一个比他更善良正直的弗洛伦萨人。

爱米利娅上。

爱米利娅　早安，副将！听说您误触主帅之怒，真是一件令人懊恼的事；可是一切就会转祸为福的。将军和他的夫人正在谈起此事，夫人竭力替您辩白，将军说，被您伤害的那个人，在塞浦路斯是很有名誉、很有势力的，为了避免受人非难起见，他不得不把您斥革；可是他说他很喜欢您，即使没有别人替您说情，他也会留心着一有适当的机会，就让您恢复原职的。

凯西奥　可是我还要请求您一件事，要是您认为没有妨碍或是可以办得到的话，请您设法让我独自见一见苔丝狄蒙娜，跟她做一次简短的谈话。

爱米利娅 请您进来吧，我可以带您到一处可以让您从容吐露您的心曲的所在。

凯西奥 那真使我感激万分了。（同下）

第二场

城堡中的一室

奥瑟罗、伊阿古及军官等上。

奥瑟罗 伊阿古，这几封信你拿去交给舵师，叫他回去替我呈上元老院。我就在堡垒上走走；你把事情办好以后，就到那边来见我。

伊阿古 是，主帅，我就去。

奥瑟罗 各位，我们要不要去看看这儿的防务？

众人 我们愿意奉陪。（同下）

第三场
城堡前

苔丝狄蒙娜、凯西奥及爱米利娅上。

苔丝狄蒙娜 好凯西奥，你放心吧，我一定尽力替你说情就是了。

爱米利娅 好夫人，请您千万出力。不瞒您说，我的丈夫为了这件事情，也懊恼得不得了，就像是他自己身上的事情一般。

苔丝狄蒙娜 啊！你的丈夫是一个好人。放心吧，凯西奥，我一定会设法使我的丈夫对你恢复原来的友谊。

凯西奥 大恩大德的夫人，无论迈克尔·凯西奥将来会有什么成就，他永远是您的忠实的仆人。

苔丝狄蒙娜 我知道；我感谢你的好意。你爱我的丈夫，你又是他的多年的知交，放心吧，他除了表面上因为避免嫌疑而对你略示疏远以外，决不会真对你见外的。

凯西奥　您说得很对，夫人，可是我现在失去了在帐下供奔走的机会，日久之后，有人代替了我的地位，恐怕主帅就要把我的忠诚和微劳一起忘记了。

苔丝狄蒙娜　那你不用担心，当着爱米利娅的面，我保证你一定可以回复原职。请你相信我，要是我发誓帮助一个朋友，我一定会帮助他到底。我的丈夫将要不得安息，无论睡觉吃饭的时候，我都要在他耳旁聒噪；无论他干什么事，我都要插进嘴去替凯西奥说情。所以高兴起来吧，凯西奥，因为你的辩护人是宁死不愿放弃你的权益的。

奥瑟罗及伊阿古自远处上。

爱米利娅　夫人，将军来了。

凯西奥　夫人，我告辞了。

苔丝狄蒙娜　啊，等一等，听我说。

凯西奥　夫人，改日再谈吧；我现在心里很不自在，见了主帅恐怕反多不便。

苔丝狄蒙娜　好，随您的便。（凯西奥下）

伊阿古　嘿！我不喜欢那种样子。

奥瑟罗　你说什么？

伊阿古　没有什么，主帅，要是——我不知道。

奥瑟罗　那从我妻子身边走开去的，不是凯西奥吗？

伊阿古　凯西奥，主帅？不，我想他一定不会看见您来了，就好像做了什么虚心事似的，偷偷儿溜走的。

奥瑟罗　我相信是他。

苔丝狄蒙娜　啊，我的主！刚才有人在这儿向我请托，他因为失去了您的欢心，非常抑郁不快呢。

奥瑟罗　你说的是什么人？

苔丝狄蒙娜　就是您的副将凯西奥呀。我的好夫君，要是我还有几分面子，或是几分可以左右您的力量，请您立刻对他恢复原来的恩宠吧；因为他倘不是一个真心爱您的人，他的过失倘不是无心而是有意的，那么我就是看错了人啦。请您叫他回来吧。

奥瑟罗　他刚才从这儿走开去吗？

苔丝狄蒙娜　嗯，是的；他是那样满含着羞愧，使我也不禁对他感到同情的悲哀。爱人，叫他回来吧。

奥瑟罗　现在不必，亲爱的苔丝狄蒙娜；慢慢儿再说吧。

苔丝狄蒙娜　可是那不会太久吗？

奥瑟罗 亲爱的，为了你的缘故，我叫他早一点复职就是了。

苔丝狄蒙娜 能不能在今天晚餐的时候？

奥瑟罗 不，今晚可不能。

苔丝狄蒙娜 那么明天午餐的时候？

奥瑟罗 明天我不在家里午餐，我要跟将领们在营中会面。

苔丝狄蒙娜 那么明天晚上吧；或者星期二早上，星期二中午，晚上，星期三早上，随您指定一个时间，可是不要超过三天以上。他对于自己的行为失检，的确非常悔恨；固然在这种战争的时期，地位较高的人必须以身作则，可是照我们平常的眼光看来，他的过失实在是微乎其微的。什么时候让他来？告诉我，奥瑟罗。要是您有什么事情要求我，我想我决不会拒绝您，或是这样吞吞吐吐的。什么！迈克尔·凯西奥，您向我求婚的时候，是他陪着您来的；好多次我表示对您不满意的时候，他总是为您辩护；现在我请您把他重新叙用，却会这样为难！相信我，我可以——

奥瑟罗 好了，不要说下去了。让他随便什么时候来吧。你要什么我总不愿拒绝的。

苔丝狄蒙娜 这并不是一个恩惠，就好像我请求您戴上您的手套，劝您吃些富于营养的菜肴，穿些温暖的衣服，或是叫您做一件对您自己有益的事情一样。不，要是我真的向您提出什么要求，来试探试探您的爱情，那一定是一件非常棘手而难以应允的事。

奥瑟罗　我什么都不愿拒绝你，可是现在你必须答应暂时离开我一会儿。

苔丝狄蒙娜　我会拒绝您的要求吗？不。再会，我的主。

奥瑟罗　再会，我的苔丝狄蒙娜；我马上就来看你。

苔丝狄蒙娜　爱米利娅，来吧。您爱怎么样就怎么样，我总是服从您的。（苔丝狄蒙娜、爱米利娅同下）

奥瑟罗　可爱的女人！我的灵魂永堕地狱！要是我不爱你！当我不爱你的时候，世界也要复归于混沌了。

伊阿古　尊贵的主帅——

奥瑟罗　你说什么，伊阿古？

伊阿古　当您向夫人求婚的时候，迈克尔·凯西奥也知道你们的恋爱吗？

奥瑟罗　他从头到尾都知道。你为什么问起？

伊阿古　不过是为了解释我心头的一个疑惑，并没有其他用意。

奥瑟罗　你有什么疑惑，伊阿古？

伊阿古　我以为他本来跟夫人是不相识的。

奥瑟罗 啊，不，他常常在我们两人之间传递消息。

伊阿古 当真！

奥瑟罗 当真！嗯，当真。你觉得有什么不对吗？他这人不老实吗？

伊阿古 老实，我的主帅？

奥瑟罗 老实！嗯，老实。

伊阿古 主帅，照我所知道的——

奥瑟罗 你有什么意见？

伊阿古 意见，我的主帅！

奥瑟罗 意见，我的主帅！天哪，他在学我的舌，好像在他的思想之中，藏着什么丑恶得不可见人的怪物似的。你的话里含着意思。刚才凯西奥离开我的妻子的时候，我听见你说，你不喜欢那种样子；你不喜欢什么样子呢？当我告诉你在我求婚的全部过程中，他都参与我们的秘密的时候，你又喊着说，“当真！”蹙紧了你的眉头，好像在把一个可怕的思想困锁在你的脑筋里一样。要是你爱我，把你所想到的事告诉我吧。

伊阿古 主帅，您知道我是爱您的。

奥瑟罗　我相信你的话；因为我知道你是一个忠爱正直的人，从来不让一句没有忖度过的说话轻易出口，所以你这种吞吞吐吐的口气格外使我惊疑。在一个奸诈的小人，这些不过是一套玩惯了的戏法；可是在一个正人君子，那就是从心底里不知不觉自然流露出来的秘密的抗议。

伊阿古　讲到迈克尔·凯西奥，我敢发誓我相信他是忠实的。

奥瑟罗　我也是这样想。

伊阿古　人们的内心应该跟他们的外表一致，有的人却不是这样；要是他们能够脱下了假面，那就好了！

奥瑟罗　不错，人们的内心应该跟他们的外表一致。

伊阿古　所以我想凯西奥是个忠实的人。

奥瑟罗　不，我看你还有一些别的意思。请你老老实实把你的思想告诉我，尽管用最坏的字眼，说出你所想到的最坏的事情。

伊阿古　我的好主帅，请原谅我，凡是我名分上应尽的责任，我当然不敢躲避，可是您不能勉强我做那一切奴隶们也没有那种义务的事。吐露我的思想？也许它们是邪恶而卑劣的，哪一座庄严的宫殿里，不会有时被下贱的东西闯入呢？哪一个人的心胸这样纯洁，没有一些污秽的念头和正大的思想分庭抗礼呢？

奥瑟罗　伊阿古，要是你以为你的朋友受人欺侮了，可是却不让他知道你的思想，这不成了党敌卖友了吗？

伊阿古　也许我是以小人之腹度君子之心，因为我是一个秉性多疑的人，常常会无中生有，错怪了人家；所以请您还是不要把我的无稽的猜测放在心上，更不要因为我的胡乱的妄言而自寻烦恼。要是让您知道了我的思想，一则将会破坏您的安静，对您没有什么好处；二则那会影响我的人格，对我也是一件不智之举。

奥瑟罗　你的话是什么意思？

伊阿古　我的好主帅，无论男人女人，名誉是他们灵魂里面最切身的珍宝。谁偷窃我的钱囊的，不过偷窃到一些废物，一些虚无的幻质，它从我的手里转到他的手里，它也曾做过千万人的奴隶；可是谁偷了我的名誉去的，那么他虽然并不因此而富足，我却因为失去它而成为赤贫了。

奥瑟罗　凭着上天起誓，我一定要知道你的思想。

伊阿古　即使我的心在您的手里，您也不能知道我的思想；当它还在我的保管之下，我更不能让您知道。

奥瑟罗　嘿！

伊阿古　啊，主帅，您要留心嫉妒啊；那是一个绿眼的妖魔，谁做了它的牺牲，就要受它的玩弄。本来并不爱他的妻子的那种丈夫，虽然明知被他的妻子欺骗，算来还是幸福的；可是，啊！一方面那样痴心疼爱，一方面又是那样满腹狐疑，这才是活活的受罪！

奥瑟罗　啊，难堪的痛苦！

伊阿古　贫穷而知足，可以赛过富有；有钱的人要是时时刻刻都在担心他会有一天变成穷人，那么即使他有无限的资财，实际上也像冬天一样贫困。天啊，保佑我们不要嫉妒吧！

奥瑟罗　咦，这是什么意思？你以为我会在嫉妒里消磨我的一生，随着每一次月亮的变化，发生一次新的猜疑吗？不，我有一天感到怀疑，就要把它立刻解决。要是我会让这种捕风捉影的猜测支配我的心灵，像你所暗示的那样，我就是一头愚蠢的山羊。谁说我的妻子貌美多姿、爱好交际、口才敏慧、能歌善舞，决不会使我嫉妒；对于一个贤淑的女子，这些是锦上添花的美妙的外饰。我也绝不因为我自己的缺点而担心她会背叛我；她倘不是独具慧眼，决不会选中我的。不，伊阿古，我在没有亲眼目睹以前，决不妄起猜疑；当我感到怀疑的时候，我就要把它证实；果然有了确实的证据，我就一了百了，让爱情和嫉妒同时毁灭。

伊阿古　您这番话使我听了很是高兴，因为我现在可以用更坦白的精神，向您披露我的忠爱之忱了。我还不能给您确实的证据。注意尊夫人的行动；留心观察她对凯西奥的态度；用冷静的眼光看着他们，不要一味多心，也不要过于大意。我不愿您的慷慨豪迈的天性被人欺罔；留心着吧。我知道我们国家的娘儿们的脾气；在威尼斯她们背着丈夫干的风流活剧，是不瞒天地的；她们可以不顾羞耻，干她们所要干的事，只要不让丈夫知道，就可以问心无愧。

奥瑟罗　你真的这样说吗？

伊阿古　她当初跟您结婚，曾经骗过她的父亲；当她好像对您的容貌战栗畏惧的时候，她的心里却在热烈地爱着它。

奥瑟罗　她正是这样。

伊阿古　好，她这样小小的年纪，就有这般能耐，做作得不露一丝破绽，把她父亲的眼睛完全遮掩过去，使他疑心您用妖术把她骗走。——可是我不该说这种话；请您原谅我对您的过分的忠心吧。

奥瑟罗　我永远感激你的好意。

伊阿古　我看这件事情有点儿扫了您的兴致。

奥瑟罗　一点不，一点不。

伊阿古　真的，我怕您在动怒啦。我希望您把我这番话当作善意的警戒。可是我看您真的在动怒啦。我必须请求您不要因为我这么说了，就武断地下了结论；不过是一点嫌疑，还不能就认为是事实哩。

奥瑟罗　我不会的。

伊阿古　您要是这样，主帅，那么我的话就要引起不幸的后果，完全违反我的本意了。凯西奥是我的好朋友——主帅，我看您在动怒啦。

奥瑟罗　不，并不怎么动怒。我想苔丝狄蒙娜是贞洁的。

伊阿古　但愿她永远如此！但愿您永远这样想！

奥瑟罗　可是一个人往往容易迷失本性——

伊阿古　嗯，问题就在这儿。说句大胆的话，当初多少跟她同国族、同肤色、同阶级的人向她求婚，她都置之不理，这明明是违反常情的举动。嘿！从这儿就可以看到一个荒唐的意志、乖僻的习性和不近人情的思想。可是原谅我，我不一定指着她说话；虽然我恐怕她因为一时的孟浪跟随了您，也许后来会觉得您在各方面不能符合她自己国中的标准而懊悔她的选择的错误。

奥瑟罗　再会，再会。要是你还观察到什么事，请让我知道；叫你的妻子留心察看。离开我，伊阿古。

伊阿古　（欲去）主帅，我告辞了。

奥瑟罗　我为什么要结婚呢？这个诚实的汉子所看到所知道的事情，一定比他向我宣布出来的多得多。

伊阿古　（回转）主帅，我想请您最好把这件事情搁一搁，慢慢儿再看吧。凯西奥虽然应该让他复职，因为他对于这一个职位是非常胜任的；可是您要是愿意对他暂时延宕一下，就可以借此窥探他的真相，看他钻的是那一条门路。您只要注意尊夫人在您面前是不是着力替他说情；从那上头就可以看出不少情事。现在请您只把我的意见认作无谓的过虑——我相信我的确太多疑了——仍旧把尊夫人看成一个清白无罪的人。

奥瑟罗　你放心吧，我不会失去自制的。

伊阿古　那么我告辞了。（下）

奥瑟罗　这是一个非常诚实的家伙，对于人情世故是再熟悉不过的了。要是我能够证明她是一头没有驯伏的野鹰，虽然我用自己的心弦把她系住，我也要放她随风远去，追寻她自己的命运。也许因为我生得黑丑，缺少绅士们温柔风雅的谈吐，也许因为我年纪老了点儿——虽然还不算顶老——所以她才会背叛我；我已经自取其辱，只好割断对她这一段痴情。啊，结婚的烦恼！我们可以在名义上把这些可爱的人儿称为我们所有，却不能支配她们的爱憎喜恶！我宁愿做一只蛤蟆，呼吸牢室中的浊气，也不愿占住了自己心爱之物的一角，让别人把它享用。可是那是富贵者也不能幸免的灾祸，他们并不比贫贱者享有更多的特权；那是像死一样不可逃避的命运，我们一生下来就已经在冥冥中注定了的。瞧！她来了。倘然她是不贞的，啊！那么上天在开自己的玩笑了。我不信。

苔丝狄蒙娜及爱米利娅重上。

苔丝狄蒙娜　啊，我的亲爱的奥瑟罗！您所宴请的那些岛上的贵人们都在等着您去就席哩。

奥瑟罗　是我失礼了。

苔丝狄蒙娜 您怎么说话这样没有劲？您不大舒服吗？

奥瑟罗 我有点儿头痛。

苔丝狄蒙娜 那一定是为了少睡的缘故，不要紧的，让我替您绑紧了，一小时内就可以痊愈。

奥瑟罗 你的手帕太小了。（苔丝狄蒙娜手帕坠地）随它去。来，我跟你一块儿进去。

苔丝狄蒙娜 您身子不舒服，我很懊恼。（奥瑟罗、苔丝狄蒙娜下）

爱米利娅 我很高兴我拾到了这方手帕，这是她从那摩尔人手里第一次得到的礼物。我那古怪的丈夫向我说过了不知多少好话，要我把它偷了来；可是她非常喜欢这玩意儿，因为他叫她永远保存好，不许遗失，所以她随时带在身边，一个人的时候就拿出来把它亲吻，对它说话。我要去把那花样描下来，再把它送给伊阿古；究竟他拿去有什么用，天才知道，我可不知道。我只不过为了讨他的欢喜。

伊阿古重上。

伊阿古 啊！你一个人在这儿干吗？

爱米利娅 不要骂；我有一件好东西给你。

伊阿古 一件好东西给我？一件不值钱的东西——

爱米利娅　嘿！

伊阿古　娶了一个愚蠢的老婆。

爱米利娅　啊！当真？要是我现在把那方手帕给了你，你给我什么东西？

伊阿古　什么手帕？

爱米利娅　什么手帕！就是那摩尔人第一次送给苔丝狄蒙娜，你老是叫我偷了来的那方手帕呀。

伊阿古　已经偷来了吗？

爱米利娅　不，不瞒你说，她自己不小心掉了下来，我正在旁边，乘此机会就把它拾起来了。瞧，这不是吗？

伊阿古　好娘子，给我。

爱米利娅　你一定要我偷了它来，究竟有什么用？

伊阿古　哼，那干你什么事？（夺帕）

爱米利娅　要是没有重要的用途，还是把它还了我吧。可怜的夫人！她失去这方手帕，准要发疯了。

伊阿古　不要说出来，我自有用处。去，离开我。（爱米利娅下）

我要把这手帕丢在凯西奥的寓所里，让他找到它。像空气一样轻的小事，对于一个嫉妒的人，也会变成天书一样坚强的确证；也许这就可以引起一场是非。这摩尔人为我的毒药所中，他的心理上已经发生变化了；危险的思想本来就是一种毒药，虽然在开始的时候尝不到什么苦涩的味道，可是渐渐儿在血液里活动起来，就会像火山一样轰然爆发。我已经说过了；瞧，他又来了！

奥瑟罗重上。

伊阿古　罂粟、曼陀罗或是世上一切使人昏迷的药草，都不能使你得到昨天晚上你还安然享受的酣眠。

奥瑟罗　嘿！嘿！对我不贞？

伊阿古　啊，怎么，主帅！别老是想着那件事啦。

奥瑟罗　去！滚开！你害得我好苦。与其知道得不明不白，还是糊里糊涂受人家欺弄的好。

伊阿古　怎么，主帅！

奥瑟罗　她瞒着我跟人家私通，我不是一无知觉吗？我没有看见，没有想到，它对我漠不相干；到了晚上，我还是睡得好好的，逍遥自得、无忧无虑，在她的嘴唇上找不到凯西奥吻过的痕迹。被盗的人要是不知道偷儿盗去了他什么东西，他就是等于没有被盗一样。

伊阿古　我很抱歉听见您说这样的话。

奥瑟罗　要是全营的将士，从最低微的工兵起，都曾领略过她的肉体的美趣，只要我一无所知，我还是快乐的。啊！从今以后，永别了，宁静的心绪！永别了，平和的幸福！永别了，威武的大军、激发壮志的战争！啊，永别了！永别了，长嘶的骏马、锐厉的号角、惊魂的鼙鼓、刺耳的横笛、庄严的大旗和一切战阵上的威仪！还有你，杀人的巨炮啊，你的残暴的喉管里模仿着天神乔武的怒吼，永别了！奥瑟罗的事业已经完毕。

伊阿古　难道一至于此吗，主帅？

奥瑟罗　恶人，你必须证明我的爱人是一个淫妇，（掐住伊阿古的喉咙）你必须给我目击的证据；否则凭着人类永生的灵魂起誓，我的激起了的怒火将要喷射在你的身上，使你悔恨自己当初不曾投胎做一条狗！

伊阿古　竟会到了这样的地步吗？

奥瑟罗　让我亲眼看见这种事实，或者至少给我无可置疑的切实的证据，否则我要活活取你的命！

伊阿古　尊贵的主帅——

奥瑟罗　你要是故意捏造谣言，毁坏她的名誉，使我受到难堪的痛苦，那么你再不要祈祷吧；放弃一切恻隐之心，让各种残酷的罪恶从集于你的残酷的一身，尽管做一些使上天悲泣、使人世惊愕的暴行吧，因为你现在已经罪大恶极，没有什么可以使你在地狱里沉沦得更深了。

伊阿古 天啊！您是一个汉子吗？您有灵魂吗？您有知觉吗？上帝和您同在！我也不要做这捞什子的旗官了。啊，倒霉的傻瓜！你以为自己是个老实人，人家却把你的老实当作了罪恶！啊，丑恶的世界！注意，注意，世人啊！说老实话，做老实人，是一件危险的事哩。谢谢您给我这一个有益的教训，既然善意反而遭人嗔怪，从此以后，我再也不对什么朋友掬献我的真情了。

奥瑟罗 不，且慢；你应该做一个老实的人。

伊阿古 我应该做一个聪明人；因为老实人就是傻瓜，虽然一片好心，结果还是不能取信于人。

奥瑟罗 我想我的妻子是贞洁的，可是又疑心她不大贞洁；我想你是诚实的，可是又疑心你不大诚实。我一定要得到一些证据。她的名誉本来是像狄安娜的容颜一样皎洁的，现在已经染上污垢，像我自己的脸庞一样黝黑了。要是这儿有绳子、刀子、毒药、火焰或是使人窒息的河水，我一定不能忍受下去。但愿我能够扫空这一块疑团！

伊阿古 主帅，我看您完全被感情所支配了。我很后悔不该惹起您的疑心。那么您愿意知道究竟吗？

奥瑟罗　愿意！嘿，我一定要知道。

伊阿古　那倒是可以的；可是怎样去知道它呢？主帅？您要眼睁睁地当场看她被人奸污吗？

奥瑟罗　啊！该死该死！

伊阿古　叫他们当场出丑，我想很不容易；他们干这种事，总是要避人眼目的。那么怎么样呢？我应该怎么说呢？怎样才可以拿到真凭实据？即使他们像山羊一样风骚、猴子一样好色、豺狼一样贪淫，即使他们是糊涂透顶的傻瓜，您也看不到他们这一幕把戏。可是我说，有了确凿的线索，就可以探出事实的真相；要是这一类间接的旁证可以替您解除疑惑，那倒是不难得到的。

奥瑟罗　给我一个充分的理由，证明她已经失节。

伊阿古　我不欢喜这件差使；可是既然愚蠢的忠心已经把我拉进了这一桩纠纷里去，我也不能再保持沉默了。最近我曾经和凯西奥同过榻。我因为牙痛不能入睡；世上有一种人，他们的灵魂是不能保守秘密的，往往会在睡梦之中吐露他们的私事，凯西奥也就是这一种人。我听见他在梦寐中说，“亲爱的苔丝狄蒙娜，我们须要小心，不要让别人窥破了我们的爱情！”于是，主帅，他就紧紧地捏住我的手，嘴里喊，“啊，可爱的人儿！”然后狠狠地吻着我，好像那些吻是长在我的嘴唇上，他恨不得把它们连根拔起一样；然后他又把他的脚搁在我的大腿上，叹一口气，亲一个吻，喊一声“该死的命运，把你给了那摩尔人！”

奥瑟罗　啊，可恶！可恶！

伊阿古　不，这不过是他的梦。

奥瑟罗　虽然只是一个梦，已经可以断定一切。

伊阿古　这也许可以进一步证实其他的疑窦。

奥瑟罗　我要把她碎尸万段。

伊阿古　不，您不能太鲁莽了。我们还没有看见实际的行动，也许她还是贞洁的。告诉我这一点：您有没有看见过在尊夫人的手里有一方绣着草莓花样的手帕？

奥瑟罗　我给过她这样一方手帕，那是我第一次送给她的礼物。

伊阿古　那我不知道；可是今天我看见凯西奥用这样一方手帕抹他的胡子，我相信它一定就是尊夫人的。

奥瑟罗　假如就是那一方手帕——

伊阿古　假如就是那一方手帕，或者是其他她所用过的其他手帕，那么又是一个对她不利的证据了。

奥瑟罗　啊，我但愿那家伙有四万条生命！单单让他死一次是发泄不了我的愤怒的。现在我明白这件事情全然是真的了。瞧，伊阿古，我把我的全部痴情向天空中吹散；它已经随风消失了。黑暗的复仇，从你的幽窟之中升起来吧！爱情啊，把你的王冠和你的心灵深处的宝座让给残暴的憎恨吧！膨胀起来吧，我的胸膛，因为你已经满载着毒蛇的螫舌！

伊阿古　请不要发恼。

奥瑟罗　啊，血！血！血！

伊阿古　忍耐点儿吧；也许您的意见会改变过来的。

奥瑟罗　决不，伊阿古。正像黑海的寒涛滚滚奔流，永远不会后退一样，我的风驰电掣的流血的思想，在复仇的目的没有充分达到以前，也决不会踟蹰回顾，化为绕指的柔情。（跪）苍天在上，我倘不能报复这奇耻大辱，誓不偷生人世。

伊阿古　且慢起来。（跪）永古炳耀的日月星辰，环抱宇宙的风云雨雾，请你们为我作证：从现在起，伊阿古愿意尽心竭力，为被欺的奥瑟罗效劳；无论他叫我做什么残忍的工作，我都切唯命是从，当它是一桩善举。

奥瑟罗　我不用空口的感谢接受你的好意，为了表示我的诚心的嘉纳，我要请你立刻履行你的诺言：在这三天以内，让我听见你说凯西奥已经不在人世。

伊阿古　我的朋友的死已经决定了，因为这是您的意旨；可是放她活命吧。

奥瑟罗 该死的淫妇！啊，咒死她！来，跟我去，我要为这美貌的魔鬼想出一个干脆的死法。现在你是我的副将了。

伊阿古 我永远是您的忠仆。（同下）

第四场

城堡前

苔丝狄蒙娜、爱米利娅及小丑上。

苔丝狄蒙娜 喂，你知道凯西奥副将住在什么地方吗？

小丑 我不敢说他住在什么地方。

苔丝狄蒙娜 为什么？

小丑 告诉您他住在什么地方，就是告诉您我掉诳。

苔丝狄蒙娜 那是什么意思？

小丑 我不知道他住在什么地方；要是胡乱想出一个地方来，说他住在这儿，住在那儿，那就是存心掉诳啦。

苔丝狄蒙娜　你可以打听打听他在什么地方呀。

小丑　好，我就去到处打听人家，看他们怎么回答我。

苔丝狄蒙娜　找到了他，你就叫他到这儿来，对他说我已经替他在将军面前说过情了，大概可以得到圆满的结果。

小丑　干这件事是一个人的智力所能及的，所以我愿意去干它一下。（下）

苔丝狄蒙娜　我究竟在什么地方掉了那方手帕呢，爱米利娅？

爱米利娅　我不知道，夫人。

苔丝狄蒙娜　相信我，我宁愿失去我的一袋金币。倘然我的摩尔人不是这样一个光明磊落的汉子，倘然他也像那些多疑善妒的卑鄙男人一样，这是很可以引起他的疑心的。

爱米利娅　他不会嫉妒吗？

苔丝狄蒙娜　谁！他？我想在他生长的地方，那灼热的阳光已经把这种气质完全从他身上吸去了。

爱米利娅　瞧！他来了。

苔丝狄蒙娜　我在他没有跟凯西奥当面谈话以前，决不离开他一步。

奥瑟罗上。

苔丝狄蒙娜 您好吗，我的主？

奥瑟罗 好，我的好夫人。（旁白）啊，装假脸真不容易！——你好，苔丝狄蒙娜？

苔丝狄蒙娜 你好，我的好夫君。

奥瑟罗 把你的手给我。这手很潮润呢，我的夫人。

苔丝狄蒙娜 它还没有感到老年的侵袭，受过忧伤的损害。

奥瑟罗 这一只手表明它的主人是多育子女而心肠慷慨的；这么热，这么潮。奉劝夫人努力克制邪心，常常斋戒祷告，反躬自责，礼拜神明，因为这儿有一个年少风流的魔鬼，惯会在人们血液里捣乱。这是一只好手，一只很慷慨的手。

苔丝狄蒙娜 您真的可以这样说，因为就是这一只手把我的心献给您的。

奥瑟罗 一只慷慨的手。从前的姑娘把手给人，同时把心也一起给了他；现在时世变了，得到一位姑娘的手的，不一定能够得到她的心。

苔丝狄蒙娜 这种话我不会说。来，您答应我的事怎么样啦？

奥瑟罗　我答应你什么，乖乖？

苔丝狄蒙娜　我已经叫人去请凯西奥来跟您谈谈了。

奥瑟罗　我的眼睛有些胀痛，老是淌着眼泪。把你的手帕借给我一用。

苔丝狄蒙娜　这儿，我的主。

奥瑟罗　我给你的那一方呢？

苔丝狄蒙娜　我没有带在身边。

奥瑟罗　没有带？

苔丝狄蒙娜　真的没有带，我的主。

奥瑟罗　那你可错了。那方手帕是一个埃及女人送给我的母亲的；她是一个能够洞察人心的女巫，她对我的母亲说，当她保存着这方手帕的时候，它可以使她得到我的父亲的欢心，享受专房的爱宠，可是她要是失去了它，或是把它送给旁人，我的父亲就要对她发生憎厌，他的心就要另觅新欢了。她在临死的时候把它传给我，叫我有了妻子以后，就把它交给新妇。我遵照她的吩咐给了你，所以你必须格外小心，珍惜它像珍惜你自己宝贵的眼睛一样；万一失去了，或是送给别人，那就难免遭到一场无比的灾祸。

苔丝狄蒙娜　真会有这种事吗？

奥瑟罗 真的，这一方小小的手帕，却有神奇的魔力织在里面；它是一个二百岁的神巫在一阵心血来潮的时候缝就的；它那一缕缕的丝线，也不是世间的凡蚕所吐；织成以后，它曾经在用处女的心炼成的丹液里浸过。

苔丝狄蒙娜 当真！这是真的吗？

奥瑟罗 绝对的真实；所以留心藏好它吧。

苔丝狄蒙娜 上帝啊，但愿我从来没有见过它！

奥瑟罗 嘿！为什么？

苔丝狄蒙娜 您为什么说得这样暴躁？

奥瑟罗 它已经失去了吗？不见了吗？说，它是不是已经丢了？

苔丝狄蒙娜 上天祝福我们！

奥瑟罗 你说。

苔丝狄蒙娜 它没有失去；可是要是失去了，那可怎么样呢？

奥瑟罗 怎么！

苔丝狄蒙娜 我说它没有失去。

奥瑟罗　去把它拿来给我看。

苔丝狄蒙娜　我可以去把它拿来，可是现在我不高兴。这是一个诡计，要想把我的要求赖了过去。请您把凯西奥重新录用了吧。

奥瑟罗　给我把那手帕拿来。我在疑心起来了。

苔丝狄蒙娜　得啦，得啦，您再也找不到一个比他更能干的人。

奥瑟罗　手帕！

苔丝狄蒙娜　请您还是跟我谈谈凯西奥的事情吧。

奥瑟罗　手帕！

苔丝狄蒙娜　他一向受您的眷爱，跟着您同甘共苦，历尽艰辛——

奥瑟罗　手帕！

苔丝狄蒙娜　凭良心说，您也太不该。

奥瑟罗　去！（下）

爱米利娅　这个人在嫉妒吗？

苔丝狄蒙娜　我从来没有见过他像这样子。这手帕一定有些不可思议的魔力；我真倒霉把它丢了。

爱米利娅　好的男人一两年里头也难得碰见一个。男人是一张胃，我们是一块肉；他们贪馋地把我们吞下去吃饱了，就把我们呕出来。您瞧！凯西奥跟我的丈夫来啦。

伊阿古及凯西奥上。

伊阿古　没有别的法子，只好央求她出力。瞧！好运气！去求求她吧。

苔丝狄蒙娜　啊，好凯西奥！您有什么见教？

凯西奥　夫人，我还是要向您重提我的原来的请求，希望您发挥鼎力，让我重做一个人，能够在我所尊敬的主帅麾下再邀恩眷。我不能这样延宕下去了。假如我果然罪大恶极，无论过去的微劳、现在的悔恨或是将来立功自赎的决心，都不能博取他的矜怜宽谅，那么我也希望得到一个明白的答复，我就死心塌地向别处去乞讨命运的布施了。

苔丝狄蒙娜　唉，善良的凯西奥！我的话已经变成刺耳的烦渎了；我的丈夫已经不是我的丈夫，要是他的面貌也像他的脾气一样改变，我简直要不认识他了。愿神灵保佑我！我已经尽力替您说话；为了我的言辞的戆拙，我已经遭到他的憎怒。您必须暂时忍守；只要是我力量所及的事，我都愿意为您一试；请您相信我，倘然那是我自己的事情，我也不会这样热心的。

伊阿古　主帅发怒了吗？

爱米利娅 他刚才从这儿走开去，他的神气暴躁异常。

伊阿古 他会发怒吗？我曾经看见大炮冲散他的队伍，像魔鬼一样把他的兄弟从他身边轰掉，他仍旧不动声色。他也会发怒吗？那么一定出了什么重大的事情了。我要去看看他。他要是发怒，一定有些缘故。

苔丝狄蒙娜 请你就去吧。（伊阿古下）一定是什么国家大事，或是他在这儿塞浦路斯发现了有什么秘密的阴谋，扰乱了他的清明的神志。人们在这种情形之下，往往会为了一些些小事而生气，虽然实际激怒他们的却是其他更大的原因。正是这样，我们一个指头疼痛的时候，全身都会觉得难受。我们不能把男人当作完善的天神，也不能希望他们永远像新婚之夜那样殷勤体贴。爱米利娅，我真该死，会在心里抱怨他的无情；现在我才觉悟我是错怪他了。

爱米利娅 谢天谢地，但愿果然像您所想的，是为了些国家的事情，不是因为对您起了疑心。

苔丝狄蒙娜 唉！我从来没有给过他一些可以使他怀疑的理由。

爱米利娅 可是多疑的人是不会因此而满足的；他们往往不是因为有了什么理由而嫉妒，只是为了嫉妒而嫉妒，那是一个凭空而来、自生自长的怪物。

苔丝狄蒙娜 愿上天保佑奥瑟罗，不要让这怪物钻进他的心！

爱米利娅 阿门，夫人。

苔丝狄蒙娜 我去找他去。凯西奥，您在这儿走走；要是我看见他可以说话，我会向他提起您的请求，尽力给您转圜就是了。

凯西奥 多谢夫人。（苔丝狄蒙娜、爱米利娅下）

比恩卡上。

比恩卡 你好，凯西奥朋友！

凯西奥 你怎么不在家里？你好，我的最娇美的比恩卡？不骗你，亲爱的，我正要到你家里来呢。

比恩卡 我也是要到你的尊寓里去的，凯西奥。什么！一个星期不来看我？七天七夜？一百六十八个小时？在相思里挨过的时辰，比时钟上是要慢上八十倍的。啊，这一笔算不清的糊涂账！

凯西奥 对不起，比恩卡，这几天来我实在心事太重，改日加倍补报你就是了。亲爱的比恩卡，（以苔丝狄蒙娜手帕授比恩卡）替我把这手帕上的花样描下来。

比恩卡 啊，凯西奥！这是什么地方来的？这一定是哪个新相好送给你的礼物；我现在明白你不来看我的缘故了。有这等事吗？好，好。

凯西奥 得啦，女人！把你这种瞎疑心丢还给魔鬼吧。你在吃醋了，你以为这是什么情人送给我的纪念品；不，凭着我的良心发誓，比恩卡。

比恩卡 那么这是谁的？

凯西奥 我不知道，亲爱的；我在寝室里找到它。那花样我很喜欢，我想趁失主没有来问我讨还以前，把它描了下来。请你拿去给我描一描。现在请你暂时离开我。

比恩卡 离开你！为什么？

凯西奥 我在这儿等候主帅到来，让他看见我有女人陪着，恐怕不大方便。

比恩卡 为什么？我倒要请问。

凯西奥 不是因为我不爱你。

比恩卡 只是因为你并不爱我。请你陪我略走一段路，告诉我今天晚上你来不来看我。

凯西奥 我只能陪你略走几步，因为我在这儿等着人；可是我就会来看你的。

比恩卡 那很好；我也不能勉强你。（各下）

第四幕

第一场

塞浦路斯。城堡前

奥瑟罗及伊阿古上。

伊阿古　您难道是这样想的吗？

奥瑟罗　这样想，伊阿古？

伊阿古　什么！背着人接吻？

奥瑟罗　这样的接吻是为礼法所不许的。

伊阿古　脱光了衣服，和她的朋友睡在一床，经过一个多小时，却一点不起邪念？

奥瑟罗　伊阿古，脱光衣服睡在床上，还会不起邪念！这明明是对魔鬼的假意矜持；无论怎样坚贞自诩的人，到了这种时候，还是会被魔鬼欺骗了的，而他们就去欺骗上天。

伊阿古　要是他们不及于乱，那还不过是一个小小的过失；可是假如我把一方手帕给了我的妻子——

奥瑟罗　给了她便怎样？

伊阿古　啊，主帅，那时候它就是她的东西了；既然是她的东西，我想她可以把它送给无论什么人的。

奥瑟罗　她的贞操也是她自己的东西，她也可以把它送给无论什么人吗？

伊阿古　她的贞操是一种不可捉摸的品质。世上有几个贞洁妇人能具备贞操的品质？可是讲到那方手帕——

奥瑟罗　天哪，我但愿忘记那句话儿！你说——啊！它笼罩着我的记忆，就像预兆不祥的乌鸦在一座染疫的屋顶上回旋一样——你说我的手帕在他的手里。

伊阿古　是的，在他手里便怎么样？

奥瑟罗　那可不大好。

伊阿古　什么！要是我说我看见他干那对您不住的事？或是听见他

说——世上尽多那种家伙，他们靠着死命的追求征服了一个女人，或者得到什么情妇的自动的垂青，就禁不住到处向人吹——

奥瑟罗　他说过什么话吗？

伊阿古　说过的，主帅；可是您放心吧，他说过的话，他都可以发誓否认的。

奥瑟罗　他说过些什么？

伊阿古　他说，他曾经——我不知道他曾经干些什么事。

奥瑟罗　什么？什么？

伊阿古　跟她睡——

奥瑟罗　在一床？

伊阿古　睡在一床，睡在她的身上；随您怎么说吧。

奥瑟罗　跟她睡在一床！睡在她的身上！说睡在她身上岂不是诽谤她。该死！岂有此理！手帕——口供——手帕！叫他招供了，再把他吊死。先把他吊起来，然后叫他招供。我一想起就气得发抖。人们总是有了某种感应，阴暗的情绪才会笼罩他的心灵；一两句空洞的话是不能给我这样大的震动的。呸！磨鼻子，咬耳朵，吮嘴唇。会有这样的事吗？口供！——手帕！——啊，魔鬼！（晕倒）

伊阿古　显出你的效力来吧，我的妙药，显出你的效力来吧！轻信的愚人是这样落进了圈套；许多贞洁贤淑的娘儿们，都是这样蒙上了不白之冤。喂，主帅！主帅！奥瑟罗！

凯西奥上。

伊阿古　啊，凯西奥！

凯西奥　怎么一回事？

伊阿古　咱们大帅发起癫痫来了。这是他第二次发作，昨天他也发过一次。

凯西奥　在他太阳穴上摩擦摩擦。

伊阿古　不，不行；他这种昏迷状态，必须保持安静；要不然的话，他就要嘴里冒出白沫，慢慢儿会发起疯狂来的。瞧！他在动了。你暂时走开一下，他就会恢复原状的。等他走了以后，我还有要紧的话儿跟你说。（凯西奥下）怎么啦，主帅？您没有跌痛您的头吗？

奥瑟罗　你在讥笑我吗？

伊阿古　我讥笑您！不，没有这样的事！我愿您像一个大丈夫似的忍受命运的播弄。

奥瑟罗　顶上了绿头巾，还好算是一个人吗？

伊阿古　在一座热闹的城市里，这种不好算人的人多着呢。

奥瑟罗　他自己公然承认了吗？

伊阿古　主帅，您看破一点吧；您只要想一想，哪一个有家室的须眉男子，没有遭到跟您同样命运的可能？世上不知有多少男人，他们的卧榻上容留过无数素昧平生的人，他们自己还满以为这是一块私人的禁地哩。您的情形还不算顶坏。啊！这是最刻毒的恶作剧，魔鬼的最大的玩笑，让一个男人安安心心地搂着一个荡妇亲嘴，还以为她是一个三贞九烈的女人！不，我要先知道我自己是个什么人，所以也知道她会变成什么样子。

奥瑟罗　啊！你是个聪明人，你说得一点不错。

伊阿古　现在请您暂时站在一旁，竭力耐住您的怒气。刚才您恼得昏过去的时候，凯西奥曾经到这儿来过；我告诉他您不省人事，把他打发走了，叫他过一会儿再来跟我谈谈；他已经答应我了。您只要找一处所在躲一躲，就可以看见他满脸得意忘形、冷嘲热讽的神气；因为我要叫他从头叙述他历次跟尊夫人相会的情形，还要问他重温好梦的时间和地点。您留心看看他那副表情吧。可是不要气恼；否则我就要说您一味意气用事，一点没有大丈夫的气概啦。

奥瑟罗　告诉你吧，伊阿古，我会很巧妙地不动声色；可是，你听着，我也会包藏一颗最凶恶的杀心。

伊阿古　那很好；可是什么事都要看准时机。您走远一步吧。（奥瑟罗退后）现在我要向凯西奥谈起比恩卡，一个靠着出卖风情维持生活的雌儿；她热恋着凯西奥；这也是娼妓们的报应，往往她们迷惑了多少的男子，结果却被一个男人迷昏了心。他一听见她的名字，就会忍不住捧腹大笑。他来了。

凯西奥重上。

伊阿古　他一笑起来，奥瑟罗就会发疯；可怜的凯西奥的嬉笑的神情和轻狂的举止，在他那充满无知的嫉妒的心头，一定可以引起严重的误会。——您好，副将？

凯西奥　我因为丢掉了这个头衔，正在懊恼得要死，你却还要这样称呼我。

伊阿古　在苔丝狄蒙娜跟前多说几句央求的话，包你原官起用。（低声）要是这件事情换在比恩卡手里，早就不成问题了。

凯西奥　唉，可怜虫！

奥瑟罗　（旁白）瞧！他已经在笑起来啦！

伊阿古　我从来不知道一个女人会这样爱一个男人。

凯西奥　唉，小东西！我看她倒是真的爱我。

奥瑟罗　（旁白）现在他在含糊否认，还笑个不停。

伊阿古　你听见吗，凯西奥？

奥瑟罗 （旁白）现在他在要求他宣布经过情形啦。说下去，很好，很好。

伊阿古 她向人家说你将要跟她结婚；你有这个意思吗？

凯西奥 哈哈哈！

奥瑟罗 （旁白）你这样得意吗，好家伙？你这样得意吗？

凯西奥 我跟她结婚！什么？一个卖淫妇？对不起，你不要这样看轻我，我还不至于糊涂到这等地步哩。哈哈哈！

奥瑟罗 （旁白）好，好，好，好。得胜的人才会笑逐颜开。

伊阿古 不骗你，人家都在说你将要跟她结婚。

凯西奥 对不起，别说笑话啦。

伊阿古 我要是骗了你，我就是个大大的浑蛋。

凯西奥 一派胡说！她自己一厢情愿，相信我会跟她结婚；我可没有答应她。

奥瑟罗 （旁白）伊阿古在向我打招呼。现在他开始讲他的故事啦。

凯西奥 她刚才还在这儿，她到处缠着我。前天我正在海边跟几个威尼斯人谈话，那傻东西就跟来啦，不瞒你说，她这样攀住我的颈项——

奥瑟罗 （旁白）叫一声“啊，亲爱的凯西奥！”我可以从他的表情之间猜得出来。

凯西奥 她这样拉住我的衣服，靠在我的怀里，哭个不了，还这样把我拖来拖去，哈哈哈！

奥瑟罗 （旁白）现在他在讲她怎样把他拖到我的寝室里去啦。啊！我看见你的鼻子，可是不知道应该把它丢给那一条狗吃。

凯西奥 好，我只好离开她。

伊阿古 啊！瞧，她来了。

凯西奥 好一头抹香粉的臭猫！

比恩卡上。

凯西奥 你这样到处盯着我不放，算是什么呀？

比恩卡 让魔鬼跟他的老娘盯着你吧！你刚才给我的那方手帕算是什么意思？我是个大傻瓜，才会把它收了下来。叫我描下那花样！真好看的花样，你居然在你的寝室里找到它，却不知道谁把它丢在那边！这一定是那一个贱丫头送给你的东西，却叫我描下它的花样来！拿去，还给你那个相好吧；随你从什么地方得到这方手帕，我可不高兴描下它的花样。

凯西奥 怎么，我的亲爱的比恩卡！怎么！怎么！

奥瑟罗　（旁白）天那，那该是我的手帕哩！

比恩卡　今天晚上你要是愿意来吃饭，尽管来吧；要是不愿意来，等你下回有兴致的时候再来吧。（下）

伊阿古　追上去，追上去。

凯西奥　真的，我必须追上去，否则她会沿街骂人的。

伊阿古　你预备到她家里去吃饭吗？

凯西奥　是的，我想去。

伊阿古　好，也许我会再碰见你，因为我很想跟你谈谈。

凯西奥　请你一定来吧。

伊阿古　得啦，别多说啦。（凯西奥下）

奥瑟罗　（趋前）伊阿古，我应该怎样杀死他？

伊阿古　您看见他一听到人家提起他的丑事，就笑得多么高兴吗？

奥瑟罗　啊，伊阿古！

伊阿古　您还看见那方手帕吗？

奥瑟罗　那就是我的吗？

伊阿古 我可以举手起誓，那是您的。瞧他多么看得起您那位痴心的太太！她把手帕送给他，他却拿去给了他的娼妇。

奥瑟罗 我要用九年的时间慢慢儿的磨死她。一个高雅的女人！一个美貌的女人！一个温柔的女人！

伊阿古 不，您必须忘掉那些。

奥瑟罗 嗯，让她今夜腐烂、死亡、堕入地狱吧，因为她不能再活在世上。不，我的心已经变成铁石了；我打它，反而打痛了我的手。啊！世上没有一个比她更可爱的东西；她可以睡在一个皇帝的身边，命令他干无论什么事。

伊阿古 您素来不是这个样子的。

奥瑟罗 让她死吧！我不过说她是怎么样的一个人。她的针线工作是这样精妙！一个出色的音乐家！啊，她唱起歌来，可以驯伏一头野熊的心！她的心思才智，又是这样敏慧多能！

伊阿古 唯其这样多才多艺，干出这种丑事来，才格外叫人气恼。

奥瑟罗 啊！一千倍，一千倍的可恼！而且她的性格又是这样温柔！

伊阿古 嗯，太温柔了。

奥瑟罗 对啦，一点不错。可是，伊阿古，可惜啊！伊阿古！伊阿古！太可惜啦！

伊阿古　要是您对于一个失节之妇，还是这样恋恋不舍，那么索性采取放任主义吧；因为既然您自己也不以为意，当然更不干别人的事。

奥瑟罗　我要把她剁成一堆肉酱。叫我当一个王八！

伊阿古　啊，她太不顾羞耻啦！

奥瑟罗　跟我的部将通奸！

伊阿古　那尤其可恶。

奥瑟罗　给我弄些毒药来，伊阿古，今天晚上。我不想跟她多费唇舌，免得她的肉体和美貌再打动了我的心。今天晚上，伊阿古。

伊阿古　不要用毒药，在她床上扼死她，就在那被她玷污了的床上。

奥瑟罗　好，好，那是一个大快人心的处置，很好。

伊阿古　至于凯西奥，让我去取他的命吧。您在午夜前后，一定可以听到消息。

奥瑟罗　好极了。（内喇叭声）那是什么喇叭的声音？

伊阿古　一定是从威尼斯来了什么人。——是罗多维科奉公爵之命到这儿来了；瞧，您那位太太也跟他在一起。

罗多维科、苔丝狄蒙娜及侍从等上。

罗多维科 上帝保佑您，尊贵的将军！

奥瑟罗 祝福您，大人。

罗多维科 公爵和威尼斯的元老们问候您安好。（以信交奥瑟罗）

奥瑟罗 我敬吻他们的恩命。（拆信阅读）

苔丝狄蒙娜 罗多维科大哥，威尼斯有什么消息？

伊阿古 我很高兴看见您，大人，欢迎您到塞浦路斯来！

罗多维科 谢谢。凯西奥副将好吗？

伊阿古 他还健在，大人。

苔丝狄蒙娜 大哥，他跟我的丈夫闹了点儿别扭；可是您可以使他们言归于好。

奥瑟罗 你有把握吗？

苔丝狄蒙娜 您怎么说，我的主？

奥瑟罗 （读信）“务必照办为要，不得有误——”

罗多维科 他没有回答，他正在忙着读信。将军跟凯西奥果然有了意见吗?

苔丝狄蒙娜 有了很不幸的意见;为了我对凯西奥所抱的好感,我很愿意尽力调解他们。

奥瑟罗 该死!

苔丝狄蒙娜 您怎么说,我的主?

奥瑟罗 你聪明吗?

苔丝狄蒙娜 什么!他生气了吗?

罗多维科 也许这封信激动了他;因为照我猜想起来,他们是要召唤他回国,叫凯西奥代理他的职务。

苔丝狄蒙娜 真的吗?那好极了。

奥瑟罗 当真!

苔丝狄蒙娜 您怎么说,我的主?

奥瑟罗 你要是发了疯,我才高兴。

苔丝狄蒙娜 为什么,亲爱的奥瑟罗?

奥瑟罗 魔鬼!(击苔丝狄蒙娜)

苔丝狄蒙娜　我没有错处，您不该这样对待我。

罗多维科　将军，我要是把这回事情告诉威尼斯人，即使发誓说我亲眼看见，他们也一定不会相信我。这太过分了，向她赔罪吧，她在哭了。

奥瑟罗　啊，魔鬼！魔鬼！要是妇人的眼泪有孳生化育的力量，她的每一滴泪都会变成一条鳄鱼。走开，不要让我看见你！

苔丝狄蒙娜　我不愿留在这儿害您生气。（欲去）

罗多维科　真是一位顺从的夫人。将军，请您叫她回来吧。

奥瑟罗　夫人！

苔丝狄蒙娜　我的主？

奥瑟罗　大人，您要跟她说些什么话？

罗多维科　谁？我吗，将军？

奥瑟罗　嗯，您要我叫她转来，现在她转过来了。她会转来转去，走一步路回一个身；她还会哭，大人，她还会哭；她是非常顺从的，正像您所说，非常顺从。尽管流你的眼泪吧。大人，这信上的意思——好一股装腔作势的劲儿！——是要叫我回去。——你去吧，等会儿我再叫人来唤你。——大人，我服从他们的命令，不日就可以束装上路，回到威尼斯去。——去！滚开！（苔丝狄蒙娜下）凯

西奥可以接替我的位置。今天晚上，大人，我还要请您赏光便饭。欢迎您到塞浦路斯来！——山羊和猴子！（下）

罗多维科　这就是为我们整个元老院所同声赞叹，称为全才全德的那位英勇的摩尔人吗？这就是那喜怒之情不能把它震撼的高贵的天性吗？那命运的箭矢不能把它擦伤穿破的坚定的德操吗？

伊阿古　他已经大大变了样子啦。

罗多维科　他的头脑没有毛病吗？他的神经是不是有点错乱？

伊阿古　照他现在这种情形看起来，我实在不敢说他还会变成怎么一个样子。要是他没有他应该有的样子，老天保佑他有吧！

罗多维科　什么！打他的妻子！

伊阿古　真的，那可不大好；可是我但愿知道他对她没有比这更暴虐的行为！

罗多维科　他一向都是这样的吗？还是因为信上的话激怒了他，所以才会有这种以前所没有的过失？

伊阿古　唉！唉！按着我的地位，我实在不便把我所看见所知道的一切说出口来。您不妨留心注意他，他自己的行动就可以说明一切，用不到我多说了。请您跟上去，看他还有些什么花样做出来。

罗多维科　他竟是这样一个人，真使我大失所望啦。（同下）

第二场

城堡中的一室

奥瑟罗及爱米利娅上。

奥瑟罗 那么你没有看见什么吗?

爱米利娅 没有看见,没有听见,也没有疑心到。

奥瑟罗 你不是看见凯西奥跟她在一起吗?

爱米利娅 可是我不知道那有什么不对,而且我听见他们两人所说的每一个字。

奥瑟罗 什么!他们从来不曾低声耳语吗?

爱米利娅 从来没有,将军。

奥瑟罗 也不曾打发你走开吗?

爱米利娅 没有。

奥瑟罗　没有叫你去替她拿扇子，手套，脸罩，或是什么东西吗？

爱米利娅　没有，将军。

奥瑟罗　那可神奇了。

爱米利娅　将军，我敢用我的灵魂打赌她是贞洁的。要是您疑心她有非礼的行为，赶快除掉这种思想吧，因为那是您心理上的一个污点。要是哪一个浑蛋把这种思想放进您的脑袋里，让上天罚他变成一条蛇，受永远的诅咒！假如她不是贞洁、贤淑和忠诚的，那么世上没有一个幸福的男人了；最纯洁的妻子，也会变成最丑恶的淫妇。

奥瑟罗　叫她到这儿来；去。（爱米利娅下）她的话说得很动听；可是这种做惯王婆的人，谁都是天生的利嘴。这是一个狡猾的淫妇，一肚子千刁万恶，当着人却会跪下来向天祈祷。我看见过她这一种手段。

爱米利娅偕苔丝狄蒙娜重上。

苔丝狄蒙娜　我的主，您有什么吩咐？

奥瑟罗　过来，乖乖。

苔丝狄蒙娜　您要我怎么样？

奥瑟罗　让我看看你的眼睛。瞧着我的脸。

苔丝狄蒙娜 这是什么古怪的念头?

奥瑟罗 (向爱米利娅)你去干你的事吧,奶奶,把门关了,让我们两人在这儿谈谈心。要是有人来了,你就在门口咳嗽一声。干你的贵营生去吧,快,快!(爱米利娅下)

苔丝狄蒙娜 我跪在您的面前,请您告诉我您这些话是什么意思?我知道您在生气,可是我不懂您的话。

奥瑟罗 嘿,你是什么人?

苔丝狄蒙娜 我的主,我是您的妻子,您的忠心不二的妻子。

奥瑟罗 来,发一个誓,让你自己死后落下地狱吧。因为你的外表太像一个天使了,倘不是在不贞之上,再加一重伪誓的罪名,也许魔鬼们会不敢抓你下去的;所以发誓说你是贞洁的吧。

苔丝狄蒙娜 天知道我是贞洁的。

奥瑟罗 天知道你是像地狱一样淫邪的。

苔丝狄蒙娜 我的主,我对谁干了欺心的事?我跟那一个人有不端的行动?我怎么是淫邪的?

奥瑟罗 啊,苔丝狄蒙娜!去!去!去!

苔丝狄蒙娜 唉,不幸的日子!——您为什么哭?您的眼泪是为我而流的吗，我的主？要是您疑心这次奉召回国，是我父亲的主意，请您不要怪我；您固然失去他的好感，我也已经失去他的慈爱了。

奥瑟罗 要是上天的意思，要让我受尽种种的磨折；要是他用诸般的痛苦和耻辱降在我的毫无防卫的头上，把我浸没在贫困的泥沼里，剥夺我的一切自由和希望，我也可以在我的灵魂的一隅之中，找到一滴忍耐的甘露。可是唉！在这尖酸刻薄的世上，做一个被人戟指笑骂的目标！就连这个，我也还可以容忍；可是我的心灵失去了归宿，我的生命失去了寄托，我的活力的源泉干涸了，变成了蛤蟆们繁育生息的污池！忍耐，你朱唇韶颜的天婴啊，转变你的脸色，让它化成地狱般的狰狞吧！

苔丝狄蒙娜 我希望我在我的尊贵的夫主眼中，是一个贤良贞洁的妻子。

奥瑟罗 啊，是的，就像夏天肉铺里的苍蝇一样贞洁，飞来了去撒它的卵子。你这野草闲花啊！你的颜色是这样娇美，你的香气是这样芬芳，人家看见你嗅到你就会心疼；但愿世上从来不曾有过你！

苔丝狄蒙娜 唉！我究竟犯了什么连我自己也不知道的罪恶呢？

奥瑟罗 这一张皎洁的白纸，这一本美丽的书册，是要让人家写上“娼妓”两个字的吗？犯了什么罪恶！啊，你这人尽可夫的娼妇！我只要一说起你所干的事，我的两颊就会变成两座熔炉，把廉耻烧为灰烬。犯了什么罪恶！天神见了它要掩鼻而过；月亮看见了要羞得闭上眼睛；碰见什么都要亲吻的淫荡的风，也静悄悄地躲在岩窟里面，不愿听见人家提起它。犯了什么罪恶！不要脸的娼妇！

苔丝狄蒙娜 天啊，您不该这样侮辱我！

奥瑟罗 你不是一个娼妇吗？

苔丝狄蒙娜 不，我发誓我不是，否则我就不是一个基督徒。要是为我的主保持这一个清白的身子，不让淫邪的手把它污毁，要是这样的行为可以使我免去娼妇的恶名，那么我就不是娼妇。

奥瑟罗 什么！你不是一个娼妇吗？

苔丝狄蒙娜 不，否则我死后没有得救的希望。

奥瑟罗 真的吗？

苔丝狄蒙娜 啊！上天饶恕我们！

奥瑟罗 那么我真是多多冒昧了；我还以为你就是那个嫁给奥瑟罗的威尼斯的狡猾的娼妇哩。——喂，你这位刚刚和圣彼得干着相反的差使的，看守地狱门户的奶奶！

爱米利娅重上。

奥瑟罗 你，你，对了，你！我们的谈话已经完毕。这几个钱是给你作为酬劳的；请你开了门上的锁，不要泄漏我们的秘密。（下）

爱米利娅　唉！这位老爷究竟在转些什么念头呀？您怎么啦，夫人？您怎么啦，我的好夫人？

苔丝狄蒙娜　我是在半醒半睡之中。

爱米利娅　好夫人，我的主到底有些什么心事？

苔丝狄蒙娜　谁？

爱米利娅　我的主呀，夫人。

苔丝狄蒙娜　谁是你的主？

爱米利娅　我的主就是你的丈夫，好夫人。

苔丝狄蒙娜　我没有丈夫。不要对我说话，爱米利娅，我不能哭，我没有话可以回答你，除了我的眼泪。请你今夜把我结婚的被褥铺在我的床上，记好了；再去替我叫你的丈夫来。

爱米利娅　真是变了，变了！（下）

苔丝狄蒙娜　我应该受到这样的待遇，全然是应该的。我究竟有些什么不检的行止——哪怕只有一丁点，才会引起他的猜疑呢？

爱米利娅率伊阿古重上。

伊阿古　夫人，您有什么吩咐？您怎么啦？

苔丝狄蒙娜　我不知道。小孩子做了错事，做父母的总是用温和的态度，轻微的责罚教训他们；他也可以这样责备我，因为我是一个娇养惯了的孩子，不惯受人家责备的。

伊阿古　怎么一回事，夫人？

爱米利娅　唉！伊阿古，将军口口声声骂她娼妇，用那样难堪的名字加在她的身上，稍有人心的人，谁听见了都不能忍受的。

苔丝狄蒙娜　我应该得到那样一个称呼吗，伊阿古？

伊阿古　什么称呼，好夫人？

苔丝狄蒙娜　就像她说我的主称呼我的那种名字。

爱米利娅　他叫她娼妇。一个喝醉了酒的叫花子，也不会把这种名字加在他的姘妇的身上。

伊阿古　为什么他要这样？

苔丝狄蒙娜　我不知道；我相信我不是那样的女人。

伊阿古　不要哭，不要哭。唉！

爱米利娅　多少名门贵族向她求婚，她都拒绝了；她抛下了老父，离乡背井，远别亲友，结果却只讨他骂一声娼妇吗？这还不叫人伤心吗？

苔丝狄蒙娜　都是我自己命薄。

伊阿古　他太岂有此理了！他怎么会起这种心思的？

苔丝狄蒙娜　天才知道。

爱米利娅　我可以打赌，一定有一个万劫不复的恶人，一个爱管闲事鬼讨好的家伙，一个说假话骗人的奴才，因为要想钻求差使，造出这样的谣言来；要是我的话说得不对，我愿意让人家把我吊死。

伊阿古　呸！哪里有这样的人？一定不会的。

苔丝狄蒙娜　要是果然有这样的人，愿上天宽恕他！

爱米利娅　宽恕他！一条绳子箍住他的颈项，地狱里的恶鬼咬碎他的骨头！他为什么叫她娼妇？谁跟她在一起？什么所在？什么时候？什么方式？什么根据？这摩尔人一定是上了不知哪一个千刁万恶的坏人的当，一个下流的大浑蛋，一个卑鄙的家伙！天啊！愿你揭破这种家伙的嘴脸，让每一个老实人的手里都拿一根鞭子，把这些混蛋们脱光了衣服抽一顿，从东方一直抽到西方！

伊阿古　别嚷得给外边都听见了。

爱米利娅　哼，可恶的东西！前回弄昏了你的头，使你疑心我跟这摩尔人有暧昧的，也就是这种家伙。

伊阿古　好了，好了；你是个傻瓜。

苔丝狄蒙娜 好伊阿古啊，我应当怎样重新取得我的丈夫的欢心呢？好朋友，替我向他解释解释；因为凭着天上的太阳起誓，我实在不知道我怎么会失去他的宠爱。我对天下跪，要是在思想上行动上，我曾经有意背弃他的爱情；要是我的眼睛，我的耳朵或是我的任何感觉，曾经对别人发生爱悦；要是我在过去、现在和将来，不是那样始终深深地爱着他，即使他把我弃如敝屣，也不因此而改变我对他的忠诚。要是我果然有那样的过失，愿我终身不能享受快乐的日子！无情可以给人重大的打击；他的无情也许会摧残我的生命，可是永不能毁坏我的爱情。我不愿提起"娼妇"两个字，一说到它就会使我心生憎恶，更不用说亲自去干那博得这种丑名的行为了；整个世界的荣华也不能诱动我。

伊阿古 请您宽心，这不过是他一时的心绪恶劣，在国事方面受了点刺激，所以跟您呕起气来啦。

苔丝狄蒙娜 要是没有别的原因——

伊阿古 只是为了这个原因，我可以保证。（喇叭声）听！喇叭在吹晚餐的信号了；威尼斯的使者在等候进餐。进去，不要哭；一切都会圆满解决的。（苔丝狄蒙娜、爱米利娅下）

罗德利哥上。

伊阿古 啊，罗德利哥！

罗德利哥 我看你全然在欺骗我。

伊阿古 我怎么欺骗你?

罗德利哥 伊阿古,你每天在我面前捣鬼,把我支吾过去;照我现在看来,你非但不给我开一线方便之门,反而使我的希望一天一天微薄下去。我实在再也忍不住了。为了自己的愚蠢,我已经吃了不少的苦头,这一笔账我也不能就此善罢甘休。

伊阿古 你愿意听我说吗,罗德利哥?

罗德利哥 哼,我已经听得太多了;你的话和行动是不相符合的。

伊阿古 你冤人太过啦。

罗德利哥 我一点没有冤枉你。我的钱都花光啦。你从我手里拿去送给苔丝狄蒙娜的珠宝,即使一个修女也会被它诱惑的;你对我说她已经收下了,告诉我不久就可以得到喜讯,可是到现在还不见一点动静。

伊阿古 好,算了;很好。

罗德利哥 很好!算了!我不能就此算了,朋友,这事情也不很好。我举手起誓,这种手段太卑鄙,我开始觉得自己受了骗了。

伊阿古 很好。

罗德利哥 我告诉你这事情不很好。我要亲自去见苔丝狄蒙娜,要是她肯把我的珠宝还我,我愿意死了这片心,忏悔我这种非礼的追求；要不然的话，你留心点儿吧，我一定要跟你算账。

伊阿古　你现在话说完了吧？

罗德利哥　喂，我的话都是说过就做的。

伊阿古　好，现在我才知道你是一个有骨气的人；从这一刻起，你已经使我比从前加倍看重你了。把你的手给我，罗德利哥，你责备我的话，都非常有理；可是我还要声明一句，我替你干这件事情，的的确确是尽忠竭力，不敢存一分昧良心的。

罗德利哥　那还没有事实的证明。

伊阿古　我承认还没有事实的证明，你的疑心不是没有理由的。可是，罗德利哥，要是你果然有决心，有勇气，有胆量——我现在相信你一定有的——今晚你就可以表现出来；要是明天夜里你不能享用苔丝狄蒙娜，你可以用无论什么恶毒的手段，什么阴险的计谋，取我的生命。

罗德利哥　好，你要我怎么干？是说得通做得到的事吗？

伊阿古　老兄，威尼斯已经派了专使来，叫凯西奥代替奥瑟罗的职位。

罗德利哥　真的吗？那么奥瑟罗和苔丝狄蒙娜都要回到威尼斯去了。

伊阿古　啊，不，他要到毛里塔尼亚去，把那美丽的苔丝狄蒙娜一起带走，除非这儿出了什么事，使他耽搁下来。最好的办法是把凯西奥除掉。

罗德利哥　你说把他除掉是什么意思？

伊阿古　砸碎他的脑袋，让他不能担任奥瑟罗的职位。

罗德利哥　那就是你要我去干的事吗？

伊阿古　嗯，要是你敢做一件对你自己有利益的事。他今晚在一个妓女家里吃饭，我也要到那边去见他。现在他还没有知道他自己的幸运。我可以设法让他在十二点钟到一点钟之间从那边出来，你只要留心在门口守候，就可以照你的意思把他处置；我就在附近接应你，他在我们两人之间一定逃不了。来，不要发呆，跟我去；我可以告诉你为什么他的死是必要的，你听了就会知道这是你的一件无可推辞的行动。现在正是晚餐的时候，夜过去得很快，准备起来吧。

罗德利哥　我还要听一听你要叫我这样做的理由。

伊阿古　我一定可以向你解释明白。（同下）

第三场

城堡中的另一室

奥瑟罗、罗多维科、苔丝狄蒙娜、爱米利娅及侍从等上。

罗多维科 将军请留步吧。

奥瑟罗 啊，没有关系，散步散步对于我也是很好的。

罗多维科 夫人，晚安，谢谢您的盛情。

苔丝狄蒙娜 大驾光临，我们是十分欢迎的。

奥瑟罗 请吧，大人。啊！苔丝狄蒙娜——

苔丝狄蒙娜 我的主?

奥瑟罗 你快进去睡吧；我马上就回来的。把你的侍女们打发开了，不要忘记。

苔丝狄蒙娜 是，我的主。（奥瑟罗、罗多维科及侍从等下）

爱米利娅 怎么？他现在的脸色温和得多啦。

苔丝狄蒙娜　他说他就会回来的。他叫我去睡，还叫我把你遣开。

爱米利娅　把我遣开！

苔丝狄蒙娜　这是他的吩咐。所以，好爱米利娅，把我的睡衣给我，你去吧，我们现在不能再惹他生气了。

爱米利娅　我希望您当初并不和他相识！

苔丝狄蒙娜　我却不希望这样；我是那么喜欢他，即使他的固执，他的呵斥，他的怒容——请你替我取下衣上的扣针——在我看来也是可爱的。

爱米利娅　我已经照您的吩咐，把那些被褥铺好了。

苔丝狄蒙娜　很好。天哪！我们的思想是多么傻！要是我比你先死，请你就把那些被褥做我的殓衾。

爱米利娅　得啦得啦，您在说呆话。

苔丝狄蒙娜　我的母亲有一个侍女名叫巴巴拉，她跟人家有了恋爱；她的情人发了疯，把她丢了。她有一支《杨柳歌》，那是一支古老的曲调，可是正好说中了她的命运；她到死的时候，嘴里还在唱着它。那支歌今天晚上老是萦回在我的脑畔；我的烦乱的心绪，使我禁不住侧下我的头，学着可怜的巴巴拉的样子把它歌唱。请你赶快点儿。

爱米利娅　我要不要就去把您的睡衣拿来？

苔丝狄蒙娜　不，先替我取下这儿的扣针。这个罗多维科是一个俊美的男子。

爱米利娅　一个很漂亮的人。

苔丝狄蒙娜　他的谈吐很高雅。

爱米利娅　我知道威尼斯有一个女郎，愿意赤脚步行到巴勒斯坦，只为了碰一碰他的下唇。

苔丝狄蒙娜　（唱）

可怜的她坐在枫树下啜泣，
歌唱那青青杨柳；
她手抚着胸膛，她低头靠膝，
唱杨柳，杨柳，杨柳。

清澈的流水吐出她的呻吟，
唱杨柳，杨柳，杨柳；
她的热泪溶化了顽石的心——

把这些放在一旁。——（唱）
唱杨柳，杨柳，杨柳。

快一点，他就要来了。——（唱）
青青的柳枝编成一个翠环；
不要怪他，我甘心受他笑骂——

不，下面一句不是这样的。听！谁在打门？

爱米利娅　是风哩。

苔丝狄蒙娜　你去吧,晚安。我的眼睛在跳，那是哭泣的预兆吗?

爱米利娅　没有这样的事。

苔丝狄蒙娜　我听见人家这样说。啊，这些男人！这些男人！凭你的良心说，爱米利娅，你想世上有没有背着丈夫干这种坏事的女人?

爱米利娅　怎么没有?

苔丝狄蒙娜　你愿意为了整个世界的财富而干这种事吗?

爱米利娅　难道您不愿意吗?

苔丝狄蒙娜　不，凭着天上的月光起誓！你愿意为了整个的世界而干这种事吗?

爱米利娅　世界是这一件很大的东西；干一件小小的坏事，换取这样大大的好处是合算的。

苔丝狄蒙娜　真的，我想你不会。

爱米利娅　真的，我想我应该干的。为了一枚对合的戒指、几亩草地、几件衣服、几件裙子、一两顶帽子以及诸如此类的小玩意儿而叫我干这种事，我当然不愿意。可是为了整个的世界，谁不愿意出卖自己的贞操，让她的丈夫做一个皇帝呢？我就是因此而下炼狱，也是甘心的。

苔丝狄蒙娜 我要是为了整个的世界，会干出这种丧心的事来，一定不得好死。

爱米利娅 世间的是非本来没有定准；您因为干了一件错事而得到整个的世界，在您自己的世界里，您还不能把是非颠倒过来吗？

苔丝狄蒙娜 我想世上不会有那样女人的。

爱米利娅 愿意作这种赌博的女人多着呢。照我想来，妻子的堕落总是丈夫的过失：要是他们疏忽了自己的责任，把我们所珍爱的东西浪掷在外人的怀里，或是无缘无故吃起醋来，约束我们行动的自由或是殴打我们，削减我们的花粉钱，我们也是有脾气的，虽然生就温柔的天性，到了一个时候也是会复仇的。让做丈夫的人们知道，他们的妻子也和他们有同样的感觉：她们的眼睛也能辨别美恶，她们的鼻子也能辨别香臭，她们的舌头也能辨别甜酸，正像她们的丈夫们一样。他们厌弃了我们，别寻新欢，是为了什么缘故呢？是逢场作戏吗？我想是的。是因为爱情的驱使吗？我想也是的。还是因为喜新厌旧的人类常情吗？那也是一个理由。那么难道我们就不是对别人发生爱情，难道我们就没有逢场作戏的欲望，难道我们就不是喜新厌旧，跟男人们一样？所以让他们好好儿对待我们吧；否则我们要让他们知道，我们所干的坏事都是出于他们的指教。

苔丝狄蒙娜 晚安，晚安！愿上天监视我们的言行；我不愿以恶为师，我只愿鉴非自警！（各下）

第五幕

第一场

塞浦路斯。街道

伊阿古及罗德利哥上。

伊阿古 来，站在这堵披屋后面。他就会来的。把你的宝剑拔出鞘，看准要害刺过去。快，快；不要怕，我就在你旁边。成功失败，在此一举，你得下定决心。

罗德利哥 不要走开，也许我会失手。

伊阿古 我就在这儿，你的近旁。胆子放大些，站定了。（退后）

罗德利哥 我对于这件事情不是顶热心，可是他讲的理由十分充足。左右不过去掉一个人。出来，我的剑，他必须死！

伊阿古　我已经激动这小脓包的心，他居然动起怒来了。不管是他杀死凯西奥，还是凯西奥杀死他，或者两败俱伤，对于我都是有好处的。要是罗德利哥活在世上，他总有一天要问我讨还那许多我从他手里干没下来，说是送给苔丝狄蒙娜的金银珠宝；这可断断不能。要是凯西奥活在世上，他那种翩翩风度，让我每天都要在他的旁边相形见绌；而且那摩尔人万一向他当面质问起来，我的阴谋就会暴露，那时候我的地位就非常危险了。不，他非死不可。就这样吧。我听见他来了。

凯西奥上。

罗德利哥　我认识他的走路的姿势，正是他。——恶人，你给我死吧！（挺剑刺凯西奥）

凯西奥　幸亏我穿着一身好甲，否则那一剑一定会致我的死命。让我也来试一试你的甲牢不牢吧。（拔剑刺伤罗德利哥）

罗德利哥　啊，我死了！（伊阿古自后刺伤凯西奥腿，下）

凯西奥　我从此终身残废了！救命啊！杀了人啦！杀了人啦！（倒地）

奥瑟罗自远处上。

奥瑟罗　凯西奥的声音。伊阿古果然没有失信。

罗德利哥　啊，我真是个恶人！

奥瑟罗　一点不错。

凯西奥　啊，救命哪！拿火来！找一个医生！

奥瑟罗　正是他。勇敢正直的伊阿古呀，你这样奋不顾身，为你的朋友复仇雪耻，真是难得！你给我一个教训了。贱人，你心爱的人已经死在这儿，你的末日就在眼前。娼妇，我来了！从我的心头抹去你的媚眼的魔力，让淫邪的血溅洒你那被淫邪玷污了的枕席。（下）

罗多维科及葛莱西安诺自远处上。

凯西奥　喂！怎么！没有巡夜的逻卒？没有过路的行人？杀了人啦！杀了人啦！

葛莱西安诺　出了什么乱子啦？这叫声很是凄惨。

凯西奥　救命啊！

罗多维科　听！

罗德利哥　啊，该死的恶人！

罗多维科　两三个人在那儿呻吟。这是一个很阴沉的黑夜，也许他们是故意假装出来的，我们人手孤单，冒冒失失过去恐怕不大安全。

罗德利哥　没有人来吗？那么我要流血而死了！

罗多维科　听！

伊阿古持火炬重上。

葛莱西安诺　有一个人穿着衬衫，一手拿火，一手举着武器来了。

伊阿古　那边是谁？什么人在那儿喊杀人？

罗多维科　我们不知道。

伊阿古　你们听见一个呼声吗？

凯西奥　这儿，这儿！看在上天的面上，救救我！

伊阿古　怎么一回事？

葛莱西安诺　这个人好像是奥瑟罗麾下的旗官。

罗多维科　正是，一个很勇敢的汉子。

伊阿古　你是什么人，在这儿叫喊得这样凄惨？

凯西奥　伊阿古吗？啊，我被恶人算计，害得我不能做人啦！救救我！

伊阿古　哎哟，副将！这是什么恶人干的事？

凯西奥　我想有一个暴徒还在这儿，他逃不了。

伊阿古　啊，可恶的奸贼！（向罗多维科、葛莱西安诺）你们是什么人？过来帮帮忙。

罗德利哥　啊，救救我！我在这儿。

凯西奥　他就是恶党中的一人。

伊阿古　好一个杀人的凶徒！啊，恶人！（刺罗德利哥）

罗德利哥　啊，万恶的伊阿古！没有人心的狗！

伊阿古　在暗地里杀人！这些凶恶的贼党都在哪儿？这地方多么寂静！喂！杀了人啦！杀了人啦！你们是什么人？是好人还是坏人？

罗多维科　请你自己判断我们吧。

伊阿古　罗多维科大人吗？

罗多维科　正是，老总。

伊阿古　恕我失礼了。这儿是凯西奥，被恶人们刺伤，倒在地上。

葛莱西安诺　凯西奥！

伊阿古　怎么样，兄弟？

凯西奥　我的腿断了。

伊阿古　哎哟，罪过罪过！两位先生，请替我照火；我要用我的衫子把它包扎起来。

比恩卡上。

比恩卡　喂，什么事？谁在这儿叫喊？

伊阿古　谁在这儿叫喊！

比恩卡　哎哟，我的亲爱的凯西奥！我的温柔的凯西奥！啊，凯西奥！凯西奥！凯西奥！

伊阿古　哼，你这声名狼藉的娼妇！凯西奥，照你猜想起来，向你下这样毒手的大概是些什么人？

凯西奥　我不知道。

葛莱西安诺　我正要来找你，谁料你会遭逢这样的祸事，真是恼人！

伊阿古　借给我一条吊袜带。好。啊，要是有一张椅子，让他舒舒服服躺在上面，把他抬去才好！

比恩卡　哎哟，他晕过去了！啊，凯西奥！凯西奥！凯西奥！

伊阿古　两位先生，我很疑心这个贱人也是那些凶徒们的同党。——忍耐点儿，好凯西奥。——来，来，借我一个火。我们认不认识这一张脸孔？哎呦！是我的同国好友罗德利哥吗？不。唉，果然是他！天哪！罗德利哥！

葛莱西安诺 什么！威尼斯的罗德利哥吗？

伊阿古 正是他，先生。你认识他吗？

葛莱西安诺 认识他！我怎么不认识他？

伊阿古 葛莱西安诺先生吗？请您原谅，这些流血的惨剧，使我礼貌不周，失敬得很。

葛莱西安诺 哪儿的话，我很高兴看见您。

伊阿古 你怎么啦，凯西奥？啊，来一张椅子！来一张椅子！

葛莱西安诺 罗德利哥！

伊阿古 他，他，正是他。（众人携椅上）啊！很好，椅子。几个人把他小心抬走；我就去找军医官来。（向比恩卡）你，奶奶，你也不用装腔作势啦。——凯西奥，死在这儿的这个人是我的好朋友。你们两人有什么仇恨？

凯西奥 一点没有，我根本不认识这个人。

伊阿古 （向比恩卡）什么！你脸色变白了吗？——啊！把他抬进

屋子里去。（众人抬凯西奥、罗德利哥二人下）等一等，两位先生。奶奶，你脸色变白了吗？你们看见她眼睛里这一股惊慌的神气吗？哼，要是你这样睁大了眼睛，我们还要等着听一些新鲜的话哩。留心瞧着她。你们瞧；你们看见了吗，两位先生？哼，犯了罪的人，即使舌头僵住了，也会不打自招的。

爱米利娅上。

爱米利娅　唉！出了什么事啦？出了什么事啦，丈夫？

伊阿古　凯西奥在这儿黑暗之中，被罗德利哥和几个在逃的同党袭击；他几乎送了性命，罗德利哥已经死了。

爱米利娅　哎呦，好一位绅士！哎呦，好凯西奥！

伊阿古　这是他爱嫖的结果。爱米利娅，你去问问凯西奥，他今天晚上在什么地方吃饭的。——什么！你听了这句话就发抖吗？

比恩卡　他在我家里吃饭，可是我并没有因此而发抖。

伊阿古　噢，他在你家里吃饭？你跟我走！

爱米利娅　呸，呸，你这不要脸的娼妇！

比恩卡　我不是娼妇；我跟你一样清白。

爱米利娅　跟我一样清白！呸！不要脸！

伊阿古 两位好先生，让我们去帮助帮助可怜的凯西奥，替他把伤口扎好。来，奶奶，你必须对我们讲老实话。爱米利娅，你快奔到城堡里去，告诉将军和夫人这儿发生了什么事。你们先请吧。（旁白）今夜是我的命运所寄，倘不能青云直上，就要一败涂地。（同下）

第二场

城堡中的卧室

苔丝狄蒙娜睡床上，一灯照耀室内；奥瑟罗上。

奥瑟罗 只是为了这一个原因，只是为了这一个原因，我的灵魂！纯洁的星星啊，让我不要向你们说出她的名字！只是为了这一个原因……可是我不愿溅她的血，也不愿毁伤她那比白雪更皎洁，比石膏更腻滑的肌肤。可是她不能不死，否则她将要陷害更多的男子。让我熄灭了这一盏灯，然后再熄灭你的生命之灯。融融的灯光啊，我把你吹熄以后，要是我心生后悔，仍旧可以把你重新点亮；可是你，造化最精美的样本啊，你的火焰一旦熄灭，我不知道什么地方有那天上的神火，能够燃起你的原来的光彩！我摘下了蔷薇，就不能再给它已失的生机，只好让它枯萎凋谢；当它还在枝头的时候，我要嗅一嗅它的芳香。（吻苔丝狄蒙娜）啊，甘美的气息！你几乎诱动公道的心，使她折断她的利剑了！再一个吻，再一个吻。愿你到死都是这样；我要杀死你，然后再爱你。再一个吻，这是最后的一吻了；这样销魂，却又是这样无比的惨痛！我必须哭泣，然而这些是无情的眼泪。这一阵阵悲伤是神圣的，因为它要惩罚的正是它最疼爱的。她醒来了。

苔丝狄蒙娜　谁？奥瑟罗吗？

奥瑟罗　嗯，苔丝狄蒙娜。

苔丝狄蒙娜　您要睡了吗，我的主？

奥瑟罗　你今晚有没有祈祷过，苔丝狄蒙娜？

苔丝狄蒙娜　祈祷过了，我的主。

奥瑟罗　要是你想到在你的一生之中，还有什么罪恶不曾为上帝所宽宥，赶快恳求他的恩赦吧。

苔丝狄蒙娜　哎呦！我的主，您这句话是什么意思？

奥瑟罗　嘿，祈祷吧，干脆点儿，我就在一旁等着你。我不愿杀害你的没有准备的灵魂；不，上天禁止这种罪行！我不愿杀害你的灵魂。

苔丝狄蒙娜　您在说杀人的话吗？

奥瑟罗　嗯，是的。

苔丝狄蒙娜　那么愿上天垂怜于我！

奥瑟罗　阿门，但愿如此！

苔丝狄蒙娜　要是您这样说，我希望您不至于把我杀死。

奥瑟罗　哼！

苔丝狄蒙娜　可是我怕您；因为您的眼珠这样滚转的时候，您总是要杀人的。我不知道我为什么害怕，因为我不知道我有什么罪，可是我觉得害怕。

奥瑟罗　想想你的罪恶吧。

苔丝狄蒙娜　除非我对您的爱是罪恶，我不知道我有什么罪恶。

奥瑟罗　好，你必须因此而死。

苔丝狄蒙娜　为了爱而被杀，那样的死是违反人情的。唉！您为什么这样咬着您的下唇呢？一种饮血的欲念震撼您的全身，这便是它的征兆；可是我希望，我希望您的怒气不是对我而发。

奥瑟罗　闭嘴，不要作声！

苔丝狄蒙娜　是。可是请您告诉我究竟为了什么事？

奥瑟罗　你把我给你的那条我的心爱的手帕送给凯西奥。

苔丝狄蒙娜　不，凭着我的生命和灵魂起誓！您叫他来问好了。

奥瑟罗　好人儿，留心不要发伪誓；你已经死在眼前了。

苔丝狄蒙娜　不，我现在还不能死。

奥瑟罗　你必须立刻死，所以赶快坦白招认你的罪恶吧；即使你发誓否认每一件事实，也不能除去那使我痛心的坚强的确信。你必须死。

苔丝狄蒙娜　那么愿上帝垂怜于我！

奥瑟罗　阿门。

苔丝狄蒙娜　愿您也大发慈悲！我生平从不曾得罪过您，也从不曾用上天所不容的非分的爱情滥施在凯西奥的身上；我没有给过他什么东西。

奥瑟罗　苍天在上，我亲眼看见我的手帕在他的手里。欺罔神明的妇人！你使我的心变成坚硬；我本来想把你作为献祭的牺牲，现在却被你激起我的屠夫的恶念来了。我明明看见那手帕的。

苔丝狄蒙娜　那么是他在什么地方拾到的，我没有给他。叫他到这儿来，让他供认事实的真相。

奥瑟罗 他已经承认了。

苔丝狄蒙娜 承认什么，我的主?

奥瑟罗 承认他已经和你发生关系。

苔丝狄蒙娜 怎么?非法的关系吗?

奥瑟罗 嗯。

苔丝狄蒙娜 他不会这样说的。

奥瑟罗 是的，他的嘴已经闭住，正直的伊阿古已经把他解决了。

苔丝狄蒙娜 啊，我的恐惧竟成事实!什么!他死了吗?

奥瑟罗 即使他每一根头发里都有生命，我的复仇的怒火也会把它们一起吞下。

苔丝狄蒙娜 唉!他被人陷害，我的一生也从此断送了!

奥瑟罗 不要脸的娼妇!你当着我的面为他哭泣吗?

苔丝狄蒙娜 啊，我的主，把我放逐，可是不要杀我!

奥瑟罗 倒下，娼妇!

丝狄蒙娜 明天杀我，让我活过今天!

奥瑟罗　不，要是你想挣扎——

苔丝狄蒙娜　给我半点钟的时间！

奥瑟罗　已经决定了，没有挽回的余地。

苔丝狄蒙娜　可是让我作一次祷告吧！

奥瑟罗　太迟了。（扼苔丝狄蒙娜咽喉。）

爱米利娅　（在内）将军，将军！喂！将军，将军！

奥瑟罗　这是什么声音？没有死吗？还没有完全死去吗？我虽然狠心，却还有几分慈悲；我不愿你多挨受一刻痛苦。好，好。（刺苔丝狄蒙娜）

爱米利娅　（在内）喂！将军，将军！

奥瑟罗　哪一个？

爱米利娅　（在内）啊，将军！我要跟您说句话儿。

奥瑟罗　是的，这是爱米利娅。——等一等。——她死了。她多半要来说起凯西奥的死讯。外边已经听得见嘈杂的声音。嘿！一动也不动了吗？像坟墓一样沉寂。要不要让她进来？妥当不妥当？我想她又在动了。不。怎么办呢？要是她进来，她一定要跟我的妻子说话。我的妻子！我的妻子！什么妻子？我没有妻子。啊，难堪！

啊，不幸的时辰！我想现在日月应该晦暗不明，受惊的地球看见这种非常的灾变，也要吓得目瞪口呆。

爱米利娅 （在内）啊，好将军！请您让我进来对您说句话儿。

奥瑟罗 我忘记了。啊，进来，爱米利娅。慢慢，等一等。让我把帐幕拉下了。你在哪儿？（启锁开门）

爱米利娅上。

奥瑟罗 现在可有什么事？

爱米利娅 啊，好将军！那边出了杀人命案啦！

奥瑟罗 什么！现在？

爱米利娅 就是刚才，将军。

奥瑟罗 那都是因为月亮走错了轨道，比平常更近地球，所以人们都发起疯来了。

爱米利娅 将军，凯西奥杀死了一个名叫罗德利哥的威尼斯青年。

奥瑟罗 罗德利哥被杀了！凯西奥也被杀了吗？

爱米利娅 不，凯西奥没有死。

奥瑟罗 凯西奥没有死！那么杀人认错了对象，痛快的复仇又有了变卦啦。

苔丝狄蒙娜 啊，死得好冤枉呀！

爱米利娅 哎呦！那是什么呼声？

奥瑟罗 那！什么？

爱米利娅 哎呦！那是夫人的声音。救命！救命啊！救命！啊，夫人，再说一声话儿！亲爱的苔丝狄蒙娜！啊，亲爱的夫人，说呀！

苔丝狄蒙娜 我是无罪而死的。

爱米利娅 啊！这是谁干的事？

苔丝狄蒙娜 谁也没有干，是我自己。再会吧；替我向我的仁慈的夫君致意。啊，再会吧！（死）

奥瑟罗 啊！她怎么会被人杀死的？

爱米利娅 唉！谁知道？

奥瑟罗 你听见她说是她自己，我没有杀死她。

爱米利娅 她是这样说；我只好按照事实去报告。

奥瑟罗 她到地狱的火焰里去，还不愿说一句真话。杀死她的是我。

爱米利娅　啊，那么她尤其是一个天使，你尤其是一个黑心的魔鬼了！

奥瑟罗　她干了无耻的事，她是个淫妇。

爱米利娅　你冤枉她，你是个魔鬼。

奥瑟罗　她像水一样轻浮。

爱米利娅　你说她轻浮，你自己才像火一样粗暴。啊，她是圣洁而忠贞的！

奥瑟罗　凯西奥和她通奸，不信你去问你的丈夫吧。啊，要是我采取这种极端的手段，并没有正当的理由，死后就要永远堕入地狱的底层！你的丈夫一切全都知道。

爱米利娅　我的丈夫！

奥瑟罗　你的丈夫。

爱米利娅　他知道她不守贞节吗？

奥瑟罗　嗯，他知道她跟凯西奥有暧昧。嘿，要是她是个贞洁的妇人，即使上帝为我用一颗完整的宝石另外造一个世界，我也不愿用她去交换。

爱米利娅　我的丈夫！

奥瑟罗　嗯，他最初告诉我这件事。他是个正人君子，他痛恨卑鄙龌龊的行为。

爱米利娅　我的丈夫！

奥瑟罗　妇人，为什么把这句话说了又说呢？我是说你的丈夫。

爱米利娅　啊，夫人！你因为多情，受了奸人的愚弄了！我的丈夫说她不贞！

奥瑟罗　正是他，妇人；我说你的丈夫；你懂得这句话吗？我的朋友，你的丈夫，正直的，正直的伊阿古。

爱米利娅　要是他果然说了这样的话，愿他恶毒的灵魂每天一分一寸地糜烂！他全然胡说；她对于她的最卑鄙的野蛮人是太痴心了。

奥瑟罗　嘿！

爱米利娅　随你把我怎么样吧。你配不上这样的好妻子，你这种行为是上天所不容的。

奥瑟罗　还不闭嘴！

爱米利娅　你没有半分力量可以伤害我；也不能让人家把我欺侮。啊，笨伯！傻瓜！泥土一样蠢的家伙！你已经做了一件大大不该的事，——我不怕你的剑；我要宣布你的罪恶，即使我将要因此而丧失二十条生命。救命！救命啊！救命！摩尔人杀死了夫人啦！杀了

人啦！杀了人啦！

蒙太诺、葛莱西安诺、伊阿古及余人等上。

蒙太诺　什么事？怎么，将军！

爱米利娅　啊！你来了吗，伊阿古？你做得好事，人家都把杀人的罪名架在你头上啦！

葛莱西安诺　什么事？

爱米利娅　你倘是个汉子，赶快否认这恶人所说的话吧；他说你告诉他他的妻子不贞。我知道你不会说这种话，你还不会是这样一个恶人。说吧，我的心都要胀破了。

伊阿古　我不过把我自己的意思告诉他，我对他所说的话，已经由他自己证实了。

爱米利娅　可是你有没有对他说她是不贞的？

伊阿古　我对他说过。

爱米利娅　你说谎，一个可憎的、万恶不赦的谎！凭着我的灵魂起誓，一个谎，一个罪恶的谎！她跟凯西奥私通！你说她跟凯西奥私通吗？

伊阿古　跟凯西奥私通，太太。好了好了，收住你的舌头吧。

爱米利娅　我不愿收住我的舌头；我必须说话。夫人在这儿床上给人谋杀了。

众人　啊，哪会有这样的事！

爱米利娅　都是你造的谣言，引起这场血案。

奥瑟罗　各位不必惊慌；这事情是真的。

葛莱西安诺　真有这样的事，那可奇了！

蒙太诺　啊，骇人的行为！

爱米利娅　诡计！诡计！诡计！我现在想起来了。啊，诡计！那时候我就有些怀疑，我要伤心死了！啊，诡计！诡计！

伊阿古　什么！你疯了吗？快给我回家去！

爱米利娅　各位先生，让我有一个说话的机会。照理我应该服从他，可是现在却不能服从他。也许，伊阿古，我永远不再回家了。

奥瑟罗　啊！啊！啊！（扑卧床上）

爱米利娅　哼，你躺下来哭叫吧；因为你已经杀死一个世间最温柔纯洁的人。

奥瑟罗　啊，她是淫污的！我简直不认识您啦，叔父。那边躺着您的侄女，她的呼吸被我这双手新近扼断；我知道这件行为在世人眼中看起来是惊人而惨酷的。

葛莱西安诺　可怜的苔丝狄蒙娜！幸亏你父亲已经死了；你的婚事是他的致死的原因，悲伤摧折了他的衰老的生命。要是他现在还活着，看见这种惨状，一定会干出一些疯狂的事情来的。他会诅咒天地，赶走善变的保护天使，毁灭了自己的灵魂。

奥瑟罗　这诚然是一件伤心的事，可是伊阿古知道她曾经跟凯西奥干过许多回无耻的勾当，凯西奥自己也承认了。她还把我的定情礼物送给凯西奥，表示接受他的献媚。我看见它在他的手里；那是一方手帕，我的父亲给我母亲的一件古老的纪念品。

爱米利娅　天啊！天上的神明啊！

伊阿古　算了，闭住你的嘴！

爱米利娅　事情总会暴露的，事情总会暴露的。闭住我的嘴？不，不，我要像北风一样自由地说话；让天神、世人和魔鬼全都把我嘲骂羞辱，我也要说我的话。

伊阿古　放明白一些，回家去吧。

爱米利娅　我不愿回家。（伊阿古拔剑欲刺爱米利娅）

葛莱西安诺　呸！你向一个妇人动武吗？

爱米利娅　你这愚笨的摩尔人啊！你所说起的那方手帕，是我偶然拾到，把它给了我的丈夫的；虽然那只是一件小小的东西，他却几次三番恳求我给他偷了回来。

伊阿古　长舌的淫妇！

爱米利娅　她送给凯西奥！唉！不，是我拾到了，把它交给我的丈夫的。

伊阿古　贱人，你说谎！

爱米利娅　苍天在上，我没有说谎；我没有说谎，各位先生。杀人的傻瓜啊！像你这样一个蠢材，怎么配得上这样好的一位妻子呢？

奥瑟罗　天上没有石块，可以像雷霆一样打下来吗？好一个奸贼！（向伊阿古扑奔；伊阿古刺爱米利娅逃下）

葛莱西安诺　这妇人倒下来了；他把他的妻子杀死了。

爱米利娅　是，是，啊！把我放在夫人的一旁吧！

葛莱西安诺　他去了，他的妻子给他杀了。

蒙太诺　这是一个罪大恶极的凶徒。你把这一柄我从这摩尔人手里夺下来的剑拿了。来，在门外看守好了，别让他出去；他要是想逃走，尽管把他杀死。我要去追那恶人，那是一个不可宽恕的家伙。

（蒙太诺、葛莱西安诺下）

奥瑟罗 我的勇气也离我而去了，每一个孱弱的懦夫都可以夺下我的剑来。可是奸恶既然战胜了正直，那里还会有荣誉存在呢？让一切都归于幻灭吧！

爱米利娅 你的歌儿是一个噩兆吗，夫人？听，你听不听见我的声音？我要像天鹅一般在音乐里死去。（唱）

杨柳，杨柳，杨柳……

摩尔人，她是贞洁的；她爱你，狠心的摩尔人。我说的是真话，愿我的灵魂享受天福；我的话是跟我的思想一致的。我死了，我死了。（死）

奥瑟罗 我还有一柄剑在这屋子里，那是一柄用冰泉的水所浸炼的西班牙宝剑。啊，在这儿！叔父，我一定要出来。

葛莱西安诺 （在内）你要是敢试一试，就得付重大的代价；你没有武器，只好屈服。

奥瑟罗 那么进来瞧瞧我吧，我有话对你说；否则我虽然没有武器，也只好不顾一切跟你拼一下了。

葛莱西安诺重上。

葛莱西安诺 什么事？

奥瑟罗　瞧！我有一柄剑，从来不会在一个战士的身边佩带过一柄比它更好的剑。凭着这一条小小的手臂和这一柄利剑，我曾经冲破二十倍于你们这样人数的包围；可是，无聊的夸口啊！谁能主宰他自己的命运呢？现在我已经没有那样的本领了。虽然你看我拿着武器，可是不用害怕，这儿是我的旅途的终点，我的航程的最后的目标。你吓得退走了吗？这是不必要的惊恐；谁只要拿一根灯草向奥瑟罗的胸前刺去，他也会向后退缩的。奥瑟罗应该到什么地方去呢？——啊，让我再看看你的脸庞吧，薄命的女郎！像你的衬衣一样惨白！我们在天庭对簿的时候，你这一副脸色就可以把我的灵魂赶下天堂，让魔鬼把它抓去。你的全身冰冷，我的恋人！正像你的贞洁一样凛若寒霜。啊，该死的，该死的奴才！魔鬼啊，把我从这天仙一样美人的面前鞭逐出去吧！让狂风把我吹卷，硫磺把我熏烤，沸汤的深渊把我沉浸吧！啊，苔丝狄蒙娜！苔丝狄蒙娜！死了！啊！啊！啊！

罗多维科、蒙太诺、二侍从以卧椅抬凯西奥及吏役等押伊阿古同上。

罗多维科　这鲁莽而不幸的人在哪儿？

奥瑟罗　那就是从前的奥瑟罗；我在这儿。

罗多维科　那条毒蛇呢？把这恶人带上来。

奥瑟罗　据说魔鬼的脚是分趾的，让我看看他的脚是不是这样。要是你真的是一个魔鬼，我也不能杀死你。（刺伤伊阿古）

罗多维科　把他手里的剑夺下来。

伊阿古　我不过流了点儿血，还没有给他杀死。

奥瑟罗　那也好，我要你留着活命；因为在我看来，死倒是一桩幸福。

罗多维科　啊，奥瑟罗！你本来是一个很好的汉子，却会中一个万恶的奸人的诡计，我们应该对你怎么说呢？

奥瑟罗　随便你们怎么说吧。要是你们愿意，不妨说我是一个正直的凶手，因为我所干的事，都是出于荣誉的观念，不是出于猜嫌的私恨。

罗多维科　这恶人已经一部分承认了他的奸谋；杀死凯西奥是你跟他同谋的吗？

奥瑟罗　是的。

凯西奥　主帅，我从来不曾得罪过您。

奥瑟罗　我相信你的话，愿你原谅我吧。你们问一问那个顶着人头的恶魔，为什么他要这样陷害我的灵魂和肉体？

伊阿古　什么也不要问我；你们所知道的，你们已经知道了；从这一刻起，我不再说一句话。

罗多维科　什么！你也不要祈祷吗?

葛莱西安诺　酷刑可以逼你开口。

奥瑟罗　你还是说吧。

罗多维科　将军，你将要明白经过的一切，我相信你现在还是一点没有知道。这是从已死的罗德利哥衣袋里搜到的一封信；这儿还有一封；其中一封信里说到杀死凯西奥的事情由罗德利哥动手执行。

奥瑟罗　啊，奸贼！

凯西奥　野蛮残忍的阴谋！

罗多维科　这儿还有一封从他的衣袋里找到的充满着怨望的信，看来好像是罗德利哥预备寄给这个万恶的奸人的，可是信还没有寄出，伊阿古就来给他满足了。

奥瑟罗　啊，恶毒的奸贼！凯西奥，我的妻子的手帕怎么会到你手里的?

凯西奥　我在我的房间里找到它。他刚才已经亲口承认有意把它丢在那边，借此可以达到他自己的图谋。

奥瑟罗　啊，傻瓜！傻瓜！傻瓜！

凯西奥 在罗德利哥的信里，他又埋怨伊阿古不该撺掇他在我值夜的时候向我寻事；我就是为了那一回事情而撤职的。就在刚才，他从长时间的昏迷中醒了过来，还说起他一切都受伊阿古的指使，结果却是伊阿古伤了他的生命。

罗多维科 你必须离开这所屋子，跟我们去。你的军队和兵权必须全部交卸，让凯西奥主持塞浦路斯的军政重务。对于这一个家伙，我们将要用一切巧妙的酷刑加在他的身上，使他遍受种种的痛苦，而不至于立刻死去。我们还要把你严密监禁，等候威尼斯政府判决你的罪状。来，把他带下去。

奥瑟罗 且慢，在你们未去以前，再听我说一两句话。我对于国家曾经立过相当的功劳，这是执政诸公所知道的。那些话现在也不用说了。当你们把这种不幸的事实报告他们的时候，请你们在公文上老老实实照我本来的样子叙述，不要徇情回护，也不要恶意构陷；你们应当说我是一个在恋爱上不智而过于深情的人；一个不容易发生嫉妒，可是一旦被人煽动以后，就会感到极度烦恼的人；一个像那愚蠢的印度人一般，把一颗比他整个部落所有的财产更贵重的珍珠随手抛弃的人；一个虽然不惯于流妇人之泪，可是当他被感情征服的时候，也会像涌流着胶液的阿拉伯胶树一般两眼泛滥的人。请你们把这些话记下，再补充一句说：在阿勒坡地方，曾经有一个裹着头巾的敌意的土耳其人殴打一个威尼斯人，诽谤我们的国家，那时候我就一把抓住这受割礼的狗子的咽喉，就这样把他杀了。（以剑自刎）

罗多维科　啊，惨酷的结局！

葛莱西安诺　一切说过的话，现在又要颠倒过来了。

奥瑟罗　我在杀死你以前，曾经用一吻和你诀别；现在我自己的生命也在一吻里终结。（倒扑在苔丝狄蒙娜身上，死）

凯西奥　我早就担心会有这样的事发生，可是我还以为他没有武器；他的心地是光明正大的。

罗多维科　（向伊阿古）你这比痛苦、饥饿和大海更凶暴的猛犬啊！瞧瞧这床上一双浴血的尸身吧；这是你干的好事。这样伤心惨目的景象，赶快把它遮盖起来吧。葛莱西安诺，请您接收这一座屋子，这摩尔人的全部家产，都应该归您继承。总督大人，怎样处置这一个恶魔般的奸徒？什么时候，什么地点，用怎样的刑法？都要请您全权办理，千万不要宽纵他！我现在就要上船回去禀明政府，用一颗悲哀的心报告这一段悲哀的事故。（同下）

李尔王

莎士比亚在创作《李尔王》时，正值他艺术生涯的最高峰。他对人生和世界的看法更清晰、更透彻，更关注人性、道德和哲理的思辨。在莎士比亚所有的戏剧中，没有一出像《李尔王》一样，让不公不义如此暴虐嚣张又无需收到惩罚。然而，这出悲剧并非漠视邪恶、愚蠢及痛苦，而是要我们正视这些阴暗面，看清人类的邪恶如何使人万劫不复，又如何在痛苦中展现爱的力量。

剧中人物

李尔	不列颠国王
法兰西国王	
勃艮第	
康华尔	公爵
奥本尼	
肯特	伯爵
葛罗斯特	伯爵
爱德伽	葛罗斯特之子
爱德蒙	葛罗斯特之庶子
克伦	朝臣
奥斯华德	戈纳瑞的管家
老人	葛罗斯特的佃户
医生	
弄人	

爱德蒙属下一军官

科迪利娅一侍臣

传令官

康华尔的众仆

戈纳瑞	
里甘	李尔之女
科狄利娅	

扈从李尔之武士、军官、使者、兵士及侍从等

地点

不列颠

第一幕

第一场

李尔王宫中大厅

肯特、葛罗斯特及爱德蒙上。

肯特 我原来以为王上对于奥本尼公爵比对康华尔公爵更有好感。

葛罗斯特 我们一向都觉得是这样；可是这次国土的划分中，却看不出来他对这两位公爵中的谁更看重；因为他分配得那么平均，无论他们怎样斤斤较量，都不能说对方比自己占了便宜。

肯特 大人，这位是您的令郎吗？

葛罗斯特 他的出生要归我负责；我常常不得不红着脸承认他，可是现在惯了，也就脸皮厚啦。

肯特 我不懂您的意思。

葛罗斯特 不瞒您说，这小子的母亲没有嫁人就大了肚子生下他来。您想这应该不应该？

肯特 能够生下这样一个好儿子来，我不能但愿这错误不曾发生。

葛罗斯特 我还有一个合法的儿子，年纪比他大一岁，然而并不更讨我喜欢。这畜生虽然不等我的召唤就莽莽撞撞来到这世上，可是他的母亲是个迷人的东西，我们在制造他的时候，曾经有过一场销魂的游戏，这孽种我不能不承认他。爱德蒙，你认识这位贵人吗？

爱德蒙 不认识，父亲。

葛罗斯特 肯特勋爵。从此以后，你该记好他是我的尊贵的朋友。

爱德蒙 大人，我愿意为您效劳。

肯特 我一定会喜欢你，希望我们以后能够常常见面。

爱德蒙 大人，我一定尽力不辜负您的垂爱。

葛罗斯特 他已经在国外九年，不久还是要出去的。王上来了。

喇叭奏花腔。李尔、康华尔、奥本尼、戈纳瑞、里甘、科迪利娅及侍从等上。

李尔　葛罗斯特，你去招待招待法兰西国王和勃艮第公爵。

葛罗斯特　是，陛下。（葛罗斯特、爱德蒙同下）

李尔　现在我要向你们说明我的心事。把那地图给我。告诉你们吧，朕已经把朕的国土划成三部分；朕因为自己年纪老了，决心摆脱一切公务和操心事的牵累，把责任交卸给年轻力壮之人，让自己好脱去负担，慢慢地走向死亡。康华尔和奥本尼两位贤婿，为了预防他日的争执，我想还是趁现在把我的几个女儿的嫁奁加以公布。法兰西和勃艮第两位君主正在竞争我的小女儿的爱情，他们为了求婚而住在朕的宫廷里，也已经有好多时候了，现在该得到答复。孩子们，在我即将放弃统治权、领土和国事的重任的时候，告诉我，你们中间哪一个人最爱我？我要看看谁的天性最值得嘉奖，我就给她最大的恩惠。戈纳瑞，我的大女儿，你先说。

戈纳瑞　父亲，我对您的爱，不是言语所能表达；我爱您胜过视力、世界和自由；超越一切可以估价的贵重稀有的事物；不亚于兼有天恩、健康、美貌和荣誉的生命；不曾有一个女儿这样爱过他的父亲，也不曾有一个父亲这样被他的儿女所爱；这种爱使口舌和言辞都无能为力；我对您的爱比所有上述都加起来还要多。

科迪利娅　（旁白）科迪利娅应该怎么好呢？默默地爱着吧。

李尔　在这些疆界以内，从这条线到这条线，所有浓密的森林、膏腴的平原、富庶的河流、广大的牧场，都要奉你为女主人；这一块土地永远归你和奥本尼的子孙所保有。我的二女儿，最亲爱的里甘，康华尔的夫人，你怎么说？

里甘　我跟姐姐是一样的，您凭着她就可以判断我。在我的真心之中，我觉得她刚才所说的话，正是我爱您的实际的情形，不过她说得还不够：我宣布厌弃敏锐的知觉所能感受到的其他一切快乐，只有陛下您的爱才是我的幸福。

科迪利娅　（旁白）那么，科迪利娅就只好可怜了！可是也不尽然，因为我深信我的爱心比我的口才更为丰富。

李尔　这一块从朕的美好王国中划分出来的三分之一的沃壤，是你和你的子孙永远世袭的产业，和戈纳瑞所得到的一份同样广大、同样富庶，也是同样的佳美。现在，我的宝贝，虽然是最后的一个，但并非最不重要的；法兰西的葡萄和勃艮第的乳酪都在竞争你的青春之爱；你有些什么话，可以换到一份比你的两个姐姐更富庶的土地？说吧。

科迪利娅　父亲，我没有话说。

李尔　没有？

科迪利娅　没有。

李尔　没有只能换到没有；重新说过。

科迪利娅　可叹我不会把我的心事从嘴里说出来；我爱您只是按照我的义务，一分不多，一分不少。

李尔　怎么，科迪利娅！把你的话修补一下，否则你要毁坏你自己的命运了。

科迪利娅　父亲，亲我、养我、爱我，我理当尽义务回报，服从您、爱您、敬重您。如果我的姐姐们说要用她们整个的心来爱您，那么她们为什么要嫁人呢？要是我有一天出嫁了，那接受我的忠诚誓约的丈夫，将要得到我的一半的爱、我的一半的关心和义务；假如我只爱我的父亲，我一定不会像我的姐姐们一样去嫁人的。

李尔　你这些话果然是从心里说出来的吗？

科迪利娅　是的，好父亲。

李尔　年纪这样轻，却这样没有良心吗？

科迪利娅　父亲，我年纪虽轻，心是忠实的。

李尔　好，那么让你的忠实做你的嫁奁吧。凭着太阳神圣的光辉，凭着黑夜的神秘，凭着主宰人类生死的星球的运行，我在这里宣布和你断绝一切父女之情和血亲的关系，今后永远把你当作一个路人看待。啖食自己儿女的野蛮的生番，比起你，我的旧日的女儿来，也不会更受我的憎恨。

肯特　陛下——

李尔　闭嘴，肯特！不要来批怒龙的逆鳞。我本来最爱她，想要在她的殷勤看护之下终养我的天年。去，不要让我看见你！让坟墓做我安息的眠床，我从此割断对她的父爱了！叫法兰西王来！都是死人吗？叫勃艮第来！康华尔和奥本尼，你们已经分到我的两个女儿的嫁奁，现在把我第三个女儿的那一份也拿去分了吧；让骄傲，她自己称为坦白的，和她结婚吧。我把我的权力至高无上的地位和君主的一切尊荣一起给了你们。我自己只保留一百名骑士，在你们两人的地方按月轮流居住，由你们负责供养。我只保留国王的名义和尊号，所有行政的大权、国库的收入和大小事务的处理，完全交在你们手里；为了证实我的话，两位贤婿，我赐给你们这一顶宝冠，归你们分享。

肯特　尊严的李尔，我一向敬重您像敬重您为国王，爱您如父亲，跟随您为主人，在我的祈祷之中总是祝福您为伟大的恩主——

李尔　弓已经弯好拉满，你留心躲开箭锋吧。

肯特　让它落下来吧，即使箭镞会刺进我的心里。李尔既发了疯，肯特只好不顾礼貌了。你究竟要怎样，老头儿？你以为权力向谄媚低头的时候，尽忠守职的臣僚就不敢说话了吗？君主不顾自己的尊严，干下了愚蠢的事情，直言极谏就是光荣的。保留你的权力，仔细考虑一下，停止这种可怕而鲁莽的举措吧。我以生命担保我的判断：你的小女儿并不是爱你最少的一个；微弱的声音也并不反应空虚和假心假意。

李尔　肯特，你要是想活命，赶快住嘴。

肯特　我的生命本来是预备向你的仇敌抛掷的；为了你的安全，我也不怕把它失去。

李尔　走开，不要让我看见你！

肯特　瞧明白些，李尔；还是让我永远留在你的眼前吧。

李尔　凭着阿波罗起誓——

肯特　凭着阿波罗，老王，你向神明发誓也是没用的。

李尔　啊，可恶的奴才！（以手按剑）

奥本尼、康华尔　（合）陛下请息怒。

肯特　好，杀了你的医生，把你的恶病养得一天比一天厉害吧。赶快撤销你的赠予，否则只要我的喉舌尚在，我就要大声疾呼，告诉你，你做了错事啦。

李尔　听着，逆贼！如果你还是臣子，听我说！你想要使我毁弃我不容更改的誓言，以你不法的傲慢对我的命令和权力妄加阻挠，这种态度，我的天性和地位都不能容忍；为了维持王命的尊严，不能不给你应得的处分。我现在宽容你五天的时间，让你预备些应用的衣服、食物，以抵御尘世的困苦；在第六天上，你那可憎的身体必须离开我的国境；要是在此后十天之内，我们的领土上再发现了你的踪迹，那时候就要把你当场处死。滚吧！凭着朱庇特发誓，这一判决是无可改变的。

肯特 再会，国王；你既不知悔改，

囚笼里也没有自由存在。（向科迪利娅）

神明荫护你，善良的女郎！

你的正心谠论无愧纲常。（向里甘、戈纳瑞）

愿你们照你们的夸口去做，

爱的言辞会变成事实。

各位王子，肯特从此远去；

到新的国土走他的旧路。（下）

喇叭奏花腔。葛罗斯特带法兰西王、勃艮第及侍从等重上。

葛罗斯特 陛下，法兰西国王和勃艮第公爵来到。

李尔 勃艮第公爵，现在我先对您说话：您跟这位国王争着要得到我的女儿。您希望她至少要有多少陪嫁的奁资，否则宁愿放弃对她的追求？

勃艮第 最尊敬的陛下，照着您所已经答应的数目，我就很满足了；想来您也不会再有吝惜的。

李尔　尊贵的勃艮第，当她为我所宠爱的时候，我是把她看得非常珍重的，可是现在她的价格已经跌落了。公爵，您瞧她站在那儿，一个弱小的身躯，要是除了我的憎恶以外，我什么都不给她，而您仍然觉得她有中意的地方，或者整个儿使您满意，那么她就在那儿，您把她带去好了。

勃艮第　我不知道怎样回答。

李尔　她只是纤弱一身，没有亲友的照顾，近来遭到我的憎恨，咒诅是她的嫁奁，我已经立誓和她断绝关系，您是愿意娶她呢，还是把她放弃？

勃艮第　恕我，陛下，在这种条件之下，决定取舍是不可能的事。

李尔　那么放弃她吧，公爵。凭着造物主起誓，我已经告诉您她的全部价值。（向法兰西王）至于您，伟大的国王，我不愿把一个我所憎恶的人匹配于您而致失去您的友谊；所以请您还是丢开这个几乎为天地所不容的贱人，另找一个更值得的佳偶吧。

法兰西王　这太奇怪了，她刚才还是您的眼中的珍宝、您的赞美的题目、您的老年的安慰、您的最心爱的人儿，怎么转瞬间就会干下这么一件罪大恶极的行为，以致丧失了您的深恩厚爱！她所犯的一定是违背天性的罪恶，不然一定是您以前公开宣布的爱心变了质；可是除非那是一桩奇迹，我无论如何不相信她会干那样的事。

科迪利娅　我再次请求陛下——如果我缺少油滑的口才，不会讲违心的话，因为凡是我心里想到的事情，我总是先做后说——我恳请您让世人知道，我所以失去您的欢心，并不是因为我有什么丑恶的污点、淫邪的行动，或是不名誉的举止；而只是因为我缺少像人家那样的一双经常献媚乞求的眼睛，一条我认为可耻的善于逢迎的舌头，虽然没有了这些使我失去您的宠爱，可是唯其如此，却使我格外充实。

李尔　你不能讨我高兴，还不如没有把你生养下来的好。

法兰西王　只是为了这一个原因吗？一种天生的口齿的迟钝，它常常使想做的事情未经说出？勃艮第公爵，您对这位公主意下如何？爱情要是搀杂了和它本身不相关涉的顾虑，那就不是真的爱情。您愿不愿意娶她？她自己就是一注无价的嫁奁。

勃艮第　尊严的李尔，只要把您原来已经允许过的那一份嫁奁给我，我现在就可以使科迪利娅成为勃艮第公爵的夫人。

李尔　什么都不给；我已经发过誓，我已经决定了。

勃艮第　那么很遗憾，您失去父亲的方式使您必须再失去一个丈夫了。

科迪利娅　愿勃艮第平安！他所爱的既然只是财产，我也不愿做他的妻子。

法兰西王　最美丽的科迪利娅！你因为贫穷，所以是最富有的；因为被遗弃，所以是最可贵的；因为遭轻视，所以最蒙我怜爱。我现在把你和你的美德一起攫在我的手里；人弃我取是合法的。天啊天！想不到他们的冷酷的轻视，却激起我热烈的敬爱。陛下，您的没有嫁奁的女儿由命运摔给了我，现在是我的分享荣华的王后，法兰西全国的女主人了；沼泽之邦的勃艮第所有的公爵，都不能从我手里买去这无价之宝的女郎。科迪利娅，向他们告别吧，虽然他们是这样无情；你失去了故国，将要得到一个更好的家乡。

李尔　你带了她去吧，法兰西王，让她归你吧，我没有这样的女儿，也再不要看见她的脸，因此走吧，既没有我的恩宠和爱，也没有我的祝福。来，尊贵的勃艮第。（喇叭奏花腔。李尔、勃艮第、康华尔、奥本尼、葛罗斯特及侍从等同下）

法兰西王　向你的姐姐们告别吧。

科迪利娅　父亲眼中的两颗宝玉，科迪利娅用泪洗过的眼睛向你们告别。我知道你们是怎样的人；因为碍着姊妹的情分，我不愿直言指斥你们的错处。好好对待父亲；你们自己说是孝敬他的，我把他托付给你们了。可是，唉！要是我没有失去他的欢心，我一定给他找一个更好的地方。再会了，两位姐姐。

里甘　用不到你教训我们尽责。

戈纳瑞　你还是去小心侍候你的丈夫吧，命运的慈悲把你交在他的手里；你自己不愿顺从，今天空手而去也是活该。

科迪利娅　时间会让深藏的奸诈显出它的原形；谁掩饰过错，最后免不了出乖露丑。愿你们繁荣昌盛！

法兰西王　来，我美丽的科迪利娅。（法兰西王、科迪利娅同下）

戈纳瑞　二妹，我有许多对我们两人有切身关的事要跟你谈。我想，父亲今晚就要离开此地。

里甘　那当然，他要住到你们那儿去；下个月跟我们住。

戈纳瑞　你瞧他现在年纪老了，脾气多么变化不定；我们已经注意到这点了。他一向最爱小妹，现在他把她撵走，可见他是多么糊涂。

里甘　这是他老年的昏悖，而且他向来缺乏自知之明。

戈纳瑞　他年轻健壮的时候性子就很急躁，现在他老了，我们得准备不仅对付他的长期形成的坏习惯，而且对付身体衰弱加火性给他带来的喜怒无常了。

里甘　他把肯特也放逐了。我们也可能会遇到他这种突如其来的任性行为。

戈纳瑞　法兰西王辞行回国，跟他还有一番辞行的礼节。让我们商量一下；要是父亲凭着他这种脾气滥施威权起来，这一次的让权只会损害我们。

里甘　我们还要仔细考虑一下。

戈纳瑞　我们必须想个办法，而且要趁热打铁。（同下）

第二场

葛罗斯特伯爵城堡中的厅堂

爱德蒙持信上。

爱德蒙 大自然，你是我的女神，我愿意为你的法律尽职效劳。为什么我要受世俗的欺凌，让世人的挑剔剥夺我的权益，只因为我比哥哥迟生了一年或是十四个月？为什么叫我私生子？为什么我卑贱？我的体格匀称、心灵高贵、容貌端正，哪一点比不上正夫人的所出？为什么他们要给我加上庶出、贱种、私生子的恶名？贱种、贱种、贱种？难道在天性热烈的偷情里生下的孩子，倒不及拥着一个毫无欢趣的老婆，在半睡半醒之间制造出来的那一批蠢货？好，合法的爱德伽，我一定要得到你的土地；我们的父亲喜欢私生子爱德蒙，正像他喜欢他的合法的儿子一样。好听的名词，"合法"！好，我的合法的哥哥，要是这封信发生效力，我的计策能够成功，庶出的爱德蒙将要胜过合法的嫡子——我可要扬眉吐气啦。众神啊，替私生子撑腰吧！

葛罗斯特上。

葛罗斯特 肯特就这样放逐了！法兰西王盛怒而去；王上昨晚又走

了！他的权力全部交出，依靠他的女儿过活！这些事情都在匆促中发生！爱德蒙，怎么！有什么消息？

爱德蒙　禀父亲，没有什么消息。（藏信）

葛罗斯特　你为什么急切地把那封信藏起来？

爱德蒙　我不知道有什么消息，父亲。

葛罗斯特　你刚才在读什么信？

爱德蒙　没有什么，父亲。

葛罗斯特　没有什么？那么你为什么慌慌张张地把它塞进你口袋？既然没有什么，何必藏起来？来，给我看，要是那上面没有什么话，我也可以不用戴眼镜。

爱德蒙　父亲，请您原谅我，这是哥哥写给我的一封信，我还没有读完，照我已经读到的部分来看，我认为不适于让您看见。

葛罗斯特　把信给我。

爱德蒙　不给您看或者给您看，我都会得罪您。信的内容，其中部分按我的理解，是应受谴责的。

葛罗斯特　给我看，给我看。

爱德蒙　我希望哥哥写这封信是有他的理由的，他不过要试试我的德性。

葛罗斯特　（读信）“这一种尊敬老年人的政策，使我们在最好的年华只尝到世界的苦味。我们的财产不能由我们自己处分，等到年纪老了，不再能享受它。我开始觉得老人的专制压迫实在是一种愚蠢的束缚；他们支配我们并非因为他们有权力，而是因为我们容忍他们这样做。到我这里来，听我解读这一个问题吧。要是父亲闭上了眼睛，我不叫醒他他不再起来，你就可以永远享受他的一半的收入，并且为你的哥哥所喜爱。爱德伽。”——哼！阴谋！“闭上了眼睛，我不叫醒他他不再起来，你就可以永远享受他的一半的收入。”我的儿子爱德伽！他的手会写这信，他的心和脑会构思这样的信吗？这封信是什么时候到你手里的？谁送来的？

爱德蒙　它不是什么人送给我的，父亲，这正是他狡猾的地方；我发现它掷进我房间的窗户。

葛罗斯特　你认识这笔迹是你哥哥的吗？

爱德蒙　父亲，如果写的是好话，我敢发誓这是他的笔迹；可是那上面写的既然是这种话，我但愿不是他写的。

葛罗斯特　这是他的笔迹。

爱德蒙　笔迹确是他的，父亲；可是我希望这种内容不是出于他的真心。

葛罗斯特 他以前没有用类似的话试探过你？

爱德蒙 没有，父亲。可是我常常听见他说，儿子成年以后，父亲要是已经衰老，他应该受儿子的监护，由儿子管理他的财产。

葛罗斯特 啊，浑蛋！浑蛋！正是他在这信里所表示的意见！可恶的浑蛋！违反天性的畜生！禽兽不如的东西！去，把他找来；我要依法惩办他。可恶的浑蛋！他在哪儿？

爱德蒙 我不大知道，父亲。您可靠的做法是，再没有更好的证据证明哥哥确有这种意思以前，暂时停歇您对他的怒气；因为要是您对他采取激烈的手段，误会了他的动机，那不但大大损害了您自己的名誉，而且会粉碎他对您的顺从之心。我敢拿我的生命为他作保，他写这封信的用意，不过是试探我对您的爱心，并没有其他危险的目的。

葛罗斯特 你以为是这样的吗？

爱德蒙 您要是认为可以的话，让我把您安置在一个可以听到我们两人谈论这件事情的地方，用您自己的耳朵得到一个真凭实据。事不宜迟，今天晚上就可以一试。

葛罗斯特 他不会是这样一个禽兽——

爱德蒙 他断不会是这样的。

葛罗斯特 ——对待他的父亲，这样全心全意疼爱他的父亲。天啊，地啊！爱德蒙，找到他，求你取得他的信任，照你自己的意思随机应付。我愿意放弃我的地位和财产，把这一件事情调查明白。

爱德蒙 父亲，我立刻就去找他，想方法办好这件事，并把结果告诉您。

葛罗斯特 最近这些日蚀和月蚀不是好兆；虽然自然哲学可以对它们做这样那样的解释，可是大自然被接踵而来的现象所祸害。爱情冷却、友谊疏远、兄弟分裂、城市发生暴动、国家发生内乱、宫廷发生叛乱、父子关系崩裂，我这畜生也是属于这种噩兆，这就是儿子反对父亲。王上偏离天性，这就是父亲反对孩子。我们最好的日子已经过去，现在只有阴谋、欺诈、叛逆、纷乱，追随在我们不安地走向坟墓。爱德蒙，探明这小畜生！那对你不会有什么损失。要做得小心谨慎。——忠心的肯特又被放逐了！他的过失是诚实！真是怪事！（下）

爱德蒙 这真是现世愚蠢的时尚：当我们命运不佳——常常是自己行为产生恶果时，我们就把灾祸归罪于日月星辰，好像我们做恶人是命运注定，做傻瓜是出于上天的旨意，做无赖、盗贼、叛徒，是由于某个天体的上升，做酒鬼、骗子、奸夫淫妇是由于一颗什么行星在那儿主持操纵，我们无论干什么罪恶行为，全都是因为有一种超自然的力量在驱策我们。明明自己跟人家通奸，却把好色的天性归咎到一颗星的身上，真是令人吃惊的推诿！我的父亲跟我的母亲在巨龙尾巴底下交媾，我又是在大熊星底下出世，所以我就是个粗暴而好色的家伙。呸！即使当我的父母苟合成奸的时候，有一颗最贞洁的处女星在天空眨眼睛，我也还会是这个样子。爱德伽——

爱德伽上。

爱德蒙　他来得正好，正像旧式喜剧里的结局一样；我的提词教我装出一副奸诈的忧郁，像疯子一般长吁短叹。唉！这些日蚀、月蚀果然预兆着人世的纷争！法——索——拉——咪。

爱德伽　啊，爱德蒙兄弟！你在沉思些什么？

爱德蒙　哥哥，我正在想起前天读到的一篇预言，说是在这些日蚀、月蚀之后，将要发生些什么事情。

爱德伽　你在忙着想这件事吗？

爱德蒙　我对你说，他所写的预言的事情，果然不幸发生了；什么父子之间违反天性的关系，死亡、饥荒、长久友谊的毁灭、国家的分裂、对于国王和贵族的恫吓和咒诅、无谓的猜疑、朋友的放逐、支持者的叛离、婚姻的破裂，还有许许多多我所不知道的事情。

爱德伽　你什么时候相信起星象之学来？

爱德蒙　喂，喂，你最后一次看见父亲在什么时候？

爱德伽 昨天晚上。

爱德蒙 你跟他说过话没有?

爱德伽 嗯，我们谈了两个钟头。

爱德蒙 你们分别的时候，没有闹什么意见吗?你在他的辞色之间，不觉得他对你有点恼怒吗?

爱德伽 一点没有。

爱德蒙 想想看你在什么地方得罪了他。听我的劝告，暂时避一避开，等他的怒气平息下来再说，现在他正在大发雷霆，恨不得一口咬下你的肉来呢。

爱德伽 一定有一个坏东西说了我的坏话。

爱德蒙 我也怕是这样。请你千万忍耐一点，等他的火气消一消；现在你还是跟我到我的地方去，在那里我可以想法让你听到他老人家说话。请你去吧，这是我的钥匙。你要是在外面走动的话，最好身边带上武器。

爱德伽 带些武器，弟弟?

爱德蒙 哥哥，我这样劝告是为了你好。外出带上武器吧，要是有人对你存着好心眼，我就不是个好人。我已经把我所看到听到的事情都告诉你了；可是这是说得轻的，远不如实际情形的严重和可怕。请你赶快去吧。

爱德伽 我不久就可以听到你的消息吗？

爱德蒙 我在这件事情上确是竭力帮你忙的。（爱德伽下）一个轻信的父亲，一个忠厚的哥哥，他的天性不但不会损害别人，而且也不疑心别人算计他；对付他们这样老实的傻瓜，我的计策是绰绰有余的。出身不行，让我凭智谋得到产业；只要目的达到，一切手段对我全都合适。（下）

第三场

奥本尼公爵府中一室

戈纳瑞及其管家奥斯华德上。

戈纳瑞 我的父亲因为我的侍卫骂了他的弄人，所以动手打他吗？

奥斯华德 是，夫人。

戈纳瑞 他一天到晚欺侮我；每一点钟他都要借端寻事，把我们这儿吵得鸡犬不宁。我不能再忍受下去了。他的骑士们一天一天横行不法起来，他自己又在每一件小事上责备我们。等他打猎回来的时候，我不愿意对他说话；你就说我病了。你如果懈怠从前的服务，那才是做得好；他要是见怪，都在我身上。

奥斯华德 他来了，夫人；我听见他的声音。（内号角声）

戈纳瑞 你跟你手下的人尽管对他摆出一副不理不睬的态度；我要看看他有些什么话说。要是他恼了，那么让他到我妹妹那里去吧，我知道我妹妹的心思在这点上跟我一样：不能受人压制的。这老废物已经放弃了权威，还想管这管那！凭着我的生命发誓，年老的傻瓜回复成了婴孩，如果姑息哄骗纵容坏了他的脾气，就得用阻止对付他。记住我的话。

奥斯华德 是，夫人。

戈纳瑞 让他的骑士们也受到你们的冷眼；无论发生什么事情，你们都不用管；你去这样通知你手下的人吧。我要造成一些借口，和他当面说个明白。我还要立刻写信给我的妹妹，叫她和我采取一致的行动。吩咐他们备饭。（各下）

第四场

奥本尼公爵府中厅堂

肯特化装上。

肯特　我已经完全隐去我的本来面目，要是我能够把我的语音也完全改变过来，那么我的一片苦心也许可以达到目的。被放逐的肯特啊，要是你再有机会服侍你所得罪的主人，但愿他看你勤劳尽力，会鉴念你的忠诚的。

内号角声。李尔、众骑士及侍从等上。

李尔　我一刻也不能等待，快去叫他们拿出饭来。（一侍从下）啊！你是什么？

肯特　我是一个人，大爷。

李尔　你是干什么的？你来见我有什么事？

肯特　您瞧我是怎么一个人，我就是怎么一个人；谁要是信任我，我愿意尽忠服侍他；谁要是居心正直，我愿意爱他；谁要是聪明而不爱多说话，我愿意跟他来往；我害怕人间和上帝的审判；迫不得已的时候，我也会跟人家打架；我不吃鱼。

李尔 你究竟是什么人？

肯特 一个心肠非常正直的汉子，而且像国王一样穷。

李尔 要是你这做臣民的，也像我这做国王的一样穷得无家可归，那么你也真够穷的了。你要什么？

肯特 我要讨一个差使。

李尔 你想替谁做事？

肯特 替您。

李尔 你认识我吗？

肯特 不，陛下，可是在您的神气之间有一种什么力量，使我愿意叫您做我的主人。

李尔 是什么力量？

肯特 权威。

李尔 你会做些什么事？

肯特 我会保守正当的秘密，我会骑马，我会跑路，我会把一个复杂的故事讲得清楚明白，把一个明白的口信传得直截了当；凡是普通人能够做的事情，我都可以做，我的最大的好处是勤快。

李尔　你多大年纪了？

肯特　陛下，说我年轻，我也不算年轻，我不会为了一个女人会唱几句歌而害相思；说我年老，我也不算年老，我不会糊里糊涂地溺爱一个女人；我已经活过四十八个年头了。

李尔　跟着我吧；你可以替我做事。要是我在吃过晚饭以后，还是这样欢喜你，那么我还不会就把你撵走。喂！饭呢？拿饭来！我的孩子呢？我的弄人呢？你去叫我的弄人来。（一侍从下）

奥斯华德上。

李尔　喂，喂，我的女儿呢？

奥斯华德　对不起——（下）

李尔　这家伙怎么说？叫那蠢东西回来。（一骑士下）喂，我的弄人呢？全都睡着了吗？怎么！那狗头呢？

骑士重上。

武士　陛下，他说公主有病。

李尔　我叫他回来，那奴才为什么不回来？

武士 陛下，他非常放肆，回答我说他不高兴回来。

李尔 他不高兴回来！

武士 陛下，我也不知道为了什么缘故，可是照我看起来，他们对待陛下已经不像往日那样殷勤礼貌了；不但一般下人从仆，就是公爵和公主也对您冷淡得多了。

李尔 嘿！你这样说吗？

武士 陛下，要是我说弄错了，请您原谅我；可是当我觉得您受人欺侮的时候，责任所在，我不能闭口不言。

李尔 你不过向我提起一件我自己已经感觉到的事。我近来也觉得他们对我的态度有点儿冷淡，可是我总以为那是我自己的多心，不愿断定是他们有意的怠慢。我要进一步观察此事。可是我的弄人呢？这两天我没有看见他。

武士 陛下，自从小公主到法国去了以后，这弄人老是郁郁不乐的。

李尔 别再提这事了，我也注意到了。你去对我的女儿说，我要跟她说话。（一侍从下）你去叫我的弄人到这里来。（另一侍从下）

奥斯华德重上。

李尔 啊！你，你过来。你知道我是什么人？

奥斯华德　我们夫人的父亲。

李尔　“我们夫人的父亲！”我们大爷的奴才！好大胆的狗！

奥斯华德　大人，请您原谅,我不是狗。

李尔　你敢跟我当面顶撞吗，你这浑蛋？（打奥斯华德）

奥斯华德　大人，您不能打我。

肯特　也不能踢你吗，你这踢足球[1]的下贱东西？（自后踢奥斯华德倒地）

李尔　谢谢你，好伙计，你帮了我，我喜欢你。

肯特　来，朋友，站起来，给我滚吧！我要教训教训你，让你知道尊卑上下的分别。去！去！你还想用你蠢笨的身体丈量地面吗？滚！你难道不懂厉害吗？去。（将奥斯华德推出）

李尔　我的好伙计，谢谢你，这是你替我做事的定钱。（以钱给肯特）

弄人上。

弄人　让我也把他雇下来；这儿是我的鸡冠帽。（脱帽授肯特）

---

① 踢足球当时只是下层市民的娱乐。

李尔 啊，我的乖乖！你好？

弄人 喂，你还是戴上我的鸡冠帽吧。

肯特 傻瓜，为什么？

弄人 为什么？因为你帮了一个失势的人。要是你不会看准风向把你的笑脸迎上去，你很快就会吞下一口冷气的。来，把我的鸡冠帽拿去。嘿，这家伙撵走了两个女儿，却赐福于他的第三个女儿，虽然这不是出于他的本意；要是你跟了他，你必须戴上我的鸡冠帽。啊，老伯伯！但愿我有两顶鸡冠帽，再有两个女儿！

李尔 为什么，我的孩子？

弄人 要是我把我的家私全给了她们，我自己还可以存下两顶鸡冠帽。我这儿有一顶；再去向你的女儿们讨一顶戴戴吧。

李尔 嘿，你留心着鞭子。

弄人 真理是一条贱狗，它只好躲在狗窝里；当猎狗太太站在火炉边撒尿的时候，它必须给人一顿鞭子赶出去。

李尔 简直是揭我的痛疮！

弄人 （向肯特）喂，让我教你一段话。

李尔 你说吧。

弄人 听好，老伯伯——

多积财，少摆阔；
耳多听，话少说；
少放款，多借债；
走路不如骑马快；
三言之中信一语，
多掷骰子少下注；
莫饮酒，莫嫖妓；
闭门不管别家事；
会打算的占便宜，
不会打算叹口气。

肯特 傻瓜，这些话一点意思也没有。

弄人 那么正像拿不到讼费的律师说空话一样，老伯伯，你不能从没有意思的中间，探求出一点意思来吗？

李尔 啊，不，孩子；垃圾里是淘不出金子来的。

弄人 （向肯特）请你告诉他，他的土地得的租金最终也只等于垃圾；弄人嘴里的话他是不相信的。

李尔 好尖酸的弄人！

弄人 我的孩子，你知道傻瓜是有酸有甜的吗？

李尔 不，孩子，告诉我。

弄人 哪个爵爷劝告你，

把你的土地全给光；

叫他站在这，

你与他并立：

一个傻瓜甜，

一个傻瓜酸；

甜的穿花衣，

酸的戴王冠。

李尔 你叫我傻瓜吗，孩子？

弄人 你把你所有的尊号都送了别人；只有这一个名字是你娘胎里带来的。

肯特 陛下，他倒不全然是个傻瓜哩。

弄人 不，老爷大人们都不会答应我的。要是我取得了傻瓜的专利权，他们会要夺去一部分，就是太太小姐们也不会放过；他们不肯让我一个人做傻瓜。老伯伯，给我一个蛋，我给你两顶冠。

李尔 两顶什么冠？

弄人 我把蛋从中间切开，吃完了蛋黄、蛋白，就用蛋壳给你做两顶冠。你把你的王冠从中间剖成两半，把两半全都送给人家，这不是背了驴子过泥潭吗？你这光秃秃的头里面也是光秃秃的没有一点脑子，所以才会把一顶金冠送了人。谁先说我这是傻话，让他挨一顿鞭子。

这年头傻瓜供过于求，
聪明人个个变了糊涂，
顶着个没有思想的头，
只会跟着人依样葫芦。

李尔 你几时学会了这许多歌儿？

弄人 老伯伯，自从你把你的女儿当作了你的妈，我就常常唱起歌儿来了；因为当你把棒儿给了她们，拉下你自己的裤子的时候——

她们高兴得眼泪盈眶，
我只好唱歌自遣忧伤，
可怜你堂堂一国之主，
却跟傻瓜们结伴嬉游。

老伯伯，你去请一位先生来，教教你的傻瓜怎样说谎吧，我很想学学说谎。

李尔 要是你说了谎，小子，我就让你挨鞭子。

弄人 我不知道你跟你的女儿们究竟是什么亲戚：她们因为我说了真话，要用鞭子抽我，而你因为我说谎，又要用鞭子抽我；有时候我沉默，也要挨鞭子。我宁可做一个无论什么东西，也不要做个傻瓜；可是我宁可做个傻瓜，也不愿意做你，老伯伯，您把您的聪明两边削去，削得中间不剩一点东西。瞧，一个削片你的人来了。

戈纳瑞上。

李尔 怎么，女儿！为什么你的脸上罩着怒气？我看你近来老是皱着眉头。

弄人 从前你用不到看她的脸孔，用不着管她皱不皱眉头；现在你是孤单单的一个零。现在你还比不上我；我是个弄人，你什么都不是。（向戈纳瑞）好，好，我闭嘴就是啦；虽然你没有说话，我从你的脸色上知道你的意思。

闭嘴，闭嘴；
你不知道积谷防饥，
活该啃不到面包皮。
他是一个剥剩的豌豆荚。（指李尔）

戈纳瑞 父亲，您这一个肆无忌惮的弄人不用说了，还有您那些无礼的骑士，都在时时刻刻寻事吵架，种种不法的暴行，叫人忍无可忍。父亲，我本来以为让您充分知道这种情形，就会找到补救的办法；可是照您最近所说的话和所做的事看来，我不能不疑心是您有意纵容，他们才会这样有恃无恐。要是果然出于您的授意，为了维持法纪的尊严，我们也不能默尔而息。我们为了维护权健的政局，也许做法会让您难堪，可是这样的步骤确实必要，而且是审慎的。

弄人 你看，老伯伯——

那篱雀养大了杜鹃鸟，

自己的头也给它吃掉。

蜡烛熄了，我们眼前只有一片黑暗。

李尔　你是我的女儿吗？

戈纳瑞　您不是一个不懂道理的人，我希望您明智一点，除去近来使您改变常态的这些脾气

弄人　一头驴子能否知道什么时候马儿颠倒给车子拖着走？“呼，玖格！我爱你。”

李尔　这儿有谁认识我吗？这不是李尔。李尔是这样走路，这样说话的吗？他的眼睛哪里去了？他的知觉衰退？要么他的神志麻木了。嘿！他醒着吗？没有的事。谁能够告诉我我是什么人？

弄人　李尔的影子。

李尔　我愿意相信这句话。因为从权利、知识和理性的标记来看，我都不嫩相信我是个有女儿的人。

弄人　那些女儿们是会教你做一个顺从的父亲。

李尔　太太，请教您的芳名？

戈纳瑞　父亲，您何必这样假痴假呆？请您正确理解我的意思：既然您是一个有年纪的老人家，应该明智一些。您在这儿养了一百个

骑士，全是些胡闹放荡、胆大妄为的家伙，我们的宫廷给他们骚扰得像一个喧嚣的客店；他们成天吃、喝、玩女人，简直把这儿当作了酒馆妓院，哪里还是一座庄严的宫殿！这一种可耻的现象必须立刻加以纠正，所以请您依我的要求，酌量减少您的扈从的人数，只留下一些适合于您的年龄、知道自处也熟悉您的人跟随您；要是您不答应，那么我没有法子，只好勉强执行了。

李尔　地狱里的魔鬼！备起我的马来，召集我的侍从。堕落的贱人！我不要麻烦你，我还有一个女儿哩。

戈纳瑞　你打我的佣人，你那一班捣乱的流氓把他们上面的人像奴仆一样呼来叱去。

奥本尼上。

李尔　唉！现在懊悔也来不及了。（向奥本尼）啊！你也来了吗？这是不是你的意思？你说。——替我备马。忘恩负义，你这铁石心肠的鬼怪，当你出现在儿女身上，真比海怪还要丑恶。

奥本尼　陛下，请您不要生气。

李尔　（向戈纳瑞）枭獍不如的东西！你说谎！我的卫士都是最有品行的人，懂得一切的礼仪，他们的一举一动都不愧骑士之名。啊！科迪利娅不过犯了一点小小的错误，怎么在我的眼睛里却会变得这样丑恶！它像一座酷虐的刑具，扭曲了我的天性，抽干了我心里的慈爱，增加了苦味的怨恨。啊，李尔！李尔！李尔！对准这一扇放进愚蠢和放出智慧的门，着力痛打吧！（自击其头）走吧，走，我手下的人。

奥本尼 陛下，我是无辜的，我不知道是什么东西使您这样激动。

李尔 也许不是你的错，公爵。——听着，造化的女神，听我的吁诉！要是你想使这畜生生男育女，请你改变你的意旨吧！取消她的生育能力，干涸她的产育器官，让她的枯瘠的身体里永远生不出一个子女！要是她必须生产，请你让她生下一个忤逆狂悖的孩子，使她终身受苦！让她年轻的额角上很早就刻了皱纹；流下的眼泪在她的脸颊上磨成一道道的沟渠；她作为母亲鞠育的辛劳，只换到冷笑和白眼；让她也感受到一个负心的孩子比毒蛇的牙齿还要尖利！走吧，走！（下）

奥本尼 凭着我们敬奉的神明，告诉我这是怎么一回事？

戈纳瑞 你不用知道原因而自苦，他老糊涂了，让他去使他的性子吧。

李尔重上。

李尔 什么！我在这儿不过住了半个月，就把我的卫士一下子裁撤了五十名吗？

奥本尼 什么事，陛下？

李尔　等一等告诉你。（向戈纳瑞）吸血的魔鬼！我真惭愧让你有权力使我失去了大丈夫的气概，让我的热泪为了你这样的人滚滚流出。愿毒风吹着你，恶雾笼罩你！愿一个父亲的诅咒刺透你的五官，留下永远不能平复的疮痍！痴愚的老眼，要是你们再为此而流泪，我要把你们挖出来，丢在你所流的泪水里，和泥土相搅拌！哼！竟有这等事吗？好，让它去吧，我还有另一个女儿，我相信她是仁慈温存的；她听见你这样对待我，一定会用指爪抓破你豺狼一样的面孔。你以为我一辈子也不能恢复我的原来的威风了吗？好，你瞧着吧。（李尔、肯特及侍从等下）

戈纳瑞　你听见没有？

奥本尼　戈纳瑞，虽然我十分爱你，可是我不能这样偏心——

戈纳瑞　请你别说了。喂，奥斯华德！（向弄人）你这七分奸刁三分傻的东西，跟你的主人去吧。

弄人　李尔老伯伯，李尔老伯伯！等一等，带我一块儿去。

捉狐狸，杀狐狸，
谁家女儿是狐狸？
可惜我这顶帽子，
换不到一条绳子；
追上去，你这傻子。（下）

戈纳瑞　不知道是什么人替他出的好主意。一百个骑士！让他随身带着一百个全副武装的卫士，真是万全之计；只要他做了一个梦，听了一句谣言，转了一个念头，或者心里有什么不高兴不舒服，就可以凭借他们的力量妨害我们的生命。喂，奥斯华德！

奥本尼 也许你太过虑了。

戈纳瑞 过虑总比大意好些。与其时时刻刻提心吊胆，怕人暗算，宁可爽爽快快除去我所害怕的威胁。我知道他的心思。他所说的话，我已经写信去告诉二妹了；她要是不听我的劝告，仍旧容留他带着他的一百个骑士——

奥斯华德重上。

戈纳瑞 啊，奥斯华德！我叫你写给我妹妹的信，你写好了没有？

奥斯华德 写好了，夫人。

戈纳瑞 带几个人跟着你，赶快上马出发；把我所担心的情形明白告诉她，再加上一些你所想到的理由，让它格外动听一些。去吧，早点回来。（奥斯华德下）不，不，夫君，你做人太仁善厚道了，虽然我不怪你，可是恕我说一句话，只有人批评你糊涂，却没有什么人称赞你温厚。

奥本尼 我不知道你的眼光能够看到多远，可是过分操切也会误事的。

戈纳瑞 咦，那么——

奥本尼 好，好，但看结果如何。（同下）

第五场

奥本尼公爵府外院

李尔、肯特及弄人上。

李尔 你带着这封信，先到葛罗斯特去。我的女儿看了我的信，倘然有什么话问你，你就照你所知道的回答她，此外可不要多说什么。要是你在路上偷懒耽搁时间，也许我会比你先到的。

肯特 陛下，我在没有把您的信送到以前，决不打一次瞌睡。（下）

弄人 要是一个人的脑筋生在脚跟上，它会不会长起脓包来呢？

李尔 嗯，孩子。

弄人 那么你放心吧；幸亏你的脑筋安在头上，不管路再有多少远，也不用传拖鞋来预防冻疮。

李尔 哈哈哈！

弄人 你将看到另一个女儿会待你多么好；虽然她跟这一个就像野苹果跟家苹果一样相像，可是我可以告诉你我所知道的事情。

李尔　你可以告诉我什么，孩子？

弄人　你一尝到她的滋味，就会知道她跟这一个完全相同，正像两只野苹果一般没有分别。你能够告诉我为什么一个人的鼻子生在脸孔中央吗？

李尔　不能。

弄人　因为中间放了鼻子，两旁就可以安放眼睛；鼻子嗅不出来的，眼睛可以瞧见。

李尔　我对不起她——

弄人　你知道牡蛎怎样造它的壳吗？

李尔　不知道。

弄人　我也不知道；可是我知道蜗牛为什么背着一个屋子。

李尔　为什么？

弄人　因为可以把它的头缩在里面；它不会把它的屋子送给它的女儿，害得它的触角没有地方安顿。

李尔　我也顾不得什么天性之情了。我这做父亲的有什么地方亏待了她！我的马儿都已经预备好了吗？

弄人　你的驴子们正在那儿给你预备呢。七星座里为什么只有七颗星，其中有一个绝妙的理由。

李尔 因为它们没有第八颗吗？

弄人 正是，一点不错；你可以做一个很好的弄人。

李尔 用武力夺回来！忘恩负义的畜生！

弄人 假如你是我的弄人，老伯伯，我就要打你，因为你不到时候就老了。

李尔 那是什么意思？

弄人 你应该懂得些世故再老呀。

李尔 啊！不要让我发疯！天哪，制住我的怒气，不要让我发疯！我不愿发疯！

侍臣上。

李尔 怎么！马备好了吗？

侍臣 预备好了，陛下。

李尔 来，孩子。（李尔下）

弄人 谁现在还是处女，却嘲笑我的告别，

她很快将不再是处女，除非把那话儿截短些。（弄人下）

第二幕

第一场

葛罗斯特伯爵城堡庭院

爱德蒙及克伦自相对方向上。

爱德蒙 上帝保佑您，克伦。

克伦 上帝保佑您，公子。我刚才见过令尊，通知他康华尔公爵跟他的夫人里甘公主今天晚上要到这儿来拜访他。

爱德蒙 他们怎么要到这儿来？

克伦 我也不知道。您有没有听见外边的消息？我的意思是说，人们交头接耳，在暗中互相传说的那些消息。

爱德蒙　我没有听见。请教是些什么消息？

克伦　您没有听见说起康华尔公爵也许会跟奥本尼公爵开战吗？

爱德蒙　一点没有听见。

克伦　那么您以后也许会听到的。再会，公子。（下）

爱德蒙　公爵今天晚上到这儿来！那也好！再好没有！我正好利用这个机会。我的父亲已经叫人四处把守，要捉哥哥；我还有一件难办的事必须要做。这事要做得敏捷迅速，但愿命运帮助我！——哥哥，跟你说一句话；下来，哥哥！

爱德伽上。

爱德蒙　父亲在那儿守着你。啊，哥哥！离开这个地方吧；有人已经告诉他你躲在什么所在；趁着现在天黑，你快逃吧。你有没有说过什么反对康华尔公爵的话？他也就要到这儿来了，急急忙忙地连夜赶来。里甘也和他同来；你对于他跟奥本尼公爵争执的事情没有说过什么话吗？想一想看。

爱德伽　我真的一句话也没有说过。

爱德蒙　我听见父亲来了，原谅我，我必须假装对你动武的样子，拔出剑来，就像你在自卫。现在你去吧。（高声）放下你的剑，见我的父亲去！喂，拿火来！这儿！——逃吧，哥哥。（高声）火把！火把！——再会。（爱德伽下）身上沾几点血，可以使他相信我真的作过一番凶猛的争斗。（以剑刺伤手臂）我曾经看见有些醉汉为了开玩笑，不顾死活地割破自己的皮肉。（高声）父亲！父亲！住手！住手！没有人来帮我吗？

葛罗斯特率众仆持火炬上。

葛罗斯特 爱德蒙，这畜生呢？

爱德蒙 他站在这儿黑暗之中，拔出他的锋利的剑，嘴里念念有词，见神见鬼地请月亮帮他的忙。

葛罗斯特 可是他在什么地方？

爱德蒙 瞧，父亲，我流着血呢。

葛罗斯特 那畜生呢，爱德蒙？

爱德蒙 向这边逃去了，父亲。他看见他没有法子——

葛罗斯特 喂，你们追上去！（若干仆人下）“没有法子”什么？

爱德蒙 没有法子劝我跟他同谋把您杀死，我对他说，疾恶如仇的神明要用全部天雷轰击弑父的逆子的；告诉他儿子对于父亲的关系是多么深切而牢靠；总而言之，他看见我这样憎恶他违背天性的图谋，就恼羞成怒，拔出他的早就预备好的剑，气势汹汹地向我毫无防卫的身上挺了过来，把我的手臂刺破了；那时候我也发起怒来，自恃着理直气壮，跟他奋力对抗。也许因为我喊叫的声音使他害怕，他就突然逃走了。

葛罗斯特 让他逃得远远的吧，除非逃到国外去。总有捉到他的一天，而且被捉到就叫他活不成。尊敬的公爵殿下，我的主上，今晚要到这儿来啦，我要请他发出一道命令，谁要是能够把这杀人的懦夫捉住，把他带到火刑柱前，我们将要重重酬谢他；谁要是把他藏匿起来，也要处死。

爱德蒙 当他不听我的劝告，决意实行他的企图的时候，我就严词恫吓，要将他揭发；他却回答我说，“你这光棍私生子！你以为要是我和你对质，人家会认为你有德有才，相信你的话吗？哼！我所否认的——我是要否认的，尽管你拿出我的亲笔信，我还可以反咬你，说这全是你的阴谋恶计；人们不是傻瓜，他们当然会相信你因为觊觎我死后的利益，所以才会起这样的毒心，想要索取我的生命。”

葛罗斯特 好狠心的畜生！他赖得掉他的信吗？他不是我养的(内喇叭奏花腔）听！公爵的喇叭。我不知道他为什么而来。我要把所有的城门关起来，这畜生逃不掉的；公爵一定会答应我这一个要求；而且我还要把他的小像送到远近各处，让全国的人都认得他。我的忠实的孩子，我将想法子使你能够承继我的土地。

康华尔、里甘及侍从等上。

康华尔 怎么样，我的尊贵的朋友！我还不过刚到这儿，就已经听见了奇怪的消息。

里甘　要是真有那样的事，那罪人真是万死不足蔽辜了。是怎么一回事，伯爵？

葛罗斯特　啊！夫人，我这颗老心已经碎了，已经碎了！

里甘　什么！我父亲的义子要谋害您的性命吗？就是我父亲替他取名字的，您的爱德伽吗？

葛罗斯特　啊！夫人，夫人，发生了这种事情，真是说来也叫人丢脸。

里甘　他不是常常跟我父亲身边的那些横行不法的武士们在一起的吗？

葛罗斯特　我不知道，夫人。太可恶了！太可恶了！

爱德蒙　是的，夫人，他正是跟这些人常在一起的。

里甘　难怪他会变得这样坏；一定是他们撺掇他谋害老人的性命，好把他的财产拿出来挥霍。今天傍晚的时候，我接到我姐姐的一封信，她告诉我他们的种种行为，并且警告我要是他们想要住到我的家里来，我最好别在家。

康华尔　相信我，里甘，我也不待在家里。爱德蒙，我听说你对你的父亲很尽孝道。

爱德蒙　那是做儿子的本分，殿下。

葛罗斯特 他揭发了他哥哥的阴谋，您看他身上的这一处伤就是因为他奋不顾身，想要捉住那畜生而受到的。

康华尔 有没有人去追捕他？

葛罗斯特 有的，殿下。

康华尔 要是他被捉住，我们一定不让他再为非作恶；你可以决定一个办法，只要在我的权力范围以内，我都支持你。至于你，爱德蒙，你这一回所表现的德性和顺从值得赞赏，像你这样不负托付的人，正是我们所需要的，我们将要大大地重用你。

爱德蒙 殿下，我愿意为您尽忠效命。

葛罗斯特 为了他我感谢殿下。

康华尔 你还不知道我们为什么来造访——

里甘 尊贵的葛罗斯特，我们这样在黑暗的夜色之中，不合时宜地前来，实在是因为有一些相当重要的事情，必须请教您的意见。我们的父亲和姐姐都有来信，说他们两人之间发生了一些冲突；我想最好不要在我们自己的家里答复他们；两方面的信使都在这儿等候差遣。我们的善良的老朋友，您心宽一点，替我们赶快出个主意吧。

葛罗斯特 夫人但有所命，我愿意效劳。两位殿下光临，欢迎得很！（同下）

第二场

葛罗斯特城堡之前

肯特及奥斯华德各上。

奥斯华德　早安，朋友；你是这屋子里的人吗？

肯特　喂。

奥斯华德　什么地方可以让我们拴马？

肯特　烂泥地里。

奥斯华德　对不起，大家是好朋友，告诉我吧。

肯特　谁是你的好朋友？

奥斯华德　好，那么我也不要理睬你。

肯特　要是我把你一口咬住，看你理不理睬我。

奥斯华德　你为什么对我这样？我又不认识你。

肯特　家伙，我认识你。

奥斯华德　你认识我是谁?

肯特　一个无赖，一个恶棍，一个吃肉皮骨的家伙；一个下贱的、骄傲的、浅薄的、叫花子一样的、只有三身衣服、全部家私算起来不过一百镑的、卑鄙龌龊的、穿毛绒袜子的奴才；一个胆小如鼠、仗势欺人的奴才；一个婊子生的、顾影自怜的、奴颜婢膝的、装腔作势的混账东西；一个天生的王八坯子；一个想当妓院老板的，又是奴才，又是叫花子，又是懦夫，又是王八，又是一条杂种老母狗的儿子。要是你不承认你这些头衔，我要把你打得汪汪叫。

奥斯华德　咦，奇怪，你是个什么东西，你也不认识我，我也不认识你，怎么开口骂人?

肯特　你还说不认识我，你这厚脸皮的奴才！两天以前，我不是把你绊跌在地上，还在王上的面前打过你吗? 拔出剑来，你这浑蛋；虽然是夜里，但月亮亮着呢；我要在月光底下把你剁得稀烂。（拔剑）拔出剑来，你这婊子生的下流东西，拔出剑来！

奥斯华德　去！我不跟你胡闹。

肯特　拔出剑来，你这恶棍！谁叫你做人家的傀儡，替一个女儿寄信攻击她的父王? 拔出剑来，你这浑蛋，否则我要砍下你的胫骨。拔出剑来，恶棍，来来来！

奥斯华德　喂！救命哪！要杀人啦！救命哪！

肯特　来，你这奴才；站定，浑蛋，别跑；你这漂亮的奴才，你不会还手吗？（打奥斯华德）

奥斯华德　救命啊！要杀人啦！要杀人啦！

爱德蒙拔剑上。

爱德蒙　怎么！什么事？（分开二人）

肯特　好小子，你也要寻事吗？来，我让你尝一点血。来，小哥儿。

康华尔、里甘、葛罗斯特及众仆上。

葛罗斯特　动刀动剑的，什么事呀？

康华尔　大家不要闹；谁再动手，就叫他死。怎么一回事？

里甘　一个是我姐姐的使者，一个是国王的使者。

康华尔　你们为什么争吵？说。

奥斯华德　殿下，我给他缠得气都喘不过来啦。

肯特　怪不得你，你把全身勇气都提起来了。你这懦怯的恶棍，造化不承认他曾经造下你这个人，你是一个裁缝手里做出来的。

康华尔　你是一个奇怪的家伙。裁缝会做出一个人来吗？

肯特　嗯，一个裁缝；石匠或者油漆匠都不会把他做得这样坏，即使他们学会这行手艺才不过两个钟头。

康华尔　说，你们怎么会吵起来的？

奥斯华德　这个老不讲理的家伙，殿下，倘不是我看在他的花白胡子分上，早就取了他的性命了——

肯特　你这不中用的废物！殿下，要是您允许我的话，我要把这下流东西踏成泥浆，用来刷厕所的墙。看在我的花白胡子分上？你这摇尾乞怜的狗！

康华尔　住口！畜生，你规矩也不懂吗？

肯特　是，殿下；可是我实在气愤不过。

康华尔　你为什么气愤？

肯特　我气愤的是像这样一个奸诈的奴才，居然也让他佩起剑来。这种笑脸的小人，像老鼠一样咬破了神圣的伦常纲纪；他们便竭力逢迎主上的恶念，不是火上浇油，就是雪上添霜；他们最擅长的是随风转舵，他们的主人说一声是，他们也跟着说是，说一声不，他们也跟着说不，像狗一样只知道跟着主人跑。恶疮烂掉你的抽搐的面孔！你笑我所说的话，你以为我是个傻瓜吗？呆鹅，要是我在索尔兹伯里平原上找到你，看我不把你打得嘎嘎乱叫，赶你回到卡米洛去！

康华尔　什么！你疯了吗，老头儿？

葛罗斯特 说，你们究竟是怎么吵起来的？

肯特 我跟这浑蛋是势不两立的。

康华尔 你为什么叫他浑蛋？他做错了什么事？

肯特 我不喜欢他的脸。

康华尔 也许你也不喜欢我的脸、他的脸，还有夫人的脸。

肯特 殿下，我是说惯老实话的：我曾经见过一些脸，比现在站在我面前的这些脸孔好得多啦。

康华尔 这个人正就是那种因为有人称赞了他的率直而有心矫揉造作，装出一副玩世不恭的态度来的家伙。他不会谄媚，诚实坦白，他必须说老实话；要是人家愿意接受他的意见，很好；不然的话，他是个老实人。我知道这种家伙，他们用坦白的外表，包藏着极大的奸谋祸心，比二十个胁肩谄笑、小心翼翼的奴才更不怀好意。

肯特 殿下，您的伟大的明鉴，就像太阳神额上的光耀的火环，请您照临我的善意的忠诚，恳切的虔心——

康华尔 这是什么意思？

肯特 因为您不喜欢我的话，所以我改变了一个样子。我知道我不是一个谄媚之徒；我也不愿做一个故意用率直的言语欺骗您的奸诈小人；即使您请求我做这样的人，我也决不从命。

康华尔 （向奥斯华德）你在什么地方冒犯了他？

奥斯华德 我从来没有冒犯过他。最近他的王上因为对我有了点误会，把我殴打；他便助主为虐，闪在我的背后把我绊倒地上，对我侮辱谩骂，装出一副非常勇敢的神气；他的王上看见他殴打不抵抗的人，把他称赞了两句，他便得意忘形，所以一看见我，又要对我动剑了。

康华尔 拿足枷来！你这口出狂言的倔强的老贼，我们要教训你一下。

肯特 殿下，我已经太老，不能受您的教训了；您不要用足枷枷我。我是王上的人，奉他的命令前来；您要是把他的使者枷起来，那未免对我的主上太失敬、太放肆无礼了。

康华尔 拿足枷来！凭着我的生命和荣誉起誓，他必须锁在足枷里直到中午为止。

里甘 到中午为止！到晚上，殿下，把他枷上整整一夜再说。

肯特 啊，夫人，即使我是您父亲的狗，您也不该这样对待我。

里甘 因为你是他的奴才，所以我要这样对待你。

康华尔 这正是我们的姐姐说起的那个家伙。来，拿足枷来。（从仆取出足枷）

葛罗斯特 殿下，请您不要这样。他的过失诚然很大，王上知道了一定会责罚他的；您所决定的这一种羞辱的刑罚，只能惩戒那些犯偷窃之类普通小罪的贱民；他是王上差来的人，要是您给他这样的处分，王上一定要认为您轻蔑了他的来使而心中不快。

康华尔 那我可以负责。

里甘 我的姐姐要是知道她的使者因为奉行她的命令而被人这样侮辱殴打，她的心里还要不高兴哩。把他的腿放进去。（从仆将肯特套入足枷）来，殿下，我们去吧。（除葛罗斯特、肯特外均下）

葛罗斯特 朋友，我很为你抱恨；这是公爵的意思，全世界都知道他的脾气非常固执，不受劝阻。我还要替你向他求情。

肯特 请您不必多此一举，大人。我走了许多路，还没有睡过觉；一部分的时间将在瞌睡中过去，醒着的时候我可以吹吹口哨。好人的命运也会锁上脚镣，再会！

葛罗斯特 这是公爵的不是；王上一定会见怪的。（下）

肯特 好王上，你正像俗语所说的，抛下天堂的幸福，来受赤日的煎熬了。来吧，你照耀地球的火炬，让我借着你温暖的光辉读一读这封信。奇迹往往在不幸的时候才会发生；我知道这是科迪利娅寄来的信，所幸她已经知道我的改头换面的行踪；她一定会找到一个机会，纠正这种反常的情形。我疲倦得很；闭上了吧，沉重的眼睛，免得看见这一耻辱的居所。晚安，命运，求你转过你的轮子来，再向我们微笑吧。（睡）

第三场

荒野的一处

爱德伽上。

爱德伽 听说他们已经发出告示抓我；幸亏我躲在一株空心的树干里，没有给他们找到。没有一处城门可以出入无阻，没有一个地方不是警卫森严，准备把我捉住！只有逃脱才能保全自己的生命。我想还不如改扮作一个最卑贱穷苦、最为人所轻视，和禽兽相去无几的家伙；我要用污泥涂在脸上，一块毡布裹住我的腰，把所有头发打成乱结，赤身裸体，抵抗着风雨的侵凌。这地方本来有许多疯乞丐，他们高声叫喊，用针哪、木锥哪、钉子哪、迷迭香的树枝哪，刺在他们麻木而僵硬的手臂上，用这种可怕的形状，到那些穷苦的农场、乡村、羊棚和磨坊里去，有时候发出疯狂的诅咒，有时候向人哀求祈祷，乞讨一些布施。我现在学着他们的样子，一定不会引起人家的疑心。可怜的疯叫花！可怜的汤姆！倒有几分像，我现在不再是爱德伽了。（下）

第四场

葛罗斯特城堡前

肯特系足枷中。李尔、弄人及侍臣上。

李尔 真奇怪，他们不在家里，又不打发我的使者回去。

侍臣 我听说他们在前一个晚上还不曾有走动的意思。

肯特 祝福您，尊贵的主人！

李尔 嘿！你把这样的羞辱作为消遣吗？

肯特 不，陛下。

弄人 哈哈！他吊着一副多么难受的袜带！缚马缚在头上，缚狗缚熊缚在脖子上，缚猴子缚在腰上，缚人缚在腿上；一个人的腿儿太会活动了，就要叫他穿木袜子。

李尔 谁认错了人，把你锁在这儿？

肯特 您的女婿和女儿。

李尔 不。

肯特 是的。

李尔 我说不。

肯特 我说是的。

李尔 不，不，他们不会干这样的事。

肯特 他们干也干了。

李尔 凭着朱庇特起誓，没有这样的事。

肯特 凭着朱诺起誓，有这样的事。

李尔 他们不敢做这样的事；他们不能也不会做这样的事；要是他们有意作出这种凶暴的冒犯来，那简直比杀人更不可恕了。赶快告诉我，你究竟犯了什么罪，他们才会用这种刑罚来对待国王的使者。

肯特 陛下，我带了您的信到了他们家里，当我跪在地上把信交上去，还没有立起身来的时候，又有一个使者汗流满面、气喘吁吁、急急忙忙地奔了进来，代他的女主人戈纳瑞向他们请安并交上了信。他们不顾中土打断同我的对话，先读戈纳瑞的信；读罢了信，他们立刻召集仆从，上马出发，叫我跟到这儿来，等候他们的答复，对待我十分冷淡。到这里我又碰见了那个使者，他也就是最近对您非常无礼的那个家伙，我知道他们对我这样冷淡，都是因为他来了的缘故，一时激于气愤，不考虑地拔出剑来；他高声发出胆怯的叫喊，惊动了全屋子的人。您的女婿女儿认为我的过失应该受这样的羞辱，所以就把我枷起来了。

弄人 冬天还没有过去，要是野雁尽往那个方向飞。

老父衣百结，
儿女不相认；
老父满囊金，
儿女尽孝心。
命运如娼妓，
贫贱遭遗弃。

虽然这样说，您的女儿们还要孝敬您数不清的烦恼哩。

李尔 啊！狂乱的气恼涌上我的心头来了！下去，你这向上爬的怪病，你本来该在下面。我这女儿现在在哪里？

肯特 在里边，陛下；跟伯爵在一起。

李尔 不要跟我；在这儿等着。（下）

侍臣 除了你刚才所说的以外，你没有犯其他的过失吗？

肯特 没有。王上怎么只带这么几个人来？

弄人 你会发出这么一个问题，活该给人用足枷枷起来。

肯特 为什么，傻瓜？

弄人 你应该拜蚂蚁做老师，让它教你冬天不是劳动的时候。谁都长着眼睛鼻子，那一个人嗅不出来他身上发霉的味道？别抓住滚下山坡的大车轮，免得摔伤脖子，但是你要是看见它上山去，那么让它拉你一起上去吧。倘然有什么聪明人给你更好的忠告，请你把这番话还我；一个傻瓜的忠告，只配让一个浑蛋去遵从。

一个寻求私利的仆人，
向你屈膝卑躬，
天色一变他就要告别，
留下你在雨中。
聪明的人全都飞散，
只剩傻瓜一个；
逃走的浑蛋变成真正的傻瓜，
那傻瓜弄人却不是浑蛋。

肯特 傻瓜，你从什么地方学会这个歌儿？

弄人 不是在足枷里，傻瓜。

李尔偕葛罗斯特重上。

李尔 拒绝跟我说话！他们不舒服！他们疲倦了！他们昨天晚上走路辛苦了！都是些鬼话，明明是要背叛我的意思。给我再去向他们要一个好一点的答复来。

葛罗斯特 陛下，您知道公爵的火性，他决定了怎样就是怎样，再也没有更改的。

李尔 反了！反了！火性！什么火性？嘿，葛罗斯特，葛罗斯特，我要对康华尔公爵和他的妻子说话。

葛罗斯特 呃，陛下，我已经对他们说过了。

李尔 通知他们！你懂得我的意思吗？

葛罗斯特 是，陛下。

李尔 国王要跟康华尔说话，亲爱的父亲要跟他的女儿说话，命令她出来见我：你这样通知过了吗？凭我的呼吸和血液起誓！哼，火性！对那性如烈火的公爵说——不，且慢，也许他真的不大舒服；一个人为了疾病而疏忽了他的责任，是应当加以原谅的；我们身体上有了病痛，就不再是平常的自己，本性受到压迫就命令心灵和身体连带受苦。我且忍耐一下，不要太鲁莽了，对一个有病的人作过分求全的责备。该死！（视肯特）为什么把他枷在这儿？这一种举动使我相信公爵和里甘的离家只是一种计谋。把我的仆人放出来还我。去，对公爵和他的妻子说，我现在要立刻就要跟他们说话；叫他们赶快出来见我，否则我要在他们的寝室门前擂鼓，直到把睡眠吵死。

葛罗斯特 我但愿你们大家和和好好的。（下）

李尔 啊！我的心！我的怒气直冲上来！去，快下去！

弄人 老伯伯，叫吧，像伦敦女摊主在把活鳗鱼和到面糊里去时那样叫唤；她用一根棍子敲打鳗鱼的头，一面叫到："下去，下去，浑蛋！"正是女摊主的兄弟，为了宠爱他的马，往草料上抹黄油。

康华尔、里甘、葛罗斯特及众仆上。

李尔 你们两位早安!

康华尔 祝福陛下!(众人释肯特)

里甘 我很高兴看见陛下。

李尔 里甘,我想你一定高兴看见我。我知道我为什么要这样想,要是你不高兴,我就要跟你已故的母亲离婚,把她的坟墓当作一座淫妇的丘垄。(向肯特)啊!你放出来了吗?等会儿再谈吧。亲爱的里甘,你的姐姐太不孝啦。啊,里甘!她的无情的凶恶像饿鹰的利喙一样啄我的心。我简直不能告诉你,你不会相信她忍心害理到什么地步——啊,里甘!

里甘 父亲,请您不要恼怒。我想她不会对您有失敬礼,恐怕还是您不能谅解她的苦心。

李尔 啊,这是什么意思?

里甘 我想我的姐姐决不会有什么地方不尽天职,父亲,要是她约束了您那班随从的放荡的行为,那当然有根据和正当的目的,绝对不能怪她的。

李尔 我的诅咒降在她的头上!

里甘 啊,父亲!您年纪大了,您的天性已经站在它领域的边缘了，应该让一个比您自己更明白您的地位的懂事的人领导您；所以我劝您还是回到姐姐那里去，对她赔一个不是。

李尔 求她原谅吗？你看这样像不像个样子：“好女儿，我承认我年纪老，不中用啦，让我跪在地上，（跪）请求您赏给我衣服穿、一张床睡、一些东西吃吧。”

里甘 父亲，别这样子；这多难看，简直是胡闹！回到我姐姐那儿去吧。

李尔 （起立）再也不回去了，里甘。她裁减了我一半的侍从；给我恶脸看；用她毒蛇一样的舌头刺痛我的心。但愿上天蓄积的报复一起降在她忘恩负义的头上！但愿恶风吹打她的腹中的胎儿，让它生下地来就是个跛子！

康华尔 嘿！这是什么话！

李尔 迅疾的闪电啊，用你的火焰把她傲慢的眼睛射瞎吧！烈日熏蒸的沼气啊，损坏她的美貌、打击她的骄傲吧！

里甘 天上的神明啊！您要是对我发起怒来，也会这样咒我的。

李尔 不，里甘，你永远不会受我的诅咒；你的温柔的天性决不会使你干出冷酷残忍的事来。她的眼睛里有一股凶光，可是你的眼睛却是温存而和蔼的。你决不会吝惜我的享受，裁撤我的侍从，用不逊之言向我顶撞，削减我的费用，甚至于把我关在门外不让我进来；你是懂得天伦的义务、儿女的责任、礼貌的表现和受恩的感激的。你总还没有忘记我曾经赐给你一半的国土。

里甘 父亲，不要把话岔远了。

李尔 谁把我的人枷起来？（内喇叭奏花腔）

康华尔 那是什么喇叭声音？

里甘 我知道，是我的姐姐来了；她信上说是就要到这儿来的。

奥斯华德上。

里甘 夫人来了吗？

李尔 这是一个靠着主妇暂时的恩宠、狐假虎威、倚势凌人的奴才。滚开，贱奴，不要让我看见你！

康华尔 陛下，这是什么意思？

李尔 谁把我的仆人枷起来？里甘，我希望你并不知道这件事。谁来啦？

戈纳瑞上。

李尔 天啊，要是你爱老人，要是你认为子女应该顺从父母，要是你自己也老去，那么支持老人吧，派下你的使者，帮我伸雪我的怨恨吧！（向戈纳瑞）你看见我这一把胡须，不觉得惭愧吗？

啊，里甘，你愿意跟她拉手吗？

戈纳瑞 为什么她不能跟我拉手呢！我干了什么错事？难道糊涂昏聩的嘴一说，就可以定罪吗？

李尔 啊，我的胸膛！你还没有胀破吗？我的人怎么给枷起来的？

康华尔 陛下，是我把他枷在那儿的；照他狂妄的行为，这样的惩罚还是太轻呢。

李尔 你！是你干的事吗？

里甘 父亲，您即一个衰弱的老人，应当有相应的表现。要是您现在仍旧回去跟姐姐住在一起，裁撤了您的一半的侍从，那么等住满了一个月，再到我这儿来吧。我现在不在自己家里，要供养您也有许多不便。

李尔 回到她那儿去？裁撤五十名侍从！不，我宁愿什么屋子也不要住，过着风餐露宿的生活，和无情的大自然抗争，和豺狼鸱鸮做伴侣，忍受一切饥寒的煎熬！跟她回去！嘿，我宁愿到那娶了我的没有嫁奁的小女儿去的血性的法兰西国王的座前匍匐膝行，像臣仆一样向他讨一份微薄的恩俸，苟延我的残喘。跟她回去！你还是劝我在这可恶的仆人手下当牛做马吧。（指奥斯华德）

戈纳瑞 随你的便。

李尔 女儿，请你不要使我发疯，我不愿再来打扰你了，我的孩子。再会吧，我们从此不再相见。可是你是我的肉、我的血、我的女儿；或者还不如说是我身体上的一个恶瘤，我不能不承认你是我的；你是我的腐败的血液里的一个淤块，一个肿毒的疔疮。可是我不愿责骂你，让羞辱自己按时降临吧。我没有召唤它；我不要求天雷把你劈死，我也不把你的忤逆向垂察善恶的天神控诉，你回去慢慢改恶从善，我可以忍耐；我可以带着我的一百名骑士，跟里甘住在一起。

里甘　那完全不行；现在还轮不到我，我也没有预备好招待您的礼数。父亲，听我姐姐的话吧；人家冷眼看着您这种愤怒的神气，他们心里都要说您因为老了，所以——可是姐姐是知道她自己所做的事的。

李尔　这是你的好意劝告吗？

里甘　是的，父亲，这是我的真诚的意见。什么！五十个卫士？这不是很好吗？再多一些有什么用处？就是这么许多人，数目也不少了，别说供养他们不起，而且让他们成群结党，也是危险的事。一间屋子里养了这许多人，拥戴着两个主人，怎么能友好相处？这很难，几乎不可能。

戈纳瑞　父亲，您为什么不让里甘或我的仆人侍候您呢？

里甘　对了，父亲，那不是很好吗？要是他们怠慢了您，我们也可以管束他们。您下回到我这儿来的时候，请您只带二十五个人来，因为现在我已经看到了一个危险；超过这个数目，我是恕不招待的。

李尔　我把一切都给了你们——

里甘　您总算拣了适当的时候给了我们。

李尔　叫你们做我的监护人、保管者，我的唯一的条件，只是让我保留这么多的侍从。什么！我必须只带二十五个人，到你这里来吗？里甘，你是这样说的吗？

里甘　父亲，我可以再说一遍，我只允许您带这么几个人来。

李尔　有些恶人的脸相还是好看的，因为有人比他更恶。不是绝顶的凶恶，总还有几分可嘉。（向戈纳瑞）我愿意跟你去；你的五十个人还比她的二十五个人多上一倍，你的孝心也比她大一倍。

戈纳瑞　父亲，我们家里难道没有两倍这么多的仆人可以侍候您？依我说，不但用不到二十五个人，就是十个五个也是多事。

里甘　依我看来，一个也不需要。

李尔　啊！不要跟我说什么需要不需要；最下贱的乞丐，也有他的最不值钱的多余之物；人生要是除了天然的需要以外没有其他的享受，那和畜类的生活有什么分别。你是一位夫人，如果你的目的只是为了保暖，自然本不需要你穿着的这样华丽的衣服，因为这种盛装艳饰并不能使你温暖。可是，讲到真实的需要，那么天啊，给我忍耐吧，我需要忍耐！神啊，你们看见我在这里，一个可怜的老头子，被忧伤和老迈折磨得好苦！要是你们鼓动这些女儿的心忤逆她们的父亲，那么请你们不要尽是愚弄我，使我默然忍受吧！让我的心里激起崇高的怒火，让妇人所恃为武器的眼泪不要玷污我男子汉的脸颊！不，你们这两个违反天性的妖妇，我要向你们复仇，我要做出一些使全世界惊怖的事情来，虽然我现在还不知道我要怎么做。你们以为我将要哭泣，不，我不愿哭泣：我虽然有充分的哭泣的理由，可是我宁愿让这颗心碎成万片，也不愿流下一滴泪来。啊，弄人啊！我要发疯了！（李尔、葛罗斯特、肯特及弄人同下）

康华尔　我们进去吧；一场暴风雨将要来了。（远处暴风雨声）

里甘　这座房子太小了，这老头儿带着他那班人来是容纳不下的。

戈纳瑞　是他自己不好，放着安逸的日子不过，一定要吃些苦，才知道自己的蠢。

里甘　单是他一个人，我倒也很愿意收留他，可是他的那班跟随的人，我一个也不能容纳的。

戈纳瑞　我也是这个意思。葛罗斯特伯爵呢？

康华尔　跟老头子出去了。他已经回来了。

葛罗斯特重上。

葛罗斯特　王上正在盛怒之中。

康华尔　他要到哪儿去？

葛罗斯特　他叫人备马，可是不让我知道他要到什么地方去。

康华尔　还是不要管他，悉听他自己的意思吧。

戈纳瑞　伯爵，您千万不要留他。

葛罗斯特　唉！天色暗起来了，野外刮着狂风，附近许多里之内，几乎一棵树丛都没有。

里甘　啊！伯爵，对于刚愎自用的人，只好让他们自己招致的灾祸教训他们。关上您的门；他有一班亡命之徒跟随在身边，他又是这样容易受人愚弄，不知道他们会煽动他干出些什么事来。这实在令明智的人担心。

康华尔　关上您的门，伯爵；这是一个狂暴的晚上。我的里甘说得一点不错。暴风雨来了，我们进去吧。（同下）

第三幕

第一场

荒野

暴风雨，雷电。肯特及一侍臣上，相遇。

肯特 除了恶劣的天气以外，还有谁在这儿？

侍臣 一个心绪像这天气一样不宁的人。

肯特 我认识你，王上呢？

侍臣 正在跟暴怒的自然力搏斗。他叫狂风把土地吹进海里，叫泛滥的波涛吞没陆地，使万物都变了样子或归于毁灭；他扯着他的白发，让盲目愤怒的暴风把它们任意披散；在他渺小的一身之内，正在进行着一场比风雨的冲突更剧烈的斗争。今夜，被小熊吸干了乳汁的母熊躲着不敢出来，狮子和饿狼都不愿沾湿它们的毛皮。他却光秃着头在风雨中狂奔，叫喊着让一切见鬼去吧。

肯特 可是谁和他在一起？

侍臣 只有那弄人一路跟着他，竭力用些笑话替他排解他的衷心的伤痛。

肯特 我知道你是什么人，我敢凭我所知告诉你一件重要的消息。在奥本尼和康华尔两人之间，虽然表面上彼此掩饰得毫无痕迹，可是暗中却已经有了分歧和钩心斗角；正像一般身居高位的人一样，在他们手下都有一些名为仆人，实际上却是向法国密报我们国内情形的探子，凡是这两个公爵的明争暗斗，他们两人对于善良的老王的冷酷待遇，以及其他更秘密的一切动静，全都传到了法国的耳中；现在已经有一支军队从法国开到我们这分裂的王国，乘着我们疏忽无备，在我们几处最好的港口秘密登陆，不久就要揭开他们鲜明的旗帜了。现在，你要是能够信任我的话，请你赶快到多佛去一趟，那边你可以找到感激你的人，请你把王上所受种种无理的屈辱向他作一个确实的报告。我是一个有地位有身家的绅士，因为知道你为人可靠，所以把这件差使交给你。

侍臣 我还要跟您进一步谈谈。

肯特 不，不必了。为了向你证明我并不是像我的外表那样的一个微贱之人，你可以打开这个钱囊，把里面的东西拿去。你去了多佛，一定可以见到科迪利娅，只要把这戒指给她看了，她就会告诉你，你现在所不认识的同伴是个什么人。好大的风雨！我要找王上去。

侍臣 把您的手伸给我。您没有别的话了吗？

肯特 话不在多，重在实效。我们现在先得找到王上；你朝那边走，我朝着边走，谁先找到他，就打一声招呼。（各下）

第二场

荒野的另一部分

暴风雨继续未止。李尔及弄人上。

李尔 吹吧，风啊！吹破了你的脸颊，猛烈地吹吧！你，瀑布一样的倾盆大雨，尽管倒泻下来，直到浸没了我们教堂的尖塔和屋顶上的风标吧！你思想一样迅速的硫黄的电火，劈开橡树的巨雷的先驱，烧焦我白发的头颅吧！你，震撼一切的霹雳啊，把这粗壮的圆地球击平了吧！打碎造物的模型，一下子散尽摧毁制造忘恩负义的人类的种子吧！

弄人 啊，老伯伯，在一间干燥的屋子里讨一杯宫廷圣水，不比这旷野里的雨水好得多吗？老伯伯，回到那所屋子里去，向你的女儿们请求祝福吧；这样的夜对聪明人和傻瓜都是不发慈悲的。

李尔 尽管轰吧！尽管吐你的火舌，尽管喷你的雨水吧！雨、风、雷、电，都不是我的女儿，我不责怪你们的无情；我不曾给你们国土，不曾称你们为我的孩子，你们没有顺从我的义务；所以，随你们的高兴，降下你们可怕的威力来吧，我站在这里，只是你们的奴隶，一个可怜的、衰弱的、无力的、遭人贱视的老头子。可是我仍然要骂你们是卑劣的帮凶，因为你们滥用上天的威力，帮同两个万恶的女儿来跟我这个白发的老翁作对。啊！啊！这太卑劣了！

肯特上。

李尔 不，我要做忍耐的模范，我要闭口无言。

肯特 谁在那边？

弄人 一个是陛下，一个是弄人。一个聪明人，一个傻瓜。

肯特 唉！陛下，您在这儿吗？喜爱黑夜的东西，不会喜爱这样的夜晚；狂怒的天象吓怕了黑暗中的漫游者，使它们躲在洞里不敢出来。自从有生以来，我从未记得听见过这样的闪电、这样可怕的雷声、这样惊人的风雨的咆哮。人的天性禁受不起这样的磨折和恐惧。

李尔 让伟大的神灵在我们头顶掀起这场可怕的骚动。现在找到他们的敌人吧。颤栗吧，心怀犯罪秘密、逍遥法外的坏蛋！躲起来吧，杀人的凶手、用伪誓欺人的骗子、道貌岸然的乱伦禽兽！魂飞魄散吧，用正直的外表遮掩杀人阴谋的大奸巨恶！撕下你包藏祸心的伪装，显露你们罪恶的原形，向这些可怕的天使哀号乞命吧！我是一个所受惩罚超过所犯过失的人。

肯特 唉！您头上也没有一点遮盖的东西！陛下，这儿附近有一间茅屋，可以替您挡挡风雨。我刚才曾经到那所冷酷的屋子里——那比它墙上的石块更冷酷无情的屋子——探问您的行踪，可是他们关上了门不让我进去。现在您且暂时躲一躲雨，我还要回去强迫他们给一点礼遇。

李尔 我的头脑开始发晕了。来，我的孩子。你怎么啦，我的孩子？你冷吗？我自己也冷呢。我的朋友，这间茅屋在什么地方？一个人到了困穷无告的时候，下贱的东西也会变成无价之宝。来，带我到你那间茅屋里去。可怜的弄人和仆人，我心里还留着一块地方为你悲伤哩。

弄人 只怪自己糊涂自己蠢，
嗨呵，一阵风来一阵雨，
背时倒运莫把天公恨，
管它朝朝雨雨又风风。

李尔 不错，我的好孩子。来，领我们到这茅屋里去。（李尔和肯特下）

弄人 今夜真是一个使荡妇冷却的好天气。我要在走以前作一个预言：

当教士们讲得多做得少；
当酿酒人在麦酒里掺水；
当贵族是他们裁缝的老师；
烧红的不是邪教徒而是嫖客；
当每一件案子在法律上都正确；
绅士们不欠款，骑士们也不贫穷；
没有人靠舌头诽谤去谋生；
扒手小偷不去人头拥挤的地方；
当放债人在田野里点他们的金币；
娼妓和老鸨乐意出钱盖教堂——
那时候英国就要大乱了，
那时候，谁要是活到看到那一天，
走路就得要用脚了。

这个预言将由默林去宣布，因为我生得比他还早。（下）

第三场

葛罗斯特城堡中的一室

葛罗斯特及爱德蒙上。

葛罗斯特 唉，唉！爱德蒙，我不赞成这种不近人情的行为。当我请求他们允许我给他一点援助的时候，他们竟会剥夺我使用自己屋子的权利，不许我提起他的名字，不许我替他说一句恳求的话，也不许我给他任何的救济，不然我就要永远失去他们的欢心。

爱德蒙 太野蛮、太不近人情了！

葛罗斯特 算了，你不要多说什么。两个公爵现在已经有了纷争，而且还有一件比这更严重的事情。今天晚上我接到一封信，里面的话说出来也是很危险的；我已经把这信锁在书橱里了。王上现在受到这样的凌虐，总有人会来替他报复的；已经有一支军队在路上了。我们必须站在王上的一方面。我就要找他去，暗地里接济他；你去陪公爵谈谈，免得被他觉察了我的善行。要是他问起我的话，你就回他说我身子不好，已经睡了。大不了是一个死，王上是我的老主人，我不能坐视不救。出人意外的事情快要发生了，爱德蒙，你必须要小心点儿。（下）

爱德蒙 你违背了命令去献这种殷勤，我立刻就要去告诉公爵知道；还有那封信我也要告诉他。这是我献功邀赏的好机会，我的父亲将要因此而丧失他所有的一切，也许他的全部家产都要落到我的手里：老的一代没落了，年轻的一代才会兴起。（下）

第四场

荒野。茅屋之前

李尔、肯特及弄人上。

肯特 就是这地方，陛下，进去吧。这样毫无掩蔽的黑夜的暴虐，是谁也受不了的。（暴风雨继续不止）

李尔 不要缠着我。

肯特 陛下，进去吧。

李尔 你要碎裂我的心吗？

肯特 我宁愿自己心碎。陛下，进去吧。

李尔 你以为让这样的狂风暴雨侵袭我们的肌肤，是一件了不得的苦事，在你看来是这样的；可是一个人要是身患重病，他就感觉不到小小的痛楚。你见了一头熊就要避开；可是假如你的背后是汹涌的大海，你就只好硬着头皮向那头熊迎面走上去。当我们心绪宁静的时候，肉体是敏感的；我的心灵中的暴风雨已经使我失去一切其他的感觉，只剩下心头的热血在搏动。儿女的忘恩！这不就像这只手把食物送进这张嘴，这张嘴却把这只手咬了下来吗？可是我要重重惩罚她们。不，我不愿再哭泣了。在这样的夜里把我关在门外！尽管倒下来吧，什么大雨我都可以忍受。在这样的一个夜里！啊，里甘，戈纳瑞！你们年老仁慈的父亲一片诚心，把一切都给了你们——啊！那样想下去是要发疯的；让我避开这条路，别再提这些了。

肯特 陛下，进去吧。

李尔 你要舒服，你自己进去。这暴风雨不肯让我仔细思量种种的事情；那些事情我越想下去，越会增加我的痛苦。可是我要进去。（向弄人）进去，孩子，你先走。你这些无家可归的人——你进去吧。我要祈祷，然后我要睡一会儿。（弄人入内）衣不蔽体的不幸的人们，无论你们在什么地方忍受着这样无情的暴风雨的袭击，你们的头上没有片瓦遮身，你们的腹中饥肠辘辘，你们的衣服千疮百孔，怎么抵挡得了这样的天气呢？啊！我一向太没有关心这种事情了。安享荣华的人们啊，服一剂药吧；暴露你们自己去感受这些不幸的人们的感受，分一些你们享用不了的福泽给他们，让上天知道你们不是全无心肝的人吧！

爱德伽 （在内）九迟深，九尺深！可怜的汤姆！（弄人自屋内奔出）

弄人 老伯伯，不要进去；里面有一个鬼。救命！救命！

肯特 让我搀着你，谁在里边？

弄人 一个鬼，一个鬼；他说他的名字叫做可怜的汤姆。

肯特　你是什么人，在这茅屋里大呼小叫的？出来。

爱德伽乔装疯人上。

爱德伽　走开！恶魔跟在我的背后，风儿吹过山楂林。哼！到你冷冰冰的床上暖暖身子吧。

李尔　你是把你的一切都给了两个女儿，才到了今天这个地步吗？

爱德伽　谁把什么东西给可怜的汤姆？恶魔带着他穿过大火，穿过烈焰，穿过水道和漩涡，穿过沼泽和泥泞；把刀子放在他的枕头底下，把上吊的绳子放在他的凳子底下，把耗子药放在他的粥里；使他狂妄自大，骑一匹栗色的奔马，从四寸阔的桥上冲过去，把自己的影子当作叛徒去追逐，尽管追逐不舍。祝福你的五种才智！汤姆冷着呢。啊！哆啼哆啼哆啼。愿旋风不吹你，星星不把毒箭射你，瘟疫不到你身上！做做好事，救救我这给恶魔害得好苦的可怜的汤姆吧！恶魔现在就在那边，在那边，又到那边去了，在那儿。（暴风雨继续不止）

李尔　什么！是他的女儿害得他变成这个样子吗？你不能留下一些什么来吗？你全都给了她们了吗？

弄人　不，他还留着一方毡毯，否则我们大家都要不好意思了。

李尔　愿那弥漫在天空之中的惩罚恶人的瘟疫一起降临在你的女儿身上！

肯特 陛下，他没有女儿哩。

李尔 该死的奸贼！他没有不孝的女儿，怎么会流落到这等不堪的地步？难道被遗弃的父亲，都是这样一点不爱惜他们自己的肉体的吗？适当的处罚！谁叫他们的身体产下那些枭獍般的女儿来的？

爱德伽 小雄鸡坐在高墩上，哈啰，哈啰，啰，啰！

弄人 这一个寒冷的夜晚会使我们大家变成傻瓜和疯子。

爱德伽 当心恶魔。听从你的爷娘；说过的话不要反悔；不要赌咒；不要奸淫有夫之妇；不要把你的情人打扮得太漂亮。汤姆冷着呢。

李尔 你本来是干什么的？

爱德伽 一个心性高傲的仆人，头发卷得曲曲的，帽子上佩着情人的手套，惯会讨妇女的欢心，干些不可告人的勾当；开口发誓，闭口赌咒，当着上天的面前把它们一个个毁弃；睡梦里都在转奸淫的念头，一醒来便把它实行。我贪酒，我爱赌，我比土耳其人更好色；一颗奸诈的心，一对轻信的耳朵，一双不怕血腥气的手；猪一般懒惰，狐狸一般狡诡，狼一般贪狠，狗一般疯狂，狮子一般凶恶。不要让女人的脚步声和窸窣窸窣的绸衣裳的声音摄去了你的魂魄；不要把你的脚踏进窑子里去，不要把你的手伸进裙子里去，不要把你的笔碰到放债人的借据上；抵抗恶魔的引诱吧。"冷风还是打山楂树里吹过去"；听它怎么说，吁——吁——呜——呜——哈——哈——。道芬我的孩子，我的孩子；叱嚓！让他奔过去。（暴风雨继续不止）

李尔 唉，你这样赤身裸体，受风雨的吹淋，还是死了的好。难道人不过是这样一个东西吗？想一想吧，你不欠蚕一根丝，也不欠野兽一张皮，不欠羊一片毛，也不欠麝猫一块香料。嘿！我们这三个人都已经汩没了本来的面目，只有你才保全着天赋的原形；没有文明装饰的人不过是像你这样一个寒伧的、赤裸的、两条腿的动物。脱下来，脱下来，你们这些身外之物！来，松开这里的钮扣。（扯去衣服）

弄人 老伯伯，请你安静点儿。这样危险的夜里是不能游泳的。旷野里一点小小的火光，正像一个好色的老头儿的心，只有这么一星星的热，其余全身都是冰冷的。瞧！一团火走来了。

葛罗斯特持火炬上。

爱德伽 这就是那个叫做"弗力勃铁捷贝特"的恶魔，他在黄昏时候出现，一直到第一声鸡啼方才隐去。他叫人眼睛里长白膜和针眼，成为斜眼；他叫人长兔嘴唇；他还会叫白面发霉，给地球上可怜的人以伤害。

圣维都尔三次经过山冈，
遇见魇魔和她九个儿郎；
他说妖精你别逃，
发个誓儿别害人；
滚吧，妖妇，你滚吧！

肯特 陛下，您怎么啦？

李尔 他是谁？

肯特 那边什么人？你找谁？

葛罗斯特 你们是些什么人？你们叫什么名字？

爱德伽 可怜的汤姆，他吃的是泅水的青蛙、蛤蟆、蝌蚪、壁虎和水蜥；恶魔在他心里捣乱的时候，他发起狂来，就会把牛粪当作生菜；他吞的是老鼠和癞狗，喝的是一潭死水上面绿色的浮渣，他到处给人家鞭打，锁在枷里，关在牢里；他从前有三身外衣、六件衬衫，跨着一匹马，带着一口剑；

可是在这整整七年时光，

耗子是汤姆唯一的食粮。

留心那跟在我背后的鬼。不要闹，史墨金！不要闹，你这恶魔！

葛罗斯特 什么！陛下竟会跟这种人作起伴来了吗？

爱德伽 地狱里的魔王是一个绅士；他的名字叫做摩陀，又叫做玛呼。

葛罗斯特 陛下，我们亲生的骨肉都变得那样坏，把自己生身之父当作了仇敌。

爱德伽 可怜的汤姆冷着呢。

葛罗斯特 跟我进去吧。我的良心不允许我全然服从您的女儿的无情的命令；虽然她们叫我关上了门，把您丢在这狂暴的黑夜之中，可是我还是冒险出来找您，把您带到有火炉、有食物的地方去。

李尔 让我先跟这位哲学家谈谈。天上打雷是什么缘故？

肯特　陛下，接受他的好意，跟他进去吧。

李尔　我还要跟这位学者说一句话。您研究的是哪一门学问？

爱德伽　抵御恶魔的战略和消灭毒虫的方法。

李尔　让我私下里问您一句话。

肯特　大人，请您再催催他吧，他的神经有点儿错乱起来了。

葛罗斯特　你能怪他吗？（暴风雨继续不止）他的两个女儿要他死哩。唉！那善良的肯特，他早就说过会有这么一天的，可怜的被放逐的人！你说王上要疯了；告诉你吧，朋友，我自己也差不多疯了。我有一个儿子，现在我已经跟他断绝关系了；他要谋害我的生命，这还是最近的事；我曾爱他，朋友，没有一个父亲比我更爱他的儿子。不瞒你说，（暴风雨继续不止）我的头脑都气昏了。这是一个什么晚上！陛下，求求您——

李尔　啊！请您原谅，先生。高贵的哲学家，请了。

爱德伽　汤姆冷着呢。

葛罗斯特　进去，家伙，到这茅屋里去暖一暖吧。

李尔　来，我们大家进去。

肯特　陛下，这边走。

李尔 带着他；我要跟我这位哲学家在一起。

肯特 大人，随着他的意思吧；让他把这家伙带去。

葛罗斯特 您带着他来吧。

肯特 小子，来；跟我们一块儿去。

李尔 来，好雅典人。

葛罗斯特 嘘！不要说话，不要说话。（同下）

爱德伽 罗兰骑士来到黑暗的塔楼，他口里一直念叨着："呸，嘿，哼！我闻到一个英国人的血腥味。"（下）

第五场

葛罗斯特城堡中一室

康华尔及爱德蒙上。

康华尔 我在离开他的屋子以前，一定要把他惩治一下。

爱德蒙 殿下，我为了尽忠的缘故，不顾父子之情，一想到人家不知将要怎样批评我，心里很有点儿惴惴不安哩。

康华尔 我现在才知道你的哥哥想要谋害他的生命，并不完全出于他的恶劣天性；多半是他自己咎有应得，才会激起他的杀心。

爱德蒙 我的命运多么颠倒，做了正义的事情，却必须终身抱恨！这就是他说起的那封信，它可以证实他私通法国的罪状。天啊！但愿这种叛国行为没有发生，但愿不是我发觉了它！

康华尔 跟我去见公爵夫人。

爱德蒙 这信上所说的事情倘然属实，那您就要有一桩大事要处理了。

康华尔 不管它是真是假，它已经使你成为葛罗斯特伯爵了。你去找找你父亲在什么地方，让我们可以把他逮捕起来。

爱德蒙 （旁白）要是我看见他正在援助那老王，他的嫌疑就格外加重了。——虽然忠心和血缘关系在我的灵魂里发生剧烈的争战，可是大义所在，只好把私恩抛弃不顾。

康华尔 我完全信任你。你在我的恩宠之中，将要得到一个更慈爱的父亲。（各下）

第六场

邻接城堡的农舍一室

葛罗斯特、李尔、肯特、弄人及爱德伽上。

葛罗斯特 这儿比露天好一些，不要嫌它寒伧，将就住下来吧。我再去找找有些什么吃的用的东西；我去去就来。

肯特 他的智力已经在他的盛怒之中完全消失了。神明报答您的好心！（葛罗斯特下）

爱德伽 弗拉特累多在叫我，他告诉我尼禄王在冥湖里钓鱼。喂，傻瓜，你要留心恶魔啊。

弄人 老伯伯，告诉我，一个疯子是绅士呢还是平民？

李尔 是个国王，是个国王！

弄人 不，他是一个变卖了田地，替他的儿子挣了一个绅士头衔的平民。

李尔 一千条烧红的铁钎吱啦吱啦戳到她们的身上——

爱德伽 恶魔在咬我的背。

弄人 谁要是相信豺狼的驯良、马儿的健康、孩子的爱情，或是娼妓的盟誓，他就是个疯子。

李尔 一定要办到，我现在就要控诉她们。（向爱德伽）来，最有学问的法官，你坐在这儿；（向弄人）你，贤明的官长，坐在这儿。——来，你们这两头雌狐！

爱德伽 瞧，他站在那儿，眼睛睁得大大的！太太，你在受审的时候，要不要有人瞧着你？渡过河来会我，蓓西——

弄人 她的小船儿漏了，她不能让你知道为什么她不敢见你。

爱德伽 恶魔借着夜莺的喉咙，向可怜的汤姆作祟了。霍普丹斯在汤姆的肚子里嚷着要两条新鲜的鲱鱼。别吵，魔鬼，我没有东西给你吃。

肯特 陛下，您怎么啦！不要这样呆呆地站着。您愿意躺下来，在这褥垫上面休息休息吗？

李尔 我要先看她们受了审判再说。把她们犯罪的证据带上来。（向爱德伽）你这披着法衣的审判官，请坐。（向弄人）你，他的执法的同僚，坐在他的旁边。（向肯特）你是陪审官，你也坐下了。

爱德伽 让我们秉公裁判。

你睡着还是醒着，快乐的牧羊人？
你的羊儿往麦田里闯；
你只要用你的小嘴吹一下哨子，
就不会坏你羊儿一根毛。
呼噜呼噜；这猫儿是灰色的。

李尔 先控诉她，她是戈纳瑞。我当着尊严的堂上起誓，她曾经踢她的可怜的父王。

弄人 过来，这女子。你的名字叫戈纳瑞吗？

李尔 她不能抵赖。

弄人 对不起，我还以为您是一张凳子哩。

李尔 这儿还有一个，你们瞧她满脸的横肉，就可以知道她的心肠是怎么样的。拦住她！举起兵器，拔出宝剑，点起火把！营私舞弊的法庭！枉法的贪官，你为什么放她逃走？

爱德伽 祝福你的五种才智。

肯特 哎呦！陛下，您不是常常说您没有失去忍耐吗？现在您的忍耐呢？

爱德伽 （旁白）我的滚滚的热泪忍不住为他流下，怕要给他们瞧破我的假装了。

李尔 这些小狗：脱雷、勃尔趋、史威塔，瞧，它们都在向我狂吠。

爱德伽 让汤姆掉过脸来把它们吓走。滚开，你们这些恶狗！

黑嘴巴，白嘴巴，
疯狗咬人磨毒牙，
猛犬、猎犬、杂种犬，
叭儿小犬团团转，
青屁股，卷尾毛，
一见汤姆没命逃。
哆啼哆啼。吪嚓！

来，我们赶庙会，上市集去。可怜的汤姆，你的牛角杯里干得挤不出一滴水来啦。

李尔 叫他们剖开里甘的身体来，看看她心里有些什么东西。究竟为大自然里有什么原因，心才会变得这样硬？（向爱德伽）我把你收养下来，叫你做我一百名侍卫中间的一个，只是我不喜欢你的衣服的式样；你也许要说，这是最漂亮的波斯装；可还是请你换一换吧。

肯特 陛下，您躺下来休息休息吧。

李尔 不要吵，不要吵，放下帐子，好，好，好。我们到早上再去吃晚饭，好，好，好。

弄人 我一到中午可要睡觉哩。

葛罗斯特重上。

葛罗斯特 过来，朋友，我的主子王上呢？

肯特　在这儿，大人，可是不要打扰他，他的神经已经错乱了。

葛罗斯特　好朋友，请你把他抱起来。我已经听到了有人阴谋要杀害他。马车套好在外边，你快让他躺进去，驾着它到多佛，那边有人会欢迎你并且会保障你的安全。抱起你的主人来；要是你耽误了半点钟的时间，他的性命、你的性命以及一切出力救护他的人的性命，都要保不住了。抱起来，抱起来；跟我来，让我设法把你们赶快送到一处可以安身的地方。

肯特　受尽折磨的身心，现在安然入睡了；安息也许可以镇定镇定他的损坏的神经，如果不能得到安息，它可能破碎得不可收拾。（向弄人）来，帮我扛起你的主人来；你不能留在这儿。

葛罗斯特　来，来，去吧。（除爱德伽外，肯特、葛罗斯特及弄人舁李尔下）

爱德伽　做君王的不免如此下场，
使我忘却了自己的忧伤。
最大的不幸是独抱牢愁，
任何的欢娱兜不上心头；
倘有了同病相怜的侣伴，
天大痛苦也会解去一半。
国王有的是不孝的逆女，
我自己遭逢无情的严父，
他与我两个人一般遭际！
去吧，汤姆，忍住你的怨气，

你现在蒙着无辜的污名，

总有日回复你清白之身。

不管今夜里还会发生些什么事情，但愿王上总是安然脱险了！我还是躲起来吧。（下）

第七场

葛罗斯特城堡中一室

康华尔、里甘、戈纳瑞、爱德蒙及众仆上。

康华尔 夫人，请您赶快到尊夫的地方去，把这封信交给他；法国军队已经登陆了。——来人，替我去搜寻那反贼葛罗斯特的踪迹。（若干仆人下）

里甘 把他捉到了立刻吊死。

戈纳瑞 把他的眼珠挖出来。

康华尔 我自有处置他的办法。爱德蒙，我们不应该让你看见你的谋叛的父亲受到怎样的刑罚，所以请你现在护送我们的姐姐回去，替我向奥本尼公爵致意，叫他赶快准备；我们这儿也要采取同样的行动。我们两地之间，必须随时用飞骑传报消息。再会，亲爱的姐姐；再会，葛罗斯特伯爵。

奥斯华德上。

康华尔 怎么啦？那国王呢？

奥斯华德 葛罗斯特伯爵已经把他送出去了；有三十五六个追寻他的武士在城门口和他会合，还有伯爵手下的几个人也在一起，一同向多佛进发，据说那边有他们武装的友人在等候他们。

康华尔 替你家夫人备马。

戈纳瑞 再会，殿下，再会，妹妹。

康华尔 再会，爱德蒙。（戈纳瑞、爱德蒙及奥斯华德下）再去几个人把那反贼葛罗斯特捉来，像小偷一样把他绑来见我。（若干仆人下）虽然在没有经过正式的审判手续以前，我们不能就把他判处死刑，可是为了发泄我们的愤怒，却只好不顾人们的指摘，凭着我们的权力独断独行了。那边是什么人？是那反贼吗？

众仆押葛罗斯特重上。

里甘 没有良心的狐狸！正是他。

康华尔 把他枯瘪的手臂牢牢绑起来。

葛罗斯特 两位殿下，这是什么意思？我的好朋友们，你们是我的客人；不要用这种无礼的手段对待我。

康华尔 捆住他。（众仆绑葛罗斯特）

里甘 绑紧些，绑紧些。啊，可恶的反贼！

葛罗斯特 你是一个没有慈悲的女人，我却不是反贼。

康华尔 把他缚在这张椅子上。奸贼，我要让你知道——（里甘扯葛罗斯特须）

葛罗斯特 天神在上，这还成什么话，你扯起我的胡子来啦！

里甘 胡子这么白，想不到却是一个反贼！

葛罗斯特 恶妇，你从我的腮上拉下这些胡子来，它们将要像活人一样控诉你的罪恶。我是这里的主人，你不该用你强盗的手，这样报答我的好客的殷勤。你究竟要怎么样？

康华尔 说，你最近从法国得到了什么书信？

里甘 老实说出来，我们已经什么都知道了。

康华尔 你跟那些最近踏到我们国境来的叛徒们有些什么勾结？

里甘 你把那发疯的老王送到什么人手里去了？说。

葛罗斯特 我只收到过一封信，里面都不过是些猜测之谈，寄信的是一个没有偏见的人，并不是一个敌人。

康华尔 好狡猾的推托！

里甘 一派鬼话！

康华尔 你把国王送到什么地方去了？

葛罗斯特 送到多佛。

里甘 为什么送到多佛？我们不是早就警告你——

康华尔 为什么送到多佛？让他回答这个问题。

葛罗斯特 罢了，我现在身陷虎穴，只好拼着这条老命了。

里甘 为什么送到多佛？

葛罗斯特 因为我不愿意看见你的残忍的指爪挖出他的可怜的老眼；因为我不愿意看见你的残暴的姐姐用她野猪般的利齿咬进他的神圣的肉体。他的赤裸的头顶在地狱一般黑暗的夜里冲风冒雨；受到这样的狂风暴雨的震荡，海也会把他的怒潮喷向天空，熄灭星星的火焰；但是他，可怜的老翁，却还要把他的热泪帮助天空浇洒。要是在那样吓人的晚上，豺狼在你的门前悲鸣，你也会说，“善良的看门人，开了门放它进来吧”；除风暴外一切残酷的东西都受到接纳。可是我总有一天见到上天的报应降临在这种儿女的身上。

康华尔 你再也不会看见了。来，按住这椅子。我要把你这一双眼睛放在我的脚底下践踏。

葛罗斯特 谁要是希望他自己平安活到老年的，帮帮我吧！啊，好惨！天啊！（葛罗斯特一眼被挖出）

里甘 还有那一颗眼珠也挖出来，免得它嘲笑没有眼珠的一面。

康华尔 要是你看见什么报应——

仆甲 住手，殿下；我从小服侍您到现在，可是从来没有对您干过一件比现在请您住手更好的事情。

里甘 怎么，你这狗东西！

仆甲 要是你的腮上长起了胡子，我现在也要把它扯下来。

康华尔 混账奴才，你反了吗？（拔剑）

仆甲 好，那么来，我们拼一个你死我活。（拔剑，二人决斗。康华尔受伤）

里甘 把你的剑给我。一个奴才也会撒野到这等地步！（取剑从背后刺仆甲）

仆甲 啊！我被杀死了。大人，您还剩着一只眼睛，可以看见他受到报应。啊！（死）

康华尔 哼，看他再瞧得见一些什么报应！出来，可恶的浆块！现

在你还会见光吗？（葛罗斯特另一眼被挖出）

葛罗斯特 一切都是黑暗和痛苦。我的儿子爱德蒙呢？爱德蒙，燃起你天性中的怒火，替我报复这暗无天日的暴行吧！

里甘 哼，万恶的奸贼！你在呼唤一个憎恨你的人；你对我们反叛的阴谋，就是他出首告发的。他是一个深明大义的人，决不会对你发一点怜悯。

葛罗斯特 啊，我真蠢！那么爱德伽是冤枉的了。仁慈的神明啊，赦免我的错误，保佑他有福吧！

里甘 把他推出门外，让他一路摸索到多佛去。（一仆率葛罗斯特下）怎么，殿下？您的脸色怎么变啦？

康华尔 我受了伤啦。跟我来，夫人。把那瞎眼的奸贼撵出去，把这奴才丢在粪堆上。里甘，我的血尽在流着；这真是无妄之灾。用你的手臂搀着我。（里甘扶康华尔同下）

仆乙 要是这家伙会有好收场，我什么坏事都可以去做了。

仆丙 要是她会寿终正寝，所有的女人都要变成恶鬼了。

仆乙 让我们追上老伯爵，叫那疯子乞丐把他领到他所要去的地方。那疯子流浪汉做什么都不怕的。

仆丙 你先去吧；我还要去拿些麻布和蛋白来，替他贴在他的流血的脸上。但愿上天保佑他！（各下）

第四幕

第一场

荒野

爱德伽上。

爱德伽 与其被人当面恭维而背地里鄙弃，那么还是像这样自己知道为举世所不容的好。一个最困苦、最卑贱、最为命运所屈辱的人，可以永远抱着希望而无所恐惧；从最高的地位上跌落下来，那变化是可悲的；最穷困的人只能回到欢笑！那就欢迎我所拥抱的虚无的空气吧；你把他刮到绝境的人已经一无所求，不怕你了。可是谁来啦？

一老人率葛罗斯特上。

爱德伽 我的父亲，让一个穷苦的老头儿领着？啊，世界，世界，世界！倘不是你的变幻无常，使我们厌倦于为人，谁会甘心接受变老和死亡呢？

老人 啊，我的好老爷！我在老太爷手里就做您府上的佃户，一直做到您手里，已经有八十年了。

葛罗斯特 去吧，好朋友，你快去吧；你的安慰对我一点没有用处，他们也许反会害你的。

老人 您眼睛看不见，怎么走路呢？

葛罗斯特 我没有路，所以不需要眼睛；当我能够看见的时候，我曾失足颠仆。我们往往因为有所自恃而失之于大意，反不如缺陷却能对我们有益。啊！爱德伽好儿子，你的父亲受人愚弄，错怪了你，要是我能在未死以前摸到你的身体，我就要说，我又有了眼睛啦。

老人 啊！那边是什么人？

爱德伽 （旁白）神啊！谁能够说："我现在已经到了不幸的极点？"我现在比从前才更要不幸。

老人 那是可怜的发疯的汤姆。

爱德伽 （旁白）也许我还要碰到更不幸的命运；当我们能够说"这是最不幸的事"的时候，那还不是最不幸的。

老人 汉子，你到哪儿去？

葛罗斯特 是一个叫花子吗？

老人 是个疯叫花子。

葛罗斯特 他的理智还没有完全丧失，否则他不会向人乞讨。在昨晚的暴风雨里，我也看见过这样一个家伙，他使我想起一个人不过等于一条虫；那时候我的儿子的形象闪进我的心里，可是当时我正在恨他，不愿想起他；后来我才听到一些其他的事。天神掌握着我们的命运，正像顽童捉到飞虫一样，为了戏弄的缘故而把我们杀害。

爱德伽 （旁白）怎么会有这样的事？在一个伤心人的面前装傻，对自己、对别人，都是一件不愉快的行为。（向葛罗斯特）祝福你，先生！

葛罗斯特 他就是那个不穿衣服的家伙吗？

老人 正是，老爷。

葛罗斯特 那么你走吧。我要请他领我到多佛去，要是你看在我的分上，愿意回去拿一点衣服来替他遮盖遮盖身体，那就再好没有了；我们不会走远，从这儿到多佛的路上一二里之内，你一定可以追上我们。

老人 唉，老爷！他是个疯子哩。

葛罗斯特 疯子带着瞎子走路，本来是这时代的病态。照我的话，或者不如说，就照你自己的意思做吧；第一件事情是请你快去。

老人 我要把我所有的最好的衣服拿来给他，不管它会引起怎样的后果。（下）

葛罗斯特 喂，不穿衣服的家伙——

爱德伽 可怜的汤姆冷着呢。（旁白）我不能再假装下去了。

葛罗斯特 过来，汉子。

爱德伽 （旁白）可是我不能不假装下去。——祝福您的可爱的眼睛，它们在流血哩。

葛罗斯特 你认识到多佛去的路吗?

爱德伽 一处处关口城门、一条条马路人行道，我全认识。可怜的汤姆被他们吓迷了心窍；祝福你，好人的儿子，愿恶魔不来缠绕你！五个魔鬼一齐捉弄着可怜的汤姆：一个是色魔奥别狄克特；一个是哑鬼霍别狄丹斯；一个是偷东西的玛呼；一个是杀人的摩陀；一个是扮鬼脸的弗力勃铁捷贝特。他后来常常附在丫头、使女的身上。好，祝福您，先生！

葛罗斯特 来，你这受尽上天凌虐的人，把这袋钱拿去。我的不幸却是你的运气。上天啊，愿你常常如此！让那穷奢极欲、把你的法律当作满足他自己享受的工具、因为知觉麻木而沉迷不悟的人，赶快感到你的威力吧；从享用过度的人手里夺过来一些进行分配，让每一个人所得都足够吧。你认识多佛吗?

爱德伽 认识，先生。

葛罗斯特 那边有一座悬崖，它的峭拔的绝顶俯瞰着幽深的海水；你只要领我到那悬崖的边上，我就给你一些我随身携带的贵重的东西，你拿了去可以过些舒服的日子；我也不用再烦你带路了。

爱德伽 把您的手臂给我，让可怜的汤姆搀着你走。（同下）

第二场

奥本尼公爵府前

戈纳瑞及爱德蒙上。

戈纳瑞 欢迎，伯爵；我不知道我那位温和的丈夫为什么不来迎接我们。

奥斯华德上。

戈纳瑞 主人呢？

奥斯华德 夫人，他在里边；可是已经大大变了一个人啦。我告诉他法国军队登陆的消息，他听了只是微笑；我告诉他说您来了，他的回答却是，“还是不来的好”；我告诉他葛罗斯特怎样谋反、他的儿子怎样尽忠的时候，他骂我蠢东西，说我颠倒是非。凡是他所应该痛恨的事情，他听了似乎都很高兴；他所应该欣慰的事情，反而使他恼怒。

戈纳瑞 （向爱德蒙）那么你止步吧。这是他懦怯畏缩的天性，使他不敢担当大事；他宁愿忍受侮辱，不肯挺身对答。我们在路上谈起的那个愿望，也许可以实现。爱德蒙，你且回到我的妹夫那儿去，催促他赶紧调齐人马，交给你统率；我这儿只好由我自己出马，把家务托付我的丈夫照管了。这个可靠的仆人可以替我们传达消息。要是你有胆量为了你自己的好处而冒险，不久大概就会听到女主人的命令。把这东西带在身上，不要多说什么。（以饰物赠爱德蒙）低下你的头来：这一个吻，要是能够替我说话，它会叫你的灵魂儿飞上天空的。你要明白我的心；再会吧。

爱德蒙 我愿意为您赴汤蹈火。

戈纳瑞 我的最亲爱的葛罗斯特！（爱德蒙下）唉！都是男人，却有这样的不同！哪一个女人不愿意为你贡献她的一切，我却让一个傻瓜侵占了我的眠床。

奥斯华德 夫人，殿下来了。（下）

奥本尼上。

戈纳瑞 你太瞧不起人啦。

奥本尼　啊，戈纳瑞！你的价值还比不上那狂风吹在你脸上的尘土。我替你这种脾气担着心事：一个人要是看轻了自己的根本，将不能守住他安全的本分；树干断伤了，枝叶也要跟着萎谢，最后只好让人当作枯柴而付之一炬。

戈纳瑞　得啦得啦；全是些傻话。

奥本尼　智慧和仁义在恶人眼中看来都是恶的；下流的人只喜欢下流的事。你们干下了些什么事情？你们是猛虎，不是女儿，你们干了些什么事啦？这样一位父亲，这样一位仁慈的老人家，一头野熊见了他也会俯首帖耳，你们这些蛮横下贱的女儿却把他激成了疯狂！难道我那位贤襟兄竟会让你们这样胡闹吗？他也是个堂堂汉子，一邦的君主，又受过他这样的深恩厚德！要是上天不立刻降下一些明显的灾祸来惩罚这种万恶的行为，那么人类快要像深海的怪物一样自相吞食了。

戈纳瑞　不中用的懦夫！你让人家打肿你的脸，把侮辱加在你的头上，还以为是一件体面的事；正像那些不明是非的傻瓜，人家存心害你，幸亏发觉得早，他们在未下毒手以前就受到惩罚，你却还要可怜他们。你的鼓呢？法国的旌旗已经展开在我们安宁的国土上了，你的敌人顶着羽毛飘扬的战盔已经开始威胁你的国家。你这迂腐的傻子却坐着一动不动，只会说，“唉！他为什么要这样呢？”

奥本尼　瞧瞧你自己吧，魔鬼！恶魔的丑恶的嘴脸，在一个女人身上更要可怕。

戈纳瑞　哎呦，你这没有头脑的蠢货！

奥本尼　你这变化做女人的形状、掩蔽你的蛇蝎般的真相的魔鬼，不要露出你的狰狞的面目来吧！要是我可以允许这双手服从我的怒气，它们一定会把你的肉一块块抓下来；可是你虽然是一个魔鬼，你的形状却还是一个女人，我不能伤害你。

戈纳瑞　哼，这就是你的男子汉的气概。——呸！

一使者上。

奥本尼　有什么消息？

使者　啊！殿下，康华尔公爵死了。他正要挖去葛罗斯特第二只眼睛的时候，他的一个仆人把他杀死了。

奥本尼　葛罗斯特的眼睛！

使者　他所雇养的一个仆人因为激于义愤，反对他这一种行动，就拔出剑来向他的主人行刺；他的主人也动了怒，和他奋力猛斗，结果把那仆人砍死了，可是自己也受了重伤，终于不治身亡。

奥本尼　啊，主持正义的天神究竟还是有的，人世的罪恶这样快就受到了诛谴！但是啊，可怜的葛罗斯特！他失去了他的第二只眼睛吗？

使者　殿下，他两只眼睛全都给挖去了。夫人，这一封信是您的妹妹写来的，请您立刻给她一个回音。

戈纳瑞　（旁白）从某些方面说来，这是一个好消息；可是她做了寡妇，我的葛罗斯特又跟她在一起，也许我的一切美梦全都落空，生活变得可憎；不然的话，这消息还不算顶坏。（向使者）我读过以后再写回信吧。（下）

奥本尼　他们挖去他的眼睛的时候，他的儿子在什么地方？

使者　他是跟夫人一起到这儿来的。

奥本尼　他不在这儿。

使者　殿下，我在路上碰见他回去了。

奥本尼　他知道这种罪恶的事情吗？

使者　是，殿下；就是他出首告发他的，他离开那座屋子，为的是让他们刑罚方便一些。

奥本尼　葛罗斯特，我永远感激你对王上的爱戴，一定替你报复你的抉目之仇。过来，朋友，详细告诉我一些你所知道的其他的消息。（同下）

第三场

多佛附近法军营地

肯特及一侍臣上。

肯特 为什么法兰西王突然回去，您知道他的理由吗？

侍臣 他在国内还有一点未了的要事，直到离国以后，方才想起；因为那件事情有关国家的安危，所以他不能不亲自回去料理。

肯特 他去了以后，委托什么人做主帅？

侍臣 拉·发元帅。

肯特 王后看了您的信，有没有什么悲哀的表示？

侍臣 是的，先生；她拿了信，当着我的面读起来，一颗颗饱满的泪珠不时淌下她的娇嫩的脸颊；可是她仍然保持着一个王后的尊严，虽然她的情感像叛徒一样想要把她压服，她还是竭力把它克制下去。

肯特 啊！那么她是受到感动的了。

侍臣 她并不痛哭流涕；“忍耐”和“悲哀”互相竞争着谁能把她表

现得更美。您曾经看见过阳光和雨点同时出现；她的微笑和眼泪也正是这样，只是更为动人；那些飘动在她红润的嘴唇上的小小的微笑，似乎不知道她的眼睛里有些什么客人，他们从她钻石一样晶莹的眼睛里滚出来，正像一颗颗浑圆的珍珠。简单一句话，要是所有的悲哀都是这样美，那么悲哀将要成为最受世人喜爱的珍奇了。

肯特　她没有说过什么话吗？

侍臣　一两次她的嘴里迸出了“父亲”两个字，好像它们重压着她的心一般；她哀呼着，“姐姐！姐姐！女人的耻辱！姐姐！肯特！父亲！姐姐！什么，在风雨里吗？在黑夜里吗？不要相信世上还有怜悯吧！”于是她挥去了她的天仙般的眼睛里的圣水，然后哀号为泪水所平息，她移步他往，和哀愁独自作伴去了。

肯特　那是天上的星辰，天上的星辰主宰着我们的性格；否则同一父母怎样会生出这样不同的儿女来。您后来没有跟她说过话吗？

侍臣　没有。

肯特　这是在法兰西王回国以前的事吗？

侍臣　不，这是他去后的事。

肯特　好，告诉您吧，可怜的受难的李尔已经到了此地，他在比较清醒的时候，记起我们来干什么事，一定不肯见他的女儿。

侍臣　为什么呢，好先生？

肯特　羞耻之心掣住了他；他自己的绝情剥夺了她应得的祝福，使她远适异国，冒着意外的风险，把她的权利分给那两个犬狼之心的女儿——这种种的回忆像毒螫一样刺着他的心，使他充满了火烧一样的惭愧，阻止他和科迪利娅相见。

侍臣　唉！可怜的人！

肯特　关于奥本尼和康华尔的军队，您听见什么消息没有？

侍臣　是的，他们已经出动了。

肯特　好，先生，我要带您去见见我们的王上，请您照料照料他。我因为有某种重要的理由，必须暂时隐藏我的真相；当您知道我是什么人以后，您决不会后悔跟我结识的。请您跟我去吧。（同下）

第四场

同前。帐幕

旗鼓前导，科迪利娅、医生及兵士等上。

科迪利娅　唉！正是他。刚才还有人看见他，疯狂得像被飓风激动的怒海，高声歌唱，头上插满了恶臭的地烟草、牛蒡、毒芹、荨麻、杜鹃花和各种蔓生在麦田里的野草。派一百个兵士到繁茂的田野里各处搜寻，把他领来见我。（一军官下）人们的智慧能不能恢复他的丧失的神智？谁要是能够医治他，我愿意把我的身外的富贵全都送给他。

医生 娘娘，法子是有的；休息是滋养疲乏的精神的保姆，他现在就是缺少休息；有许多有效的草药可以阖上他的痛苦的眼睛而睡去。

科迪利娅 一切神圣的秘密、一切地下潜伏的灵奇，随着我的眼泪一起奔涌出来吧！帮助解除这位善良人的痛苦！快去找他，快去找他，我只怕他在不可控制的疯狂之中，会消溶他的失去主宰的生命。

一使者上。

使者 报告娘娘，英国军队向这儿开过来了。

科迪利娅 我们早已知道。一切都预备好了，只等他们到来。亲爱的父亲啊！我这次掀动干戈，是为了你的缘故；伟大的法兰西王被我的悲哀和祈求的眼泪所感动，他一点没有非分的野心，只有一片真情，热烈的真情，要替我们的老父主持正义。但愿我不久就可以听见和看见他！（同下）

第五场

葛罗斯特城堡中一室

里甘及奥斯华德上。

里甘　可是我的姐夫的军队已经出发了吗？

奥斯华德　出发了，夫人。

里甘　他亲自率领吗？

奥斯华德　夫人，好容易才把他催上了马；还是您的姐姐是个更好的军人哩。

里甘　爱德蒙伯爵到了你们家里，有没有跟你家主人谈过话？

奥斯华德　没有，夫人。

里甘　我的姐姐给他的信里有些什么话？

奥斯华德　我不知道，夫人。

里甘　告诉你吧，他有重要的事情，已经离开此地了。葛罗斯特挖去了眼睛以后，仍旧放他活命，实在是一个极大的失策；因为他每到一处地方，都会激起众人对我们的反对之心。我想爱德蒙因为怜悯他的困苦，是要去替他解脱他的暗无天日的生涯的；而且他还负有探察敌人实力的使命。

奥斯华德　夫人，我必须追上去把我的信送给他。

里甘　我们的军队明天就要出发；你暂时待在我们的地方，路上很危险呢。

奥斯华德　我不能，夫人；我家夫人曾经吩咐我不准误事的。

里甘　为什么她要写信给爱德蒙呢？难道你不能替她口头传达她的意思吗？看来恐怕有点儿——我也说不出来。让我拆开这封信来，我会重赏你的。

奥斯华德　夫人，那我可——

里甘　我知道你家夫人不爱她的丈夫；这一点我是可以确定的。她最近在这里常常对高贵的爱德蒙抛掷含情的媚眼。我知道你是她的心腹之人。

奥斯华德　我，夫人！

里甘　我的话不是随便说说的，我知道你是她的心腹；所以你且听我说，我的丈夫已经死了，爱德蒙跟我曾经两下谈妥，他和我结婚比和你家夫人结婚更合适些。其余的你自己去意会吧。要是你找到了他，请你替我把这信交给他；好，再会。假如你听见人家说起那瞎眼的老贼在什么地方，能够把他除掉，一定可以得到重赏。

奥斯华德　但愿他能够碰在我的手里，夫人；我一定可以向您表明我是哪一方面的人。

里甘　再会。（各下）

第六场

多佛附近的乡间

葛罗斯特及爱德伽作农民装束同上。

葛罗斯特　什么时候我才能够登上山顶？

爱德伽　您现在正在一步步上去。瞧这路多么难走。

葛罗斯特　我觉得这地面是平的。

爱德伽　陡峭得可怕呢。听！那不是海水的声音吗？

葛罗斯特　不，我真的听不见。

爱德伽 哎呦，那么大概因为您的眼睛痛得厉害，所以别的知觉也连带糊涂起来啦。

葛罗斯特 那倒也许是真的。我觉得你的声音也变了样，你讲的话不像原来那样疯疯癫癫啦。

爱德伽 您错啦；除了我的衣服以外，我什么都没有变样。

葛罗斯特 我觉得你的话像样得多啦。

爱德伽 来，先生；我们已经到了，您站好，不要动。把眼睛一直望到这么低的地方，真是惊心眩目！在半空盘旋的乌鸦，瞧上去还没有甲虫那么大；山腰中间悬着一个采海蓬子的人，可怕的工作！我看他的全身简直抵不上他的头的大。在海滩上走路的渔夫就像小鼠一般，那艘碇泊在岸旁的高大的帆船小得像它的划艇；它的划艇小得像一个浮标，几乎看不出来。澎湃的波涛在海滨无数的石子上冲击的声音，也不能传到这样高的所在。我不愿再看下去了，恐怕我的头脑发晕，眼睛一花，就要倒栽葱直跌下去。

葛罗斯特 带我到你所立的地方。

爱德伽 把您的手给我。您现在已经离开悬崖的边上只有一尺之距了；谁要是把天下所有的一切都给了我，我也不愿意跳下去。

葛罗斯特 放开我的手。朋友，这儿又是一个钱袋，里面有一颗宝石，一个穷人得到了它，可以终身温饱；愿天神们保佑你因此而得福吧！你再走远一点；向我告别一声，让我听见你走过去。

爱德伽 再会吧，好先生。

葛罗斯特 再会。

爱德伽 （旁白）我这样戏弄他的目的，是要把他从绝望的境界中解救出来。

葛罗斯特 威严的神明啊！我现在宣布抛弃这个世界，当着你们的面，摆脱我的极大痛苦；要是我能够再忍受下去，而不怨尤你们不可反抗的伟大的意志，我这可厌的残生本可像烛花一样烧尽自灭的。要是爱德伽尚在人世，神啊，请你们祝福他！现在，朋友，我们再会了！（向前仆地）

爱德伽 我去了，先生；再会。（旁白）可是我不知道当一个人愿意受他自己的幻想的欺骗，相信他已经死去的时候，那一种幻想会不会真的偷去了他的生命的至宝；要是他果然在他所想象的那一个地方，现在他早已没有思想了。活着还是死了？（向葛罗斯特）喂，你这位先生！朋友！你听见吗，先生？说呀！也许他真的死了；可是他醒过来啦。你是什么人，先生？

葛罗斯特 去，让我死。

爱德伽 要是你不过是一根蛛丝、一片羽毛、一阵空气，从这样千仞的悬崖上跌落下来，也要像鸡蛋一样化成粉碎；可是你还在呼吸，你的身体还是好好的，不流一滴血，还会说话，身体好好的。十根桅杆连接起来，也不及你所跌下来的那地方高；你的生命是一个奇迹。再对我说话吧。

葛罗斯特 可是我有没有跌下来？

爱德伽 你就是从这可怕的悬崖绝顶上面跌下来的。抬起头来看一看吧；鸣声嘹亮的云雀飞到了那样的高度，我们从这里看不见它，也听不见它的声音；你只要朝上看。

葛罗斯特 唉！我没有眼睛哩。难道一个苦命的人，连寻死的权利都要被剥夺去了吗？罢了，这也是一种安慰：苦难的人不让骄横的暴君如愿以偿。

爱德伽 把你的手臂给我，起来，好。怎样？站得稳吗？

葛罗斯特 很稳，很稳。

爱德伽 这真太不可思议了。刚才在那悬崖的顶上，从你身边走开去的是什么东西？

葛罗斯特 一个可怜的叫花子。

爱德伽 我站在下面望着他，仿佛看见他的眼睛像两轮满月；他有一千个鼻子，长着歪曲和波浪形的角；一定是个什么恶魔。所以，幸运的老人家，你应该想这是无所不能的神明在暗中默佑你。

葛罗斯特 我现在记起来了。从此以后，我要耐心忍受痛苦，直等它有一天自己喊了出来："够啦，够啦，"那时候再撒手死去。你所说的那个东西，我还以为是个人；它老是嚷着"恶魔，恶魔"的；就是他把我领到了那个地方。

爱德伽 不要胡思乱想，安心忍耐。可是谁来啦？

李尔以鲜花杂乱饰身上。

爱德伽 一个清明神智的人，决不会把他自己打扮成这一个样子。

李尔 不，他们不能判我私铸货币的罪名；我是国王。

爱德伽 啊，伤心的景象！

李尔 在那一点上，天然是胜过人工的。这是强迫你们当兵的慰劳费。那家伙弯弓的姿势，活像一个稻草人；给我射一支一码长的箭试试看。瞧，瞧！一只小老鼠！别闹，别闹！这一块烘乳酪可以捉住它。这是我的铁手套：尽管他是一个巨人，我也要跟他一决胜负。带那些戟手上来。啊！飞得好，鸟儿；刚刚中在靶心里，咻！口令！

爱德伽 牛至菜。

李尔 放过去。

葛罗斯特 我认识那个声音。

李尔 嘿！长着白胡须的戈纳瑞！她们像狗一样向我献媚。说我在没有长出黑须以前，就已经有了白须。我说一声"是"，她们就应一声"是"；我说一声"不"，她们就应一声"不"！又说"是"，又说"不"，可不是好教徒的行为。当雨点淋湿了我，风吹得我牙齿打颤，当雷声不肯听我的话平静下来的时候，我就发现了她们，嗅出了她们的踪迹。算了，她们不是心口如一的人；她们恭维我说得天花乱坠，全然是个谎，一发起烧来我就没有办法。

葛罗斯特　这说话的声调我记得很清楚，他不是我们的君王吗？

李尔　嗯，每一寸都是君王。我只要一睁眼睛，我的臣民就要吓得发抖。我赦免那个人的死罪。你犯的是什么案子？奸淫吗？你不用死；为了奸淫而犯死罪！不，小鸟儿都在干那把戏，金苍蝇当着我的面也会公然交尾哩。让通奸的人多子多孙吧，因为葛罗斯特的私生的儿子也比我的合法的女儿更孝顺他的父亲。淫风越盛越好，我巴不得他们替我多制造几个兵士出来。瞧那个脸上堆着假笑的妇人，她的脸似乎说她两腿之间全是冰雪，她一听见人家谈起调情的话儿就要摇头；其实她自己干起那回事来，比臭猫和骚马还要浪得多哩。她们的上半身虽然是女人，下半身却是淫荡的妖怪；腰带以上是属于天神的，腰带以下全是属于魔鬼的：那儿是地狱，那儿是黑暗，那里是硫磺火坑，热烫、恶臭、腐烂。啐！啐！啐！呸！呸！好掌柜，给我称一两麝香，让我解解我想象中的臭气；钱在这儿。

葛罗斯特　啊！让我吻一吻那只手！

李尔　让我先把它揩干净；它上面有一股儿死亡的气息。

葛罗斯特　啊，败坏了的一个大自然的杰作！这一个广大的世界有一天也会像这样零落得只剩一堆残迹。你认识我吗？

李尔　我很记得你的这双眼睛。你在向我翻白眼吗？不，盲目的丘必特，随你使出什么手段来，我是再也不会恋爱的。这是一封挑战书，你拿去读吧，瞧瞧它是怎么写的。

葛罗斯特 即使每一个字都是一个太阳，我也瞧不见。

爱德伽 （旁白）要是人家告诉我这样的事，我一定不会相信；可是这是真的，我的心要碎了。

李尔 读。

葛罗斯特 什么！用眼眶子读吗？

李尔 啊哈！你原来是这个意思吗？你的头上没有眼睛，你的袋里也没有银钱吗？你的眼皮重了，你的钱袋轻了，可是你却看见这世界的人情如何。

葛罗斯特 我只能感觉到它的变化。

李尔 什么！你疯了吗？一个人就是没有眼睛，也可以看见这世界的人情如何。用你的耳朵瞧吧：你没看见那法官怎样痛骂那个卑贱的偷儿吗？侧过你的耳朵来，听我告诉你：让他们两人换了地位，谁还认得出哪个是法官，哪个是偷儿？你见过农夫的狗向乞丐吠叫吗？

葛罗斯特 嗯，陛下。

李尔 你还看见那家伙怎样给那条狗赶跑吗？从这一件事情你可以看到威权的大影子；一条得势的狗，也可以使人家惟命是从。你这可恶的教吏，停住你的残忍的手！为什么你鞭打那个妓女？把你自己背上的衣服脱光吧；你自己热切地想和她犯奸淫，却因为她跟人家犯奸淫而鞭打她。利债的家伙绞杀骗子。褴褛的衣衫遮不住小小的过失；披上锦袍裘服，便可以隐匿一切。给罪恶贴了金，法律的枪刺就会无效而断；把它用破布裹起来，一根侏儒的稻草就可以戳破它。没有一个人是犯罪的，我说，没有一个人。我愿意为他们担保；相信我吧，我的朋友，我有权力封住控诉者的嘴唇。你还是去装上一副玻璃眼睛，像一个卑鄙的阴谋家似的，假装能够看见你所看不见的事情吧。来，来，来，来，替我把靴子脱下来，用力一点，用力一点；好。

爱德伽 （旁白）啊！虽然是疯话，却不是全无意义的。

李尔 要是你愿意为我的命运痛哭，那么把我的眼睛拿了去吧。我知道你是什么人；你的名字是葛罗斯特。你必须忍耐。我们哭着来到这世上，第一次嗅到了空气，就哇呀哇呀地哭起来。让我讲一番道理给你听；你听着。

葛罗斯特 唉！唉！

李尔 当我们出生的时候，我们因为来到这个傻瓜的大舞台而哭。这顶帽子的式样很不错！用毡子钉在一队马儿的蹄上，倒是一个妙计；我要把它实行一下，偷偷地进了我那两个女婿的营里，然后就杀，杀，杀，杀，杀，杀！

侍臣率侍从数人上。

侍臣 啊！他在这儿，抓住他。陛下，您的最亲爱的女儿——

李尔　没有人救我吗？什么！我变成一个囚犯了吗？我是天生下来被命运愚弄的。待我好一些，有人会拿钱来赎我的。替我请外科医生来，我的头脑受了伤啦。

侍臣　您将会得到您所需要的一切。

李尔　一个伙伴也没有？只有我一个人吗？哎呦，这样会叫一人变成了个泪人儿，用他的眼睛充作浇园子的水壶，去使秋天的尘土扬不起来。

侍臣　陛下——

李尔　我要像一个新郎似的勇敢死去。嘿！我要高高兴兴的。来，来，我是国王，你们知道吗？

侍臣　您是一位尊严的王上，我们服从您的旨意。

李尔　那么还有几分生机。要去快去。吵吵吵吵。（下。侍从等随下）

侍臣　最微贱的平民到了这样的地步，也会叫人看了伤心，何况是一个国王！你那两个不孝的女儿，已经使全体女人受到诅咒，可是你还有一个女儿，却已经把自己从这样的诅咒中救赎出来了。

爱德伽　祝福，先生。

侍臣　足下有什么见教？

爱德伽 您有没有听见什么关于将要有一场战事发生的消息？

侍臣 这是千真万确，谁都知道的事了；每一个耳朵能够辨别声音的人都听到了这样的消息。

爱德伽 可是借问一声，您知道对方的军队离这里有多少路？

侍臣 很近了，他们一路来得很快，他们的主力部队每一点钟都有到来的可能。

爱德伽 谢谢您，先生；这是我所要知道的一切。

侍臣 王后虽然有特别的原因还在这儿，她的军队已经开上去了。

爱德伽 谢谢您，先生。（侍臣下）

葛罗斯特 永远仁慈的神明，请俯听我的祷告：不要再让我的罪恶的灵魂引诱我在你们没有要我死以前结束我自己的生命！

爱德伽 您祷告得很好，老人家。

葛罗斯特 好先生，您是什么人？

爱德伽 一个非常穷苦的人，受惯命运的打击；因为自己是从忧患中过来的，所以很容易抱同情。把您的手给我，让我把您领到一处可以栖身的地方去。

葛罗斯特　多谢多谢，愿上天大大赐福给您！

奥斯华德上。

奥斯华德　明令缉拿的要犯！正巧碰在我手里！你那颗瞎眼的头颅，却是我的进身的阶梯。你这倒霉的老奸贼，赶快忏悔你的罪恶；剑已经拔出了，你今天难逃一死。

葛罗斯特　但愿你这仁慈的手多用一些气力，帮助我早早脱离苦痛。（爱德伽劝阻奥斯华德）

奥斯华德　大胆的村夫，你怎么敢袒护一个明令缉拿的叛徒？滚开，免得你也遭到和他同样的命运。放开他的手臂。

爱德伽　先生，你不向我说明理由，我是不放的。

奥斯华德　放开，奴才，否则我叫你死。

爱德伽　好先生，你走你的路，让穷人们过去吧。这种吓人的话，就是接连说上半个月也吓不倒人的。不，不要走近这个老头儿；我关照你走远一点儿；要不然的话，我要试一试究竟是你的头硬还是我的棍子硬。我可不知道什么客气不客气。

奥斯华德　走开，混账东西！

爱德伽　我要拔掉你的牙齿，先生。来，尽管刺过来吧。（二人决斗，爱德伽击奥斯华德倒地）

奥斯华德　奴才，你杀死我了。把我的钱囊拿了去吧。要是你希望将来有好日子过，请你把我的尸体掘一个坑埋了；我身边还有两封信，请你替我送给葛罗斯特伯爵爱德蒙大爷，他在英国军队里，你可以找到他。啊！想不到我今天会死在你的手里！（死）

爱德伽　我认识你；你是一个惯会讨主上欢心的奴才；你的女主人无论有什么万恶的命令，你总是奉命遵从。

葛罗斯特　什么！他死了吗？

爱德伽　坐下来，老人家；您休息一会儿吧。让我们搜一搜他的衣袋。他说起的那两封信，也许可以对我有一点用处。他死了，我只可惜他不死在别人的手里。让我们看。对不起，好啦，我要把你拆开来了；恕我无礼，为了要知道我们敌人的思想，就是他们的心肝也要剖开，拆开他们的信件不算是违法的事。

“不要忘记我们彼此间的誓约。你有许多机会可以除去他；只要你不乏决心，时间和地点有的是。要是他得胜归来，那就什么都完了；我将要成为一个囚人，他的眠床就是我的牢狱。把我从这可憎的温热中拯救出来，他的地位你可以取而代之。你的恋慕的奴婢（但愿我能换上‘妻子’两字）戈纳瑞。”

啊，不可测度的女人的心！谋害她的善良的丈夫，叫我的兄弟代替他的位置！在这砂土之内，我要把你掩埋起来，你这杀人的淫妇的邪恶使者。在适当的时候，我要让那被人阴谋杀害的公爵见到这一封卑劣的信。我能够把你的死讯和你的使命告诉他，对于他是一件幸运的事。

葛罗斯特 王上疯了；我的可恶的知觉却牢附在我的身上，我一站起身来，无限的悲痛就涌上我的心头！还是疯了的好；那样我可以不再想到我的不幸，让一切痛苦在昏乱的幻想之中忘记了它们本身的存在。（远处鼓声）

爱德伽 把您的手给我；好像我听见远远有打鼓的声音。来，老人家，让我把您安顿在一个朋友的地方。（同下）

第七场

法军营帐

科迪利娅、肯特、医生及侍臣上。

科迪利娅 好肯特啊！我怎么能够报答你这一番好意呢！就是粉身碎骨，也不能抵偿你的大德。

肯特 娘娘，只要自己的苦心被人了解，就是得到补偿而有余了。我所讲的话，句句都是事实，没有一分增减。

科迪利娅 去换一身好一点的衣服吧。你身上的衣服是那一段悲惨的时光中的纪念品，请你脱下来吧。

肯特 恕我，娘娘，我现在还不能回复我的本来面目，因为那会妨碍我的预定的计划。请您把我当作一个不相识的人，等到我认为适当的时候再说。

科迪利娅 那么就照你的意思吧，伯爵。（向医生）王上怎样？

医生 娘娘，他仍旧睡着。

科迪利娅 慈悲的神明啊，医治他的被蹂躏的天性中这一的重大的裂痕！保佑这位返老还童的父亲的错乱神智回复健全吧！

医生 请问娘娘，我们现在可不可以叫王上醒来？他已经睡得很久了。

科迪利娅 照你的意见，应该怎么办就怎么办吧。他有没有穿着好？

李尔卧椅内，众仆抬上。

侍臣 是，娘娘；我们乘着他熟睡的时候，已经替他把新衣服穿上去了。

医生 娘娘，请您不要走开，等我们叫他醒来；我相信他的神志已经稳定下来了。

科迪利娅 很好。（乐声）

医生 请您走近一步。音乐还要响一点儿。

科迪利娅 啊，我的亲爱的父亲！但愿我的嘴唇上有治愈的灵药，让这一吻抹去了我那两个姐姐加在你身上的无情的伤害吧！

肯特 善良的好公主！

科迪利娅 假如你不是她们的父亲，这满头的白雪也该引起她们的怜悯。这样一张脸受得起狂风的吹打的吗？它能够抵御可怕的雷霆吗？在最惊人的分叉的闪电之下，你像可怜的无援的哨兵！我的敌人的狗，即使它曾经咬过我，在那样的夜里，我也要让它躺在我的火炉之前。但是你，可怜的父亲，却甘心钻在污秽霉烂的稻草里，和流浪汉做伴吗？唉！唉！你的生命不和你的神志同归于尽，这才是奇迹呢。他醒来了；对他说话吧。

医生 娘娘，应该您去跟他说说。

科迪利娅 父王陛下，您好吗？

李尔 你们不应该把我从坟墓中间拖了出来。你是一个有福的灵魂；我却缚在火轮上，眼泪像熔铅一样灼痛我的脸。

科迪利娅 父亲，您认识我吗？

李尔 你是一个灵魂，我知道；你在什么时候死的？

科迪利娅 还是疯疯癫癫的。

医生 他还没有完全清醒过来，暂时不要惊扰他。

李尔　我到过些什么地方？现在我在什么地方？明亮的白昼吗？我大大受了骗啦。怎么我还能活着看见这样的一天？我不知道应该说什么。我不愿发誓说这双手是我的；让我试试看，我感到这里的别针扎得有些疼。但愿我能够知道我自己的确实情形！

科迪利娅　啊！瞧着我，父亲，把手按在我的头上为我祝福吧。不，父亲，您千万不能下跪。

李尔　请不要取笑我；我是一个非常愚蠢的傻老头子，年纪活了八十多岁了；不瞒您说，我怕我的头脑有点儿不健全。我想我应该认识您，也该认识这个人；可是我不敢确定；因为我全然不知道这是什么地方，而且凭着我所有的能力，我也记不起来什么时候穿上这身衣服；我也不知道昨天晚上我在什么所在过夜。不要笑我；我想这位夫人是我的孩子科迪利娅。

科迪利娅　正是，正是。

李尔　你在流着眼泪吗？当真。请你不要哭啦；要是你有毒药为我预备着，我愿意喝下去。我知道你不爱我；因为我记得你的两个姐姐都亏待我；你虐待我还有几分理由，她们却没有。

科迪利娅　谁都没有理由亏待您。

李尔　我是在法国吗？

肯特　在您自己的国土之内，陛下。

李尔　不要骗我。

医生　请宽心一点，娘娘；您看他的疯狂已经平静下去了；可是再向他提起从前的事情，却是非常危险的。不要多烦扰他，让他的神经完全安定下来。

科迪利娅　请陛下到里边去安息安息吧。

李尔　你必须原谅我。请你既往不咎，宽赦我的过失；我老了，糊涂了。（李尔、科迪利娅、医生及侍从等同下）

侍臣　先生，康华尔公爵被刺的消息是真的吗？

肯特　千真万确。

侍臣　他的军队归什么人带领？

肯特　据说是葛罗斯特的庶子。

侍臣　他们说他的放逐在外的儿子爱德伽现在跟肯特伯爵都在德国。

肯特　消息常常变化不定。现在是应该戒备的时候了；英国军队很快就要迫近。

侍臣　一场血战是免不了的。再会，先生。（下）

肯特　我的目的能不能顺利达到，要看这一场战事的结果方才分晓。（下）

第五幕

第一场

多佛附近英军营地

旗鼓前导，爱德蒙、里甘、军官、兵士及侍从等上。

爱德蒙 （向一军官）你去问一声公爵，他是不是仍旧保持着原来的决心，还是因为有了其他的理由，已经改变了方针。他这个人毫无定见，动不动引咎自责；我要知道他究竟抱着怎样的主张。（军官下）

里甘 我那姐姐差来的人一定在路上出了事啦。

爱德蒙 那可说不定，夫人。

里甘 好爵爷，我对你的一片好心，你不会不知道的；现在请你告诉我，老老实实地告诉我，你不爱我的姐姐吗？

爱德蒙　我只是按照我的名分敬爱她。

里甘　可是你从来没有深入我姐夫的禁地吗？

爱德蒙　这样的思想是有失您自己的体统的。

里甘　我怕你们已经打成一片，她心坎儿里只有你一个人哩。

爱德蒙　凭着我的名誉起誓，夫人，没有这样的事。

里甘　我决不答应她；我的亲爱的爵爷，不要跟她亲热。

爱德蒙　您放心吧。——她跟她的公爵丈夫来啦！

旗鼓前导，奥本尼、戈纳瑞及兵士等上。

戈纳瑞　（旁白）我宁愿这一次战争失败，也不让我那个妹子把他从我手里夺了去。

奥本尼　贤妹久违了。伯爵，我听说王上已经带了我们国内的一群亡命之徒，到他小女儿的地方去了。要是我们所兴的是一场不义之师，我是再也提不起我的勇气的；至于现在这件事，并不是我们的王上和他手下的一群人在法国的煽动之下，用堂堂正正的理由向我们兴师问罪，而是法国举兵侵犯我们的领土，这是我们所不能容忍的。

爱德蒙　您说得有理，佩服，佩服。

里甘 这有什么可讨论的呢？

戈纳瑞 我们只须同心合力，打退敌人；这些内部的纠纷，不是现在所要讨论的问题。

奥本尼 那么让我们跟那些久历戎行的战士们讨论讨论我们所应该采取的战略吧。

爱德蒙 很好，我马上就到您的帐里来叨陪末议。

里甘 姐姐，您也跟我们一块儿去吗？

戈纳瑞 不。

里甘 您怎么可以不去？来，请吧。

戈纳瑞 （旁白）哼！我明白你的意里。（高声）好，我就去。

爱德伽乔装上。

爱德伽 殿下要是不嫌我微贱，请听我说一句话。

奥本尼 你们先请一步，我就来。——说。（爱德蒙、里甘、戈纳瑞、军官、兵士及侍从等同下）

爱德伽 在您开始作战以前，先把这封信拆开来看一看。要是您得到胜利，可以吹号角为号，叫我出来；虽然我看起来卑贱，我可以请出一个勇士来，证明这信上所写的事。要是您失败了，那么您在这世上的使命已经完毕，一切阴谋也都无能为力了。愿命运眷顾您！

奥本尼　等我读了信你再去。

爱德伽　我不能。时候一到，您只要叫传令官传唤一声，我就会出来的。

奥本尼　那么再见；你的信我拿回去看吧。（爱德伽下）

爱德蒙重上。

爱德蒙　敌人已经望得见了；快把您的军队集合起来。这儿记载着根据精密侦查所得的敌方军力的估计；可是现在您必须赶快点儿了。

奥本尼　好，我们准备迎敌就是了。（下）

爱德蒙　我对这两个姊妹都已经立下爱情的盟誓；她们彼此互怀嫉妒，就像被蛇咬过的人见不得蛇的影子一样。我应该选择哪一个呢？两个都要？只要一个？还是一个也不要？要是两个全都留在世上，我就一个也享受不到。娶了那寡妇，一定会激怒她的姐姐戈纳瑞；而且她的丈夫一天不死，总是我前途的一个障碍。现在我还是要借他做号召军心的幌子；等到战事结束以后，她要是想除去他，让她自己设法结果他的性命吧。照他的意思，李尔和科迪利娅两人被我们捉到以后，是不能加害的；可是假如他们果然掉在我们手里，我们可决不让他们得到他的赦免；因为我保全自己的地位要紧，什么天理良心只好一概不论。（下）

第二场

两军营地之间的原野

内号角声。旗鼓前导，李尔及科迪利娅率军队上；同下。爱德伽及葛罗斯特上。

爱德伽 来，老人家，在这树荫底下坐坐吧；但愿正义得到胜利！要是我还能够回来见你，我一定会给你好消息的。

葛罗斯特 上帝祝福您，先生！（爱德伽下）

号角声；有顷，内吹退军号。爱德伽重上。

爱德伽 去吧，老人家！把你的手给我，去吧！李尔王已经失败，他跟他的女儿都被他们捉去了。把你的手给我，来。

葛罗斯特 不，先生，我不要再到什么地方去了，让我就在这儿等死吧。

爱德伽 怎么！你又转起那种坏念头来了吗？人们的生死都不是可以勉强求到的，你应该耐心忍受天命的安排。来。

葛罗斯特 那也说得有理。（同下）

第三场

多佛附近英军营地

旗鼓前导，爱德蒙凯旋上；李尔、科迪利娅被俘随上；军官、兵士等同上。

爱德蒙 来人，把他们押下去，好生看守，等上面发落下来，再作道理。

科迪利娅 存心良善的反而得到恶报，这样的先例是很多的。我只是为了你，被迫害的国王，才落得如此下场；否则尽管欺人的命运向我横眉怒目，我也能顶过去。我们要不要去见见这两个女儿和这两个姐姐？

李尔 不，不，不，不！来，让我们到监牢里去。我们两人将要像笼中之鸟一般唱歌儿。当你求我为你祝福的时候，我要跪下来求你饶恕；我们将要这样生活、祈祷、唱歌、说些古老的故事，嘲笑那披着金翅膀的蝴蝶，听听那些可怜的囚徒们谈论宫廷里的消息；我们也要跟他们在一起谈话，谁失败，谁胜利，谁在朝，谁在野，用我们的意见解释各种事情的秘密，就像我们是上帝的间谍一样；在囚牢的四壁之内，我们将要冷眼看那些大人物的派系随着月亮的圆缺而升沉，活得比他们都要长。

爱德蒙 把他们带下去。

李尔 对于这样的祭物，我的科迪利娅，天神也要焚香致敬的。我果然把你捉住了吗？谁要是想分开我们，必须从天上取下一把火炬来像烟熏狐狸一样把我们赶出去。揩干你的眼睛；让恶疮烂掉他们的全身，他们也不能使我们流泪，我们要看他们活活饿死。来。（兵士押李尔、科迪利娅下）

爱德蒙 过来，队长。听着，把这一通密令拿去，（以一纸授军官）跟着他们到监牢里去。我已经把你升了一级，要是你能够照这密令上所说的执行，一定有大大的好处。你要知道，识时务的才是好汉；心肠太软的人不配佩带刀剑。我吩咐你去干这件重要的差使，你可不必多问，愿意就做，不愿意就别做。

军官 我愿意，大人。

爱德蒙 那么去做吧；你立了这一个功劳，就是一个幸运的人。听着，事不宜迟，必须照我所写的办法赶快办好。

军官 我不会拖车子，也不会吃干麦；只要是男子汉干的事，我就会干。（下）

喇叭奏花腔。奥本尼、戈纳瑞、里甘、军官及侍从等上。

奥本尼 伯爵，你今天果然表明了你的勇敢；命运眷顾着你，使你克奏肤功，跟我们敌对的人都已经束手就擒。请你把他们交给我们，让我们一方面按照他们的身份，一方面顾到我们自身的安全，决定一个适当的处置。

爱德蒙　殿下，我已经把那可悲的老王拘禁起来，并且派兵士严密监视了；他的高龄和尊号都有一种魔力，可以吸引平民的人心归附他，要是不加防范，恐怕我们的部下都要受他的煽惑而对我们反戈相向。那王后我为了同样的理由，也把她一起下了监；他们明天或者迟一些就可以受你们的审判。现在弟兄们刚刚流过血汗，丧折了不少的朋友亲人，正尖锐体会到战争的残酷的人们，无论引起这场争端的理由怎样正大，他们都会加以诅咒；所以审问科迪利娅和她的父亲这一件事，必须在一个更适当的时候举行。

奥本尼　伯爵，说一句不怕你见怪的话，你不过是一个随征的将领，我并没有把你当作一个兄弟。

里甘　那要看我怎样恩宠他了；我想你在说这样的话以前，应该先问问我的意思才是。他带领我们的军队，受到我的全权委任，凭着这一层亲密的关系，也够资格和你称兄道弟了。

戈纳瑞　少亲热点儿吧，他的地位是他靠着自己的才能造成的，并不是你给他的恩典。

里甘　我凭着我的权力，使他可以和最尊贵的人匹敌。

戈纳瑞　要是他做了你的丈夫，那最好办了。

里甘　笑话往往会变成预言。

戈纳瑞 呵呵！看你挤眉弄眼的，果然不怀好意。

里甘 太太，我现在身子不大舒服，懒得跟你斗口了。将军，请你接受我的军队、俘虏和财产；这一切连我自己都由你支配。我是你的献城降服的臣仆；让全世界为我证明，我现在把你立为我的丈夫和君主。

戈纳瑞 你想要享受他吗？

奥本尼 那不是你所能阻止的。

爱德蒙 也不是你所能阻止的。

奥本尼 杂种儿，我可以阻止你们。

里甘 （向爱德蒙）叫鼓手打起鼓来，证明我已经把尊位给了你。

奥本尼 等一等，我还有话说。爱德蒙，你犯有叛逆重罪，我逮捕你；同时我还要逮捕这一条金鳞的毒蛇。（指戈纳瑞）贤妹，为了我的妻子的缘故，我必须要求您放弃您的权利；她已经跟这位勋爵有约在先，所以我，她的丈夫，对你们的婚姻表示异议。要是您想结婚的话，向我求爱吧，我的妻子已经另有所属了。

戈纳瑞 怎么又节外生枝起来！

奥本尼 葛罗斯特，你现在甲胄在身；让号角吹起来；要是没有人出来证明你所犯的无数凶残罪恶，众目昭彰的叛逆重罪，这儿是我的信物（掷下手套）；在我吃下一顿饭以前，我要在你的心脏上证明我所指控的一切。

里甘 哎呦！我病了！我病了！

戈纳瑞 （旁白）要是你不病，我也从此不相信药物了。

爱德蒙 这儿是我给你的交换品（掷下手套）；谁骂我是叛徒的，他就是个说谎的恶人。叫你的号角吹起来吧，谁有胆量出来，我可以向他、向你、向每一个人证明我的不可动摇的忠心和荣誉。

奥本尼 来，传令官！

爱德蒙 传令官！传令官！

奥本尼 依赖你个人的勇气吧，因为你的军队都是用我的名义征集的，我已经用我的名义把他们遣散了。

里甘 我的病越来越厉害啦！

奥本尼 她身体不舒服；把她扶到我的营帐里去。（侍从扶里甘下）过来，传令官。

传令官上。

奥本尼 叫喇叭吹起来。宣读这一道命令。

军官 吹喇叭！（喇叭吹响）

传令官　（宣读）“在本军官校将佐之中，要是有人愿意证明名分未定的葛罗斯特伯爵是一个罪恶多端的叛徒，让他在第三次喇叭声中出来。”

爱德蒙　吹！（喇叭初响）

传令官　再吹！（喇叭再响）

传令官　再吹！（喇叭三响。内喇叭声相应）

喇叭手前导，爱德伽武装上。

奥本尼　问明他的来意，为什么他听了喇叭的呼召到这里。

传令官　你是什么人？你叫什么名字？在军中是什么官级？为什么你要应召而来？

爱德伽　我的名字已经被阴谋的毒齿咬啮蛀蚀了；可是我的出身正像我现在所要来面对的敌手同样高贵。

奥本尼　谁是你的敌手？

爱德伽　自称是葛罗斯特伯爵爱德蒙的是什么人？

爱德蒙　他自己；你对他有什么话说？

爱德伽　拔出你的剑来，要是我的话激怒了一颗正直的心，你的手臂可以为你辩护；这儿是我的剑。听着，虽然你有的是勇力、青春、权位和尊荣，虽然你挥着胜利的宝剑，夺到了崭新的幸运，可是凭着我的荣誉、我的誓言和我的骑士的身份给我的特权，我当众宣布你是一个叛徒，不忠于你的神明、你的兄长和你的父亲，阴谋倾覆这一位崇高卓越的君王，从你的头顶直到你的足下的尘土，彻头彻脑是一个最可憎的逆贼。要是你说一声“不”，这一柄剑、这一只手臂和我的全身的勇气，都要向你的心脏证明你说谎。

爱德蒙　照理我应该问你的名字，可是你的外表既然这样英勇，你的出言吐语，也可以表明你不是一个卑微的人，虽然按照骑士的规则，我可以拒绝你的挑战，我却不惜唾弃这些规则，把你所说的那种罪名仍旧丢回到你的头上，让那像地狱一般可憎的谎话吞没你的心；凭着这一柄剑，我要在你的心头挖破一个窟窿，把你的罪恶一起塞进去。吹起来，喇叭！（号角声。二人决斗。爱德蒙倒地）

奥本尼　留他活命，留他活命！

戈纳瑞　这是诡计，葛罗斯特；按照决斗的法律，你尽可以不接受一个不知名的对手的挑战；你不是被人打败，你是中了人家的计了。

奥本尼　闭住你的嘴，妇人，否则我要用这一张纸塞住它了。拿去，你这比一切恶名更恶的恶人，读读你自己的罪恶吧。不要撕，太太；我看你也认识这一封信的。（以信授爱德蒙。）

戈纳瑞　即使我干了这样的事，法律是我的，不是你的；谁可以控诉我？（下）

奥本尼　岂有此理！你知道这封信吗？

爱德蒙　不要问我知道不知道。

奥本尼　追上她去，她现在情急了，什么事都干得出来；留心看好她。（一军官下）

爱德蒙　你所指斥我的罪状，我全都承认；而且我所干的事，着实不止这一些呢，总有一天会全部暴露的。现在这些事已成过去，我也要永辞人世了。——可是你是什么人，我会失败在你的手里？假如你是一个贵族，我愿意对你不记仇恨。

爱德伽　让我们互相宽恕吧。在血统上我并不比你低微，爱德蒙；要是我的出身比你更高贵，你尤其不该那样陷害我。我的名字是爱德伽，你的父亲的儿子。公正的天神使我们的风流罪过成为惩罚我们的工具；他在黑暗淫邪的地方种下了你的生命，结果使他丧失了他的眼睛。

爱德蒙　你说得不错，命运的车轮已经循环过来了。

奥本尼　我一看见你的仪态步法，就觉得你不是一个凡俗之人。我必须拥抱你。让悔恨碎裂了我的心，要是我曾经憎恨过你和你的父亲。

爱德伽　殿下，我一向知道您的仁慈。

奥本尼　你把自己藏匿在什么地方？你怎么知道你的父亲的灾难？

爱德伽　殿下，我知道他的灾难，因为我就在他的身边照料他，听我讲一段简短的故事，当我说完以后，啊，但愿我的心爆裂了吧！

贪生恶死，是我们人类的常情，我们宁愿每小时忍受着死亡的惨痛，也不愿一下子结束自己的生命；我为了逃避那紧迫着我的、残酷的宣判，不得不披上一身疯人的褴褛衣服，改扮成一副连狗都瞧不起的样子。在这样的乔装之下，我碰见了父亲，他的两个眼眶里流血，那宝贵的眼珠还刚失去；我替他做向导，带着他走路，为他求乞，把他从绝望之中拯救出来。啊！千不该、万不该，我不该向他瞒住我自己的真相！直到约摸半小时以前，我已经披上甲胄，因为不知道此行结果如何，请他为我祝福，把我的全部经历从头到尾告诉他知道；可是，唉！他的破碎的心太脆弱了，承受不了喜悦和悲伤这两种极端激情的冲突，他含着微笑死了。

爱德蒙　你这番话很使我感动；可是说下去吧，看上去你还有一些话要说。

奥本尼　要是还有比这更伤心的事，请不要说下去了吧；因为我听了这样的话，已经忍不住热泪盈眶了。

爱德伽　对于不喜欢悲哀的人，这似乎已经是悲哀的顶点。可是在极度的悲哀之上，却还有更大的悲哀。当我正在放声大哭的时候，来了一个人，他认识我就是他所见过的那个疯丐，不敢接近我，可是后来他知道了我究竟是什么人，他就抱住我的头颈，大放悲声，好像要把天空都震碎一般。他俯伏在我的父亲的尸体上，讲出了关于李尔和他两个人的一段最惨人听闻的故事；他越讲越伤心，他的生命之弦都要开始颤断了；那时候喇叭的声音已经响过二次，我只好抛下他一个人在昏迷之中。

奥本尼 可是这是什么人？

爱德伽 肯特，殿下，被放逐的肯特。他一路上乔装改貌，跟随那把他视同仇敌的国王，替他躬操奴隶不如的贱役。

一侍臣持一流血之刀上。

侍臣 救命！救命！救命啊！

爱德伽 救什么命！

奥本尼 说呀，什么事？

爱德伽 那柄血淋淋的刀是什么意思？

侍臣 它还热腾腾地冒着气呢；它是从她的心窝里拔出来的，
——啊！她死了！

奥本尼 谁死了？说呀。

侍臣 您的夫人，殿下，您的夫人；她的妹妹也给她毒死了，她自己承认的。

爱德蒙 我跟她们两人都有婚姻之约，现在我们三个人可以在一块儿做夫妻啦。

爱德伽 肯特来了。

奥本尼 把她们的尸体抬出来，不管她们有没有死。这一个上天的

判决使我们战栗，却不能引起我们的怜悯。（侍臣下）

肯特上。

奥本尼 啊！这就是他吗？当前的变故使我不能对他尽我应尽的敬礼。

肯特 我要来向我的王上道一声永久的晚安，他不在这儿吗？

奥本尼 我们把一件重要的事情忘了！爱德蒙，王上呢？科迪利娅呢？肯特，你看见这一种情景吗？（侍从抬戈纳瑞、里甘二尸体上）

肯特 哎呦！怎么会这样的？

爱德蒙 爱德蒙还是有人爱的：这一个为了我的缘故毒死了那一个，跟着她也自杀了。

奥本尼 正是这样。把她们的脸遮起来。

爱德蒙 我快要断气了，倒想做一件违反我的本性的好事。赶快差人到城堡里去，因为我已经下令，要把李尔和科迪利娅处死了。不要多说废话，迟一点就来不及啦。

奥本尼 跑！跑！跑呀！

爱德伽 跑去找谁呀，殿下？——谁奉命干这件事的？你得给我一件什么东西，作为赦免的凭证。

爱德蒙 想得不错；把我的剑拿去给那队长。

奥本尼 快去，快去。（爱德伽下）

爱德蒙 他从我的妻子跟我两人的手里得到密令，把科迪利娅在狱中缢死，对外面说是她自己在绝望中自杀的。

奥本尼 神明保佑她！把他暂时抬出去。（侍从抬爱德蒙下）

李尔抱科迪利娅尸体，爱德伽、军官及余人等同上。

李尔 哀号吧，哀号吧，哀号吧，哀号吧！啊！你们都是些石头一样的人；要是我有了你们的舌头和眼睛，我要用我的眼泪和哭声震撼穹苍。她是一去不回的了。一个人死了还是活着，我是知道的；她已经像泥土一样死去。借一面镜子给我；要是她的气息还能够在镜面上呵起一层薄雾，那么她还没有死。

肯特 这就是世界最后的结局了吗？

爱德伽 还是末日恐怖的预象？

奥本尼 天塌下来，一切都要归于毁灭！

李尔 这一根羽毛在动，她没有死！要是她还有活命，那么我的一切悲哀都可以消释了。

肯特 （跪）啊，我的好主人！

李尔　请你走开！

爱德伽　这是尊贵的肯特，您的朋友。

李尔　一场瘟疫降落在你们身上，全是些凶手，奸贼！我本来可以把她救活的；现在她再也回不转来了！科迪利娅，科迪利娅！等一等。嘿！你说什么？她的声音总是那么柔软温和，女儿家是应该这样的。我亲手杀死了那把你缢死的奴才。

军官　殿下，他真的把他杀死了。

李尔　我不是把他杀死了吗，汉子？从前我一举起我的宝刀，就可以叫他们吓得抱头鼠窜；现在年纪老啦，这些苦难消磨了我的精力。你是谁？老实告诉你吧，我的眼睛可不大好。

肯特　要是命运女神向人夸口，说起有两个曾经一度被她宠爱、后来却为她厌弃的人，那么其中的一个就在我们的眼前。

李尔　我的眼睛太糊涂啦。你不是肯特吗？

肯特　正是，您的仆人肯特。您的仆人卡厄斯呢？

李尔　他是一个好人，我可以告诉你；他一动起性子来就会打人，而且很快。他现在已经死得骨头都朽烂了。

肯特　不，陛下；我就是那个人——

李尔　一会儿我再来弄清。

肯特 自从您开始遭遇变故以来，一直跟随着您的不幸的足迹。

李尔 欢迎，欢迎。

肯特 不，一切都是凄惨的、黑暗的、阴郁的。您的两个大女儿已经在绝望中毁灭了自身。

李尔 嗯，我也想是这样的。

奥本尼 他不知道他自己在说些什么话，我们谒见他也是徒然的。

爱德伽 全然是徒劳。

一军官上。

军官 禀殿下，爱德蒙死了。

奥本尼 他的死在现在不过是一件无足重轻的小事。各位勋爵和尊贵的朋友，听我向你们宣示我的意旨：对于这一位老病衰弱的君王，我们将要尽我们的力量给他可能的安慰；当他在世的时候，我仍旧把最高的权力归还给他。（向爱德伽、肯特）你们两位仍旧恢复原来的爵位，我还要加赉你们额外的尊荣，褒扬你们过人的节行。一切朋友都要得到他们德行的报酬，一切仇敌都要尝到他们罪恶的苦杯。——啊！瞧，瞧！

李尔 我的可怜的傻瓜给他们缢死了！不，不，没有命了！为什么一条狗、一匹马、一只耗子，都有它们的生命，你却没有一丝呼吸？你是永不回来的了，永不，永不，永不，永不，永不！请你替

我解开这个钮扣；谢谢你，先生。你看见吗？瞧着她，瞧，她的嘴唇，瞧那边，瞧那边！（死）

爱德伽　他晕过去了！——陛下，陛下！

肯特　碎吧，心啊！碎吧！

爱德伽　抬起头来，陛下。

肯特　不要烦扰他的灵魂。啊！让他安然死去吧；他将要痛恨那想要使他在这无情的人世上多受一刻酷刑的人。

爱德伽　他真的去了。

肯特　他居然忍受了这么久的时候，才是一件奇事；他这阵的生命不是他自己的。

奥本尼　把他们抬出去。我们现在要传令全国举哀。（向肯特、爱德伽）两位朋友，帮我主持大政，培养这已经受伤的国本。

肯特　不日间我就要登程上道；
　　我已经听见主上的呼召。

奥本尼　这不幸时刻的重担不能不背；
　　感情是我们唯一的言语，别堂皇应对。
　　年老的人忍受得最多，后人只有抚陈迹而叹息；
　　我们将看不到这么多，也活不到这样长久。（同下。奏丧礼进行曲）

莎翁年谱

一五六四年　四月二十三日，威廉·莎士比亚生于英国沃里克郡（Warwickshire）埃文河上之斯特拉福德镇（Stratford-on-Avon）。关于莎氏出生日期，未能十分确定，惟受洗于是年四月二十六日，则有教堂簿籍可稽，依照当时习俗，小儿于出生后三日内受洗，故诞辰可能为四月二十三日。

莎氏先世务农，父约翰，为一识字不多之手套商人，兼营畜牧农产，有住宅二所。母玛丽·阿登（Mary Arden），为乡间富农之嗣女。

是年为伊丽莎白女王（Queen Elizabeth）即位后之第七年，适当"文艺复兴"以后，英国在宗教上已脱离旧教之羁绊，商业繁盛，与欧洲大陆各国来往频繁。学术文艺方面，因感染外国影响，渐露新面目，不复为上层阶级之专有品。在戏剧方面，旧日之神迹剧（Miracle Plays）及教训剧（Morality），日趋没落；纯粹娱乐之民间戏剧逐渐发达，古典型之悲剧喜剧，亦开始为文人所仿作。是年戏剧家克里斯多夫·马洛（Christopher Marlowe）生，至一五九三年即卒。

一五六八年　四岁。王后剧团（The Queen’s Players）来镇表演，翌年复来。是年，父约翰任斯特拉福德镇长。

一五七一年　七岁，入本地圣十字义务小学（The Free Grammar School of the Holy Cross）就读。

一五七三年　九岁。大文豪（诗人，散文家，戏剧家）本·琼森（Ben Jonson）生。

一五七五年　十一岁。是年伦敦始有戏院。当时职业伶人虽有贵族及宫廷为其护符，且深得民众之欢迎，惟颇受地方官府之压迫。戏院皆建立于城外，均以木料建成，构造至为简陋；中央为露天之池座，不设座位，舞台即突出其间；楼座成圆环形围绕四周。无布景，亦无幕布；后台用幕遮隔，代表密室山洞等隐藏之处；其上层为阳台，代表楼房城墙等较高之处；两旁各设一门出入。演员均为男子，女角皆以儿童扮演。另有以纯粹儿童演员为号召之私家戏院，则设于寺院之内，设备较佳，取费较贵，该项儿童均系由大教堂唱诗班中遴选而来。

一五七七年　十三岁，辍学。是时家道中落，食口众多（有弟妹四五人），故被迫辍学佐理父业。

一五七八年　十四岁。是年约翰·黎里（John Lyly1554? —1606）所著小说《优弗伊斯》（Euphues）出版，其过度运用辞藻之文体，蔚为当时宫廷阶级流行之风尚。莎氏初期喜剧《爱的徒劳》即以该项文体为讽刺对象。

一五七九年　十五岁。是年托马斯·诺斯（Thomas North）所译普鲁塔克著之《希腊罗马名人传》（Plutarch’s Lives）出版，为莎氏罗马史剧所取资。

约翰·弗莱彻（John Fletcher）生，后亦为戏剧家，一六二五年卒。

一五八二年　十八岁，娶安妮·哈撒韦（Anne Hathaway），安妮为邻邑农家女，长莎氏八岁。

一五八三年　十九岁，长女苏珊娜（Susannah）生。

一五八四年　二十岁。是年剧作家弗朗西斯·博蒙特（Francis Beaumont）生，后与莎氏同年卒。

一五八五年　二十一岁，孪生子哈姆奈特（Hamnet）及女朱迪斯（Judith）生。

一五八六年　二十二岁，离家赴伦敦，投身戏剧界。

传说莎氏偷入托马斯·卢西爵士（Sir Thomas Lucy）之私家苑囿查莱克特林（The Woods of Charlecote）中捕鹿事发，此为其离家之动机。自此十一年中，与家人鲜通音问。并有调《亨利四世》及《温莎的风流娘儿们》中之夏禄法官即系影射卢西爵士。然此说于事实上颇少根据。

贵族文人菲利普·西德尼（Sir Philip Sidney生于一五五四年）卒。

一五八七年　二十三岁。是年马洛所著悲剧《帖木儿大帝》（Tamburlaine）上演。基德（Thomas Kyd 1558—1594），格林（Robert Greene 1560?—1592），皮尔（GeorgePeele），黎里等，当时均为各戏院撰作剧本。

一五九〇年　二十六岁。是年斯宾塞（Edmund Spenser 1552—1599）寓言诗《仙后》（The Fairie Queen）前三卷出版。

一五九一年　二十七岁，是时已开始写作剧本。按莎氏最初仅在伦敦戏院中充打杂役务，其后饰无关紧要之角色，演技上即崭露头角，乃渐以自编剧本问世。

《爱的徒劳》写成。《错误的喜剧》及《亨利六世》约于此时上演。自此以剧作家与名伶驰誉伦敦。

一五九二年　二十八岁。是年格林卒（格林生于1560?为讽刺剧作家及诗人。）《维洛那二绅士》约于此时写成。

一五九三年　二十九岁，长诗《维纳斯与阿多尼斯》（Venus and Adonis）出版。莎氏以此诗献于骚散普顿伯爵（TheEarl of Southompton），伯爵为伊丽莎白女王宫廷中一青年贵族，一般推测即系其十四行诗（Sonnets）中赞美之对象。

《理查三世》《约翰王》，约于此年写成。

马洛卒。按马洛虽与莎氏同年，其写作剧本实远在莎氏之先。莎氏初期所作史剧如《理查三世》等，作风颇受马洛影响。其悲剧打破

“三一律”之限制，首先运用“无韵诗”（blank verse），其主人公多为一受某种情欲支配卒陷于无可避免之失败之人物，已为莎氏后期诸悲剧之前驱。

一五九四年　三十岁。宫内大臣剧团（Lord Chamberlain’s Players）组成，莎氏为该团之一员。因有当时首席名伶Richard Burbage为其台柱，且得莎氏为之经常编剧，该团声誉鹊起。

是年奉女王之召，在格林尼治行宫（Greenwich Palace）演剧。

长诗《鲁克丽丝遭强暴记》（The Rape of Lucrece）出版，仍献与骚散普顿伯爵。《十四行诗》之一部分约于此时写成。

《泰特斯·安德洛尼克斯》出版。

自一五九〇年至此，论者均认为莎氏写作之初期，亦可称为习作时期。此期作品大多改编旧剧，其创作者亦未脱模拟他人之痕迹。喜剧方面受黎里、格林之影响，悲剧史剧则受马洛之影响。

一五九五年　三十一岁。《仲夏夜之梦》《罗密欧与朱丽叶》《理查二世》，约于此年写成。

一五九六年　三十二岁，子哈姆奈特死，始返家。《威尼斯商人》约于此年写成。

一五九七年　三十三岁，在斯特拉福德镇购巨宅一所，名曰“新地”（New Place），为全镇房屋之冠。此后数年中，在本镇及伦敦陆续

购置地产一百余亩。

《罗密欧与朱丽叶》《理查二世》《理查三世》均出版。《驯悍记》约于是年写成。

是年文哲巨子弗朗西斯·培根(Francis Bacon 1561—1626)之论文集(Essays)出版。按有人以为莎氏戏剧实系培根所作，其说至为牵强，不足成立。

一五九八年　三十四岁。《亨利四世》《温莎的风流娘儿们》，约于此年写成。

琼森之喜剧《诙谐大成》(Everyman in His Humour)上演，莎氏参加演出。琼森在当时戏剧界中，为主张严守古典格律最力者之一，其持论与莎氏自由创造之作风相反。然莎氏死后，琼森为其全集题词，中有“君非属于某一时代，乃属于一切时代者”之语，可见其推崇之深。

一五九九年　三十五岁。环球剧院(The Globe Theatre)落成于南华克(Southwark)之班克塞德(Bankside)，莎氏为股东兼演员。是年因父约翰申请之结果，“纹章院”特许莎氏家族世袭“纹章”(Coat of arms)。

《无事生非》《亨利五世》《裘力斯·凯撒》约于此年写成。是年斯宾塞卒。

一六〇〇年　三十六岁。《皆大欢喜》约于是年写成。

一六〇一年　三十七岁。《第十二夜》约于是年写成。至此为莎氏写作之第二期，最佳喜剧均于此期产生。当时戏剧盛行，著名剧作家除莎氏及琼森、博蒙、弗莱彻外，为Thomas Dekker（1570? —1632），Thomas Middleton（1580—1627），John Webster（1575? —1625），George Chapman（1559? —1634），John Marston（1575? —1634）等。

一六〇二年　三十八岁，《哈姆莱特》上演。按约在马洛发表《帖木儿大帝》同时，基德已用同类题材写成一剧，名曰《西班牙悲剧》（The Spanish Tragedy）。《特洛伊罗斯与克瑞西达》《终成眷属》约于此年写成。

一六〇三年　三十九岁。新王詹姆斯一世（James I ）即位。莎氏所属剧团更名“国王剧团”（The King’s Players）。

莎氏放弃演剧工作，惟仍继续撰写剧本。《哈姆莱特》第一四开本出版。《一报还一报》约于此年写成。

一六〇四年　四十岁。《奥瑟罗》上演。

一六〇六年　四十二岁。《李尔王》《麦克白》，约于此年写成。是年黎里卒。

一六〇七年　四十三岁。《雅典的泰门》约于此年写成。

一六〇八年　四十四岁。《安东尼与克莉奥佩特拉》《泰尔亲王配力克里斯》约于此年写成。

大诗人约翰·弥尔顿（John Milton）生（卒于一六七四年）。

一六〇九年　四十五岁。《科利奥兰纳斯》约于此年写成。至此为莎氏写作之第三期，此期莎氏几以全力专心写作悲剧，为其艺术成就之极峰。

是年其《十四行诗》出版。按“十四行诗”诗体，最初藉怀特（Thomas Wyatt　1503？—1542）及萨里伯爵（Henry Howard，Earl of Surrey　1517—1546）二人之介绍，自意大利传入英国。伊丽莎白朝诸人纷起模仿，大率千篇一律，不脱恋爱范围，其中以西德尼及斯宾塞两人所作为最称杰构。及莎氏《十四行诗》出，乃以情感之丰富热烈，意境之婉转深刻，辞采之瑰丽优美，盖掩前人。全部共一百五十四首，其前半所赞美爱慕之对象，为一年轻貌美之男性友人；其一往情深之处，令人低徊欲绝。后半则系为一“肤色黝黑之女郎”（此称为“the dark lady”）而作。词多怨愤，似莎氏曾为此女郎所玩弄而终遭遗弃者然。唯此中情事究系确实或仅属诗人骋其想象所构造，则非后人所能断言矣。

一六一〇年　四十六岁。《暴风雨》上演。《辛白林》约于此年写成。加入黑教士戏院（The Blackfriar’s Theatre）为股东。

一六一一年　四十七岁。自舞台退隐乡居。《冬天的故事》上演。是年，詹姆斯王钦定本英译《圣经》（The Bible）出版。

一六一三年　四十九岁。《亨利八世》上演。至此为莎氏写作之第四期，此期作品较少，大率为悲喜杂糅之传奇剧，而以复合团圆为

结束者。除《暴风雨》外，文笔远较前期为松懈而散漫。

一六一六年　四月二十三日卒于故居，适近其五十二岁生辰。临终时妻及二女均在侧，并及见一外孙女。葬于三一教堂（The Trinity Church）。博蒙于同年逝世。又《唐吉坷德》（Don Quixote）之著者西班牙小说家塞万提斯（Miguel de Cerventes Saavedra 生于1547）亦于此年逝世。

一六二三年　莎氏死后第七年，其友人约翰·赫敏（John Heming）及亨利·康德尔（Henry Condell）始将其所著戏剧装订出版，即所谓"第一对开本"（The First Folio）是也。

莎士比亚经典戏剧集 全5册

[英] 威廉·莎士比亚 著　　朱生豪 译

III

仲夏夜之梦　威尼斯商人

图书在版编目（CIP）数据

莎士比亚经典戏剧集：全5册 /（英）威廉·莎士比亚著；朱生豪译. -- 南京：江苏凤凰文艺出版社，2018.10

ISBN 978-7-5594-2812-7

Ⅰ. ①莎… Ⅱ. ①威… ②朱… Ⅲ. ①剧本—作品集—英国—中世纪 Ⅳ. ①I561.33

中国版本图书馆CIP数据核字（2018）第195313号

书　　名	莎士比亚经典戏剧集：全5册
著　　者	（英）威廉·莎士比亚
译　　者	朱生豪
策划编辑	李　艳
责任编辑	袁　媛　姚　丽
出版发行	江苏凤凰文艺出版社
出版社地址	南京市中央路165号，邮编：210009
出版社网址	http://www.jswenyi.com
印　　刷	北京市昌平新兴胶印厂
开　　本	880×1230毫米　1/32
印　　张	44
字　　数	650千字
版　　次	2018年10月第1版　2018年10月第1次印刷
标准书号	ISBN 978-7-5594-2812-7
定　　价	198.00元（全5册）

（江苏文艺版图书凡印刷、装订错误可随时向承印厂调换）

出版说明

莎士比亚留存至今的戏剧共三十九部，其中悲剧和喜剧最为普及。他的戏剧广泛而深刻地反映了十六世纪至十七世纪英国的社会百态，被称为文艺复兴时期人文主义文学的集大成者。他的写作前无古人，后无来者，既博大精深，也庞杂通俗。

本套书收录了莎翁的经典之作，精选出悲剧、喜剧及悲喜剧共十部，包括人们耳熟能详的四大悲剧《哈姆莱特》《奥瑟罗》《李尔王》《麦克白》，四大喜剧《仲夏夜之梦》《皆大欢喜》《第十二夜》《威尼斯商人》，以及盛传不衰的悲喜剧《罗密欧与朱丽叶》《特洛伊罗斯与克瑞西达》两部。

一九四七年，朱生豪先生译著《莎士比亚戏剧全集》由世界书局出版。本版即以该版为底本进行甄选与编校。

作为中国较早译介莎士比亚作品的翻译家，朱生豪译文首要宗旨系“保持原作之神韵”，其次为晓畅明白。译著至今已七十载有余，仍广受欢迎。朱译与当今汉语格调基本一致，其中颇有特色的吴语方言，及为现代读者不识却富含典故、文采斐然的语词，本版皆予以保留。若联系语境，这些表达既不会对理解原文造成障碍，读者也可由此领略原译神韵。

本版编校原则如下：

一、根据最新版《通用规范汉字字典》就部分字形规范统一；个别未改动的旧字形，在全书最初出现处作编者注；其余未加特别说明的注释皆为译者注。

二、就专有名词，如书名、人名、地名等，按现代习惯统一修订。

三、为避免因标点造成歧义，据现代汉语规范，修订部分标点符号的用法。

四、为保持易读性，全书脚注统一注在该页页码面。

五、希望本书能带给读者原汁原味的阅读感受。

译者自序

于世界文学史中，足以笼罩一世，凌越千古，卓然为词坛之宗匠，诗人之冠冕者，其唯希腊之荷马，意大利之但丁，英之莎士比亚，德之歌德乎。此四子者，各于其不同之时代及环境中，发为不朽之歌声。然荷马史诗中之英雄，既与吾人之现实生活相去过远，但丁之天堂地狱，复与近代思想诸多抵牾；歌德去吾人较近，彼实为近代精神之卓越的代表。然以超脱时空限制一点而论，则莎士比亚之成就，实远在三子之上。盖莎翁笔下之人物，虽多为古代之贵族阶级，然彼所发掘者，实为古今中外贵贱贫富人人所同具之人性。故虽经三百余年以后，不仅其书为全世界文学之士所耽读，其剧本且在各国舞台与银幕上历久搬演而弗衰，盖由其作品中具有永久性与普遍性，故能深入人心如此耳。

中国读者耳莎翁大名已久，文坛知名之士，亦尝将其作品，译出多种，然历观坊间各译本失之于粗疏草率者尚少，失之于拘泥生硬者实繁有徒。拘泥字句之结果，不仅原作神味，荡焉无存，甚且艰深晦涩，有若天书，令人不能卒读，此则译者之过，莎翁不能任其咎者也。

余笃嗜莎剧，尝首尾严诵全集至十余遍，于原作精神，自觉颇有会心。廿四年[①]春，得前辈同事詹文浒先生之鼓励，始着手为翻译全集之尝试。越年战事发生，历年来辛苦搜集之各种莎集版本，及诸家注释考证批评之书，不下一二百册，悉数毁于炮火，仓猝中惟携出牛津版全集一册，及译稿数本而已。厥后转辗流徙，为生活而奔波，更无暇晷，以续未竟之志。及三十一年春，目睹事变日亟，闭户家居，摈绝外务，始得专心一志，致力译事。虽贫穷疾病，交相煎迫，而埋头伏案，握管不辍。凡前后历十年而全稿完成[②]，夫以译莎工作之艰巨，十年之功，不可云久，然毕生精力，殆已尽注于兹矣。

余译此书之宗旨，第一在求于最大可能之范围内，保持原作之神韵；必不得已而求其次，亦必以明白晓畅之字句，忠实传达原文之意趣；而于逐字逐句对照式之硬译，则未敢赞同。凡遇原文中与中国语法不合之处，往往再四咀嚼，不惜全部更易原文之结构，务使作者之命意豁然呈露，不为晦涩之字句所掩蔽。每译一段竟，必先自拟为读者，查阅译文中有无暧昧不明之处。又必自拟为舞台上之演员，审辨语调之是否顺口，音节之是否调和。一字一句之未惬，往往苦思累日。然才力所限，未能尽符理想；乡居僻陋，既无参考之书籍，又鲜质疑之师友。谬误之处，自知不免。所望海内学人，惠予纠正，幸甚幸甚！

生豪书于三十三年[③]四月

---

① 民国廿四年，即一九三五年——编者注。

② 案译者撰此文时，原拟在半年后可以译竟。讵意体力不支，厥功未就，而因病重辍笔。

③ 民国三十三年，即一九四四年——编者注。

目 录

仲夏夜之梦

《仲夏夜之梦》是一部集中体现文艺复兴精神和人文主义思想的喜剧。虽然剧中的故事发生在古希腊时代，但人物的思想感情、道德标准却完全是以当时英国现实生活为依据的。莎士比亚在剧中满腔热情地描绘了资产阶级新女性争取自由恋爱和婚姻自主的权利、反抗父权制的斗争，并通过现实与自然的对比，表达了人与人平等相处、人与自然和谐共处的人文主义理想。

剧中人物

忒修斯	雅典公爵
伊吉斯	赫米娅之父
拉山德 **狄米特律斯**	同恋赫米娅
菲劳斯特莱特	掌戏乐之官
昆斯	木匠
斯纳格	细工木匠
波顿	织工
弗鲁特	修风箱者
斯诺特	补锅匠
斯塔佛林	裁缝
希波吕忒	阿玛宗女王，忒修斯之未婚妻
赫米娅	伊吉斯之女，恋拉山德
海伦娜	恋狄米特律斯

奥布朗	仙王
提泰妮娅	仙后
迫克	又名好汉罗宾
豆花	小神仙
蛛网	小神仙
飞蛾	小神仙
芥子	小神仙

其他侍奉仙王仙后的神仙们　忒修斯及希波吕忒的侍从

地点

雅典及附近的森林

第一幕

第一场

雅典。忒修斯宫中

忒修斯、希波吕忒、菲劳斯特莱特及侍从等上。

忒修斯　美丽的希波吕忒，现在我们的婚期已快要临近了，再过四天幸福的日子，新月便将出来。但是，唉！这个旧的月亮消逝得多么慢，她耽延了我的希望，像一个老而不死的后母或寡妇，尽是消耗着年轻人的财产。

希波吕忒　四个白昼很快地便将成为黑夜，四个黑夜很快地可以在梦中消度过去，那时月亮便将像新弯的银弓一样，在天上临视我们的良宵。

忒修斯 去，菲劳斯特莱特，激起雅典青年们的欢笑的心情，唤醒活泼泼地的快乐精神，把忧愁驱到坟墓里去：那个脸色惨白的家伙，是不应该让他参加在我们的结婚行列中的。（菲劳斯特莱特下）希波吕忒，我用我的剑向你求婚，用威力的侵凌赢得了你的芳心[①]；但这次我要换一个调子，我将用豪华，夸耀和狂欢来举行我们的婚礼。

伊吉斯、赫米娅、拉山德、狄米特律斯上。

伊吉斯 威名远播的忒修斯公爵，祝您幸福！

忒修斯 谢谢你，善良的伊吉斯。你有什么事情？

伊吉斯 我怀着满心的气恼，来控诉我的孩子，我的女儿赫米娅。走上前来，狄米特律斯。殿下，这个人，是我答应叫他娶她的。走上前来，拉山德。殿下，这个人引诱坏了我的孩子。你，你，拉山德，你写诗句给我的孩子，和她交换着爱情的纪念物；在月夜她的窗前你用做作的声调歌唱着假作多情的诗篇；你用头发编成的手镯、戒指，虚华的饰物，琐碎的玩具、花束、糖果，这些可以强烈地骗诱一个稚嫩的少女之心的信使来偷得她的痴情；你用诡计盗取了她的心，煽惑她使她对我的顺从变成倔强的顽抗。殿下，假如她现在当着您的面仍旧不肯嫁给狄米特律斯，我就要要求雅典自古相传的权利，因为她是我的女儿，我可以随意处置她；按照我们的法

---

① 忒修斯远征阿玛宗，克之，而娶其后希波吕忒。

律，她要是不嫁给这位绅士，便应当立即处死。

忒修斯　你有什么话说，赫米娅？当心一点吧，美貌的女郎！你的父亲对于你应当是一尊神明：你的美貌是他给予你的，你就像在他手中捏成的一块蜡像一般，他可以保全你，也可以毁灭你。狄米特律斯是一个很好的绅士呢。

赫米娅　拉山德也很好啊。

忒修斯　以他的本身而论当然不用说；但是要做你的丈夫，他不能得到你父亲的同意，就比起来差一筹了。

赫米娅　我真希望我的父亲和我同样看法。

忒修斯　实在还是应该你依从你父亲的眼光才对。

赫米娅　请殿下宽恕我！我不知道什么一种力量使我如此大胆，也不知道在这里披诉我的心思将会怎样影响到我的美名；但是我要敬问殿下，要是我拒绝嫁给狄米特律斯，就会有什么最恶的命运临到我的头上？

忒修斯　不是受死刑，便是永远和男人隔绝。因此，美丽的赫米娅，仔细问一问你自己的心愿吧！考虑一下你的青春，好好地估量一下你血脉中的搏动；倘然不肯服从你父亲的选择，想想看能不能披上尼姑的道服，终生幽闭在阴沉的庵院中，向着凄凉寂寞的明月唱着黯淡的圣歌，做一个孤寂的修道女了此一生？她们能这样抑制了热情，到老保持处女的贞洁，自然应当格外受到上天的眷宠；但是结婚的女子如同被采下炼制过的玫瑰，香气留存不散，比之孤独地自开自谢，奄然朽腐的花儿，在尘俗的眼光看来，总是要幸福得多了。

赫米娅 就让我这样自开自谢吧，殿下，我也不愿意把我的贞操奉献给我的心所不甘服的人。

忒修斯 回去仔细考虑一下。等到新月初生的时候——我和我的爱人缔结永久的婚约的那天——你便当决定，倘不是因为违抗你父亲的意志而准备一死，便是听从他而嫁给狄米特律斯；否则就得在狄安娜[1]的神坛前立誓严守戒律，终生不嫁。

狄米特律斯 悔悟吧，可爱的赫米娅！拉山德，放弃你那无益的要求，不要再跟我的确定的权利抗争了吧！

拉山德 你已经得到她父亲的爱，狄米特律斯，让我保有着赫米娅的爱吧；你去跟她的父亲结婚好了。

伊吉斯 无礼的拉山德！一点不错，我欢喜他，我愿意把属于我所有的给他；她是我的，我要把我在她身上的一切权利都授给狄米特律斯。

---

① 狄安娜，月的女神；其实应当作阿尔忒弥斯（Artemis），因为狄安娜是罗马名字。

拉山德 殿下，我和他一样好的出身；我和他一样有钱；我的爱情比他深得多；我的财产即使不比狄米特律斯更多，也不会比他少；比起这些来更值得夸耀的是，美丽的赫米娅爱的是我。那么为什么我不能享有我的权利呢？讲到狄米特律斯，我可以当他的面前宣布，曾经向奈达的女儿海伦娜调过情，把她勾上了手；这位可爱的女郎痴心地恋着他，像崇拜偶像一样地恋着这个缺德的负心汉。

忒修斯 的确我也听到过不少闲话，曾经想和狄米特律斯谈起；但是因为自己的事情太多，所以忘了。来，狄米特律斯；来，伊吉斯；你们两人跟我来，我有些私人的话要对你们说。你，美丽的赫米娅，好好准备着依从你父亲的意志，否则雅典的法律将要把你处死，或者使你宣誓独身；我们没有法子变更这条法律。来，希波吕忒，怎样，我的爱人？狄米特律斯和伊吉斯，走吧；我必须差你们为我们的婚礼办些事务，还要跟你们商量一些和你们有点关系的事。

伊吉斯 我们敢不欣然跟从殿下。（除拉山德、赫米娅外均下）

拉山德 怎么啦，我的爱人！为什么你的脸颊这样惨白？你脸上的蔷薇怎么会凋谢得这样快？

赫米娅 多半是因为缺少雨露，但我眼中的泪涛可以灌溉它们。

拉山德 唉！从我所能在书上读到，在传说或历史中听到的，真爱情的道路永远是崎岖多阻；不是因为血统的差异——

赫米娅　不幸啊，尊贵的要向微贱者屈节臣服！

拉山德　或者因为年龄上的悬殊——

赫米娅　可憎啊，年老的要和年轻人发生关系！

拉山德　或者因为信从了亲友们的选择——

赫米娅　倒霉啊，选择爱人要依赖他人的眼光！

拉山德　或者，即使彼此两情悦服，但战争，死亡或疾病侵害着它，使它像一个声音，一片影子，一段梦，一阵黑夜中的闪电那样短促，在一刹那间它展现了天堂和地狱，但还来不及说一声“瞧啊！”黑暗早已张开口把它吞噬了。光明的事物，总是那样很快地变成了混沌。

赫米娅　既然真心的恋人们永远要受到磨折，似乎是一条命运的定律，那么让我们练习着忍耐吧；因为这种磨折，正和忆念、幻梦、叹息、希望和哭泣一样，都是可怜的爱情缺不了的随从者。

拉山德　你说得很对。听我的吧，赫米娅。我有一个寡居的伯母，很有钱，并没有儿女，她看待我就像亲生的独子一样。她的家离雅典二十里路。温柔的赫米娅，我可以在那边和你结婚，雅典法律的利爪不能追及我们。要是你爱我，请你在明天晚上溜出你父亲的屋子，走到郊外三里路地方的森林里，在那边我曾经约会过你和海伦娜一同举行五月节[①]的，我将在那面等你。

赫米娅 我的好拉山德！凭着丘必特的最坚强的弓，凭着他的金镞的箭[②]，凭着维纳斯的鸽子的纯洁，凭着那结合灵魂、祜祐爱情的神力，凭着古代迦太基女王焚身的烈火，当她看见她那负心的特洛亚人扬帆而去的时候，凭着一切男子所毁弃的约誓——那数目是远超过于女子所曾说过的，我发誓明天一定会到你所指定的那地方和你相会[③]。

拉山德 愿你不要失约，爱人。瞧，海伦娜来了。

海伦娜上。

赫米娅 上帝保佑美丽的海伦娜！你到哪里去？

海伦娜 你称我美丽吗？请你把那两个字收回了吧！狄米特律斯爱着你的美丽；幸福的美丽啊！你的眼睛是两颗明星，你的甜蜜的声音比小麦青青、山楂蓓蕾的时节牧人耳中的云雀之歌还要动听。疾病是能染人的，唉！要是美貌也能传染的话，美丽的赫米娅，我但愿染上你的美丽：我要用我的耳朵捕获你的声音，用我的眼睛捕获你的注视，用我的舌头捕获你那柔美的旋律。要是除了狄米特律斯之外，整个世界都是属于我所有，我愿意把一切捐弃，但求化身为

---

① 旧俗于五月一日早起以露盥身，采花唱歌。

② 丘必特的金镞箭主爱，铅镞箭主爱情的冷淡。

③ 古代迦太基女王是狄多，爱特洛伊，英雄埃涅阿斯，失恋自焚而死。

你。啊！教给我你怎样流转你的眼波，用怎么一种魔力操纵着狄米特律斯的心？

赫米娅 我向他皱着眉头，但是他仍旧爱我。

海伦娜 唉，要是你的颦蹙能把那种本领传授给我的微笑就好了！

赫米娅 我给他咒骂，但他给我爱情。

海伦娜 唉，要是我的祈祷也能这样引动他的爱情就好了！

赫米娅 我越是恨他，他越是跟随着我。

海伦娜 我越是爱他，他越是讨厌我。

赫米娅 海伦娜，他的傻并不是我的错。

海伦娜 但那是你的美貌的错处；要是那错处是我的就好了！

赫米娅 宽心吧，他不会再见我的脸了；拉山德和我将要逃开此地。在我不曾遇见拉山德之前，雅典对于我就像是一座天堂；啊，有怎样一种神奇在我的爱人身上，使他能把天堂变成一座地狱！

拉山德 海伦娜，我们不愿瞒你。明天夜里，当月亮在镜波中反映她的银色的容颜，晶莹的露珠点缀在草叶尖上的时候——那往往是情奔最适当的时候，我们预备溜出雅典的城门。

赫米娅 我的拉山德和我将要会集在林中，就是你我常常在那边淡雅的樱草花的花坛上躺着彼此吐露柔情的衷曲的所在，从那里我们便将离别雅典，去访寻新的朋友，和陌生人做伴了。再会吧，亲爱的游侣！请你为我们祈祷；愿你重新得到狄米特律斯的心！不要失约，拉山德；我们现在必须暂时忍受一下离别的痛苦，到明晚夜深时再见面吧！

拉山德 一定的，我的赫米娅。（赫米娅下）海伦娜，别了；如同你恋着他一样，但愿狄米特律斯也恋着你！（下）

海伦娜 有些人比起其他的人来是多么幸福！在全雅典大家都认为我跟她一样美，但那有什么相干呢？狄米特律斯是不以为如此的。除了他一个人之外大家都知道的事情，他不会知道。正如他那样错误地迷恋着赫米娅的秋波一样，我也是只知道爱慕他的才智；一切卑劣的弱点，在恋爱中都成为无足重轻，而变成美满和庄严。爱情是不用眼睛，而用心灵看着的，因此生着翼膀的丘必特常被描成盲目；而且爱情的判断全然没有理性，用翼膀而不是眼睛，表示出鲁莽的急性，因此爱神便据说是一个孩儿，因为在选择方面他常会弄错。正如顽皮的孩子惯爱发假誓一样，司爱情的小儿也到处赌着口不应心的咒。狄米特律斯在没有看见赫米娅之前，他也曾像雨雹一样发着誓，说他是完全属于我的；但这阵冰雹一感到一丝赫米娅身上的热力，他便溶解了，无数的盟言都化为乌有。我要去告诉他美丽的赫米娅的出奔；他知道了以后，明夜一定会到林中去追寻她。如果为着这次的通报消息，我能得到一些酬谢，我的代价也一定不小；但我的目的是要补报我的苦痛，使我能再一次聆接他的音容。（下）

第二场

雅典。昆斯的家中

昆斯、斯纳格、波顿、弗鲁特、斯诺特、斯塔佛林上。

昆斯 咱们一伙人都到了吗？

波顿 你最好照着名单一个儿一个儿地点一下名。

昆斯 这儿是每个人名字都在上头的名单，全个儿雅典都承认，在公爵跟公爵夫人结婚那晚上，当着他们的面前扮演咱们这一出插戏，这张名单上的弟兄们是再合适也没有的了。

波顿 第一，好彼得·昆斯，说出来这出戏讲的是什么，然后再把扮戏的人名字念出来，好有个头绪。

昆斯 好，咱们的戏名是《最可悲的喜剧，以及皮拉摩斯和提斯柏的最残酷的死》。

波顿 那一定是篇出色的东西，咱可以担保，而且是挺有趣的。现在，好彼得·昆斯，照着名单把你的角儿们的名字念出来吧。列位，大家站开。

昆斯 咱一叫谁的名字，谁就答应。尼克·波顿，织布的。

波顿 有。先说咱应该扮哪一个角儿，然后再挨次叫下去。

昆斯 你，尼克·波顿，派着扮皮拉摩斯。

波顿 皮拉摩斯是谁呀？一个情郎呢，还是一个霸王？

昆斯 是一个情郎，为着爱情的缘故，他挺勇敢地把自己毁了。

波顿 要是演得活灵活现，那准可以引人掉下几滴泪来。要是咱演起来的话，让看客们大家留心着自个儿的眼睛吧。咱要痛哭流涕，管保风云失色。把其余的人叫下去吧。但是扮霸王挺适合咱的胃口。咱会把赫拉克勒斯[①]扮得非常好，或者什么大花脸的角色，管保吓破了人的胆。

山岳狂怒的震动，
裂开了牢狱的门；
太阳在远方高升，
慑伏了神灵的魂。

那真是了不得！现在把其余的名字念下去吧。这是赫拉克勒斯的神气，霸王的神气；情郎还得忧愁一点。

---

① 赫拉克勒斯为赫邱里斯之讹，古希腊著名英雄。

昆斯 法兰西斯·弗鲁特，修风箱的。

弗鲁特 有，彼得·昆斯。

昆斯 你得扮提斯柏。

弗鲁特 提斯柏是谁呀？一个游行的侠客吗？

昆斯 那是皮拉摩斯必须爱上的姑娘。

弗鲁特 啊，真的，别叫咱扮一个娘儿们。咱的胡子已经长起来啦。

昆斯 那没有问题。你得套上假脸扮演，你可以捏着嗓子讲话。

波顿 咱也可以把脸孔罩住，提斯柏也给咱扮了吧。咱会细声细气地说话，“提斯妮！提斯妮！”“啊呀！皮拉摩斯，奴的情哥哥，是你的提斯柏，你的亲亲爱爱的姑娘！”

昆斯 不行，不行，你必须扮皮拉摩斯。弗鲁特，你必须扮提斯柏。

波顿 好吧，叫下去。

昆斯 罗宾·斯塔佛林，当裁缝的。

斯塔佛林 有，彼得·昆斯。

昆斯 罗宾·斯塔佛林，你扮提斯柏的母亲。汤姆·斯诺特，补锅子的。

斯诺特 有，彼得·昆斯。

昆斯 你扮皮拉摩斯的爸爸；咱自己扮提斯柏的爸爸；斯纳格，做细木工的，你扮一只狮子；咱想这本戏就此分配好了。

斯纳格 你有没有把狮子的台词写下？要是有的话，请你给我，因为我记性不大好。

昆斯 你不用预备，你只要嚷嚷就算了。

波顿 让咱也扮狮子吧。咱会嚷嚷，叫每一个人听见了都非常高兴；咱会嚷着嚷着，连公爵都传下谕旨来说，“让他再嚷下去吧！让他再嚷下去吧！”

昆斯 你要嚷得那么可怕，吓坏了公爵夫人和各位太太小姐们，吓得她们尖声叫起来；那准可以把咱们一起给吊死了。

众人 那准会把咱们一起给吊死，每一个母亲的儿子都逃不了。

波顿 朋友们，你们说得很是；要是你把太太们吓昏了头，她们一定会不顾三七二十一把咱们给吊死。但是咱可以把声音压得高一些，不，提得低一些；咱会嚷得就像一只小鸽子那么温柔，就像夜莺那样。

昆斯　你只能扮皮拉摩斯，因为皮拉摩斯是一个讨人欢喜的小白脸，一个体面人，就像你可以在夏天看到的那种人；他又是一个可爱的堂堂绅士模样的人；因此你必须扮皮拉摩斯。

波顿　行，咱就扮皮拉摩斯。顶好咱挂什么须？

昆斯　那随你便吧。

波顿　咱可以挂你那稻草色的须，你那橙黄色的须，你那紫红色的须，或者你那法国金洋钱色的须，纯黄色的须。

昆斯　你还是光着脸蛋吧。列位，这儿是你们的台词。咱请求你们，恳求你们，要求你们，在明儿夜里念熟，趁着月光，在郊外一哩路地方的咱们碰头，在那边咱们要练习练习；因为要是咱们在城里练习，就会有人跟着咱们，咱们的计划就要泄漏出去。同时咱要开一张咱们演戏所需要的东西的单子。请你们大家不要误事。

波顿　咱们一定在那边碰头。咱们在那里排练起来，可以胆大点儿。大家辛苦干一下，要干得非常好。再会吧。

昆斯　咱们在公爵的橡树底下再见。

波顿　好了，可不许失约。（同下）

第二幕

第一场

雅典附近的森林

一神仙及迫克自相对方向上。

迫克 喂，精灵！你飘流到哪里去？

小仙 越过了溪谷和山陵，
穿过了荆棘和丛薮，
越过了围场和园庭，
穿过了激流和爝火：
我在各地漂游流浪，
轻快得像是月亮光；
我给仙后奔走服务，

草环上缀满轻轻露。[①]

亭亭的莲馨花是她的近侍，

黄金的衣上饰着点点斑痣；

那些是仙人们投赠的红玉，

中藏着一缕缕的芳香馥郁；

我要在这里访寻几滴露水，

给每朵花挂上珍珠的耳坠。

再会，再会吧，你粗野的精灵！

因为仙后的大驾快要来临。

迫克 今夜大王在这里大开欢宴，

千万不要让他俩彼此相见；

奥布朗的脾气可不是顶好，

为着王后的固执十分着恼；

她偷到了一个印度小王子，

就像心肝一样怜爱和珍视；

奥布朗看见了有些儿眼红，

想要把他充作自己的侍童；

可是她哪里便肯把他割爱，

满头花朵她为他亲手插戴。

从此林中、草上、泉畔和月下，

他们一见面便要破口相骂；

小妖们往往吓得胆战心慌，

没命地钻进橡斗中间躲藏。

---

① 野地上有时发现环形的茂草，传闻仙人夜间在此跳舞所成。

小仙 要是我没有把你认错，你大概便是名叫罗宾好人儿的、狡狯的淘气的精灵了。你就是惯爱吓唬乡村的女郎，在人家的牛乳上撮去了乳脂，使那气喘吁吁的主妇整天也搅不出奶油来；有时你暗中替人家磨谷，有时弄坏了酒使它不能发酵；夜里走路的人，你把他们引入了迷路，自己却躲在一旁窃笑；谁叫你大仙或是好迫克的，你就给他幸运，帮他做工：那就是你吗？

迫克 仙人，你说得正是；我就是那个快活的夜游者。我在奥布朗跟前想出种种笑话来逗他发笑，看见一头肥胖精壮的马儿，我就学着雌马的嘶叫声把它迷昏了头；有时我化作一颗焙熟的野苹果，躲在老太婆的酒碗里，等她举起碗想喝的时候，我就啪地弹到她嘴唇上，把一碗麦酒都倒在她那皱瘪的喉皮上；有时我化作三脚的凳子，满肚皮人情世故的婶婶刚要坐下来讲她那感伤的故事，我便从她的屁股底下滑走，把她翻了一个大元宝，一头喊"好家伙！"一头咳呛个不住，于是周围的人大家笑得前仰后合，他们越想越好笑，鼻涕眼泪都笑了出来，发誓说从来不曾逢到过比这更有趣的事。但是让开路来，仙人，奥布朗来了。

小仙 娘娘也来了。他要是走开了才好！

奥布朗及提泰妮娅各带侍从自相对方向上。

奥布朗 真不巧又在月光下碰见你，骄傲的提泰妮娅！

提泰妮娅 嘿，嫉妒的奥布朗！神仙们，快快走开；我已经发誓不和他同游同寝了。

奥布朗　等一等，坏脾气的女人！我不是你的夫君吗？

提泰妮娅　那么我也一定是你的尊夫人了。但是你从前溜出了仙境，扮作牧人的样子，整天吹着麦笛，向风骚的牧女调情，这种事我全知道。今番你为什么要从迢迢的印度平原上赶到这里来呢？无非是为着那位高傲的阿玛宗女王，你的勇武的爱人，要嫁给忒修斯了，所以你得赶来祝他们床笫欢愉、早生贵子。

奥布朗　你怎么好意思说出这种话来，提泰妮娅，把我的名字和希波吕忒牵涉在一起诬蔑我？你自己知道你和忒修斯的私情瞒不过我。不是你在朦胧的夜里引导他离开被他所俘虏的佩丽古娜？不是你使他负心地遗弃了美丽的伊葛尔、爱丽亚邓和安提奥巴？[①]

提泰妮娅　这些都是因为嫉妒而捏造出来的谎话。自从仲夏之初，我们每次在山上、谷中、树林里、草场上、细石铺底的泉旁或是海滨的沙滩上聚集，预备和着呜啸的风声跳环舞的时候，总是要被你吵断了我们的兴致。风因为我们不理会他的吹奏，生了气，便从海中吸起了毒雾。毒雾化成瘴雨降在地上，使每一条小小的溪河都耀武扬威地泛滥到岸上：因此牛儿白白牵着轭，农夫枉费了他的血汗，青青的嫩禾还没有长上芒须便腐烂了；空了的羊栏露出在一片汪洋的田中，乌鸦饱啖着瘟死了的羊群的尸体；草泥坂上满是湿泥，杂草乱生的舞径，因为没有人行走，已经辨不出来。执掌潮汐的月亮，因为再也听不见夜间颂神的歌声，气得脸孔发白，在空气中播满了湿气，一沾染上身就要使人害风湿症。因为天时不正，季

---

① 皆是忒修斯情人，先后为其所弃。

候也变了常：白头的寒霜倾倒在红颜的蔷薇的怀里，年迈的冬神薄薄的冰冠上，却嘲讽似的缀上了夏天芬芳的蓓蕾的花环。春季、夏季、丰收的秋季、暴怒的冬季，都改换了他们素来的装束，惊愕的世界不能再从他们的出产上辨别出谁是谁来。这都因为我们的不和所致，我们是一切灾祸的根源。

奥布朗 那么你就该设法补救，这全然在你的手中。为什么提泰妮娅要违拗她的奥布朗呢？我所要求的，不过是一个小小的换儿[①]做我的侍童罢了。

提泰妮娅 请你死了心吧，整个仙境也不能从我手里换得这个孩子。他的母亲是我神坛前的一个信徒，在芬芳的印度的夜晚，她常常在我身旁闲谈，陪我坐在海边的黄沙上，凝望着海上的商船；我们一起笑着那些船帆因浪狂的风而怀孕，一个个凸起了肚皮；她那时正也怀孕着这个小宝贝，便学着船帆的样子，美妙而轻快地凌风而行，为我往岸上寻取各种杂物，回来时就像航海而归，带来了无数的商品。但她因为是一个凡人，所以在产下这孩子时便死了。为着她的缘故我才抚养她的孩子，也为着她的缘故我不愿舍弃他。

奥布朗 你预备在这林中耽搁多少时候？

提泰妮娅 也许要到忒修斯的婚礼以后。要是你肯耐心地和我们一起跳舞，看看我们月光下的游戏，那么跟我们一块儿走吧；不然的话，请你不要见我，我也决不到你的地方来。

---

① 传说中仙人常于夜间将人家美丽小儿窃去，以愚蠢的妖童换置其处。

奥布朗 把那个孩子给我，我就和你一块儿走。

提泰妮娅 把你的仙国跟我掉换都别想。神仙们，去吧！要是我再多留一刻，我们就要吵起来了。（率侍从等下）

奥布朗 好，去你的吧！为着这次的侮辱，我一定要在你离开这座林子之前给你一些惩罚。我的好迫克，过来。你记不记得有一次我坐在一个海岬上，望见一个美人鱼骑在海豚的背上，她的歌声是这样婉转而谐美，镇静了狂暴的怒海，好几个星星都疯狂地跳出了他们的轨道，为要听这海女的音乐？①

迫克 我记得。

奥布朗 就在那个时候，你看不见，但我能看见持着弓箭的丘必特在冷月和地球之间飞着；他瞄准了坐在西方宝座上的一个童贞女②，很灵巧地从他的弓上射出他的爱情之箭，好像它能刺透十万颗心的样子。否则我也许可以看见小丘必特的火箭在如水的冷洁的月光中熄灭，那位童贞的女王心中一尘不染，在纯洁的思念中安然无恙。我所看见那支箭却落下在西方一朵小小的花上，本来是乳白色的，现在已因爱情的创伤而被染成紫色，少女们把它称作“爱懒花”。去给我把那花采来。我曾经给你看过它的样子。它的汁液如果滴在睡

---

① 此段及下一段中的寓意自来各种猜测。据说美人鱼影射苏格兰女王玛丽；玛丽才美无双，为伊利沙白女王所嫉杀，举世悼之。玛丽尝婚法国王太子，故云“骑在海豚的背上”，因法国王太子的称号 Danphin 与海豚 Dophin 发音相似。“星星跳出轨道”云者，指英廷党玛丽的大臣。莎翁因恐犯忌讳，故特以隐语出之。

② 当指伊利沙白女王。女王终身不嫁，故云。

着的人的眼皮上，无论男女，醒来一眼看见什么生物，都会发疯似的对他恋爱。给我采这种药来。在鲸鱼还不曾游过三里路之前，必须回来复命。

迫克 我可以在四十分钟内环绕世界一周。（下）

奥布朗 这种花汁一到了手，我便留心着等提泰妮娅睡了的时候把它滴在她的眼皮上，她一醒来第一眼看见的东西，无论是狮子也好，熊也好，狼也好，公牛也好，或者好事的猕猴、忙碌的无尾猿也好，她都会用最强烈的爱情追求它。我可以用另一种草解去这种魔力，但第一我先要叫她把那个孩子让给我。可是谁到这儿来啦？他们看不见我，让我听听他们的谈话。

狄米特律斯上，海伦娜随其后。

狄米特律斯 我不爱你，所以别跟着我。拉山德和美丽的赫米娅在哪儿？我要把拉山德杀死，但我的命却悬在赫米娅手中。你对我说他们私奔到这座林子里，因此我赶到这儿来；可是因为遇不见我的赫米娅，我简直要发疯啦。滚开！快走，不许再跟着我！

海伦娜 是你吸引我跟着你的，你这硬心肠的磁石！可是你所吸的却不是铁，因为我的心像钢一样坚贞。要是你去掉你的吸引力，那么我也将没有力量再跟着你了。

狄米特律斯 是我引诱你吗？我曾经向你说过好话吗？我不是曾经明明白白地告诉过你，我不爱你，而且也不能爱你吗？

海伦娜 即使那样，也只是使我爱你爱得更加厉害。我是你的一条狗，狄米特律斯，你越是打我，我越是讨好你。请你就像对待你的狗一样对待我吧，踢我，打我，冷淡我，不理我，都好，只容许我跟随着你，虽然我是这么不好。在你的爱情里我要求的地位比一条狗还不如吗？但那对于我已经是十分可贵了。

狄米特律斯 不要过分逗着我的厌恨吧，我一看见你就头痛。

海伦娜 可是我不看见你就心痛。

狄米特律斯 你太不顾虑你自己的体面，离开了城中，把你自己委身在一个不爱你的人手里；你也不想想你的贞操多么值钱，就在黑夜中这么一个荒凉的所在，盲目地听从着不可知的命运。

海伦娜 你使我能够安心：因为当我看见你面孔的时候，黑夜也变成了白昼，因此我并不觉得现在是在夜里。你在我的眼光里是一切的世界，因此在这座林中我也不愁缺少伴侣：要是一切的世界都在这儿瞧着我，我怎么还是单身独自呢？

狄米特律斯 我要逃开你，躲在丛林之中，悉听野兽把你怎样处置。

海伦娜 最凶恶的野兽也不像你那样残酷。你要逃开我就逃开吧；从此以后，古来的故事要改过了：逃走的是阿波罗，追赶的是达芙妮[①]；鸽子追逐着鹰隼；温柔的牝鹿追捕着猛虎；然而弱者追求勇

① 阿波罗是太阳神，爱仙女达芙妮，达芙妮避之而化为月桂树。

者，结果总是徒劳无益的。

狄米特律斯 我不高兴听你再唠叨下去。让我去吧，要是你再跟着我，相信我在这座林中你要给我欺负的。

海伦娜 嗯，在寺庙中，在市镇上，在乡野里，你到处都欺负我。唉，狄米特律斯！你对我的虐待已经使我们女子蒙上了耻辱。我们是不会像男人一样为爱情而争斗的，我们应该被人家求爱，而不是向人家求爱。（狄米特律斯下）我要立意跟随你；我愿死在我所深爱的人的手中，好让地狱化成了天宫。（下）

奥布朗 再会吧，女郎！不等他离开这座树林，你将逃避他，他将追求你的爱情。

迫克重上。

奥布朗 你已经把花采来了吗？欢迎啊，浪游者！

迫克 是的，它就在这儿。

奥布朗 请你把它给我。

我知道一处茴香盛开的水滩，
长满着樱草和盈盈的紫罗兰，
馥郁的金银花，芗泽的野蔷薇，
漫天张起了一幅芬芳的锦帷。
有时提泰妮娅在群花中酣醉，
柔舞清歌低低地抚着她安睡；

在那里蛇儿蜕下斑斓的旧皮，
小精灵拾来当作合身的彩衣。
我要洒一点花汁在她的眼上，
让她充满了各种可憎的幻象。
其余的你带了去在林中访寻，
一个娇好的少女见弃于情人；
倘见那薄幸的青年在她近前，
就把它轻轻地点上他的眼边。
他的身上穿着雅典人的装束，
你须仔细辨认清楚不许弄错；
小心地执行着我谆谆的吩咐，
让他无限的柔情都向她倾吐。
等第一声雄鸡啼时我们再见。

迫克　放心吧，主人，一切如你的意念。（各下）

第二场

林中的另一处

泰妮娅及其小仙侍从等上。

提泰妮娅　来，跳一回舞，唱一曲神仙歌，然后在一分钟内余下来的三分之一的时间里，大家散开去；有的去杀死麝香玫瑰嫩苞中的蛀虫；有的去和蝙蝠作战，剥下它们的翼革来为我的小妖儿们做外衣；其余的去赶逐每夜啼叫，看见我们这些伶俐的小精灵们而惊骇的猫头鹰。现在唱着给我催眠吧；唱罢之后，大家各做各的事，让我休息一会儿。

小仙们唱：

一　　两舌的花蛇，多刺的蝟，
不要打扰着她的安睡！
蝾螈和蜥蜴不要行近，
仔细毒害了她的宁静。
夜莺，鼓起你的清弦，
为我们唱一曲催眠：
睡啦，睡啦，睡睡吧！睡啦，睡啦，睡睡吧！
一切害物远走高飏，
不会行近她的身旁；
晚安，睡睡吧！

二　　织网的蜘蛛，不要过来；
长脚的蛛儿，快快走开！
黑背的蜣螂，不许走近；
不许莽撞，蜗牛和蚯蚓。
夜莺，鼓起你的清弦，
为我们唱一曲催眠：
睡啦，睡啦，睡睡吧！睡啦，睡啦，睡睡吧！
一切害物远走高扬，

不会行近她的身旁；

晚安，睡睡吧！（提泰妮娅睡）

小仙 去吧！现在一切都已完成，只需留着一个人作哨兵。（众小仙下）

奥布朗上，挤花汁滴在提泰妮娅眼皮上。

奥布朗 等你眼睛一睁开，

你就看见你的爱，

为他担起相思债：

山猫、豹子、大狗熊，

野猪身上毛蓬蓬；

等你醒来一看见，

芳心可可为他恋。（下）

拉山德及赫米娅上。

拉山德 好人，你在林中跋涉着，疲乏得快要昏倒了。说老实话，我已经忘记了我们的路。要是你同意，赫米娅，让我们休息一下，停步下来舒适舒适吧。

赫米娅 就照你的意思吧，拉山德。你去给你自己找一处睡眠的所在，因为我要在这水滨好好躺躺。

拉山德 一块草地可以作我们两人枕首的地方；两个胸膛一条心，

应该合睡一个眠床。

赫米娅　唉，不要，亲爱的拉山德；为着我的缘故，我的亲亲，再躺远一些，不要挨得那么近。

拉山德　啊，爱人！不要误会了我的无邪的本意，恋人们是应该明白彼此所说的话的。我是说我的心和你的心连结在一起，已经打成一片分不开来；两个心胸彼此用盟誓联系，共有着一片的忠贞。因此不要拒绝我睡在你的身旁，赫米娅，我一点没有坏心肠。

赫米娅　拉山德真会说话。要是赫米娅疑心拉山德有坏心肠，愿她从此不能堂堂做人。但是好朋友，为着爱情和礼貌的缘故，请睡得远一些。在人间的礼法上，这样的隔分对于束身自好的未婚男女，是最为合适的。这么远就行了。晚安，亲爱的朋友！愿爱情永无更改，直到你生命的尽头！

拉山德　依着你那祈祷我应和着阿门！阿门！我将失去我的生命，如其我失去我的忠贞！（略就远处退卧）这里是我的眠床了，但愿睡眠给予你充分的休养！

赫米娅　那愿望我愿意和你分享！（二人入睡）

迫克上。

迫克　我已经在森林中间走遍，
　　但雅典人可还不曾瞧见，

我要把这花液在他眼上，
试一试激动爱情的力量。
静寂的深宵！啊，谁在这厢？
他身上穿着雅典的衣裳。
这正是我主人所说的他，
狠心地欺负那美貌娇娃；
她正在这一旁睡得酣熟，
不顾到地上的潮湿龌龊：
美丽的人儿！她竟然不敢
睡近这没有心肝的恶汉。（挤花汁滴拉山德眼上）
我要在你眼睛上，坏东西！
倾注着魔术的力量神奇；
等你醒来的时候，
让爱情从此扰乱你睡眠的安宁！
别了，你醒来我早已去远，
奥布朗在盼我和他见面。（下）

狄米特律斯及海伦娜奔驰上。

海伦娜　你杀死了我也好，但是请你停步吧，亲爱的狄米特律斯！

狄米特律斯　我命令你走开，不要这样缠扰着我！

海伦娜　啊！你要把我丢在黑暗中吗？请不要这样！

狄米特律斯　站住！否则叫你活不成。我要独自走我的路。（下）

海伦娜 唉！这痴心的追赶使我乏得透不过气来。我越是千求万告，越是惹他憎恶。赫米娅无论在什么地方都是那么幸福，因为她有一双天赐的迷人的眼睛。她的眼睛怎么会这样明亮呢？不是为着泪水的缘故，因为我的眼睛被眼泪洗着的时候比她更多。不，不，我是像一头熊那么难看，就是野兽看见我也会因害怕而逃走；因此一点也不奇怪狄米特律斯会这样逃避着我，就像逃避一个丑妖怪。哪一面欺人的坏镜子使我居然敢把自己跟赫米娅的明星一样的眼睛相比呢？但是谁在这里？拉山德！躺在地上！死了吗，还是睡了？我看不见有血，也没有伤处。拉山德，要是你没有死，好朋友，醒醒吧！

拉山德 （醒）我愿为着你赴汤蹈火，玲珑剔透的海伦娜！上天在你身上显出他的本领，使我能在你的胸前看彻你的心。狄米特律斯在哪里？嘿！那个难听的名字多么合适让他死在我的剑下！

海伦娜 不要这样说，拉山德！不要这样说！即使他爱你的赫米娅又有什么关系？上帝！那又有什么关系？赫米娅仍旧是爱着你的，所以你应该心满意足了。

拉山德 跟赫米娅心满意足吗？不，我真悔恨和她在一起度过的那些可厌的时辰。我不爱赫米娅，我爱的是海伦娜；谁不愿意把一只乌鸦换一头白鸽呢？人们的意志是被理性所支配的，理性告诉我你比她更值得敬爱。凡是生长的东西，不到季节，总不会成熟：我一向因为年轻的缘故，我的理性也不曾成熟；但是现在我的智慧已经充分成长，理性指挥着我的意志，把我引到了你的眼前；在你的眼睛里我可以读到写在最丰美的爱情的经典上的故事。

海伦娜　我怎么忍受得下这种尖刻的嘲笑呢？我什么时候得罪了你，使你这样讥讽我呢？我从来不曾得到过，也永远不会得到，狄米特律斯的一瞥爱怜的眼光，难道那还不够，难道那还不够，年轻人，你必须再这样挖苦我的短处吗？真的，你侮辱了我；真的，用这种卑鄙的样子向我假意献媚。但是再会吧！我还以为你是个较有教养的上流人。唉！一个女子受到了这一个男人的摈拒，还得忍受那一个男子的揶揄。（下）

拉山德　她没有看见赫米娅。赫米娅，睡你的吧，再不要走近拉山德的身边了！一个人吃饱了太多的甜食，能使胸胃中发生强烈的厌恶，改信正教的人，最是痛心疾首于以往欺骗他的异端邪说；你也正是这样。让你被一切的人所憎恶吧，但没有别人比之我更为憎恶你了。我的一切生命之力啊，用爱和力来尊崇海伦娜，做她的忠实的骑士吧！（下）

赫米娅　（醒）救救我，拉山德！救救我！用出你全身力量来，替我在胸口上撵掉这条蠕动的蛇。哎呀，天哪！做了怎样的梦！拉山德，瞧我怎样因害怕而颤抖着。我觉得仿佛一条蛇在嚼食我的心，而你坐在一旁，瞧着它的残酷的肆虐微笑。拉山德！怎么！换了地方了？拉山德！好人！怎么！听不见？去了？没有声音，不说一句话？唉！你在哪儿？要是你听见我，答应一声呀！凭着一切爱情的名义，说话呀！我差不多要因害怕而晕倒了。仍旧一声不响！我明白你已不在近旁了；要是我寻不到你，我定将一命丧亡！（下）

第三幕

第一场

林中。提泰妮娅熟睡未醒

昆斯、斯纳格、波顿、弗鲁特、斯诺特、斯塔佛林上。

波顿 咱们都会齐了吗?

昆斯 妙极妙极，这儿真是给咱们练戏用的一块再方便也没有的地方。这块草地可以做咱们的戏台，这一丛山楂树便是咱们的后台。咱们可以认真扮演一下；就像当着公爵殿下的面一个样儿。

波顿 彼得·昆斯——

昆斯　你说什么，波顿好家伙？

波顿　在这本《皮拉摩斯和提斯柏》的戏文里，有几个地方准难叫人家满意。第一，皮拉摩斯该得拔出剑来结果自己的性命，这是太太小姐们受不了的。你说可对不对？

斯诺特　凭着圣母娘娘的名字，这可真的不是玩儿的事。

斯塔佛林　我说咱们把什么都做完了之后，这一段自杀可不用表演。

波顿　不必，咱有一个好法子。给咱写一段开场诗，让这段开场诗大概是这么说：咱们的剑是不会伤人的；实实在在皮拉摩斯并不真的把自己干掉了；顶好再那么声明一下，咱扮着皮拉摩斯的，并不是皮拉摩斯，实在是织工波顿；这么一下她们就不会吓了。

昆斯　好吧，就让咱们有这么一段开场诗，咱可以把它写成八六体。[①]

波顿　把它再加上两个字，让它是八个字八个字那么的吧。

斯诺特　太太小姐们见了狮子不会起哆嗦吗？

斯塔佛林　咱担保她们一定会害怕。

---

① 八音节六音节相间的诗体。

波顿 列位，你们得好好想一想：把一头狮子，老天爷保佑咱们！带到太太小姐们的中间，还有比这更荒唐得可怕的事吗？在野兽中间，狮子是再凶恶不过的。咱们可得考虑考虑。

斯诺特 那么说，就得再写一段开场诗，说他并不真的是狮子。

波顿 不，你应当把他的名字说出来，他的脸蛋的一半要露在狮子头颈的外边；他自己就该说着这样或者诸如此类的话："太太小姐们，"或者说，"尊贵的太太小姐们，咱要求你们，"或者说，"咱请求你们，"或者说，"咱恳求你们，不用害怕，不用发抖；咱可以用生命给你们担保。要是你们想咱真是一头狮子，那咱才真是倒霉啦！不，咱完全不是这种东西；咱是跟别人一个样儿的人。"这么着让他说出自己的名字来，明明白白地告诉她们，他是细工木匠斯纳格。

昆斯 好吧，就这么办。但是还有两件难事：第一，咱们要把月亮光搬进屋子里来；你们知道皮拉摩斯和提斯柏是在月亮底下相见的。

斯纳格 咱们演戏的那天可有月亮吗？

波顿 拿历本来，拿历本来！瞧历本上有没有月亮，有没有月亮。

昆斯 有的，那晚上有好月亮。

波顿 啊，那么你就可以把大厅上的一扇窗打开，月亮就会打窗子里照进来啦。

昆斯 对了，否则就得叫一个人一手拿着柴枝，一手举起灯笼，登场说他是代表着月亮。现在还有一件事，咱们在大厅里应该有一堵墙，因为故事上说，皮拉摩斯和提斯柏是凑着一条墙缝彼此讲话的。

斯纳格 你可不能把一堵墙搬进来。你怎么说，波顿?

波顿 让什么人扮作墙头；让他身上涂着些灰泥黏土之类，表明他是墙头；让他把手指举起作成那个样儿，皮拉摩斯和提斯柏就可以在手指缝里低声谈话了。

昆斯 那样的话，一切就都已齐全了。来，每个老娘的儿子都坐下来，念着你们的台词。皮拉摩斯，你开头，你说完了之后，就走进那簇树后；这样大家可以按着尾白挨次说下去。

迫克自后上。

迫克 那一群伧夫俗子胆敢在仙后卧榻之旁鼓唇弄舌？哈，在那儿演戏！让我做一个听戏的吧；要是觑着机会的话也许我还要做一个演员哩。

昆斯 说吧，皮拉摩斯。提斯柏，站出来。

波顿　提斯柏，花儿开得十分腥——

昆斯　十分香，十分香。

波顿　——开得十分香；
你的气息，好人儿，也是一个样。
听，那边有一个声音，你且等一等，
一会儿咱再来和你诉衷情。（下）

迫克　请看皮拉摩斯变成了怪妖精。（下）

弗鲁特　现在该咱说了吧？

昆斯　是的，该你说。你得弄清楚，他是去瞧瞧什么声音去的，等一会儿就要回来。

弗鲁特　最俊美的皮拉摩斯，脸孔红如红玫瑰，
肌肤白得赛过纯白的百合花，
活泼的青年，最可爱的宝贝，
忠心耿耿像一头顶好的马。
皮拉摩斯，咱们在宁尼的坟头相会。①

昆斯　“尼纳斯的坟头”，老兄。你不要就把这句说出来，那是要你答应皮拉摩斯的。你把要你说的话不管什么尾白不尾白都一股

① 宁尼是尼纳斯之讹，尼尼微城的建立者。Ninny 照字面讲有“傻子”之意。

脑儿说出来啦。皮拉摩斯，进来；你的尾白已经给你说过了，是“顶好的马”。

弗鲁特 噢。忠心耿耿像一头顶好的马。

迫克重上；波顿戴驴头随上。

波顿 美丽的提斯柏，咱是整个儿属于你的！

昆斯 怪事！怪事！咱们见了鬼啦！列位，快逃！快逃！救命哪！（众下）

迫克 我要把你们带领得团团乱转，
经过一处处沼地，草莽和林薮；
有时我化作马，有时化作猎犬，
化作野猪、没头的熊或是燐火；
我要学马样嘶，犬样吠，猪样嗥，
熊一样的咆哮，野火一样燃烧。（下）

波顿 他们干什么都跑走了呢？这准是他们的恶计，要把咱吓一跳。

斯诺特重上。

斯诺特 啊，波顿！你变了样子啦！你头上是什么东西呀？

波顿　是什么东西？你瞧见你自己变成了一头蠢驴啦，是不是？（斯诺特下）

昆斯重上。

昆斯　天哪！波顿！天哪！你变啦！（下）

波顿　咱看透他们的鬼把戏；他们要把咱当做一头蠢驴，想出法子来吓咱。可是咱决不离开这块地方，瞧他们怎么办。咱要在这儿跑来跑去；咱要唱个歌儿，让他们听见了知道咱可一点不怕。（唱）

山乌嘴巴黄沉沉，
浑身长满黑羽毛，
画眉唱得顶认真，
声音尖细是欧鷯。

提泰妮娅　（醒）什么天使使我从百花的卧榻上醒来呢？

波顿　鹌鹑，麻雀，百灵鸟，
还有杜鹃爱骂人，
大家听了心头恼，
可是谁也不回声。[①]

---

① 杜鹃下卵于他鸟的巢中，故用以喻奸夫，但其后 cuckold（由 cuckoo 化出）一字却用作奸妇本夫的代名词。杜鹃的鸣声即为 cuckoo，不啻骂人为“乌龟”；但因闻者不能必其妻子的是否贞洁，故虽恼而不敢作声。

真的，谁耐烦跟这么一头蠢鸟斗口舌呢？即使它骂你是乌龟，谁又高兴跟他争辩呢？

提泰妮娅　温柔的凡人，请你唱下去吧！我的耳朵沉醉在你的歌声里，我的眼睛又为你的状貌所迷惑；在第一次见面的时候，你的美姿已使我不禁说出而且矢誓着我爱你了。

波顿　咱想，奶奶，您这可太没有理由。不过说老实话，现今世界上理性可真难得跟爱情碰头在一起，也没有哪位正直的邻居大叔给他俩撮合撮合做朋友，真是抱歉得很。哈，我有时也会说说笑话。

提泰妮娅　你真是又聪明又美丽。

波顿　不见得，不见得。可是咱要是有本事跑出这座林子，那已经很够了。

提泰妮娅　请不要跑出这座林子！不论你愿不愿，你一定要留在这里。我不是一个平常的精灵，夏天永远听从着我的命令；我真是爱你，因此跟我去吧。我将使神仙们侍候你，他们会从海底里捞起珍宝献给你；当你在花茵上睡去的时候，他们会给你歌唱；而且我要给你洗涤去俗体的污垢，使你身轻得像个精灵一样。豆花！蛛网！飞蛾！芥子！

四神仙上。

豆花　有。

蛛网 有。

飞蛾 有。

芥子 有。

四仙 （合）差我们到什么地方去？

提泰妮娅 恭恭敬敬地侍候这先生，
蹿蹿跳跳地追随他前行；
给他吃杏子，鹅莓和桑葚，
紫葡萄和无花果儿青青。
去把野蜂的蜜囊儿偷取，
剪下蜂股的蜂蜡做烛炬，
在流萤的火睛里点了火，
照着我的爱人晨兴夜卧；
再摘下彩蝶儿粉翼娇红，
扇去他眼上的月光溶溶。
来，向他鞠一个深深的躬。

四仙 （合）万福，凡人！

波顿 请你们列位先生多多担待担待在下。请教大号是——

蛛网 蛛网。

波顿　很希望跟您交个朋友，好蛛网先生；要是咱指头儿割破了的话，咱要大胆用用您[①]。善良的先生，您的尊号是——

豆花　豆花。

波顿　啊，请多多给咱向您令堂豆荚奶奶和令尊豆壳先生致意。好豆花先生，咱也很希望跟您交个朋友。先生，您的雅号是——

芥子　芥子。

波顿　好芥子先生，咱知道您是个饱历艰辛的人。那头恃强凌弱的大牛曾经把您家里好多人都吞去了。不瞒您说，您的亲戚们曾经把咱辣出眼水呢。咱希望跟您交个朋友，好芥子先生。

提泰妮娅　来，侍候着他，引路到我的闺房。
月亮今夜有一颗多泪的眼睛；
小花们也都陪着她眼泪汪汪，
悲悼一些失去了的童贞。
吩咐那好人静静走不许作声。（同下）

① 俗云蛛丝能止血。

第二场

林中的另一处

奥布朗上。

奥布朗 不知道提泰妮娅有没有醒来；等她一醒来的时候，她就要猛烈地爱上了她第一眼所看到的无论什么东西了。这边来的是我的使者。

迫克上。

奥布朗 啊，疯狂的精灵！在这座夜的魔林里现在有什么事情发生？

迫克 姑娘爱上了一个怪物了。当她昏昏睡熟的时候，在她的隐秘的神圣的卧室之旁，来了一群村汉。他们都是在雅典市集上做工过活的粗鲁的手艺人，聚集在一起排着戏，预备在忒修斯结婚的那天表演。在这一群蠢货的中间，一个最蠢的蠢材扮演着皮拉摩斯；当他退场而走进一簇丛林里去的时候，我就抓住了这个好机会，给他的头上罩上一只死驴的头壳。一会儿他因为必须去答应他的提斯柏，所以这位好伶人又出来了。他们一看见了他，就像雁子望见了蹑足行近的猎人，又像一大群灰鸦听见了枪声，轰然飞起乱叫，四散着横扫过天空一样，大家没命逃走了。又因为我们的跳舞震动了地面，一个个横仆竖倒，嘴里乱喊着救命。他们本来就是那么糊涂，这回吓得完全丧失了神智，没有知觉的东西也都来欺侮他们了：野茨和荆棘抓破了他们的衣服；有的失去了袖子，有的落掉了帽子，败军之将，无论什么东西都是予取予求的。在这种惊惶中我领着他们走去，把变了样子的可爱的皮拉摩斯孤单单地留下；就在那时候，提泰妮娅醒了转来，立刻爱上了一头驴子了。

奥布朗　这比我所能想得到的计策还好。但是你有没有依照我的吩咐，把那爱汁滴在那个雅典人的眼上呢？

迫克　那我也已经乘他睡熟的时候办好了。那个雅典女人就在他的身边，因此他一醒来，一定便会看见她。

狄米特律斯及赫米娅上。

奥布朗　站住，这就是那个雅典人。

迫克　这女人一点不错；那男人可不是。

狄米特律斯　唉！为什么你这样骂着深爱你的人呢？那种毒骂是应该加在你仇敌身上的。

赫米娅　现在我不过把你数说数说罢了；我应该更厉害地对付你，因为我相信你是可咒诅的。要是你已经趁着拉山德睡着的时候把他杀了，那么把我也杀了吧；已经两脚踏在血泊中，索性让杀人的血淹没你的膝盖吧。太阳对于白昼，也没有像他对于我那样的忠心。当赫米娅睡熟的时候，他会悄悄地离开她吗？我宁愿相信地球的中心可以穿成孔道，月亮会从里面钻了过去，在地球的那一端跟她的兄长白昼捣乱。一定是你已经把他杀死了；因为只有杀人的凶徒，脸上才会这样惨白而可怖。

狄米特律斯　被杀者的脸色应该是这样的，你的残酷已经洞穿我的心，因此我应该有那样的脸色；但是你这杀人的，却瞧上去仍然是那么辉煌莹洁，就像那边天上闪耀着的维纳丝一样。

赫米娅　你这种话跟我的拉山德有什么关系？他在哪里呀？啊，好狄米特律斯，把他还给了我吧！

狄米特律斯　我宁愿把他的尸体喂我的猎犬。

赫米娅　滚开，贱狗！滚开，恶狗！你使我再也忍不住了。你真的把他杀了吗？从此之后，别再把你算作人吧！啊，看在我的面上，老老实实告诉我，告诉我，你，一个清醒的人，看见他睡着，而把他杀了吗？哎哟，真勇敢！一条蛇，一条毒蛇，都比不上你；因为它的分叉的毒舌，还不及你的毒心更毒！

狄米特律斯　你的脾气发得好没来由。我并没有杀死拉山德，他也并没有死。

赫米娅 那么请你告诉我他是安全的。

狄米特律斯 要是我告诉你，我将得到什么好处呢？

赫米娅 你可以得到永远不再看见我的权利。我从此离开你那可憎的脸；无论他死也罢活也罢，你再不要和我相见。（下）

狄米特律斯 在她这样盛怒之中，我还是不要跟着她。让我在这儿暂时停留一会儿。

睡眠欠下了沉忧的债，[①]
心头加重了沉忧的担；
我且把黑甜乡暂时寻访，
还了些还不尽的糊涂账。（卧下睡去）

奥布朗 你干了些什么事呢？你已经大大地弄错了，把爱汁去滴在一个真心的恋人的眼上。为了这次错误，本来忠实的将要变了心肠，而不忠实的仍旧和以前一样。

迫克 一切都是命运在做主；保持着忠心的不过一个人，变心的，把盟誓起了一个毁了一个的，却有百万个人。

---

① 此句意义很曲折，大意谓沉忧惟睡眠可以补偿；但因沉忧过多，而睡眠不足，故睡眠负沉忧之债。

奥布朗　比风还快地去往林中各处去访寻名叫海伦娜的雅典女郎吧！她是全然为爱情而憔悴的，痴心的叹息耗去她脸上的血色。用一些幻象把她引到这儿来；我将在他的眼睛上施上魔术，准备他们的见面。

迫克　我去，我去，瞧我一会儿便失了踪迹；鞑靼人的飞箭都赶不上我的迅疾。（下）

奥布朗　这一朵紫色的小花，
尚留着爱神的箭疤，
让它那灵液的力量，
渗进他眸子的中央。
当他看见她的时光，
让她显出庄严妙相，
如同金星照亮天庭，
让他向她宛转求情。

迫克重上。

迫克　报告神仙界的头脑，
海伦娜已被我带到，
她后面随着那少年，
正在哀求着她眷怜。
瞧瞧那痴愚的形状，
人们真蠢得没法想！

奥布朗 站开些；他们的声音将要惊醒睡着的人。

迫克 两男合爱着一女，
这把戏已够有趣；
最妙是颠颠倒倒，
看着才叫人发笑。

拉山德及海伦娜上。

拉山德 为什么你要以为我的求爱不过是向你嘲笑呢？嘲笑和戏谑是永不会伴着眼泪而来的。瞧，我在起誓的时候是多么感泣着！这样的誓言是不会被人认作虚谎的。明明有着可以证明是千真万确的表记，为什么你会以为我这一切都是出于讪笑呢？

海伦娜 你越来越俏皮了。要是人们所说的真话都是互相矛盾的，那么相信哪一句真话好呢？这些誓言都是应当向赫米娅说的，难道你把她丢弃了吗？把你对她和对我的誓言放在两个秤盘里，一定称不出轻重来，因为都是像空话那样虚浮。

拉山德 当我向她起誓的时候，我实在一点见识都没有。

海伦娜 照我想起来，你现在把她丢弃了也不像是有见识的。

拉山德 狄米特律斯爱着她，但他不爱你。

狄米特律斯 （醒）啊，海伦！完美的女神！圣洁的仙子！我要用什么来比并你的秀眼呢，我的爱人？水晶是太昏暗了。啊，你的嘴唇，那吻人的樱桃，瞧上去是多么成熟，多么诱人！你一举起你那洁白的妙手，被东风吹着的陶洛斯[①]高山上的积雪，就显得像乌鸦那么黯黑了。让我吻一吻那纯白的女王，这幸福的象征吧！

海伦娜 唉，倒霉！该死！我明白你们都在把我取笑；假如你们是懂得礼貌和有教养的人，一定不会这样侮辱我。我知道你们都讨厌着我，那么就讨厌我好了，为什么还要联合起来讥讽我呢？你们瞧上去都像堂堂男子，如果真是堂堂男子，就不该这样对待一个有身份的妇女：发着誓，赌着咒，过誉着我的好处，但我断得定你们的心里却在讨厌我。你们两人一同爱着赫米娅，现在转过身来一同把海伦娜嘲笑，真是大丈夫的行为，为着取笑的缘故逼一个可怜的女人流泪！高尚的人决不会这样轻侮一个闺女，逼到她忍无可忍，只是因为给你们寻寻开心。

拉山德 你太残忍，狄米特律斯，不要这样；因为你爱着赫米娅，这你知道我是十分明白的。现在我用全心和好意把我在赫米娅的爱情中的地位让给你，但你也得把海伦娜的爱情让给我，因为我爱她，并且将要爱她到死。

海伦娜 从来不曾有过嘲笑者浪费过这样无聊的口舌。

---

① 陶洛斯，小亚细亚山脉名。

狄米特律斯 拉山德，保留着你的赫米娅吧，我不要；要是我曾经爱过她，那爱情现在也已经消失了。我的爱不过像过客一样暂时驻留在她的身上，现在它已经回到它的永远的家，海伦娜的身边，再不到别处去了。

拉山德 海伦，他的话是假的。

狄米特律斯 不要侮蔑你所不知道的真理，否则你将以生命的危险重重补偿你的过失。瞧！你的爱人来了；那边才是你的爱人。

赫米娅上。

赫米娅 黑夜使眼睛失去它的作用，却使耳朵的听觉更为灵敏。我的眼睛不能寻到你，拉山德，但多谢我的耳朵，使我能闻见你的声音。你为什么那样忍心地离开了我呢?

拉山德 爱情驱着一个人走的时候，为什么他要滞留呢?

赫米娅 哪一种爱情能把拉山德驱开我的身边?

拉山德 拉山德的爱情使他一刻也不能停留；美丽的海伦娜，她照耀着夜天，使一切明亮的繁星黯然无色。为什么你要来寻找我呢?难道这还不能使你知道我因为厌恶你的缘故，才这样离开了你吗?

赫米娅 你说的不是真话；那不会是真的。

海伦娜 瞧！她也是他们的一党。现在我明白了，他们三个人一起联合了用这种恶作剧欺凌我。欺人的赫米娅！最没有良心的丫头！你竟然和这种人一同算计着向我开这种卑鄙的玩笑捉弄我吗？难道我们两人从前的种种推心置腹，约为姊妹的盟誓，在一起怨恨急促的时间这样快便把我们拆分的那种时光，啊！都已经忘记了吗？我们在同学时的那种情谊，一切童年的天真，你都已经完全抛在脑后了吗？赫米娅，我们两人曾经像两个巧手的神匠，在一起绣着同一朵花，描着同一个图样，我们同坐在一个椅垫上，齐声地曼吟着同一个歌儿，就像我们的手，我们的身体，我们的声音，我们的思想，都是连在一起不可分的样子。我们这样生长在一起，正如并蒂的樱桃，看似两个，其实却连生在一起；我们是结在同一茎上的两颗可爱的果实，我们的身体虽然分开，我们的心却只有一个。难道你竟把我们从前的友好丢弃不顾，而和男人们联合着嘲弄你的可怜的朋友吗？这种行为太没有朋友的情谊，而且也不合一个少女的身份。不单是我，我们全体女人都可以攻击你，虽然受到委屈的只是我一个。

赫米娅　你这种愤激的话真使我惊奇。我并没有嘲弄你；似乎你在嘲弄我哩。

海伦娜　你不曾唆使拉山德跟随我，假意称赞我的眼睛和面孔吗？你那另一个爱人，狄米特律斯，不久之前还曾要用他的脚踢开我，你不曾使他称我为女神、仙子、神圣而稀有的、珍贵的、超乎一切的人吗？为什么他要向他所讨厌的人说这种话呢？拉山德的灵魂里是充满了你的爱的，倘不是因为你的指使，为什么他反而要摈斥你，却要把他的热情奉献给我。即使我不像你那样得人爱怜，那样被人追求不舍，那样好幸运，而是那样倒霉因为得不到我所爱的人的爱情，那和你又有什么关系呢？你应该可怜我而不应该侮蔑我的。

赫米娅　我不懂你说这种话的意思。

海伦娜　好，尽管装腔下去，扮着这一副苦脸，等我一转背，就要向我作鬼脸了；大家彼此眨眨眼睛，把这个绝妙的玩笑尽管开下去吧，将来会记载在历史上的。假如你们是有同情心，懂得礼貌的，就不该把我当作这样的笑柄。再会吧，一半也是我自己不好，死别或生离不久便可以补赎我的错误。

拉山德　不要走，温柔的海伦娜！听我解释。我的爱！我的生命！我的灵魂！美丽的海伦娜！

海伦娜　多好听的话！

赫米娅　亲爱的，不要那样嘲笑她。

狄米特律斯　要是她的恳求不能使你不说那种话，我将强迫你闭住你的嘴。

拉山德　她也不能恳求我，你也不能强迫我。你的威胁正和她的软弱的祈告同样没有力量。海伦，我爱你！凭着我的生命起誓，我爱你！谁说我不爱你的，我愿意用我的生命证明他说谎；为了你我是乐意把生命捐弃的。

狄米特律斯　我说我比他更要爱你得多。

拉山德　要是你这样说，那么把剑拔出来证明一下吧。

狄米特律斯　好，快些，来！

赫米娅　拉山德，这一切究竟是怎么一回事呢？

拉山德　走开，你这黑丫头！[①]

狄米特律斯　你可不能骗我而自己逃走；假意说着来来，却在准备趁机溜去。你是个不中用的汉子，来吧！

拉山德　（向赫米娅）放开手，你这猫！你这牛蒡子[②]！贱东西，放开手！否则我要像撵走一条蛇那样撵走你了。

赫米娅　为什么你变得这样凶暴？究竟是什么缘故呢，爱人？

拉山德　你的爱人！走开，黑鞑子！走开！可厌的毒物，给我滚吧！

赫米娅　你还是在开玩笑吗？

海伦娜　是的，你也是。

---

① 原文 YouEthiop！因赫米娅肤色微黑，故云。第二幕中有“把乌鸦换白鸽”之语，亦此意；海伦娜肤色白皙，故云白鸽也。

② 牛蒡所结的子，上有针刺，易攀附人衣。

拉山德　狄米特律斯，我一定不失信于你。

狄米特律斯　你的话可有些不能算数，因为人家的柔情在牵系住你。我可信不过你的话。

拉山德　什么！难道要我伤害她、打她、杀死她吗？虽然我厌恨她，我还不至于这样残忍。

赫米娅　啊！还有什么事情比之你厌恨我更残忍呢？厌恨我！为什么呢？天哪！究竟是怎么一回事呢，我的好人？难道我不是赫米娅了吗？难道你不是拉山德了吗？我现在生得仍旧跟以前一个样子。就在这一夜里你还曾爱过我；但就在这一夜里你离开了我。那么你真的——唉，天哪！——存心着离开我吗？

拉山德　一点不错，而且再不要看见你的脸了。因此你可以断了念头，不必疑心，我的话是千真万确的：我厌恨你，我爱海伦娜，一点不是开玩笑。

赫米娅　天啊！你这骗子！你这花中的蛀虫！你这爱情的贼！哼！你趁着黑夜，悄悄地把我的爱人的心偷了去吗？

海伦娜　真好！难道你一点女人家的羞耻都没有，一点不晓得难为情了吗？哼！你一定要引得我破口说出难听的话来吗？哼！哼！你这装腔作势的人！你这给人家愚弄的小玩偶！

赫米娅　小玩偶！噢，原来如此。现在我才明白了她把她的身材跟我比较；她自夸她生得长，用她那身材，那高高的身材，赢得了他的心。因为我生得矮小，所以他便把你看得高不可及了吗？我是怎样一个矮法？你这涂朱抹粉的花棒儿！请你说，我是怎样矮法？矮虽矮，我的指爪还挖得着你的眼珠哩！

海伦娜　先生们，虽然你们都在嘲弄我，但我求你们别让她伤害我。我从来不曾使过性子，我也完全不懂得怎样跟人家闹架儿，我是一个胆小怕事的女子。不要让她打我。也许你们以为她比我生得矮些，我可以打得过她。

赫米娅　生得矮些！听，又来了！

海伦娜　好赫米娅，不要对我这样凶！我一直是爱你的，赫米娅，有什么事总跟你商量，从来不曾对你作过欺心的事。除了这次，为了对于狄米特律斯的爱情的缘故，我把你私奔到这座林中的事告诉了他。他追踪着你；为了爱，我又追踪着他；但他一直是斥骂着我，威吓着我说要打我，踢我，甚至于要杀死我。现在你让我悄悄地走了吧，我愿带着我的愚蠢回到雅典去，不再跟着你们了。让我走；你瞧我是多么傻多么痴心！

赫米娅　好，你去就去吧，谁在拦住你？

海伦娜　一颗发痴的心，但我把它丢弃在这里了。

赫米娅　噢，给了拉山德了是不是？

海伦娜　不，给了狄米特律斯。

拉山德　不要怕，她不会伤害你的，海伦娜。

狄米特律斯　当然不会的，先生；即使你帮着她也不要紧。

海伦娜　啊，她一发起怒来，真是又凶又狠。在学校里她就是出名的雌老虎；长得很小的时候便已是那么凶了。

赫米娅　又是"很小"！老是矮啊小啊的说个不住！为什么你让她这样讥笑我呢？让我跟她拚命去。

拉山德　滚开，你这矮子！你这发育不全的三寸丁！你这小念佛珠！你这小青豆！

狄米特律斯　她用不着你的帮忙，因此不必那样乱献殷勤。让她去；不许你嘴里再提到海伦娜。要是你再向她献媚一下，就请你当心着吧！

拉山德　现在她已经不再拉住我了；你要是有胆子，跟我来吧，我们倒要试试看究竟海伦娜该是属于谁的。

狄米特律斯　跟你来！嘿，我要和你并着肩走呢。（拉山德、狄米特律斯二人下）

赫米娅　你，小姐，这一切的纷扰都是因为你的缘故。哎，别逃啊！

海伦娜 我怕你，我不敢跟脾气这么大的你在一起。打起架来，你的手比我快得多，但我的腿比你长些，逃起来你追不上我。（下）

赫米娅 我简直莫名其妙，不知道说些什么话好。（下）

奥布朗 这是你的大意所致。倘不是因为你弄错了，就一定是你故意在捣蛋。

迫克 相信我，仙王，是我弄错了。你不是对我说只要认清楚那人穿着雅典人的衣裳？照这样说起来我完全不曾错，因为我是把花汁滴在一个雅典人的眼上。事情会弄到这样我是满快活的，因为他们的吵闹看着怪有趣味。

奥布朗 你瞧这两个恋人找地方决斗去了，因此，罗宾，快去把夜天遮暗了；你就去用像冥河的水一样黑的浓雾盖住了星空，再引这两个声势汹汹的仇人迷失了路，不要让他们碰在一起。有时你学着拉山德的声音痛骂狄米特律斯，有时学着狄米特律斯的样子斥责拉山德：用这种法子把他们两个分开，直到他们奔波得精疲力竭，死一样的睡眠拖着铅样沉重的腿和蝙蝠的翅膀爬上了他们的额上；然后你把这草挤出汁来涂在拉山德的眼睛上，它能够解去一切的错误，使他的眼睛恢复从前的眼光。等他们醒来之后，这一切的戏谑，就会像是一场梦境或是空虚的幻象；这一班恋人们便将回到雅典去，一同走着无穷的人生的路程直到死去。在我差遣你去作这件事的时候，我要去访问我的王后，向她讨那个印度孩子；然后我要解除她眼中所见的怪物的幻觉，一切事情都将和平解决。

迫克 这事我们必须赶早办好，主公，
因为黑夜已经驾起他的飞龙；
晨星，黎明的先驱，已照亮苍穹；
一个个鬼魂四散地奔返殡宫：
还有那横死的幽灵抱恨长终，
道旁水底有他们的白骨成丛，
为怕白昼揭露了丑恶的形容，
早已向重泉归寝相伴着蛆虫；
他们永远照不到日光的融融，
只每夜在暗野里凭吊着凄风。

奥布朗 但你我可完全不能比并他们；
晨光中我惯和猎人一起游巡，
如同林居人一样踏访着丛林：
即使东方开启了火红的天门，
大海上照耀万道灿烂的光针，
青碧的波浪化成了一片黄金，
但我们应该早早办好这事情，
最好别把它迁延着直到天明。（下）

迫克 奔到这边来，奔过那边去；
我要领他们，奔来又奔去。
林间和市上，无人不怕我；
我要领他们，走尽林中路。
这儿来了一个。

拉山德重上。

拉山德 你在哪里，骄傲的狄米特律斯？说出来！

迫克 在这儿，恶徒！把你的剑拔出来准备着吧。你在哪里？

拉山德 我立刻就过来。

迫克 那么跟我来吧，到平坦一点的地方。（拉山德随声音下）

狄米特律斯重上。

狄米特律斯 拉山德，你再开口啊！你逃走了，你这懦夫！你逃走了吗？说话呀！躲在哪一堆树丛里吗？你躲在哪里呀？

迫克 你这懦夫！你在向星子们夸口，向树林子挑战，但是却不敢过来吗？来，卑怯汉！来，你这小孩子！我要好好抽你一顿。谁要跟你比剑才真倒霉！

狄米特律斯 呀，你在那边吗？

迫克 跟我的声音来吧，这儿不是适宜我们战斗的地方。（同下）

拉山德重上。

拉山德 他走在我的前头，老是挑激着我上前；一等我走到他叫喊着的地方，他又早已不在。这个坏蛋比我脚步快得多，我越是追得快，他可逃得更快，使我在黑暗崎岖的路上跌了一跤。让我在这儿休息一下吧。（躺下）来吧，你仁心的白昼！只要你一露出你的一线灰白的微光，我就可以看见狄米特律斯而洗雪这次仇恨了。（睡去）

迫克及狄米特律斯重上。

迫克 呵！呵！呵！懦夫！你为什么不来？

狄米特律斯 要是你有胆量的话，等着我吧；我全然明白你跑在我前面，从这儿蹿到那儿，不敢站住，也不敢当着我的面。你现在在什么地方？

迫克 过来，我在这儿。

狄米特律斯 哼，你在摆布我。要是天亮了我看见你的面孔，你好好地留点儿神。现在，去你的吧！疲乏逼着我卧倒在这寒冷的地上，等候着白天的降临。（躺下睡去）

海伦娜重上。

海伦娜 疲乏的夜啊！冗长的夜啊！减少一些你的时辰吧！从东方出来的安慰，快照耀起来吧！好让我借着晨光回到雅典去，离开这一群人，他们大家都讨厌可怜的我。慈悲的睡眠，有时你闭上了悲伤的眼睛，求你暂时让我忘却了自己的存在吧！（躺下睡去）

迫克 两男加两女，四个无错误；
三人已在此，一人在何处？

哈哈她来了，满脸愁云罩：
爱神真不好，惯惹人烦恼！

赫米娅重上。

赫米娅 从来不曾这样疲乏过，从来不曾这样伤心过！我的身上沾满了露水，我的衣裳被荆棘所抓破。我跑也跑不动，爬也爬不动了，我的两条腿再也不能从着我的心愿。让我在这儿休息一下以待天明。要是他们真要格斗的话，愿天保佑拉山德吧！（躺下睡去）

迫克 梦将残，睡方酣，
神仙药，祛幻觉，
百般迷梦全消却。（挤草汁于拉山德眼上）
醒眼见，旧人脸，
乐满心，情不禁，
从此欢爱复深深。
一句俗语说得好，
各人各有各的宝：
哥儿爱姐儿，
两两无参差；
失马复得马，
一场大笑话！（下）

第四幕

第一场

林中

提泰妮娅及波顿上，众仙随侍；奥布朗潜随其后。

提泰妮娅 来，坐下在这花床上。我要爱抚你的可爱的脸颊；我要把麝香玫瑰插在你柔软光滑的头颅上；我要吻你的美丽的大耳朵，我的温柔的宝贝！

波顿 豆花呢？

豆花 有。

波顿 替咱把头搔搔，豆花儿。蛛网先生在哪儿？

蛛网 有。

波顿　蛛网先生，好先生，把您的刀拿好，替咱把那蓟草叶尖上的红屁股的野蜂儿杀了。然后，好先生，替咱把蜜囊儿拿来。干那事的时候可别太性急，先生；而且，好先生，当心别把蜜囊儿给弄破了；要是您在蜜囊里头淹死了，那咱可不很乐意，先生。芥子先生在哪儿？

芥子　有。

波顿　把您的小手儿给我，芥子先生。请您不用多礼了吧，好先生。

芥子　你有什么吩咐？

波顿　没有什么，好先生，只是帮蛛网君替咱搔搔痒。咱一定得理发去，先生，因为咱觉得脸上毛得很。咱是一头感觉非常灵敏的驴子，要是一根毛把咱触痒了，咱就非得搔一下子不可。

提泰妮娅　你要不要听一些音乐，我的好人？

波顿　咱很懂得一点儿音乐。咱们来点莲花落吧。

提泰妮娅　好人，你要吃些什么呢？

波顿　真的，来一堆刍秣吧；您要是有好的干麦秆，也可以给咱大嚼一顿。咱想，咱怪想吃那么一捆干草，好干草，美味的干草，什么也比不上它。

提泰妮娅　我有一个善于冒险的小神仙，可以给你到松鼠的仓里取下些新鲜的榛栗来。

波顿　咱宁可吃一把两把干豌豆。但是谢谢您，吩咐您那些人们别惊动咱吧，咱想要睡一个觉。

提泰妮娅　睡吧，我要把你抱在我的怀里。神仙们，往各处散开去吧。（众仙下）菟丝也正是这样温柔地缠附着芬芳的金银花；女萝也正是这样缱绻着榆树的臂枝。啊，我是多么爱你！我是多么热恋着你！（同睡去）

迫克上。

奥布朗　（上前）欢迎，好罗宾！你见没见这种可爱的情景？我对于她的痴恋开始有点不忍了。刚才我在树林后面遇见她正在为这个可憎的蠢货找寻爱情的礼物，我就谴责她，因为那时她把芬芳的鲜花制成花环环绕着他那毛茸茸的额角；原来在嫩心儿上晶莹饱满、如同东方的明珠一样的露水，如今却含在那一朵朵美艳的小花的眼中，像是盈盈欲泣的眼泪，痛心着它们所受的耻辱。我把她尽情嘲骂一番之后，她低声下气地请求我息怒，于是我便乘机向她索讨那个换儿；她立刻把他给了我，差她的仙侍把他送到了我的寝宫里。现在我已经到手了这个孩子，我将解去她眼中这种可憎的迷惑。好迫克，你去把这雅典村夫头上的变形的头盖揭下，等他和大家一同醒来的时候可以回到雅典去，把这晚间一切发生的事只当作了一场梦魇。但是先让我给仙后解去了魔法吧。（以草触她的眼睛）

回复你原来的本性，
解去你眼前的幻景；

这一朵女贞花采自月姊园庭，

它会使爱情的小卉失去功能。

喂，我的提泰妮娅，醒醒吧，我的好王后！

提泰妮娅 我的奥布朗！我看见了怎样的幻景！好像我爱上了一头驴子啦。

奥布朗 那边就是你的爱人。

提泰妮娅 这一切事情怎么会发生的呢？啊，现在我看见他的样子是多么来气！

奥布朗 静一会儿。罗宾，把他的头壳揭下了。提泰妮娅，叫他们奏起音乐来吧，让这五个人睡得全然失去了知觉。

提泰妮娅 来，奏起催眠的乐声柔婉！（音乐）

迫克 等你一醒来的时候，蠢汉，用你自己的傻眼睛瞧看。

奥布朗 奏下去，音乐！（乐音渐强）来，我的王后，让我们携手同行，让我们的舞蹈震动这些人睡着的地面。现在我们已经言归于好，明天半夜将要一同到忒修斯公爵的府中跳着庄严的欢舞，祝福他家繁荣昌盛。这两对忠心的恋人也将在那里和忒修斯同时举行婚礼，大家心中充满了喜乐。

迫克 仙王，仙王，留心听，

我闻见云雀歌吟。

奥布朗　王后，让我们静静
追随着夜的踪影；
我们环绕着地球，
快过明月的光流。

提泰妮娅　夫君，请你在一路
告诉我一切缘故，
这些人来自何方，
当我熟睡的时光。（同下。幕内号角声）

忒修斯、希波吕忒、伊吉斯及侍从等上。

忒修斯　你们中间谁去把猎奴唤来。我们已把五月节的仪式遵行，现在还不过是清晨，我的爱人应当听一听猎犬的音乐。把它们放在西面的山谷里；快去把猎奴唤来。（一侍从下）美丽的王后，让我们到山顶上去，领略着猎犬们的吠叫和山谷中的回声应和在一起的妙乐吧。

希波吕忒　我曾经同赫拉克里斯和卡德摩斯一起在克里特林中行猎[①]，他们用斯巴达的猎犬追赶着巨熊，那种雄壮的吠声我真是第一次听到；除了丛林之外，天空和群山，以及一切附近的区域，似乎混成了一片交互的呐喊。我从来不曾听见过那样谐美的喧声，那样悦耳的雷鸣。

① 卡德摩斯是忒拜城的第一个国王。克里特为地中海岛名。

忒修斯　我的猎犬也是斯巴达种，一样的颊肉下垂，一样的黄沙的毛色。它们的头上垂着两片挥拂晨露的耳朵；它们的膝骨是弯曲的，并且像忒萨利亚[①]种的公牛一样喉头长着垂肉。它们在追逐时不很迅速，但它们的吠声彼此高下相应，就像钟声那样合调。无论在克里特、斯巴达或是忒萨利亚，都不曾有过这么一队吠得更好听的猎犬；你听见了之后便可以自己判断。但是且慢！这些都是什么仙女？

伊吉斯　殿下，这儿躺着的是我的女儿；这是拉山德；这是狄米特律斯；这是海伦娜，奈达老人的女儿。我不知道他们怎么都在这儿。

忒修斯　他们一定早起守五月节，因为闻知了我们的意旨，所以赶到这儿来参加我们的典礼。但是，伊吉斯，今天不是赫米娅应该决定她的选择的日子了吗？

伊吉斯　是的，殿下。

忒修斯　去，叫猎奴们吹起号角来惊醒他们。（幕内号角及呐喊声；拉山德、狄米特律斯、赫米娅、海伦娜四人惊醒跳起）早安，朋友们！情人节早已过去了，你们这一辈林鸟到现在才配起对来吗？[②]

拉山德　请殿下恕罪！（偕余人并跪下）

忒修斯　请你们站起来吧。我知道你们两人是对头冤家，怎么会变

---

① 忒萨利亚，希腊地名。

② 情人节在二月十四日，众鸟于是择偶。

得这样和气，大家睡在一块儿，没有一点猜忌了呢？

拉山德 殿下，我现在还是糊里糊涂，不知道应当怎样回答您的问话；但是我敢发誓说我真的不知道怎么会在这儿，但是我想——我要说老实话，我现在记起来了，一点不错，我是和赫米娅一同到这儿来的。我们想要逃出雅典，避过了雅典法律的峻严，我们便可以——

伊吉斯 够了，够了，殿下；话已经说得够了。我要求依法，依法惩办他。他们打算，他们打算逃走，狄米特律斯，用那种手段欺弄我们，使你的妻子落了空，使我给你的允许也落了落了空。

狄米特律斯 殿下，海伦娜告诉了我他们的出奔，告诉了我他们到这儿林中来的目的；我在盛怒之下追踪他们，同时海伦娜因为痴心的缘故也追踪着我。但是，殿下，我不知道什么一种力量——但一定是有一种力量——使我对于赫米娅的爱情会像霜雪一样涣解，现在想起来，就像一段童年时所爱好的一件玩物的记忆一样。我一切的忠信，一切的心思，一切乐意的眼光，都是属于海伦娜一个人了。我在没有认识赫米娅之前，殿下，就已经和她订过盟约，但正如一个人在生病的时候一样，我厌弃着这一道珍馐，等到健康恢复，就会恢复正常的胃口。现在我希求着她，珍爱着她，思慕着她，将要永远忠心于她。

忒修斯 俊美的恋人们，我们相遇得很巧；等会儿我们便可以再听你们把这段话讲下去。伊吉斯，你的意志只好屈服一下了；这两对少年不久便将跟我们一起在庙堂中缔结永久的鸳盟。现在清晨快将过去，我们本来准备的行猎只好中止。跟我们一起到雅典去吧，两

两成对地，我们将要大张盛宴。来，希波吕忒。（忒修斯、希波吕忒、伊吉斯及侍从下）

狄米特律斯　这些事情似乎微细而无从捉摸，好像化为云雾的远山一样。

赫米娅　我觉得好像这些事情我都用昏花的眼睛看着，一切都化作了层叠的两重似的。

海伦娜　我也是这样想。我得到了狄米特律斯，像是得到了一颗宝石，好像是我自己的，又好像不是我自己的。

狄米特律斯　你们真能断定我们现在是醒着吗？我觉得我们还是在睡着做梦。你们是不是以为公爵也在这儿，叫我们跟他走吗？

赫米娅　是的，我的父亲也在。

海伦娜　还有希波吕忒。

拉山德　他确曾叫我们跟他到庙里去。

狄米特律斯　那么我们真已经醒了。让我们跟着他走；一路上讲着我们的梦。（同下）

波顿　（醒）轮到咱的尾白的时候，请你们叫咱一声，咱就会答应。咱下面的一句是，“最美丽的皮拉摩斯。”喂！喂！彼得·昆斯！弗鲁特，修风箱的！斯诺特，补锅子的！斯塔佛林！狗娘养的！悄悄地溜走了，把咱撇下在这儿一个人睡觉吗？咱做了一个奇怪得不得了的梦。没有人说得出那是怎样的一个梦；要是谁想把这个梦解释一下，那他一定是一头驴子。咱好像是——没有人说得出那是什么东西；咱好像是——咱好像有——但要是谁敢说出来咱好像有什么东西，那他一定是一个蠢材。咱那个梦啊，人们的眼睛从来没有听到过，人们的耳朵从来没有看见过，人们的手也尝不出来是什么味道，人们的舌头也想不出来是什么道理，人们的心也说不出来究竟那是怎样的一个梦。咱要叫彼得·昆斯给咱写一首歌儿咏一下这个梦，题目就叫做"波顿的梦"；咱要在演完戏之后当着公爵大人的面前唱这个歌，或者还是等咱死了之后再唱吧。（下）

第二场

雅典；昆斯的家中

昆斯、弗鲁特、斯诺特、斯塔佛林上。

昆斯　你们差人到波顿家里去过了吗？他还没有回家吗？

斯塔佛林　一点消息都没有。他准是给妖精拐了去了。

弗鲁特　要是他不回来，那么咱们的戏就要搁起来啦；它不能再演下去，是不是？

昆斯　那当然演不下去啰。整个雅典城里除了他之外就没有第二个人可以演皮拉摩斯。

弗鲁特　谁也演不了。他在雅典手艺人中间简直是最聪明的一个。

昆斯　对，而且也是顶好的人。他有一副好喉咙，吊起膀子来真是顶呱呱的。

弗鲁特　你说错了，你应当说吊嗓子。吊膀子，老天爷！那是一件难为情的事。

斯纳格上。

斯纳格　列位，公爵大人刚从庙里出来，还有两三位贵人和小姐们也在同时结了婚。要是咱们的玩意儿能够干下去，咱们大家一定都有好处。

弗鲁特　哎呀，可爱的波顿好家伙！他从此就不能再拿到六便士一天的恩俸了。他准可以拿到六便士一天的。咱可以赌咒公爵大人见了他扮演皮拉摩斯，一定会赏给他六便士一天。他应该可以拿到六便士一天的；扮演了皮拉摩斯，应该拿六便士一天，少一个子儿都不行。

波顿上。

波顿　孩儿们在什么地方？心肝们在什么地方？

昆斯　波顿！哎呀，顶好顶好的日子，顶吉利顶吉利的时辰！

波顿　列位，咱要讲古怪事儿给你们听，可不许问咱什么事。要是咱对你们说了，咱不算是真的雅典人。咱要把一切全都告诉你们，一个字也不漏掉。

昆斯　讲给咱们听吧，好波顿。

波顿　关于咱自己的事可一个字也不能告诉你们。咱要报告给你们知道的是，公爵大人已经用过正餐了。把你们的行头收拾起来，胡须上要用坚牢的穿绳，乌靴上要结簇新的缎带。立刻在宫门前集合，各人温熟了自己的台词。总而言之一句话，咱们的戏已经送上去了。无论如何，可得叫提斯柏穿一件干净一点的衬衫；还有扮演狮子的那位别把指甲修去，因为那是要露出在外面当做狮子的脚爪的。顶要紧的，列位老板们，别吃洋葱和大蒜，因为咱们可不能把人家熏倒了胃口；咱一定会听见他们说，"这是一出风雅的喜剧。"完了，去吧！去吧！（同下）

第五幕

第一场

雅典。忒修斯宫廷

忒修斯、希波吕忒、菲劳斯特莱特及大臣侍从等上。

希波吕忒 忒修斯，这些恋人们所说的话真是奇怪得很。

忒修斯 奇怪得不像会是真实。我永不相信这种古怪的传说和神仙的游戏。情人们和疯子们都富于纷乱的思想和成形的幻觉，他们所理会到的永远不是冷静的理智所能充分了解。疯子、情人和诗人，都是空想的产儿：疯子眼中所见的鬼，多过于广大的地狱所能容纳；情人，同样是那么狂妄地能从埃及的黑脸上看见海伦的美貌；诗人的眼睛在神奇的狂放的一转中，便能从天上看到地下，从地下看到天上。想象会把不知名的事物用一种形式呈现出来，诗人的笔再使它们具有如实的形象，空虚的无物也会有了居处和名字。强烈的想象往往具有这种本领，只要一领略到一些快乐，就会相信那种快乐的背后有一个赐予的人；夜间一转到恐惧的念头，一株灌木一下子便会变成一头熊。

希波吕忒　但他们所说的一夜间全部的经历，以及他们大家心理上都受到同样影响的一件事实，可以证明那不会是幻想。虽然那故事是怪异而惊人，却并不令人不能置信。

忒修斯　这一班恋人们高高兴兴地来了。

拉山德、狄米特律斯、赫米娅、海伦娜上。

忒修斯　恭喜，好朋友们！恭喜！愿你们心灵里永远享受着没有阴翳的爱情日子！

拉山德　愿更大的幸福永远追随着殿下的起居！

忒修斯　来，我们应当用什么假面剧或是舞蹈来消磨在尾餐和就寝之间的三点钟悠长的岁月呢？我们一向掌管戏乐的人在哪里？有哪几种余兴准备着？有没有一出戏剧可以祛除难挨的时辰里按捺不住的焦灼呢？叫菲劳斯特莱特过来。

菲劳斯特莱特　有，伟大的忒修斯。

忒修斯　说，你有些什么可以缩短这黄昏的节目？有些什么假面剧？有些什么音乐？要是一点娱乐都没有，我们怎么把这迟迟的时间消度过去呢？

菲劳斯特莱特 这儿是一张预备好的各种戏目的单子，请殿下自己拣选哪一项先来。（呈上单子）

忒修斯 “与马人[①]作战，由一个雅典太监和竖琴而唱。”那个我们不要听；我已经告诉过我的爱人这一段表彰我的姻兄赫拉克里斯武功的故事了。“醉酒者之狂暴，特剌刻歌人惨遭肢裂的始末。”[②]那是老调，当我上次征服忒拜凯旋回来的时候就已经表演过了。“九缪斯神痛悼学术的沦亡。”[③]那是一段犀利尖刻的讽刺，不适合于婚礼时的表演。“关于年青的皮拉摩斯及其爱人提斯柏的冗长的短戏，非常悲哀的趣剧。”悲哀的趣剧！冗长的短戏！那简直是说灼热的冰，发烧的雪。这种矛盾怎么能调和起来呢？

菲劳斯特莱特 殿下，一出一共只有十来个字那么长的戏，当然是再短没有了；然而即使只有十个字，也会嫌太长，叫人看了厌倦；因为在全剧之中，没有一个字是用得恰当的，没有一个演员是支配得恰如其分的。那本戏的确很悲哀，殿下，因为皮拉摩斯在戏里要把自己杀死。那一场我看他们预演的时候，我得承认确曾使我的眼中充满了眼泪；但那些泪都是在纵声大笑的时候忍俊不住而流下来的，再没有人流过比那更开心的泪了。

---

① 马人一名乃借译，是神话中一种半人半马的怪物，赫剌克勒斯曾战而胜之。
② 特剌刻歌人指俄耳甫斯，遭酗酒妇人所肢裂而死。
③ 九缪斯神即司文艺学术的九女神。

忒修斯 扮演这戏的是些什么人呢？

菲劳斯特莱特 都是在这儿雅典城里做工过活的胼手胝足的汉子。他们从来不曾用过头脑，今番为了准备参加殿下的婚礼，才辛辛苦苦地把这本戏记诵起来。

忒修斯 好，就让我们听一下吧。

菲劳斯特莱特 不，殿下，那是不配烦渎您的耳朵的。我已经听完过他们一次，简直一无足取。除非你嘉纳他们的一片诚心和苦苦背诵的辛勤。

忒修斯 我要把那本戏听一次，因为纯朴和忠诚所呈献的礼物，总是可取的。去把他们带来。各位夫人女士们，大家请坐下。（菲劳斯特莱特下）

希波吕忒 我不欢喜看见微贱的人做他们力量所不及的事，忠诚因为努力的狂妄而变成毫无价值。

忒修斯 啊，亲爱的，你不会看见他们糟到那地步。

希波吕忒 他说他们根本不会演戏。

忒修斯 那更显得我们的宽宏大度，虽然他们的劳力毫无价值，他们仍能得到我们的嘉纳。我们可以把他们的错误作为取笑的资料。

我们不必较量他们那可怜的忠诚所不能达到的成就，而该重视他们的辛勤。凡是我所到的地方，那些有学问的人都预先准备好欢迎辞迎接我；但是一看见了我，便发抖脸色变白，句子没有说完便中途顿住，话儿梗在喉中，吓得说不出来，结果是一句欢迎我的话都没有说。相信我，亲爱的，从这种无言中我却领受了他们一片欢迎的诚意；在诚惶诚恐的忠诚的畏怯上表示出来的意味，并不少于一条娓娓动听的辩舌。因此，爱人，照我所能观察到的，无言的纯朴所表示的情感，才是最丰富的。

菲劳斯特莱特重上。

菲劳斯特莱特 请殿下吩咐，念开场诗的预备登场了。

忒修斯 让他上来吧。（喇叭奏花腔）

昆斯上，念开场诗。

昆斯 要是咱们，得罪了请原谅。
咱们本来是，一片的好意，
想要显一显。薄薄的伎俩，
那才是咱们原来的本意。
因此列位咱们到这儿来。
为的要让列位欢笑欢笑，
否则就是不曾。到这儿来，
如果咱们。惹动列位气恼。

一个个演员，都将，要登场，

你们可以仔细听个端详。

忒修斯 这家伙简直乱来。

拉山德 他念他的开场诗就像骑一头顽劣的小马一样，乱冲乱撞，该停的地方不停，不该停的地方偏偏停下。殿下，这是一个好教训：单是会讲话不能算数，要讲话总该讲得像个路数。

希波吕忒 真的，他就像一个小孩子学吹笛，呜哩呜哩了一下，可是全不入调。

忒修斯 他的话像是一段纠缠在一起的链索，并没有欠缺，可是全弄乱了。跟着是谁登场呢？

皮拉摩斯及提斯柏、墙、月光、狮子上。

昆斯 列位大人，也许你们会奇怪这一班人跑出来干什么。不必寻根究底，自然而然地你们总会明白过来。这个人是皮拉摩斯，要是你们想要知道的话；这位美丽的姑娘不用说便是提斯柏啦。这个人手里拿着石灰和黏土，是代表着墙头，那堵隔开这两个情人的坏墙头；他们这两个可怜的人只好在墙缝里低声谈话，这是要请大家明白的。这个人提着灯笼，牵着犬，拿着柴枝，是代表着月亮；因为你们要知道，这两个情人只在月光底下才肯在尼纳斯的坟头聚首谈情。这一头可怕的畜生名叫狮子，那晚上忠实的提斯柏先到约会的地方，给它吓跑了，或者不如说是被它惊走了；她在逃走的时候脱落了她的外套，那件外套因为给那恶狮子咬住在它那张血嘴里，所以沾满了血斑。隔了不久，皮拉摩斯，那个高个儿的美少年，也来了，一见他那忠实的提斯柏的外套死在地上，便赤楞楞地一声拔出一把血淋淋的剑来，对准他那热辣辣的胸脯里豁拉拉地刺了进去。那时提斯柏却躲在桑树的树荫里，等到她发现了这回事，便把他身上的剑拔出来，结果了她自己的性命。至于其余的一切，可以让狮子，月光，墙头和两个情人详详细细地告诉你们，当他们上场的时候。（昆斯及皮拉摩斯、提斯柏、狮子、月光同下）

忒修斯　我不知道狮子要不要说话。

狄米特律斯　殿下，这可不用怀疑，要是一班驴子都会讲人话，狮子当然也会说话啦。

墙　小子斯诺特是也，在这本戏文里扮作墙头。须知此墙不是他墙，乃是一堵有裂缝的墙，在那条裂缝里，皮拉摩斯和提斯柏两个情人常常偷偷地低声谈话。这一把石灰，这一撮黏土，这一块砖头，表明咱是一堵真正的墙头，并非滑头冒牌之流。这便是那个鬼缝儿，这两个胆小的情人就在那儿谈着知心话儿。

忒修斯　石灰和泥土筑成的东西，居然这样会说话，难得难得！

狄米特律斯　殿下，这是我所听到的中间最俏皮的一段。

忒修斯　皮拉摩斯走近墙边来了。静听！

皮拉摩斯重上。

皮拉摩斯 板着脸孔的夜啊！漆黑的夜啊！

夜啊，白天一去，你就来啦！

夜啊！夜啊！唉呀！唉呀！唉呀！

咱担心咱的提斯柏要失约啦！

墙啊！亲爱的，可爱的墙啊！

你硬生生地隔分了咱们两人的家！

墙啊！亲爱的，可爱的墙啊！

露出你的裂缝，让咱向里头瞧瞧吧！（墙举手叠指作裂缝状）

谢谢你，殷勤的墙！上帝大大保佑你！

但是咱瞧见些什么呢？咱瞧不见伊。

刁恶的墙啊！不让咱瞧见可爱的伊；

愿你倒霉吧，因为你竟这样把咱欺！

忒修斯 这墙并不是没有知觉的，我想他应当反骂一下。

皮拉摩斯 没有的事，殿下，真的，他不能。“把咱欺”是该提斯柏接下去的尾白；她现在就要上场啦，咱就要在墙缝里看她。你们瞧着吧，下面做下去正跟咱告诉你们的完全一样。那边她来啦。

提斯柏重上。

提斯柏 墙啊！你常常听得见咱的呻吟，

怨你生生把咱共他两两分拆！

咱的樱唇常跟你的砖石亲吻，
你那用水泥胶得紧紧的砖石。

皮拉摩斯　咱瞧见一个声音；让咱去望望，不知可能见提斯柏的脸庞。提斯柏！

提斯柏　那是咱的好人儿，咱想。

皮拉摩斯　尽你想吧，咱是你风流的情郎。好像里芒德，咱此心永无变更[①]。提斯柏咱就像海伦，到死也决不变心。

皮拉摩斯　沙发勒斯对待普洛克勒斯不过如此。[②]

提斯柏　你就是普洛克勒斯，咱就是沙发勒斯。

皮拉摩斯　啊，在这堵万恶的墙缝中请给咱一吻！

提斯柏　咱吻着墙缝，可全然吻不到你的嘴唇。

皮拉摩斯　你肯不肯到宁尼的坟头去跟咱相聚？

提斯柏　活也好，死也好，咱一准立刻动身前去。（二人下）

墙　现在咱已把墙头扮好，因此咱便要拔脚跑了。（下）

---

① 里芒德是里昂德之讹，传说中的情人，爱其恋女希罗，游泳过赫勒思滂河以赴约，卒遭灭顶，有中国尾生高之风。下行弗鲁特以希罗为海伦，后者为荷马史诗伊利亚特中之美人。

② 沙发勒斯为塞发勒斯之讹，为黎明女神奥洛拉所恋，但彼卒忠于其妻普洛克里斯。

忒修斯 现在隔在这两份人家之间的墙头已经倒下了。

狄米特律斯 殿下，墙头要是都像这样随随便便偷听人家的谈话起来，可真没法好想。

希波吕忒 我从来没有听到过比这再蠢的东西。

忒修斯 最好的戏剧也不过是人生的一个缩影；最坏的只要用想象补足一下，也就不会坏到什么地方去。

希波吕忒 那该是你的想象，而不是他们的想象。

忒修斯 要是我们对于他们的想象里并不比他们对自己的想象更坏，那么他们也可以算得顶好的人了。两个好东西登场了，一个是人，一个是狮子。

狮子及月光重上。

狮子 各位太太小姐们，你们那柔弱的心一见了地板上爬着的一头顶小的老鼠就会害怕，现在看见一头凶暴的狮子发狂地怒吼，多少要发起抖来吧？但是请你们放心，咱实在是细木工匠斯纳格，既不是凶猛的公狮，也不是一头母狮；要是咱真的是一头狮子而行到这儿来，那咱才大倒其霉！

忒修斯 一头非常善良的畜生，有一颗好良心。

狄米特律斯 殿下，这是我所看见过的最好的畜生了。

拉山德 这头狮子按勇气说只好算是一只狐狸。

忒修斯 要论智识，我看实在像是笨鹅。

狄米特律斯 殿下，不见得。他的勇气是撑不起他的智识的，可一只狐狸却拖得走一只鹅。

忒修斯 我敢说，他的智识撑不起他的勇气，正如一只鹅拖不动一头狐狸。好，别管他吧，让我们听月亮说话。

月光 这盏灯笼代表着角儿弯弯的新月——

狄米特律斯 他应当把角装在头上。[①]

忒修斯 他并不是新月，圆圆的哪里有个角儿？

月光 这盏灯笼代表着角儿弯弯的新月；咱好像就是月亮里的仙人。

忒修斯 这该是最大的错误了。应该把这个人放进灯笼里去；否则他怎么会是月亮里的仙人呢？

狄米特律斯 他因为怕蜡烛不敢进去。瞧，他恼了。

希波吕忒 这月亮真使我厌倦。他应该变化变化才好！

---

① 头上出角是西方讥人作“乌龟”的俗语。

忒修斯 照他那知觉欠缺的样子看起来，他大概是一个残月；但是为着礼貌和一切的理由，我们得忍耐一下。

拉山德 说下去，月亮。

月光 总而言之，咱要告诉你们的是，这灯笼便是月亮；咱便是月亮里的仙人；这柴枝是咱的柴枝；这狗是咱的狗。

狄米特律斯 嗨，这些都应该放进灯笼里去才对，因为它们都是在月亮里的。但是静些，提斯柏来了。

提斯柏重上。

提斯柏 这是宁尼老人的坟。咱的好人儿呢？

狮子 （吼）呜！……（提斯柏奔下）

狄米特律斯 吼得好，狮子！

忒修斯 奔得好，提斯柏！

希波吕忒 照得好，月亮！真的，月亮照得姿势很好。（狮子撕破提斯柏的外套后下）

忒修斯 撕得好，狮子！

狄米特律斯 于是皮拉摩斯来了。

拉山德 于是狮子不见了。

皮拉摩斯重上。

皮拉摩斯 可爱的月亮，咱多谢你的阳光；
谢谢你，因为你照得这么皎洁！
靠着你那慈和的闪烁的金光，
咱将要饱餐着提斯柏的秀色。
但是且住，啊该死！
瞧哪，可怜的骑士，
这是一场什么惨景！
眼睛，你看不看见？
这种事怎会实现？
可爱的宝贝啊，亲亲！
你的好外套一件，
怎么全都是血点？过来吧，狰狞的凶神！
快把生命的羁缠
从此后一刀割断；
今朝咱了结了残生！

忒修斯 这一种情感再加上一个好朋友的死，很可以使一个人脸带愁容。

希波吕忒 该死！我倒真有点可怜这个人。

皮拉摩斯 苍天啊！你为什么要造下狮子，

让它在这里蹂躏了咱的爱人？
她在一切活着爱着的人中，
是一个最美最美最最美的美人。
淋漓地流吧，眼泪！
咱要把宝剑一挥，
当着咱的胸头划破：
一剑刺过了左胸，
叫心儿莫再跳动，
这样咱就死啰死啰！（以剑自刺）
现在咱已经身死，
现在咱已经去世，
咱灵魂儿升到天堂；
太阳，不要再照耀！
月亮，给咱拔脚跑！（月光下）
咱已一命，一命丧亡。（死）

狄米特律斯 不是双亡，是单亡，因为他是孤零零地死去。

拉山德 他现在死去，不但成不了双，而且成不了单；他已经变成“没有”啦。

忒修斯 要是就去请外科医生来，也许还可以把他医活转来，叫他做一头驴子。

希波吕忒 提斯柏还要回来看见她的爱人，月亮怎么这样性急便去了呢？

忒修斯 她可以在星光底下看见他的，现在她来了。她再痛哭流涕一下子，戏文也就完了。

提斯柏重上。

希波吕忒 我想对于这样一个宝货皮拉摩斯，她可以不必浪费口舌；我希望她说得短一点儿。

狄米特律斯 她跟皮拉摩斯较量起来真是半斤八两。上帝保佑我们不要嫁到这种男人，也保佑我们不要娶着这种妻子！

拉山德 她那秋波已经看见他了。

狄米特律斯 于是悲声而言曰：

提斯柏 睡着了吗，好人儿？
啊！死了，咱的鸽子？
皮拉摩斯啊，快醒醒！
说呀！说呀！哑了吗？
唉，死了！一堆黄沙将要盖住你的美睛。
嘴唇像百合花开，
鼻子像樱桃可爱，
黄花像是你的脸孔，
一齐消失，消失了，
有情人同声哀悼！
他眼睛绿得像青葱。

命运主宰三巫婆，
快快走近我身边。
身处玉腕凝霜雪，
鲜血里面涮一涮。
喀嚓一声命剪短
少年青春若琴弦。
舌头，不许再多言！
凭着这一柄好剑，
赶快把咱胸膛刺穿。（以剑自刺）
再会，亲爱的朋友！
提斯柏已经毙命；
再见吧，再见吧，再见！（死）

忒修斯 他们的葬事要让月亮和狮子来料理了吧？

狄米特律斯 是的，还有墙头。

波顿 （跳起）不，咱对你们说，那堵隔开他们两家的墙早已经倒了。你们要不要瞧瞧收场诗，或者听一场咱们两个伙计的贝格摩舞？[①]

忒修斯 请把收场诗免了吧，因为你们的戏剧无须再有什么解释；扮戏的人一个个死了，我们还能责怪谁不成？真的，要是写那本戏的人自己来扮皮拉摩斯，把他自己吊死在提斯柏的袜带上，那倒真是一出绝妙的悲剧。实在你们这次演得很不错。现在把你们的收场

① 贝格摩为米兰东北地名，以产小丑著名。

诗搁在一旁，还是跳起你们的贝格摩舞来吧。（跳舞）夜钟已经敲过了十二点。恋人们，睡觉去吧，现在已经差不多是神仙们游戏的时间了。我担心我们明天早晨会起不起身来，因为今天晚上睡得太迟。这出粗劣的戏剧却使我们不觉打发了冗长的时间。好朋友们，去睡吧。我们要用半月工夫把这喜庆延续，夜夜有不同的寻欢作乐。（众下）

第二场

同前景

迫克上。

迫克 饿狮在高声咆哮；
豺狼在向月长嗥，
农夫们鼾息沉沉，
完毕一天的辛勤。
火把还留着残红，
鸱鸮叫得人胆颤，
传进愁人的耳中，
仿佛见殓衾飘飐。

现在夜已经深深，
坟墓都裂开大口，
吐出了百千幽灵，
荒野里四散奔走。
我们跟着赫卡忒[①]，
离开了阳光赫奕，
像一场梦境幽凄，
追随黑暗的踪迹。
且把这空屋打扫，
供大家一场欢闹；
驱走扰人的小鼠，
还得揩干净门户。

奥布朗、提泰妮娅及侍从等上。

奥布朗 屋中消沉的火星
微微地尚在闪耀；
跳跃着每个精灵
像花枝上的小鸟；
随我唱一支曲调，
一齐轻轻地舞蹈。

---

① 赫卡忒为希腊神话中下界的女神。

提泰妮娅 先要把歌儿练熟，
每个字玉润珠圆；
然后齐声唱祝福，
手携手缥缈回旋。（歌舞）

奥布朗 趁东方没有发白，
让我们满屋溜达；
先去看一看新床，
祝福它吉利祯祥。
这三对新婚伉俪，
愿他们永无离弃；
生下来小小儿郎，
一个个相貌堂堂，
不生黑痣不缺唇，
更没有半点瘢痕。
用这神圣的野露，
你们去浇洒门户，
祝福屋子的主人，
永享着福禄康宁。
快快去，莫犹豫；
天明时我们重聚。（除迫克外皆下）

迫克 （向观众）要是我们这辈影子
有拂了诸位的尊意，

就请你们这样思量，

一切便可得到补偿：

这种种幻景的显现，

不过是梦中的妄念；

这一段无聊的情节，

真同诞梦一样无力。

先生们，请不要见笑！

倘蒙原宥，定当补报。

万一我们幸而免脱

这一遭嘘嘘的指斥，

我们绝不忘记大恩，

迫克生平不会骗人。

再会了！肯赏个脸子的话，

就请拍两下手，多谢多谢！（下）

威尼斯商人

《威尼斯商人》就是莎士比亚早期喜剧中最富有社会讽刺色彩的一部。剧情改编自意大利短篇小说《傻瓜》。它是最早在中国舞台上演的莎剧。莎士比亚的伟大，在于他在当时一个对犹太民族充满敌视与偏见的社会环境中，并没有把夏洛克写成寓言式的纯粹邪恶的化身，而是在谴责夏洛克的“复仇”的同时，也描写了夏洛克所遭受的歧视，揭示出夏洛克在“恶”的背后的“怨”和“恨”，用现实主义的大手笔间接地揭示出造成人物冲突的宗教根源，使这出喜剧暗含了深刻的悲剧性。

剧中人物

威尼斯公爵摩洛哥亲王 阿拉贡亲王	鲍西娅的求婚者
安东尼	奥威尼斯商人
巴萨尼奥	安东尼奥的朋友
葛莱西安诺 萨莱尼奥 萨拉里诺	安东尼奥和巴萨尼奥的朋友
罗兰佐	杰西卡的恋人
夏洛克	犹太富翁
杜伯尔	犹太人，夏洛克的朋友
朗斯洛特·高波	小丑，夏洛克的仆人
老高波	朗斯洛特的父亲
里奥那多	巴萨尼奥的仆人
鲍尔萨泽 斯丹法诺	鲍西娅的仆人

鲍西娅　　富家嗣女

尼莉莎　　鲍西娅的侍女

杰西卡　　夏洛克的女儿

威尼斯众士绅、法庭官吏、狱吏、鲍西娅家中的仆人及其他侍从

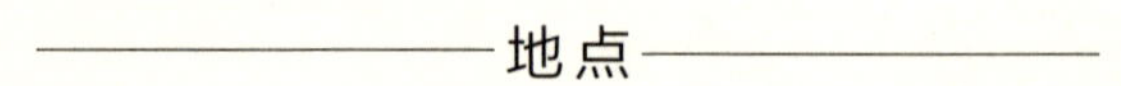

一部分在威尼斯，一部分在大陆上的贝尔蒙特，鲍西娅邸宅所在地

第一幕

第一场

威尼斯。街道

安东尼奥、萨拉里诺及萨莱尼奥上。

安东尼奥 真的，我不知道我为什么这样闷闷不乐。它真叫我厌烦；你们说你们见我这样子，也觉得很厌烦；可是我怎样会让忧郁沾上了身，这种忧郁究竟是怎么一种东西，它是从什么地方产生的，我却全不知道；忧郁已经使我变成了一个傻子，我简直有点自己也懂不得自己了。

萨拉里诺 您的心是跟着您那些扯着满帆的大船，在海洋上簸荡着呢；它们就像水上的达官富绅，炫示着它们的豪华，那些随波跳荡小商船向它们点头敬礼，它们却睬也不睬地凌风直驶。

萨莱尼奥　相信我，老兄，要是我也有这么一笔买卖在外洋，那么这种海外的希望定会使我魂牵梦绕；我一定常常拔草观测风吹的方向，在地图上查看港口码头的名字，凡是足以使我担心我的货物的命运的一切事情，不用说都会引起我的忧愁。

萨拉里诺　当我想到海面上的一阵暴风，将会造成怎样一场灾祸的时候，吹凉我的粥的一口气，也会吹痛了我的心。一看见沙漏的时计，我就会想起海边的沙滩，仿佛看见我那艘富丽的商船倒栽在沙里，船底向天，它的高高的桅樯吻着它的葬身之地。要是我到教堂里去，看见那用石块筑成的神圣的殿堂，我怎么会不立刻想起那些危险的礁石，它们只要略微碰一碰我那艘好船的船舷，就会把满船的香料倾泻在水里，让汹涌的波涛披戴着我的绸缎绫罗——方才还是价值连城的，一转瞬间尽归乌有？要是我想到了这种情形，我怎么会不担心这种情形也许果然会发生而忧愁起来呢？不用对我说，我知道安东尼奥是因为想到他的货物而忧愁。

安东尼奥　不，请相信我：感谢我的命运，我的买卖的成败，并不完全寄托在一艘船上，更不是只依仗一处；我的全部财产，也不会因为这一年的盈亏而受到影响，所以我的货物并不能使我忧愁。

萨拉里诺　啊，那么您是在恋爱了。

安东尼奥　呸！哪儿的话！

萨拉里诺　也不是在恋爱吗？那么让我们说，您因为不快乐，所以忧愁；这就像瞧您笑笑跳跳，就说您因为不忧愁，所以快乐一样，再简单没有了。老天造下人来，真是无奇不有：有的人老是眯着眼睛笑，好像鹦鹉见了一个吹风笛的人一样；有的人终日皱着眉头，即使涅斯托①发誓说那笑话很可笑，他也不肯露一露他的牙齿，装出一个笑容来。

巴萨尼奥、罗兰佐及葛莱西安诺上。

萨莱尼奥　您的一位最尊贵的朋友，巴萨尼奥，跟葛莱西安诺、罗兰佐都来了。再见，您现在有了更好的同伴，我们可以少陪啦。

萨拉里诺　倘不是因为您的好朋友来了，我一定要叫您快乐了才走。

安东尼奥　你们的友谊我是十分看重的。照我看来，恐怕还是你们自己有事，所以借着这个机会想抽身出去吧？

萨拉里诺　早安，各位大爷。

巴萨尼奥　两位先生，咱们什么时候再聚在一起谈谈笑笑？你们近来跟我十分疏远，这是为了什么呢？

---

① 涅斯托，荷马史诗 Iliad 中的希腊将领，以严肃著名。

萨拉里诺　您什么时候有空，我们一定奉陪。（萨拉里诺、萨莱尼奥下）

罗兰佐　巴萨尼奥老爷，您现在已经找到安东尼奥，我们也要少陪啦；可是请您千万别忘记吃饭的时候咱们在什么地方会面。

巴萨尼奥　我一定不失约。

葛莱西安诺　安东尼奥先生，您的脸色不大好。您把世间的事情看得太认真了，要知道过犹不及。相信我，您近来真是判若两人啦。

安东尼奥　葛莱西安诺，我把这世界不过看作一个世界；每一个人必须在这舞台上扮演一个角色，我扮演的是一个悲哀的角色。

葛莱西安诺　让我扮演一个小丑吧，让我在嘻嘻哈哈的欢笑声中不知不觉地老去；宁可酒暖肝肠，不使愁结冰心。为什么一个身体里面流着热血的人，要那么正襟危坐，就像他祖宗爷爷的石膏像一样呢？明明醒着的时候，为什么偏要像睡去了一般？为什么动不动翻脸生气，把自己气出了一场黄疸病来？我告诉你吧，安东尼奥——因为我爱你，所以才对你用爱心说话：世界上有一种人，他们的脸上装出一副心如止水的神气，故意表示他们的冷静，好让人家称赞他们一声智慧深沉，思想渊博；他们的神气之间，好像说，"我的说话都是纶音天语，我要是一张开嘴来，不许有一头狗乱叫！"啊，我的安东尼奥，我看透这一种人，他们只是因为不说话，博得了智慧的名声；可是我可以确定说一句，要是他们说起话来，听见的人，谁都会骂他们是傻瓜的。等有机会的时候，我再告诉你关于这种人的笑话吧；可是请你千万别再用悲哀做钓饵，去钓这种无聊的名誉了。来，好罗兰佐。回头见，等我吃完了饭，再来向你结束我的劝告。

罗兰佐 好，咱们在吃饭的时候再见吧。我大概也就是他所说的那种以装聋作哑为聪明的人，因为葛莱西安诺从不让我有说话的机会。

葛莱西安诺 嘿，你只要再跟我两年，就会连你自己说话的声音也听不出来。

安东尼奥 再见，我会让自己慢慢儿变得能说会道的。

葛莱西安诺 那就再好没有；只有干牛舌和没人要的老处女，才是应该沉默的。（葛莱西安诺、罗兰佐下）

安东尼奥 确实是这样的——或者说你想怎么样就是怎么样的！

巴萨尼奥 葛莱西安诺比全威尼斯城里无论哪一个人都更会拉上一大堆废话。他的道理就像藏在两桶砻糠里的两粒麦子，你必须费去整天工夫方才能够把它们找到，可是找到了它们以后，你会觉得费这许多气力找它们出来，是一点不值得的。

安东尼奥 好，您今天答应告诉我您立誓要去秘密拜访的那位姑娘的名字，现在请您告诉我吧。

巴萨尼奥　安东尼奥，我怎样为了维持我的外强中干的体面，把一份微薄的资产消耗殆尽的情形，您是知道的。我现在倒不是在哀叹家道中落；我的最大的烦恼是怎样可以解脱我背上这一重重由于铺张浪费而积欠下的重重债务。无论在钱财方面或是友谊方面，安东尼奥，我欠您的债都是顶多的；因为你我交情深厚，我才敢大胆把我心里所打算的怎样了清这一切债务的计划全部告诉您。

安东尼奥　好巴萨尼奥，请您告诉我吧。只要您的计划跟您向来的立身行事一样光明正大，那么我的钱囊可以让您任意取用，我自己也可以供您驱使。我愿意用我所有的力量，帮助您达到目的。

巴萨尼奥　我在学校里练习射箭的时候，每次把一枝箭射得不知去向，便用另一枝箭向着同一方向射了过去，眼睛看准了它掉在什么地方，这样往往可以把那失去的箭找了回来。所以，我冒了双倍的风险，也往往有双倍的收获。我提起这一件儿童时代的往事作为譬喻，因为我将要对您说的话，完全是一种很天真的思想。我欠了您很多的债，而且像一个不听话的孩子一样，把借来的钱一起挥霍完了；可是您要是愿意向着您放射第一支箭的方向，再把您的第二支箭射了过去，那么这一回我一定会把目标看准，即使不把两支箭一起找回来，至少也可以把第二支箭交还给您，让我仍旧对于您先前给我的援助做一个知恩图报的负债者。

安东尼奥　您是知道我的为人的，现在您用这种譬喻的话来试探我的友谊，不过是浪费时间罢了。要是您怀疑我不肯尽力相助，那就要比把我所有的钱一起花掉还要对我不起。所以您只要对我说我应该怎么做，如果您知道那件事是我的力量所能办到的，我一定会乐于效劳。您说吧。

巴萨尼奥　在贝尔蒙特有一位富家的嗣女，生得非常美貌，尤其值得称道的，她有非常卓越的德性。她的双眼有时对我暗送秋波。她的名字叫做鲍西娅，比起古代凯图的女儿，勃鲁托斯的贤妻鲍西娅[①]来，毫无逊色。这广大的世界也没有漠视了她的好处，四方的风从每一处海岸上带来了声名藉藉的求婚者。她的光亮的长发就像是传说中的金羊毛，引诱着无数的伊阿宋前来向她追求。啊，我的安东尼奥！只要我有相当的财力，可以和他们中间无论哪一个人匹敌，那么我觉得我有充分的把握，一定会达到愿望的。

安东尼奥　你知道我的全部财产都在海上；我现在既没有钱，也没有可以变换做一笔现款的货物。所以我们还是去试一试我的信用，看它在威尼斯城里有些什么效力吧；我一定凭着我这一点面子，尽力供给你到贝尔蒙特去见那位美貌的鲍西娅。去，我们两人就去分头打听什么地方可以借得到钱，我就用我的信用做担保，或者用我自己的名义给你借下来。（同下）

① 勃鲁托斯即莎翁史剧《裘力斯・凯撒》中的要角，其妻亦名 Portia。

第二场

贝尔蒙特。鲍西娅家中一室

鲍西娅及尼莉莎上。

鲍西娅 真的，尼莉莎，我这小小的身体已经厌倦了这个广大的世界了。

尼莉莎 好小姐，您的不幸要是跟您的好运气一样大，那么无怪您会厌倦这个世界的；可是照我的愚见看来，吃得太饱的人，跟挨着饿不吃东西的人一样，是会害病的，所以中庸之道才是最大的幸福：富贵催人生白发，布衣蔬食易长年。

鲍西娅 妙语，念得好。

尼莉莎 要是能够照着它做去，那就更好了。

鲍西娅 倘使做一件事情，就跟知道什么事情是应该做的一样容易，那么小教堂都要变成大礼拜堂，穷人的草屋都要变成王侯的宫殿了。一个好的说教师才会遵从他自己的训诲；我可以教训二十个人，吩咐他们应该做些什么事，可是要我做这二十个人中间的一个，履行我自己的教训，我就要敬谢不敏了。理智可以制定法律来约束感情，可是热情激动起来，就会把冷酷的法令蔑弃不顾；年轻人是一头不受拘束的野兔，它会跳过老年人所设立的理智的藩篱。可是我这样大发议论，是不会帮助我选择一个丈夫的。唉，说什么选择！我既不能选择我所中意的人，又不能拒绝我所憎厌的人；一个活着的女儿的意志，却要被一个死了的父亲的遗嘱所钳制。尼莉莎，像我这样不能选择，也不能拒绝，不是太叫人难堪了吗？

尼莉莎　老太爷生前道高德重，大凡有道君子，临终之时，必有神悟；他既然定下这抽签取决的方法，叫谁能够在这金、银、铅三匣之中选中了他预定的一只，便可以跟您匹配成亲，那么能够选中的人，一定是值得您倾心相爱的。可是在这些已经到来向您求婚的王孙公子中间，您对于哪一个最有好感呢？

鲍西娅　请你列举他们的名字，当你提到什么人的时候，我就对他下几句评语；凭着我的评语，你就可以知道我对于他们各人的印象。

尼莉莎　第一个是那不勒斯的亲王。

鲍西娅　嗯，他真是一匹小马；他不讲话则已，讲起话来，老是说他的马怎么怎么，让人感到他最大的本事就是能够替他自己的马装上蹄铁。我很有点儿疑心他的令堂太太是跟铁匠有过勾搭的。

尼莉莎　还有那位巴拉廷伯爵[①]呢？

鲍西娅　他一天到晚皱着眉头，好像说，“你要是不爱我，随你的便。”他听见笑话也不露一丝笑容。我看他年纪轻轻，就这么愁眉苦脸，到老来只好一天到晚痛哭流涕了。我宁愿嫁给一个骷髅，也不愿嫁给这两人中间的任何一个；上帝保佑我不要落在这两个人手里！

尼莉莎　您说那位法国贵族勒·滂先生怎样？

鲍西娅　既然上帝造下他来，就算他是个人吧。凭良心说，我知道讥笑人家是一桩罪过，可是他！嘿！他的马比那不勒斯亲王那一匹好一点，他的皱眉头的坏脾气也胜过那位巴拉廷伯爵。什么人的坏处他都有一点，可是一点没有自己的特色；听见画眉鸟唱歌，他就会手舞足蹈；见了自己的影子，也会跟它比剑。我倘然嫁给他，等于嫁给二十个丈夫。要是他瞧不起我，我会原谅他，因为即使他爱我爱到发狂，我也是永远不会报答他的。

尼莉莎　那么您说那个英国的少年男爵，福根勃·立琪呢？

鲍西娅　你知道我没有对他说过一句话，因为我的话他听不懂，他的话我也听不懂；他不会说拉丁话、法国话、意大利话；至于我的

---

① 巴拉廷伯爵原文作 CountyPalatine，义为在其封邑内享有君权的伯爵，因无适当译名，故译音以代。

英国话程度的高明，你是可以替我出席法庭作证的。他的模样倒还长得不错，可是，唉！谁高兴跟一个哑巴做手势谈话呀？他的装束多么古怪！我想他的紧身衣是在意大利买的，他的长筒袜是在法国买的，他的软帽是在德国买的，至于他的行为举止，那是他从四方八处学得来的。

尼莉莎 您觉得他的邻居，那位苏格兰贵族怎样？

鲍西娅 他很懂得礼尚往来的睦邻之道，因为那个英国人曾经赏给他一记耳刮子，他就发誓说，一有机会，立即奉还；我想那法国人是他的保人，他已经签署契约，声明将来加倍报偿哩。

尼莉莎 您看那位德国少爷，萨克逊公爵的侄子怎样？

鲍西娅 他在早上清醒的时候，就已经很坏了，一到下午喝醉了酒，尤其坏透；当他顶好的时候，叫他是个人还有点不够资格，当他顶坏的时候，他简直比畜生好不了多少。要是最不幸的祸事降临到我身上，我也希望永远不要跟他在一起。

尼莉莎 要是他要求选择，结果居然给他选中了预定的匣子，那时候您倘然拒绝嫁给他，那不是违背老太爷的遗命了吗？

鲍西娅 为了预防万一起见，所以我要请你替我在错误的匣子上放好一杯满满的莱茵河葡萄酒；要是魔鬼在他的心里，诱惑在他的面前，我相信他一定会选了那一只匣子的。什么事情我都愿意做，尼莉莎，只要别让我嫁给一个酒鬼。

尼莉莎　小姐，您放心吧，您再也不会嫁给这些贵人中间的任何一个的。他们已经把他们的决心告诉了我，说除了您父亲所规定的用选择匣子决定取舍的办法以外，要是他们不能用别的方法得到您的应允，那么他们决定动身回国，不再麻烦您了。

鲍西娅　要是没有人愿意照我父亲的遗命把我娶去，那么即使我活到一千岁，也只好终身不嫁。我很高兴这一群求婚者都是这么懂事，因为他们中间没有一个人我不是唯望其速去的；求上帝赐给他们一路顺风吧！

尼莉莎　小姐，您还记不记得，当老太爷在世的时候，有一个跟着蒙脱佛拉侯爵到这儿来的才兼文武的威尼斯人？

鲍西娅　是的，是的，那是巴萨尼奥；我想这是他的名字。

尼莉莎　正是，小姐；照我这双痴人的眼睛看起来，他是一切男子中间最值得匹配一位佳人的。

鲍西娅　我很记得他，他果然值得你的夸奖。

一仆人上。

鲍西娅　啊！什么事？

仆人　小姐，那四位客人要来向您告别；另外还有第五位客人，摩洛哥亲王，差了一个人先来报信，说他的主人亲王殿下今天晚上就要到这儿来了。

鲍西娅　要是我能够竭诚欢迎这第五位客人，就像我竭诚欢送那四位客人一样，那就好了。假如他有圣人般的德性，偏偏生着一副魔鬼样的面貌，那么与其让他做我的丈夫，还不如让他听我的忏悔。来，尼莉莎，前面带路。正是——正是垂翅狂蜂方出户，寻芳浪蝶又登门。（同下）

第三场

威尼斯。广场

巴萨尼奥及夏洛克上。

夏洛克　三千块钱，嗯？

巴萨尼奥　是的，大叔，三个月为期。

夏洛克　三个月为期，嗯？

巴萨尼奥 我已经对你说过了，这一笔钱可以由安东尼奥签立借据。

夏洛克 安东尼奥签立借据，嗯？

巴萨尼奥 你愿意帮助我吗？你愿意应承我吗？可不可以让我知道你的答复？

夏洛克 三千块钱，借三个月，安东尼奥签立借据。

巴萨尼奥 你的答复呢？

夏洛克 安东尼奥是个好人。

巴萨尼奥 你有没有听见人家说过他不是个好人？

夏洛克 啊，不，不，不，不；我说他是个好人，我的意思是说他是个有身家的人。可是他的财产却还有些问题：他有一艘商船开到特里坡利斯，另外一艘开到印度群岛，我在交易所里还听人说起，他有第三艘船在墨西哥，第四艘到英国去了，此外还有遍布在海外各国的买卖；可是船不过是几块木板钉起来的东西，水手也不过是些血肉之躯，岸上有旱老鼠，水里也有水老鼠，陆地有强盗，海上也有强盗，还有风波礁石各种的危险。不过虽然这么说，他这个人是还算有些家底的。三千块钱，我想我可以接受他的契约。

巴萨尼奥 你放心吧，不会有错的。

夏洛克 我一定要放了心才敢把债放出去，所以还是让我再考虑考虑吧。我可不可以跟安东尼奥谈谈？

巴萨尼奥 不知道你愿不愿意陪我们吃一顿饭？

夏洛克 是的，叫我去闻猪肉的味道，吃你们拿撒勒先知[①]把魔鬼赶进去的脏东西的身体！我可以跟你们做买卖，讲交易，谈天散步，以及诸如此类的事情，可是我不能陪你们吃东西喝酒做祷告。交易所里有些什么消息？那边来的是谁？

安东尼奥上。

巴萨尼奥 这位就是安东尼奥先生。

夏洛克 （旁白）他的样子多么像一个摇尾乞怜的税吏！我恨他因为他是个基督徒，可是尤其因为他是个傻子，借钱给人不取利钱，把咱们在威尼斯城里放债的这一行的利息都压低了。要是我有一天抓住他的把柄，一定要痛痛快快地向他报复我的深仇宿怨。他憎恶我们神圣的民族，甚至在商人会集的地方当众辱骂我，辱骂我的交易，辱骂我辛辛苦苦赚下来的钱，说那些都是盘剥得来的腌臜钱。要是我饶过了他，让我们的民族永远没有翻身的日子！

巴萨尼奥 夏洛克，你听见吗？

---

① 拿撒勒先知，这里指耶稣。

夏洛克　我正在估计我手头的现款，照我大概记得起来的数目，要一时凑足三千块钱，恐怕办不到。可是那没有关系，我们族里有一个犹太富翁杜伯尔，可以供给我必要的数目。且慢！您打算借几个月？（向安东尼奥）您好，好先生；哪一阵好风把尊驾吹了来啦？

安东尼奥　夏洛克，虽然我跟人家互通有无，从来不讲利息，可是为了我的朋友的急需，这回我要破一次例。（向巴萨尼奥）他有没有知道你需要多少？

夏洛克　嗯，嗯，三千块钱。

安东尼奥　三个月为期。

夏洛克　我倒忘了，正是三个月，您对我说过的。好，您的借据呢？让我瞧一瞧。可是听着，好像您说您借钱，不管是向别人借钱还是借钱给别人，从来不讲利息。

安东尼奥　我从来不讲利息。

夏洛克　当雅各替他的舅父拉班牧羊的时候[①]——这个雅各是我们圣祖亚伯兰的后裔，他的聪明的母亲设计使他做第三代的族长，是的，他是第三代——

---

① 见旧约创世记。

安东尼奥　为什么说起他呢？他也是取利息的吗？

夏洛克　不，不是取利息，不是像你们所说的那样直接取利息。听好雅各用些什么手段：拉班跟他约定，生下来的小羊凡是有条纹斑点的，都归雅各所有，作为他牧羊的酬劳；到晚秋的时候，那些母羊因为淫情发动，跟公羊交合，这个狡猾的牧人就乘着这些毛畜正在进行传种工作的当儿，削好了几根木棒，插在淫浪的母羊的面前，它们这样怀上了孕，一到生产的时候，产下的小羊都是有斑纹的，所以都归雅各所有。这是致富的妙法，上帝也祝福他；只要不是偷窃，会打算盘总是好事。

安东尼奥　雅各虽然幸而获中，可是这也是他按约应得的酬报；上天的意旨成全了他，却不是出于他自己的力量。你提起这一件事，是不是要证明取利息是一件好事？还是说金子银子就是你的公羊母羊？

夏洛克　这我倒不能说；我只是叫它像母羊生小羊一样地快快生利息。可是先生，您听我说。

安东尼奥　你听，巴萨尼奥，魔鬼也会引证《圣经》来替自己辩护哩。一个指着神圣的名字作证的恶人，就像一个脸带笑容的奸徒，又像一只外观美好、中心腐烂的苹果。唉，奸伪的表面是多么动人！

夏洛克　三千块钱，这是一笔可观的整数。一年除去三个月，让我看看利钱应该有多少。

安东尼奥　好，夏洛克，我们可不可以仰仗你这一次？

夏洛克　安东尼奥先生，好多次您在交易所里骂我，说我盘剥取利，我总是忍气吞声，耸耸肩膀，没有跟您争辩，因为忍受迫害，本来是我们民族的特色。您骂我异教徒，杀人的狗，把唾沫吐在我的犹太长袍上，只因为我用我自己的钱博取几个利息。好，看来现在是您要来向我求助了。您跑来见我，您说，“夏洛克，我们要几个钱；”您这样对我说。您把唾沫吐在我的胡子上，用您的脚踢我，好像我是您门口的一条野狗一样；现在您却来问我要钱，我应该怎样对您说呢？我要不要这样说，“一条狗会有钱吗？一条恶狗能够借人三千块钱吗？”或者我应不应该弯下身子，像一个奴才似的低声下气，恭恭敬敬地说，“好先生，您在上星期三用唾沫吐在我身上；有一天您用脚踢我；还有一天您骂我狗；为了报答您的这许多恩典，所以我应该借给您这么些钱吗？”

安东尼奥　我巴不得再这样骂你、唾你、踢你。要是你愿意把这钱借给我，不要把它当作借给你的朋友，哪有朋友之间通融几个臭钱也要斤斤较量地计算利息的道理？你就把它当作借给你的仇人吧；倘使我失了信用，你尽管拉下脸来照约处罚就是了。

夏洛克　哎哟，瞧您生这么大的气！我愿意跟您交个朋友，大家要好好的；您从前加在我身上的种种羞辱，我愿意完全忘掉；您现在需要多少钱，我愿意如数供给您，而且不要您一个子儿的利息；可是您却不愿意听我说下去。我这完全是一片好心哩。

安东尼奥　这倒果然是一片好心。

夏洛克　我要叫你们看看我到底是不是一片好心。跟我去找一个公证人，就在那儿签好了约；我们不妨开个玩笑，在约里载明要是您不能按照约中所规定的条件，在什么日子、什么地点，还给我一笔什么数目的钱，就得随我的意思，在您身上的任何部分割下一磅白肉，作为处罚。

安东尼奥　很好，就是这么办吧；我愿意签下这样一张约，还要对人家说这个犹太人的心肠倒不坏呢。

巴萨尼奥　我宁愿安守贫困，不能让你为了我的缘故签这样的约。

安东尼奥　老兄，你怕什么；我决不会受罚的。就在这两个月之内，离开这约的满期还有一个月，我就可以有十倍这借款的数目进门。

夏洛克　亚伯兰老祖宗啊！瞧这些基督徒因为自己待人刻薄，所以疑心人家对他们不怀好意。请您告诉我，要是他到期不还，我照着约上规定的条款向他执行处罚了，那对我又有什么好处？从人身上割下来的一磅肉，它的价值可以比得上一磅羊肉、牛肉或是山羊肉吗？我为了要博得他的好感，所以才向他卖这样一个交情；要是他愿意接受我的条件，很好，否则就算了。千万请你们不要误会了我这一番诚意。

安东尼奥　好，夏洛克，我愿意签约。

夏洛克　那么就请您先到公证人的地方等我，告诉他这一张游戏的契约怎样写法；我就去马上把钱凑起来，还要回到家里去瞧瞧，让一个靠不住的奴才看守着门户，有点放心不下；然后我立刻就来瞧您。

安东尼奥　那么你去吧，善良的犹太人。（夏洛克下）这犹太人快要变做基督徒了，他的心肠变得好多啦。

巴萨尼奥　我不喜欢口蜜腹剑的人。

安东尼奥　好了好了，这又有什么要紧？再过两个月，我的船就要回来了。（同下）

第二幕

第一场

贝尔蒙特。鲍西娅家中一室

喇叭奏花腔。摩洛哥亲王率侍从；鲍西娅、尼莉莎及婢仆等同上。

摩洛哥亲王 不要因为我的肤色而憎厌我；我是骄阳的近邻，我这一身黝黑的制服，便是它的威焰的赐予。给我到终年不见阳光、冰山雪柱的极北，找一个最白皙姣好的人来，让我们刺血察验对您的爱情，看看究竟是他的血红还是我的血红。我告诉你，小姐，我这副容貌曾经吓破了勇士的肝胆；凭着我的爱情起誓，我们国土里最有声誉的少女也曾为它害过相思。我不愿更变我的肤色，除非为了取得您的欢心，我的温柔的女王！

鲍西娅　讲到选择这一件事，我倒并不单单凭信一双善于挑剔的少女的眼睛；而且我的命运由抽签决定，自己也没有任意去取的权力；可是我的父亲倘不曾用他的远见把我束缚住了，使我只能委身于按照他所规定的方法赢得我的男子，那么您，声名卓著的王子，您的容貌在我的心目之中，并不比我所已经看到的那些求婚者有什么逊色。

摩洛哥亲王　单是您这一番美意，已经使我万分感激了；所以请您带我去瞧瞧那几个匣子，试一试我的命运吧。凭着这一柄曾经手刃波斯王，并且使一个三次战败苏里曼苏丹的波斯王子授首的宝剑起誓，我要瞪眼吓退世间最狰狞的猛汉，跟全世界最勇武的壮士比赛胆量，从母熊的胸前夺下哺乳的小熊；当一头饿狮咆哮攫食的时候，我要向它揶揄侮弄，为了要博得你的垂青，小姐。可是，唉！即使像赫拉克勒斯那样的盖世英雄，要是跟他的奴仆赌起骰子来，也许他的运气还不如一个下贱之人；我现在听从着盲目的命运的指挥，也许结果终于失望，眼看着一个不如我的人把我的意中人挟走，而自己在悲哀中死去。

鲍西娅　您必须信任命运，或者死了心放弃选择的尝试，或者当您开始选择以前，先立下一个誓言，要是选得不对，终身不再向任何女子求婚；所以还是请您考虑考虑吧。

摩洛哥亲王　我的主意已决，不必考虑了；来，带我去试我的运气吧。

鲍西娅 第一先到教堂里去；吃过了饭，您就可以试试您的命运。

摩洛哥亲王 好，成功失败，在此一举！正是不挟美人归，壮士无颜色。（奏喇叭；众下）

第二场

威尼斯。街道

朗斯洛特·高波上。

朗斯洛特 要是我从我的主人这个犹太人的家里逃走，我的良心是一定要责备我的。可是魔鬼拉着我的臂膀，引诱着我，对我说，“高波，朗斯洛特·高波，好朗斯洛特，拔起你的腿来，开步，走！”我的良心说，“不，留心，老实的朗斯洛特；留心，老实的高波。”或者就是这么说，“老实的朗斯洛特·高波，别逃跑；用你的脚跟把逃跑的念头踢得远远的。”好，那个大胆的魔鬼却劝我卷起铺盖滚蛋。“去呀！”魔鬼说，“去呀！看在老天的面上，鼓起勇气来，跑吧！”好，我的良心挽住我心里的脖子，很聪明地对我说，“朗斯洛特我的老实朋友，你是一个老实人的儿子，”——或者还不如说一个老实妇人的儿子，因为我的父亲的确有点儿不大老实，有点儿很丢脸的坏脾气——好，我的良心说，“朗斯洛特，别动！”魔鬼说，“动！”我的良心说，“别动！”“良心，”我说，“你说得不错。”“魔鬼，”我说，“你说得有理。”要是听良心的话，我就应该留在我的犹太主人家里，上帝恕我这样说，他也是一个魔鬼；要是从犹太人的地方逃走，那么我就要听从魔鬼的话，对不住，他本身就是魔鬼。可是我说，那犹太人一定就是魔鬼的化身；凭良心说话，我的良心劝我留在犹太人地方，未免良心太狠。还是魔鬼的话说得像个朋友。我要跑，魔鬼；我的脚跟听从着你的指挥；我一定要逃跑。

老高波携篮上。

老高波　年轻的先生，请问一声，到犹太老爷的家里是怎么去的？

朗斯洛特　（旁白）天啊！这是我的亲生的父亲，他的眼睛因为有八九分盲，所以不认识我。待我把他戏弄一下。

老高波　年轻的少爷先生，请问一声，到犹太老爷的家里是怎么去的？

朗斯洛特　你在转下一个弯的时候，往右手转过去；临了一次转弯的时候，往左手转过去；再下一次转弯的时候，什么手也不用转，曲曲弯弯地转下去，就转到那犹太人的家里了。

老高波　哎哟，这条路可不容易走哩！您知道不知道有一个住在他家里的朗斯洛特，现在还在不在他家里？

朗斯洛特　你说的是朗斯洛特少爷吗？（旁白）瞧着我吧，现在我要诱他流起眼泪来了——你说的是朗斯洛特少爷吗？

老高波　不是什么少爷，先生，他是一个穷人的儿子；他的父亲，不是我说一句，是个老老实实的穷光蛋，多谢上帝，他还活得好好儿的。

朗斯洛特　好，不要管他的父亲是个什么人，咱们讲的是朗斯洛特少爷。

老高波　他是您少爷的朋友，他就叫朗斯洛特。

朗斯洛特　对不住，老人家，所以我要问你，你说的是朗斯洛特少爷吗？

老高波　是朗斯洛特，少爷。

朗斯洛特　所以就是朗斯洛特少爷。老人家，你别提起朗斯洛特少爷啦；因为这位年轻的少爷，根据天命气数鬼神这一类阴阳怪气的说法，是已经去世啦，或者说得明白一点是已经归天啦。

老高波　哎哟，天哪！这孩子是我老年的拐杖，我的唯一的靠傍哩。

朗斯洛特 （旁白）我难道像一根棒儿，或是一根柱子吗？爸爸，您不认识我吗？

老高波 唉，我不认识您，年轻的少爷；可是请您告诉我，我的孩子——上帝安息他的灵魂——究竟是活着还是死了？

朗斯洛特 您不认识我吗，爸爸？

老高波 唉，少爷，我是个瞎子；我不认识您。

朗斯洛特 啊，真的，您就是眼睛明亮，也许会不认识我，只有聪明的父亲才会知道他自己的儿子。好，老人家，让我告诉您关于您儿子的消息吧。请您给我祝福；真理总会显露出来，杀人的凶手总会给人捉住；儿子虽然会暂时躲了过去，事实到临了总是瞒不过的。

老高波 少爷，请您站起来。我相信您一定不会是朗斯洛特，我的孩子。

朗斯洛特 废话少说，请您给我祝福：我是朗斯洛特，从前是您的孩子，现在是您的儿子，将来也还是您的小子。

老高波 我不能想象您是我的儿子。

朗斯洛特 那我倒不知道应该怎样想法；可是我的确是在犹太人家里当仆人的朗斯洛特，我也相信您的妻子玛格蕾就是我的母亲。

老高波　她的名字果真是玛格蕾。你倘然真的就是朗斯洛特，那么你就是我亲生血肉了。上帝果然灵圣！你长了多长的一把胡子啦！你脸上的毛，比我那拖车子的马儿道平尾巴上的毛还多呐！

朗斯洛特　这样看起来，那么道平的尾巴一定是越长越短的；我还清楚记得，上一次我看见它的时候，它尾巴上的毛比我脸上的毛多得多哩。

老高波　上帝啊！你大变了样子啦！你跟主人合得来吗？我给他带了点儿礼物来了。你们现在合得来吗？

朗斯洛特　合得来，合得来；可是从我自己这一方面讲，我既然已经决定逃跑，那么非到跑了一程路之后，我是决不会停止下来的。我的主人是个十足的犹太人。给他礼物？还是给他一根上吊的绳子吧。我替他做事情，把身体都饿瘦了；您可以用我的肋骨摸出我的每一根手指来。爸爸，您来了我很高兴。把您的礼物送给一位巴萨尼奥大爷吧，他是会赏漂亮的新衣服给用人穿的。我要是不能服侍他，我宁愿跑到地球的尽头去。啊，运气真好！正是他来了。到他跟前去，爸爸。我要是再继续服侍这个犹太人，连我自己都要变成犹太人了。

巴萨尼奥率里奥那多及其他侍从上。

巴萨尼奥　你们就这样做吧，可是要赶快点儿，晚饭顶迟必须在五点钟预备好。这几封信替我分别送出；叫裁缝把制服做起来；回头

再请葛莱西安诺立刻到我的寓所里来。（一仆下）

朗斯洛特　上去，爸爸。

老高波　上帝保佑大爷！

巴萨尼奥　谢谢你，有什么事？

老高波　大爷，这一个是我的儿子，一个苦命的孩子——

朗斯洛特　不是苦命的孩子，大爷，我是犹太富翁的跟班，不瞒大爷说，我想要——我的父亲可以给我证明——

老高波　大爷，正像人家说的，他一心一意地想要侍候——

朗斯洛特　总而言之一句话，我本来是侍候那个犹太人的，可是我很想要——我的父亲可以给我证明——

老高波　不瞒大爷说，他的主人跟他有点儿意见不合——

朗斯洛特　干脆一句话，实实在在说，这犹太人欺侮了我，他叫我——我的父亲是个老头子，我希望他可以替我向您证明——

老高波　我这儿有一盘烹好的鸽子送给大爷，我要请求大爷一件事——

朗斯洛特　废话少说，这请求是关于我的事情，这位老实的老人家可以告诉您；不是我说一句，我这父亲虽然是个老头子，却是个苦人儿。

巴萨尼奥　让一个人说话。你们究竟要什么？

朗斯洛特　侍候您，大爷。

老高波　正是这一件事，大爷。

巴萨尼奥　我认识你；我可以答应你的要求；你的主人夏洛克今天曾经向我说起，要把你举荐给我。可是你不去侍候一个有钱的犹太人，反要来做一个穷绅士的跟班，恐怕没有什么好处吧。

朗斯洛特　大爷，一句老古话刚好说着我的主人夏洛克跟您：他有的是钱，您有的是上帝的恩惠。

巴萨尼奥　你说得很好。老人家，你带着你的儿子，先去向他的旧主人告别，然后再来打听我的住址。（向仆人）给他做一身比别人格外鲜艳一点的制服，不可有误。

朗斯洛特　爸爸，进去吧。我不能得到一个好差使吗？我生了嘴不会说话吗？好，（视手掌）在意大利要是有谁生得一手比我还要好的掌纹，我一定会交好运的。好，这儿是一条笔直的寿命线；这儿有不多几个老婆；唉！十五个老婆算得什么，十一个寡妇，再加上九个黄花闺女，对于一个男人也不算太多啊。还要三次溺水不死，有一次几乎在一张天鹅绒的床边送了性命，好险呀好险！好，要是命运之神是个女的，她倒是个很好的娘儿。爸爸，来，我要用一霎眼的功夫向那犹太人告别。（朗斯洛特及老高波下）

巴萨尼奥 好里奥那多，请你记好，这些东西买到以后，把它们安排停当，就赶紧回来，因为我今晚要宴请我的最有名望的相识；快去吧。

里奥那多 我一定给您尽力办去。

葛莱西安诺上。

葛莱西安诺 你家主人呢？

里奥那多 他就在那边走着，先生。（下）

葛莱西安诺 巴萨尼奥大爷！

巴萨尼奥 葛莱西安诺！

葛莱西安诺 我要向您提出一个要求。

巴萨尼奥 我答应你。

葛莱西安诺 您不能拒绝我；我一定要跟您到贝尔蒙特去。

巴萨尼奥　啊，那么我只好让你去了。可是听着，葛莱西安诺，你这个人太随便，太不拘礼节，太爱高声说话了；这几点本来对于你是再合适不过的，在我们的眼睛里也不以为嫌，可是在陌生人的地方，那就好像有点儿放肆啦。请你千万留心在你的活泼的天性里尽力放进几分冷静进去，否则人家见了你这样狂放的行为，也许会对我发生误会，害我不能达到我的希望。

葛莱西安诺　巴萨尼奥大爷，听我说。我一定会装出一副安详的态度，说起话来恭而敬之，难得赌一两句咒，口袋里放一本祈祷书，脸孔上堆满了庄严；不但如此，在念食前祈祷的时候，我还要把帽子拉下来遮住我的眼睛，叹一口气，说一句"阿门"；我一定遵守一切礼仪，就像人家有意装得循规蹈矩，去讨他老祖母的欢喜一样。要是我不照这样的话做去，您以后不用相信我好了。

巴萨尼奥　好，我们倒要瞧瞧你装得像不像。

葛莱西安诺　今天晚上可不算；您不能按照我今天晚上的行动来判断我。

巴萨尼奥　不，那未免太杀风景了。我倒要请你今天晚上痛痛快快地欢畅一下，因为我已经跟几个朋友约定，大家都要尽兴狂欢。现在我还有点事情，等会儿见。

葛莱西安诺　我也要去找罗兰佐，还有那些人；晚饭的时候我们一定来看您。（各下）

第三场

同前。夏洛克家中一室

杰西卡及朗斯洛特上。

杰西卡　你这样离开我的父亲，使我很不高兴；我们这个家是一座地狱，幸亏有你这淘气的小鬼，多少解除了几分闷气。可是再会吧，朗斯洛特，这一块钱你且拿了去；你在晚饭的时候，可以看见一位叫做罗兰佐的，是你新主人的客人，这封信你替我交给他，留心别让旁人看见。现在你快去吧，我不敢让我的父亲瞧见我跟你谈话。

朗斯洛特　再见！眼泪哽住了我的舌头。顶美丽的异教徒，顶温柔的犹太人！倘不是一个基督徒跟你母亲私通，生了你下来，就算我有眼无珠。再会吧！这些傻气的泪点，快要把我的男子气概都淹沉啦。再见！

杰西卡　再见，好朗斯洛特。（朗斯洛特下）唉，我真是罪恶深重，竟会羞于做我父亲的孩子！可是虽然我在血统上是他的女儿，在行为上却不是他的女儿。罗兰佐啊！你要是能够守信不渝，我将要结束我的内心的冲突，皈依基督教，做你的亲爱的妻子。（下）

第四场

同前。街道

葛莱西安诺、罗兰佐、萨拉里诺及萨莱尼奥同上。

罗兰佐 不，咱们就在吃晚饭的时候溜了出去，在我的寓所里化装好了，只消一点钟工夫就可以把事情办好回来。

葛莱西安诺 咱们还没有好好儿准备过呢。

萨拉里诺 咱们还没有提到过拿火炬的人。

萨莱尼奥 那一定要经过一番训练，否则叫人瞧着笑话；依我看来，还是不用了吧。

罗兰佐 现在还不过四点钟；咱们还有两个钟头可以准备起来。

朗斯洛特持函上。

罗兰佐 朗斯洛特朋友，你带了什么消息来了？

朗斯洛特 请您把这封信拆开来，好像它会告诉您的。

罗兰佐 我认识这笔迹；这几个字写得真好看；写这封信的那双手，是比这信纸还要洁白的。

葛莱西安诺 一定是情书。

朗斯洛特 大爷，小的告辞了。

罗兰佐 你还要到哪儿去？

朗斯洛特 呃，大爷，我要去请我的旧主人犹太人今天晚上陪我的新主人基督徒吃饭。

罗兰佐 慢着，这几个钱赏给你；你去回复温柔的杰西卡，我不会误她的约；留心说话的时候别给旁人听见。各位，去吧。（朗斯洛特下）你们愿意去准备今天晚上的假面跳舞会吗？我已经有了一个拿火炬的人了。

萨拉里诺 是，我立刻就去准备起来。

萨莱尼奥 我也就去。

罗兰佐 再过一点钟左右，咱们大家在葛莱西安诺的寓所里相会。

萨拉里诺 很好。（萨拉里诺、萨莱尼奥同下）

葛莱西安诺 那封信不是杰西卡写给你的吗？

罗兰佐 我必须把一切都告诉你。她已经教我怎样带着她逃出她父亲的家里，告诉我她随身带了多少金银珠宝，已经准备好怎样一身小童的服装。要是她的父亲那个犹太人有一天会上天堂，那一定因为上帝看在他善良的女儿面上特别开恩；厄运再也不敢侵犯她，除非因为她的父亲是一个奸诈的犹太人。来，跟我一块儿去；你可以一边走一边读这封信。美丽的杰西卡将要替我拿着火炬。（同下）

第五场

同前。夏洛克家门前

夏洛克及朗斯洛特上。

夏洛克 好，你就可以知道，你就可以亲眼瞧瞧，夏洛克老头子跟巴萨尼奥有什么不同啦。喂，杰西卡——我家里容得你狼吞虎咽，别人家里是不许你这样放肆的——喂，杰西卡——还让你睡觉打鼾，把衣服胡乱撕破——喂，杰西卡！

朗斯洛特 喂，杰西卡！

夏洛克 谁叫你喊的？我没有叫你喊呀。

朗斯洛特 您老人家不是常常怪我一定要等人家吩咐了才会做事吗？

杰西卡上。

杰西卡 您叫我吗？有什么吩咐？

夏洛克 杰西卡，人家请我去吃晚饭；这儿是我的钥匙，你好生收管着。可是我去干吗呢？人家又不是真心邀请我，他们不过拍拍我的马屁而已。可是我因为恨他们，倒要去这一趟，受用受用这个浪子基督徒的酒食。杰西卡，我的孩子，留心照看门户。我实在有点不愿意去；昨天晚上我做梦看见钱袋，恐怕不是个吉兆。

朗斯洛特 老爷，请您一定去；我家少爷在等着您赏光呢。

夏洛克 我也在等着他赏我一记耳光哩。

朗斯洛特 他们已经商量好了；我并不说您可以看到一场假面跳舞，可是您要是果然看到了，那就怪不得我在上一个黑曜日早上六点钟会流起鼻血来啦，那一年正是在圣灰节星期三第四年的下午。

夏洛克 怎么！还有假面跳舞吗？听好，杰西卡，把家里的门锁上了；听见鼓声和弯笛子的怪叫声音，不许爬到窗槅子上张望，也不要伸出头去，瞧那些脸上涂得花花绿绿的傻基督徒们打街道上走过。所有的窗都给我关起来，别让那些无聊的胡闹的声音钻进我的清静的屋子里。凭着雅各的牧羊杖发誓，我今晚真有点不想出去参加什么宴会。可是就去这一次吧。小子，你先回去，说我就来了。

朗斯洛特 那么我先去了，老爷。小姐，留心看好窗外；“跑来一个基督徒，不要错过好姻缘。”（下）

夏洛克 嘿，那个夏甲的傻瓜后裔[①]说些什么？

杰西卡 没有说什么，他只是说，“再会，小姐。”

夏洛克 这蠢才人倒还好，就是食量太大；做起事来，慢吞吞像条蜗牛一般；白天睡觉的本领，比野猫还胜过几分；我家里可容不得懒惰的黄蜂，所以才打发他走了，让他去跟着那个靠借债过日子的败家精，正好帮他消费。好，杰西卡，进去吧；也许我一会儿就回来。记住我的话，把门儿随手关了。“缚得牢，跑不了”，这是一句千古不磨的至理名言。（下）

杰西卡 再会；要是我的命运不跟我作梗，那么我将要失去一个父亲，你也要失去一个女儿了。（下）

---

① 夏甲为犹太人始祖亚伯拉罕正妻撒拉的婢女，撒拉因无子劝亚伯拉罕纳为次妻；夏甲生子后，遭撒拉之妒，与其子并遭斥逐。见旧约创世记。此处所云“夏甲后裔”，系表示“贱种”之意。

第六场

同前

葛莱西安诺及萨拉里诺戴假面同上。

葛莱西安诺 这儿屋檐下便是罗兰佐叫我们守望的地方。

萨拉里诺 他约定的时间快要过去了。

葛莱西安诺 他会迟到真是件怪事，因为恋人们总是赶在时钟的前面的。

萨拉里诺 啊！维纳斯的鸽子飞去缔结新欢的盟约，比之履行旧日的诺言，总要快上十倍。

葛莱西安诺 那是一定的道理。谁在席终人散以后，他的食欲还像初入座时候那么强烈？哪一匹马在冗长的归途上，会像它起程时那么长驱疾驰？世间的任何事物，追求时候的兴致总要比享用时候的兴致浓烈。一艘新下水的船只扬帆出港的当儿，多么像一个娇养的少年，给那轻狂的风儿爱抚搂抱！可是等到它回来的时候，船身已遭风日的侵蚀，船帆也变成了百结的破衲，它又多么像一个落魄的浪子，给那轻狂的风儿肆意欺凌！

萨拉里诺　罗兰佐来啦；这些话你留着以后再说吧。

罗兰佐上。

罗兰佐　两位好朋友，累你们久等了，对不起得很；实在是因为我有点事情，急切里抽身不出。等你们将来也要偷妻子的时候，我一定也替你你们守这么些时候。过来，这儿就是我的犹太岳父所住的地方。喂！里面有人吗？

杰西卡男装自上方上。

杰西卡　你是哪一个？我虽然认识你的声音，可是为了免得错认了人，请你把名字告诉我。

罗兰佐　我是罗兰佐，你的爱人。

杰西卡　你果然是罗兰佐，也的确是我的爱人，谁会使我爱得像你一样呢？罗兰佐，除了你之外，谁还知道我究竟是不是属于你的？

罗兰佐　上天和你的思想，都可以证明你是属于我的。

杰西卡　来，把这匣子接住了，你拿了去大有好处的。幸亏在夜里，你瞧不见我，我改扮成这个怪样子，怪不好意思哩。可是恋爱是盲目的，恋人们瞧不见他们自己所干的傻事；要是他们瞧得见的话，那么丘必特瞧见我变成了一个男孩子，也会脸红起来哩。

罗兰佐 下来吧，你必须替我拿着火炬。

杰西卡 怎么！我必须拿着烛火，照亮自己的羞耻吗？像我这样子，已经太轻狂了，应该遮掩遮掩才是，怎么反而要在别人面前露脸？

罗兰佐 亲爱的，你穿上这一身漂亮的男孩子衣服，人家不会认出你来的。快来吧，夜色已经在不知不觉中深了起来，巴萨尼奥在等着我们去赴宴呢。

杰西卡 让我把门窗关好，再收拾些银钱带在身边，然后立刻就来。（自上方下）

葛莱西安诺 凭着我的头巾发誓，她真是个基督徒，不是个犹太人。

罗兰佐 我从心底里爱着她。要是我有判断的能力，那么她是聪明的；要是我的眼睛没有欺骗我，那么她是美貌的；她已经替自己证明她是忠诚的；像她这样又聪明、又美丽、又忠诚，怎么不叫我把她永远放在自己的灵魂里呢？

杰西卡上。

罗兰佐 啊，你来了吗？朋友们，走吧！我们的舞侣们现在一定在那儿等着我们了。（罗兰佐、杰西卡、萨拉里诺同下）

安东尼奥上。

安东尼奥 那边是谁?

葛莱西安诺 安东尼奥先生!

安东尼奥 咦，葛莱西安诺!还有那些人呢?现在已经九点钟啦，我们的朋友们大家在那儿等着你们。今天晚上的假面跳舞会取消了;风势已转，巴萨尼奥就要立刻上船。我已经差了二十个人来找你们了。

葛莱西安诺 那好极了;我巴不得今天晚上就开船出发。(同下)

第七场

贝尔蒙特。鲍西娅家中一室

喇叭奏花腔。鲍西娅及摩洛哥亲王各率侍从上。

鲍西娅 去把帐幕揭开，让这位尊贵的王子瞧瞧那几个匣子。现在请殿下自己选择吧。

摩洛哥亲王　第一只匣子是金的，上面刻着这几个字："谁选择了我，将要得到众人所希求的东西。"第二只匣子是银的，上面刻着这样的约许："谁选择了我，将要得到他所应得的东西。"第三只匣子是用沉重的铅打成的，上面刻着像铅一样冷酷的警告："谁选择了我，必须准备把他所有的一切作为牺牲。"我怎么可以知道我选得错不错呢？

鲍西娅　这三只匣子中间，有一只里面藏着我的小像；您要是选中了那一只，我就是属于您的了。

摩洛哥亲王　求神明指示我！让我看；我且先把匣子上面刻着的字句再推敲一遍。这一个铅匣子上面说些什么？"谁选择了我，必须准备把他所有的一切作为牺牲。"必须准备牺牲；为什么？为了铅吗？为了铅而牺牲一切吗？这匣子说的话儿倒有些吓人。人们为了希望得到重大的利益，才会不惜牺牲一切；一颗贵重的心，决不会屈躬俯就鄙贱的外表；我不愿为了铅的缘故而作任何的牺牲。那个色泽皎洁的银匣子上面说些什么？"谁选择了我，将要得到他所应得的东西。"得到他所应得的东西！且慢，摩洛哥，把你自己的价值作一下公正的估计吧。照你自己判断起来，你应该得到很高的评价，可是也许凭着你这几分长处，还不配娶到这样一位小姐；然而我要是疑心我自己不够资格，那未免太小看自己了。得到我所应得的东西！当然那就是指这位小姐而说的；讲到家世、财产、人品、教养，我在哪一点上配不上她？可是超乎这一切之上，凭着我这一片深情，也就应该配得上她了。那么我不必迟疑，就选了这一个匣子吧。让我再瞧瞧那金匣子上说些什么话:“谁选择了我，将要得到众人所希求的东西。”啊，那正是这位小姐了;整个儿的世界都希求着她，从地球的四角他们迢迢而来，顶礼这位尘世的仙真:希尔卡尼亚的沙漠和广大的阿拉伯的辽阔的荒野，现在已经成为各国王子们前来瞻仰美貌的鲍西娅的通衢大道;把唾沫吐在天庭面上的傲慢不逊的海洋，也不能阻止外邦的远客，他们越过汹涌的波涛，就像跨过一条小河一样，为了要看一看鲍西娅的绝世姿容。在这三只匣子中间，有一只里面藏着她的天仙似的小像。难道那铅匣子里面会藏着她吗?想起这样一个卑劣的思想，就是一种亵渎。那么她是会藏在那价值只及纯金十分之一的银匣子里面吗?啊，罪恶的思想!这样一颗珍贵的珠宝，决不会装在比金子低贱的匣子里。把钥匙交给我;我已经选定了，但愿我的希望能够实现!

鲍西娅　亲王，请您拿着这钥匙;要是这里边有我的小像，我就是您的了。(摩洛哥亲王开金匣)

摩洛哥亲王　哎哟，该死!这是什么?一个死人的骷髅，那空空的眼眶里藏着一张有字的纸卷。让我读一读上面写着什么。

发闪光的不全是黄金，
古人的说话没有骗人;
多少世人出卖了一生，
不过看到了我的外形，
蛆虫占据着镀金的坟。

你要是又大胆又聪明，

手脚壮健，见识却老成，

就不会得到这样回音：

再见，劝你冷却这片心。

冷却这片心；真的是枉费辛劳！

永别了，热情！欢迎，凛冽的寒飙！

再见，鲍西娅；悲伤塞满了心胸，

莫怪我这败军之将去得匆匆。（率侍从下；喇叭奏花腔）

鲍西娅 他去得倒还知趣。把帐幕拉下。但愿像他一样肤色的人，都像他一样选不中。（同下）

第八场

威尼斯。街道

萨拉里诺及萨莱尼奥上。

萨拉里诺 啊，朋友，我看见巴萨尼奥开船，葛莱西安诺也跟他同船去；我相信罗兰佐一定不在他们船里。

萨莱尼奥 那个恶犹太人大呼小叫地吵到公爵那儿去，公爵已经跟着他去搜巴萨尼奥的船了。

萨拉里诺 他去迟了一步，船已经开出。可是有人告诉公爵，说他们曾经看见罗兰佐跟他的多情的杰西卡在一艘平底船里；而且安东尼奥也向公爵证明他们并不在巴萨尼奥的船上。

萨莱尼奥 那犹太狗在街上一路乱叫乱喊，我从未听到过有人这样充满混乱的、奇特的、狂怒的激情颠三倒四地喊叫："我的女儿！啊，我的银钱！啊，我的女儿！跟一个基督徒逃走啦！啊，我的基督徒的银钱！公道啊！法律啊！我的银钱，我的女儿！一袋封好的、两袋封好的银钱，给我的女儿偷去了！还有珠宝！两颗宝石，两颗珍贵的宝石，都给我的女儿偷去了！公道啊！把那女孩子找出来！她身边带着宝石，还有银钱。"

萨拉里诺 威尼斯城里所有的小孩子们，都跟在他背后，喊着他的宝石他的女儿他的银钱。

萨莱尼奥 安东尼奥应该留心那笔债款不要误了期，否则他要在他身上报复的。

萨拉里诺 对了，你想起得不错。昨天我跟一个法国人谈天，他对我说起，在英、法二国之间的狭隘的海面上，有一艘从咱们国里开出去的满载着货物的船只出事了。我一听见这句话，就想起安东尼奥，但愿那艘船不是他的才好。

萨莱尼奥 你最好把你听见的消息告诉安东尼奥；可是你要轻描淡写地说，免得害他着急。

萨拉里诺 世上没有一个比他更仁厚的君子。我看见巴萨尼奥跟安东尼奥分别，巴萨尼奥对他说他一定尽早回来，他就回答说，“不必，巴萨尼奥，不要为了我的缘故而误了你的正事，你等到一切事情圆满完成以后再回来吧；至于我在那犹太人那里签下的约，你不必放在心上，你只管高高兴兴，一心一意地进行着你的好事，施展你的全副精神，去博得美人的欢心吧。”说到这里，他不禁热泪盈眶，就回转身去，把他的手伸到背后，亲亲热热地握着巴萨尼奥的手；他们就这样分别了。

萨莱尼奥 我看他只是为了他的缘故才爱这世界的。咱们现在就去找他，想些开心的事儿替他解解愁闷，你看好不好？

萨拉里诺 很好很好。（同下）

第九场

贝尔蒙特。鲍西娅家中一室

尼莉莎及一仆人上。

尼莉莎 赶快，赶快，扯开那帐幕；阿拉贡亲王已经宣过誓，就要来选匣子啦。

喇叭奏花腔。阿拉贡亲王及鲍西娅各率侍从上。

鲍西娅 瞧，尊贵的王子，那三个匣子就在这儿；您要是选中了有我的小像藏在里头的那一个，我们就可以立刻举行婚礼；可是您要是失败了的话，那么殿下，不必多言，您必须立刻离开这儿。

阿拉贡亲王 我已经宣誓遵守三项条件：第一，不得告诉任何人我所选的是哪一只匣子；第二，要是我选错了匣子，终身不得再向任何女子求婚；第三，要是我选不中，必须立刻离开此地。

鲍西娅 为了我这微贱的身子来此冒险的人，没有一个不曾立誓遵守这几个条件。

阿拉贡亲王　我也是这样宣誓过了。但愿命运满足我的心愿！一只是金的，一只是银的，还有一只是下贱的铅的。“谁选择了我，必须准备把他所有的一切作为牺牲。”你要我为你牺牲，应该再好看一点才是。那个金匣子上面说的什么？“谁选择了我，将要得到众人所希求的东西。”众人所希求的东西！那“众人”也许是指那无知的群众，他们只知道凭着外表取人，信赖着一双愚妄的眼睛，不知道窥察到内心，就像暴风雨中的燕子，把巢筑在屋外的墙壁上，自以为可保万全，不想到灾祸就会接踵而至。我不愿选择众人所希求的东西，因为我不愿随波逐流，与庸俗的群众为伍。那么还是让我瞧瞧你吧，你这白银的宝库；待我再看一遍刻在你上面的字句：“谁选择了我，将要得到他所应得的东西。”说得好，一个人要是自己没有几分长处，怎么可以妄图非分？尊荣显贵，原来不是无德之人所可以忝窃的。唉！要是世间的爵禄官职，都能够因功授赏，不借钻营，那么多少脱帽侍立的人将会高冠盛服，多少发号施令的人将会俯首听命，多少卑劣鄙贱的渣滓可以从高贵的种子中间筛分出来，多少隐暗不彰的贤才异能，可以从世俗的糠粃中间剔选出来，大放它们的光泽！闲话少说，还是让我考虑考虑怎样选择吧。“谁选择了我，将要得到他所应得的东西。”那么我要取之无愧了。把这匣子上的钥匙给我，让我立刻打开匣子，放出藏在这里面的我的命运。（开银匣）

鲍西娅　您在这里面瞧见些什么？怎么呆住了一声也不响？

阿拉贡亲王　这是什么？一个眯着眼睛的傻瓜的画像，上面还写着字句！让我读一下看。唉！你跟鲍西娅相去得多么远！你跟我的希望又相去得多么远！难道我只配得到你这样一个东西吗？“谁选择了我，将要得到他所应得的东西。”难道我只应该得到一副傻瓜的嘴脸吗？那便是我的奖品吗？我不该得到好一点的东西吗？

鲍西娅 毁谤和评判，是两件作用不同、性质相反的事。

阿拉贡亲王 这儿写着什么？

这银子在火里烧过七遍；
那永远不会错误的判断，
也必须经过七次的试炼。
有的人终身向幻影追逐，
只好在幻影里寻求满足。
我知道世上尽有些呆鸟，
空有着一个镀银的外表；
随你娶一个怎样的妻房，
摆脱不了这傻瓜的皮囊；
去吧，先生，莫再耽搁时光！”

我要是再留在这儿发呆，
愈显得是个十足的蠢材；
顶一颗傻脑袋来此求婚，
带两个蠢头颅回转家门。
别了，美人，我愿遵守誓言，
默忍着心头愤怒的熬煎。（阿拉贡亲王率侍从下）

鲍西娅　正像飞蛾在烛火里伤身，这些傻瓜们自恃着聪明，免不了被聪明误了前程。

尼莉莎　古话说得好，上吊娶媳妇，都是一个人注定的天数。

鲍西娅　来，尼莉莎，把帐幕拉下了。

一仆人上。

仆人　小姐呢？

鲍西娅　在这儿；尊驾有什么见教？

仆人　小姐，门口有一个年轻的威尼斯人，说是来通知一声，他的主人就要来啦；他说他的主人叫他先来向小姐致意，除了一大堆恭维的客套以外，还带来了几件很贵重的礼物。小的从来没有见过这么一位体面的爱神的使者；预报繁茂的夏季快要来临的四月的天气，也不及这个为主人先驱的俊仆的温雅。

鲍西娅　请你别说下去了吧；你把他称赞得这样天花乱坠，我怕你就要说他是你的亲戚了。来，来，尼莉莎，我倒很想瞧瞧这一位爱神差来的体面的使者。

尼莉莎　爱神啊，但愿来的是巴萨尼奥！（同下）

第三幕

第一场

威尼斯。街道

萨莱尼奥及萨拉里诺上。

萨莱尼奥 交易所里有什么消息?

萨拉里诺 他们都在那里说安东尼奥有一艘满装着货物的船在海峡里倾覆了;那地方的名字好像是古德温,是一处很危险的沙滩,听说有许多大船的残骸埋葬在那里,要是那些传闻之辞是确实可靠的话。

萨莱尼奥 我但愿那些谣言就像那些吃饱了饭没事做,嚼嚼生姜,或者一把鼻涕一把眼泪地假装为了她第三个丈夫死去而痛哭的那些婆子们所说的鬼话一样靠不住。可是那的确是事实——不说啰哩啰嗦的废话，也不说枝枝节节的闲话——这位善良的安东尼奥，正直的安东尼奥——啊，我希望我有一个可以充分形容他的好处的字眼！

萨拉里诺　好了好了，别说下去了吧。

萨莱尼奥　你说什么！总结一句话，他损失了一艘船。

萨拉里诺　但愿这是他最末一次的损失。

萨莱尼奥　让我赶快喊“阿门”，免得给魔鬼打断了我的祷告，因为他已经扮成一个犹太人的样子来啦。

夏洛克上。

萨莱尼奥　啊，夏洛克！商人们有什么消息？

夏洛克　有什么消息！我的女儿逃走啦，这件事情是你比谁都格外知道得详细的。

萨拉里诺　那当然啦，就是我也知道她飞走的那对翅膀是哪一个裁缝替她做的。

萨莱尼奥　夏洛克自己也何尝不知道，她羽毛已长，当然要离开娘家啦。

夏洛克　她干出这种不要脸的事来，死了一定要下地狱。

萨拉里诺　倘然魔鬼做她的判官，那是当然的事情。

夏洛克　我自己的血肉向我造反！

萨莱尼奥　（故意曲解）老不死的，你都这把年纪了，还有那种肉欲？

萨拉里诺　你的肉跟她的肉比起来，比黑炭和象牙还差得远；你的血跟她的血比起来，比红葡萄酒和白葡萄酒还差得远。可是告诉我们，你听不听见人家说起安东尼奥在海上遭到了损失？

夏洛克　说起他，又是我的倒霉事情。这个败家精，这个破落户，他不敢在交易所里露一露脸；他平常到市场上来，穿着得多么齐整，现在可变成一个叫花子啦。让他留心他的借约吧；他老是骂我盘剥取利；让他留心他的借约吧；他是本着基督徒的精神，放债从来不取利息的；让他留心他的借约吧。

萨拉里诺　我相信要是他不能按约偿还借款，你一定不会要他的肉的；那有什么用处呢？

夏洛克　拿来钓鱼也好；即使他的肉不中吃，至少也可以出出我这一口气。他曾经羞辱过我，夺去我几十万块钱的生意，讥笑着我的亏蚀，挖苦着我的盈余，侮蔑我的民族，破坏我的买卖，离间我的朋友，煽动我的仇敌；他的理由是什么？只因为我是一个犹太人。难道犹太人没有眼睛吗？难道犹太人没有五官四肢，没有知觉，没有感情，没有血气吗？他不是吃着同样的食物，同样的武器可以伤害他，同样的医药可以疗治他，冬天同样会冷，夏天同样会热，就像一个基督徒一样吗？你们要是用刀剑刺我们，我们不是也会出血的吗？你们要是搔我们的痒，我们不是也会笑起来吗？你们要是用毒药谋害我们，我们不是也会死的吗？那么要是你们欺侮了我们，我们难道不会复仇吗？要是在别的地方我们都跟你们一样，那么在这一点上也是彼此相同的。要是一个犹太人欺侮了一个基督徒，那基督徒应该怎样？不，他怎样？报仇呀。要是一个基督徒欺侮了一个犹太人，那么照着基督徒的榜样，那犹太人应该怎样？报仇呀。你们已经把残虐的手段教给我，我一定会照着你们的教训实行，而且还要加倍奉敬哩。

一仆人上。

仆人　两位先生，我家主人安东尼奥在家里，要请两位过去谈谈。

萨拉里诺　我们正在到处找他呢。

杜伯尔上。

萨莱尼奥　又是一个他的族中人来啦；世上再也找不到第三个像他们这样的人，除非魔鬼自己也变成了犹太人。（萨莱尼奥、萨拉里诺及仆人下）

夏洛克　啊，杜伯尔！热那亚有什么消息？你有没有找到我的女儿？

杜伯尔 我所到的地方，往往听见人家说起她，可是总找不到她。

夏洛克 哎呀，糟糕！糟糕！糟糕！我在法兰克福府出两千块钱买来的那颗金刚钻也丢啦！咒诅到现在才降落到咱们民族头上；我到现在才觉得它的厉害。那一颗金刚钻就是两千块钱，还有别的贵重的贵重的珠宝。我希望我的女儿死在我的脚下，那些珠宝都挂在她的耳朵上；我希望她就在我的脚下入土安葬，那些银钱都放在她的棺材里！不知道他们的下落吗？哼，我不知道为了寻访他们，又花去了多少钱。你这你这——损失上再加损失！贼子偷了这么多走了，还要花这么多去访寻贼子，结果仍旧是一无所得，出不了这一口怨气。只有我一个人倒霉，只有我一个人叹气，只有我一个人流眼泪！

杜伯尔 倒霉的不单是你一个人。我在热那亚听人家说，安东尼奥——

夏洛克 什么？什么？什么？他也倒了霉吗？他也倒了霉吗？

杜伯尔 ——有一艘从特里坡利斯来的大船，在途中触礁。

夏洛克 谢谢上帝！谢谢上帝！是真的吗？是真的吗？

杜伯尔 我曾经跟几个从那船上出险的水手谈过话。

夏洛克 谢谢你，好杜伯尔。好消息，好消息！哈哈！什么地方？在热那亚吗？

杜伯尔　听说你的女儿在热那亚一个晚上花去八十块钱。

夏洛克　你把一把刀戳进我心里！我再也瞧不见我的银子啦！一下子就是八十块钱！八十块钱！

杜伯尔　有几个安东尼奥的债主跟我同路到威尼斯来，他们肯定地说他这次一定要破产。

夏洛克　我很高兴。我要摆布摆布他；我要叫他知道些厉害。我很高兴。

杜伯尔　有一个人给我看一个指环，说是你女儿用它向他买了一头猴子的。

夏洛克　该死该死！杜伯尔，你提起这件事，真叫我心里难过；那是我的绿玉指环，是我的妻子莉娅在我们没有结婚的时候送给我的；即使人家把一大群猴子来向我交换，我也不愿把它给人。

杜伯尔　可是安东尼奥这次一定完了。

夏洛克　对了，这是真的，一点不错。去，杜伯尔，现在离开借约满期还有半个月，你先给我到衙门里走动走动，花费几个钱。要是他愆了约，我要挖出他的心来；即使他不在威尼斯，我也不怕他逃出我的掌心。去，去，杜伯尔，咱们在会堂里见面。好杜伯尔，去吧；会堂里再见，杜伯尔。（各下）

第二场

贝尔蒙特。鲍西娅家中一室

巴萨尼奥、鲍西娅、葛莱西安诺、尼莉莎及侍从等上。

鲍西娅 请您不要太急，停一两天再选吧；因为要是您选得不对，咱们就不能再在一块儿，所以请您暂时缓一下吧。我心里仿佛有一种什么感觉，可是那不是爱情，告诉我我不愿失去您；您一定也知道，嫌憎是不会向人说这种话的。一个女孩儿家本来不该信口说话，可是为恐您不能懂得我的意思，我真想留您在这儿住上一两个月，然后再让您为我冒险一试。我可以教您怎样选才不会有错；可是这样我就要违犯了誓言，那是断断不可的；然而您如果自行其是；要是您选错了，您一定会使我起了一个有罪的愿望，懊悔我不该为了不敢背誓而忍心让您失望。顶可恼的是您这一双眼睛，它们已经瞧透了我的心，把我分成两半：半个我是您的，还有那半个我也是您的——不，我的意思是说那半个我是我的，可是既然是我的，也就是您的，所以整个儿的我都是您的。唉！都是这些无聊的世俗的礼法，使人们不能享受他们合法的权利；所以我虽然是您的，却又不是您的。如果清醒果真加此，该下地狱的是命运，不是我。我说得太啰嗦了，可是我的目的是要尽量拖延时间，不放您马上就去选择。

巴萨尼奥 让我选吧；我现在提心吊胆，才像给人拷问一样受罪呢。

鲍西娅 给人拷问，巴萨尼奥！那么您给我招认出来，在您的爱情之中，隐藏着什么奸谋？

巴萨尼奥 没有什么奸谋，我只是有点怀疑忧惧，但恐我的痴心化为徒劳；奸谋跟我的爱情正像冰炭一样，是无法相容的。

鲍西娅 嗯，可是我怕你是因为受不住拷问的痛苦，才说这样的话。

巴萨尼奥 您要是答应赦我一死，我愿意招认真情。

鲍西娅 好，赦您一死，您招认吧。

巴萨尼奥 “爱”便是我所能招认的一切。多谢我的刑官，您教给我怎样免罪的答话了！可是让我去瞧瞧那几个匣子，试试我的运气吧。

鲍西娅 那么去吧！在那三个匣子中间，有一个里面锁着我的小像；您要是真的爱我，您会把我找出来的。尼莉莎，你跟其余的人都站开些。在他选择的时候，把音乐奏起来，要是他失败了，好让他像天鹅一样在音乐声中死去；把这譬喻说得更确当一些，我的眼睛就是他葬身的清流。也许他会胜利的；那么那音乐又像什么呢？那时候音乐就像忠心的臣子俯伏迎接新加冕的君王的时候所吹奏的号角，又像是黎明时分送进正在做着好梦的新郎的耳中，催他起来举行婚礼的甜柔的琴韵。现在他去了，他的沉毅的姿态，就像少年赫拉克勒斯奋身前去，在特洛亚人的呼叫声中，把他们祭献给海怪的处女拯救出来一样，可是他心里却藏着更多的爱情，我站在这儿做牺牲，她们站在旁边，就像泪眼模糊的特洛亚妇女们，出来看这场争斗的结果。去吧，赫拉克勒斯！我的生命悬在你手里，但愿你安然生还；我这观战的人心中，比你上场作战的人还要惊恐万倍！

巴萨尼奥独白时，乐队奏乐唱歌。

歌：　告诉我爱情生长在何方？
还是在脑海？还是在心房？
它怎样发生？它怎样成长？
回答我，回答我。
爱情的火在眼睛里点亮，
凝视是爱情生活的滋养，
它的摇篮便是它的坟堂。
让我们把爱的丧钟鸣响，
叮当！叮当！
（众和）叮当！叮当！

巴萨尼奥　外观往往和事物的本身完全不符，世人却容易为表面的装饰所欺骗。在法律上，哪一件卑鄙邪恶的陈诉，不可以用娓娓动听的言词掩饰它的罪状？在宗教上，哪一桩罪大恶极的过失，不可以引经据典，文过饰非，证明它的确上合天心？任何彰明较著的罪恶，都可以在外表上装出一副道貌岸然的样子。多少没有胆量的懦夫，他们的心其实软散如沙，他们的肝其实白如牛奶，可他们的颊上却长着天神一样威武的须髯，人家只看着他们的外表，也就居然把他们当作英雄一样看待！再看那些世间所谓美貌吧，那是完全靠着脂粉装点出来的，愈是轻浮的女人，所涂的脂粉也愈重；至于那些随风飘扬，像蛇一样的金丝鬈发，看上去果然漂亮，不知道却是从坟墓中死人的骷髅上借来的。所以装饰不过是一道把船只诱进凶涛险浪的怒海中去的陷人的海岸，又像是遮掩着一个黑丑蛮女的一道美丽的面幕；总而言之，它是狡诈的世人用来欺诱智士的似是而非的真理。所以，你炫目的黄金，米达斯王的坚硬的食物，我不要你；你惨白的银子，在人们手里来来去去的下贱的奴才，我也不要你；可是你，寒伧的铅，你的形状只能使人退走，一点没有吸引人的力量，然而你的质朴却比巧妙的言辞更能打动我的心，我就选了你吧，但愿结果美满！

鲍西娅 （旁白）一切纷杂的思绪；多心的疑虑、鲁莽的绝望、战栗的恐惧、酸性的猜忌，多么快地烟消云散了！爱情啊！把你的狂喜节制一下，不要让你的欢乐溢出界限，让你的情绪越过分寸；你使我感觉到太多的幸福，请你把它减轻几分吧，我怕我快要给快乐窒息而死了！

巴萨尼奥 这里面是什么？（开铅匣）美丽的鲍西娅的副本！这是谁的神工之笔，描画出这样一位绝世的美人？这双眼睛是在转动吗？还是因为我的眼球在转动，所以仿佛它们也在随着转动？她的微启的双唇，是因为她嘴里吐出来的甘美芳香的气息而分裂了；无论怎样亲密的朋友，受到了这样的麻醉，都会变成路人的。画师在描画她的头发的时候，一定曾经化身为蜘蛛，织下了这么一个金丝的发网，来诱捉男子们的心；哪一个男子见了它，不会比飞蛾投入蛛网还快地陷下网罗呢？可是她的眼睛！他怎么能够睁了眼睛把它们画出来呢？他在画了一只眼睛以后，我想它的逼人的光芒，一定会使他自己目眩神夺，再也描画不成其余的一只。可是瞧，我用尽一切赞美的字句，还不能充分形容出这一个画中幻影的美妙；然而这幻影跟它的实体比较起来，又是多么望尘莫及！这儿是一纸手卷，宣判着我的命运。

你选择不凭着外表，
果然给你直中鹄心！
胜利既已入你怀抱，
你莫再往别处追寻。
这结果倘使你满意，
就请接受你的幸运，
赶快回转你的身体，
给你的爱深深一吻。

温柔的纶音！美人，请恕我大胆，（吻鲍西娅）
我奉命来把彼此的深情交换。
像一个夺标的健儿驰骋身手，
耳旁只听见沸腾的人声如吼，
虽然明知道胜利已在他手掌，

却不敢相信人们在向他赞赏。
绝世的美人，我现在神眩目晕，
仿佛闯进了一场离奇的梦境；
除非你亲口证明这一切是真，
我再也不相信我自己的眼睛。

鲍西娅 巴萨尼奥公子，您瞧我站在这儿，不过是这样的一个人。虽然为了我自己的缘故，我不愿妄想自己比现在的我更好一点；可是为了您的缘故，我希望我能够六十倍胜过我的本身，再加上一千倍的美丽，一万倍的富有；我但愿我有无比的贤德、美貌、财产和亲友，好让我在您的心目中占据一个很高的位置。可是我这一身却是一无所有，我只是一个不学无术、没有教养的女子；幸亏她的年纪还不是顶大，来得及发愤学习；她的天资也不是顶笨，可以加以教导之功；尤其大幸的，她有一颗柔顺的心灵，愿意把它奉献给您，听从您的指导，把您当作她的主人、她的统治者和她的君王。我自己以及我所有的一切，现在都变成您的所有了；刚才我还拥有着这一座华丽的大厦，我的仆人都听从着我的指挥，我是支配我自己的女王，可是就在现在，这屋子、这些仆人和这一个我，都是属于您的了，我的夫君。凭着这一个指环，我把这一切完全呈献给您；要是您让这指环离开您的身边，或者把它丢了，或者把它送给别人，那就预示着您的爱情的毁灭，我可以因此责怪您的。

巴萨尼奥 小姐，您使我说不出一句话来，只有我的热血在我的血管里跳动着向您陈诉。我的精神是在一种恍惚的状态中，正像喜悦的群众在听到他们所爱戴的君王的一篇美妙的演辞以后那种心灵眩惑的神情，除了口头的赞叹和内心的欢乐以外，一切的一切都混和起来，化成白茫茫的一片模糊。可是这指环要是有一天离开这手指，那么我的生命也一定已经终结；那时候您可以放胆地说，巴萨尼奥已经死了。

尼莉莎　姑爷，小姐，我们站在旁边，眼看我们的愿望成为事实，现在该让我们来道喜了。恭喜姑爷！恭喜小姐！

葛莱西安诺　巴萨尼奥大爷和我的温柔的夫人，愿你们享受一切的快乐！我还有一个请求，要是你们决定在什么时候举行嘉礼，我也想跟你们一起结婚。

巴萨尼奥　很好，只要你能够找到一个妻子。

葛莱西安诺　谢谢大爷，您已经替我找到一个了。不瞒大爷说，我这一双眼睛瞧起人来，并不比您大爷慢；您瞧见了小姐，我也瞧见了使女；您发生了爱情，我也发生了爱情。您的命运靠那几个匣子决定，我也是一样；因为我在这儿千求万告，身上的汗出了一身又是一身，指天誓日地说到唇干舌燥，才算得到这位好姑娘的一句回音，答应我要是您能够得到她的小姐，我也可以得到她的爱情。

鲍西娅　这是真的吗，尼莉莎？

尼莉莎　是真的，小姐，要是您赞成的话。

巴萨尼奥 葛莱西安诺，你也是出于真心吗？

葛莱西安诺 是的，大爷。

巴萨尼奥 我们的喜筵有你们的婚礼添兴，那真是喜上加喜了。

葛莱西安诺 我们要跟他们打赌一千块钱，看谁先养儿子。可是谁来啦？罗兰佐和他的异教徒吗？什么！还有我那威尼斯老朋友萨莱尼奥？

罗兰佐、杰西卡及萨莱尼奥上。

巴萨尼奥 罗兰佐、萨莱尼奥，虽然我也是初履此地，让我僭用着这里主人的名义，欢迎你们的到来。亲爱的鲍西娅，请您允许我接待我这几个同乡朋友。

鲍西娅 我也是竭诚欢迎他们。

罗兰佐 谢谢。巴萨尼奥大爷，我本来并没有想到要到这儿来看您，因为在路上碰见萨莱尼奥，给他不由分说地硬拉着一块儿来啦。

萨莱尼奥 是我拉他来，大爷，我是有理由的。安东尼奥先生叫我替他向您致意。（给巴萨尼奥一信）

巴萨尼奥 在我没有拆开这信以前，请你告诉我我的好朋友近来好吗？

萨莱尼奥　他没有病，除非有点儿心病；您看了他的信，就可以知道他的近况。

葛莱西安诺　尼莉莎，招待招待那位客人。把你的手给我，萨莱尼奥。威尼斯有些什么消息？那位善良的商人安东尼奥怎样？我知道他听见了我们的成功，一定会十分高兴；我们是两个伊阿宋，把金羊毛取了来啦。

萨莱尼奥　我希望你们能够把他失去的金羊毛取了回来，那就好了。

鲍西娅　那信里一定有些什么坏消息，巴萨尼奥的脸色都变白了；多半是一个什么好朋友死了，否则不会有别的事情会把一个堂堂男子激动到这个样子的。怎么，还有更坏的事情吗？恕我冒渎，巴萨尼奥，我是您自身的一半，这封信所带给您的任何不幸的消息，也必须让我分一半去。

巴萨尼奥　啊，亲爱的鲍西娅！这信里所写的，是自有纸墨以来最悲惨的字句。好小姐，当我初次向您倾吐我的爱慕之忱的时候，我坦白地告诉您，我的高贵的家世是我仅有的财产，那时我并没有向您说谎；可是，亲爱的小姐，单单把我说成一个两袖清风的寒士，还未免夸张过分，因为我不但一无所有，而且还负着一身的债务；不但欠了我的一个好朋友许多钱，还累他为了我的缘故，欠了他仇家的钱。这一封信，小姐，那信纸就像是我朋友的身体，上面的每一个字，都是一处血淋淋的创伤。可是，萨莱尼奥，那是真的吗？

难道他的船舶都一起遭难了？竟没有一艘平安到港吗？从特里坡利斯、墨西哥、英国、里斯本、巴巴里和印度来的船只，没有一艘能够逃过那些毁害商船的礁石的可怕的撞击吗？

萨莱尼奥 一艘也没有逃过。而且即使他现在有钱还那犹太人，那犹太人也不肯收他。我从来没有见过这样一个样子像人的家伙，一心一意只想残害他的同类；他不分昼夜地向公爵唠叨，说是他们倘不给他主持公道，那么威尼斯根本不成其为一个自由邦。二十个商人、公爵自己，还有那些最有名望的士绅，都曾劝过他，可是谁也不能叫他回心转意，放弃他狠毒的控诉；他一口咬定，要求按照约文的规定，处罚安东尼奥的违约。

杰西卡 我在家里的时候，曾经听见他向杜伯尔和丘斯，他的两个同族的人谈起，说他宁可取安东尼奥身上的肉，不愿收受比他的欠款多二十倍的钱。要是法律和威权不能拒绝他，那么可怜的安东尼奥恐怕难逃一死了。

鲍西娅 遭到这样危难的人，是不是您的好朋友？

巴萨尼奥 我的最亲密的朋友，一个心肠最仁慈的人，热心为善，多情尚义，在他身上存留着比任何意大利人更多的古代罗马的仁侠精神。

鲍西娅 他欠那犹太人多少钱？

巴萨尼奥 他为了我的缘故，向他借了三千块钱。

鲍西娅 什么，只有这一点数目吗？还他六千块钱，把那借约毁了；两倍六千块钱，或者照这数目再倍三倍都可以，可是万万不能因为巴萨尼奥的过失，害这样一位好朋友损伤一根毛发。先陪我到教堂里去结为夫妇，然后你就到威尼斯去看你的朋友；鲍西娅决不让你抱着一颗不安宁的良心睡在她的身旁。你可以带偿还这笔小小借款的二十倍那么多的钱去；债务清了以后，就带你的忠心的朋友到这儿来。我的侍女尼莉莎陪着我在家里，仍旧像未嫁的时候一样，守候着你们的归来。来，今天就是你结婚的日子，大家快快乐乐，好好招待你的朋友们。你既然是用这么大的代价买来的，我一定格外宝爱你。可是让我听听你朋友的信。

巴萨尼奥 "巴萨尼奥挚友如握：弟船只悉数遇难，债主煎迫，家业荡然。犹太人之约，业已愆期；履行罚则，殆无生望。足下前此欠弟债项，一切勾销，惟盼及弟未死之前，来相临视。或足下燕婉情浓，不忍遽别，则亦不复相强，此信置之可也。"

鲍西娅 啊，亲爱的，快把一切事情办好，立刻就去吧！

巴萨尼奥 既然蒙您允许，我就赶快收拾动身；可是——此去经宵应少睡，长留魂魄系相思。（同下）

第三场

威尼斯。街道

夏洛克、萨拉里诺、安东尼奥及狱吏上。

夏洛克　狱官，留心看住他；不要对我讲什么慈悲。这就是那个放债不取利息的傻瓜。狱官，留心看住他。

安东尼奥　再听我说句话，好夏洛克。

夏洛克　我一定要照约实行；你倘然想推翻这一张契约，那还是请你免开尊口的好。我已经发过誓，非得照约实行不可。你曾经无缘无故骂我狗，既然我是狗，那么你可留心着我的狗牙齿吧。公爵一定会给我主持公道的。你这糊涂的狱官，我真不懂你老是会答应他的请求，陪着他到外边来。

安东尼奥　请你听我说。

夏洛克　我一定要照约实行，不要听你讲什么鬼话；我一定要照约实行，所以请你闭嘴吧。我不像那些软心肠流眼泪的傻瓜们一样，

听了基督徒的几句劝告，就会摇头叹气，懊悔屈服。别跟着我，我不要听你说话，我要照约实行。（下）

萨拉里诺　这是人世间一头最顽固的恶狗。

安东尼奥　别理他；我也不愿再费无益的唇舌向他哀求了。他要的是我的命，我也知道他这样做的原因。常常有许多人因为不堪他的剥削，向我诉苦，是我帮助他们解除他的压迫，所以他才恨我。

萨拉里诺　我相信公爵一定不会允许他实行这一种处罚。

安东尼奥　公爵不能变更法律的规定，因为威尼斯的繁荣，完全倚赖着各国人民的来往通商，要是剥夺了异邦人应享的权利，一定会使人对威尼斯的法治精神发生重大的怀疑。去吧，这些不如意的事情，已经把我搅得心力交瘁，我怕到明天身上也许割不下一磅肉来，偿还我这位不怕血腥气的债主了。狱官，走吧。求上帝，让巴萨尼奥来亲眼看见我替他还债，我就死而无怨了！（同下）

第四场

贝尔蒙特。鲍西娅家中一室

鲍西娅、尼莉莎、罗兰佐、杰西卡及鲍尔萨泽上。

罗兰佐 夫人，不是我当面恭维您，您的确有一颗高贵真诚、不同凡俗的仁爱的心；尤其像这次敦促尊夫就道，宁愿割舍儿女的私情，这一种精神毅力，真令人万分钦佩。可是您倘使知道受到您这种好意的是个什么人，您所救援的是怎样一个正直的君子，他对于尊夫的交情又是怎样深挚，我相信您一定会格外因为做了这一件好事而自傲，不仅仅认为这是在人道上一件不得不尽的义务而已。

鲍西娅 我做了好事从来不后悔，现在也当然不会。因为凡是常在一块儿谈心游戏的朋友，彼此之间都有一重相互的友爱，他们在容貌上、风度上、习性上，也必定相去不远；所以在我想来，这位安东尼奥既然是我丈夫的心腹好友，他的为人一定很像我的丈夫。要是我的猜想果然不错，那么我把一个跟我的灵魂相仿的人从残暴的迫害下救赎出来，花了这点点儿代价，算得什么！可是这样的话，太近于自吹自擂了，所以别说了吧，还是谈些其他的事情。罗兰佐，在我的丈夫没有回来以前，我要劳驾您替我照管家里；我自己已经向天许下密誓，要在祈祷和默念中过着生活，只让尼莉莎一个人陪着我，直到我们两人的丈夫回来。在两里路之外有一所修道院，我们就预备住在那儿。我向您提出这一个请求，不只是为了个人的私情，还有其他事实上的必要，请您不要拒绝我。

罗兰佐　夫人，您有什么吩咐，我无不乐于遵命。

鲍西娅　我的仆人们都已知道我的决心，他们会把您和杰西卡当作巴萨尼奥和我自己一样看待。后会有期，再见了。

罗兰佐　但愿美妙的思想和安乐的时光追随在您的身旁！

杰西卡　愿夫人一切如意！

鲍西娅　谢谢你们的好意，我也愿意用同样的愿望祝福你们。再见，杰西卡。（杰西卡、罗兰佐下）鲍尔萨泽，我一向知道你诚实可靠，希望你永远做一个诚实可靠的人。这一封信你给我火速送到帕度亚，交给我的表兄培拉里奥博士亲手收拆；要是他有什么回信和衣服交给你，你就赶快带着它们到码头上，乘公共渡船到威尼斯去。不要多说话，去吧；我会在威尼斯等你。

鲍尔萨泽　小姐，我尽快去就是了。（下）

鲍西娅　来，尼莉莎，我现在还要干一些你没有知道的事情；我们要在我们的丈夫还没有想到我们之前去跟他们相会。

尼莉莎 我们要让他们看见我们吗？

鲍西娅 他们将会看见我们，尼莉莎，可是我们要打扮得叫他们认不出我们的本来面目。我可以跟你打赌无论什么东西，要是我们都扮成了少年男子，我一定比你漂亮点儿，带起刀子来也比你格外神气点儿；我会沙着喉咙讲话，就像一个正在发育的男孩子一样；我会把两个姗姗细步并成一个男人家的阔步；我会学着那些爱吹牛的哥儿们的样子，谈论一些击剑比武的玩意儿，再随口编造些巧妙的谎话，什么谁家的千金小姐爱上了我啦，我不接受她的好意，她害起病来死啦，我怎么心中不忍，后悔不该害了人家的性命啦，以及二十个诸如此类的无关紧要的谎话，人家听见了，一定以为我走出学校的门还不满一年。这些爱吹牛的娃娃们的鬼花样儿我有一千种在脑袋里，都可以搬出来应用。

尼莉莎 怎么，我们要扮成男人吗？

鲍西娅 为什么不？来，车子在公园门口等着我们；我们上了车，我可以把我的整个计划一路告诉你。快去吧，今天我们要赶二十里路呢。（同下）

第五场

同前。花园

朗斯洛特及杰西卡上。

朗斯洛特 真的，不骗您，父亲的罪恶是要子女承当的，所以我倒真的在替您捏着一把汗呢。我一向喜欢对您说老实话，所以现在我也老老实实把我心里所担忧的事情告诉您；您放心吧，我想您总免不了下地狱。只有一个希望也许可以帮帮您的忙，可是那也是个不大高妙的希望。

杰西卡 请问你，是什么希望呢？

朗斯洛特 嗯，您可以存着一半儿的希望，希望您不是您的父亲所生，不是这个犹太人的女儿。

杰西卡 这个希望可真的太不高妙啦；这样说来，我的母亲的罪恶又要降到我的身上来了。

朗斯洛特 那倒也是真的，您不是为您的父亲下地狱，就是为您的母亲下地狱；逃过了凶恶的礁石，逃不过危险的漩涡。好，您下地狱是下定了。

杰西卡 我可以靠着我的丈夫得救；他已经使我变成一个基督徒。

朗斯洛特 这就是他大大的不该。咱们本来已经有很多的基督徒，简直快要挤都挤不下啦；要是再这样把基督徒一批一批制造出来，猪肉的价钱一定会飞涨，大家吃起猪肉来，恐怕每人只好分到一片薄薄的咸肉了。

杰西卡 朗斯洛特，你这样胡说八道，我一定要告诉我的丈夫。他来啦。

罗兰佐上。

罗兰佐 朗斯洛特，你要是再拉着我的妻子在壁角里说话，我真的要吃起醋来了。

杰西卡 不，罗兰佐，你放心好了，我已经跟朗斯洛特翻脸啦。他老实不客气地告诉我，上天不会对我发慈悲，因为我是一个犹太人的女儿；他又说你不是国家的好公民，因为你把犹太人变成了基督徒，提高了猪肉的价钱。

罗兰佐 要是政府向我质问起来，我自有话说。可是，朗斯洛特，你把那黑人的女儿弄大了肚子，这该是什么罪名呢？

朗斯洛特　那摩尔姑娘如果是失去了理智而干了那件事，那倒非同小可；但是她本来就不是良家妇女，倒要算是我把她抬举了一番。

罗兰佐　瞧，哪一个笨蛋都可以玩一点文字游戏！这样以来，盖世无双的辩才只好哑口无言，唯有八哥口里的话才受人称道了。给我进去，小鬼，叫他们好预备吃饭了。

朗斯洛特　先生，他们早已预备好了；他们都是有肚子的呢。

罗兰佐　嘿，你的嘴真尖利！那么，就叫他们把饭预备好吧。

朗斯洛特　那也准备好了，就只差说："安排饭桌"。

罗兰佐　那么，先生，您愿意"安排饭桌"吗？

朗斯洛特　先生，小的不敢，惟知恪守本职。

罗兰佐　竟是一个机会都不肯放过！你想把你的全部才智在一转眼里全部和盘端出吗？我是个老实人，不会给你歪扯。去对你那些同伴们说，桌子可以铺起来，饭菜可以端上来，我们要进来吃饭！

朗斯洛特　是，先生，我就去叫他们把饭菜铺起来，桌子端上来；至于您进不进来吃饭，那可悉随尊便。（下）

罗兰佐　瞧他毫无破绽，瞧他的话说的真是珠联璧合。傻瓜把大量好话都栽种在记忆里。我确实知道，有许多傻瓜跟他一样装束，地位也比他高，会为了一句俏皮话而抛开正事不管。你好吗，杰西卡？亲爱的好人儿，现在告诉我，你对于巴萨尼奥的夫人有什么意见？

杰西卡　好到没有话说。巴萨尼奥大爷娶到这样一位好夫人，享尽了人世天堂的幸福，自然应该不会走上邪路了。要是有两个天神打赌，各自拿一个人间的女子做赌注，如其一个是鲍西娅，那么还有一个必须另外加上些什么，才可以彼此相抵，因为这一个寒伧的世界还不能产生一个跟她同样好的人来。

罗兰佐　他娶到了这么一个好妻子，你也嫁着了我这么一个好丈夫。

杰西卡　那可要先问问我的意见。

罗兰佐　可以可以，可是先让我们吃了饭再说。

杰西卡　不，让我趁着胃口没有倒之前，先把你恭维两句。

罗兰佐　不，你有话还是留到吃饭的时候说吧；那么不论你说得好说得坏，我都可以连着饭菜一起吞下去。

杰西卡　好，你且等着听我怎样说你吧。（同下）

第四幕

第一场

威尼斯。法庭

公爵、众绅士、安东尼奥、巴萨尼奥、葛莱西安诺、萨拉里诺、萨莱尼奥及余人等同上。

公爵 安东尼奥有没有来？

安东尼奥 有，殿下。

公爵 我很为你发愁；你是来跟一个心如铁石的对手当庭质对，一个不懂得怜悯、没有一丝慈悲心的不近人情的恶汉。

安东尼奥 听说殿下曾经用尽力量，劝他不要过为已甚，可是他一味坚执，不肯略作让步。既然没有合法的手段可以使我脱离他的怨毒的掌握，我只有用默忍迎受他的愤怒，安心等待着他的残暴的处置。

公爵 来人，传那犹太人到庭。

萨拉里诺 他在门口等着；他来了，殿下。

夏洛克上。

公爵 大家让开些，让他站在我的面前。夏洛克，人家都以为你不过故意装出这一副凶恶的姿态，到了最后关头，就会显出你的仁慈恻隐来，比你现在这种表面上的残酷更加出人意料；现在你虽然坚持着照约处罚，一定要从这个不幸的商人身上割下一磅肉来，到了那时候，你不但愿意放弃这一种处罚，而且因为受到良心上的感动，说不定还会豁免他一部分的欠款。人家都是这样说，我也是这样猜想着。你看他最近接连遭逢的巨大损失，足以使无论怎样富有的商人倾家荡产，即使铁石一样的心肠，从来不知道人类同情的野蛮人，也不能不对他的境遇发生怜悯。犹太人，我们都在等候你一句温和的回答。

夏洛克 我的意思已经向殿下告禀过了；我也已经指着我们的圣安息日起誓，一定要照约执行处罚；要是殿下不准许我的请求，那就是蔑视宪章，我要到京城里去上告，要求撤销贵邦的特权。您要是问我为什么不愿接受三千块钱，宁愿拿一块腐烂的臭肉，那我可没有什么理由可以回答您，我只能说我欢喜这样，这是不是一个回答？要是我的屋子里有了耗子，我高兴出一万块钱叫人把它们赶掉，谁管得了我？这不是回答了您吗？有的人不爱看张开嘴的猪，有的人瞧见一头猫就要发脾气，还有人听见人家吹风笛的声音，就忍不住要小便；因为一个人的感情完全受着喜恶的支配，谁也做不了自己的主。现在我就这样回答您：为什么有人受不住一头张开嘴的猪，有人受不住一头有益无害的猫，还有人受不住咿咿唔唔的风笛的声音，这些都是毫无充分的理由的，只是因为天生的癖性，使他们一受到感触，就会情不自禁地现出丑相来；所以我不能举什么理由，也不愿举什么理由，除了因为我对于安东尼奥抱着久积的仇恨和深刻的反感，所以才会向他进行这一场对于我自己并没有好处的诉讼。现在您不是已经得到我的回答了吗？

巴萨尼奥　你这冷酷无情的家伙，这样的回答可不能作为你的残忍的辩解。

夏洛克　我的回答本来不是为要讨你的欢喜。

巴萨尼奥　难道人们对于他们所不喜欢的东西，都一定要置之死地吗？

夏洛克　哪一个人会恨他所不愿意杀死的东西？

巴萨尼奥　初次的冒犯，不应该就引为仇恨。

夏洛克　什么！你愿意给毒蛇咬两次吗？

安东尼奥　请你想一想，你现在跟这个犹太人讲理，就像站在海滩上，叫那大海的怒涛减低它的奔腾的威力，责问豺狼为什么害母羊为了失去它的羔羊而哀啼，或是叫那山上的松柏，在受到天风吹拂的时候，不要摇头摆脑，发出谡谡的声音。要是你能够叫这个犹太人的心变软——世上还有什么东西比它更硬呢？——那么还有什么难事不可以做到？所以我请你不用再跟他商量什么条件，也不用替我想什么办法，让我爽爽快快受到判决，满足这犹太人的心愿吧。

巴萨尼奥　借了你三千块钱，现在拿六千块钱还你好不好？

夏洛克　即使这六千块钱中间的每一块钱都可以分做六份，每一份都可以变成一块钱我也不要它们；我只要照约处罚。

公爵　你这样一点没有慈悲之心，将来怎么能够希望人家对你慈悲呢？

夏洛克　我又不干错事，怕什么刑罚？你们买了许多奴隶，把他们当作驴狗骡马一样看待，叫他们做种种卑贱的工作，因为他们是你们出钱买来的。我可不可以对你们说，让他们自由，叫他们跟你们的子女结婚吧；为什么他们要在重担之下流着血汗呢？让他们的床铺得跟你们的床同样柔软，让他们的舌头也尝尝你们所吃的东西吧。你们会回答说："这些奴隶是我们所有的。"所以我也可以回答你们：我向他要求的这一磅肉，是我出了很大的代价买来的；它是我的所有，我一定要把它拿到手里。您要是拒绝了我，那么你们的法律根本就是骗人的东西！我现在等候着判决，请快些回答我，我可不可以拿到这一磅肉？

公爵　我已经差人去请培拉里奥，一位有学问的博士，来替我们审判这件案子了；要是他今天不来，我可以有权宣布延期判决。

萨拉里诺　殿下，外面有一个使者刚从帕度亚来，带着这位博士的书信，等候着殿下的召唤。

公爵　把信拿来给我；叫那使者进来。

巴萨尼奥　高兴起来吧，安东尼奥！喂，老兄，不要灰心！这犹太人可以把我的肉、我的血、我的骨头、我的一切都拿去，可是我决不让你为了我的缘故流一滴血。

安东尼奥　我是羊群里一头不中用的病羊，死是我的应分；最软弱的果子最先落到地上，让我也就这样结束了我的一生吧。你应当继续活下去，巴萨尼奥；我的墓志铭除了你以外，是没有人写得好的。

尼莉莎扮律师书记上。

公爵　你是从帕度亚培拉里奥那里来的吗？

尼莉莎　是，殿下。培拉里奥叫我向殿下致意。（呈上一信）

巴萨尼奥　你这样使劲儿磨着刀干吗？

夏洛克　从那破产的家伙身上割下那磅肉来。

葛莱西安诺　狠心的犹太人，你的刀不应该放在你的靴底磨，应该放在你的灵魂里磨，才可以磨得锐利；就是刽子手的钢刀，也及不上你的刻毒的心肠利害。难道什么恳求都不能打动你吗？

夏洛克　不能，无论你说得多么婉转动听，都没有用。

葛莱西安诺　万恶不赦的狗，看你死后不下地狱！让你这种东西活在世上，真是公道不生眼睛。你简直使我的信仰发生摇动，相信起毕达哥拉斯所说畜生的灵魂可以转生人体的议论来了；你的前生一定是一头豺狼，因为吃了人给人捉住吊死，它那凶恶的灵魂就从绞架上逃了出来，钻进了你那老娘的肮脏的胎里，因为你的性情正像豺狼一样残暴贪婪。

夏洛克　除非你能够把我这一张契约上的印章骂掉，否则像你这样拉开了喉咙直嚷，不过白白伤了你的肺，何苦来呢？好兄弟，我劝你还是修养修养你的聪明吧，免得它将来一起毁坏得不可收拾。我在这儿要求法律的裁判。

公爵　培拉里奥在这封信上介绍一位年轻有学问的博士出席我们的法庭。他在什么地方？

尼莉莎　他就在这儿附近等着您的答复，不知道殿下准不准许他进来？

公爵　非常欢迎。来，你们去三四个人，恭恭敬敬领他到这儿来。现在让我们把培拉里奥的来信当庭宣读。

书记 （读）“尊翰到时，鄙人抱疾方剧；适有一青年博士鲍尔萨泽君自罗马来此，致其慰问，因与详讨犹太人与安东尼奥一案，遍稽群籍，折中是非，遂恳其为鄙人庖代，以应殿下之召。凡鄙人对此案所具意见，此君已深悉无遗；其学问才识，虽穷极赞辞，亦不足道其万一，务希勿以其年少而忽之，盖如此少年老成之士，实鄙人生平所仅见也。倘蒙延纳，必能不辱使命。敬祈钧裁。”

公爵 你们已经听到了博学的培拉里奥的来信。这儿来的大概就是那位博士了。

鲍西娅扮律师上。

公爵 把您的手给我。足下是从培拉里奥老前辈那儿来的吗？

鲍西娅 正是，殿下。

公爵 欢迎欢迎；请上坐。您有没有明了今天我们在这儿审理的这件案子的两方面的争点？

鲍西娅 我对于这件案子的详细情形已经完全知道了。这儿哪一个是那商人，哪一个是犹太人？

公爵 安东尼奥，夏洛克，你们两人都上来。

鲍西娅 你的名字就叫夏洛克吗？

夏洛克 夏洛克是我的名字。

鲍西娅 你这场官司打得倒也奇怪，可是按照威尼斯的法律，你的控诉是可以成立的。（向安东尼奥）你的生死现在操在他的手里，是不是？

安东尼奥 他是这样说的。

鲍西娅 你承认这借约吗？

安东尼奥 我承认。

鲍西娅 那么犹太人应该慈悲一点。

夏洛克 为什么我应该慈悲一点？把您的理由告诉我。

鲍西娅 慈悲不是出于勉强，它是像甘霖一样从天上降下尘世；它不但给幸福于受施的人，也同样给幸福于施予的人；它有超乎一切的无上威力，比皇冠更足以显出一个帝王的高贵：御杖不过象征着俗世的威权，使人民对于君上的尊严凛然生畏；慈悲的力量却高出于权力之上，它深藏在帝王的内心，是一种属于上帝的德性，执法的人倘能把慈悲调剂着公道，人间的权力就和上帝的神力没有差别。所以，犹太人，虽然你所要求的是公道，可是请你想一想，要是真的按照公道执行起赏罚来，谁也没有死后得救的希望；我们既然祈祷着上帝的慈悲，就应该按照自己做一些慈悲的事。我说了这一番话，为的是希望你能够从你的法律的立场上作几分让步；可是如果你坚持着原来的要求，那么威尼斯的法庭是执法无私的，只好把那商人宣判定罪了。

夏洛克 我只要求法律允许我照约执行处罚。

鲍西娅 他是不是不能清还你的债款？

巴萨尼奥 不，我愿意替他当庭还清；照原数加倍也可以；要是这样他还不满足，那么我愿意签署契约，还他十倍的数目，倘然不能如约，他可以割我的手，砍我的头，挖我的心。要是这样还不能使他满足，那就是存心害人，不顾天理了。请堂上运用权力，把法律稍为变通一下，犯一次小小的错误，干一件大大的功德，别让这个残忍的恶魔逞他杀人的兽欲。

鲍西娅 那可不行，在威尼斯谁也没有权力变更既成的法律；要是开了这一个恶例，以后谁都可以借口有例可援，什么坏事情都可以干了。这是不行的。

夏洛克 一个但尼尔[①]来做法官了！真的是但尼尔再世！聪明的青年法官啊，我真佩服你！

鲍西娅 请你让我瞧一瞧那借约。

夏洛克 在这儿，可尊敬的博士；请看吧。

鲍西娅 夏洛克，他们愿意出三倍的钱还你呢。

---

① 但尼尔，以色列人的著名士师，以善于折狱称。

夏洛克　不行，不行，我已经对天发过誓啦，难道我可以让我的灵魂背上毁誓的罪名吗？不，把整个儿的威尼斯给我，我都不能答应。

鲍西娅　好，那么就应该照约处罚；根据法律，这犹太人有权要求从这商人的胸口割下一磅肉来。还是慈悲一点，把三倍原数的钱拿去，让我撕了这张约吧。

夏洛克　等他按照约中所载条款受罚以后，再撕不迟。您瞧上去像是一个很好的法官；您懂得法律，您讲的话也很有道理，不愧是法律界的中流砥柱，所以现在我就用法律的名义，请您立刻进行宣判。凭着我的灵魂起誓，谁也不能用他的口舌改变我的决心。我现在但等着执行原约。

安东尼奥　我也诚心请求堂上从速宣判。

鲍西娅　好，那么就是这样：你必须准备让他的刀子刺进你的胸膛。

夏洛克　啊，尊严的法官！好一位优秀的青年！

鲍西娅　因为这约上所订定的惩罚，就法律条文而言，是完全有效的。

夏洛克　很对很对！啊，聪明正直的法官！想不到你瞧上去这样年轻，见识却这么老练！

鲍西娅　所以你应该把你的胸膛袒露出来。

夏洛克　对了，“他的胸部”，约上是这么说的——不是吗，尊严的法官？“附近心口的所在”，约上写得明明白白的。

鲍西娅　不错，称肉的天平有没有预备好？

夏洛克　我已经带来了。

鲍西娅　夏洛克，你应该自己拿出钱来，请一位外科医生替他堵住伤口，免得他流血而死。

夏洛克　约上有这样的规定吗？

鲍西娅　约上并没有这样的规定；可是那又有什么相干呢？为了仁慈起见，你应该这样做的。

夏洛克　我找不到，约上没有这一条。

鲍西娅　商人，你还有什么话说吗？

安东尼奥　我没有多少话要说；我已经准备好了。把你的手给我，巴萨尼奥，再会吧！不要因为我为了你的缘故遭到这种结局而悲伤，因为命运对我已经特别照顾了：她往往让一个不幸的人在家产荡尽以后继续活下去，用他凹陷的眼睛和满是皱纹的额角去接受贫困的暮年；这一种拖延时日的刑罚，她已经把我豁免了。替我向尊夫人致意，告诉她安东尼奥的结局；对她说我怎样爱你，替我在死后说几句好话；等到你把这一段故事讲完以后，再请她判断一句，巴萨尼奥是不是曾经有过一个真心爱他的朋友。不要因为你将要失去一个朋友而懊恨，替你还债的人是死而无怨的；只要那犹太人的刀刺得深一点，我就可以在一刹那的时间把那笔债完全还清。

巴萨尼奥 安东尼奥，我爱我的妻子，就像我自己的生命一样；可是我的生命、我的妻子以及整个的世界，在我的眼中都不比你的生命更为贵重；我愿意丧失一切，把它们献给这恶魔做牺牲，来救出你的生命。

鲍西娅 尊夫人要是就在这儿听见您说这样话，恐怕不见得会感谢您吧。

葛莱西安诺 我有一个妻子，我可以发誓我是爱她的；可是我希望她马上归天，好去求告上帝改变这恶狗一样的犹太人的心。

尼莉莎 幸亏尊驾在她的背后说这样的话，否则府上一定要吵得鸡犬不宁了。

夏洛克 这些便是相信基督教的丈夫！我有一个女儿，我宁愿她嫁给强盗的子孙，不愿她嫁给一个基督徒！别再浪费光阴了；请快些儿宣判吧。

鲍西娅 那商人身上的一磅肉是你的；法庭判给你，法律许可你。

夏洛克 公平正直的法官！

鲍西娅 你必须从他的胸前割下这磅肉来；法律许可你，法庭判给你。

夏洛克　博学多才的法官！判得好！来，预备！

鲍西娅　且慢，还有别的话哩。这约上并没有允许你取他的一滴血，只是写明着“一磅肉”；所以你可以照约拿一磅肉去，可是在割肉的时候，要是流下一滴基督徒的血，你的土地财产，按照威尼斯的法律，就要全部充公。

葛莱西安诺　啊，公平正直的法官！听着，犹太人；啊，博学多才的法官！

夏洛克　法律上是这样说吗？

鲍西娅　你自己可以去查查明白。既然你要求公道，我就给你公道，不管这公道是不是你所希望的。

葛莱西安诺　啊，博学多才的法官！听着，犹太人；好一个博学多才的法官！

夏洛克　那么我愿意接受还款；照约上的数目三倍还我，放了那基督徒吧。

巴萨尼奥　钱在这儿。

鲍西娅　别忙！这犹太人必须得到绝对的公道。别忙！他除了照约处罚以外，不能接受其他的赔偿。

葛莱西安诺 啊，犹太人！一个公平正直的法官，一个博学多才的法官！

鲍西娅 所以你准备着动手割肉吧。不准流一滴血，也不准割得超过或是不足一磅的重量；要是你割下来的肉，比一磅略微轻一点或是重一点，即使相差只有一丝一毫，或者仅仅一根汗毛之微，就要把你抵命，你的财产全部充公。

葛莱西安诺 一个再世的但尼尔，一个但尼尔，犹太人！现在你可掉在我的手里了，你这异教徒！

鲍西娅 那犹太人为什么还不动手？

夏洛克 把我的本钱还我，放我去吧。

巴萨尼奥 钱我已经预备好在这儿，你拿去吧。

鲍西娅 他已经当庭拒绝过了；我们现在只能给他公道，让他履行原约。

葛莱西安诺 好一个但尼尔，一个再世的但尼尔！谢谢你，犹太人，你教会我说这句话。

夏洛克 难道我不能单单拿回我的本钱吗？

鲍西娅 犹太人，除了冒着你自己生命的危险，割下那一磅肉以外，你不能拿一个钱。

夏洛克 好，那么魔鬼保佑他去享用吧！我不要打这场官司了。

鲍西娅 等一等，犹太人，法律上还有一点牵涉你。威尼斯的法律规定：凡是一个异邦人企图用直接或间接手段，谋害任何公民，查明确有实据者，他的财产的半数应当归被企图谋害的一方所有，其余的半数没入公库，犯罪者的生命悉听公爵处置，他人不得顾问。你现在刚巧陷入这一条法网，因为根据事实的发展，已经足以证明你确有运用直接间接手段，危害被告生命的企图，所以你已经遭逢着我刚才所说起的那种危险了。快快跪下来，请公爵开恩吧。

葛莱西安诺 求公爵开恩，让你自己去寻死；可是你的财产现在充了公，一根绳子也买不起啦，所以还是要让公家破费把你吊死。

公爵 让你瞧瞧我们基督徒的精神，你虽然没有向我开口，我自动饶恕了你的死罪。你的财产一半划归安东尼奥，还有一半没入公库；要是你能够诚心悔过，也许还可以减处你一笔较轻的罚款。

鲍西娅 这是说没入公库的一部分，不是说划归安东尼奥的一部分。

夏洛克 不，把我的生命连着财产一起拿了去吧，我不要你们的宽恕。你们夺去了我的养家活命的根本，就是夺去了我的家，活活的要了我的命。

鲍西娅 安东尼奥，你能不能够给他一点慈悲？

葛莱西安诺 白送给他一根上吊的绳子吧；看在上帝的面上，不要给他别的东西！

安东尼奥 要是殿下和堂上愿意从宽发落，免予没收他的财产的一半，我就十分满足了；只要他能够让我接管他的另外一半的财产，等他死了以后，把它交给最近和他的女儿私奔的那位绅士；可是还要有两个附带的条件：第一，他接受了这样的恩典，必须立刻改信基督教；第二，他必须当庭写下一张文契，声明他死了以后，他的全部财产传给他的女婿罗兰佐和他的女儿。

公爵 他必须办到这两个条件，否则我就撤销刚才所宣布的赦令。

鲍西娅 犹太人，你满意吗？你有什么话说？

夏洛克 我满意。

鲍西娅 书记，写下一张授赠产业的文契。

夏洛克 请你们允许我退庭，我身子不大舒服。文契写好了送到我家里，我在上面签名就是了。

公爵 去吧，可是临时变卦是不成的。

葛莱西安诺 你在受洗礼的时候，可以有两个教父；要是我做了法官，我一定给你请十二个教父，不是领你去受洗，是送你上绞架。（夏洛克下）

公爵　先生，我想请您到舍间去用餐。

鲍西娅　请殿下多多原谅，我今天晚上要回帕度亚去，必须现在就动身，恕不奉陪了。

公爵　您这样贵忙，不能容我略尽寸心，真是抱歉得很。安东尼奥，谢谢这位先生，你这回全亏了他。（公爵、众士绅及侍从等下）

巴萨尼奥　最可尊敬的先生，我跟我这位敝友今天多赖您的智慧，免去了一场无妄之灾；为了表示我们的敬意，这三千块钱本来是预备还那犹太人的，现在就奉送给先生，聊以报答您的辛苦。

安东尼奥　您的大恩大德，我们是永远不忘记的。

鲍西娅　一个人做了心安理得的事，就是得到了最大的酬报；我这次帮两位的忙，总算没有失败，已经引为十分满足，用不到再谈什么酬谢了。但愿咱们下次见面的时候，两位仍旧认识我。现在我就此告辞了。

巴萨尼奥　好先生，我不能不再向您提出一个请求，请您随便从我们身上拿些什么东西去，不算是酬谢，只算是留个纪念。请您答应接受我两件礼物，赏我这一个面子，原谅我的礼轻意重。

鲍西娅　你们这样殷勤，我只好却之不恭了。（向安东尼奥）把您的手套送给我，让我戴在手上留个纪念吧；（向巴萨尼奥）为了纪念您的盛情，让我拿了这戒指去。不要缩回您的手，我不再向您要什么了；您既然是一片诚意，想来总也不会拒绝我吧。

巴萨尼奥 这指环吗，好先生？唉！它是个不值钱的玩意儿；我不好意思把这东西送给您。

鲍西娅 我什么都不要，就是要这指环；现在我想我非把它要了来不可。

巴萨尼奥 这指环的本身并没有什么价值，可是因为有其他的关系，我不能把它送人。我愿意搜访威尼斯最贵重的一枚指环来送给您，可是这一枚却只好请您原谅了。

鲍西娅 先生，您原来是个口头上慷慨的人；您先教我怎样伸手求讨，然后再教我怎样应付别人的乞丐。

巴萨尼奥 好先生，这指环是我的妻子给我的；她把它套上我的手指的时候，曾经叫我发誓永远不把它出卖、送人或是遗失。

鲍西娅 人们在吝惜他们的礼物的时候，都可以用这样的话做推托的。要是尊夫人不是一个疯婆子，她知道了我对于这指环是多么受之无愧，一定不会因为您把它送掉了而跟您长久反目的。好，愿你们平安！（鲍西娅、尼莉莎同下）

安东尼奥 我的巴萨尼奥少爷，让他把那指环拿去吧；看在他的功劳和我的交情份上，违犯一次尊夫人的命令，想来不会有什么要紧。

巴萨尼奥 葛莱西安诺，你快追上他们，把这指环送给他；要是可能的话，领他到安东尼奥的家里去。去，赶快！（葛莱西安诺下）来，我就陪着你到你府上；明天一早咱们两人就飞到贝尔蒙特去。来，安东尼奥。（同下）

第二场

同前。街道

鲍西娅及尼莉莎上。

鲍西娅　打听打听这犹太人住在什么地方，把这文契交给他，叫他签了字。我们要比我们的丈夫先一天到家，所以一定得在今天晚上动身。罗兰佐拿到了这一张文契，一定高兴得不得了。

葛莱西安诺上。

葛莱西安诺　好先生，我好容易追上了您。我家大爷巴萨尼奥再三考虑之下，决定叫我把这指环拿来送给您，还要请您赏光陪他吃一顿饭。

鲍西娅　那可没法应命；他的指环我受下了，请你替我谢谢他。我还要请你给我这小兄弟带路到夏洛克老头儿的家里。

葛莱西安诺 可以可以。

尼莉莎 大哥，我要向您说句话儿。（向鲍西娅旁白）我要试一试我能不能把我丈夫的指环拿下来。我曾经叫他发誓永远不离手。

鲍西娅 你一定能够。我们回家以后，一定可以听听他们指天誓日，说他们把指环送给了男人；可是我们要压倒他们，比他们发更厉害的誓。你快去吧，你知道我会在什么地方等你。

尼莉莎 来，大哥，请您给我带路。（各下）

第五幕

第一场

贝尔蒙特。通至鲍西娅住宅的林荫路

罗兰佐及杰西卡上。

罗兰佐 好皎洁的月色！微风轻轻地吻着树枝，不发出一点声响；我想正是在这样一个夜里，特洛伊罗斯登上了特洛亚的城墙，遥望着克瑞西达所寄身的希腊人的营幕，发出他的深心中的悲叹。

杰西卡 正是在这样一个夜里，提斯柏心惊胆战地踩着霜露，去赴她情人的约会，因为看见了一头狮子的影子，吓得远远逃走。

罗兰佐 正是在这样一个夜里，狄多手里执着柳枝，站在辽阔的海滨，招她的爱人回到迦太基来。

杰西卡　正是在这样一个夜里，美狄亚采集了灵芝仙草，使衰迈的伊阿宋返老还童。

罗兰佐　正是在这样一个夜里，杰西卡从犹太富翁的家里逃走出来，跟着一个不中用的情郎从威尼斯一直走到贝尔蒙特。

杰西卡　正是在这样一个夜里，年轻的罗兰佐发誓说他爱她，用许多忠诚的盟言偷去了她的灵魂，可是没有一句话是真的。

罗兰佐　正是在这样一个夜里，可爱的杰西卡像一个小泼妇似的，信口毁谤她的情人，可是他饶恕了她。

杰西卡　倘不是有人来了，我可以搬弄出比你所知道的更多的夜的典故来。可是听！这不是一个人的脚步声吗？

斯丹法诺上。

罗兰佐　谁在这静悄悄的深夜里跑得这么快？

斯丹法诺　一个朋友。

罗兰佐　一个朋友！什么朋友？请问朋友尊姓大名？

斯丹法诺　我的名字是斯丹法诺，我来向你们报个信，我家女主人在天明以前，就要到贝尔蒙特来了；她一路上看见圣十字架，便停步下来，长跪祷告，祈求着婚姻的美满。

罗兰佐 谁陪她一起来？

斯丹法诺 没有什么人，只是一个修道的隐士和她的侍女。请问我家主人有没有回来？

罗兰佐 他没有回来，我们也没有听到他的消息。可是，杰西卡，我们进去吧；让我们按照着礼节，准备一些欢迎这屋子的女主人的仪式。

朗斯洛特上。

朗斯洛特 索拉！索拉！哦哈呵！索拉！索拉！

罗兰佐 谁在那儿嚷？

朗斯洛特 索拉！你看见罗兰佐大爷吗？罗兰佐大爷！索拉！索拉！

罗兰佐 别嚷啦，朋友；他就在这儿。

朗斯洛特 索拉！哪儿？哪儿？

罗兰佐 这儿。

朗斯洛特 对他说我家主人差一个人带了许多好消息来了；他在天明以前就要回家来啦。（下）

罗兰佐 亲爱的，我们进去，等着他们回来吧。不，还是不用进去。我的朋友斯丹法诺，请你进去通知家里的人，你们的女主人就要来啦，叫他们准备好乐器到门外来迎接。（斯丹法诺下）月光多么恬静地睡在山坡上！我们就在这儿坐下来，让音乐的声音悄悄送进我们的耳边；柔和的静寂和夜色，是最足以衬托出音乐的甜美的。坐下来，杰西卡。瞧，天宇中嵌满了多少灿烂的金钹；你所看见的每一颗微小的天体，在转动的时候都会发出天使般的歌声，永远应和着嫩眼的天婴的妙唱。在永生的灵魂里也有这一种音乐，可是当它套上这一具泥土制成的俗恶易朽的皮囊以后，我们便再也听不见了。

众乐工上。

罗兰佐　来啊！奏起一支圣歌来唤醒狄安娜女神；用最温柔的节奏倾注到你们女主人的耳中，让她被乐声吸引着回来。（音乐）

杰西卡　我听见了柔和的音乐，总觉得有些惆怅。

罗兰佐　这是因为你有一个敏感的灵魂。你只要看一群野性未驯的小马，逞着它们奔放的血气，乱跳狂奔，高声嘶叫，倘然偶尔听到一声喇叭，或是任何乐调，就会一齐立定，它们狂野的眼光，因为中了音乐的魅力，变成温和的注视。所以诗人会造出俄耳甫斯用音乐感动木石、平息风浪的故事，因为无论怎样坚硬顽固狂暴的事物，音乐都可以立刻改变它们的性质；灵魂里没有音乐，或是听了甜蜜和谐的乐声而不会感动的人，都是擅于为非作恶、使奸弄诈的；他们的灵魂像黑夜一样昏沉，他们的感情像鬼域一样幽暗；这种人是不可信任的。听这音乐！

鲍西娅及尼莉莎自远处上。

鲍西娅 那灯光是从我家里发出来的。一枝小小的蜡烛，它的光照耀得多么远！一件善事也正像这支蜡烛一样，在这罪恶的世界上发出广大的光辉。

尼莉莎 月光明亮的时候，我们就瞧不见灯光。

鲍西娅 小小的荣耀也正是这样给更大的光荣所掩盖。国王出巡的时候摄政的威权未尝不就像一个君主，可是一等国王回来，他的威权就归于乌有，正像溪涧中的细流注入大海一样。音乐！听！

尼莉莎 小姐，这是我们家里的音乐。

鲍西娅 没有比较，就显不出长处；我觉得它比在白天好听得多。

尼莉莎 小姐，那是因为晚上比白天静寂的缘故。

鲍西娅 当自唱自赏的时候，乌鸦的歌声也就和云雀一样；要是夜莺在白天杂在群鹅的聒噪里歌唱，人家决不以为它比鹪鹩唱得更美。多少事情因为逢到有利的环境，才能够达到尽善的境界，博得一声恰当的赞赏！喂，静下来！月亮正在拥着她的情郎[①]酣睡，不肯就醒来呢。（音乐停止）

罗兰佐 要是我没有听错，这分明是鲍西娅的声音。

---

① 月亮的情郎原文作恩第迷昂，神话中的美少年，为黛安娜女神所钟爱。

鲍西娅 我的声音太难听，所以一下子就给他听出来了，正像瞎子能够辨认杜鹃一样。

罗兰佐 好夫人，欢迎您回家来！

鲍西娅 我们在外边为我们的丈夫祈祷平安，希望他们能够因我们的祈祷而多福。他们已经回来了吗？

罗兰佐 夫人，他们还没有来；可是刚才有人来送过信，说他们就要来了。

鲍西娅 进去，尼莉莎，吩咐我的仆人们，叫他们就当我们两人没有出去过一样；罗兰佐，您也给我保守秘密；杰西卡，您也不要多说。（喇叭声）

罗兰佐 您的丈夫来啦，我听见他的喇叭的声音。我们不是搬嘴弄舌的人，夫人，您放心好了。

鲍西娅 这样的夜色就像一个昏沉的白昼，不过略微惨淡点儿；没有太阳的白天，瞧上去也不过如此。

巴萨尼奥、安东尼奥、葛莱西安诺及侍从等上。

巴萨尼奥 要是您在没有太阳的地方走路，我们就可以和地球那一面的人共同享有着白昼。

鲍西娅 让我发出光辉，可是不要让我像光一样轻浮；因为一个轻浮的妻子，是会使丈夫的心头沉重的，我决不愿意巴萨尼奥为了我而心头沉重。可是一切都是上帝做主！欢迎您回家来，夫君！

巴萨尼奥 谢谢您，夫人。请您给我这位朋友欢迎；这就是安东尼奥，我曾经受过他无穷的恩惠。

鲍西娅 他的确使您受惠无穷，因为我听说您曾经使他受累无穷呢。

安东尼奥 没有什么，现在一切都已经圆满解决了。

鲍西娅 先生，我们非常欢迎您的光临；可是口头的空言不能表示诚意，所以一切客套的话，我都不说了。

葛莱西安诺 （向尼莉莎）我凭着那边的月亮起誓，你冤枉了我，我真的把它送给了那法官的书记。好人，你既然把这件事情看得这么重，那么我但愿拿了去的人是个割掉了下体的。

鲍西娅 啊！已经在吵架了吗？为了什么事？

葛莱西安诺 为了一个金圈圈儿，她给我的一个不值钱的指环，上面刻着的诗句，就跟那些刀匠们刻在刀子上的差不多，什么“爱我毋相弃”。

尼莉莎 你管它什么诗句，什么值钱不值钱？我当初给你的时候，你曾经向我发誓，说你要戴着它直到死去，死了就跟你一起葬在坟墓里；即使不为我，为了你所发的重誓，你也应该把它看重，好好儿地保存着。送给一个法官的书记！呸！上帝可以替我判断，拿了这指环去的那个书记，一定是个脸上永远不会出毛的。

葛莱西安诺 他年纪长大起来，自然会出胡子的。

尼莉莎 一个女人也会长成男子吗？

葛莱西安诺 我举手起誓，我的确把它送给一个少年人，一个年纪小小、发育不全的孩子；他的个儿并不比你高，这个法官的书记。他是个多话的孩子，一定要我把这指环给他做酬劳，我实在不好意思不给他。

鲍西娅 恕我说句不客气的话，这是你的不对；你怎么可以把你妻子的第一件礼物随随便便给了人？你已经发过誓把它套在你的手指上，它就是你身体上不可分的一部分。我也曾经送给我的爱人一个指环，使他发誓永不把它抛弃；他现在就在这儿，我敢代他发誓，即使把世间所有的财富向他交换，他也不肯丢掉它或是把它从他的手指上取下来的。真的，葛莱西安诺，你太对不起你的妻子了；倘然是我的话，我早就发起脾气来啦。

巴萨尼奥 （旁白）哎哟，我应该把我的左手砍掉了，那就可以发誓说，因为强盗要我的指环，我不肯给他，所以连手都给砍下来了。

葛莱西安诺 巴萨尼奥大爷也把他的指环给那法官了，因为那法官一定要向他讨那指环；其实他就是拿了指环去，也一点不算过分。那个孩子、那法官的书记，因为写了几个字，也就讨了我的指环去做酬劳。他们主仆两人什么都不要，就是要这两个指环。

鲍西娅 我的爷，您把什么指环送了人哪？我想不会是我给您的那一个吧？

巴萨尼奥 要是我可以用说谎来加重我的过失，那么我会否认的；可是您瞧我的手指上已没有指环；它已经没有了。

鲍西娅 正像你的虚伪的心里没有一丝真情。我对天发誓，除非等我见了这指环，我再也不跟你同床共枕。

尼莉莎 要是我看不见我的指环，我也再不跟你同床共枕。

巴萨尼奥 亲爱的鲍西娅，要是您知道我把这指环送给什么人，要是您知道我为了谁的缘故把这指环送人，要是您能够想到为了什么理由我把这指环送人，我又是多么舍不下这个指环，可是人家偏偏什么也不要，一定要这个指环，那时候您就不会生这么大的气了。

鲍西娅 要是你知道这指环的价值，或是把这指环给你的那人的一半好处，或是懂得了你自己保存着这指环的光荣，你就不会把这指环抛弃。只要你用诚恳的话向他恳切解释，世上哪有这样不讲理的人，会好意思硬要人家留作纪念品的东西？尼莉莎讲的话一点不错，我可以用我的生命赌咒，一定是什么女人把这指环拿去了。

巴萨尼奥 不，夫人，我用我的名誉、我的灵魂起誓，并不是什么女人拿去，的确是送给那位法学博士的；他不接受我送给他的三千块钱，一定要讨这指环，我不答应，他就老大不高兴地去了。就是他救了我的好朋友的性命；我应该怎么说呢，好太太？我没有法子，只好叫人追上去送给他；人情和礼貌逼着我这样做，我不能让我的名誉上沾上忘恩负义的污点。原谅我，好夫人，凭着天上的明灯起誓，要是那时候您也在那儿，我想您一定会恳求我把这指环送给这位贤能的博士的。

鲍西娅 让那博士再也不要走近我的屋子。他既然拿去了我所珍爱的宝物，又是你所发誓永远为我保存的东西，那么我也会像你一样慷慨；我会把我所有的一切都给他，即使他要我的身体，或是我的丈夫的眠床，我都不会拒绝他。我总有一天会认识他的；你还是一夜也不要离开家里，像个百眼怪人那样看守着我吧；否则我可以凭着我的尚未失去的贞操起誓，要是你让我一个人在家里，我一定要跟这个博士睡在一床的。

尼莉莎 我也要跟他的书记睡在一床；所以你还是留心不要走开我的身边。

葛莱西安诺 好，随你的便，只要不让我碰到他；要是他给我捉住了，我就折断这个少年书记的那支笔。

安东尼奥 都是我的不是，引出你们这一场吵闹。

鲍西娅 先生，这跟您没有关系；您来我们是很欢迎的。

巴萨尼奥 鲍西娅，饶恕我这一次出于不得已的错误，当着这许多朋友们的面前，我向您发誓，凭着您这一双美丽的眼睛，在它们里面我可以看见我自己——

鲍西娅　你们听他的话！我的左眼里也有一个他，我的右眼里也有一个他；你用你的两重人格发誓，我还能够相信你吗？

巴萨尼奥　不，听我说。原谅我这一次错误，凭着我的灵魂起誓，我以后再不违犯对你所作的誓言。

安东尼奥　我曾经为了他的幸福，把我自己的身体向人抵押，倘不是幸亏那个把您丈夫的指环拿去的人，几乎送了性命；现在我敢再立一张契约，把我的灵魂作为担保，保证您的丈夫决不会再有故意背信的行为。

鲍西娅　那么就请您做他的保证人，把这个给他，叫他比上回那一个保存得牢一些。

安东尼奥　拿着，巴萨尼奥；请您发誓永远保存这一个指环。

巴萨尼奥　天哪！这就是我给那博士的那一个！

鲍西娅　我就是从他手里拿来的。原谅我，巴萨尼奥，因为凭着这个指环，那博士已经跟我睡过觉了。

尼莉莎　原谅我，我的好葛莱西安诺；就是那个发育不全的孩子，那个博士的书记，因为我问他讨这个指环，昨天晚上已经跟我睡在一起了。

葛莱西安诺 哎哟，这就像是在夏天把铺得好好的道路重新翻造。嘿！我们就这样冤冤枉枉地做起王八来了吗？

鲍西娅 不要说得那么难听。你们大家都有点莫名其妙；这儿有一封信，拿去慢慢地念吧，它是培拉里奥从帕度亚寄来的，你们从这封信里，就可以知道那位博士就是鲍西娅，她的书记便是这位尼莉莎。罗兰佐可以向你们证明，当你们出发以后，我就立刻动身；我回家来还没有多少时候，连大门也没有进去过呢。安东尼奥，我们非常欢迎您到这儿来；我还带着一个您所意料不到的好消息给您，请您拆开这封信，您就可以知道您有三艘商船，已经满载而归，马上要到港了。您再也想不出这封信怎么会巧巧儿地到了我的手里。

安东尼奥 我没有话说。

巴萨尼奥 你就是那个博士，我却不认识你吗？

葛莱西安诺 你就是要叫我当王八的那个书记吗？

尼莉莎 是的，可是除非那书记会长成一个男子，他再也不能叫你当王八。

巴萨尼奥 好博士，你今晚就陪着我睡觉吧；当我不在的时候，你可以睡在我妻子的床上。

安东尼奥 好夫人，您救了我的命，又给了我一条活路；我从这封信里得到了确实的消息，我的船只已经平安到港了。

鲍西娅 喂，罗兰佐！我的书记也有一件好东西要给您哩。

尼莉莎 是的，我可以免费送给他。这儿是那犹太富翁亲笔签署的一张授赠产业的文契，声明他死了以后，全部遗产都传给您和杰西卡，请你们收下吧。

罗兰佐 两位好夫人，你们像是散布吗哪[①]的天使，救济着饥饿的人们。

鲍西娅 天已经差不多亮了，可是我知道你们还想把这些事情知道得详细一点。我们大家进去吧；你们还有什么疑惑的地方，尽管再向我们发问，我们一定老老实实地回答一切的问题。

葛莱西安诺 很好，我要我的尼莉莎宣誓答复的第一个问题，是现在离白昼只有两小时了，我们还是就去睡觉呢，还是等明天晚上再睡？

正是——

不惧黄昏近，但愁白日长；

翩翩书记俊，今夕喜同床。

金环束指间，灿烂自生光，

为恐娇妻骂，莫将弃道旁。（众下）

① 吗哪，天粮，见旧约出埃及记。

莎翁年谱

一五六四年　四月二十三日，威廉·莎士比亚生于英国沃里克郡（Warwickshire）埃文河上之斯特拉福德镇（Stratford-on-Avon）。关于莎氏出生日期，未能十分确定，惟受洗于是年四月二十六日，则有教堂簿籍可稽，依照当时习俗，小儿于出生后三日内受洗，故诞辰可能为四月二十三日。

莎氏先世务农，父约翰，为一识字不多之手套商人，兼营畜牧农产，有住宅二所。母玛丽·阿登（Mary Arden），为乡间富农之嗣女。

是年为伊丽莎白女王（Queen Elizabeth）即位后之第七年，适当"文艺复兴"以后，英国在宗教上已脱离旧教之羁绊，商业繁盛，与欧洲大陆各国来往频繁。学术文艺方面，因感染外国影响，渐露新面目，不复为上层阶级之专有品。在戏剧方面，旧日之神迹剧（Miracle Plays）及教训剧（Morality），日趋没落；纯粹娱乐之民间戏剧逐渐发达，古典型之悲剧喜剧，亦开始为文人所仿作。是年戏剧家克里斯多夫·马洛（Christopher Marlowe）生，至一五九三年即卒。

一五六八年　四岁。王后剧团（The Queen's Players）来镇表演，翌年复来。是年，父约翰任斯特拉福德镇长。

一五七一年　七岁，入本地圣十字义务小学（The Free Grammar School of the Holy Cross）就读。

一五七三年　九岁。大文豪（诗人，散文家，戏剧家）本・琼森（Ben Jonson）生。

一五七五年　十一岁。是年伦敦始有戏院。当时职业伶人虽有贵族及宫廷为其护符，且深得民众之欢迎，惟颇受地方官府之压迫。戏院皆建立于城外，均以木料建成，构造至为简陋；中央为露天之池座，不设座位，舞台即突出其间；楼座成圆环形围绕四周。无布景，亦无幕布；后台用幕遮隔，代表密室山洞等隐藏之处；其上层为阳台，代表楼房城墙等较高之处；两旁各设一门出入。演员均为男子，女角皆以儿童扮演。另有以纯粹儿童演员为号召之私家戏院，则设于寺院之内，设备较佳，取费较贵，该项儿童均系由大教堂唱诗班中遴选而来。

一五七七年　十三岁，辍学。是时家道中落，食口众多（有弟妹四五人），故被迫辍学佐理父业。

一五七八年　十四岁。是年约翰・黎里（John Lyly1554？—1606）所著小说《优弗伊斯》（Euphues）出版，其过度运用辞藻之文体，蔚为当时宫廷阶级流行之风尚。莎氏初期喜剧《爱的徒劳》即以该项文体为讽刺对象。

一五七九年　十五岁。是年托马斯·诺斯（Thomas North）所译普鲁塔克著之《希腊罗马名人传》（Plutarch's Lives）出版，为莎氏罗马史剧所取资。

约翰·弗莱彻（John Fletcher）生，后亦为戏剧家，一六二五年卒。

一五八二年　十八岁，娶安妮·哈撒韦（Anne Hathaway），安妮为邻邑农家女，长莎氏八岁。

一五八三年　十九岁，长女苏珊娜（Susannah）生。

一五八四年　二十岁。是年剧作家弗朗西斯·博蒙特（Francis Beaumont）生，后与莎氏同年卒。

一五八五年　二十一岁，孪生子哈姆奈特（Hamnet）及女朱迪斯（Judith）生。

一五八六年　二十二岁，离家赴伦敦，投身戏剧界。

传说莎氏偷入托马斯·卢西爵士（Sir Thomas Lucy）之私家苑囿查莱克特林（The Woods of Charlecote）中捕鹿事发，此为其离家之动机。自此十一年中，与家人鲜通音问。并有谓《亨利四世》及《温莎的风流娘儿们》中之夏禄法官即系影射卢西爵士。然此说于事实上颇少根据。

贵族文人菲利普·西德尼（Sir Philip Sidney生于一五五四年）卒。

一五八七年　二十三岁。是年马洛所著悲剧《帖木儿大帝》（Tamburlaine）上演。基德（Thomas Kyd 1558—1594），格林（Robert Greene 1560？—1592），皮尔（GeorgePeele），黎里等，当时均为各戏院撰作剧本。

一五九〇年　二十六岁。是年斯宾塞（Edmund Spenser 1552—1599）寓言诗《仙后》（The Fairie Queen）前三卷出版。

一五九一年　二十七岁，是时已开始写作剧本。按莎氏最初仅在伦敦戏院中充打杂役务，其后饰无关紧要之角色，演技上即崭露头角，乃渐以自编剧本问世。

《爱的徒劳》写成。《错误的喜剧》及《亨利六世》约于此时上演。自此以剧作家与名伶驰誉伦敦。

一五九二年　二十八岁。是年格林卒（格林生于1560？为讽刺剧作家及诗人。）《维洛那二绅士》约于此时写成。

一五九三年　二十九岁，长诗《维纳斯与阿多尼斯》（Venus and Adonis）出版。莎氏以此诗献于骚散普顿伯爵（TheEarl of Southompton），伯爵为伊丽莎白女王宫廷中一青年贵族，一般推测即系其十四行诗（Sonnets）中赞美之对象。

《理查三世》《约翰王》，约于此年写成。

马洛卒。按马洛虽与莎氏同年，其写作剧本实远在莎氏之先。莎氏初期所作史剧如《理查三世》等，作风颇受马洛影响。其悲剧打破“三一律”之限制，首先运用“无韵诗”(blank verse)，其主人公多为一受某种情欲支配卒陷于无可避免之失败之人物，已为莎氏后期诸悲剧之前驱。

一五九四年　三十岁。宫内大臣剧团(Lord Chamberlain’s Players)组成，莎氏为该团之一员。因有当时首席名伶Richard Burbage为其台柱，且得莎氏为之经常编剧，该团声誉鹊起。

是年奉女王之召，在格林尼治行宫(Greenwich Palace)演剧。

长诗《鲁克丽丝遭强暴记》(The Rape of Lucrece)出版，仍献与骚散普顿伯爵。《十四行诗》之一部分约于此时写成。

《泰特斯·安德洛尼克斯》出版。

自一五九〇年至此，论者均认为莎氏写作之初期，亦可称为习作时期。此期作品大多改编旧剧，其创作者亦未脱模拟他人之痕迹。喜剧方面受黎里、格林之影响，悲剧史剧则受马洛之影响。

一五九五年　三十一岁。《仲夏夜之梦》《罗密欧与朱丽叶》《理查二世》，约于此年写成。

一五九六年　三十二岁，子哈姆奈特死，始返家。《威尼斯商人》约于此年写成。

一五九七年　三十三岁，在斯特拉福德镇购巨宅一所，名曰“新地”（New Place），为全镇房屋之冠。此后数年中，在本镇及伦敦陆续购置地产一百余亩。

《罗密欧与朱丽叶》《理查二世》《理查三世》均出版。《驯悍记》约于是年写成。

是年文哲巨子弗朗西斯·培根（Francis Bacon 1561—1626）之论文集（Essays）出版。按有人以为莎氏戏剧实系培根所作，其说至为牵强，不足成立。

一五九八年　三十四岁。《亨利四世》《温莎的风流娘儿们》，约于此年写成。

琼森之喜剧《诙谐大成》（Everyman in His Humour）上演，莎氏参加演出。琼森在当时戏剧界中，为主张严守古典格律最力者之一，其持论与莎氏自由创造之作风相反。然莎氏死后，琼森为其全集题词，中有“君非属于某一时代，乃属于一切时代者”之语，可见其推崇之深。

一五九九年　三十五岁。环球剧院（The Globe Theatre）落成于南华克（Southwark）之班克塞德（Bankside），莎氏为股东兼演员。是年因父约翰申请之结果，“纹章院”特许莎氏家族世袭“纹章”（Coat of arms）。

《无事生非》《亨利五世》《裘力斯·凯撒》约于此年写成。是年斯宾塞卒。

一六〇〇年　三十六岁。《皆大欢喜》约于是年写成。

一六〇一年　三十七岁。《第十二夜》约于是年写成。至此为莎氏写作之第二期，最佳喜剧均于此期产生。当时戏剧盛行，著名剧作家除莎氏及琼森、博蒙、弗莱彻外，为Thomas Dekker（1570?—1632），Thomas Middleton（1580—1627），John Webster（1575?—1625），George Chapman（1559?—1634），John Marston（1575?—1634）等。

一六〇二年　三十八岁，《哈姆莱特》上演。按约在马洛发表《帖木儿大帝》同时，基德已用同类题材写成一剧，名曰《西班牙悲剧》（The Spanish Tragedy）。《特洛伊罗斯与克瑞西达》《终成眷属》约于此年写成。

一六〇三年　三十九岁。新王詹姆斯一世（James I）即位。莎氏所属剧团更名“国王剧团”（The King’s Players）。

莎氏放弃演剧工作，惟仍继续撰写剧本。《哈姆莱特》第一四开本出版。《一报还一报》约于此年写成。

一六〇四年　四十岁。《奥瑟罗》上演。

一六〇六年　四十二岁。《李尔王》《麦克白》，约于此年写成。是年黎里卒。

一六〇七年　四十三岁。《雅典的泰门》约于此年写成。

一六〇八年　四十四岁。《安东尼与克莉奥佩特拉》《泰尔亲王配力克里斯》约于此年写成。

大诗人约翰·弥尔顿（John Milton）生（卒于一六七四年）。

一六〇九年　四十五岁。《科利奥兰纳斯》约于此年写成。至此为莎氏写作之第三期，此期莎氏几以全力专心写作悲剧，为其艺术成就之极峰。

是年其《十四行诗》出版。按“十四行诗”诗体，最初藉怀特（Thomas Wyatt　1503?—1542）及萨里伯爵（Henry Howard, Earl of Surrey　1517—1546）二人之介绍，自意大利传入英国。伊丽莎白朝诸人纷起模仿，大率千篇一律，不脱恋爱范围，其中以西德尼及斯宾塞两人所作为最称杰构。及莎氏《十四行诗》出，乃以情感之丰富热烈，意境之婉转深刻，辞采之瑰丽优美，盖掩前人。全部共一百五十四首，其前半所赞美爱慕之对象，为一年轻貌美之男性友人；其一往情深之处，令人低徊欲绝。后半则系为一“肤色黝黑之女郎”（此称为“the dark lady”）而作。词多怨愤，似莎氏曾为此女郎所玩弄而终遭遗弃者然。唯此中情事究系确实或仅属诗人骋其想象所构造，则非后人所能断言矣。

一六一〇年　四十六岁。《暴风雨》上演。《辛白林》约于此年写成。加入黑教士戏院（The Blackfriar’s Theatre）为股东。

一六一一年　四十七岁。自舞台退隐乡居。《冬天的故事》上演。是年，詹姆斯王钦定本英译《圣经》(The Bible) 出版。

一六一三年　四十九岁。《亨利八世》上演。至此为莎氏写作之第四期，此期作品较少，大率为悲喜杂糅之传奇剧，而以复合团圆为结束者。除《暴风雨》外，文笔远较前期为松懈而散漫。

一六一六年　四月二十三日卒于故居，适近其五十二岁生辰。临终时妻及二女均在侧，并及见一外孙女。葬于三一教堂 (The Trinity Church)。博蒙于同年逝世。又《唐吉珂德》(Don Quixote) 之著者西班牙小说家塞万提斯 (Miguel de Cerventes Saavedra 生于 1547) 亦于此年逝世。

一六二三年　莎氏死后第七年，其友人约翰·赫敏 (John Heming) 及亨利·康德尔 (Henry Condell) 始将其所著戏剧装订出版，即所谓"第一对开本" (The First Folio) 是也。

莎士比亚经典戏剧集 全5册

[英] 威廉·莎士比亚 著　　朱生豪 译

IV

第十二夜　皆大欢喜

图书在版编目（CIP）数据

莎士比亚经典戏剧集：全5册 /（英）威廉·莎士比亚著；朱生豪译. -- 南京：江苏凤凰文艺出版社，2018.10

ISBN 978-7-5594-2812-7

Ⅰ. ①莎… Ⅱ. ①威… ②朱… Ⅲ. ①剧本—作品集—英国—中世纪 Ⅳ. ①I561.33

中国版本图书馆CIP数据核字（2018）第195313号

书　　名	莎士比亚经典戏剧集：全5册
著　　者	（英）威廉·莎士比亚
译　　者	朱生豪
策划编辑	李　艳
责任编辑	袁　媛　姚　丽
出版发行	江苏凤凰文艺出版社
出版社地址	南京市中央路165号，邮编：210009
出版社网址	http://www.jswenyi.com
印　　刷	北京市昌平新兴胶印厂
开　　本	880 × 1230毫米　1/32
印　　张	44
字　　数	650千字
版　　次	2018年10月第1版　2018年10月第1次印刷
标准书号	ISBN 978-7-5594-2812-7
定　　价	198.00元（全5册）

（江苏文艺版图书凡印刷、装订错误可随时向承印厂调换）

出版说明

莎士比亚留存至今的戏剧共三十九部，其中悲剧和喜剧最为普及。他的戏剧广泛而深刻地反映了十六世纪至十七世纪英国的社会百态，被称为文艺复兴时期人文主义文学的集大成者。他的写作前无古人，后无来者，既博大精深，也庞杂通俗。

本套书收录了莎翁的经典之作，精选出悲剧、喜剧及悲喜剧共十部，包括人们耳熟能详的四大悲剧《哈姆莱特》《奥瑟罗》《李尔王》《麦克白》，四大喜剧《仲夏夜之梦》《皆大欢喜》《第十二夜》《威尼斯商人》，以及盛传不衰的悲喜剧《罗密欧与朱丽叶》《特洛伊罗斯与克瑞西达》两部。

一九四七年，朱生豪先生译著《莎士比亚戏剧全集》由世界书局出版。本版即以该版为底本进行甄选与编校。

作为中国较早译介莎士比亚作品的翻译家，朱生豪译文首要宗旨系“保持原作之神韵”，其次为晓畅明白。译著至今已七十载有余，仍广受欢迎。朱译与当今汉语格调基本一致，其中颇有特色的吴语方言，及为现代读者不识却富含典故、文采斐然的语词，本版皆予以保留。若联系语境，这些表达既不会对理解原文造成障碍，读者也可由此领略原译神韵。

本版编校原则如下：

一、根据最新版《通用规范汉字字典》就部分字形规范统一；个别未改动的旧字形，在全书最初出现处作编者注；其余未加特别说明的注释皆为译者注。

二、就专有名词，如书名、人名、地名等，按现代习惯统一修订。

三、为避免因标点造成歧义，据现代汉语规范，修订部分标点符号的用法。

四、为保持易读性，全书脚注统一注在该页页码面。

五、希望本书能带给读者原汁原味的阅读感受。

译者自序

于世界文学史中，足以笼罩一世，凌越千古，卓然为词坛之宗匠，诗人之冠冕者，其唯希腊之荷马，意大利之但丁，英之莎士比亚，德之歌德乎。此四子者，各于其不同之时代及环境中，发为不朽之歌声。然荷马史诗中之英雄，既与吾人之现实生活相去过远，但丁之天堂地狱，复与近代思想诸多抵牾；歌德去吾人较近，彼实为近代精神之卓越的代表。然以超脱时空限制一点而论，则莎士比亚之成就，实远在三子之上。盖莎翁笔下之人物，虽多为古代之贵族阶级，然彼所发掘者，实为古今中外贵贱贫富人人所同具之人性。故虽经三百余年以后，不仅其书为全世界文学之士所耽读，其剧本且在各国舞台与银幕上历久搬演而弗衰，盖由其作品中具有永久性与普遍性，故能深入人心如此耳。

中国读者耳莎翁大名已久，文坛知名之士，亦尝将其作品，译出多种，然历观坊间各译本失之于粗疏草率者尚少，失之于拘泥生硬者实繁有徒。拘泥字句之结果，不仅原作神味，荡焉无存，甚且艰深晦涩，有若天书，令人不能卒读，此则译者之过，莎翁不能任其咎者也。

余笃嗜莎剧，尝首尾严诵全集至十余遍，于原作精神，自觉颇有会心。廿四年[①]春，得前辈同事詹文浒先生之鼓励，始着手为翻译全集之尝试。越年战事发生，历年来辛苦搜集之各种莎集版本，及诸家注释考证批评之书，不下一二百册，悉数毁于炮火，仓猝中惟携出牛津版全集一册，及译稿数本而已。厥后转辗流徙，为生活而奔波，更无暇晷，以续未竟之志。及三十一年春，目睹事变日亟，闭户家居，摈绝外务，始得专心一志，致力译事。虽贫穷疾病，交相煎迫，而埋头伏案，握管不辍。凡前后历十年而全稿完成[②]，夫以译莎工作之艰巨，十年之功，不可云久，然毕生精力，殆已尽注于兹矣。

余译此书之宗旨，第一在求于最大可能之范围内，保持原作之神韵；必不得已而求其次，亦必以明白晓畅之字句，忠实传达原文之意趣；而于逐字逐句对照式之硬译，则未敢赞同。凡遇原文中与中国语法不合之处，往往再四咀嚼，不惜全部更易原文之结构，务使作者之命意豁然呈露，不为晦涩之字句所掩蔽。每译一段竟，必先自拟为读者，查阅译文中有无暧昧不明之处。又必自拟为舞台上之演员，审辨语调之是否顺口，音节之是否调和。一字一句之未惬，往往苦思累日。然才力所限，未能尽符理想；乡居僻陋，既无参考之书籍，又鲜质疑之师友。谬误之处，自知不免。所望海内学人，惠予纠正，幸甚幸甚！

生豪书于三十三年[③]四月

① 民国廿四年，即一九三五年——编者注。

② 案译者撰此文时，原拟在半年后可以译竟。讵意体力不支，厥功未就，而因病重辍笔。

③ 民国三十三年，即一九四四年——编者注。

目 录

第十二夜

圣诞节后的第十二天，即一月六日，称为"主显节"，纪念耶稣诞生后东方的博士于此日来到伯利恒朝拜耶稣的故事。《第十二夜》即基督教圣诞节假期的最后一夜，后演变成世俗气息浓重的狂欢之夜，因此这部剧还有另一个名字《随心所欲》。该剧从人性角度探究了当时女性的生存环境，发出了男女平等的呼声，实现了女性自我意识和价值。这些思想不仅受到人文主义思潮影响，更是剧作家的曲折人生在剧中的反映。

剧中人物

人物	身份
奥西诺	伊利里亚公爵
西巴斯辛	薇奥拉之兄
安东尼奥	船长，西巴斯辛之友
另一船长	薇奥拉之友
凡伦丁	公爵侍臣
丘里奥	公爵侍臣
托比·培尔契爵士	奥丽维娅的叔父
安德鲁·艾古契克爵士	
马伏里奥	奥丽维娅的管家
费边	奥丽维娅之仆
费斯特	奥丽维娅之仆
小丑	奥丽维娅之仆
奥丽维娅	富有的伯爵小姐
薇奥拉	热恋公爵者
玛利娅	奥丽维娅的侍女

群臣、牧师、水手、警吏、乐工及其他侍从等

地点

伊利里亚某城及其附近海滨

第一幕

第一场

公爵府中一室

伊利里亚公爵奥西诺、侍臣丘里奥、众臣同上；乐工随侍。

公爵　假如音乐是爱情的食粮，那么奏下去吧；尽量地奏下去，好让爱情因过饱噎塞而死。又奏起这个调子来了！它有一种渐渐消沉下去的节奏。啊！它经过我的耳畔，就像吹在蔷薇上的微风，发出轻柔的声音，一面把花香偷走，一面又把花香分送。够了！别再奏下去了！现在已经不像原来那样甜蜜了。爱情的精灵呀！你是多么敏感而活泼；虽然你有海一样的容量，可是无论怎样高贵超越的事物，一进了你的范围，便会在顷刻间失去了它的价值。爱情是这样充满了奇思异想，在一切事物中是最变幻莫测。

丘里奥 殿下，您要不要去打猎?

公爵 打什么，丘里奥?

丘里奥 去打鹿。

公爵 啊，一点不错，我的心就像是一头鹿呢。唉！当我第一眼瞧见奥丽维娅的时候，我觉得好像她把空气给澄清了。那时我就变成了一头鹿；我的情欲像凶暴残酷的猎犬一样，永远追逐着我。

凡伦丁上。

公爵 怎样！她那边有什么消息带来?

凡伦丁 禀殿下，他们不给我进去，只从她的侍女嘴里传来了这一个答复：在七个寒暑，就算是青天也不能窥见她的面目；她要像一个尼姑一样，蒙着面幕而行，每天用辛酸的眼泪浇洒她的卧室，这一切都是为着纪念对于一个死去的兄长的爱，她要永远活生生地保留在她的悲伤的记忆里。

公爵 唉！她有这么一颗优美的心，对于她的哥哥也会挚爱到这等地步。假如爱神那支富丽的金箭把她心里一切其他的感情一齐射死；假如只有一个唯一的君王占据着她的心肝头脑，这些尊严的御座，只有他一人占据她的一切可爱的品性，那时她将要怎样恋爱啊！

给我引道到芬芳的花丛；

相思在花荫下格外情浓。（同下）

第二场

海滨

薇奥拉、船长及水手等上。

薇奥拉 朋友们，这儿是什么国土？

船长 这儿是伊利里亚，姑娘。

薇奥拉 我在伊利里亚干什么呢？我的哥哥已经到极乐世界里去了。也许他侥幸没有淹死。水手们，你们以为怎样？

船长 您也是侥幸才保全了性命的。

薇奥拉 唉，我的可怜的哥哥！但愿他也侥幸无恙！

船长 不错，姑娘，您可以用侥幸的希望来宽慰您自己。我告诉您，当我们的船撞破了之后，您和那几个跟您一同脱险的人坐在我们那只给风涛所颠摇的小船上，那时我瞧见您的哥哥很有急智地把他自己捆在一根浮在海面的桅樯上，勇敢和希望教给了他这个计策；我见他像阿里翁[①] 骑在海豚背上似的，浮沉在波浪之间，直到我的眼睛望不见他。

薇奥拉　这样的话使我很高兴，请您收下这点黄金。我自己的脱险使我抱着他也能够同样脱险的希望；你的话更把我的希望证实了几分。你知道这国土吗？

船长　是的，姑娘，很熟悉；因为我就是在离这儿不到三小时旅程的地方生长的。

薇奥拉　谁统治着这地方？

船长　一位名实相符的高贵的公爵。

薇奥拉　他叫什么名字？

船长　奥西诺。

薇奥拉　奥西诺！我曾经听见我父亲说起过他；那时他还没有娶亲。

船长　现在他还是这样，至少在最近我还不曾听见他娶亲的消息；因为只一个月之前我从这儿出发，那时刚刚有一种新鲜的风传——

---

① 阿里翁，希腊传说中的音乐家，某次航海中为水手所谋害，因跃入海中，为海豚负至岸上，盖深感其音乐之力云。

您知道大人物的一举一动，都会被一般人纷纷议论着的——说他在向美貌的奥丽维娅求爱。

薇奥拉 她是谁呀？

船长 她是一位品德高尚的姑娘；她的父亲是位伯爵，约莫在一年前死去，把她交给他的儿子，由她的哥哥照顾她，可是不久她哥哥也死了。他们说为了表示对她哥哥的深切的友爱，她已经发誓不再跟男人们在一起或是见他们的面。

薇奥拉 唉！要是我能够侍候这位小姐，就可以不用在时机没有成熟之前隐瞒我的身份了。

船长 那很难办到，因为她不肯接纳无论哪一种请求，就是公爵的请求她也是拒绝的。

薇奥拉 船长，你瞧上去是个好人；虽然造物常常用一层美丽的墙来围蔽住内中的污秽，但是我可以相信你的心地跟你的外表一样好。请你替我保守秘密，别把我的真相透露出去，我以后会重重答谢你的；你得帮助我假扮起来，好让我达到我的目的。我要去侍候这位公爵，你要把我送给他做近侍；也许你会得到些好处，因为我会唱歌，用各种的音乐向他说话，使他重用我。

以后有什么事以后再说；

我会使计谋，你只需静默。

船长 我便当哑巴，你去做近侍；
倘多话挖去我的眼珠子。

薇奥拉 谢谢你；领着我去吧。（同下）

第三场

奥丽维娅宅中一室

托比·培尔契爵士及玛利娅上。

托比 我的侄女见什么鬼，把她哥哥的死看得那么重？悲哀是要损寿的呢。

玛利娅 真的，托比老爷，您晚上得早点儿回来；您那侄小姐很反对您的深夜不归呢。

托比 哼，让她去今天反对、明天反对，尽管反对下去吧。

玛利娅 唉，但是您总得讲个分寸，不要太失了身份才是。

托比 身份！我这身衣服难道不合身份吗？穿了这种衣服去喝酒，也很有身份的了；还有这双靴子，要是它们不合身份，就叫它们在靴带上吊死了吧。

玛利娅　您这样酗酒会作践了您自己的，我昨天听见小姐说起过；她还说起您有一晚带到这儿来向她求婚的那个傻武士。

托比　谁？安德鲁·艾古契克爵士吗？

玛利娅　唉，就是他。

托比　他在伊利里亚也算是一表人才了。

玛利娅　那又有什么相干？

托比　哼，他有三千块钱一年的收入呢。

玛利娅　哎，可是一年之内就把这些钱全花光了。他是个大傻瓜，而且是个浪子。

托比　呸！你说出这种话来！他会拉低音提琴；他会不看书本讲三四国文字，一个字都不模糊；他有一切很好的天分。

玛利娅　是的，傻子都是得天独厚的；因为他除了是个傻瓜之外，又是一个惯会惹是招非的家伙；要是他没有懦夫的天分来缓和一下他那喜欢吵架的脾气，有见识的人都以为他就会有棺材睏的。

托比　我举手发誓，这样说他的人，都是一批坏蛋，信口雌黄的东西。他们是谁啊？

玛利娅　他们又说您每夜跟他在一块儿喝酒。

托比　我们都喝酒祝我的侄女健康呢。只要我的喉咙里有食道，伊利里亚有酒，我便要为她举杯祝饮。谁要是不愿为我的侄女举杯祝饮，喝到像抽陀螺似的天旋地转的，他就是个不中用的汉子，是个卑鄙小人。嘿，丫头！瞧！安德鲁·艾古契克爵士来啦。

安德鲁·艾古契克爵士上。

安德鲁　托比·培尔契爵士！您好，托比·培尔契爵士！

托比　亲爱的安德鲁爵士！

安德鲁　您好，美貌的小泼妇！

玛利娅　您好，大人。

托比　寒暄几句，安德鲁爵士，寒暄几句。

安德鲁　您说什么？

托比　这是舍侄女的丫环。

安德鲁　好寒萱姐姐，我希望咱们多多结识。

玛利娅　我的名字是玛丽，大人。

安德鲁 好玛丽·寒萱姐姐……

托比 你弄错了，武士；“寒暄几句”就是跑上去向她应酬一下，招呼一下，客套一下的意思。

安德鲁 哎哟，我可不要跟她打交道。“寒暄”就是这个意思吗？

玛利娅 再见，先生们。

托比 要是你让她这样走了，安德鲁爵士，你以后再不用充汉子了。

安德鲁 要是你这样走了，姑娘，我以后再不用充汉子了。好小姐，你以为你在跟傻瓜们周旋吗？

玛利娅 大人，可是我还不曾跟您握手呢。

安德鲁 好，让我们握手。

玛利娅 好了，大人，思想是匹无缰的野马，我爱怎么想便可以怎么想。还是请您把您的这只手带到酒肆，让它喝几盅吧。

安德鲁 为什么，好人儿？你这是在打什么比方？

玛利娅 我是说它干枯了怪没劲儿的。

安德鲁 可不，我也这样想。驴子踩到水里了也晓得提脚呢，不打湿手我还是知道的。你说的是什么笑话？

玛利娅 没劲儿的笑话。

安德鲁 你满肚子都是这种笑话？

玛利娅 不错，大人，我满手里抓的也是呢。哎，真的，只要我一松开您的手，我的笑料也就没了。（下）

托比 武士啊！你应该喝杯酒儿。几时我见你这样给人愚弄过？

安德鲁 我想你从来没有见过，除非你见我给酒弄昏了头。有时我觉得我跟平常人一样笨；可是我是个吃牛肉的老饕，我相信那对于我的聪明很有妨害。

托比 一定一定。

安德鲁 要是我那样想的话，那么我发誓否认。托比爵士，明天我要骑马回家去了。

托比 Pourquoi[①]，我的亲爱的武士？

安德鲁 什么叫Pourquoi？好还是不好？我理该把我花在击剑、跳舞和耍熊上面的工夫学几种外国话的。唉！要是我读了文学

---

① Pourquoi 为法文："为什么"之意。

多么好！

托比 要是你花些工夫在你的鬈发钳上头，你就可以有一头很好的头发了。

安德鲁 怎么，那跟我的头发有什么关系？

托比 很明白，因为你瞧你的头发不用些工夫上去是不会鬈曲起来的。

安德鲁 可是我的头发不也已经够好看了吗？

托比 好得很，它披下得就像纺杆上的麻线一样，我希望有哪位奶奶把你夹在大腿里纺它一纺。

安德鲁 真的，我明天要回家去了，托比爵士。你侄女不肯接见我；即使接见我，多半她也不会要我。这儿的公爵也向她求婚呢。

托比 她不要什么公爵不公爵；她不愿嫁给比她身份高、地位高、年龄高、智慧高的人，我听见她这样发过誓。嘿，老兄，还有希望呢。

安德鲁 我再耽搁一个月。我是世上心思最古怪的人；我有时老是喜欢喝酒跳舞。

托比 这种玩意儿你很擅长的吗，武士？

安德鲁　可以比得过伊利里亚无论哪个不比我高明的人；可是我不愿跟老手比。

托比　你跳舞的本领怎样？

安德鲁　不骗你，我很会跳两下子。讲到我的倒跳的本事，简直可以比得上伊利里亚的无论什么人。

托比　为什么你要把这种本领藏匿起来呢？为什么这种天才要覆上一块幕布？难道它们也会沾上灰尘，像灶下的烧火丫头一样？为什么不跳着“加里阿”到教堂里去，跳着“科兰多”一路回家？假如是我的话，我要走步路也是“捷格”舞，撒泡尿也是加里阿舞呢。你是什么意思？这世界上是应该把才能隐藏起来的吗？照你那双出色的好腿看来，我想它们是在一个跳舞的星光底下生下来的。

安德鲁　啊，我这双腿很有气力，穿了火黄色的袜子倒也十分漂亮。我们喝酒去吧？

托比　除了喝酒，咱们还有什么事要做？咱们的命宫不是金牛星吗？

安德鲁　金牛星！金牛星管的是腰和心。

托比　不，老兄，是腿和股。跳个舞儿给我看。哈哈！跳得高些！哈哈！好极！（同下）

第四场

公爵府中一室

凡伦丁及薇奥拉男装上。

凡伦丁 要是公爵继续这样宠幸你，西萨里奥，你多分就要高升起来了；他认识你还只有三天，你就跟他这样熟了。

薇奥拉 你说“继续这样宠幸我”，你的意思是不是说他的心性有点捉摸不定，或是担心我的疏忽？先生，他待人是不是有始无终的？

凡伦丁 不，相信我。

薇奥拉 谢谢你。公爵来了。

公爵、丘里奥及侍从等上。

公爵 喂！有谁看见西萨里奥吗？

薇奥拉 在这儿，殿下，听候您的吩咐。

公爵　你们暂时走开些。西萨里奥，你已经知道了一切，我已经把我内心的秘密中的书册向你展示过了；因此，好孩子，到她那边去，别让他们把你摈之门外，站在她的门口，对他们说，你要站到脚底下生了根，直等她把你延见为止。

薇奥拉　殿下，要是她真像人家所说的那样沉浸在悲哀里，她一定不会允许我进去的。

公爵　你可以跟他们吵闹，不用顾虑一切礼貌的界限，但一定不要毫无结果而归。

薇奥拉　假定我能够和她见面谈话了，殿下，那么又怎样呢？

公爵　噢！那么就向她宣布我的恋爱的热情，把我的一片挚诚说给她听，让她吃惊。你表演起我的伤心来一定很出色；你这样的青年一定比那些脸孔板板的使者们更能引起她的注意。

薇奥拉　我想不见得吧，殿下。

公爵　好孩子，相信我的话；因为像你这样的妙龄，还不能算是个成人：狄安娜的嘴唇也不比你的更柔滑而红润；你的娇细的喉咙像处女一样尖锐而清朗；在各方面你都像个女人。我知道你的性格很容易对付这件事情。四五个人陪着他去；要是你愿意，就把他们全带去也好；因为我欢喜孤寂。你倘能成功，那么你主人的财产你也可以有份。

薇奥拉　我愿意尽力去向您的爱人求婚。

（旁白）唉，想当夫人却要去说媒，

心里真不是个好滋味。（各下）

第五场

奥丽维娅宅中一室

玛利娅及小丑上。

玛利娅　不，你要是不告诉我你刚才去了哪里，我便把我的嘴唇抿得紧紧的，连一根毛发也钻不进去，不替你说半句好话。小姐因为你不在，要吊死你呢。

小丑　让她吊死我吧；好好地吊死的人，在这世上可以不怕敌人。

玛利娅　把你的话解释解释。

小丑　因为他看不见敌人了。

玛利娅　好一句无聊的回答。我可以告诉你“不怕敌人”这句话是从哪来的。

小丑　从哪里来的，好玛利娅小姐？

玛利娅　从战场上来的，下一次你犯傻时，但愿你能壮着胆子这样说。

小丑　好吧，上帝给聪明予聪明人；至于傻子们呢，那只好靠他们的本事了。

玛利娅　可是你这么久在外边鬼混，小姐一定要把你吊死呢，否则把你赶出去，那不是跟把你吊死一样好吗？

小丑　好好地吊死常常可以防止坏的婚姻；至于赶出去，那在夏天倒还没甚要紧。

玛利娅　那么你已经下了决心了吗？

小丑　不，没有；可是我决定了两端。

玛利娅　假如一端断了，一端还连着；假如两端都断了，你的裤子也落下来了。

小丑　妙，真的很妙。好，去你的吧；要是托比老爷戒了酒，你在伊利里亚的雌儿中间也好算是个调皮的角色了。

玛利娅　闭嘴，你这坏蛋，别胡说了。小姐来啦；你还是好好地想出个推托来。（下）

奥丽维娅偕马伏里奥和从者数人上。

小丑 才情啊，请你帮我好好儿装一下傻瓜！那些自负才情的人，实际上往往是些傻瓜。我知道自己没有才情，因此也许可以算作聪明人。昆那拍勒斯怎么说的？“与其做愚蠢的智者，不如做聪明的愚人。”上帝祝福你，小姐！

奥丽维娅 把这傻子撵出去！

小丑 喂，你们不听见吗？把这位小姐撵出去。

奥丽维娅 算了吧！你是个干燥无味的傻子，我不要再看见你了；而且你已经变得不老实起来。

小丑 我的小姐，这两个毛病用酒和忠告都可以治好。只要给干燥无味的傻子一点酒喝，他就不干燥了。只要劝不老实的人洗心革面，弥补他从前的过失：假如他能够弥补的话，他就不再不老实了；假如他不能弥补，那么叫裁缝把他补一补也就得了。弥补者，弥而补之也：道德的失足无非补上了一块罪恶；罪恶悔改之后，也无非补上了一块道德。假如这种简单的论理可以通得过去，很好；假如通不过去，还有什么办法？当王八是一件倒霉的事，美人好比鲜花，这都是无可怀疑的。小姐吩咐把傻子撵出去；因此我再说一句，把她撵出去吧。

奥丽维娅 尊驾，我吩咐他们把你撵出去呢。

小丑　这就是大错而特错了！小姐，“戴了和尚帽，不定是和尚”；那就好比是说，我身上虽然穿着愚人的彩衣，可是我并不一定连头脑里也穿着它呀。我的好小姐，准许我证明您是个傻子。

奥丽维娅　你能吗？

小丑　再便当也没有了，我的好小姐。

奥丽维娅　那么证明一下看。

小丑　小姐，我必须要把您盘问；我的贤淑的小乖乖，回答我。

奥丽维娅　好吧，先生，为了没有别的消遣，我就等候着你的证明吧。

小丑　我的好小姐，你为什么悲伤？

奥丽维娅　好傻子，为了我哥哥的死。

小丑　小姐，我想他的灵魂是在地狱里。

奥丽维娅　傻子，我知道他的灵魂是在天上。

小丑　这就越显得你的傻了，我的小姐；你哥哥的灵魂既然在天上，为什么要悲伤呢？列位，把这傻子撵出去。

奥丽维娅　马伏里奥，你以为这傻子怎样？他弥补得好不好？

马伏里奥　是的，他到死都要在弥缝里过着日子。意志薄弱可以毁了一个聪明人，可是对于傻子却能使他变得格外傻起来。

小丑　大爷，上帝保佑您快快意志薄弱起来，好让您格外傻得厉害！托比老爷可以发誓说我不是狐狸，可是他不愿跟人家打赌两便士说您不是个傻子。

奥丽维娅　你怎么说，马伏里奥？

马伏里奥　我不懂小姐您怎么会喜欢这种没有头脑的混账东西。前天我看见他给一个像石头一样冥顽不灵的下等的傻子算计了去。您瞧，他已经毫无招架之功了；要是您不笑笑给他一点题目，他便要无话可说。我说，听见这种傻子的话也会那么高兴的聪明人们，都不过是些傻子们的应声虫罢了。

奥丽维娅　啊！你是太自命不凡了，马伏里奥；你缺少一副健全的胃口。宽容慷慨、气度汪洋的人把炮弹也不过看成了鸟箭。傻子有特许放肆的权利，虽然他满口骂人，人家不会见怪于他；君子出言必有分量，虽然他老是指摘人家的错处，也不能算为谩骂。

小丑　麦鸠利[①] 赏给你说谎的本领吧，因为你给傻子说了好话！

---

① 麦鸠利，商神，又为盗贼等的保护神。

玛利娅重上。

玛利娅　小姐，门口有一位年轻的先生很想见您说话。

奥丽维娅　从奥西诺公爵那儿来的吧？

玛利娅　我不知道，小姐；他是一位漂亮的青年，随从一大群。

奥丽维娅　我家里有谁在跟他周旋呢？

玛利娅　是令亲托比老爷，小姐。

奥丽维娅　你去叫他走开；他满口都是些疯话。不害羞的！（玛利娅下）马伏里奥，你给我去；假若是公爵差来的，说我病了，或是不在家，随你怎样说，把他打发走。（马伏里奥下）你瞧，先生，你的打诨已经陈腐起来，人家不喜欢了。

小丑　我的小姐，你帮我说话就像你的大儿子也会是个傻子一般；愿上帝把他的头颅里塞满了脑子吧！瞧你的那位有一副最不中用的头脑的令亲来了。

托比·培尔契爵士上。

奥丽维娅　哎哟，又已经半醉了。叔叔，门口是谁？

托比　一个绅士。

奥丽维娅　一个绅士！什么样的绅士？

托比　有一个绅士在这儿——这种该死的咸鱼！怎样，蠢货！

小丑　好托比爷爷！

奥丽维娅　叔叔，叔叔，你怎么这么早就昏天黑地了？

托比　声天色地！我打倒声天色地！有一个人在门口。

小丑　是呀，他是谁呢？

托比　让他是魔鬼也好，我不管；我说，我心里耿耿三尺有神明。好，都是一样。（下）

奥丽维娅　傻子，醉汉像个什么东西？

小丑　像个溺死鬼，像个傻瓜，又像个疯子。多喝了一口就会把他变成个傻瓜；再喝一口就发了疯；喝了第三口就把他溺死了。

奥丽维娅　你去找个验尸的来吧，让他来验验我的叔叔；因为他已经喝酒喝到了第三个阶段，他已经溺死了。瞧瞧他去。

小丑　他还不过是发疯呢，我的小姐；傻子该去照顾疯子。（下）

马伏里奥重上。

马伏里奥 小姐，那个少年发誓说要见您说话。我对他说您有病；他说他知道，因此要来见您说话。我对他说您睡了；他似乎也早已知道了，因此要来见您说话。还有什么话好对他说呢，小姐？什么拒绝都挡他不了。

奥丽维娅 对他说我不要见他说话。

马伏里奥 这也已经对他说过了；他说，他要像州官衙门前竖着的旗杆那样立在您的门前不去，像凳子脚一样直挺挺地站着，非得见您说话不可。

奥丽维娅 他是怎样一个人？

马伏里奥 呃，就像一个人那么的。

奥丽维娅 可是是什么样子的呢？

马伏里奥 很无礼的样子；不管您愿不愿意，他一定要见您说话。

奥丽维娅 他的人品怎样？多大年纪？

马伏里奥 说是个大人吧，年纪还太轻；说是个孩子吧，又嫌大些：就像是一颗没有成熟的豆荚，或是一只半生的苹果，所谓介乎两可之间。他长得很漂亮，说话也很刁钻；看他的样子，似乎有些未脱乳臭。

奥丽维娅 叫他进来。把我的侍女唤来。

马伏里奥 姑娘，小姐叫着你呢。（下）

玛利娅重上。

奥丽维娅 把我的面纱拿来；来，罩住我的脸。我们要再听一次奥西诺来使的说话。

薇奥拉及侍从等上。

薇奥拉 哪一位是这里府中的贵小姐？

奥丽维娅 有什么话对我说吧；我可以代她答话。你来有什么见教？

薇奥拉 最辉煌的、卓越的、无双的美人！请您指示我这位是不是就是这里府中的小姐，因为我没有见过她。我不大甘心浪掷我的言辞；因为它不但写得非常出色，而且我费了好大的辛苦才把它背熟。两位美人，不要把我取笑；我是个非常敏感的人，一点点轻侮都受不了的。

奥丽维娅 你是从什么地方来的，先生？

薇奥拉 除了我所背熟的以外，我不能说别的话；您那问题是我所不曾预备作答的。温柔的好人儿，好好儿地告诉我您是不是府里的小姐，好让我陈说我的来意。

奥丽维娅 你是个小丑吗?

薇奥拉 不，我的深心的人儿;可是我发誓我并不是我所扮演的角色。您是这府中的小姐吗?

奥丽维娅 是的，要是我没有篡夺了我自己。

薇奥拉 假如您就是她，那么您的确是篡夺了您自己了;因为您有权力给予别人的，您却没有权力把它藏匿起来。但是这种话跟我来此的使命无关;我要继续着恭维您的言辞，然后告知您我的来意。

奥丽维娅 把重要的话说出来;恭维免了吧。

薇奥拉 唉!我好容易才把它读熟，而且它又是很有诗意的。

奥丽维娅 那么多半是些鬼话，请你留着不用说了吧。我听说你在我门口一味顶撞;让你进来只是为要看看你究竟是个什么人，并不是要听你说话。要是你没有发疯，那么去吧;要是你明白事理，那么说得简单一些:我现在没有那样心思去理会一段没有意思的谈话。

玛利娅 请你动身吧，先生;这儿便是你的路。

薇奥拉 不，好清道夫，我还要在这儿闲荡一会儿呢。亲爱的小姐，请您劝劝您这位"彪形大汉"别那么神气活现。

奥丽维娅 把你的尊意告诉我。

薇奥拉 我是一个使者。

奥丽维娅 你那种礼貌那么可怕，你带来的信息一定是些坏事情。有什么话说出来。

薇奥拉 除了您之外不能让别人听见。我不是来向您宣战，也不是来要求您臣服；我手里握着橄榄枝，我的话里充满了和平，也充满了意义。

奥丽维娅 可是你一开始就不讲礼。你是谁？你要的是什么？

薇奥拉 我的不讲礼是我从你们对我的接待上学来的。我是谁，我要些什么，是个秘密；在您的耳中是神圣，别人听起来就是亵渎。

奥丽维娅 你们都走开吧；我们要听一听这句神圣的话。（玛利娅及侍从等下）现在，先生，请教你的经文？

薇奥拉 最可爱的小姐——

奥丽维娅 倒是一种叫人听了怪舒服的教理，可以大发议论呢。你的经文呢？

薇奥拉 在奥西诺的心头。

奥丽维娅 在他的心头！在他的心头的哪一章？

薇奥拉　照目录上排起来，是他心头的第一章。

奥丽维娅　噢！那我已经读过了，无非是些旁门左道。你没有别的话要说了吗？

薇奥拉　好小姐，让我瞧瞧您的脸孔。

奥丽维娅　贵主人有什么事要差你来跟我的脸孔接洽的吗？你现在岔开你的正文了；可是我们不妨拉开幕儿，让你看看这幅图画。（解除面幕）你瞧，先生，我就是这个样子；它不是画得很好吗？

薇奥拉　要是一切都出于上帝的手，那真是绝妙之笔。

奥丽维娅　它的色彩很耐久，先生，受得起风霜的侵蚀。

薇奥拉　那真是各种色彩精妙地调和而成的美貌；那红红的白白的都是造化亲自用他的可爱的巧手敷上去的。小姐，您是世上最狠心的女人，要是您甘心让这种美埋没在坟墓里，不给世间留下一份副本。

奥丽维娅　啊！先生，我不会那样狠心；我可以列下一张我的美貌的清单，一一开陈清楚，把每一件细目都载在我的遗嘱上，例如：一款，浓淡适中的朱唇两片；一款，灰色的倩眼一双，附眼睑；一款，玉颈一围，柔颐一个，等等。你是奉命到这儿来恭维我的吗？

薇奥拉　我明白您是个什么样的人了。您太骄傲了；可是即使您是个魔鬼，您是美貌的。我的主人爱着您；啊！这么一种爱情，即使您是人间的绝色，也应该酬答他的。

奥丽维娅　他怎样爱着我呢？

薇奥拉　用崇拜，大量的眼泪，震响着爱情的呻吟，吞吐着烈火的叹息。

奥丽维娅　你的主人知道我的意思，我不能爱他；虽然我想他品格很高，知道他很尊贵，很有身份，年轻而纯洁，有很好的名声，慷慨，博学，勇敢，长得又体面；可是我总不能爱他，他老早就已经得到我的回音了。

薇奥拉　要是我也像我主人一样热情地爱着您，也是这样的受苦，这样了无生趣地把生命拖延，我不会懂得您的拒绝是什么意思。

奥丽维娅　啊，你预备怎样呢？

薇奥拉　我要在您的门前用柳枝筑成一所小屋，在府中访谒我的灵魂；我要吟咏着被冷淡的忠诚的爱情的篇什，不顾夜多么深我要把它们高声歌唱，我要向着回声的山崖呼喊您的名字，使饶舌的风都叫着“奥丽维娅”。啊！您在天地之间将要得不到安静，除非您怜悯了我！

奥丽维娅　你可以这样做的。你的家世怎样？

薇奥拉　超过于我目前的境遇，但我是个有身份的士人。

奥丽维娅　回到你主人那里去；我不能爱他，叫他不要再差人来了；除非或者你再来见我，告诉我他对于我的答复觉得怎样。再会！多谢你的辛苦；这几个钱赏给你。

薇奥拉　我不是个要钱的信差，小姐，留着您的钱吧；不曾得到报酬的，是我的主人，不是我。但愿爱神使您所爱的人也是心如铁石，好让您的热情也跟我主人的一样遭到轻蔑！再会，狠心的美人！（下）

奥丽维娅　“你的家世怎样？“超过于我目前的境遇，但我是个有身份的士人。”我可以发誓你一定是的；你的语调，你的脸孔，你的肢体、动作、精神，各方面都可以证明你的高贵。——别这么性急。且慢！且慢！除非颠倒了主仆的名分。——什么！这么快便染上那种病了？我觉得好像这个少年的美处在悄悄地蹑步进入我的眼中。好，让它去吧。喂！马伏里奥！

马伏里奥重上。

马伏里奥　有，小姐，听候您的吩咐。

奥丽维娅　去追上那个无礼的使者，公爵差来的人，他不管我要不要，硬把这戒指留下；对他说我不要，请他不要向他的主人献功，让他死不了心，我跟他没有缘分。要是那少年明天还打这儿走过，我可以告诉他为什么。去吧，马伏里奥。

马伏里奥 是，小姐。（下）

奥丽维娅 我的行事我自己全不懂，

怎一下子便会把人看中？

一切但凭着命运的吩咐，

谁能够作得了自己的主！（下）

第二幕

第一场

海滨

安东尼奥及西巴斯辛上。

安东尼奥　您不愿住下去了吗？您也不愿让我陪着您去吗？

西巴斯辛　请您原谅，我不愿。我是个倒霉的人，我的晦气也许要连累了您，所以我要请您离开我，好让我独自承担我的厄运；假如连累到您身上，那是太辜负了您的好意了。

安东尼奥　可是让我知道您的去向吧。

西巴斯辛　不瞒您说，先生，我不能告诉您；因为我所决定的航行不过是无目的的漫游。可是我看您这样有礼，您一定不会强迫我说出我所保守秘密的来；因此按礼该我来向您表白我自己。安东尼奥，您要知道我的名字是西巴斯辛，罗德利哥是我的化名。我的父亲便是梅萨林的西巴斯辛，我知道您一定听见过他的名字。他死后丢下我和一个妹妹，我们两人是在同一个时辰里出世的；我多么希望上天也让我们两人在同一个时辰里死去！可是您，先生，却来改变了我的命运，因为就在您把我从海浪里打救起来的那一点钟里，我的妹妹已经淹死了。

安东尼奥　唉，可惜！

西巴斯辛　先生，虽然人家说她非常像我，许多人都说她是个美貌的姑娘；我虽然不好意思相信这句话，但是至少可以大胆说一句，即使嫉妒她的人也不能不承认她有一颗美好的心。她是已经给海水淹死了，先生，虽然似乎我要用更多的泪水来淹没对她的记忆。

安东尼奥　先生，请您恕我招待不周。

西巴斯辛　啊，好安东尼奥！我才是多多打扰了您哪！

安东尼奥　要是您看在我的交情分上，不愿叫我伤心的话，请您允许我做您的仆人吧。

西巴斯辛　您已经搭救了我的生命，要是您不愿让我负愧而死，那么请不要提出那样的请求，免得您白白救了我一场。我立刻告辞了；我的心是怪软的，还不曾脱去我母亲的性质，为了一点点理

由，我的眼睛里就会露出我的弱点来。我要到奥西诺公爵的宫廷里去；再会了。（下）

安东尼奥　一切神明护佑着你！我在奥西诺的宫廷里有许多敌人，否则我就会马上到那边去会你——

但无论如何我爱你太深，
履险如夷我定要把你寻。（下）

第二场

街道

薇奥拉上、马伏里奥随上。

马伏里奥　您不是刚从奥丽维娅伯爵小姐那儿来的吗？

薇奥拉　是的，先生；因为我走得慢，所以现在还不过在这儿。

马伏里奥　先生，这戒指她还给您；您很可以自己拿了，免得我麻烦。她又说您必须叫您家主人死心塌地地明白她不要跟他来往。还有，您不用再那么莽撞地上我家来了，除非来回报一声您家主人已经接受了她的拒绝。好，拿去吧。

薇奥拉　她自己拿了我这戒指去的；我不要。

马伏里奥　算了吧，先生，您使性子把它丢给她；她的意思也要我把它照样丢还给您。假如它是值得弯下身子拾起来的话，它就在您的眼前；不然的话，谁看见就让谁去吧。（下）

薇奥拉　我没有留下戒指呀；这位小姐是什么意思？但愿她不要迷恋了我的外貌才好！她把我打量得那么仔细；真的，我觉得她看得我那么出神，连自己讲的什么话儿也顾不到了，那么没头没脑，颠颠倒倒的。一定的，她爱上我啦；情急智生，才差这个无礼的使者来邀请我。不要我主人的戒指！嘿，他并没有把什么戒指送给她呀！我才是她意中的人；真是这样的话——事实上确是这样——那么，可怜的小姐，她真是做梦了！我现在才明白假扮的确不是一回好事情，魔鬼会乘机大显他的身手。一个又漂亮又靠不住的男人，多么容易占据了女人家柔弱的心！唉！这都是我们生性脆弱的缘故，不是我们自身的错处；因为上天造下我们是哪样的人，我们就是哪样的人。这种事情怎么了结呢？我的主人深深地爱着她；我呢，可怜的小鬼，也是那样恋着他；她呢，认错了人，似乎在相思我。这怎么了呢？因为我是个男人，我决不能叫我的主人爱上我；因为我是个女人，唉！可怜的奥丽维娅也要白费无数的叹息了！

　　这纠纷要让时间来理清；
　　叫我打开这结儿怎么成！（下）

第三场

奥丽维娅宅中一室

托比·培尔契爵士及安德鲁·艾古契克爵士上。

托比 过来，安德鲁爵士。深夜不睡即是起身得早；“起身早，身体好”，你知道的——

安德鲁 不，老实说，我不知道；我知道的是深夜不睡便是深夜不睡。

托比 一个错误的结论；我听见这种话就像看见一个空酒瓶那么头痛。深夜不睡，过了半夜才睡，那就是到大清早才睡，岂不是睡得很早？我们的生命不是由四大元素组成的吗？

安德鲁 不错，他们是这样说；可是我以为我们的生命不过是吃吃喝喝而已。

托比 你真有学问；那么让我们吃吃喝喝吧。玛利娅，喂！开一瓶酒来！

小丑上。

安德鲁　那个傻子来啦。

小丑　啊，我的心肝们！咱们刚好凑成一幅“三驴图”。

托比　欢迎，驴子！现在我们来一轮唱歌吧。

安德鲁　说老实话，这傻子有一副很好的喉咙。我宁愿拿四十个先令去换他这么一条腿和这么一副可爱的声音。真的，你昨夜打得很好的诨，说什么匹格罗格罗密忒斯哪，维比亚人越过了丘勃斯的赤道线哪，真是好得很。我送你六便士给你的姘头，收到了没有？

小丑　你的恩典我已经放进了我的口袋；因为马伏里奥的鼻子不是鞭柄，我的小姐有一双玉手，而且美米顿不是下等酒馆。

安德鲁　好极了！嗯，无论如何这要算是最好的打诨了。现在唱个歌吧。

托比　来，给你六便士，唱个歌吧。

安德鲁　我也有六便士给你呢；要是他会给你，我也会给你。

小丑　你们要我唱支爱情的歌呢，还是唱支劝人为善的歌？

托比　唱个情歌，唱个情歌。

安德鲁　是的，是的，劝人为善有什么意思？

小丑　（唱）你到哪儿去，啊我的姑娘？

听呀，那边来了你的情郎，

嘴里吟着抑扬的曲调。

不要再走了，美貌的亲亲；

恋人的相遇终结了行程，

每个聪明人全都知晓。

安德鲁　真好极了！

托比　好，好！

小丑　（唱）什么是爱情？它不在明天；

欢笑嬉游莫放过了眼前，

将来的事有谁能猜料？

你不要蹉跎了大好的年华；

来吻着我吧，用你百般甜唇，

转眼青春早化成衰老。

安德鲁　凭良心说话，好一副流利的歌喉！

托比　好一股恶臭的气息！

安德鲁　真的，很甜蜜又很恶臭。

托比　用鼻子听起来，那么恶臭也很动听。可是我们要不要让天空跳起舞来呢？我们要不要唱一轮歌，把夜枭吵醒；那曲调会叫一个织工听了三魂出窍？我们要不要这样？

安德鲁　要是你爱我，让我们来一下吧；唱歌我挺拿手啦。

小丑　对啦，大人，有许多狗也会唱得很好。

安德鲁　不错不错。让我们唱《你这坏蛋》吧。

小丑　《闭住你的嘴，你这坏蛋》，是不是这一首，武士？那么我可要不得不叫你坏蛋啦，武士。

安德鲁　人家不得不叫我作坏蛋，这也不是第一次。你开头，傻子；第一句是，"闭住你的嘴"。

小丑　要是我闭住我的嘴，我就再也开不了头啦。

安德鲁　说得好，真的。来，唱起来吧。（三人唱歌）

玛利娅上。

玛利娅　你们在这里猫儿叫春似的闹些什么呀！要是小姐没有叫起她的管家马伏里奥来把你们赶出门外去，再不用相信我的话好了。

托比　小姐是个骗子；我们都是阴谋家；马伏里奥是拉姆西的佩格姑娘；“我们是三个快活的人”。我不是同宗吗？我不是她的一家人吗？胡说八道，姑娘！“巴比伦有一个人，姑娘，姑娘！”

小丑　要命，这位老爷真会开玩笑。

安德鲁　啊，他高兴开起玩笑来，真会开得很好，我也是这样；他的玩笑开得富于风趣，而我比较自然一点。

托比　啊！十二月的十二——

玛利娅　看在上帝的面上，别闹了吧！

马伏里奥上。

马伏里奥　我的爷爷们，你们疯了吗，还是算什么呀？难道你们没有脑子，不懂规矩，全无礼貌，在这种夜深时候还要像一群发酒疯的补锅匠似的吵？你们把小姐的屋子当作一间酒馆，好让你们直着喉咙，嘶那种鞋匠唱的歌儿吗？难道你们全不想想这是什么地方，这儿住的是什么人，或者现在是什么时候了吗？

托比　你去上吊吧！

马伏里奥　托比老爷，莫怪我说句不怕忌讳的话。小姐吩咐我告诉您说，她虽然把您当个亲戚留您住在这儿，可是她不能容忍您那种胡闹。要是您能够循规蹈矩，我们这儿是十分欢迎您的；否则的话，要是您愿意向她告别，她也一定会让您走。

托比 既然我非去不可，那么再会吧，亲亲！

玛利娅 别这样，好托比老爷。

小丑 他的眼睛显示出他末日将要来临。

马伏里奥 岂有此理！

托比 可是我决不会死亡。

小丑 托比老爷，您在说谎。

马伏里奥 真有体统！

托比 我要不要叫他滚蛋？

小丑 不叫他滚蛋又怎样？

托比 要不要叫他滚蛋，毫无留贷？

小丑 啊！不，不，不，你没有这么胆量。

托比 （向小丑）唱走调了！先生，你唱错了。（向马伏里奥）你不过是个管家之外，你还有什么可以神气的呢？你以为你自己道德高尚，人家便不能喝酒取乐了吗？去，朋友，用面包屑去擦你的项链吧。开一瓶酒来，玛利娅！

马伏里奥　玛利娅姑娘，要是你没有把小姐的恩典看得一文不值，你可不要帮助他们作这种胡闹；我一定会去告诉她的。（下）

玛利娅　滚你的吧！

安德鲁　向他挑战，然后失他的约，愚弄他一下子，倒是个很好的办法，就像人肚子饿了喝酒一样。

托比　好，武士，我给你写挑战书，或者代你口头去通知他你的愤怒。

玛利娅　亲爱的托比老爷，今夜可忍耐一下子吧；今天公爵那边来的少年会见了小姐之后，她心里很烦。至于马伏里奥先生，我去对付他好了；要是我不把他愚弄得给人当作笑柄，让大家乐儿，我便是个连直挺挺躺在床上都不会的蠢东西。我知道我一定能够。

托比　告诉我们，告诉我们；告诉我们一些关于他的事情。

玛利娅　好，老爷，有时候他有点儿是个清教徒。

安德鲁　啊！要是我早想到了这一点，我要把他像狗一样打一顿呢。

托比　什么，为了像个清教徒吗？你有什么绝妙的理由，亲爱的武士？

安德鲁　我没有什么绝妙的理由，可是我有充分的理由。

玛利娅　他是个鬼清教徒，反复无常、逢迎取巧是他的本领；一头装腔作势的驴子，背熟了几句官话，便倒也似地倒了出来；自信非凡，以为自己真了不得，谁看见他都会爱他：我可以凭着那个弱点堂堂正正地给他一顿教训。

托比　你预备怎样？

玛利娅　我要在他的路上丢下一封暧昧的情书，里面活生生地描写着他的胡须的颜色、他的腿的形状、他走路的姿势、他的眼睛、额角和脸上的表情；他一见就会觉得是写给他自己的。我会学您侄小姐的笔迹写字；在已经忘记了的信件上，我们几乎连自己的笔迹都辨不出来了。

托比　好极！我嗅到了一个计策了。

安德鲁　我鼻子里也闻到呢。

托比　他见了你丢下的这封信，便会以为是我的侄女写的，以为她爱上了他。

玛利娅　我的意思正是这样。

安德鲁　你的意思是要叫他变成一头驴子。

玛利娅　驴子，那是毫无疑问的。

安德鲁　啊！那好极了！

玛利娅　出色的把戏，你们瞧着好了；我知道我的药对他一定生效。我可以把你们两人连那傻子安顿在他拾着那信的地方，瞧他怎样把它解释。今夜呢，大家上床睡去，做个梦，梦见奇妙。再见。（下）

托比　晚安，好姑娘！

安德鲁　我说，她是个好丫头。

托比　她是头纯种的小猎犬，很爱我；不过那算什么呢？

安德鲁　我也曾经给人爱过呢。

托比　让我们去睡吧，武士。你应该叫家里再寄些钱来。

安德鲁　要是我不能得到你的侄女，我就倾家荡产了。

托比　去要钱吧，武士；要是你结果终不能得到她，你叫我傻子。

安德鲁　要是我不，再不要相信我，随你以为怎样吧。

托比　来，来，我去烫些酒来；现在去睡太晚了。来，武士；来，武士。（同下）

第四场

公爵府中一室

公爵、薇奥拉、丘里奥及余人等上。

公爵 给我奏些音乐。早安，朋友们。好西萨里奥，我只要听我们昨晚听的那支古曲；我觉得它比讲究那种轻倩的乐调和警炼的字句更能慰解我的痴情。来，只唱一节吧。

丘里奥 禀殿下，会唱这歌儿的人不在这儿。

公爵 他是谁?

丘里奥 是那个弄人费斯特，殿下；他是奥丽维娅小姐的尊翁所宠幸的傻子。他就在这儿附近。

公爵 去找他来，现在先把那曲调奏起来吧。（丘里奥下。奏乐）过来，孩子。要是你有一天发生了恋爱，在那种甜蜜的痛苦中请记着我；因为真心的恋人都像我一样，在其他一切情感上都是轻浮易变，但他所爱的人儿的影像，却永远铭刻在他心头的。你喜不喜欢这个曲调?

薇奥拉　它传出了爱情的宝座上的回声。

公爵　你说得很好。我相信你虽然这样年轻，你的眼睛一定曾经看中过什么人；是不是，孩子？

薇奥拉　略微有点，请您恕我。

公爵　是个什么样子的女人呢？

薇奥拉　相貌跟您差不多。

公爵　那么她是不配被你爱的。什么年纪呢？

薇奥拉　年纪也跟您差不多，殿下。

公爵　啊，那太老了！女人应当拣一个比她年纪大些的男人，这样她才跟他合得拢来，不会失去她丈夫的欢心；因为，孩子，不论我们怎样自称自赞，我们的爱情总比女人们流动不定些，富于希求，易于反复，更容易消失而生厌。

薇奥拉　这一层我也想到，殿下。

公爵　那么选一个比你年轻一点的姑娘做你的爱人吧，否则你的爱情便不能维持常态——

　　女人正像是娇艳的蔷薇，
　　花开才不久便转眼枯萎。

薇奥拉 是啊，可叹她刹那的光荣，早枝头零落留不住东风！

丘里奥偕小丑重上。

公爵 啊，朋友！来，把我们昨夜听的那支歌儿再唱一遍。好好听着，西萨里奥。那是个古老而平凡的歌儿，是晒着太阳的织布工人，以及无忧无虑的纺纱女郎们常常唱着它；歌里的话儿非常质朴，对于天真纯朴的爱情加以调笑，就像古时一样。

小丑 您预备好了吗，殿下？

公爵 好，请你唱吧。（奏乐）

小丑 （唱）过来吧，过来吧，死神！
让我横陈在凄凉的柏棺[①]的中央；
飞去吧，飞去吧，浮生！
我被害于一个狠心的美貌姑娘。
为我罩上白色的殓衾铺满紫杉；
没有一个真心的人为我而悲哀。
莫让一朵花儿甜柔，
撒上了我那黑色的、黑色的棺材；
没有一个朋友迓候

① 此处“柏棺”原文为 Cypress，自来注家均肯定应作 Crape（丧礼用之黑色绉纱）解释；按依字面解 Cypress 为一种杉柏之属，径译“柏棺”，在语调上似乎更为适当，故仍将错就错，据字臆译。

我尸身，不久我的骨骼将会散开。

免得多情的人们千万次的感伤，

请把我埋葬在无从凭吊的荒场。

公爵　这是赏给你的辛苦钱。

小丑　一点不辛苦，殿下，我很以唱歌为快乐呢。

公爵　那么就算赏给你的快乐钱。

小丑　不错，殿下，快乐总是要付出代价的。

公爵　现在允许我不要见你吧。

小丑　好，忧愁之神保佑着你！但愿裁缝用闪缎给你裁一身衫子，因为你的心就像猫眼石那样闪烁不定。我希望像这种没有恒心的人都航海去，好让他们过着五湖四海，千变万化的生活；因为这样的人才有冒险进取的精神。再会。（下）

公爵　大家都退开去。（丘里奥及侍从等下）西萨里奥，你再给我到那位狠心的女王那边去；对她说，我的爱情是超越世间的，泥污的土地不是我所看重的事物；命运所赐给她的尊荣财富，你对她说，在我的眼中都像命运一样无常；吸引我的灵魂的是她的天赋的灵奇，绝世的仙姿。

薇奥拉　可是假如她不能爱您呢，殿下？

公爵　我不能得到这样的回音。

薇奥拉　可是您不能不得到这样的回音。假如有一位姑娘，也许真有那么一个人，也像您爱着奥丽维娅一样痛苦地爱着您；您不能爱她，您这样告诉她；那么她岂不是非得接受这样的答复吗？

公爵　女人的小小身体一定受不住像爱情在我心里激起的那样强烈的感情的搏跳；女人的心没有这样博大，可以藏得下这许多；她们缺少含忍的能力。唉，她们的爱就像一个人的口味一样，不是从脏腑里，而是从舌尖上感觉到的，过饱了便会食伤呕吐；可是我的爱就像饥饿的大海，能够消化一切。不要把一个女人所能对我发生的爱情跟我对于奥丽维娅的爱情相提并论。

薇奥拉　啊，可是我知道——

公爵　你知道什么？

薇奥拉　我很了解女人对于男人会怀着怎样的爱情。真的，她们是跟我们一样真心的。我的父亲有一个女儿，她爱上了一个男人，正像假如我是个女儿身，也许会爱上了您殿下一样。

公爵　她的经历怎样？

薇奥拉　一片空白而已，殿下。她从来不向人诉说她的爱情，让隐藏在内心中的抑郁，像蓓蕾中的蛀虫一样，侵蚀着她的绯红的脸颊；她因相思而憔悴，疾病和忧愁折磨着她，像是墓碑上刻着的“忍耐”的化身，默坐着向悲哀微笑。这不是真的爱情吗？我们男人也许更多话，更会发誓，可是我们所表示的，总过于我们所决心实行的；不论我们怎样山盟海誓，我们的爱情总不过如此。

公爵　但是你的姐姐有没有殉情而死，我的孩子？

薇奥拉　我父亲的孩子只有我一个；可是我不知道她有没有殉情。殿下，我要不要就去见这位小姐？

公爵　对了，这是正事——快前去，送给她这颗珍珠；说我的爱情永不会认输。（各下）

第五场

奥丽维娅的花园

托比·培尔契爵士、安德鲁·艾古契克爵士及费边上。

托比　来吧，费边先生。

费边　噢，我就来；要是我把这场好戏略微错过了一点点儿，那就让我在懊恼里煎死了吧。

托比　让这个卑鄙龌龊的丑东西出一场丑，你高兴不高兴？

费边　我才要快活死哩！您知道那次我因为在这里耍熊，让他在小姐跟前说了我坏话。

托比　我们再把那头熊牵来激他发怒；我们要把他作弄得体无完肤。你说怎样，安德鲁爵士？

安德鲁　要是我们不那么做，那才是终身的憾事呢。

托比　小坏东西来了。

玛利娅上。

托比　啊，我的小宝贝！

玛利娅　你们三人都躲到黄杨树后面去。马伏里奥要从这条走道上跑过来了；他已经在那边太阳光底下对他自己的影子练习了半个钟头仪法。谁要是喜欢笑话儿的，留心瞧着他吧；我知道这封信一定会叫他变成一个发痴的呆子的。为了玩笑起见，躲起来吧！（众男人躲起来）你躺在那边；（丢下一信）这条鲟鱼已经来了，你不去撩撩他的痒处是捉不上手的。（下）

马伏里奥上。

马伏里奥 不过是运气，一切都是运气。玛利娅曾经对我说她喜欢我；我也曾经听见她说过那样的话，说要是她爱上了人的话，一定要选像我这种相貌的人。而且，她待我比待其他的下人好得异乎寻常。这一点我该怎么看呢？

托比 瞧这个自命不凡的浑蛋！

费边 静些！他已经痴心妄想得变成一头出色的火鸡了；瞧他那种蓬起了羽毛高视阔步的样子！

安德鲁 狗娘养的，我可以把这浑蛋痛打一顿！

托比 别闹啦！

马伏里奥 做了马伏里奥伯爵！

托比 啊，浑蛋！

安德鲁 给他吃手枪！给他吃手枪！

托比 别闹！别闹！

马伏里奥 这种事情是有前例可援的；斯特拉契夫人也下嫁给家臣。

安德鲁　该死，这畜生！

费边　静些！现在他着了魔啦；瞧他越想越得意。

马伏里奥　跟她结婚过了三个月，坐在我的宝座上——

托比　啊！我要弹一颗石子到他的眼睛里去！

马伏里奥　身上披着绣花的丝绒袍子，召唤我的臣僚过来；那时我刚睡罢午觉，撇下奥丽维娅酣睡未醒——

托比　大火硫磺烧死了他！

费边　静些！静些！

马伏里奥　那时我装出一副威严的神气，先目光凛凛地向众人瞟视一周，然后对他们说我知道我的地位，他们也须要明白自己的身份；吩咐他们去请我的托比老叔过来——

托比　把他铐起来！

费边　别闹！别闹！别闹！好啦！好啦！

马伏里奥　我的七个仆人恭恭敬敬地前去找他。我皱了皱眉头，或者开了开表，或者抚弄着我的——什么珠宝之类。托比来了，向我行了个礼——

托比 这家伙可以让他活命吗?

费边 虽然几辆马车要把我们的静默拉走,可是还是不要闹吧!

马伏里奥 我这样向他伸出手去,用一副庄严的威势来抑住我的亲昵的笑容——

托比 那时托比不就给了你一个嘴巴子吗?

马伏里奥 说,"托比叔父,我已蒙令侄女不弃下嫁,请您准许我这样说话——"

托比 什么?什么?

马伏里奥 "你必须把喝酒的习惯戒掉。"

托比 狗娘养的,这狗东西!

费边 哎,别生气,否则我们的计策就要失败了。

马伏里奥 "而且,您还把您的宝贵的光阴跟一个傻瓜武士在一块儿浪费——"

安德鲁 说的是我,一定的啦。

马伏里奥 "那个安德鲁爵士——"

安德鲁　我知道是我；因为许多人都叫我做傻瓜。

马伏里奥　这是什么东西？（拾信）

费边　现在那蠢鸟走近陷阱旁边来了。

托比　啊，静些！但愿开玩笑的神灵叫他高声朗读。

马伏里奥　哎哟，这是小姐的手笔！瞧这一钩一弯一横一直，那不正是她的笔锋吗？没有问题，一定是她写的。

安德鲁　她的一钩一弯一横一直，那是什么意思？

马伏里奥　（读）“给不知名的恋人，至诚的祝福。”完全是她的口气！对不住，封蜡。且慢！这封口上的钤记不就是她一直用作封印的鲁克丽丝的肖像吗？一定是我的小姐。可是那是写给谁的呢？

费边　这叫他心窝儿里都痒起来了。

马伏里奥　知我者天，
我爱为谁？
慎莫多言，
莫令人知。

“莫令人知。”下面还写些什么？又换了句调了！“莫令人知”：说的也许是你哩，马伏里奥！

托比 嘿，该死，这獾子！

马伏里奥 （念）我可以向我所爱的人发号施令；

但隐秘的衷情如鲁克丽丝之刀，

杀人不见血地把我的深心剚刃：

我的命在M，O，A，I的手里飘摇。

费边 无聊的谜语！

托比 我说是个好丫头。

马伏里奥 “我的命在M，O，A，I的手里飘摇。”不，让我先想一想，让我想一想，让我想一想。

费边 她给他吃了一服多好的毒药！

托比 瞧那头鹰儿多么饿急似的想一口吞下去！

马伏里奥 “我可以向我所爱的人发号施令。”，她可以命令我；我侍候着她，她是我的小姐。这是无论哪个有一点点脑子的人都看得出来的；全然合得拢。可是那结尾一句，那几个字母又是什么意思呢？能不能牵附到我的身上？——慢慢！M，O，A，I——

托比 哎，这应该想个法儿，他弄糊涂了。

费边 即使像一头狐狸那样骚气冲天，这狗子也会大惊小怪地叫起来的。

马伏里奥　M，马伏里奥；M，嘿，那正是我的名字的第一个字母哩。

费边　我不是说他会想出来的吗？这狗的鼻子什么都嗅得出来。

马伏里奥　M——可是这次序不大对；倒要想一想看。跟着来的应该是个A字，可是却是个O字。

费边　我希望O字应该放在结尾的吧？

托比　对了，否则我要揍他一顿，让他喊出个“O！”来。

马伏里奥　A的背后又跟着个I。

费边　哼，要是你背后生眼的话，你就知道你眼前并没有什么幸运，你的背后却有倒霉的事跟着呢。

马伏里奥　M，O，A，I；这隐语可跟前面所说的不很合辙；可是稍为把它颠倒一下，它还是针对我而言的，因为这几个字母都在我的名字里。且慢！这儿还有散文呢。（念）“要是这封信落到你手里，请你想一想。照我的命运而论，我是在你之上，可是你不用惧怕富贵：有的人是生来的富贵，有的人是挣来的富贵，有的人是送上来的富贵。你的好运已经向你伸出手来，赶快用你的全副精神抱住它。你应该练习一下怎样才合乎你所将要做的那种人的身份，脱去你卑恭的旧习，放出一些活泼的神气来。对亲戚不妨分庭抗礼，对仆人不妨摆摆架子；你嘴里要鼓唇弄舌地谈些国家大事，装出一副矜持的样子。为你叹息的人儿这样吩咐着你。记着谁曾经赞美过你的黄袜子，愿意看见你永远扎着十字交叉的袜带；我对你说，你记着吧。好，只要你自己愿意，你就可以出头了；否则让我见你一生一世做个管家，与众仆为伍，不值得抬举。再会！我是愿意跟你交换地位的，幸运的不幸者。”

青天白日也没有这么明白，平原旷野也没有这么显豁。我要摆起架子来，说起政论来；我要叫托比丧气，我要断绝那些鄙贱之交，我要一点不含糊地做起这么一个人来。我没有自己哄骗自己，让想象把我愚弄；因为每一个理由都指点着说，我的小姐爱上了我了。她最近称赞过我的黄袜子和我的十字交叉的袜带；这里面她就表示着她的爱我，用一种命令的方法叫我打扮成她所喜欢的样式。谢谢我的命星，我好幸福！我要放出高傲的神气来，穿了黄袜子，扎着十字交叉的袜带，立刻就去装束起来。赞美上帝和我的命星！这儿还有附启。

（念）“你一定想得到我是谁。要是你接受我的爱情，请你用微笑表示你的意思；你的微笑是很好看的。我的好人儿，请你当着我的面前永远微笑着吧。”

上帝，我谢谢你！我要微笑；我要做每一件你吩咐我做的事。（下）

费边　即使波斯王给我一笔几千块钱的恩俸，我也不愿错过这场玩意儿。

托比　这丫头想得出这种主意，我简直可以娶了她。

安德鲁　我也可以娶了她呢。

托比　我不要她什么妆奁，只要再给我想出这么一个笑话来就行了。

安德鲁　我也不要她什么妆奁。

费边　我那位捉蠢鹅的好手来了。

玛利娅重上。

托比　你愿意把你的脚搁在我的头颈上吗？

安德鲁　或者搁在我的头颈上？

托比　我要不要把我的自由作孤注之一掷，而做你的奴隶呢？

安德鲁　是的，我也要不要做你的奴隶？

托比　你已经叫他大做其梦，要是那种幻象一离开了他，他一定会发疯的。

玛利娅　可是您老实对我说，他不是中计了吗？

托比　就像收生婆喝了烧酒一样。

玛利娅　要是你们要看看这场把戏会闹出些什么结果来，请看好他怎样到小姐跟前去：他会穿起了黄袜子，那正是她所讨厌的颜色；还要扎着十字交叉的袜带，那正是她所厌恶的式样；他还要向她微笑，照她现在那样悒郁的心境，一定会不高兴，管保叫他大受一场没趣。假如你们要看的话，跟我来吧。

托比　好，到地狱门口去，你这好机灵鬼儿！

安德鲁　我也要去。（同下）

第三幕

第一场

奥丽维娅的花园

薇奥拉及小丑持手鼓上。

薇奥拉 上帝保佑你，朋友！你是个打手鼓的音乐家吗？

小丑 不，先生，我的家在教堂附近呢。

薇奥拉 你是个教士吗？

小丑 没有的事，先生。我住在教堂附近，因为我住在我的家里，而我的家是在教堂附近。

薇奥拉 你也可以说，国王住在叫花窝的附近，因为叫花子住在王宫的附近；教堂筑在你的手鼓旁边，因为你的手鼓放在教堂旁边。

小丑 您说得对，先生。人们一代比一代聪明了！一句话对于一个聪明人就像是一副小山羊皮的手套，一下子就可以翻了转来。

薇奥拉 嗯，那是一定的啦；善于在字面上翻弄花样的，很容易流于轻薄。

小丑 那么，先生，我希望我的妹妹不要有名字。

薇奥拉 为什么呢，朋友？

小丑 先生，她的名字不也是个字吗？在那个字上面翻弄翻弄花样，也许我的妹妹就会轻薄起来。可是自从文字失去自由以后，也是个很危险的家伙了。

薇奥拉 你有什么理由，朋友？

小丑 不瞒您说，先生，要是我向您说出理由来，那非得用文字不可；可是现在文字变得那么坏，我真不高兴用它们来证明我的理由。

薇奥拉 我敢说你是个快活的家伙，万事都不关心。

小丑 不是的，先生，我所关心的事倒有一点儿；可是凭良心说，先生，我可一点不关心您。

薇奥拉　你不是奥丽维娅小姐府中的傻子吗？

小丑　真的不是，先生。奥丽维娅小姐不喜欢傻气；她要嫁了人才会在家里养起傻子来，先生：傻子之于丈夫，犹之乎小鱼之于大鱼，丈夫不过是个大一点的傻子而已。我真的不是她的傻子，我是给她说说笑话的人。

薇奥拉　我最近曾经在奥西诺公爵的地方看见过你。

小丑　先生，傻气就像太阳一样环绕着地球，到处放射它的光辉。要是傻子不常到您主人那里去，如同他在我的小姐那儿一样，那么，先生，我可真是抱歉。我想我也曾经在那边看见过您这聪明人。

薇奥拉　哼，你要在我身上打趣，我可要不睬你了。拿去，这几个钱给你。

小丑　好，上帝保佑您长起胡子来吧！

薇奥拉　老实告诉你，我倒真为了胡子害相思呢；（旁白）虽然我不要在自己脸上长起来。小姐在里面吗？

小丑　先生这两个钱会不会养儿子？

薇奥拉　会的，你只要拿它们去放债取利息好了。

小丑　先生，我愿意做个弗里吉亚的潘达洛斯，给这个特洛伊罗斯找一个克瑞西达来。[①]

薇奥拉　我知道了，朋友；你很善于乞讨。

小丑　小姐就在里面，先生。我可以对他们说明您是从哪儿来的；至于您是谁，您来有什么事，那就不属于我的“领域”之内了——我应当说“范围”，可是那两个字已经给人用得太熟了。（下）

薇奥拉　这家伙扮傻子很有点儿聪明。装傻装得好也是要靠才情的：他必须窥伺被他所取笑的人们的心情，了解他们的身份，还得看准了时机；然后像不择目的的野鹰一样，每个机会都不放松。这是一种和聪明人的艺术一样艰难的工作：

　　傻子不妨说几句聪明话，
　　聪明人说傻话难免笑骂。

托比·培尔契爵士、安德鲁·艾古契克爵士同上。

托比　您好，先生。

薇奥拉　您好，爵士。

安德鲁　上帝保佑您，先生。

---

① 关于特洛伊罗斯（Troilus）与克瑞西达（Cressida）恋爱的故事可参看莎士比亚所著悲喜剧《特洛伊罗斯与克瑞西达》。潘达洛斯（Pandarus）为克瑞西达之叔，为他们居间撮合者。

薇奥拉 上帝保佑您，我是您的仆人。

安德鲁 先生，我希望您是我的仆人；我也是您的仆人。

托比 请您进去吧。舍侄女有请，要是您是来看她的话。

薇奥拉 我来正是要拜见令侄女，爵士；她是我的航行的目标。

托比 请您试试您的腿吧，先生；把它们移动起来。

薇奥拉 我的腿也许会听得懂我的话，爵士，可是我却听不懂您叫我试试我的腿是什么意思？

托比 我的意思是，先生，请您走，请您进去。

薇奥拉 好，我就移步前进。可是有人走来了。

奥丽维娅及玛利娅上。

薇奥拉 最卓越最完美的小姐，愿诸天为您散下芬芳的香雾！

安德鲁 那年轻人是一个出色的廷臣。“散下芬芳的香雾”！好得很。

薇奥拉 我的来意，小姐，只能让您自己的玉耳眷听。

安德鲁 “香雾”“玉耳”“眷听”，我已经学会了三句话了。

奥丽维娅　关上园门，让我们两人谈话。（除奥利维娅和薇奥拉外，全下）把你的手给我，先生。

薇奥拉　小姐，我愿意奉献我的绵薄之力为您效劳。

奥丽维娅　你叫什么名字?

薇奥拉　您仆人的名字是西萨里奥，美貌的公主。

奥丽维娅　我的仆人，先生！自从假作卑恭认为是一种恭维之后，世界上从此不曾有过乐趣。你是奥西诺公爵的仆人，年轻人。

薇奥拉　他是您的仆人，他的仆人自然也是您的仆人；您的仆人的仆人便是您的仆人，小姐。

奥丽维娅　就他的人而言，我不去想他；他的心思而言，但愿他们是空空洞洞而不要满心想我。

薇奥拉　小姐，我来是要替他说动您那颗温柔的心。

奥丽维娅　啊！对不起，请你不要再说起他了。可是如果你肯换一个人向我说，我愿意听你的请求，胜过于听天乐。

薇奥拉　亲爱的小姐——

奥丽维娅　对不起，让我说句话。上次你到这儿来把我迷醉了之后，我叫人拿了个戒指追你；我欺骗了我自己，欺骗了我的仆人，也许欺骗了你；我用那种无耻的狡狯把你明知道不属于你的东西强纳在你手里，一定会使你看不起我。你会作怎样想呢？你不曾把我的名誉拴在桩柱上，让你那残酷的心所想得到的一切思想恣意地把它虐弄？像你这样敏慧的人，我已经表示得太露骨了；掩藏着我的心事的，只是一层薄薄的蝉纱。所以，让我听你的意见吧。

薇奥拉　我可怜你。

奥丽维娅　那是到达恋爱的一个阶段。

薇奥拉　不，经验告诉我们，对敌人我们也往往会产生怜悯之情。

奥丽维娅　啊，如果你是我的敌人，我想是该放弃爱情的时候了。世界啊！微贱的人多么容易骄傲！要是作了俘虏，那么落于狮子的爪下比之豺狼的吻中要幸运多少啊！（钟鸣）时钟在谴责我把时间浪费。别担心，好孩子，我不会留住你。可是等到才情和青春成熟之后，你的妻子将会收获到一个出色的男人。向西是你的路。

薇奥拉　那么向西开步走！愿小姐称心如意！您没有什么话要我向我的主人说吗，小姐？

奥丽维娅　且慢，请你告诉我你以为我这人怎样？

薇奥拉　我以为你以为你不是你自己。

奥丽维娅 要是我以为这样，我以为你也是这样。

薇奥拉 你猜想得不错，我不是现在的我。

奥丽维娅 我希望你是我所希望于你的那种人！

薇奥拉 那是不是比现在的我要好些，小姐？我希望好一些，因为现在我不过是你的弄人。

奥丽维娅 唉！他嘴角的轻蔑和怒气，
冷然的神态可多么美丽！
爱比杀人重罪更难隐藏；
爱的黑夜有中午的阳光。
西萨里奥，凭着春日蔷薇、
贞操、忠信与一切，我爱你
这样真诚，不顾你的骄傲，
理智拦不住热情的宣告。
别以为我这样向你求情，
你就可以无须再献殷勤；
须知求得的爱虽费心力，
不劳而获的更应该珍惜。

薇奥拉 我起誓，凭着天真与青春，
我只有一条心一片忠诚，
没有女人能够把它占有，

只有我是我自己的君后。
别了，小姐，我从此不再来，
为我主人向你苦苦陈哀。

奥丽维娅 你不妨再来，也许能感动，我释去憎嫌把感情珍重。（同下）

第二场

奥丽维娅宅中一室

托比·培尔契爵士、安德鲁·艾古契克爵士及费边上。

安德鲁 不，真的，我再不能住下去了。

托比 为什么呢，亲爱的坏东西？说出你的理由来。

安德鲁 嘿，我见你的侄小姐对待那个公爵的仆人比之待我好得多；我在花园里瞧见的。

托比 她那时也看见你吗，孩子？告诉我。

安德鲁 就像我现在看见你一样清清楚楚。

费边 那正是她爱您的一个很好的证据。

安德鲁 啐！你把我当作一头驴子吗？

费边 大人，我可以用判断和推理来证明这句话的不错。她当着您的脸对那个少年表示殷勤，是要叫您发急，唤醒您那打瞌睡的勇气，给您的心里生起火来，在您的肝脏里加点儿硫磺罢了。您那时就该走上去向她招呼，说几句崭新的俏皮话儿叫那年轻人哑口无言。她盼望您这样，可是您却大意错过了。您放过了这么一个大好的机会，我的小姐自然要冷淡您啦；您在她的心里要像荷兰人胡须上悬着的冰柱一样，除非您能用勇气或是手段来干出一些出色的勾当，才可以挽回过来。

安德鲁 无论如何，我宁愿用勇气；因为我顶讨厌使手段。叫我做个政客，还不如做个布朗派[1]的教徒。

托比 好啊，那么把你的命运建筑在勇气上吧。给我去向那公爵差来的少年挑战，把他身上戳十来个窟窿，我的侄女一定会注意到。你可以相信，世上没有一个媒人会比一个勇敢的名声更能说动女人的心了。

---

① 布朗派为英国伊丽莎白时代清教徒 RobertBrown 所创的教派。

费边　此外可没有别的办法了，安德鲁大人。

安德鲁　你们谁肯替我向他下战书？

托比　快去用一手虎虎有威的笔法写起来；要干脆简单；不用说俏皮话，只要言之成理，别出心裁就得了。尽你的笔墨所能把他嘲骂；要是你把他"你"啊"你"的"你"了三四次，那也无妨；再把纸上写满了谎言，即使你的纸大得足以铺满英国威尔地方的那张大床[①]。快去写吧。把你的墨水里掺满着怨毒，虽然你用的是一支鹅毛笔。去吧。

安德鲁　我到什么地方来见你们？

托比　我们会到你房间里来看你；去吧。（安德鲁下）

费边　这是您的一个宝货，托比老爷。

托比　我倒累他破费过不少呢，孩儿，约莫有两千多块钱的样子。

费边　我们就可以看到他的一封妙信了。可是您不会给他送去的吧？

托比　要是我不送去，你别相信我；我一定要把那年轻人激出一个

① 方十一英尺，今尚存。

回音来。我想就是叫牛儿拉着车绳也拉不拢他们两人在一起。要是把安德鲁解剖开来，你在他肝脏里找得出一滴可以沾湿一只跳蚤的脚的血，我愿意把他那副臭皮囊一起吃下。

费边 他那个对头的年轻人，照那副相貌看来，也不像是会下辣手的。

托比 瞧，一窠九只的鹪鹩中顶小的一只来了。

玛利娅上。

玛利娅 要是你们愿意捧腹大笑，不怕笑到腰酸背痛的，那么跟我来吧。那只蠢鹅马伏里奥已经信了邪道，变成一个十足的异教徒了；因为没有一个相信正道而希望得救的基督徒，会做出这种丑恶不堪的奇形怪状来的。他穿着黄袜子呢。

托比 袜带是十字交叉的吗？

玛利娅 再难看不过了，就像个在寺院里开学堂的塾师先生。我像是他的刺客一样紧跟着他。我故意掉下来诱他的那封信上的话，他每一句都听从；他笑的脸上起了皱纹，比新添上的东印度群岛的新地图的线纹还多。你们从来不曾见过这样一个东西，我忍不住要向他丢东西过去。我知道小姐一定会打他；要是她打了他，他一定仍然会笑，以为是一件大恩典。

托比 来，带我们去，带我们到他那儿去。（同下）

第三场

街道

西巴斯辛及安东尼奥上。

西巴斯辛　我本来不愿意麻烦你；可是你既然这样欢喜自己劳碌，那么我也不再向你多话了。

安东尼奥　我抛不下你，我的愿望比磨过的刀还要锐利地驱迫着我。虽然为着要看见你起见，再远的路我也会跟着你去；可并不全然为着这个理由：我担心你对这些地方不熟，路上也许会碰到些什么麻烦；一路没人领导没有朋友的异乡客，出门总有许多不方便。我的诚心的爱，再加上这样使我忧虑的理由，迫使我来追赶你。

西巴斯辛　我的善良的安东尼奥，除了感谢、感谢、永远的感谢之外，我再没有别的话好回答你。一件好事常常只换得一声空口的道谢；可是我的钱财假如能跟我的衷心的感谢一样多，你的好心一定不会得不到重重的酬报。我们干些什么呢？要不要去瞧瞧这镇上的古迹？

安东尼奥　明天吧，先生；还是先去找个下处。

西巴斯辛　我没有疲倦，等天黑还有许多时候；让我们去瞧瞧这儿的名胜，一饱眼福吧。

安东尼奥　请你原谅我；我在这一带街道上走路是冒着危险的。从前我曾经参加海战，和公爵的舰队作过对；那时我立了一点功，假如在这儿给捉到了，可不知要怎样抵罪哩。

西巴斯辛　大概你杀死了很多的人吧？

安东尼奥　我的罪名并不是这么一种杀人流血的性质；虽然照那时的情形和争执的激烈看来，很容易有流血的可能。本来也许以后我们把夺了去的东西还给了他们，就可以和平解决，为了商业的缘故，我们大多数的城市都是这样的；可是我却不肯屈服：因此，要是我在这儿给捉到了的话，他们绝不会轻轻放过我。

西巴斯辛　那么你不要常常出来吧。

安东尼奥　那的确不大妥当。先生，这儿是我的钱袋，请你拿着吧。南郊的大象旅店是最好的下宿的地方，我先去定好膳宿；你可以在城里逛着见识见识，再到那边来见我好了。

西巴斯辛　为什么你要把你的钱袋给我？

安东尼奥　也许你会看中什么玩意儿想要买下；我知道你的钱不够，先生。

西巴斯辛 好，我就替你保管你的钱袋；过一个钟头再见吧。

安东尼奥 在大象旅店。

西巴斯辛 我记得。（各下）

第四场

奥丽维娅的花园

奥丽维娅及玛利娅上。

奥丽维娅 （旁白）我已经差人去请他了。假如他肯来，我要怎样款待他呢？我要给他些什么呢？因为年轻人常常是买来的，而不是讨来或借来的。我说得太高声了。马伏里奥在哪儿呢？他这人很严肃，懂得规矩，很配做我的仆人。马伏里奥在什么地方？

玛利娅 他就来了，小姐；可是他的样子古怪得很。他一定给鬼迷了，小姐。

奥丽维娅 啊，怎么啦？他在说乱话吗？

玛利娅 不，小姐；他只是一味笑。他来的时候，小姐，您最好叫人保护着您，因为这人的神经有点异状呢。

奥丽维娅 去叫他来。他是痴汉，我也是个疯婆；他欢喜，我忧愁，一样糊涂。

马伏里奥重上。

奥丽维娅 怎样，马伏里奥！

马伏里奥 亲爱的小姐，哈哈！

奥丽维娅 你笑吗？我要差你做一件正经事呢，别那么快活。

马伏里奥 不快活，小姐！我当然可以不快活，这种十字交叉的袜带扎得我血脉不通；可是那有什么要紧呢？只要能叫一个人看了欢喜，那就像诗上所说的“士为悦己者容”了。

奥丽维娅 什么，你怎么啦，家伙？究竟是怎么一回事？

马伏里奥 我的腿儿虽然是黄的，我的心儿却不黑。那话儿他已经知道了，命令一定要服从。我想那一手簪花妙楷我们都是认得出来的。

奥丽维娅 你还是睡觉去吧，马伏里奥。

马伏里奥 睡觉去！对了，好人儿；我一定奉陪。

奥丽维娅　上帝保佑你！为什么你这样笑着老是吻你的手？

玛利娅　您怎么啦，马伏里奥？

马伏里奥　多承见问！是的，夜莺应该回答乌鸦的问话。

玛利娅　您为什么当着小姐的面前这样放肆？

马伏里奥　“不用惧怕富贵，”写得很好！

奥丽维娅　你说那话是什么意思，马伏里奥？

马伏里奥　“有的人是生来的富贵。”

奥丽维娅　嘿！

马伏里奥　“有的人是挣来的富贵。”

奥丽维娅　你说什么？

马伏里奥　“有的人是送上来的富贵。”

奥丽维娅　上天保佑你！

马伏里奥　“记着谁曾经赞美过你的黄袜子。”

奥丽维娅　你的黄袜子！

马伏里奥 “愿意看见你永远扎着十字交叉的袜带。”

奥丽维娅 扎着十字交叉的袜带！

马伏里奥 “好，只要你自己愿意，你就可以出头了。”

奥丽维娅 我就可以出头了？

马伏里奥 “否则让我见你一生一世做个管家。”

奥丽维娅 哎哟，这家伙简直中了暑在发疯了。

一仆人上。

仆人 小姐，奥西诺公爵的那位青年使者回来了，我好容易才请他回来。他在等候着小姐的传见呢。

奥丽维娅 我就去见他。（仆人下）好玛利娅，这家伙要好好看管。我的托比叔父呢？叫几个人加意留心着他；我希望他不要有什么意外。

奥丽维娅、玛利娅下。

马伏里奥 啊，哈哈！你现在认识我了吧？要叫够得上托比爵士那样身份的人来照看我！这正合信上所说的：她有意叫他来，好让我跟他顶撞一下；因为她信里正要我这样。“脱去你卑恭的旧习；”她说，“对亲戚不妨分庭抗礼，对仆人不妨摆摆架子；你嘴里要鼓唇弄舌地谈些国家大事，装出一副矜持的样子。”于是写着怎样扮起一副严肃的面孔、庄重的举止、慢声慢气的说话腔调，学着大人先生的样子，诸如此类。我已经捉到她了，可是那是上帝的功劳，感谢上帝！而且她刚才临去的时候，她说，“这家伙要好好照看。”家伙！不说马伏里奥，也不照我的地位称呼我，而叫我家伙。哈哈，一切都符合，一点儿没有疑惑，一点儿没有阻碍，一点儿没有不放心的地方。还有什么好说呢？什么也不能阻止我达到我的全部的希望。不过，干这种事情的是上帝，不是我，感谢上帝！

托比、费边及玛利娅上。

托比 凭着神圣的名义，他在哪儿？要是地狱里的群鬼们缩小了身子，一起走进他的身体里去，我也要跟他说话。

费边 他在这儿，他在这儿。您怎样啦，先生？

托比 您怎样啦，老兄？

马伏里奥 走开，我用不着你；别搅扰了我的安静。走开！

玛利娅 听，魔鬼在他嘴里说着鬼话了！我不是对您说过吗？托比老爷，小姐请您看顾看顾他。

马伏里奥 啊！啊！她这样说吗？

托比　好了，好了，别闹了吧！我们一定要客客气气对付他。让我一个人来吧。——你好，马伏里奥？你怎样啦？嘿，老兄！抵抗魔鬼呀！你想，他是人类的仇敌呢。

马伏里奥　你知道你在说些什么话吗？

玛利娅　你们瞧！你们一说了魔鬼的坏话，他就生气了。求求上帝，不要让他鬼迷心窍才好！

费边　把他的小便送到巫婆那边去吧。

玛利娅　好，明天早晨一定送去。我的小姐舍不得他哩。

马伏里奥　怎么，姑娘！

玛利娅　主啊！

托比　请你别闹，这不是个办法；你不见你惹他生气了吗？让我来对付他。

费边　除了用软功之外，没有别的法子。轻轻儿地、轻轻儿地，魔鬼是个粗坯，你要跟他动粗是不行的。

托比　喂，怎么啦，我的好家伙！你好，小鸡？

马伏里奥　爵士！

托比 啊，小鸡，跟我来吧。嘿，老兄！跟魔鬼在一起玩可不对。该死的黑鬼！

玛利娅 叫他念祈祷，好托比老爷，叫他祈祷。

马伏里奥 念祈祷，小淫妇！

玛利娅 你们听着，跟他讲到关于上帝的话，他就听不进去了。

马伏里奥 你们全给我去上吊吧！你们都是些浅薄无聊的东西；我不是跟你们一样的人。你们就会知道的。（下）

托比 有这等事吗？

费边 要是这种情形在舞台上表演起来，我一定要批评它捏造得出乎情理之外。

托比 他已经中计了，老兄。

玛利娅 还是追上他去吧；也许这计策一漏了风，就会坏掉。

费边 啊，我们真的要叫他发起疯来。

玛利娅 那时屋子里可以清静些。

托比 来，我们要把他关在一间暗室里捆缚起来。我的侄女已经相信他疯了；我们可以这样依计而行，让我们开开心，叫他吃吃苦头。等到我们这玩笑开乏了之后，再向他发慈悲来；那时我们宣布我们的计策，把你封作疯人的发现者。可是瞧，瞧！

安德鲁·艾古契克爵士上。

费边 又有别的花样来了。

安德鲁 挑战书已经写好在此，你读读看；念上去就像酸醋胡椒的味道呢。

费边 是这样厉害吗？

安德鲁 对了，我向他保证的；你只要读着好了。

托比 给我。（读）“年轻人，不管你是谁，你不过是个下贱的东西。”

费边 好，真勇敢！

托比 （读）“不要吃惊，也不要奇怪为什么我这样称呼你，因为我不愿告诉你是什么理由。”

费边 一句很好的话，这样您就可以不受法律的攻击了。

托比 （读）“你来见奥丽维娅小姐，她当着我的面把你厚待；可是你说谎，那并不是我要向你挑战的理由。”

费边 很简单明白，而且极其——不通。

托比 （读）“我要在你回去的时候埋伏着等候你；要是命该你把我杀死的话——”

费边 很好。

托比 （读）“你便是个坏蛋和恶人。”

费边 您仍旧避过了法律方面的责任，很好。

托比 “再会吧；上帝超度我们两人中一人的灵魂吧！也许他会超度我的灵魂；可是我比你有希望一些，所以你留心着自己吧。你的朋友，和你的誓不两立的仇敌，安德鲁·艾古契克上。”——要是这封信不能激动他，那么他的两条腿也不能走动了。我去送给他。

玛利娅 您有很凑巧的机会；他现在正在跟小姐谈话，等会儿就要出来了。

托比 去，安德鲁大人，给我在花园角落里等着他，像个捕役似的；一看见他，便拔出剑来；一拔剑，就高声咒骂；一句可怕的咒骂，神气活现地从嘴里恶狠狠发出来，比之真动手脚更能使人显得威武厉害。去吧！

安德鲁 好，骂人的事情我自己会来。（下）

托比 我可不去送这封信。因为照这位青年的举止上看来，是个很有资格很有教养的人，否则他的主人不会差他来拉拢我的侄女的。这封信写得那么奇妙不通，一定不会叫这青年害怕；他一定会以为这是一个呆子写的。但是，老兄，我要口头去替他挑战，故意夸张艾古契克的勇气，让这位仁兄相信他是个勇猛暴躁的家伙；我知道他那样年轻，一定会害怕起来的。这样他们两人便会彼此恐惧，一见面就像见了毒蜥蜴一样落掉了魂魄。

奥丽维娅与薇奥拉上。

费边 他和您的侄小姐来了；让我们回避他们，等他告别之后再追上去。

托比 我可以想出几句可怕的挑战话来。（托比、费边、玛丽娅下）

奥丽维娅 我对一颗石子样的心太多费唇舌了，鲁莽地把我的名誉下了赌注。我心里有些埋怨自己的过错；可是那是个极其倔强的错，埋怨只能招它一阵讪笑。

薇奥拉 我主人的悲哀也正和您这种痴情的样子相同。

奥丽维娅 拿着，为我的缘故把这玩意儿戴在你身上吧，那上面有我的小照。不要拒绝，它不会多话让你讨厌的。请你明天再过来。你无论向我要什么，只要于我的名誉没有妨碍的，我都可以给你。

薇奥拉 我向您要的，只是请您把真心的爱给我的主人。

奥丽维娅 我怎么能不顾名誉把我已经给了你的再给他呢？

薇奥拉 我会奉还给你。

奥丽维娅 好，明天再来吧。再见！像你这样一个恶魔，我甘愿让你向地狱里拖。（下）

托比·培尔契爵士及费边重上。

托比 先生，上帝保佑你！

薇奥拉 上帝保佑您，爵士！

托比 准备着防御吧。我不知道你做了什么对不起他的事情；可是你那位对头满心怀恨，一股子的杀气在园底等着你呢。拔出你的剑来，赶快预备好；因为你的敌人是个敏捷精明而可怕的人。

薇奥拉 您弄错了，爵士，我相信没人会跟我争吵；我完全不记得我曾经得罪过什么人。

托比 你会知道事情是恰恰相反的，我告诉你；要是你看重你的生命的话，留一点儿神吧；因为你的冤家年轻力壮，武艺不凡，火气又那么大。

薇奥拉 请问爵士，他是谁呀？

托比　他是个不靠军功而受封的武士；可是跟人吵起架来，那简直是个魔鬼：他已经叫三个人的灵魂出壳了。现在他的怒气已经一发而不可收拾，非把人杀死送进坟墓里去否则绝不肯甘心。他的格言是不管三七二十一，拼个你死我活。

薇奥拉　我要回到府里去请小姐派几个人保镖给我。我不会跟人打架。我听说有些人故意向别人寻衅，试验他们的勇气；这个人大概也是这一类的。

托比　不，先生，他的发怒是有充分理由的，因为你得罪了他；所以你还是上去答应他的要求吧。你不能回到屋子里去，除非你在没有跟他交手之前先跟我比个高低。所以上去吧，把你的剑赤条条地拔了出来；无论如何你非得动手一下不可，否则以后你再不用佩剑了。

薇奥拉　这真是既无礼又古怪。请您帮我一下忙，去问问那武士我得罪了他什么。那一定是我偶然的疏忽，绝不是有意的。

托比　我就去问他。费边先生，你陪着这位先生等我回来。（下）

薇奥拉　先生，请问您知道这是怎么一回事吗？

费边　我知道那武士对您很不乐意，甚至抱着拼命的决心；可是详细的情形却不知道。

薇奥拉　请您告诉我他是个什么样子的人？

费边 照他的外表上看起来，并没有什么惊人的地方；可是您跟他一交手，就知道他的厉害了。他，的确是您在伊利里亚无论哪处地方所碰得到的最有本领、最凶狠、最厉害的敌手。您就过去见他好不好？我愿意替您跟他讲和，要是能够的话。

薇奥拉 那多谢您了。我是个宁愿亲近教士不愿亲近武士的人；我不喜欢跟人争强斗胜。（同下）

托比及安德鲁重上。

托比 嘿，老兄，他才是个魔鬼呢！我从来不曾见过这么一个泼货。我跟他连剑带鞘较量了一回，他给我这么致命的一刺，简直无从招架；至于他还起手来，那简直像是你的脚踏在地上一样万无一失。他们说他曾经在波斯王宫里当过剑师。

安德鲁 糟了！我不想跟他动手了。

托比 好，但是他可不肯甘休呢；费边在那边简直拦不住他。

安德鲁 该死！早知道他有这种本领，而且剑法如此精巧，我真该再也不去撩惹他的。假如他肯放过这回，我情愿把我的灰色马儿送给他。

托比 我去跟他说去。站在这儿，摆出些威势来；这件事情总可以和平了结的。（旁白）你的马儿少不得要让我来骑，你可大大地给我捉弄了。

费边及薇奥拉重上。

托比 （向费边）我已经叫他把他的马儿送上议和。我已经叫他相信这孩子是个魔鬼。

费边 他也是把他想象得十分可怕，吓得心惊肉跳脸色发白，像是一头熊追在背后似的。

托比 （向薇奥拉）无可救药了，先生；他因为已经发过了誓，非得跟你决斗一下不可。他已经把这回吵闹考虑过，认为现在没有什么话好说的了；所以为了他所发的誓起见，拔出你的剑来吧，他声明他不会伤害你。

薇奥拉 （旁白）求上帝保佑我！一点点事情就会给他们知道我是不配当男人的。

费边 要是你见他势不可当，就让让他吧。

托比 来，安德鲁爵士，没有办法，这位先生为了他的名誉起见，不得不跟你较量一下；按着决斗的规则，他不能规避；可是他已经答应我，因为他是个堂堂君子又是个军人，他不会伤害你的。来吧，上去！

安德鲁 求上帝让他不要背誓！

安东尼奥上。

薇奥拉　相信我，这全然不是出于我的本意。（双方拔剑）

安东尼奥　放下你的剑。要是这位年轻的先生得罪了你，我替他担个不是；要是你得罪了他，我替他与你相拼。

托比　你，朋友！咦，你是什么人？

安东尼奥　先生，我是他的好朋友；出于对他的友爱，我敢做比你听到他对你夸口说要做的还要多。

托比　好吧，你既然这样喜欢管人家的闲事，我就奉陪了。（双方拔剑）

警吏上。

费边　啊，好托比老爷，住手吧！警官们来了。

托比　（向安东尼奥）过会儿再跟你算账。

向两侧散开以避开警吏。

薇奥拉　（向安德鲁）先生，请你放下你的剑吧。

安德鲁　好，放下就放下，朋友；我可以向你担保，我的话说过就算数。它很驯顺且很好驾驭的。

警吏甲　就是这个人。执行你的任务吧。

警吏乙　安东尼奥，我奉奥西诺公爵之命把你逮捕。

安东尼奥　你认错我了，朋友。

警吏甲　不，先生，一点没有错。我很认识你的脸，虽然你现在头上不戴着水手的帽子。把他带走，他知道我认识他的。

安东尼奥　我只好服从。（向薇奥拉）这场祸事都是因为要来寻找你而起，可是没法补救了，我必得服罪。现在我不得不向你要回我的钱袋了，你预备怎样呢？叫我难过的倒不是我自己的遭遇，而是不能给你尽一点力。你吃惊吗？请你宽心吧。

警吏乙　来，朋友，去吧。

安东尼奥　那笔钱我必须向你要几个。

薇奥拉　什么钱，先生？为了您在这儿对我的一番好意，又看见您现在的不幸，我愿意尽我的微薄的力量借给您几个钱；我是个穷小子，这儿随身带着的钱，可以跟您平分。拿着吧，这是我一半的家私。

安东尼奥　你现在不认识我了吗？难道我给你的好处不能使你心动吗？别看着我倒霉好欺侮，要是激起我的性子来，我也会不顾一切，向你一一述说你的忘恩负义的。

薇奥拉　您的恩惠我一点不知道；您的声音相貌我也完全不认识。我痛恨人们的忘恩，比之痛恨说谎、虚荣、饶舌、酗酒，或是其他存在于脆弱的人心中的陷人的恶德还要厉害。

安东尼奥　唉，天哪！

警吏乙　好了，对不起，朋友，走吧。

安东尼奥　让我再说句话，你们瞧这个孩子，他是我从死神的掌握中夺了转来的，我用神圣的爱心照顾他；我以为他的样子是个好人，那样看重着他。

警史甲　那跟我们有什么相干呢？别耽误了时间，走吧！

安东尼奥　可是唉，这个天神一样的人，原来是个邪魔歪道！西巴斯辛，你未免太羞辱了你这副唐唐的仪表了。

心上的瑕疵是真的垢污；
无情的人才是残废之徒。
善即是美；但美丽的奸恶，
是魔鬼雕就文彩的空椟。

警吏甲　这家伙发疯了；带他走吧！来，来，先生。

安东尼奥　带我去吧。

警吏带安东尼奥下

薇奥拉 他的话儿句句发自衷肠；

他坚持不疑，我意乱心慌。

但愿想象的事果真不错，

是他把妹妹错认作兄长！

托比 过来，武士；过来，费边：让我们悄悄地讲几句聪明话。

薇奥拉 他说起西巴斯辛的名字，

我哥哥正是我镜中影子，

兄妹俩生就一般的形状，

再加上穿扮得一模一样；

但愿暴风雨真发了慈心，

无情的波浪变作了多情！（下）

托比 好一个刁滑的卑劣的孩子，比兔子还胆怯！他坐视朋友危急而不顾，还要装作不认识，可见他刁恶的一斑，至于他的胆怯呢，问费边好了。

费边 一个懦夫，一个敬畏上帝的懦夫。

安德鲁 狗娘养的，我要追上去把他揍一顿。

托比 好，把他痛痛地揍一顿，可是别拔出你的剑来。

安德鲁　要是我不——（下）

费边　来，让我们去瞧去。

托比　无论多少钱我都可以赌，到头来不会有什么事发生的。（同下）

第四幕

第一场

奥丽维娅宅旁街道

西巴斯辛及小丑上。

小丑　你要我相信我不是差来请你的吗?

西巴斯辛　算了吧，算了吧，你是个傻瓜；给我走开。

小丑　装腔装得真好！是的，我不认识你；我的小姐也不会差我来请你去讲话；你的名字也不是西萨里奥大爷。什么都不是。

西巴斯辛　请你到别处去大放厥词吧；你又不认识我。

小丑　大放厥词！他从什么大人物那儿听了这句话，却来用在一个傻瓜身上。大放厥词！我担心整个痴愚的世界都要装腔作态起来了。请你别那么怯生生地告诉我，应当向我的小姐放些什么“厥辞”。要不要对她说你就来？

西巴斯辛　傻东西，请你走开吧；这儿有钱给你；要是你再不去，我就不给你这么多。

小丑　真的，你倒是很慷慨。这种聪明人把钱给傻子，就像用十四年的收益来买一句好话。

安德鲁、托比及费边上。

安德鲁　呀，朋友，我又碰见你了吗？吃这一下。（击西巴斯辛）

西巴斯辛　怎么，给你尝尝这一下，这一下，这一下！（打安德鲁）所有的人们都疯了吗？

托比　停住，朋友，否则我要把你的刀子摔到屋子里去了。（拉住巴西斯辛的胳膊）

小丑　我这就去把这件事告诉我的小姐。我不愿花两便士而处在你们的地位。（下）

托比　算了，朋友，住手吧。

安德鲁　不，让他去吧。我要换一个法儿对付他。要是伊利里亚是有法律的话，我要告他非法殴打的罪；虽然是我先动手，可是那没有关系。

西巴斯辛　放下你的手！

托比　算了吧，朋友，我不能放走你。来，我的青年的勇士，放下你的家伙。你已经冒上火来了；来吧。

西巴斯辛　你别想抓住我。（挣脱）现在你要怎样？要是你有胆子的话，拔出你的剑来吧。

托比　什么！什么！那么我倒要让你流几滴莽撞的血呢。（拔剑）

奥丽维娅上。

奥丽维娅　住手，托比！我命令你！

托比　小姐！

奥丽维娅　有这等事吗？忘恩的恶人！只配住在从来不懂得礼貌的山林和洞窟里的。滚开！——别生气，亲爱的西萨里奥。——莽汉，走开！（托比、安德鲁、费边同下）好朋友，你是个有见识的人，这回的惊扰实在太失礼、太不成话了，请你不要生气。跟我到舍下去吧；我可以告诉你这个恶人曾经多少次无缘无故地惹是招非，你听了就可以把这回事情一笑置之了。你一定要去的——

别推托！他灵魂该受天戮，
为你惊起了我心头小鹿。

西巴斯辛 滋味难名，不识其中奥妙；
是疯眼昏迷？是梦魂颠倒？
愿心魂永远在忘河沉浸；
有这般好梦再不须梦醒！

奥丽维娅 请你来吧；你得听我的话。

西巴斯辛 小姐，遵命。

奥丽维娅 但愿这回非假！（同下）

第二场

奥丽维娅宅中一室

玛利娅及小丑上、马伏里奥在相接的暗室内。

玛利娅 啊，我请你把这件袍子穿上，这把胡须套上，让他相信你是副牧师托巴斯师傅。快些，我就去叫托比老爷来。（下）

小丑 好，我就穿起来，假装一下；我希望我是第一个扮作这种样子的。我的身材不够高，穿起来不怎么神气；略微胖一点，也不像个用功念书的。可是给人称赞一声是个老实汉子很好的当家人，也就跟一个用心思的读书人一样好了。——那两个对头来了。

托比·培尔契爵士及玛利娅上。

托比 上帝祝福你，牧师先生！

小丑 早安，托比大人！目不识丁的布拉格的老隐士曾经向高波杜克王的侄女说过这么一句聪明话："是什么，就是什么。"因此，我是牧师先生，我便是牧师先生；因为"什么"即是"什么"，"是"即是"是"。

托比 去跟他说话，托巴斯师傅。

小丑 呃哼，喂！这监狱里平安呀！

托比 这小子装得很像，好小子。

马伏里奥 （在内）谁在叫？

小丑 副牧师托巴斯师傅来看疯人马伏里奥来了。

马伏里奥 托巴斯师傅，托巴斯师傅，托巴斯好师傅，请您到我小姐那儿去一趟。

小丑 滚你的，大魔鬼！瞧这个人给你缠得这样子！只晓得嚷小姐吗？

托比 说得好，牧师先生。

马伏里奥 （在内）托巴斯师傅，从来不曾有人给人这样冤枉过。托巴斯好师傅，别以为我疯了。他们把我关在这个暗无天日的地方。

小丑 啐，你这不老实的撒旦！我用最客气的称呼叫着你，因为我是个最有礼貌的人，即使对于魔鬼也不肯失礼。你说这屋子是黑的吗？

马伏里奥 像地狱一样，托巴斯师傅。

小丑 嘿，它的凸窗像壁垒一样透明，它的向着南北方的顶窗像乌木一样发光呢；你还说看不见吗？

马伏里奥 我没有发疯，托巴斯师傅。我对您说，这屋子是黑的。

小丑 疯子，你错了。我对你说，世间并无黑暗，只有愚昧。埃及人在大雾中辨不清方向，还不及你在愚昧里那样迷惘。

马伏里奥 我说，这座屋子简直像愚昧一样黑暗，即使愚昧是像地狱一样黑暗。我说，从来不曾有人给人这样欺侮过。我并不比您更疯；您不妨提出几个合理的问题来问我，试试我疯不疯。

小丑　毕达哥拉斯[①]对于野鸟有什么意见？

马伏里奥　他说我们祖母的灵魂也许曾经寄住过鸟儿的身体里。

小丑　你对于他的意见觉得怎样？

马伏里奥　我认为灵魂是高贵的，绝对不赞成他的说法。

小丑　再见，你在黑暗里住下去吧。等到你赞成了毕达哥拉斯的说法之后，我才可以承认你的头脑健全。留心别打山鹬，因为也许你要害得你祖母的灵魂流离失所了。再见。

马伏里奥　托巴斯师傅！托巴斯师傅！

托比　我的了不得的托巴斯师傅！

小丑　嘿，我可真是多才多艺呢。

玛利娅　你就是不挂胡须不穿道袍也没有关系；他又看不见你。

托比　你再用你自己的口音去对他说话；怎样的情形再来告诉我。我希望这场恶作剧快快告个段落。要是不妨把他释放，我看就放了他吧；因为我已经大大地失去了我侄女的欢心，倘把这玩意儿继续闹下去，恐怕不大妥当。等会儿到我的屋子里来吧。（托比、

① 毕达哥拉斯，希腊哲学家，主张灵魂轮回说。

玛利娅下）

小丑 嗨，罗宾，快活的罗宾哥，
问你的姑娘近况如何。

马伏里奥 傻子！

小丑 不骗你，她心肠有点硬。

马伏里奥 傻子！

小丑 唉，为了什么原因，请问？

马伏里奥 喂，傻子！

小丑 她已经爱上了别个人。
——嘿！谁叫我？

马伏里奥 好傻子，谢谢你给我拿一支蜡烛、笔、墨水和纸张来，以后我不会亏待你的。君子不扯谎，我永远感你的恩。

小丑 马伏里奥大爷吗？

马伏里奥 是的，好傻子。

小丑 唉，大爷，您怎么会发起疯来呢？

马伏里奥 傻子，从来不曾有人给人这样欺侮过。我的头脑跟你一样清楚呢，傻子。

小丑 跟我一样？那么您真的是疯了，要是您的头脑跟傻子差不多。

马伏里奥 他们把我当作一件家具看待，把我关在黑暗里，差牧师们，那些蠢驴子！来看我，千方百计地想把我弄昏了头。

小丑 您说话留点儿神吧；牧师就在这儿呢。——马伏里奥，马伏里奥，上天保佑你明白过来吧！好好地睡觉儿，别噜哩噜苏地讲空话。

马伏里奥 托巴斯师傅！

小丑 别跟他说话，好伙计。——谁？我吗，师傅？我可不要跟他说话哩，师傅。上帝和您同在，好托巴斯师傅！——呃，阿门！——好的，师傅，好的。

马伏里奥 傻子，傻子，傻子，我对你说！

小丑 唉，大爷，您耐心吧！您怎么说，师傅？——师傅怪我跟您说话哩。

马伏里奥 好傻子，给我拿一点儿灯火和纸张来。我对你说，我跟伊利里亚无论哪个人一样头脑清楚呢。

小丑 唉，我巴不得这样呢，大爷！

马伏里奥　我可以举手发誓我没有发疯。好傻子，拿些墨水、纸和灯火来；我写好之后，你去替我送给小姐。你送了这封信去，一定会到手一笔空前的大大的赏赐。

小丑　我愿意帮您的忙。但是老实告诉我，您是不是真的疯了，还是假装疯?

马伏里奥　相信我，我没有发疯，我老实告诉你。

小丑　嘿，我可信不过一个疯子的话，除非我能看见他的脑子。我去给您拿蜡烛、纸和墨水来。

马伏里奥　傻子，我一定会重重报答你。请你去吧。

小丑　大爷我去了，
请您不要吵，
不多一会的时光，
小鬼再来见魔王；
手拿木板刀，
胸中如火烧，
向着魔鬼打哈哈，
样子像个疯娃娃：
爹爹不要恼，
给您剪指爪，
再见，我的魔王爷！（下）

第三场

奥丽维娅的花园

西巴斯辛上。

西巴斯辛 这是空气；那是灿烂的太阳；这是她给我的珍珠，我看得见也摸得到。虽然怪事这样包围着我，然而却不是疯狂。那么安东尼奥到哪儿去了呢？我在大象旅店里找不到他，可是他曾经到过那边，据说他到城中各处寻找我去了。现在我很需要他的指教；因为虽然我心里觉得这也许是出于错误，而并非是一种疯狂的举动，可是这种意外和飞来的好运有些太未之前闻，无可理解了，我简直不敢相信我的眼睛；无论我的理智怎样向我解释，我总觉得不是我疯了，便是这位小姐疯了。可是，真是这样的话，她一定不会那样井井有条，神气那么端庄地操持她的家务，指挥她的仆人，料理一切的事情，如同我所看见的那样。其中一定有些蹊跷。她来了。

奥丽维娅及一牧师上。

奥丽维娅 不要怪我太性急。要是你没有坏心肠的话，现在就跟我和这位牧师到我家的礼拜堂里去吧；当着他的面前，在那座圣堂的屋顶下，你要向我充分证明你的忠诚，好让我小气的、多疑的心安定下来。他可以保守秘密，直到你愿意宣布出来，到那时再按照着我的身份，我们举行婚礼庆祝。你说怎样？

西巴斯辛 我愿意与你们两位前往；
立过的盟誓永没有欺罔。

奥丽维娅 走吧，牧师；但愿天公作美，
一片阳光照着我们酣醉！（同下）

第五幕

第一场

奥丽维娅宅前街道

小丑及费边上。

费边 看在咱们交情的分上，让我瞧一瞧他的信吧。

小丑 好费边先生，允许我一个请求。

费边 尽管说来。

小丑 别向我要这封信看。

费边 这就是说，把一条狗给了人，然后为偿报他起见，再把那条狗要还。

公爵、薇奥拉、丘里奥及侍从等上。

公爵 朋友们，你们是奥丽维娅小姐府中的人吗？

小丑 是的，殿下；我们是附属于她的一两件零星小物。

公爵 我认识你；你好吗，我的好朋友？

小丑 不瞒您说，殿下，我的仇敌使我好些，我的朋友使我坏些。

公爵 恰恰相反，你的朋友使你好些。

小丑 不，殿下，坏些。

公爵 为什么呢？

小丑 呃，殿下，他们称赞我，把我当作驴子样愚弄；可是我的仇敌却坦白地告诉我说我是头驴子。因此，殿下，亏着我的仇敌我才能明白我自己，我的朋友却把我欺骗了；因此，结论就像接吻一样，两个异性合拢来变成一个接吻，两个否定合拢来等于一个肯定；要是四个否定可以变成两个肯定，那么朋友坏而仇敌好了。

公爵 啊，这说得好极了！

小丑　凭良心说，殿下，这一点不好；虽然您愿意做我的朋友。

公爵　我不会因为我而更坏些，这些钱给你。

小丑　倘不是恐怕犯了骗人钱财的罪名，殿下，我倒希望您把它再加一倍。

公爵　啊，你给我出的好主意。

小丑　把您的慷慨的手伸进您的袋里去，殿下，只这一次，不要犹疑吧。

公爵　好吧，我就犯一回两重欺骗之罪，再给你加一倍。

小丑　掷骰子有幺二三；古话说，"一不做，二不休，三回才算数"；跳舞要用三拍子；您只要听圣班纳特教堂的钟声好了，殿下——一，二，三。

公爵　你这回可骗不动我的钱了。要是你愿意去对你小姐说我在这儿要见她说话，并把她带到这儿来，那么也许会再唤醒我的慷慨来的。

小丑　好吧，殿下，给您的慷慨唱个安眠歌，等着我回来吧。我去了，殿下；可是我希望您明白我的要钱并不是贪财。好吧，殿下，就照您的话，让您的慷慨打个盹儿，我等一会儿再来叫醒他吧。（下）

薇奥拉　殿下，搭救了我的那个人来了。

安东尼奥及警吏上。

公爵　他那张脸我记得很清楚；可是上次我见他的时候，他脸上涂得黑黑的，就像烽烟里的乌尔冈[①]一样。他是一只小船的船长，小船吃水很浅，船身更是小的不堪一提，可是却使我们舰队中最好的船只大遭损失，就是给他打败的人也不得不佩服他。怎么回事？

警吏　启禀殿下，这就是在坎迪那儿把"凤凰号"和它的货物劫了去的安东尼奥；也就是在"猛虎号"上把您的侄公子泰特斯削去了腿的。我们在这儿的街道上看见他穷极无赖，在跟人家打架，因此抓了来了。

薇奥拉　殿下，他曾经拔刀相助，帮过我忙，可是后来却对我说了一番奇怪的话，似乎发了疯似的。

公爵　好一个海盗！你怎么敢凭着你的愚勇，投身到被你用血肉和巨量的代价结下冤仇的人们的手里呢？

安东尼奥　尊贵的奥西诺，请许我洗刷去您给我的称呼；安东尼奥从来不曾做过海盗或贼徒，虽然我有充分的理由和原因承认我是奥

---

① 乌尔冈，司火与锻冶之神。

西诺的敌人。一种魔法把我吸引到这儿来。在您身边的那个最没有良心的孩子，是我从汹涌的怒海的吞噬中救了出来的，否则他已经毫无希望了。我给了他生命，又把我的友情无条件地完全给了他；为了他的缘故，出于纯粹的爱心，我冒着危险出现在这么倒运的城里，见他给人包围了，就拔剑相助；可是我遭了逮捕，他的狡恶的心肠因恐我连累他受罪，便假装不认识我，一霎眼就像已经睽违了二十年似的，甚至于我在半点钟前给他任意使用的我自己的钱袋，也不肯还给我。

薇奥拉　怎么会有这种事呢？

公爵　他在什么时候到这城里来的？

安东尼奥　今天，殿下；三个月来，我们朝朝夜夜都在一起，不曾有一分钟分离过。

奥丽维娅及侍从等上。

公爵　这里来的是伯爵小姐，天神降临人世了！——可是你这家伙，完全在说疯话；这孩子已经侍候我三个月了。那种话等会儿再说吧。把他带在一旁。

奥丽维娅　殿下有什么下示？除了断难遵命的一件事之外，凡是奥丽维娅力量所能及的，一定愿意效劳。——西萨里奥，你失了我的约啦。

薇奥拉　小姐！

公爵　温柔的奥丽维娅！

奥丽维娅　你怎么说，西萨里奥？殿下——

薇奥拉　我的主人要跟您说话；地位关系我不能开口。

奥丽维娅　殿下，要是您说的仍旧是那么一套，我可已经听厌了，就像奏过音乐以后的叫号一样令人不耐。

公爵　仍旧是那么残酷吗？

奥丽维娅　仍旧是那么坚定，殿下。

公爵　什么，坚定得不肯改变一下你的乖僻吗？你这无礼的女郎！向着你的无情的不仁的祭坛，我的灵魂已经用无比的虔诚吐露出最忠心的献礼。我还有什么办法呢？

奥丽维娅　办法就请殿下自己斟酌吧。

公爵　假如我狠得起那么一条心，为什么我不可以像临死时的埃及大盗[①]一样，把我所爱的人杀死了呢？蛮性的嫉妒有时也带着几分高贵的气质。但是你听我说：既然你漠视我的诚意，我也有些知

① 事见《希腊传奇》。

道谁在你的心中夺去了我的位置，你就继续做你的铁石心肠的暴君吧；可是你所爱着的这个宝贝，我当天发誓我曾经那样宠爱着他，我要把他从你的那双冷酷的眼睛里除去，免得他傲视他的主人。来，孩子，跟我来。我的恶念已经成熟：

我要牺牲我钟爱的羔羊，
白鸽的外貌乌鸦的心肠。（走）

薇奥拉 我甘心愿受一千次死罪，
只要您的心里得到安慰。（随行）

奥丽维娅 西萨里奥到哪儿去？

薇奥拉 追随我所爱的人，
我爱他甚于生命和目睛，
远过于对于妻子的爱情。
愿上天鉴察我一片诚挚，
倘有虚谎我决不辞一死！

奥丽维娅 哎哟，他厌弃了我！我受了欺骗了！

薇奥拉 谁把你欺骗？谁给你受气？

奥丽维娅 难道你已经忘记？有那么久吗？——请牧师来。（一侍从下）

公爵 （向薇奥拉）走吧！

薇奥拉 到哪里去，殿下？

奥丽维亚 西萨里奥，我的夫，别去！

公爵 你的夫？

奥丽维娅 是的，我的夫；他能抵赖吗？

公爵 她的夫，嘿？

薇奥拉 不，殿下，我不是。

奥丽维娅 唉！是你的卑怯的恐惧使你否认了自己的身份。不要害怕，西萨里奥；别放弃了你的地位。你知道你是什么人，要是承认了出来，你就跟你所害怕的人并肩相埒了。

牧师上。

奥丽维娅 啊，欢迎，牧师！牧师，我请你凭着你的可尊敬的身份，到这里来宣布你所知道的关于这位少年和我之间不久以前的事情；虽然我们本来预备保守秘密，但现在不得不在时机未到之前公布了。

牧师 一个永久相爱的盟约，已经由你们两人握手缔结，用神圣的吻证明，用戒指的交换确定了。这婚约的一切仪式，都由我主持作证；照我的表上所指示，距离现在我不过向我的坟墓走了两小时的行程。

公爵　唉，你这骗人的小畜生！等你年纪一大了起来，你会是个怎样的人呢？也许你过分早熟的奸诡，反会害你自己身败名毁。别了，你尽管和她论嫁娶；可留心以后别和我相遇。

薇奥拉　殿下，我敢发誓——

奥丽维娅　不要发誓；放大胆些，别亵渎了神祇！

安德鲁·艾古契克爵士头破血流上。

安德鲁　看在上帝的分上，叫个外科医生来吧！立刻去请一个来瞧瞧托比爵士。

奥丽维娅　什么事？

安德鲁　他把我的头给打破了，托比爵士也给他弄得满头是血。看在上帝的分上，救救命吧！我宁愿不要四十镑钱，宁愿回到家里去。

奥丽维娅　谁干了这种事，安德鲁爵士？

安德鲁　公爵的跟班名，名叫西萨里奥的。我们把他当作一个孱头，哪晓得他简直是个魔鬼。

公爵　我的跟班西萨里奥？

安德鲁　狗娘养的！他就在这儿。你无缘无故敲破我的头！我不过是给托比爵士怂恿了才动手的。

薇奥拉　你为什么对我说这种话呢？我没有伤害你呀。你自己无缘无故向我拔剑，可是我对你很客气，并没有伤害你。

托比和小丑上。

安德鲁　假如一颗血淋淋的头可以算得是伤害的话，你已经把我伤害了；我想你以为满头是血是不算什么一回事的。托比爵士一瘸一拐地来了——你给我听着：倘不是因为他喝醉了酒的话，他一定会让你尝尝他的厉害的。

公爵　怎么，老兄！你怎么啦？

托比　有什么关系？他把我打坏了，还有什么别的说的？傻瓜，你有没有看见狄克医生，傻瓜？

小丑　喔！他在一个钟头之前喝醉酒了，托比老爷；他的眼睛在早上八点钟就昏花了。

托比　那么他便是个踱着八字步的浑蛋。我顶讨厌酒鬼。

奥丽维娅　把他带走！谁把他们弄成这样子的？

安德鲁　我来扶着您吧，托比爵士；咱们一块儿裹伤口去。

托比　你来扶着我？蠢驴，傻瓜，混蛋，瘦脸孔的混蛋，笨鹅！

奥丽维娅　招呼他上床去，他的伤口好好看顾一下。（小丑、费边、托比、安德鲁同下）

西巴斯辛上。

西巴斯辛　小姐，我很抱歉伤了令亲；可是即使他是我的同胞兄弟，为了自卫起见我也只好出此手段。您用那样冷淡的眼光瞧着我，我知道我一定冒犯了您了；原谅我吧，好人，看在不久以前我们彼此立下的盟誓分上。

公爵　一样的脸孔、一样的声音、一样的装束，却是两个人；一副天然的幻镜，真实和虚妄的对照！

西巴斯辛　安东尼奥！啊，我的亲爱的安东尼奥！自从我不见了你之后，我的时间过得多么痛苦啊！

安东尼奥　你是西巴斯辛吗？

西巴斯辛　难道你不相信是我吗，安东尼奥？

安东尼奥　你怎么会分身呢？把一只苹果切成两半，也不会比这两人更为相像。哪一个是西巴斯辛？

奥丽维娅　真奇怪呀！

西巴斯辛　那边站着的是我吗？我从来不曾有过一个兄弟；我又不是一尊无所不在的神明。我只有一个妹妹，但已经被瞎了眼的波涛卷去了。对不住，请问你我之间有什么关系？你是哪一国人？叫什么名字？谁是你的父母？

薇奥拉　我是梅萨林人。西巴斯辛是我的父亲；我的哥哥也是一个像你一样的西巴斯辛，他葬身于海洋中的时候也穿着像你一样的衣服。要是灵魂能够照着在生时的形状和服饰出现，那么你是来吓我们的。

西巴斯辛　我的确是一个灵魂；可是还没有脱离我的生而具有的物质的皮囊。你的一切都能符合，只要你是个女人，我一定会让我的眼泪滴在你的脸上，而说，“大大地欢迎，溺死了的薇奥拉！”

薇奥拉　我的父亲额角上有点黑痣。

西巴斯辛　我的父亲也有。

薇奥拉　他死的时候薇奥拉才十三岁。

西巴斯辛　唉！那记忆还鲜明地留在我的灵魂里。他的确在我妹妹刚满十三岁的时候完毕了他人世的任务的。

薇奥拉　假如只是我这一身僭妄的男装阻碍了我们彼此的欢欣，那么等一切关于地点、时间、遭遇的枝节完全衔接，证明我确是薇奥拉之后，再拥抱我吧。我可以叫一个在这城中的船长来为我证明，我的女衣便是寄放在他那里的；多亏着他的帮忙，我才侥幸保全了生命，能够来侍候这位尊贵的公爵。此后我便一直奔走于这位小姐和这位贵人之间。

西巴斯辛　（向奥丽维娅）小姐；原来您是弄错了；但那也是心理上的自然的倾向。您本来要跟一个女孩子订婚；可是您认错了人，现在同时成为一个女人和一个男人的未婚妻了。

公爵　不要惊骇；他的血统也很高贵。要是这回事情果然是真，看来似乎不是一面骗人的镜子，那么在这番幸运的船难里我也要沾点儿光。（向薇奥拉）孩子，你曾经向我说过一千次决不会爱着一个女人像爱我一样。

薇奥拉　那一切的话我愿意再发誓证明；那一切的誓我都要坚守在心中，就像分隔昼夜的天球中蕴藏着的烈火一样。

公爵　把你的手给我；让我瞧你穿了女人的衣服是怎么样子。

薇奥拉　把我带上岸来的船长那里存放着我的女服；可是他现在跟这儿小姐府上的管家马伏里奥有点讼事，被拘禁起来了。

奥丽维娅　他一定要他放出来。去叫马伏里奥来。——唉。我现在记起来了，他们说这个可怜的人，他的神经病很厉害呢。因为我自己在大发其疯，所以把他的疯病完全忘记了。

小丑持信及费边上。

奥丽维娅　他怎样啦，小子？

小丑　启禀小姐，他总算很尽力抵挡着魔鬼。他写了一封信给您。我本该今天早上就给您的；可是疯人的信不比福音，送不送到都没甚关系。

奥丽维娅　拆开来读给我听。

小丑　傻子要念疯子的话了，请你们洗耳恭听。（疯子似的读）“凭着上帝的名义，小姐——”

奥丽维娅　怎么！你疯了吗？

小丑　不，小姐，我在读疯话呢。小姐您既然要我读这种东西，那么您就得准许我疯声疯气地读。

奥丽维娅　请你神志清醒地读。

小丑　我正是这样读呢，小姐，不过他的话怎么写，我就只能怎么读，所以公主，请您好好想想吧，仔细听着吧。

奥丽维娅 （向费边）喂，还是你读吧。

费边 （读）“凭着上帝的名义，小姐，您屈待了我；我要让全世界都要知道这回事。虽然您已经把我幽闭在黑暗里，叫您醉酒的令叔看管我，可是我的头脑跟小姐您一样清楚呢。您自己骗我打扮成那个样子，您的信还在我手里；我很可以用它来证明我自己的无辜，可是您的脸上却不好看呢。随您把我怎么样。因为冤枉难伸，不得不暂时僭越了奴仆的身份，请您原谅。被虐待的马伏里奥上。”

奥丽维娅 这封信是他写的吗？

小丑 是的，小姐。

公爵 这倒不像是个疯子的话哩。

奥丽维娅 去把他放出来，费边；带他到这儿来。（费边下）殿下，看到了这种事情，我们虽然没有缘分，可是假如您肯把我当个妹妹看待，大家不仍旧是一家人吗？倘不嫌弃，就请在这儿住下，容我略尽地主之谊。

公爵 小姐，多蒙厚意，敢不领情。（向薇奥拉）你的主人解除了你的职务了。为了你事主勤劳，不顾到那种事情多么不适于你的娇弱的身份和优雅的教养；你既然一直把我称作主人，我这就向您求婚，从此一周，你便是你主人的夫人了。

奥丽维娅 你是我的妹妹了！

费边偕马伏里奥重上。

公爵 这便是那个疯子吗？

奥丽维娅 是的，殿下，就是他。——怎样，马伏里奥！

马伏里奥 小姐，您亏待了我，大大地亏待了我！

奥丽维娅 我亏待了你吗，马伏里奥？没有的事。

马伏里奥 小姐，您亏待了我。请您瞧这封信。您能抵赖说那不是您写的吗？您能写几笔跟这不同的字，几句跟这不同的句子吗？您能说这不是您的图章，不是您的大作吗？您可不能否认。好，那么承认了吧；凭着您的贞洁告诉我：为什么您向我表示这种露骨的恩意，吩咐我见您的时候脸带笑容，扎着十字交叉的袜带，穿了黄袜子，对托比大人和底下人要皱眉头？我怀着满心的希望一切服从您的话，怎么您要把我关起来，禁锢在暗室里，叫牧师来看我，给人当作大傻瓜愚弄？告诉我为什么？

奥丽维娅 唉！马伏里奥，这不是我写的，虽然我承认很像我的笔迹；但这一定是玛利娅写的。现在我记起来了，第一个告诉我你发疯了的就是她；那时你便一路带笑而来，那样子就跟信里所说的一样。你别恼吧；这场诡计未免太恶作剧，等我们调查明白原因和主谋的人之后，你可以自己兼作原告和审判官来判断这件案子。

费边 好小姐，听我说，不要让争闹和口角来打断了当前的兴会。我坦白地承认是我跟托比老爷因为看不上眼这个马伏里奥的顽固无礼，才想出这个计策来。玛利娅因为吃托比老爷央求不过，才写了这封信；为了酬劳她的缘故，他已经跟她结婚了。假如把两方所受到的难堪衡情酌理地判断起来，那么这种恶作剧的戏谑可供一笑，也不必计较了吧。

奥丽维娅 唉，可怜的傻子，他们太把你欺侮了！

小丑 嘿，“有的人是生来的富贵，有的人是挣来的富贵，有的人是送上来的富贵。”这本戏文里我也是一个角色呢，大爷；托巴斯师傅就是我，大爷；但这没有什么相干。“凭着上帝起誓，傻子，我没有疯。”可是您记得吗？“小姐，您为什么要对这么一个没头脑的浑蛋发笑？您要是不笑，他就开不了口啦。”六十年风水轮流转，他也遭了报应了。

马伏里奥 我一定要出这一口气，你们这批东西一个都不放过。（下）

奥丽维娅 他给人欺侮得太不成话了。

公爵 追他回来，跟他讲个和；他还不曾把那船长的事告诉我们哩。等我们知道了以后，假如时辰吉利，我们便可以举行郑重的结合的典礼。贤妹，我们现在还不会离开这儿。西萨里奥，来吧；当你还是一个男人的时候，你便是西萨里奥——

等你换过了别样的衣裙，
你才是奥西诺心上情人。（除小丑外均下）

小丑 （歌）当初我是个小儿郎，
嗨，呵，一阵雨儿一阵风；
做了傻事毫不思量，
朝朝雨雨呀又风风。
年纪长大啦不学好，
嗨，呵，一阵雨儿一阵风；
闭门羹到处吃个饱，
朝朝雨雨呀又风风。
娶了老婆，唉！
要照顾，
嗨，呵，一阵雨儿一阵风；
法螺医不了肚子饿，
朝朝雨雨呀又风风。
一壶老酒往头里灌，
嗨，呵，一阵雨儿一阵风；
掀开了被窝三不管，
朝朝雨雨呀又风风。

开天辟地有几多年，
嗨，呵，一阵雨儿一阵风；
咱们的戏文早完篇，
愿诸君欢喜笑融融！（下）

皆大欢喜

《皆大欢喜》取材于十六世纪英国作家托马斯·罗奇散文体的牧歌传奇《罗瑟琳》，这种世外桃源式的吟咏牧羊人纯洁无限爱情的牧歌文学是欧洲一个源远流长的艺术传统。剧名《皆大欢喜》表明剧中受迫害的好人全都得到好报，恶人受到感化，有情人双双喜结良缘。这反映了莎士比亚理想中的以善胜恶的美好境界。

剧中人物

长公爵	在放逐中
弗莱德里克公爵	其弟，篡位者
阿米恩斯 **杰奎斯**	流亡公爵的从臣
勒·波	弗莱德里克的侍臣
查尔斯	武师
奥列佛 **贾奎斯** **奥兰多**	罗兰·德·鲍埃爵士的儿子
亚当 **丹尼斯**	奥列佛的仆人
试金石	小丑
奥列佛·马坦克斯特师傅	牧师
柯林 **西尔维斯**	牧人
威廉	乡人，恋奥德蕾 扮许门者

罗瑟琳　　流亡公爵的女儿

西莉娅　　弗莱德里克的女儿

菲比　　牧女

奥德蕾　　村姑

众臣、侍童、林居人及侍从等

地点

奥列佛宅旁庭园；弗莱德里克公爵的宫廷；亚登森林

第一幕

第一场

奥列佛宅旁园中

奥兰多及亚当上。

奥兰多 亚当，我记得遗嘱上只给了我一笔小小的一千块钱，而且正像你所说的，吩咐我的大哥把我好生教养，否则他不能得到他的祝福：我的不幸就这样开始了。他把我的二哥贾奎斯送进学校，据说成绩很好；可是我呢，他却叫我像个村汉似的住在家里，或者再说得确切一点，他把我一点不照顾地关在家里：你说像我这种身份的良家子弟，就可以像一条牛那样养着的吗？他的马匹也还比我养得好些；因为除了食料充足之外，还要把它们调练起来，因此用重金雇下了骑师；可是我，他的兄弟，却不曾在他手下得到一点好处，除了让我徒然地长大，这是我跟他那些粪堆上的畜生一样要感激他的。他除了这样慷慨地什么也不给我之外，还要剥夺我固有的一点点天分；他叫我和佃工在一起过活，不把我当兄弟看待，用这种教育来摧毁我的高贵的素质。这是使我伤心的缘故，亚当。我觉得在我身体之内的我的父亲的精神已经因为受不住这种奴隶的生活而反抗起来了。我一定不能再忍受下去，虽然我还不曾想到怎样避免它的妥当的方法。

亚当 大爷，您的哥哥在那边来了。

奥兰多 走旁边去，亚当，你就会听到他会怎样欺侮我。

奥列佛上。

奥列佛 嘿，少爷！你来做什么？

奥兰多 不做什么；我不曾学习过做什么。

奥列佛 那么你在作践些什么呢，少爷？

奥兰多 哼，大爷，我在帮您的忙，把一个上帝造下来的、您的可怜的没有用处的兄弟用游荡来作践着哩。

奥列佛 那么你给我做事去，别站在这儿吧，少爷。

奥兰多 我要去看守您的猪，跟它们一起吃糠吗？我浪费了什么了，才要受这种惩罚？

奥列佛 你知道你在什么地方吗，少爷？

奥兰多 噢，大爷，我知道得很清楚；我是在这儿您的园子里。

奥列佛 你知道你是跟谁说话吗，少爷？

奥兰多 啊，我知道我所面对的人，比他知道我要明白些。我知道你是我的大哥；照你的高贵的血统说起来，你也应该知道我是谁。按着世间的常礼，你的身份比我高些，因为你是长子；可是同样的礼法却不能取去我的血统，即使我们之间还有二十个兄弟。我的血液里有着跟你一样多的我们父亲的素质；虽然我承认你居长的地位在名分上是该格外受人敬重一些。

奥列佛 什么，孩子！（打奥兰多）

奥兰多 算了吧，算了吧，大哥，来这一手您还太嫩了。（抓住奥列佛）

奥列佛 你要向我动起手来了吗，浑蛋？

奥兰多 我不是浑蛋；我是罗兰·德·鲍埃爵士的小儿子，他是我的父亲；谁敢说这样一位父亲会生下浑蛋儿子来的，才是个大浑蛋。你倘不是我的哥哥，我这手一定不放松你的喉咙，直等我那另一只手拔出了你的舌头为止，因为你说了这样的话。你骂的是你自己。

亚当 （上前）好爷爷们，别生气；看在去世老爷的脸上，大家和和气气的吧！

奥列佛 放开我！

奥兰多 等我高兴放你的时候再放你；你给我听着，父亲在遗嘱上吩咐你好好教育我；你却把我训练得像一个农夫，不让我跟上流社会接触。父亲的精神在我心中炽烈燃烧，我再也忍受不下去了。你得允许我去学习那种适合上流人身份的技艺；否则把父亲在遗嘱里指定给我的那笔小小的钱给了我，也好让我去自寻生路。

奥列佛 等到那笔钱用完了你便怎样？去做叫花子吗？哼，少爷，给我进去吧，别再跟我找麻烦了；你可以得到你所要的一部分。请你走吧。

奥兰多 我不愿过分冒犯你，除了为我自身的利益。

奥列佛 你跟着他去吧，你这老狗！

亚当 “老狗”便是您给我的回报吗？一点不错，我服侍你已经服侍得牙齿都落光了。上帝和我的老爷同在！他是绝不会说出这种话来的。（奥兰多、亚当下）

奥列佛 竟有这种事吗？你不服我管了吗？我要把你的傲气去掉，还不给你那一千块钱。喂，丹尼斯！

丹尼斯上。

丹尼斯　大爷叫我吗？

奥列佛　公爵手下那个拳师查尔斯不是在这儿要跟我说话吗？

丹尼斯　禀大爷，他就在门口，要求见您哪。

奥列佛　叫他进来。（丹尼斯下）这是一个妙计；明天就是摔跤的日子。

查尔斯上。

查尔斯　早安，大爷！

奥列佛　查尔斯好朋友，新朝廷里有些什么新消息？

查尔斯　朝廷里没有什么新消息，大爷，只有一些老消息：那就是说老公爵给他的弟弟新公爵放逐了；三四个忠心的大臣自愿跟着他出亡，他们的地产收入都给新公爵没收了去，因此他巴不得他们一个个滚蛋。

奥列佛　你知道公爵的女儿罗瑟琳是不是也跟她的父亲一起放逐了？

查尔斯　啊，不，因为新公爵的女儿，她的族妹，自小便跟她在一个摇篮里长大，非常爱她，一定要跟她一同出亡，否则便要寻死；

所以她现在仍旧在宫里，她的叔父把她像自家女儿一样看待着；从来不曾有两位小姐像她们这样要好了。

奥列佛　老公爵预备住在什么地方呢？

查尔斯　据说他已经住在亚登森林[①]了，有好多人们跟着他；他们在那边度着昔日英国罗宾汉[②]那样的生活。据说每天有许多年轻贵族投奔到他那儿去，逍遥地把时间消磨过去，像是置身在古代的黄金时代里一样。

奥列佛　喂，你明天要当着新公爵面前摔跤吗？

查尔斯　正是，大爷，我来就是要通知您一件事情。我得到了一个风声，大爷，说令弟奥兰多想要假扮了明天来跟我交手一下。明天这一场摔跤，大爷，是与我的名誉有关的；谁想不断一根骨头而安然逃出，必须好好留点儿神才行。令弟年纪太轻，顾念着咱们的交情，我不能下手把他打败；可是为了我自己的名誉起见，他如果要来，我却非得给他一点厉害不可。为此看在咱们的交情分上，我特地来通报您一声：或者请您劝他打断了这个念头；或者请您不用为了他所将要遭到的羞辱而生气，这全然是他自取其咎，并非我的本意。

---

① 亚登森林在法国与比利时的东北部；但莎翁意中所写的亚登森林，则为英国 Warwickshire 的 ForestofArden。

② 罗宾汉英国传说中十四世纪时的著名侠盗。

奥列佛　查尔斯，多谢你对我的好意，我一定会重重报答你的。我自己也已经注意到舍弟的意思，曾经用婉言劝阻过他；可是他执意不改。我告诉你，查尔斯，他是在全法国顶无可理喻的一个兄弟，野心勃勃，一见人家有什么好处，心里总是不服，而且老是在阴谋设计陷害我，他的同胞的兄长。一切悉听你的尊意吧；我巴不得你把他的头颈和手指一起捩断了呢。你得留心一些；要是你略微削了他一点面子，或者他不能大大地削你的面子，他就会用毒药毒死你，用奸谋陷害你，非把你的性命用卑鄙的手段除掉了不肯甘休。不瞒你说，我一说起也忍不住要流泪，在现在世界上没有比他更奸恶的年轻人了。为了自己兄弟的关系，我还不好怎样说他；假如我把他的真相完全告诉了你，那我一定要惭愧而哭泣，你也要脸色发白而大吃一惊的。

查尔斯　我真幸运上您这儿来。假如他明天来，我一定要给他一顿教训；倘若不叫他瘸了腿，我以后再不跟人家摔跤赌锦标了。好，上帝保佑您，大爷！（下）

奥列佛　再见，好查尔斯。——现在我要去挑拨这位好勇斗狠的家伙了。我希望他送了命。我自己也不明白为什么我是那么恨他；说起来他很善良，从来不曾受过教育，然而却很有学问，充满了高贵的思想，无论哪一等人都爱戴他；真的，大家都是这样喜欢他，尤其是我自己手下的人，以至于我倒给人家轻视起来。可是情形不会长久是这样的；这个拳师可以给我解决一切。现在我只消把那孩子激动前去就是了；我就去。（下）

第二场

公爵宫门前草地

罗瑟琳及西莉娅上。

西莉娅　罗瑟琳，我的好姐姐，请你快活些吧。

罗瑟琳　亲爱的西莉娅，我已经强作欢容，你还要我再快活一些吗？除非你能够教我怎样忘掉一个被放逐的父亲，否则你再怎样也不能叫我想到特别的快乐的。

西莉娅　我看出你的爱我抵不上我爱你那样深。要是我的伯父，你的放逐的父亲，放逐了你的叔父，我的父亲公爵爷，只要你仍旧跟我在一起，我可以爱你的父亲就像我爱自己的父亲一样。假如你的爱我也像我爱你一样真纯，那么你也一定会这样的。

罗瑟琳　好，我愿意忘记我自己的处境，为了你而高兴起来。

西莉娅　你知道我父亲只有我一个孩子，看来也不见得会再有了，等他去世之后，你便可以承继他的王位；凡是他用暴力从你父亲手里夺了来的，我便要用爱心归还给你。凭着我的名誉起誓，我一定会这样；要是我背了誓，让我变成个妖怪。所以，我的好罗瑟琳，我的亲爱的罗瑟琳，快活起来吧。

罗瑟琳 妹妹，从此以后我要高兴起来，想出一些消遣的法子。让我看；你想来一下子恋爱怎样？

西莉娅 好的，不妨作为消遣，可是不要认真爱起人来；而且玩笑也总不要开得过度，羞答答地脸红了一下子就算了，不要弄到丢了脸摆不脱身。

罗瑟琳 那么我们作什么消遣呢？

西莉娅 让我们坐下来嘲笑那位好管家太太命运之神，叫她羞得离开了纺车，免得她的赏赐老是不公平[①]。

罗瑟琳 我希望我们能够这样做，因为她的恩典完全是滥给的。这位慷慨的瞎眼婆子在给女人赏赐的时候尤其是乱来。

西莉娅 一点不错，因为她给了美貌的，就很少给她们贞洁；被她给了贞洁的，她便叫她们生得怪难看的。

罗瑟琳 不，现在你把命运的职务拉扯到造物身上去了；命运管理着人间的赏罚，可是管不了天生的相貌。

---

① 命运女神于纺车上织人类的命运；因命运赏罚毫无定准，故下文云“瞎眼婆子”。

试金石上。

西莉娅　管不了吗？造物生下了一个美貌的人儿来，命运不会把她推到火里去从而毁坏她的容颜吗？造物虽然给我们智慧，可以把命运取笑，可是命运不已经差这个傻瓜来打断我们的谈话了吗？

罗瑟琳　真的，那么命运太对不起造物了，她会叫一个天生的傻瓜来打断天生的智慧。

西莉娅　也许这也不干命运的事，而是造物的意思，因为看到我们天生的智慧太迟钝了，不配议论神明，所以才叫这傻瓜来做我们的砺石；因为傻瓜的愚蠢往往是聪明人的砺石。喂，聪明人！你到哪儿去？

试金石　小姐，快到您父亲那儿去。

西莉娅　你作起差人来了吗？

试金石　不，我以名誉为誓，我是奉命来请您去的。

西莉娅　傻瓜，你从哪儿学来的这一句誓？

试金石　从一个武士那儿学来，他以名誉为誓说煎饼很好，又以名誉为誓说芥末不行；可是我知道煎饼不行，芥末很好；然而那武士却也不曾发假誓。

西莉娅　你怎样用你那一大堆的学问证明他不曾发假誓呢？

罗瑟琳 啊，对了，请把你的聪明施展出来吧。

试金石 您两人都站出来；摸摸你们的下巴，以你们的胡须为誓说我是个坏蛋。

西莉娅 以我们的胡须为誓，要是我们有胡须的话，你是个坏蛋。

试金石 以我的坏蛋的身份为誓，要是我有坏蛋的身份的话，那么我便是个坏蛋。可是假如你们用你们所没有的东西起誓，你们便不算是发的假誓。这个武士用他的名誉起誓，因为他从来不曾有过什么名誉，所以他也不算是发假誓；即使他曾经有过名誉，也早已在他看见这些煎饼和芥末之前发誓发掉了。

西莉娅 请问你说的是谁？

试金石 是您的父亲老弗莱德里克所喜欢的一个人。

西莉娅 我的父亲欢喜他，他也就够有名誉的了。够了，别再说起他；你总有一天会因为把人讥诮而吃鞭子的。

试金石 这就可发一叹了，聪明人可以做傻事，傻子却不准说聪明话。

西莉娅 真的，你说得对；自从把傻子的一点点小聪明禁止发表之后，聪明人的一点点小小的傻气却大大地显起身手来了。——勒·波先生来啦。

罗瑟琳 他满嘴都是新闻。

西莉娅 他会把他的新闻向我们倾吐出来，就像鸽子哺雏一样。

罗瑟琳 那么我们要塞满一肚子的新闻了。

西莉娅 那再好没有，塞得胖胖的，卖出去更值钱些。

勒·波上。

西莉娅 您好，勒·波先生。有什么新闻？

勒·波 好郡主，您错过一场很好的玩意儿了。

西莉娅 玩意儿！什么花色的？

勒·波 什么花色的，小姐！我怎么回答您呢？

西莉娅 凭着您的聪明和您的机缘吧。

试金石 或者按照着命运女神的旨意。

西莉娅 说得好，极堆砌之能事了。

勒·波 两位小姐，你们叫我莫名其妙。我是要来告诉你们有一场很好的摔跤，你们错过机会了。

西莉娅 那你就把那场摔跤的情形讲给我们听吧。

勒·波 我可以把开场的情形告诉你们；假如两位小姐听着乐意，收场的情形你们可以自己看一个明白，精彩的部分还不曾开始呢；他们就要到这儿来表演了。

西莉娅 好，就把那个已经陈腐了的开场说来听听。

勒·波 有一个老人带着他的三个儿子到来——

西莉娅 我可以把这开头接上一个老故事去。

勒·波 三个漂亮的青年，长得一表人才——

西莉娅 头颈里挂着招贴，"特此布告，俾众周知。"

勒·波 老大跟公爵的拳师查尔斯摔跤，查尔斯一下子就把他摔倒了，打断了三根肋骨，生命已无希望；老二老三也都这样给他对付过去。他们都躺在那边；那个可怜的老头子，他们的父亲，在为他们痛哭，惹得旁观的人都陪他落泪。

西莉娅 哎哟！

试金石 但是，先生，您说小姐们错过了的玩意儿是什么呢？

勒·波 哪，就是我说过的这件事啊。

试金石 所以人们每天都可以增进一些见识。我今天才第一次听见折断肋骨是小姐们的玩意儿。

西莉娅 我也是第一次呢。

罗瑟琳 可是还有谁想要听自己肋下清脆动人的一声吗？还有谁喜欢让他的肋骨给人敲断吗？妹妹，我们要不要去看他们摔跤？

勒·波 要是你们不走开去，那么不看也得看；因为这儿正是指定摔跤的地方，他们就要来表演了。

西莉娅 真的，他们从那边来了；让我们不要走开，看一下子吧。

喇叭奏花腔。弗莱德里克公爵、众臣、奥兰多、查尔斯及侍从等上。

弗莱德里克 来吧；那年轻人既然不肯听劝，就让他吃些苦楚，也是他自不量力的报应。

西莉娅 那边就是那个人吗？

勒·波 就是他，小姐。

西莉娅 唉！他太年轻啦；可是瞧上去倒好像很有得胜的神气。

弗莱德里克 啊，吾儿和侄女！你们也溜到这儿来看摔跤吗？

西莉娅 是的，殿下，请您准许我们。

弗莱德里克 我可以断定你们一定不会感兴趣的，两方的实力太悬殊了。我因为可怜这个挑战的人年纪轻轻，想把他劝阻了，可是他不肯听劝。小姐们，你们去对他说说，看能不能说服他。

西莉娅 叫他过来，勒·波先生。

弗莱德里克 好吧，我就走开去。（退至一旁）

勒·波 挑战的先生，两位郡主有请。

奥兰多 敢不从命。

罗瑟琳 年轻人，你向拳师查尔斯挑战了吗？

奥兰多 不，美貌的郡主，他才是向众人挑战的人；我不过像别人一样来到这儿，想要跟他较量较量我青春的力量。

西莉娅 年轻的先生，照您的年纪而论，您的胆量是太大了。您已经看见了这个人的无情的蛮力；要是您能够用您的眼睛瞧见您自己的形状，或者用您的理智判断您自己的能力，那么您对于这回冒险所怀的戒惧，一定会劝您另外找一件比较适宜于您的事情来做。为了您自己的缘故，我们请求您顾虑您自身的安全，放弃了这种尝试吧。

罗瑟琳 是的，年轻的先生，您的名誉不会因此而受损；我们可以去请求公爵停止这场摔跤。

奥兰多 我要请你们原谅，我觉得我自己十分有罪，胆敢拒绝这么两位美貌出众的小姐的要求。可是让你们的美目和好意伴送着我去作这场决斗吧。假如我打败了，那不过是一个从来不曾给人看重过的人丢了脸；假如我死了，也不过死了一个自己愿意寻死的人。我不会辜负我的朋友们，因为没有人会哀悼我；我不会对世间有什么损害，因为我在世上一无所有；我不过在世间占了一个位置，也许死后可以让更好的人来补充。

罗瑟琳 我但愿我所有的一点点微弱的气力也加在您身上。

西莉娅 我也愿意把我的气力再加在她的气力上面。

罗瑟琳 再会。求上天但愿我错看了您！

西莉娅 愿您的希望成全！

查尔斯 来，这个想要来送死的哥儿在什么地方？

奥兰多 已经预备好了，朋友；可是他却不像你那样咄咄逼人、志在必得。

弗莱德里克 你们斗一个回合就够了。

查尔斯 不，启禀殿下，您第一次已经敦劝过他，第二次就可以不必再劝他了。

奥兰多　你要在以后嘲笑我，可不必事先就嘲笑起来。来啊。

罗瑟琳　赫拉克勒斯默佑着你，年轻人！

西莉娅　我希望我有隐身术，去拉住那强徒的腿。（查尔斯、奥兰多二人摔跤）

罗瑟琳　啊，年轻人棒极了！

西莉娅　假如我的眼睛里会打雷，我知道谁是要被打倒的。（查尔斯被摔倒；欢呼声）

弗莱德里克　算了，算了。

奥兰多　请殿下准许我再试；我的一口气还没用完哩。

弗莱德里克　你怎样啦，查尔斯？

勒·波　他说不出话来了，殿下。

弗莱德里克　把他抬出去。你叫什么名字，年轻人？（查尔斯被抬下）

奥兰多　禀殿下，我是奥兰多，罗兰·德·鲍埃的幼子。

弗莱德里克　我希望你是别人的儿子。世间都以为你的父亲是个好人，但他却是我的永远的仇敌；假如你是别族的子孙，你今天的行事一定可以使我更喜欢你一些。再见吧；你是个勇敢的青年，我愿你向我说起的是另外一个父亲。（弗莱德里克、勒·波及随从下）

西莉娅　姐姐，假如我在我父亲的地位，我会做这种事吗？

奥兰多　我以做罗兰爵士的儿子为荣，即使只是他的幼子；我不愿改变我的地位，过继给弗莱德里克做后嗣。

罗瑟琳　我的父亲宠爱罗兰爵士，就像他的灵魂一样；全世界都抱着和我父亲同样的意见。要是我本来就已经知道这位青年便是他的儿子，我一定含着眼泪谏劝他不要作这种冒险。

西莉娅　好姐姐，让我们到他跟前去鼓励鼓励他。我父亲的无礼猜忌的脾气，使我十分痛心。——先生，您很值得尊敬；要是您在恋爱上也像在别的事情上一样守信，那么您的情人一定是很有福气的。

罗瑟琳　先生，（自颈上取下项链赠奥兰多）为了我的缘故，请戴上这个吧；我是个失爱于命运的人，心有余而力不足，不过略表微忱而已。我们去吧，妹妹。

西莉娅　好。再见，好先生。

奥兰多　我不能说一句谢谢您吗？我的勇气已丧失，站在这儿的只是一个人形的枪靶，一块没有生命的木石。

罗瑟琳　他在叫我们回去。我的矜傲随着我的命运一起摧毁了；我且去问他有什么话说。您叫我们吗，先生？先生，您摔跤摔得很好；给您征服了的，不单是您的敌人。

西莉娅　去吧，姐姐。

罗瑟琳　你先走，我跟着你。再会。（罗瑟琳、西莉娅下）

奥兰多　什么一种情感重压住我的舌头？虽然她想跟我交谈，我却想不出话来对她说。可怜的奥兰多啊，你给征服了！取胜了你的，不是查尔斯，却是比他更柔弱的人儿。

勒·波重上。

勒·波　先生，我为着好意劝您还是离开这地方吧。虽然您很值得恭维、赞扬和敬爱，但是公爵的脾气太坏，他会把您一切的行事都误会了。公爵的心性有点捉摸不定；他的为人怎样我不便说，还是您自己去忖度吧。

奥兰多　谢谢您，先生。我还要请您告诉我，这两位小姐中间哪一位是在场的公爵的女儿？

勒·波　要是我们照行为举止上看起来，两个可说都不是他的女儿；但是那位矮小一点的是他的女儿。另外一位便是放逐在外的公爵所生，被她这位篡位的叔父留在这儿陪伴他的女儿；她们两人的相爱是远过于同胞姐妹的。但是我可以告诉您，新近公爵对于他这位温柔的侄女有点不乐意；毫无理由，只是因为人民都称赞她的品德，为了她那位好父亲的缘故而同情她；我可以断定他对于这位小姐的恶意不久就会突然显露出来的。再会吧，先生；我希望在另外一个较好的世界里可以再跟您多多结识。

奥兰多 我非常感谢您的好意；再会。（勒·波下）才穿过浓烟，又钻进烈火；一边是专制的公爵，一边是暴虐的哥哥。可是天仙一样的罗瑟琳啊！（下）

第三场

宫中一室

西莉娅及罗瑟琳上。

西莉娅 喂，姐姐！喂，罗瑟琳！爱神哪！你连一句话也没有吗？

罗瑟琳 连可以丢给一条狗的一句话也没有。

西莉娅 不，你的话是太宝贵了，怎么可以丢给贱狗呢？丢给我几句吧。来，讲一些道理来叫我浑身瘫痪。

罗瑟琳　那么姐妹两人都害了病了：一个是给道理害得浑身瘫痪，一个是因为想不出什么道理来而发了疯。

西莉娅　但这是不是全然为了你的父亲？

罗瑟琳　不，一部分是为了我的孩子的父亲。唉，这个平凡的世间是多么充满了荆棘呀！

西莉娅　姐姐，这不过是些有刺的果壳，为了取笑玩玩而丢在你身上的；要是我们不在道上走，我们的裙子就要给它们挂住。

罗瑟琳　在衣裳上的，我可以把它们抖去；但是这些刺是在我的心里呢。

西莉娅　你咳嗽一声就咳出来了。

罗瑟琳　要是我咳嗽一声，他就会应声而来，那么我倒会试一下的。

西莉娅　算了算了；使劲地跟你的感情摔一跤吧。

罗瑟琳　唉！我的爱情比我气力大得多哩！

西莉娅　啊，那么我替你祝福吧！即使你要失败，也得试一下。但是把笑话搁在一旁，让我们正正经经地谈谈。你真的会突然这样猛烈地爱上老罗兰爵士的小儿子吗？

罗瑟琳　我的父亲和他的父亲非常要好呢。

西莉娅　因此你也必须和他的儿子非常要好吗？照这样说起来，那么我的父亲非常恨他的父亲，因此我也应当恨他了；可是我却不恨奥兰多。

罗瑟琳　不，看在我的面上，不要恨他。

西莉娅　为什么不呢？他不是值得恨的吗？

罗瑟琳　因为他是值得爱的，所以让我爱他；因为我爱他，所以你也要爱他。瞧，公爵来了。

西莉娅　他满眼都是怒气。

弗莱德里克公爵率从臣上。

弗莱德里克　姑娘，为了你的安全，你得赶快收拾起来，离开我们的宫廷。

罗瑟琳　我吗，叔父？

弗莱德里克　你，侄女。在这十天之内，要是发现你在离我们宫廷二十里之内，就得把你处死。

罗瑟琳　请殿下让我知道，我犯了什么罪过。要是我有自知之明，要是我并没有做梦，也不曾发疯——我相信我没有——那么，亲爱的叔父，我从来不曾起过半分触犯您老人家的念头。

弗莱德里克 一切叛徒都是这样的；要是他们凭着口头的话便可以免罪，那么他们都是再清白没有的了。可是我不能信任你，这一句话就够了。

罗瑟琳 但是您的不信任不能便使我变成叛徒；请告诉我您有什么证据？

弗莱德里克 你是你父亲的女儿；还用得着说别的话吗？

罗瑟琳 当殿下您夺去了我父亲的公国的时候，我就是他的女儿；当殿下您把他放逐的时候，我也还是他的女儿。叛逆并不是遗传的，殿下；即使我们受到亲友的牵连，那与我又有什么相干？我的父亲并不是个叛徒呀。所以，殿下，别看错了我，把我的穷迫看作了奸慝。

西莉娅 好殿下，听我说。

弗莱德里克 嗯，西莉娅，我让她留在这儿，只是为了你的缘故，否则她早已跟她的父亲流浪去了。

西莉娅 那时我没有请您让她留下；那是您自己的主意，因为您自己觉得不好意思。那时我还太小，不曾知道她的好处；但现在我知道她了。要是她是个叛逆，那么我也是。我们一直都睡在一起，同时起床，一块儿读书，同游同食，无论到什么地方去，都像朱诺的一双天鹅[1]，永远成着对，拆不开的。

弗莱德里克　她这人太阴险，你敌不过她；她的和气、她的沉默和她的忍耐，都能感动人心，叫人民可怜她。你是个傻子，她已经夺去了你的名誉；她走了之后，你就可以显得格外光彩而贤德了。所以闭住你的嘴；我对她所下的判决是确定而无可挽回的，她必须被放逐。

西莉娅　那么您把这句判决也加在我身上吧，殿下；我没有她做伴便活不下去。

弗莱德里克　你是个傻子。侄女，你得准备起来，假如误了期限，凭着我的名誉和我的言出如山的命令，要把你处死。（公爵偕从臣下）

西莉娅　唉，我的可怜的罗瑟琳！你到哪儿去呢？你肯不肯换一个父亲？我把我的父亲给了你吧。请你不要比我更伤心。

罗瑟琳　我比你有更多的伤心的理由。

西莉娅　你没有，姐姐。请你高兴一点；你知道不知道，公爵把他的女儿我也放逐了？

---

① 按朱诺之鸟为孔雀，天鹅为维纳斯之鸟。

罗瑟琳　他没有。

西莉娅　没有？那么罗瑟琳还没有那种爱情，使你明白你我两人有如一体。我们难道要拆散了吗？我们难道要分手了吗，亲爱的姑娘？不，让我的父亲另外找一个后嗣吧。你应该跟我商量我们应当怎样飞走，到哪儿去，带些什么东西？不要因为环境的变迁而独自伤心，让我分担一些你的心事吧。我对着因为同情我们而惨白的天空起誓，无论你怎样说，我都要跟你一起走。

罗瑟琳　但是我们到哪儿去呢？

西莉娅　到亚登森林找我的伯父去。

罗瑟琳　唉，像我们这样的姑娘家，走这么远路，该是多么危险！美貌比金银更容易引起盗心呢。

西莉娅　我可以穿了破旧的衣裳，用些黄泥涂在脸上，你也这样；我们便可以通行过去，不会遭人家算计了。

罗瑟琳　我的身材特别高，完全穷得像个男人岂不更好？腰间插一把出色的匕首，手里拿一柄刺野猪的长矛；心里尽管隐藏着女人家的胆怯，也要在外表上装出一副雄赳赳气昂昂的样子来，正像那些冒充好汉的懦夫一般。

西莉娅　你做了男人之后，我叫你什么名字呢？

罗瑟琳　我要取一个和乔武的侍童一样的名字，所以你叫我盖尼米德[①]吧。但是你叫什么呢？

西莉娅　我要取一个可以表示我的境况的名字；我不再叫西莉娅，就叫爱莲娜[②]吧。

罗瑟琳　但是妹妹，我们设法去把你父亲宫廷里的小丑偷来好不好？他在我们的旅途中不是很可以给我们解闷吗？

西莉娅　他要跟着我走遍广大的世界；让我独自去对他说吧。我们且去把珠宝钱物收拾起来。我出走之后，他们一定要追寻，我们该想出一个顶适当的时间和顶安全的方法来避过他们。现在我们是满心的欢畅，去找寻自由，不是流亡。（同下）

---

① 盖尼米德，乔武之持爵童子。

② 爱莲娜，暗示 alienated（远隔）之意。

第二幕

第一场

亚登森林

长公爵、阿米恩斯及众臣作林居人装束上。

长公爵　我的流放生涯中的同伴和弟兄们，我们不已经习惯了这种生活，觉得它比虚饰的浮华有趣得多吗？这些树林不比猜忌的朝廷更为安全吗？我们在这儿所感觉到的，只是时序的改变，那是上帝加于亚当的惩罚[①]；那冬天的风张舞着冰雪的爪牙，发出暴声的呼啸，即使当它砭刺着我的身体，使我寒冷而抖缩的时候，我也会微

① 亚当未逐出乐园之前，四季常春。

笑着说，“这不是谄媚啊；它们就像是忠臣一样，谆谆提醒我所处的地位。”逆境逆运也有它的好处，就像丑陋而有毒的蟾蜍，它的头上却顶着一颗珍贵的宝石。我们的这种生活，虽然远离尘嚣，却可以听树木的谈话，溪中的流水便是大好的文章，一石之微，也暗寓着教训；每一件事物中间，都可以找到些益处来。我不愿改变这种生活。

柯林 殿下真是幸福，能把命运的顽逆说成了这样恬静而可爱的样子。

公爵 来，我们打鹿去吧；可是我心里却有些不忍，这种可怜的花斑的畜生，本来是这荒凉的城市中的居民，在它们自己的领域之内，他们的肥圆的腰肉上却要受到箭镞的刺伤。

臣甲 不错，那忧愁的杰奎斯很为那事伤心，发誓说您在那上面比之您那篡位的兄弟是一个更大的篡位者；今天阿米恩斯大人跟我两人悄悄地躲在背后，瞧他躺在一株橡树底下，那古老的树根露出在沿着林旁潺潺流去的溪水上面，有一只可怜的失群的牡鹿中了猎人的箭伤，奔到那边去喘气；真的，殿下，这头不幸的畜生发出了那样的呻吟，真要把它的皮囊都胀破了，一颗颗粗圆的泪珠怪可怜地争先恐后流下在它的无辜的鼻子上；忧愁的杰奎斯瞧着这头可怜的毛畜这样站在急流的小溪边，用眼泪添注在溪水里。

公爵 但是杰奎斯怎样说呢？他见了此情此景，不又要讲起一番道理来了吗？

臣甲 啊，是的，他作了一千种的譬喻。起初他看见那鹿把眼泪浪费地流下了水流之中，便说，“可怜的鹿，你就像世人立遗嘱一样，把你所有的一切给了那已经得到太多的人。”于是，看它孤身独自，被它那些皮毛柔滑的朋友们所遗弃，便说，“不错，人倒了霉，朋友也不会来睬你了。”不久又有一群吃得饱饱的、无忧无虑的鹿跳过它的身边，也不停下来向它打个招呼。“嗯，”杰奎斯说，“奔过去吧，你们这批肥胖而富于脂肪的市民们；世事无非如此，那个可怜的破产的家伙，瞧他作什么呢？”他这样用最恶毒的话来辱骂着乡村、城市和宫廷的一切，甚至于骂着我们的这种生活；发誓说我们只是些篡位者、暴君或者比这更坏的人物，到这些畜生们的天然的居处来惊扰它们，杀害它们。

公爵 你们就在他作这种思索的时候离开了他吗？

臣甲 是的，殿下，就在他为了这头啜泣的鹿而流泪发议论的时候。

公爵 带我到那地方去，我欢喜趁他发愁的时候去见他，因为那时他最富于见识。

臣甲 我就领您去见他。（同下）

第二场

宫中一室

弗莱德里克公爵、众臣及侍从上。

弗莱德里克 难道没有一个人看见她们吗？决不会的；一定在我的宫廷里有奸人知情串通。

臣甲 我不曾听见谁说曾经看见她。她寝室里的侍女们都看她上床；可是一早就看见床上没有她们的郡主了。

臣乙 殿下，那个常常逗您发笑的下贱小丑也失踪了。郡主的侍女希丝比利娅供认，她曾经偷听到郡主跟她的姐姐常常称赞最近在摔跤赛中，打败了强有力的查尔斯的那个汉子的技艺和人品；她说她相信不论她们到哪里去，那个少年一定是跟她们在一起的。

弗莱德里克 差人到他哥哥家里去，把那家伙抓来；要是他不在，就带他的哥哥来见我，我要叫他去找他。马上去，这两个逃走的傻子一定要用心搜寻探访，非把她们寻回来不可。（众下）

第三场

奥列佛家门前

奥兰多及亚当自相对方向上。

奥兰多 那边是谁?

亚当 啊!我的少爷吗?啊,我的善良的少爷!我的好少爷!啊,您叫人想起了老罗兰爵爷!唉,您为什么到这里来呢?您为什么这样好呢?为什么人家要爱您呢?为什么您是这样仁善、这样健壮、这样勇敢呢?为什么您这么傻,要去把那乖僻的公爵手下那个壮大的拳师打败呢?您的声誉是来得太快了。您不知道吗,少爷?有些人常会因为他们太好了,反而害了自己。您也正是这样;您的好处,好少爷,就是陷害您自身的圣洁的叛徒,唉,这算是一个什么世界,怀德的人会因为他们的德行而反遭毒手!

奥兰多 啊,怎么一回事?

亚当 唉,不幸的青年!不要走进这扇门来;在这屋子里潜伏着您一切美德的敌人呢。您的哥哥——不,不是哥哥,然而却是您父亲的儿子——不,他也不能称为他的儿子——他听见了人家称赞您的话，预备在今夜放火烧去您所住的屋子；要是这计划不成功，他还会想出别的法子来除掉您。他的阴谋给我偷听到了。这儿不是安身之处，这屋子不过是一所屠场，您要回避，您要警戒，别走进去。

奥兰多　什么，亚当，你要我到哪儿去？

亚当　随您到哪儿去都好，只要不在这儿。

奥兰多　什么，你要我去做个要饭的吗？还是要我手拿一把不要脸的钢刀到大路上去拦路抢劫，做一个吆喝无耻的强盗？我只好走这种路，否则我就不知道怎么办；可是即使我有这种本事，我也不愿这样干；我宁愿忍受一个不念手足之情的凶狠的哥哥的恶意。

亚当　可是不要这样。我在您父亲手下侍候了这许多年，曾经辛辛苦苦把工钱省下了五百块；我把那笔钱存下，本来是预备等我四肢没有气力做不动事的时候做养老之本，人一老不中用了，是会给人踢在角落里的。您拿了去吧；上帝给食物与乌鸦，他也不会忘记把麻雀喂饱，我这一把年纪，就悉听他的慈悲吧！钱就在这儿，我把它全都给了您了。让我做您的仆人。我虽然瞧上去这么老，可是我的气力还不错；因为我在年轻时候从不曾灌下过一滴猛烈的酒，也不曾鲁莽地贪欲伤身，所以我的老年譬比是个生气勃勃的冬天，虽然结着严霜，却并不惨淡。让我跟着您去；我可以像一个年轻人一样，为您照料一切。

奥兰多　啊，好老人家！在你身上多么明白地表现出来古时那种忠心的服务，不是为着报酬，只是为了尽职而流着血汗！你是太不合时了；现在的人们努力工作，只是为着希望高升，等到目的一达到，便耽于安逸；你却不是这样。但是，可怜的老人家，你虽然这样辛辛苦苦地费尽培植的工夫，给你培植的却是一株不成材的树木，开不出一朵花来酬答你的殷勤。可是赶路吧，我们要在一块儿走；在我们没有把你年轻时的积蓄花完之前，一定要找到一处小小的安身的地方。

亚当 少爷，走吧；我愿意忠心地跟着您，直至喘尽最后一口气。从十七岁起我到这儿来，到现在快八十岁了，却要离开我的老地方。许多人们在十七岁的时候都去追求幸运，但八十岁的人是不济的了；可是我只要能够有个好死，对得住我的主人，那么命运对我也不算无恩。（同下）

第四场

亚登森林

罗瑟琳男装、西莉娅作牧羊女装束及试金石上。

罗瑟琳 天哪！我的精神多么疲乏啊。

试金石 我可不管我的精神，假如我的两腿不疲乏。

罗瑟琳 我简直想丢了我这身男装的脸，而像一个女人一样哭起来；可是我必须安慰安慰这位小娘子，穿褐衫短裤的，总该向穿裙子的显出一点勇气来才是。好，提起精神来吧，好爱莲娜。

西莉娅 请你担待担待我吧；我再也走不动了。

试金石 我可以担待你，可是不要叫我担你；但是即使我担你，也不会背上十字架，因为我想你钱包里没有那种带十字架的金币。

罗瑟琳 好，这儿就是亚登森林了。

试金石 啊，现在我到了亚登了。我真是个大傻瓜！在家里舒服得多哩；可是旅行人只好知足一点。

罗瑟琳 对了，好试金石。你们瞧，谁来了；一个年轻人和一个老头子在一本正经地讲话。

柯林及西尔维斯上。

柯林 你那样不过叫她永远把你笑骂而已。

西尔维斯 啊，柯林，你要是知道我是多么爱她！

柯林 我有点猜得出来，因为我也曾经恋爱过呢。

西尔维斯 不，柯林，你现在老了，也就不能猜想了；虽然在你年轻的时候，你也像那些半夜三更在枕上翻来覆去的情人们一样真心。可是假如你的爱也是跟我差不多的——我想一定没有人会像我那样痴情——那么你为了你的痴心梦想，一定做出过不知多少可笑的事情来呢！

柯林 我做过一千种的傻事，现在都已忘记了。

西尔维斯 噢！那么你就是不曾诚心爱过。假如你记不得你为了爱情而作出来的一件最琐细的傻事，你就不算真的恋爱过。假如你不曾像我现在这样坐着絮絮讲你的姑娘的好处，使听的人不耐烦，你就不算真的恋爱过。假如你不曾突然离开你的同伴，像我的热情现在驱使着我一样，你也不算真的恋爱过。啊，菲比！菲比！菲比！（下）

罗瑟琳 唉，可怜的牧人！我在诊探你的痛处的时候，却不幸地找到我自己的创伤了。

试金石 我也是这样。我记得我在恋爱的时候，曾经把一柄剑在石头上摔碎，叫那趁夜里来和琴·史美尔幽会的那个家伙留心着我；我记得我曾经吻过她的洗衣棍子，也吻过被她那双皲裂的玉手挤过的母牛乳头；我记得我曾经把一颗豌豆荚权当作她而向她求婚，我剥出了两颗豆子，又把它们放进去，边流泪边说，“为了我的缘故，请您留着作个纪念吧。”我们这种多情种子都会做出一些古怪事儿来；但是我们既然都是凡人，一着了情魔是免不得要大发其痴劲的。

罗瑟琳 你的话聪明得出于你自己意料之外。

试金石　啊，我总不知道自己的聪明，除非有一天我给它绊倒跌断了我的腿骨。

罗瑟琳　天神，天神！这个牧人的痴心，很有几分像我自己的情形。

试金石　也有点像我的情形；可是在我似乎有点儿陈腐了。

西莉娅　请你们随便哪一位去问问那边的人，肯不肯让我们用金子向他买一点吃的东西；我简直要乏力死了。

试金石　喂，你这蠢货！

罗瑟琳　别响，傻子；他并不是你的一家人。

柯林　谁叫？

试金石　比你好一点的人，朋友。

柯林　要是他们不比我好一点，那可寒酸得太不成话啦。

罗瑟琳　对你说，别响。——您晚安，朋友。

柯林　晚安，好先生；各位晚安。

罗瑟琳　牧人，假如人情或是金银可以在这种荒野里换到一点款待的话，请你带我们到一处可以休息下子吃些东西的地方去好不好？这一位小姑娘赶路疲乏，快要晕去了。

柯林　好先生，我可怜她，不是为我自己打算，只是为了她的缘故，但愿我有能力帮助她；可是我只是给别人看羊的，羊儿虽然归我饲养，羊毛却不归我剪。我的东家很小气，从不会修修福做点儿好事；而且他的草屋、他的羊群、他的牧场，现在都要出卖了。现在我们的牧舍里因为他不在家，没有一点可以给你们吃的东西；但是别管它有些什么，请你们来瞧瞧看，我对你们是极其欢迎的。

罗瑟琳　他的羊群和牧场预备卖给谁呢？

柯林　就是刚才你们看见的那个年轻汉子，他是从来不想要买什么东西的。

罗瑟琳　要是确有其事，我请你把那草屋牧场和羊群都买下了，我们给你出钱。

西莉娅　我们还要加你的工钱。我欢喜这地方，很愿意在这儿消度我的时光。

柯林　这份家产一定要卖出去的。跟我来；要是你们打听过后，对于这块地皮、这种收益和这样的生活觉得中意的话，我愿意做你们十分忠心的仆人，马上用你们的钱去把它买来。（同下）

第五场

林中的另一部分

阿米恩斯、杰奎斯及余人等上。

阿米恩斯 （唱）

绿树高张翠幕，
谁来偕我偃卧，
翻将欢乐心声，
学唱枝头鸟鸣：
何不来此？何不来此？何不来此？
目之所接，
精神契一，
唯忧雨雪之将至。

杰奎斯 再来一个，再来一个，请你再唱下去。

阿米恩斯 那会叫您发起愁来的，杰奎斯先生。

杰奎斯 再好没有。请你再唱下去！我可以从一曲歌中抽出愁绪来，就像黄鼠狼吮啜鸡蛋一样。请你再唱下去吧！

阿米恩斯 我的喉咙很粗，我知道一定不能讨您的欢喜。

杰奎斯 我不要你讨我的欢喜；我只要你唱。来，再唱一阕；你是不是把它们叫作一阕一阕的？

阿米恩斯 随您高兴怎样叫吧，杰奎斯先生。

杰奎斯 不，我倒不去管它们叫什么名字；它们又不借我的钱。你唱起来吧！

阿米恩斯 既蒙敦促，我就勉为其难了。

杰奎斯 那么好，要是我会感谢什么人的，我一定会感谢你；可是人家所说的恭维就像是两只狗猿碰了头。倘使有人诚心感谢我，我就觉得好像我给了他一个铜子，所以他像一个叫花似的向我道谢。来，唱起来吧；你们不唱的都不要作声。

阿米恩斯 好，我就唱完这支歌。列位，铺起食桌来吧；公爵就要到这株树下来喝酒了。他已经找了您整整一天啦。

杰奎斯 我已经躲避了他整整一天啦。他太喜欢辩论了，我不高兴跟他在一起；我想到的事情像他一样多，可是谢谢天，我却不像他那样会说嘴。来，唱吧。

阿米恩斯 （唱，众和）

孰能敝屣尊荣，
来沐丽日光风，
觅食自求果腹，
一饱欣然意足：
何不来此？何不来此？何不来此？
目之所接，
精神契一，
唯忧雨雪之将至。

杰奎斯 昨天我曾经按着这调子作了一节，倒要献丑献丑。

阿米恩斯 我可以把它唱出来。

杰奎斯 是这样的：
倘有痴愚之徒，
忽然变成蠢驴，
趁着心性癫狂，
撇却财富安康，
特达米，特达米，特达米，
何为来此？
举目一视，
唯见傻瓜之地。

阿米恩斯 “特达米”是什么意思？

杰奎斯 这是希腊文里召唤傻子们排起圆圈来的一种咒语。——假如睡得成觉的话，我要睡觉去；假如睡不成，我就要把埃及地方一切头胎生的痛骂一顿[①]。

柯林 我可要找公爵去；他的点心已经预备好了。（各下）

第六场

林中的另一部分

奥兰多及亚当上。

亚当 好少爷，我再也走不动了；唉！我要饿死了。让我在这儿躺下挺尸吧。再会了，好心的少爷！

奥兰多 啊，怎么啦，亚当！你再没有勇气了吗？再活一些时候；提起一点精神来，高兴点儿。要是这座古怪的林中有什么野东西，那么我倘不是给它吃了，一定会把它杀了来给你吃的。你并不是真就要死了，不过是在胡思乱想而已。为了我的缘故，提起精神来

---

① 旧约出埃及记载上帝降罚埃及，凡埃及一切头胎生的皆遭瘟死；此处杰奎斯暗讽长公爵。

吧；把死神拖一拖住，我去一去就回来看你，要是我找不到什么可以给你吃的东西，我一定答应你死去；可是假如你在我没有回来之前便死去，那你就是看不起我的辛苦了。说得好！你瞧上去很高兴。我立刻就来。可是你躺在寒风里呢；来，我把你背到有遮荫的地方去。只要这块荒地里有活东西，你一定不会因为没有饭吃而饿死。振作起来吧，好亚当。（同下）

第七场

林中的另一部分

餐桌铺就。老公爵、阿米恩斯及流亡诸臣上。

长公爵　我想他一定已经变成一头畜生了，因为我到处找不到他的人影。

臣甲　殿下，他刚刚走开去；方才他还在这儿很高兴地听人家唱歌。

长公爵　要是浑身都不和谐的他，居然也会变得爱好起音乐来，那么天体上不久就要大起骚乱了。去找他来，对他说我要跟他谈谈。

臣甲　他自己来了，省了我一番跋涉。

杰奎斯上。

公爵　啊，怎么啦，先生！这算什么，您的可怜的朋友们一定要千求万唤才把您请来吗？啊，您的神气很高兴哩！

杰奎斯　一个傻子，一个傻子！我在林中遇见一个傻子，一个身穿彩衣的傻子；唉，苦恼的世界！我确实遇见了一个傻子，正如我是靠着食物而活命的；他躺着晒太阳，用头头是道的话辱骂着命运女神，然而他仍然不过是个身穿彩衣的傻子。“早安，傻子。”我说。“不，先生，”他说，“等到老天保佑我发了财，您再叫我傻子吧。”①于是他从袋里掏出一只表来，用没有光彩的眼睛瞧着它，很聪明地说，“现在是十点钟了；我们可以从这里看出世界是怎样在变迁着：一小时之前还不过是九点钟，而再过一小时便是十一点钟了；照这样一小时一小时过去，我们越长越老，越老越不中用，这上面真是大有感慨可发。”我听了这个穿彩衣的傻子对着时间发挥了这一段玄理，我的胸腔就像公鸡一样叫起来了，奇怪着傻子居然会有这样深刻的思想；我笑了个不停，在他的表上整整笑去了一个小时。啊，高贵的傻子！可敬的傻子！彩衣是最好的装束。

公爵　这是个怎么样的傻子？

---

① 成语有“愚人多福”，故云。

杰奎斯 啊，可敬的傻子！他曾经出入宫廷；他说凡是年轻貌美的小姐们，都是有自知之明的。他的头脑就像航海回来剩下的饼干那样干燥，其中的每一个角落却塞满了人生的经验，他都用杂乱的话儿随口说了出来。啊，我但愿我也是个傻子！我想要穿一件花花的外套。

公爵 你可以有一件。

杰奎斯 这是我唯一的要求；只要你愿意把一切以为我是个聪明人这种观念除掉，别让它蒙蔽了您的明鉴；同时要准许我有像风那样广大的自由，高兴吹着谁便吹着谁：傻子们是有这种权利的，那些最被我的傻话所挖苦的，最应该笑。殿下，为什么他们必须这样呢？这理由正和到教区礼拜堂去的路一样明白：被一个傻子用俏皮话讥刺了的，即使刺痛了，假如不装出一副若无其事的态度来，那么就显出聪明人的傻气，可以被傻子不经意一箭就刺穿，未免太傻了。给我穿一件彩衣，准许我说我心里的话；我一定会痛痛快快地把这染病的世界的丑恶的身体清洗个干净，假如他们肯耐心接受我的药方。

长公爵 算了吧！我知道你会做出些什么来。

杰奎斯 我可以拿一根筹码打赌，我做的事会不好吗？

长公爵 最坏不过的罪恶，就是指斥他人的罪恶：因为你自己也曾经是一个放纵你的兽欲的浪子，浑身都散发出你那刻薄毒辣的攻击之词一样惹人恶心的臭气，你要把你那身为了你的胡调而长起来的臃肿的脓疮、溃烂的恶病，向全世界播散。

杰奎斯 什么，呼斥人间的奢侈，难道便是对于个人的攻击吗？人们的骄傲不是像海潮一样浩瀚地流着，直到它力竭而消退？假如我说城里的那些小户人家的妇女穿扮得像王公大人的女眷一样，我指明是哪一个女人吗？谁能挺身出来说我说的是她，假如她的邻居也是和她一个样子？一个操着最微贱行业的人，假如心想我讥讽了他，说他的好衣服不是我出的钱，那不是恰恰把他的愚蠢合上了我说的话吗？照此看来，又有什么关系呢？给我看我的说话伤害了他什么地方：要是说的对，那是他自取其咎；假如他问心无愧，那么我的责骂就像是一头野鸭飞过，不干谁的事。——什么人来了？

奥兰多拔剑上。

奥兰多 停住，不准吃！

杰奎斯 嘿，我还不曾吃过呢。

奥兰多 而且也不会再给你吃，除非让饿肚子的人先吃过了。

杰奎斯 这头公鸡是哪儿来的？

长公爵 朋友，你是因为落难而变得这样强横吗？还是因为生来就是瞧不起礼貌的粗汉子，似乎一点儿不懂得规矩？

奥兰多 你第一下就猜中我了，困苦逼迫着我，使我不得不把温文的礼貌抛开一旁；可是我却是在都市生长，受过一点儿教养的。但是我吩咐你们停住；在我的事情没有办完之前，谁碰一碰这些果子的，就得死。

杰奎斯　你要是无理可喻，那么我准得死。

长公爵　你要什么？假如你不用暴力，客客气气地向我们说，我们一定会更客客气气地对待你的。

奥兰多　我快饿死了；给我吃。

长公爵　请坐请坐，随意吃吧。

奥兰多　你说得这样客气吗？请你原谅我，我以为这儿的一切都是野蛮的，因此才装出这副暴横的威胁神气来。可是不论你们是些什么人，在这儿人踪不到的荒野里，躺在凄凉的树荫下，不理会时间的消逝；假如你们曾经见过较好的日子，假如你们曾经到过鸣钟召集礼拜的地方，假如你们曾经参加过上流人的宴会，假如你们曾经揩过你们眼皮上的泪水，懂得怜悯和被怜悯的，那么让我的温文的态度格外感动你们：我抱着这样的希望，惭愧地藏好我的剑。

公爵　我们确曾见过好日子，曾经被神圣的钟声召集到教堂里去，参加过上流人的宴会，从我们的眼上揩去过被神圣的怜悯所感动而流下的眼泪。所以你不妨和和气气地坐下来，凡是我们可以帮忙满足你需要的地方，一定愿意效劳。

奥兰多　那么请你们暂时不要把东西吃掉，我就去像一只母鹿一样找寻我的小鹿，把食物喂给他吃。有一位可怜的老人家，全然出于好心，跟着我一瘸一拐地走了许多疲乏的路，两星期的劳瘁，他的高龄和饥饿累倒了他；除非等他饱餐了之后，我决不接触一口食物。

长公爵　快去找他，我们绝对不把东西吃掉，等着你回来。

奥兰多　谢谢；愿您好心有好报！（下）

长公爵　你们可以看到不幸的不只是我们；这个广大的宇宙的舞台上，还有比我们所演出的更悲惨的场面呢。

杰奎斯　全世界是一个舞台，所有的男男女女不过是一些演员；他们都有下场的时候，也都有上场的时候。一个人的一生中扮演着好几个角色，他的表演可以分为七个时期。最初是婴孩，在保姆的怀中啼哭呕吐。然后是背着书包、满脸红光的学童，像蜗牛一样慢吞吞地拖着脚步，不情愿地呜咽着上学堂。然后是情人，像炉灶一样叹着气，写了一首悲哀的诗歌咏着他恋人的眉毛。然后是一个军人，满口发着古怪的誓，胡须长得像豹子一样，爱惜着名誉，动不动就要打架，在炮口上寻求着泡沫一样的荣名。然后是法官，胖胖圆圆的肚子塞满了阉鸡，凛然的眼光，整洁的胡须，满嘴都是格言和老生常谈；他这样扮了他的一个角色。第六个时期变成了精瘦的趿着拖鞋的龙钟老叟，鼻子上架着眼镜，腰边悬着钱袋；他那小小心心省下来的年轻时候的长袜子套在他皱瘪的小腿上宽大异常；他那朗朗的男子的口音又变成了孩子似的尖声，像是吹着风笛和哨子。终结着这段古怪的多事的历史的最后一场，是孩提时代的再现，全然的遗忘，没有牙齿，没有眼睛，没有口味，没有一切。

奥兰多背亚当重上。

长公爵 欢迎！放下你背上那位可敬的老人家，让他吃东西吧。

奥兰多 我代他向您竭诚道谢。

亚当 您真该代我道谢；我几乎没力气自己开口道谢了。

长公爵 欢迎，请用吧；我还不会马上就来打扰你，问你的遭遇。给我们奏些音乐；贤卿，你唱吧。

阿米恩斯 （唱）

不惧冬风凛冽，
风威远难逮及
人世之寡情；
其为气也虽厉，
其牙尚非甚锐，
风体本无形。
噫嘻乎！且向冬青歌一曲：
友交皆虚妄，恩爱痴人逐。
噫嘻乎冬青！
可乐唯此生。
不愁冱天冰雪，

其寒尚难遽及，
受施而忘恩；
风皱满池碧水，
利刺尚难遽比
捐旧之友人。
噫嘻乎！且向冬青歌一曲：
友交皆虚妄，恩爱痴人逐。
噫嘻乎冬青！
可乐唯此生。

长公爵 照你刚才悄声儿老老实实告诉我的，你说你是好罗兰爵士的儿子，我看你的相貌也真的十分像他；如果不是假的，那么我真心欢迎你到这儿来。我便是敬爱你父亲的那个公爵。关于你其他的遭遇，到我的洞里来告诉我吧。好老人家，我们欢迎你像欢迎你的主人一样。搀扶着他。把你的手给我，让我明白你们一切的经过。（众下）

第三幕

第一场

宫中一室

弗莱德里克公爵、奥列佛、众臣及侍从等上。

弗莱德里克 以后没有见过他！哼，哼，不见得吧。倘不是因为仁慈在我的心里占了上风，有着你在眼前，我尽可以不必找一个不在的人出气的。可是你留心着吧，不论你的兄弟在什么地方，都得去给我找来；点起灯笼去寻访吧；在一年之内，要把他不论死活找到，否则你不用再在我们的领土上过活了。你的土地和一切你自命为属于你的东西，值得没收的我们都要没收，除非等你能够凭着你兄弟的招供洗刷去我们对你的怀疑。

奥列佛 求殿下明鉴！我从来就不曾喜欢过我的兄弟。

弗莱德里克 这可见你更是个坏人了。好，把他赶出去；吩咐该管官吏把他的房屋土地没收。赶快把这事办好，叫他滚蛋。（众下）

第二场

亚登森林

奥兰多携纸上。

奥兰多 悬在这里吧，我的诗，证明我的爱情；
你三重王冠的夜间的女王[①]，请临视，
从苍白的昊天，用你那贞洁的眼睛，
那支配我生命的，你那猎伴的名字[②]。
啊，罗瑟琳！这些树林将是我的书册，
我要在一片片树皮上镂刻下相思，
好让每一个来到此间的林中游客，

---

① 三重王冠的女王指黛安娜女神。
② 狄安娜又为司狩猎的女神，又为处女的保护神，故奥兰多以罗瑟琳为她的猎伴。

任何处见得到颂赞她美德的言辞。
快，快，奥兰多；去在每株树上刻下，
那美好的、贞洁的、无可比拟的人儿。（下）

柯林及试金石上。

柯林 您喜欢不喜欢这种牧人的生活，试金石先生？

试金石 说老实话，牧人，按着这种生活的本身说起来，倒是一种很好的生活；可是按着这是一种牧人的生活说起来，那就毫不足取了。照它的清净而论，我很喜欢这种生活；可是照它的寂寞而论，实在是一种很坏的生活。看到这种生活是在田间，很使我满意；可是看到它不是在宫廷里，那简直很无聊。你瞧，这是一种很经济的生活，因此倒怪合我的脾胃；可是它未免太寒伧了，因此我过不来。你懂不懂得一点哲学，牧人？

柯林 我只知道这一点儿：一个人越是害病，他越是不舒服；钱财、资本和知足，是人们缺少不来的三位好朋友；雨湿淋衣，火旺烧柴；好牧场产肥羊，天黑是因为没有了太阳；生来愚笨怪祖父，学而不慧师之惰。

试金石 这样一个人是天生的哲学家了。有没有到过宫廷里，牧人？

柯林 没有，不瞒您说。

试金石　那么你这人就该死了。

柯林　我希望不至于吧？

试金石　真的，你这人该死，就像一个煎得不好一面焦的鸡蛋。

柯林　因为没有到过宫廷里吗？请问您的理由。

试金石　喏，要是你从来没有到过宫廷里，你就不曾见过好礼貌；要是你从来没有见过好礼貌，你的举止一定很坏；坏人就是有罪的人，有罪的人就该死。你的情形很危险呢，牧人。

柯林　一点也不，试金石。在宫廷里算作好礼貌的，在乡野里就会变成可笑，正像乡下人的行为一到了宫廷里就显得寒伧一样。您对我说过你们在宫廷里只要见人打招呼就要吻手；要是宫廷里的老爷们都是牧人，那么这种礼貌就要嫌太龌龊了。

试金石　有什么证据？简单地说；来，说出理由来。

柯林　喏，我们的手常常要去碰着母羊；它们的毛，您知道，是很油腻的。

试金石　嘿，廷臣们的手上不是也要出汗的吗？羊身上的脂肪比起人身上的汗腻来，不是一样干净的吗？浅薄！浅薄！说出一个好一点的理由来，说吧。

柯林　而且，我们的手很粗糙。

试金石　那么你们的嘴唇格外容易感到它们。还是浅薄！再说一个充分一点的理由，说吧。

柯林　我们的手在给羊们包扎伤处的时候总是涂满了焦油；您要我们跟焦油接吻吗？宫廷里的老爷们手上都是涂着麝香的。

试金石　浅薄不堪的家伙！把你跟一块好肉比起来，你简直是一块给蛆虫吃的臭肉！用心听聪明人的教训吧：麝香是一只猫身上流出来的龌龊东西，它的来源比焦油脏得多呢。把你的理由修正修正吧，牧人。

柯林　您太会讲话了，我说不过您；我不说了。

试金石　你就甘心该死吗？上帝保佑你，浅薄的人！上帝把你好好针砭一下！你太不懂世事了。

柯林　先生，我是一个地道的卖力气的；我用自己的力量换饭吃换衣服穿；不跟别人结怨，也不妒羡别人的福气；瞧着人家得意我也高兴，自己倒了霉就自宽自解；我的最大的骄傲就是瞧我的母羊吃草，我的羔羊啜奶。

试金石　这又是你的一桩因为傻气而造下的孽：你把母羊和公羊拉拢在一起，靠着它们的配对来维持你的生活；给挂铃的羊当龟奴，替一头歪脖子的老王八公羊把才一岁的雌儿骗诱失身，也不想到合配不合配；要是你不会因此而下地狱，那么魔鬼也没有人给他牧羊了。我想不出你有什么豁免的希望。

柯林　年轻的盖尼米德大官人来了，他是我的新女主人的哥哥。

罗瑟琳读一张字纸上。

罗瑟琳　从东印度到西印度找遍奇珍，
没有一颗珠玉比得上罗瑟琳。
她的名声随着好风播满诸城，
整个世界都在仰慕着罗瑟琳。
画工描摹下一幅幅倩影真真，
都要黯然无色一见了罗瑟琳。
任何的脸貌都不用铭记在心，
单单牢记住了美丽的罗瑟琳。

试金石　这样的诗我可以一口气吟上八年，吃饭和睡觉的时间除外。完全与市集上卖奶油的大娘的货色没什么两样。

罗瑟琳　啐，傻子！

试金石　试一下看：
要是公鹿找不到母鹿很伤心，
不妨叫它前去寻找那罗瑟琳。
倘说是没有一只猫儿不叫春，
心同此情有谁能责怪罗瑟琳？
冬天的衣裳棉花应该衬得温，
免得冻坏了娇怯怯的罗瑟琳。
割下的田禾必须捆得端端整，

一车的禾捆上装着个罗瑟琳。
最甜蜜的果子皮儿酸痛了唇，
这种果子的名字便是罗瑟琳。
有谁想找到玫瑰花开香喷喷，
就会找到爱的棘刺和罗瑟琳。

这简直是胡扯的歪诗；您怎么也会给这种东西沾上了呢？

罗瑟琳 别多嘴，你这蠢傻瓜！我在一株树上找到它们的。

试金石 真的，这株树生的果子太坏。

罗瑟琳 那我就把它一头接种到你身上，再把另一头接种到枸杞身上，这样它就是地里最早的果子了，因为还不等半熟你就烂掉了。好事之徒就是这种德行。

试金石 你嘴利，不过你说的俏不俏，还是让着大森林来评说吧！

西莉娅读一张字纸上。

罗瑟琳 静些！我的妹妹读着些什么来了；站旁边去。

西莉娅 （读）为什么这里是一片荒碛？
因为没有人居住吗？
不然，我要叫每株树长起喉舌，
吐露出温文典雅的语言：
或是慨叹着人生苦短，

未上正道便已到了终点，
只是在弹指一挥转瞬间，
便早已数尽了他的天年；
或感怀昔日旧盟今已冷，
同心的契友忘却了故交；
但我要把最好树枝选定，
缀附在每行诗句的终梢，
罗瑟琳三个字小名美妙，
向普世的读者遍告周知。
莫看她苗条的一身娇小，
宇宙间的精华尽萃于兹；
造物当时曾向自然诏示，
吩咐把所有的绝世姿才，
向纤纤一躯中合炉熔制，
累天工费去不少的安排：
负心的海伦醉人的脸蛋[①]，
克莉奥佩特拉威仪丰容[②]。
阿塔兰忒的柳腰儿款摆[③]，
鲁克丽西娅的节操贞松[④]：

① 海伦因不贞于其夫米尼劳斯，故云“负心”。
② 克利奥佩特拉，埃及女王，参看莎翁悲剧，“女王殉国记”。
③ 阿塔兰忒，希腊传说中善疾走的美女。
④ 鲁克丽西娅，莎翁叙事诗 The Rapeof Lucrece 中的主角。

劳动起玉殿上诸天仙众，
造成这十全十美罗瑟琳；
荟萃了各式的妍媚万种，
选出一副俊脸目秀精神。
上天给她这般恩赐优渥，
我命该终身做她的臣仆。

罗瑟琳 啊，最温柔的丘必特！您唠唠叨叨的恋爱的说教，叫您的教民听了厌烦，可是您却也不喊一声，“请耐心一点儿，好人们。”

西莉娅 啊！朋友们，退后去！牧人，稍微走开一点；跟他去，小子。

试金石 来，牧人，让我们堂堂退却：大小箱笼都不带，只带一口袋文章诗句。（柯林、试金石下）

西莉娅 你有没有听见这种诗句？

罗瑟琳 啊，是的，我都听见了。

西莉娅 但是你听见你的名字被人家悬挂起来，还刻在这种树上，不觉得奇怪吗？

罗瑟琳 人家说一件奇事过了九天便不足为奇；在你没有来之前，我已经过了第七天了。瞧，这是我在一株棕榈树上找到的。自从毕达哥拉斯[1]的时候以来，我从不曾被人这样用诗句咒过；那时我是一只爱尔兰的老鼠，现在简直记也记不起来了 。

西莉娅 你想这是谁干的?

罗瑟琳 是个男人吗?

西莉娅 而且有一根链条，是你从前带过的，套在他的颈上。你脸红了吗?

罗瑟琳 请你告诉我是谁?

西莉娅 主啊！主啊！朋友们见面真不容易；可是两座高山也许会给地震搬了家而碰起头来。

罗瑟琳 唉，但是究竟是谁呀?

西莉娅 真的猜不出来吗?

罗瑟琳 唉，我使劲地央求你告诉我他是谁。

西莉娅 奇怪啊！奇怪啊！奇怪到无可再奇怪的奇怪！奇怪而又奇怪！说不出来的奇怪！

---

① 毕达哥拉斯为主张灵魂轮回说的古希腊哲学家。念咒驱除老鼠为爱尔兰人一种迷信习俗。

罗瑟琳　我要脸红起来了！你以为我打扮得像个男人，就会在精神上也穿起男装来了吗？你再耽延一刻不再说出来，就要累我在汪洋大海里捞针了。请你快快告诉我他是谁，不要吞吞吐吐。我倒希望你是个口吃的，那么你也许会把这个保守着秘密的名字不期然而然地打你嘴里吐了出来，就像酒从狭口的瓶里倒出来一样，不是一点都倒不出，就是一下子出来了许多。求求你拔去你嘴里的塞子，让我饮着你的消息吧。

西莉娅　那么你要把那人儿一口气吞下肚子里去是不是？

罗瑟琳　他是上帝造下来的吗？是个什么样子的人？他的头戴上一顶帽子显不显得寒伧？他的下巴留着一把胡须像不像个样儿？

西莉娅　不，他只有一点点儿胡须。

罗瑟琳　哦，要是这家伙知道好歹，上帝会再给他一些的。要是你立刻就告诉我他的下巴是怎么一个样子，我愿意等候他长起须来。

西莉娅　他就是年轻的奥兰多，一下子把那拳师的脚跟和你的心一起绊跌了个筋斗的。

罗瑟琳　唉，取笑的人当心让魔鬼抓了去；像一个老老实实的好姑娘似的，规规矩矩说吧。

西莉娅　真的，姐姐，是他。

罗瑟琳 奥兰多？

西莉娅 奥兰多。

罗瑟琳 哎哟！我这一身大衫短裤该怎么办呢？你看见他的时候他在做些什么？他说些什么？他瞧上去怎样？他穿着些什么？他为什么到这儿来？他问起我吗？他住在哪儿？他怎样跟你分别的？你什么时候再去看他？用一句话回答我。

西莉娅 那你要先给我向卡冈都亚[①]借一张嘴来才行；像我们这时代的人，一张嘴里是装不下这么大的一句话的。要是一句句都用“是”和“不”回答起来，也比考问教义还麻烦呢。

罗瑟琳 可是他知道我在这林子里，扮作男人的样子吗？他是不是跟摔跤的那天一样有精神？

西莉娅 回答情人的问题，就像数微尘的粒数一般为难。你好好听我讲我怎样找到他的情形，静静地体味着吧。我看见他在一株树底下，像一颗落下来的橡果。

罗瑟琳 树上会落下这样果子来，那真可以说是神树了。

西莉娅 好小姐，听我说。

---

① 卡冈都亚，法国诙谐文学家拉伯雷著作中的饕餮巨人，能一口吞下五个香客。

罗瑟琳　讲下去。

西莉娅　他直挺挺地躺在那儿，像一个受伤的武士。

罗瑟琳　虽然这种样子有点可怜，可是地上躺着这样一个人，倒也是很合适的。

西莉娅　喊你的舌头停步吧；它简直随处乱跳。——他打扮得像个猎人。

罗瑟琳　哎哟，糟了！他要来猎取我的心了。

西莉娅　我唱歌的时候不要别人和着唱；你缠得我弄错拍子了。

罗瑟琳　你不知道我是个女人吗？我心里想到什么，便要说出口来。好人儿，说下去吧。

西莉娅　你已经打断了我的话头。且慢！他不是来了吗？

罗瑟琳　是他；我们躲在一旁瞧着他吧。

奥兰多及杰奎斯上。

杰奎斯　多谢相陪；可是说老实话，我倒是喜欢一个人清静些。

奥兰多　我也是这样；可是为了礼貌的关系，我多谢您的做伴。

杰奎斯 上帝和您同在！让我们越少见面越好。

奥兰多 我希望我们还是不要相识的好。

杰奎斯 请您别再在树皮上写情诗糟蹋树木了。

奥兰多 请您别再用难听的声调念我的诗，把它们糟蹋了。

杰奎斯 您的情人的名字是罗瑟琳吗？

奥兰多 正是。

杰奎斯 我不喜欢她的名字。

奥兰多 她取名的时候，并没有打算要您喜欢。

杰奎斯 她的身材怎样？

奥兰多 恰恰够得到我的心头那样高。

杰奎斯 您怪会说俏皮的回答；您是不是跟金匠们的妻子有点儿交情，因此把戒指上的警句都默记了下来吗？

奥兰多 不，我都是用彩画的挂帷上的话儿来回答您；您的问题也是从那儿学来的。

杰奎斯 您的口才很敏捷，我想是用阿塔兰忒的脚跟做成的。我们一块儿坐下来好不好？我们两人要把世界痛骂一顿，大发一下牢骚。

奥兰多 我不愿责骂世上的有生之伦，除了我自己；因为我知道自己的错处最明白。

杰奎斯 您的最坏的错处就是要恋爱。

奥兰多 我不愿把这个错处来换取您的最好的美德。您真叫我厌烦。

杰奎斯 说老实话，我遇见您的时候，本来是在找一个傻子。

奥兰多 他掉在溪水里淹死了，您向水里一望，就可以瞧见他。

杰奎斯 我只瞧见我自己的影子。

奥兰多 那我以为倘不是个傻子，定然是个废物。

杰奎斯 我不想再跟您在一起了。再见，多情的公子。

奥兰多 我巴不得您走。再会，忧愁的先生。（杰奎斯下）

罗瑟琳 （对西莉娅）我要像一个无礼的小厮一样去向他说话，跟他捣捣乱。——听见我的话吗，树林里的人？

奥兰多 听得很清楚，你有什么话说？

罗瑟琳　请问现在是几点钟？

奥兰多　你应该问我现在是什么时辰；树林里哪来的钟？

罗瑟琳　那么树林里也不会有真心的情人了；否则每分钟的叹气，每点钟的呻吟，该会像时钟一样计算出时间的懒懒的脚步来的。

奥兰多　为什么不说时间老人快捷的脚步呢？那样说不对吗？

罗瑟琳　不对，先生。时间对于各种人有各种的步法。我可以告诉你时间对于谁是走慢步的，对于谁是跨着细步走的，对于谁是奔着走的，对于谁是立定不动的。

奥兰多　请问他对于谁是跨着细步走的？

罗瑟琳　呃，对于一个订了婚还没有成礼的姑娘，时间是跨着细步有气无力地走着的；即使这中间只有一星期，也似乎有七年那样难过。

奥兰多　对于谁时间是走着慢步的？

罗瑟琳　对于一个不懂拉丁文的牧师，或是一个不害痛风的富翁：一个因为不能读书而睡得很酣畅，一个因为没有痛苦而活得很高兴；一个可以不必辛辛苦苦地钻研，一个不知道有贫穷的艰困。对于这种人，时间是走着慢步的。

奥兰多　对于谁他是奔着走的？

罗瑟琳　对于一个上绞架的贼子；因为虽然他尽力放慢脚步，他还是觉得到得太快了。

奥兰多　对于谁他是静止不动的？

罗瑟琳　对于在休假中的律师，因为他们在前后开庭的时期之间，完全昏睡过去，不觉到时间的移动。

奥兰多　可爱的少年，你住在哪儿？

罗瑟琳　跟这位牧羊姑娘，我的妹妹，住在这儿的树林边。

奥兰多　你是本地人吗？

罗瑟琳　跟那头你看见的兔子一样，它的住处就是它的生长的地方。

奥兰多　你高雅的谈吐却不像是在这种穷乡僻壤能获得的。

罗瑟琳　好多人都曾经这样说我；其实是因为我有一个修行的老伯父，他本来是在城市里生长的，是他教导我讲话；他曾经在宫廷里闹过恋爱，因此很懂得交际的门槛。我曾经听他发过许多反对恋爱的议论；多谢上帝我不是个女人，不会犯到他所归咎于一般女性的那许多心性轻浮的罪恶。

奥兰多　你记不记得他所说的女人的罪恶当中主要的几桩？

罗瑟琳　没有什么主要不主要的，跟两个铜子相比一样，全差不多；每一件过失似乎都十分严重，可是立刻又有一件出来可以赛过它。

奥兰多 请你说几件看。

罗瑟琳 不，我的药是只给病人吃的。这座树林里常常有一个人来往，在我们的嫩树皮上刻满了“罗瑟琳”的名字，把树木糟蹋得不成样子；山楂树上挂起了诗篇，荆棘枝上吊悬着哀歌，说来说去都是把罗瑟琳的名字捧作神明。要是我碰见了那个卖弄风情的家伙，我一定要好好给他一番教训，因为他似乎害着相思病。

奥兰多 我就是那个给爱情折磨的他。请你告诉我你有什么医治的方法？

罗瑟琳 我伯父所说的那种记号在你身上全找不出来，他曾经告诉我怎样可以看出来一个人是在恋爱着；我可以断定你一定不是那个草扎的笼中的囚人。

奥兰多 什么是他所说的那种记号呢？

罗瑟琳 一张瘦瘦的脸庞，你没有；一双眼圈发黑的凹陷的眼睛，你没有；一副懒得跟人家交谈的神气，你没有；一脸忘记了修剃的胡子，你没有；可是那我可以原谅你，因为你的胡子本来就像小兄弟的产业一样少得可怜。而且你的袜子上应当是不套袜带的，你的帽子上应当是不结帽纽的，你的袖口的纽扣应当是脱开的，你的鞋子上的带子应当是松散的，你身上的每一处都要表示出一种不经心的疏懒。可是你却不是这样一个人；你把自己打扮得这么齐整，瞧你倒有点顾影自怜，全不像在爱着什么人。

奥兰多　美貌的少年，我希望我能使你相信我是在恋爱。

罗瑟琳　我相信！你还是叫你的爱人相信吧。我可以断定，她即使容易相信你，她嘴里也是不肯承认的；这也是女人们不老实的一点。可是说老实话，你真的便是把恭维着罗瑟琳的诗句悬挂在树上的那家伙吗？

奥兰多　少年，我凭着罗瑟琳的玉手向你起誓，我就是他，那个不幸的他。

罗瑟琳　可是你真的像你诗上所说的那样热恋着吗？

奥兰多　什么也不能表达我的爱情的深切。

罗瑟琳　爱情不过是一种疯狂；我对你说，有了爱情的人，是应该像对待一个疯子一样，把他关在黑屋子里用鞭子抽一顿的。那么为什么他们不用这种处罚的方法来医治爱情呢？因为那种疯病是极其平常的，就是拿鞭子的人也在恋爱哩。可是我有医治它的法子。

奥兰多　你曾经医治过什么人吗？

罗瑟琳　是的，医治过一个；法子是这样的：他假想我是他的爱人，他的情妇，我叫他每天都来向我求爱；那时我是一个善变的少年，便一会儿伤心，一会儿温存，一会儿翻脸，一会儿思慕，一会儿欢喜；骄傲、古怪、刁钻、浅薄、轻浮，有时满眼的泪，有时满脸的笑。什么情感都来一点儿，但没有一种是真切的，就像大多数的孩子们和女人们一样；有时欢喜他，有时讨厌他，有时讨好他，有时冷淡他，有时为他哭泣，有时把他唾弃：我这样把我这位求爱者从疯狂的爱逼到真个疯狂起来，以至于抛弃人世，做起隐士来了。我用这种方法治好了他，我也可以用这种方法把你的心肝洗得干干净净，像一颗没有毛病的羊心一样，再没有一点爱情的痕迹。

奥兰多　我不愿意治好，少年。

罗瑟琳　我可以把你治好，假如你把我叫作罗瑟琳，每天到我的草屋里来向我求爱。

奥兰多　凭着我的恋爱的真诚，我愿意。告诉我你住在什么地方。

罗瑟琳　跟我去，我可以指点给你看；一路上你也要告诉我，你住在林中的什么地方。去吗?

奥兰多　很好，好少年。

罗瑟琳　不，你一定要叫我罗瑟琳。来，妹妹，我们去吧。（同下）

第三场

林中的另一部分

试金石及奥德蕾上；杰奎斯随后。

试金石 快来，好奥德蕾；我去把你的山羊赶来。怎样，奥德蕾？我还不曾是你的好人儿吗？我这副粗鲁的神气你中意吗？

奥德蕾 您的神气！天老爷保佑我们！什么神气？

试金石 我陪着你和你的山羊在这里，就像那最会梦想的诗人奥维德在一群哥特人中间一样[①]。

杰奎斯 （旁白）唉，学问装在这么一副躯壳里，比乔武住在草棚里更坏[②]！

---

① 奥维德，罗马诗人；歌斯人，蹂躏罗马帝国的蛮族。

② 乔武化凡人至腓力基亚，居民咸拒之门外，惟 Philemon 与 Baucis 二老夫妇留之宿其草舍中。

试金石　要是一个人写的诗不能叫人懂，他的才情不能叫人理解，那比之小客栈里开出一张大账单来还要命。真的，我希望神们把你变得诗意一点。

奥德蕾　我不懂得什么叫做“诗意一点”。那是一件荣耀的行为还是一句了不起的言词？是个什么能吃什么能用的东西不成？

试金石　老实说，不，因为最真实的诗是最虚妄的；情人们都富于诗意，他们在诗里发的誓，可以说都是情人们的假话。

奥德蕾　那么您愿意天爷爷们把我变得诗意一点吗？

试金石　是的，不错；因为你发誓说你是贞洁的，假如你是个诗人，我就可以希望你说的是假话了。

奥德蕾　您不愿意我贞洁吗？

试金石　对了，除非你生得难看；因为贞洁跟美貌碰在一起，就像在糖里再加蜜。

杰奎斯　（旁白）好一个有见识的傻瓜！

奥德蕾　好，我生得不好看，因此我求求天爷爷们让我贞洁吧。

试金石　真的，把贞洁丢给一个丑陋的懒女人，就像把一块好肉盛在龌龊的盆子里。

奥德蕾 我不是个懒女人，虽然我谢谢天爷爷们我是丑陋的。

试金石 好吧，感谢天爷爷们把丑陋赏给了你！懒惰也许会跟着来的。可是不管这些，我一定要跟你结婚；为了这事我已经去见过邻村的牧师奥列佛·马坦克斯特师傅，他已经答应在这儿树林里会我，给我们配对。

杰奎斯 （旁白）我倒要瞧瞧这场热闹。

奥德蕾 好，天爷爷们保佑我们快活吧！

试金石 阿门！倘使是一个胆小的人，也许不敢贸然从事；因为这儿没有庙宇，只有树林，没有宾众，只有一些长出角的畜生；但这有什么要紧呢？拿出勇气来！角虽然讨厌，却也是少不来的。人家说，“许多人有数不清的家私”，对了，许多人也有数不清的好角儿。好在那是他老婆陪嫁来的妆奁，不是他自己弄到手的。出角吗？有什么要紧？只有苦人儿才出角吗？不，不，最高贵的鹿和最寒伧的鹿长的角儿一样大呢。那么单身汉便算是好福气吗？不，城市总比乡村好些，已婚者隆起的额角，也要比未婚者平坦的额角体面得多；懂得几手击剑法的，总比一点不会的好些，因此有角也总比没角强。奥列佛师傅来啦。

奥列佛·马坦克斯特师傅上。

试金石 奥列佛·马坦克斯特师傅，您来得巧极了。您还是就在这树下替我们把事情办了呢，还是让我们跟您到您的教堂里去？

马坦克斯特　这儿没有人可以把这女人做主嫁出去吗？

试金石　我不要别人把她布施给我。

马坦克斯特　真的，她一定要有人做主许嫁，否则这种婚姻便不合法。

杰奎斯　（上前）进行下去，进行下去；我可以把她许嫁。

试金石　晚安，某某先生；您好，先生？欢迎欢迎！上次多蒙照顾，不胜感激。我很高兴看见您。我现在有一点点儿小事，先生。哎，请戴上帽子。

杰奎斯　你要结婚了吗，傻瓜？

试金石　先生，牛有轭，马有勒，猎鹰腿上挂金铃，人非木石岂无情？鸽子也要亲个嘴儿；女大当嫁，男大当婚。

杰奎斯　像你这样有教养的人，却愿意在一棵树底下像叫花子那样成亲吗？到教堂里去，找一位可以告诉你们婚姻的意义的好牧师。要是让这个家伙把你们像钉墙板似的钉在一起，你们中间总有一个人会像没有晒干的木板一样干缩起来，越变越弯的。

试金石　（旁白）我倒以为让他给我主婚比别人好一点，因为瞧他的样子是不会像样地主持婚礼的；假如结婚结得草率一些，以后我可以借口离弃我的妻子。

杰奎斯　你跟我来，让我指教指教你。

试金石　来，好奥德蕾。我们一定得结婚，否则我们只好通奸。再见，好奥列佛师傅，

不是
亲爱的奥列佛！
勇敢的奥列佛！
请你不要把我丢弃；[①]
而是
走开去，奥列佛！
滚开去，奥列佛！
我们不要你行婚礼。（杰奎斯、试金石、奥德蕾同下）

马坦克斯特　不要紧，这一批荒唐的混蛋谁也不能讥笑掉我的饭碗。（下）

---

① “亲爱的奥列佛”三句为俗歌中的断句。

第四场

林中的另一部分

罗瑟琳及西莉娅上。

罗瑟琳 别跟我讲话；我要哭了。

西莉娅 你就哭吧；可是你还得想一想男人是不该流眼泪的。

罗瑟琳 但我岂不是有应该哭的理由吗？

西莉娅 理由是再充分也没有的了；所以你哭吧。

罗瑟琳 瞧他的头发的颜色，就可以看出来他是个坏东西。

西莉娅 比犹大[①]的头发颜色略为深些；他的接吻就是犹大一脉相传下来的。

罗瑟琳 凭良心说一句，他的头发颜色很好。

---

① 犹大，出卖耶稣之门徒。

西莉娅　那颜色好极了；栗色是最好的颜色。

罗瑟琳　他的接吻神圣得就像圣餐面包触到唇边一样。

西莉娅　他买来了一对狄安娜用过的嘴唇；一个凛若冰霜的尼姑也不会吻得像他那样虔诚；他的嘴唇里就有着冷冰冰的贞洁。

罗瑟琳　可是他为什么发誓说今天早上要来，却偏偏不来呢？

西莉娅　不用说，他这人没有半分真心。

罗瑟琳　你是这样想吗？

西莉娅　是的。我想他不是个扒儿手，也不是个盗马贼；可是要说起他的爱情的真不真来，那么我想他就像一只盖好了的空杯子，或是一枚蛀空了的硬壳果一样空心。

罗瑟琳　他的恋爱不是真心吗？

西莉娅　他在恋爱的时候，他是真心的；可是我以为他并不在恋爱。

罗瑟琳　你不是听见他发誓说他的的确确在恋爱吗？

西莉娅　从前说是，现在却不一定是；而且情人们发的誓，是和堂倌嘴里的话一样靠不住的，他们都是惯报虚账的家伙。他在这儿树林子里跟公爵你的父亲在一块儿呢。

罗瑟琳　昨天我碰见公爵，跟他谈了好久。他问我的父母是怎样的人；我对他说，我的父母跟他一样高贵；他大笑着让我走了。可是我们现在有像奥兰多这么一个人，还要谈父亲做什么呢？

西莉娅　啊，好一个出色的人！他写得一手好诗，讲得一口漂亮话，发着动听的誓，再堂而皇之地毁了誓，同时碎了他情人的心；正如一个拙劣的枪手，骑在马上一面歪，像一头好鹅一样把他的枪杆折断了。但是凭着血气和痴劲做出来的事，总是很出色的。——谁来了？

柯林上。

柯林　姑娘和大官人，你们不是常常问起那个害相思病的牧人，那天你们不是看见他和我坐在草地上，称赞着他的情人，那个盛气凌人的牧羊女吗？

西莉娅　嗯，他怎样啦？

柯林　要是你们想看一本认真扮演的好戏，一面是因为情痴而容颜惨白，一面是因为傲慢而满脸绯红；只要稍走几步路，我可以领你们去，看一个痛快。

罗瑟琳　啊！来，让我们去吧。在恋爱中的人，欢喜看人家相恋。带我们去看；我将要在他们的戏文里当一名重要的角色。（同下）

第五场
林中的另一部分

西尔维斯及菲比上。

西尔维斯 亲爱的菲比，不要讥笑我；请不要，菲比！您可以说您不爱我，但不要说得那样狠。习惯于杀人的硬心肠的刽子手，在把斧头向低俯的颈项上劈下的时候也要先说一声对不起；难道您会比这种靠着流血为生的人心肠更硬吗？

罗瑟琳、西莉娅及柯林自后上。

菲比 我不愿做你的刽子手；我逃避你，因为我不愿伤害你。你对我说我的眼睛会杀人；这种话当然说得很好听，很动人；眼睛本来是最柔弱的东西，一见了些微尘就会胆小得关起门来，居然也会给人叫作暴君、屠夫和凶手！现在我使劲地抡起白眼瞧着你；假如我的眼睛能够伤人，那么让它们把你杀死了吧：现在你可以假装晕过去了啊；嘿，现在你可以倒下去了呀；假如你并不倒下去，哼！羞啊，羞啊，你可别再胡说，说我的眼睛是凶手了。现在你且把我的眼睛加在你身上的伤痕拿出来看。单单用一枚针儿划了一下，也会有一点疤痕；握着一根灯心草，你的手掌上也会有一刻儿留着痕迹；可是我的眼光现在向你投射，却不曾伤了你：我相信眼睛里是绝没有可以伤人的力量的。

西尔维斯 啊，亲爱的菲比，要是有一天——也许那一天就近在眼前——您在谁个清秀的脸庞上看出了爱情的力量，那时您就会感觉到爱情的利箭所加在您心上的无形的创伤了。

菲比 可是在那一天没有到来之前，你不要走近我吧。如其有那一天，那么你可以用你的讥笑来凌虐我，却不用可怜我；因为不到那时候，我总不会可怜你的。

罗瑟琳 （上前）为什么呢，请问？谁是你的母亲，生下了你来，把这个不幸的人这般侮辱，如此欺凌？你生得这般丑陋——老实说，在你身上我看不出一点点漂亮的地方，我看你还是晚上不用点蜡烛就钻到被窝里去的好——难道就该这样骄傲而无情吗？——怎么，这是什么意思？你望着我做什么？我瞧你不过是一件天生的粗货罢了。狗娘养的！我想她要打算迷住我哩。不，老实说，骄傲的姑娘，你别做梦吧！凭着你的黑水一样的眉毛，你的乌丝一样的头发，你的黑玻璃球一样的眼睛，或是你的乳脂一样的脸庞，可不能叫我为你倾倒呀。——你这蠢牧人儿，为什么你要追随着她，像是挟着雾雨而俱来的南风？你是比她漂亮一千倍的男人；都是因为有了你们这种傻瓜，世上才有那许多难看的孩子。叫她得意的是你的恭维，不是她的镜子；听了你的话，她便觉得她自己比她本来的容貌美得多了。——可是，姑娘，你自己得放明白些；跪下来，斋戒谢天，赐给你这么好的一个爱人。我得向你耳边讲句体己的话，有买主的时候赶快卖去了吧；你不是到处都有销路的。求求这位大哥恕了你；爱他；接受他的好意。生得丑再要瞧人不起，那才是奇丑无比了。——好，牧人，你拿了她去。再见吧。

菲比 可爱的青年，请您把我骂一整年吧。我宁愿听您的骂，不要听这人的恭维。

罗瑟琳 他爱上了她的丑样子，她爱上了我的怒气。倘使真有这种事，那么她一扮起了怒容来答复你，我便会把刻薄的话儿去治她。——你为什么这样瞧着我？

菲比 我对您没有怀着恶意呀。

罗瑟琳 请你不要爱我吧，我这人是比醉后发的誓更靠不住的；而且我又不喜欢你。要是你要知道我家在何处，请到这儿附近的那簇橄榄树的地方来寻访好了。——我们去吧，妹妹。——牧人，着力追求她。——来，妹妹。——牧女，待他好一点儿，别那么骄傲；整个世界上生眼睛的人，都不会像他那样把你当作天仙的。——来，瞧我们的羊群去。（罗瑟琳、西莉娅、柯林同下）

菲比 过去的诗人，现在我明白了你的话果然是真："谁个情人不是一见就钟情？”[①]

西尔维斯　亲爱的菲比——

菲比　啊！你怎么说，西尔维斯？

西尔维斯　亲爱的菲比，可怜我吧！

菲比　唉，我为你伤心呢，温柔的西尔维斯。

西尔维斯　同情之后，必有安慰；要是您见我因为爱情而伤心而同情我，那么只要把您的爱给我，您就可以不用再同情，我也无须再伤心了。

菲比　你已经得到我的爱了；咱们不是像邻居那么要好着吗？

西尔维斯　我要的是您。

菲比　啊，那就是贪心了。西尔维斯，从前我讨厌你；可是现在我也不是对你有什么爱情；不过你既然讲爱情讲得那么好，我本来是讨厌跟你在一起的，现在我可以忍受你了。我还有事儿要差遣你呢；可是除了你自己因为供我差遣而感到的欣喜以外，可不用希望我还会用什么来答谢你。

---

① 过去的诗人指马洛；“谁个情人不是一见就钟情？”一句系马洛所作叙事诗 Heroand Leander 中之语。

西尔维斯 我的爱情是这样圣洁而完整，我又是这样不蒙眷顾，因此只要能够拾些人家收获过后留下来的残穗，我也以为是一次最丰富的收成了；随时略微给我一个不经意的微笑，我就可以靠着它而活命。

菲比 你认识刚才对我讲话的那个少年吗？

西尔维斯 不大熟悉，但我常常遇见他；他已经把本来属于那个老头儿的草屋和地产都买下来了。

菲比 不要以为我爱他，虽然我问起他。他只是个淘气的孩子；可是倒很会讲话；但是空话我理他作甚？然而说话的人要是能够讨听话的人欢喜，那么空话也是很好的。他是个标致的青年；不算顶标致。当然他是太骄傲了；然而他的骄傲很配他。他长起来倒是一个漂亮的汉子，顶好的地方就是他的脸色；他的舌头刚刚得罪了人，用眼睛一瞟就补偿过来了。他的个儿不很高；然而照他的年纪说起来也就够高。他的腿不过如此；但也还好。他的嘴唇红得很美，比他那张白脸上掺和着的红色更烂熟更浓艳；一个是大红，一个是粉红。西尔维斯，有些女人假如也像我一样像他这么评头品足起来，一定会马上爱上他的；可是我呢，我不爱他，也不恨他；然而我有应该格外恨他的理由。凭什么他要骂我呢？他说我的眼珠黑，我的头发黑；现在我记起来了，他嘲笑着我呢。我不懂怎么我不还骂他；但那没有关系，不声不响并不就是善罢甘休。我要写一封辱骂的信给他，你可以给我带去；你肯不肯，西尔维斯？

西尔维斯　菲比，那是我再愿意不过的了。

菲比　我就写去；这件事情盘绕在我的心头，我要简简单单地把他挖苦一下。跟我去，西尔维斯。（同下）

第四幕

第一场

亚登森林

罗瑟琳、西莉娅及杰奎斯上。

杰奎斯 可爱的少年，请你许我跟你结识结识。

罗瑟琳 他们说你是个多愁的人。

杰奎斯 是的，我喜欢发愁不喜欢笑。

罗瑟琳 这两件事各趋极端，都会叫人讨厌，比之醉汉更容易招一般人的指摘。

杰奎斯 发发愁不说话，有什么不好?

罗瑟琳 那么何不做一根木头呢?

杰奎斯 我没有读书人的那种争强斗胜的烦恼，也没有音乐家的那种胡思乱想的烦恼，也没有官员们的那种装威作福的烦恼，也没有军人们的那种侵权夺利的烦恼，也没有律师们的那种卖狡弄猾的烦恼，也没有姑娘家的那种吹毛求疵的烦恼，也没有情人们的这一切种种合拢来的烦恼，我的烦恼全然是我自己的，它是由各种成分组合而成，从许多事物中提炼出来，那是我们旅行中所得到的各种观感，因为不断的沉思而使我充满了十分古怪的忧愁。

罗瑟琳 是一个旅行家吗? 噢，那你就有应该悲哀的理由了。我想你多分是卖去了自己的田地去看别人的田地；看见的这么多，自己却一无所有；眼睛是看饱了，两手却是空空的。

杰奎斯 是的，我已经得到了我的经验。

罗瑟琳 而你的经验使你悲哀。我宁愿叫一个傻瓜来逗我发笑，不愿叫经验来使我悲哀；而且还要到各处旅行去找它!

奥兰多上。

奥兰多 你好，并祝你快乐无边，亲爱的罗瑟琳!

杰奎斯 要是你要念起诗来，那么我可要少陪了。(下)

罗瑟琳　再会，旅行家先生。你该打起些南腔北调，穿了些奇装异服，瞧不起本国的一切好处，厌恶你的故乡，简直要怨恨上帝为什么不给你生一副外国人的相貌；否则我可不能相信你曾经在威尼斯荡过艇子。（杰奎斯下）——啊，怎么，奥兰多！你这些时都在哪儿？你算是一个情人！要是你再对我来这么一套，你可再不用来见我了。

奥兰多　我的好罗瑟琳，我来得不过迟了一小时还不满。

罗瑟琳　误了一小时的情人的约会！谁要是把一分钟分作了一千分，而在恋爱上误了一千分之一分钟的几分之一的约会，这种人，人家也许会说丘必特曾经拍过他的肩膀，我敢说他的心是原封未动的。

奥兰多　原谅我吧，亲爱的罗瑟琳！

罗瑟琳　哼，要是你再这样慢吞吞的，以后不用再来见我了；我宁愿让一只蜗牛向我献殷勤的。

奥兰多　一只蜗牛！

罗瑟琳　对了，一只蜗牛；因为他虽然走得慢，可是却把他的屋子顶在头上，我想这是一份比你所能给予一个女人的更好的家产；而且他还随身带着他的命运哩。

奥兰多　那是什么？

罗瑟琳 嘿，角儿哪；那正是你们男人所要谢谢你们的老婆的，可是他却自己随身带了个壳，省得人家说他老婆的坏话时没地方躲。

奥兰多 贤德的女子不会叫她丈夫当蜗牛；我的罗瑟琳是贤德的。

罗瑟琳 而我是你的罗瑟琳吗？

西莉娅 他欢喜这样叫你；可是他有一个长得比你漂亮的罗瑟琳哩。

罗瑟琳 来，向我求婚，向我求婚；我现在很高兴；多半会答应你。假如我真是你的罗瑟琳，你现在要向我说些什么话？

奥兰多 我要在没有说话之前先接个吻。

罗瑟琳 不，你最好先说话，等到所有的话都说完了，想不出什么来的时候，你就可以趁此接吻。善于演说的人，当他们一时无话可说之际，他们会吐一口痰；情人们呢，上帝保佑我们！倘使缺少了说话的资料，接吻是最便当的补救办法。

奥兰多 假如她不肯让我吻她呢？

罗瑟琳 那么她就使得你向她请求，这样又有了新的话题了。

奥兰多 谁见了他的心爱的情人而会说不出话来呢？

罗瑟琳 哼，假如我是你的情人，你就会说不出话来。我不是你的罗瑟琳吗?

奥兰多　我很愿意把你当作罗瑟琳，因为这样我就可以讲着她了。

罗瑟琳　好，我代表她说我不愿接受你。

奥兰多　那么我代表我自己说我要死去。

罗瑟琳　不，真的，还是请个人代死吧。这个可怜的世界差不多有六千年的岁数了，可是从来不曾有过一个人亲自殉情而死。特洛伊罗斯[①] 是被一个希腊人的棍棒砸出了脑浆的；可是在这以前他就已经寻过死，而他是一个模范的情人。即使希罗当了尼姑，里昂德也会活下去并活了好多年的，倘不是因为一个酷热的仲夏之夜，因为，好孩子，他本来只是要到赫勒斯滂海峡里去洗个澡的，可是在水中害起抽筋来，因而淹死了：那时代的愚蠢的史家却说他是为了塞斯托斯的希罗而死[②] 。这些全都是谎；人们一代一代地死去，他们的尸体都给蛆虫吃了，可是决不会为爱情而死的。

奥兰多　我不愿我的真正的罗瑟琳也作这样想法；因为我可以发誓说她只要皱一皱眉头就会把我杀死。

罗瑟琳　我凭着此手发誓，那是连一只苍蝇也杀不死的。但是来

---

① 特洛伊罗斯，莎翁传奇剧“特洛埃围城记”中的主角。

② 利昂特与希罗为希腊传说中的一对恋人名；利昂特每晚泅水过赫勒斯滂以会其恋人，一夕大风浪没顶。

吧，现在我要做你的一个乖乖的罗瑟琳；你向我要求什么，我一定允许你。

奥兰多 那么爱我吧，罗瑟琳！

罗瑟琳 好，我就爱你，星期五、星期六以及一切的日子。

奥兰多 你肯接受我吗？

罗瑟琳 肯的，我肯接受像你这样二十个男人。

奥兰多 你怎么说？

罗瑟琳 你不是个好人吗？

奥兰多 我希望是的。

罗瑟琳 那么好的东西会嫌太多吗？——来，妹妹，你要扮作牧师，给我们主婚。——把你的手给我，奥兰多。你怎么说，妹妹？

奥兰多 请你给我们主婚。

西莉娅 我不会说。

罗瑟琳 你应当这样开始："奥兰多，你愿不愿——"

西莉娅 好吧。——奥兰多，你愿不愿娶这个罗瑟琳为妻？

奥兰多　我愿意。

罗瑟琳　嗯，但是什么时候才娶呢?

奥兰多　当然就在现在哪；只要她能替我们完成婚礼。

罗瑟琳　那么你必须说："罗瑟琳，我娶你为妻。"

奥兰多　罗瑟琳，我娶你为妻。

罗瑟琳　我本来可以问你凭着什么来娶我的；可是奥兰多，我愿意接受你做我的丈夫。——这丫头等不到牧师问起，就冲口说了出来了；真的，女人的思想总是比行动跑得更快。

奥兰多　一切的思想都是这样；它们是生着翅膀的。

罗瑟琳　现在你告诉我你占有了她之后，打算保留到多少长久?

奥兰多　永久再加上一天。

罗瑟琳　说一天，不用说永久。不，不，奥兰多，男人们在未婚的时候是四月天，结婚的时候是十二月天；姑娘们做姑娘的时候是五月天，一做了妻子，季候便改变了。我要比一头巴巴里雄鸽对待它的雌鸽格外多疑地对待你；我要比下雨前的鹦鹉格外吵闹，比猢狲格外弃旧怜新，比猴子格外反复无常；我要在你高兴的时候像喷泉上的狄安娜女神雕像一样无端哭泣；我要在你想睡的时候像土狼一样纵声大笑。

奥兰多　但是我的罗瑟琳会做出这种事来吗？

罗瑟琳　我可以发誓她会像我一样做出来的。

奥兰多　啊！但是她是个聪明人哩。

罗瑟琳　她倘不聪明，怎么有本领做这等事？越是聪明，越是淘气。假如用一扇门把一个女人的才情关起来，它会从窗子里钻出来的；关了窗，它会从钥匙孔里钻出来的；塞住了钥匙孔，它会跟着一道烟从烟囱里飞出来的。

奥兰多　男人娶到了这种有才情的老婆，就难免要感慨“才情才情，看你横行到什么地方”了。

罗瑟琳　不，你可以把那句骂人的话留起来，等你瞧见你妻子的才情爬上了你邻人的床上去的时候再说。

奥兰多　那时这位多才的妻子又将用怎样的才情来辩解呢？

罗瑟琳　呃，她会说她是到那儿找你去的。你捉住她，她总有话好说，除非你把她的舌头割掉。唉！要是一个女人不会把她的错处推到她男人的身上去，那种女人千万不要让她抚养她自己的孩子，因为她会把他抚养得成为一个傻子的。

奥兰多　罗瑟琳，这两小时我要离开你。

罗瑟琳　唉！爱人，我两小时都缺不了你哪。

奥兰多　我一定要陪公爵吃饭去；到两点钟我就会回来。

罗瑟琳　好，你去吧，你去吧！我知道你会变成怎样的人。我的朋友们这样对我说过，我也这样相信着，你是用你那种花言巧语来把我骗上手的。不过又是一个给人丢弃的罢了；好，死就死吧！你说是两点钟吗？

奥兰多　是的，亲爱的罗瑟琳。

罗瑟琳　凭着良心，一本正经，上帝保佑我，我可以向你起一切无关紧要的誓，要是你失了一点点儿的约，或是比约定的时间来迟了一分钟，我就要把你当作在一大堆无义的人们中间一个最可怜的背信者、最空心的情人，最不配被你叫作罗瑟琳的那人所爱的。所以，留心我的责骂，守你的约吧。

奥兰多　我一定恪遵，就像你真是我的罗瑟琳一样。好，再见。

罗瑟琳　好，时间是审判一切这一类罪人的老法官，让他来审判吧。再见。（奥兰多下）

西莉娅　你在你那种情话中间简直是侮辱我们女性。我们一定要把你的衫裤揭到你的头上，让全世界的人看看鸟儿怎样作践了她自己的窠。

罗瑟琳　啊，小妹妹，小妹妹，我的可爱的小妹妹，你要是知道我是爱得多么深！可是我的爱是无从测计深度的，因为它有一个渊深莫测的底，像葡萄牙海湾一样。

西莉娅　或者不如说是没有底的吧；你刚把你的爱倒进去，它就漏了出来。

罗瑟琳　不，维纳斯的那个坏蛋私生子[①]，那个因为忧郁而感孕，因为冲动而受胎，因为疯狂而诞生的；那个瞎眼的坏孩子，因为自己没有眼睛而把每个人的眼睛都欺蒙了的；让他来判断我是爱得多么深吧。我告诉你，爱莲娜，我不看见奥兰多便活不下去。我要找一处树荫，去到那儿长吁短叹地等着他回来。

西莉娅　我要去睡一个觉儿。（同下）

第二场

林中的另一部分

杰奎斯、众臣及林居人等上。

杰奎斯　是谁把鹿杀死的？

---

① 指丘必特。

臣甲 先生，是我。

杰奎斯 让我们引他去见公爵，像一个罗马的凯旋将军一样；顶好把鹿角插在他头上，表示胜利的光荣。林居人，你们没有个应景的歌儿吗？

臣乙 有的，先生。

杰奎斯 那么唱起来吧；不要管它调子怎样，只要可以热闹热闹就是了。

臣乙 （唱）

杀鹿的人好幸福，
穿它的皮顶它角。
唱个歌儿送送他。（众和）
顶了鹿角莫讥笑，
古时便已当冠帽；
你的祖父戴过它，
你的阿爹顶过它：
鹿角鹿角壮而美，
你们取笑真不对。（众下）

第三场

林中的另一部分

罗瑟琳及西莉娅上。

罗瑟琳 你现在怎么说？不是过了两点钟了吗？这儿哪见有什么奥兰多！

西莉娅 我对你说，他怀着纯洁的爱情和忧虑的头脑，带了弓箭出去睡觉去了。瞧，谁来了。

西尔维斯上。

西尔维斯 我奉命来见您，美貌的少年；我的温柔的菲比要我把这信送给您。（将信交罗瑟琳）里面说的什么话我不知道；但是照她写这封信的时候那发怒的神气看来，多分是一些气恼的话。原谅我，我只是个不知情的送信人。

罗瑟琳 （阅信）最有耐性的人见了这封信也要暴跳如雷；是可忍，孰不可忍？她说我不漂亮；说我没有礼貌；说我骄傲；说即使男人像凤凰那样稀罕，她也不会爱我。天哪！我并不曾要追求她的爱，她为什么写这种话给我呢？好，牧人，好，这封信是你捣的鬼。

西尔维斯 不，我发誓我不知道里面写些什么；这封信是菲比写的。

罗瑟琳 算了吧，算了吧，你是个傻瓜，为了爱情颠倒到这等地步。我看见过她的手，她的手就像一块牛皮那样粗糙，一块沙石那样颜色；我以为她戴着一副旧手套，哪知道原来就是她的手；她有一双做粗工的手；但这可不用管它。我说她从来不曾想到过写这封信；这是男人出的花样，是一个男人的笔迹。

西尔维斯 真的，那是她的笔迹。

罗瑟琳 嘿，这是粗暴的凶狠的口气，全然是挑战的口气；嘿，她就像土耳其人向基督徒那样向我挑战呢。女人家的温柔的头脑里，决不会想出这种恣睢暴戾的念头来；这种狠恶的字句，含着比字面更狠恶的用意。你要不要听听这封信？

西尔维斯 假如您愿意，请您念给我听听吧。因为我还不曾听到过它呢；虽然关于菲比的凶狠的话，倒已经听了不少了。

罗瑟琳 她要向我撒野呢。听那只雌老虎怎样写法：（读）

你是不是天神的化身，
来燃烧一个少女的心？

女人会这样骂人吗？

西尔维斯　您把这种话叫作骂人吗？

罗瑟琳（读）　撇下了你神圣的殿堂，

虐弄一个痴心的姑娘？
你听见过这种骂人的话吗？
人们的眼睛向我求爱，
从不曾给我丝毫损害。
意思说我是个畜生。
你一双美目中的轻蔑，
尚能勾起我这般情热；
唉！假如你能青眼相加，
我更将怎样意乱如麻！
你一边骂，我一边爱你；
你倘求我，我何事不依？
代我传达情意的来使，
并不知道我这段心事；
让他带下了你的回报，
告诉我你的青春年少，
肯不肯接受我的奉献，
把我的一切听你调遣；
否则就请把拒绝明言，
我准备一死了却情缘。

西尔维斯　您把这叫做骂吗？

西莉娅　唉，可怜的牧人！

罗瑟琳　你可怜他吗？不，他是不值得怜悯的。你会爱这种女人吗？嘿，利用你作工具，那样玩弄你！怎么受得住！好，你到她那儿去吧，因为我知道爱情已经把你变成一条驯服的蛇了；你去对她说：要是她爱我，我吩咐她爱你；要是她不肯爱你，那么我决不要她，除非你代她恳求。假如你是个真心的恋人，去吧，别说一句话；瞧又有人来了。（西尔维斯下）

奥列佛上。

奥列佛　早安，两位。请问你们知不知道在这座树林的边界有一所用橄榄树围绕着的羊栏？

西莉娅　在这儿的西面，附近的山谷之下，从那微语喃喃的泉水旁边那一列柳树的地方向右出发，便可以到那边去。但现在那边只有一所空屋，没有人在里面。

奥列佛　假如听了人家嘴里的叙述便可以用眼睛认识出来，那么你们的模样正是我所听到说起的，穿着这样的衣服，这样的年纪："那少年生得很俊，脸孔像个女人，行为举动像是老大姐似的；那女人是矮矮的，比她的哥哥黝黑些。"你们正是我所要寻访的那屋子的主人吗？

西莉娅　既蒙下问，那么我们说我们正是那屋子的主人，也不算是自己的夸口了。

奥列佛　奥兰多要我向你们两位致意；这一方染着血迹的手帕，他叫我送给他称为他的罗瑟琳的那位少年。您就是他吗？

罗瑟琳　正是；这是什么意思呢？

奥列佛　说起来徒增我的惭愧，假如你们要知道我是谁，这一方手帕怎样、为什么、在哪里沾上这些血迹？

西莉娅　请您说吧。

奥列佛　年轻的奥兰多上次跟你们分别的时候，曾经答应过在一小时之内回来；他正在林中走过，品味着爱情的甜蜜和苦涩，瞧，什么事发生了！他把眼睛向旁边一望，听好他看见了些什么东西：在一株满覆着苍苔的秃顶的老橡树之下，有一个不幸的衣衫褴褛须发蓬松的人仰面睡着；一条金绿的蛇缠在他的头上，正预备把它的头敏捷地伸进他的张开的嘴里去，可是突然看见了奥兰多，它便松了开来，蜿蜒地溜进林莽中去了；在那林荫下有一头乳房干瘪的母狮，头贴着地蹲伏着，像猫一样注视这睡着的人的动静，因为那畜生有一种高贵的素性，不会去侵犯瞧上去似乎已经死了的东西。奥兰多一见了这情形，便走到那人的面前，一看却是他的兄长，他的大哥。

西莉娅　啊！我听见他说起过那个哥哥；他说他是一个再伤天害理不过的。

奥列佛　他很可以那样说，因为我知道他确是伤天害理的。

罗瑟琳　但是我们说奥兰多吧；他把他丢下在那儿，让他给那饿狮吃了吗？

奥列佛　他两次转身想去；可是善心比复仇更高贵，天性克服了他的私怨，使他去和那母狮格斗，很快地那狮子便向他扑了上来。我听见了搏击的声音，就从苦恼的瞌睡中醒过来了。

西莉娅　你就是他的哥哥吗？

罗瑟琳　他救的便是你吗？

西莉娅　老是设计谋害他的便是你吗？

奥列佛　那是从前的我，不是现在的我。我现在已经变了个新的人了，因此我可以不惭愧地告诉你们我从前的为人。

罗瑟琳　可是那块血渍的手帕是怎样来的？

奥列佛　别性急。那时我们两人叙述着彼此的经历，以及我到这荒野里来的原委；一面说一面自然流露的眼泪流个不住。简单地说，他把我领去见那善良的公爵，公爵赏给我新衣服穿，款待着我，吩咐我的弟弟照应我；于是他立刻带我到他的洞里去，脱下衣服来，一看臂上给母狮抓去了一块肉，血不停地流着，那时他便晕了过去，嘴里还念着罗瑟琳的名字。简单地说，我把他救醒转来，裹好了他的伤口；略过些时，他精神恢复了，便叫我这个陌生人到这儿来把这件事通知你们，请你们原谅他的失约。这一方手帕在他的血

里浸过，他要我交给他戏称为罗瑟琳的那位青年牧人。（罗瑟琳晕去）

西莉娅 呀，怎么啦，盖尼米德！亲爱的盖尼米德！

奥列佛 有好多人一见了血便要发晕。

西莉娅 还有其他的缘故哩。哥哥！盖尼米德！

奥列佛 瞧，她醒过来了。

罗瑟琳 我要回家去。

西莉娅 我们可以陪着你去。——请您扶着她的臂膀好不好？

奥列佛 提起精神来，孩子。你算是个男人吗？你太没有男人气了。

罗瑟琳 一点不错，我承认。啊，好小子！人家会觉得我假装得很像哩。请您告诉令弟我假装得多么像！

奥列佛 这不是假装；你的脸色已经有了太清楚的证明，这是出于真情的。

罗瑟琳 告诉您吧，真的是假装的。

奥列佛 好吧，那么振作起来，假装个男人样子吧。

罗瑟琳　我正在假装着呢；可是凭良心说，我理该是个女人。

西莉娅　来，你瞧上去脸色越变越白了；回家去吧。好先生，陪我们去吧。

奥列佛　好的，因为我必须把你怎样原谅舍弟的回音带回去呢，罗瑟琳。

罗瑟琳　我会想出些什么来的。但是我请您就把我的假装的样子告诉他吧。我们走吧。（同下）

第五幕

第一场

亚登森林

金石及奥德蕾上。

试金石　咱们总会找到一个时间的，奥德蕾；耐心点儿吧，温柔的奥德蕾。

奥德蕾　那位老先生虽然这么说，其实这个牧师也很好呀。

试金石　顶坏不过的奥列佛师傅，奥德蕾；顶不好的马坦克斯特。但是，奥德蕾，林子里有一个年轻人要向你求婚呢。

奥德蕾　嗯，我知道他是谁；他跟我全没有关涉。你说起的那个人来了。

威廉上。

试金石　看见一个村汉在我是家常便饭。凭良心说话，我们这辈聪明人真是作孽不浅；我们总是忍不住要寻寻人家的开心。

威廉　晚安，奥德蕾。

奥德蕾　你晚安哪，威廉。

威廉　晚安，先生。

试金石　晚安，好朋友。把帽子戴上了，把帽子戴上了；请不用客气，把帽子戴上了。你多大年纪了，朋友？

威廉　二十五了，先生。

试金石　正是妙龄。你名叫威廉吗？

威廉　威廉，先生。

试金石　一个好名字。是生在这林子里的吗？

威廉　是的，先生，我感谢上帝。

试金石　“感谢上帝”；很好的回答。很有钱吗？

威廉　呃，先生，不过如此。

试金石　“不过如此”，很好很好，好得很；可是也不算怎么好，不过如此而已。你聪明吗？

威廉　呃，先生，我还算聪明。

试金石　啊，你说得很好。我现在记起一句话来了，“傻子自以为聪明，但聪明人知道他自己是个傻子。”异教的哲学家想要吃一颗葡萄的时候，便张开嘴唇来，把它放进嘴里去；那意思是表示葡萄是生下来给人吃，嘴唇是生下来要张开的。你爱这姑娘吗？

威廉　是的，先生。

试金石　把你的手给我。你有学问吗？

威廉　没有，先生。

试金石　那么让我教训你：有者有也；修辞学上有这么一个譬喻，把酒从杯子里倒在碗里，一只满了，那一只便要落空。写文章的人大家都承认“彼”即是他；好，你不是彼，因为我是他。

威廉　哪一个他，先生？

试金石　先生，就是要跟这个女人结婚的他。所以，你这村夫，莫——那在俗话里就是不要；与此妇——那在土话里就是和这个女人；交游——那在普通话里就是来往。合拢来说，莫与此妇交游，否则，村夫，你就要毁灭；或者让你容易明白些，你就要死；那就是说，我要杀死你，把你干掉，叫你活不成，让你当奴才。我要用毒药毒死你，一顿棒儿打死你，或者用钢刀搠死你；我要跟你打架；我要想出计策来打倒你；我要用一百五十种法子杀死你；所以赶快发着抖滚吧。

奥德蕾　你快去吧，好威廉。

威廉　上帝保佑您快活，先生。（下）

柯林上。

柯林　我们的大官人和小娘子找着你哪；来，走啊！走啊！

试金石　走，奥德蕾！走，奥德蕾！我就来，我就来。（同下）

第二场

林中的另一部分

奥兰多及奥列佛上。

奥兰多　你跟她相识得这么浅便会喜欢起她来了吗？一看见了她，

便会爱起她来了吗？一爱了她，便会求起婚来了吗？一求了婚，她便会答应了你吗？你一定要得到她吗？

奥列佛　这件事进行的匆促，她的贫穷，相识的不久，我的突然的求婚和她的突然的允许，这些你都不用怀疑；只要你承认我是爱着爱莲娜的，承认她是爱着我的，允许我们两人的结合，这样你也会有好处；因为我愿意把我父亲老罗兰爵士的房屋和一切收入都让给你，我自己在这里终生做一个牧人。

奥兰多　你可以得到我的允许。你们的婚礼就在明天举行吧；我可以去把公爵和他的一切乐天的从者都请了来。你去吩咐爱莲娜预备一切。瞧，我的罗瑟琳来了。

罗瑟琳上。

罗瑟琳　上帝保佑你，哥哥。

奥列佛　也保佑你，好妹妹。（下）

罗瑟琳　啊！我的亲爱的奥兰多，我瞧见你把你的心裹在绷带里，我是多么难过呀。

奥兰多　那是我的臂膀。

罗瑟琳　我以为是你的心给狮子抓伤了。

奥兰多　它的确是受了伤了，但却是给一位姑娘的眼睛伤害了的。

罗瑟琳 你的哥哥有没有告诉你当他把你的手帕给我看的时候，我假装晕去了的情形？

奥兰多 是的，而且还有更奇怪的事情呢。

罗瑟琳 噢！我知道你说的是什么，那倒是真的；从来不曾有过这么快的事情，除了两头公羊的打架和凯撒那句“我来，我看见，我征服”的傲语[①]。令兄和舍妹刚见了面，便大家瞧起来了；一瞧便相爱了；一相爱便叹气了；一叹气便彼此问为的是什么；一知道了为的是什么，便要想补救的办法：这样一步一步地踏到了结婚的阶段，不久他们便要成其好事了，否则他们等不到结婚便要放肆起来的。他们简直爱得慌了，一定要在一块儿；用棒儿也打不散他们。

奥兰多 他们明天便要成婚，我就要去请公爵参加婚礼。但是，唉！从别人的眼中看见幸福，多么令人烦闷。明天我越是想到我的哥哥满足了心愿多么快活，我便将越是伤心。

罗瑟琳 难道我明天不能仍旧充作你的罗瑟琳了吗？

奥兰多 我不能老是靠着幻想而生存了。

罗瑟琳 那么我不再用空话来叫你心烦了。告诉了你吧，现在我不

---

① Veni，vidi，vici（Icame，Isaw，Iconquered），为凯撒征服 Pontus 王 Pharnaces 后告知罗马贵族院之有名豪语。

是说着玩儿，我知道你是一个有见识的上等人；我并不是因为希望你赞美我的本领而恭维你，我要使你相信我的话，也不是图自己的名气，只是为着你的好处。假如你肯相信，那么我告诉你，我会行奇迹。从三岁时候起我就和一个术士结识，他的法术非常高深，可是并不作恶害人。要是你爱罗瑟琳真是爱得那么深，就像你瞧上去的那样，那么你哥哥和爱莲娜结婚的时候，你就可以和她结婚。我知道她现在的处境是多么不幸；只要你没有什么不方便，我一定能够明天叫她亲身出现在你的面前，一点没有危险。

奥兰多 你说的是真话吗？

罗瑟琳 我以生命为誓，我说的是真话；虽然我说我是个术士，可是我很重视我的生命呢。所以你得穿上你最好的衣服，邀请你的朋友们来；只要你愿意在明天结婚，你一定可以结婚；和罗瑟琳结婚，要是你愿意。瞧，我的一个爱人和她的一个爱人来了。

西尔维斯及菲比上。

菲比 少年人，你很对我不起，把我写给你的信宣布了出来。

罗瑟琳 要是我把它宣布了，我也不管；我存心要对你傲慢不客气。你背后跟着一个忠心的牧人；瞧着他吧，爱他吧，他崇拜着你哩。

菲比 好牧人，告诉这个少年人恋爱是怎样的。

西尔维斯　它是充满了叹息和眼泪的；我正是这样爱着菲比。

菲比　我也是这样爱着盖尼米德。

奥兰多　我也是这样爱着罗瑟琳。

罗瑟琳　我可是一个女人也不爱。

西尔维斯　它是全然的忠心和服务；我正是这样爱着菲比。

菲比　我也是这样爱着盖尼米德。

奥兰多　我也是这样爱着罗瑟琳。

罗瑟琳　我可是一个女人也不爱。

西尔维斯　它是全然的空想，全然的热情，全然的愿望，全然的崇拜，恭顺和尊敬；全然的谦卑，全然的忍耐和焦心，全然的纯洁，全然的磨炼；我正是这样爱着菲比。

菲比　我也是这样爱着盖尼米德。

奥兰多　我也是这样爱着罗瑟琳。

罗瑟琳　我可是一个女人也不爱。

菲比　（向罗瑟琳）假如真是这样，那么你为什么责备我爱你呢？

西尔维斯 （向菲比）假如真是这样，那么你为什么责备我爱你呢?

奥兰多 假如真是这样，那么你为什么责备我爱你呢?

罗瑟琳 你在向谁说话，“你为什么责备我爱你呢？”

奥兰多 向那不在这里、也听不见我的说话的她。

罗瑟琳 请你们别再说下去了吧；这简直像是一群爱尔兰的狼向着月亮嗥叫。（向西尔维斯）要是我能够，我一定帮助你。（向菲比）要是我有可能，我一定会爱你。明天大家来和我相会。（向菲比）假如我会跟女人结婚，我一定跟你结婚；我要在明天结婚了。（向奥兰多）假如我会使男人满足，我一定使你满足；你要在明天结婚了。（向西尔维斯）假如使你喜欢的东西能使你满意，我一定使你满意；你要在明天结婚了。（向奥兰多）你既然爱罗瑟琳，请你赴约。（向西尔维斯）你既然爱菲比，请你赴约。我既然不爱什么女人，我也赴约。现在再见吧；我已经吩咐过你们了。

西尔维斯 只要我活着，我一定不失约。

菲比 我也不失约。

奥兰多 我也不失约。（各下）

第三场

林中的另一部分

试金石及奥德蕾上。

试金石　明天是快乐的好日子，奥德蕾；明天我们要结婚了。

奥德蕾　我满心盼望着呢；我希望盼望出嫁并不是一个不正当的愿望。有两个放逐的公爵的童儿来了。

二童上。

童甲　遇见得巧啊，好先生。

试金石　巧得很，巧得很。来，请坐，请坐，唱个歌儿。

童乙　遵命遵命。居中坐下吧。

童甲　我们是不是免了嗓子不好的人来的那老一套，也不咳嗽、也不吐痰、也不说什么嗓子哑了，马上唱起来怎样？

童乙 好的，好的；两人齐声同唱，就像两个吉卜赛人骑在一匹马上。

歌： 一对情人并着肩，
哎呦哎呦哎哎呦，
走过了青青稻麦田，
春天是最好的结婚天，
听嘤嘤歌唱枝头鸟，
姐郎们最爱春光好。
小麦青青大麦鲜，
哎呦哎呦哎哎呦，
乡女村男交颈儿眠，
春天是最好的结婚天云云。
新歌一曲意缠绵，
哎呦哎呦哎哎呦，
人生美满像好花妍，
春天是最好的结婚天云云。
劝君莫负艳阳天，
哎呦哎呦哎哎呦，
恩爱欢娱要趁少年
春天是最好的结婚天云云。

试金石 老实说，年轻的先生们，这首歌词固然没有多大意思，那调子却也很不入调。

童甲 您弄错了，先生；我们是照着板眼唱的，一拍也没有漏过。

试金石 凭良心说，我来听这么一首傻气的歌儿，真算是白糟蹋了时间。上帝和你们同在；上帝把你们的喉咙补补好吧！来，奥德蕾。（各下）

第四场

林中的另一部分

长公爵、阿米恩斯、杰奎斯、奥兰多、奥列佛及西莉娅同上。

长公爵 奥兰多，你相信那孩子果真有他所说的那种本领吗?

奥兰多 我有时相信，有时不相信；就像那些因恐结果无望而心中惴惴的人，一面希望一面担着事。

罗瑟琳、西尔维斯及菲比上。

罗瑟琳 再请耐心听我说一遍我们所约定的条件。（向公爵）您不是说，假如我把您的罗瑟琳带了来，您愿意把她赏给这位奥兰多做妻子吗?

长公爵　即使再要我把几个王国作为陪嫁，我也愿意。

罗瑟琳　（向奥兰多）您不是说，假如我带了她来，您愿意娶她吗？

奥兰多　即使我是统治万国的君王，我也愿意。

罗瑟琳　（向菲比）您不是说，假如我愿意，您便愿意嫁我吗？

菲比　即使我在一小时后就要一命丧亡，我也愿意。

罗瑟琳　但是假如您不愿意嫁我，您不是要嫁给这位忠心无比的牧人吗？

菲比　是这样约定着。

罗瑟琳　（向西尔维斯）您不是说，假如菲比愿意，您便愿意娶她吗？

西尔维斯　即使娶了她等于送死，我也愿意。

罗瑟琳　我答应要把这一切事情安排得好好的。公爵，请您守约许嫁您的女儿；奥兰多，请您守约娶他的女儿；菲比，请您守约嫁我，假如不肯嫁我，便得嫁给这位牧人；西尔维斯，请您守约娶她，假如她不肯嫁我：现在我就去给你们解释这些疑惑。（罗瑟琳、西莉娅下）

长公爵　这个牧童使我记起了我的女儿的相貌，有几分活像是她。

奥兰多　殿下，我初次见他的时候，也以为他是郡主的兄弟呢；但是，殿下，这孩子是在林中生长的，他的伯父曾经教过他一些魔术的原理，据说他那伯父是一个隐居在这儿林中的大术士。

试金石及奥德蕾上。

杰奎斯　一定又有一次洪水来啦，这一对一对都要准备躲到方舟里去[①]。又来了一对奇怪的畜生，傻瓜是他们公认的名字。

试金石　列位，这厢有礼了！

杰奎斯　殿下，请您欢迎他。这就是我在林中常常遇见的那位傻头傻脑的先生；据他说他还出入过宫廷呢。

试金石　要是有人不相信，尽管把我质问好了。我曾经跳过高雅的舞；我曾经恭维过一位贵妇；我曾经向我的朋友弄过手腕，跟我的仇家们装亲热；我曾经毁了三个裁缝，闹过四回口角，有一次几乎打出手。

杰奎斯　那是怎样闹起来的呢？

试金石　呃，我们碰见了，一查这场争吵是根据着第七个原因。

---

① 指创世记中洪水时挪亚造方舟之事。

杰奎斯 怎么叫第七个原因?——殿下,请您喜欢这个家伙。

长公爵 我很喜欢他。

试金石 上帝保佑您,殿下;我希望您喜欢我。殿下,我挤在这一对对乡村的姐儿郎儿中间到这里来,也是想来宣了誓然后毁誓,让婚姻把我们结合,再让血气把我们拆开。她是个寒伧的姑娘,殿下,样子又难看;可是,殿下,她是我自个儿的:我有一个坏脾气,殿下,人家不要的我偏要。宝贵的贞洁,殿下,就像是住在破屋子里的守财奴,又像是丑蚌壳里的明珠。

长公爵 我说,他倒很伶俐机警呢。

杰奎斯 但是且说那第七个原因;你怎么知道这场争吵是根据着第七个原因呢?

试金石 因为那是根据着一句经过七次演变后的谎话。把你的身体站端正些,奥德蕾——是这样的,先生:我不喜欢某位廷臣的胡须的式样;他回我说假如我说他的胡须的式样不好,他却自以为很好:这叫作"有礼的驳斥"。假如我再去对他说那式样不好,他就回我说他自己喜欢要这样:这叫作"谦恭的讥刺"。要是再说那式样不好,他便蔑视我的意见:这叫作"粗暴的答复"。要是再说那式样不好,他就回答说我讲的不对:这叫作"大胆的谴责"。要是再说那式样不好,他就要说我说谎:这叫作"挑衅的反攻"。于是就到了"委婉的说谎"和"公然的说谎"。

杰奎斯 你说了几次他的胡须式样不好呢？

试金石 我只敢说到"委婉的说谎"为止，他也不敢给我"公然的说谎"；因此我们较了较剑，便走开了。

杰奎斯 你能不能把一句谎话的各种程度按着次序说出来？

试金石 先生啊，我们争吵都是根据着书本的，就像你们有讲礼貌的书一样。我可以把各种程度列举出来。第一，有礼的驳斥；第二，谦恭的讥刺；第三，粗暴的答复；第四，大胆的谴责；第五，挑衅的反攻；第六，委婉的说谎；第七，公然的说谎。除了"公然的说谎"之外，其余的都可以避免；但是"公然的说谎"只要用了"假如"两个字，也就可以一天云散。我知道有一场七个法官都处断不了的争吵；当两造相遇时，其中的一个单单想起了"假如"两字，例如"假如你这样说，那么我便要这样说"，于是两人便彼此握手，结为兄弟了。"假如"是唯一的和事佬；"假如"之时用大矣哉！

杰奎斯 殿下，这不是一个很难得的人吗？他什么都懂，然而仍然是一个傻瓜。

公爵 他把他的傻气当作了藏身的烟幕，在它的荫蔽之下放出他的机智来。

许门领罗瑟琳穿女装及西莉娅上。柔和的音乐。

许门 天上有喜气融融，
人间万事尽亨通，

和合无嫌猜。
公爵，接受你女儿，
亥门一路带着伊，
远从天上来；
请你为她作主张，
嫁给她心上情郎。

罗瑟琳 （向长公爵）我把我自己交给您，因为我是您的。（向奥兰多）我把我自己交给您，因为我是您的。

长公爵 要是眼前所见的并不是虚假，那么你是我的女儿了。

奥兰多 要是眼前所见的并不是虚假，那么你是我的罗瑟琳了。

菲比 要是眼前的情形是真，那么永别了，我的爱人！

罗瑟琳 （向公爵）要是您不是我的父亲，那么我不要有什么父亲。（向奥兰多）要是您不是我的丈夫，那么我不要有什么丈夫。（向菲比）要是我不跟你结婚，那么我再不跟别的女人结婚。

许门 请不要喧闹纷纷！
这种种古怪事情，
都得让许门断清。
这里有四对恋人，
说的话儿倘应心，
该携手共缔鸳盟。

你俩患难不相弃，（向奥兰多、罗瑟琳）
你们俩同心永系；（向奥列佛、西莉娅）
你和他宜室宜家，（向菲比）
再莫恋镜里空花；
你两人形影相从，（向试金石、奥德蕾）
像风雪跟着严冬。
等一曲婚歌奏起，
尽你们寻根觅柢，
莫惊讶咄咄怪事，
细想想原来如此。

歌： 人间添美眷，
天后爱团圆；
席上同心侣，
枕边并蒂莲。
不有亥门力，
何缘众庶生？
同声齐赞颂，
月老最堪称！

长公爵 啊，我的亲爱的侄女！我欢迎你，就像你是我自己的女儿。

菲比 （向西尔维斯）我不愿食言，现在你已经是我的；你的忠心使我爱上了你。

贾奎斯上。

贾奎斯　请听我说一两句话；我是老罗兰爵士的第二个儿子，特意带了消息到这群贤毕集的地方来。弗莱德里克公爵因为听见每天有才智之士投奔到这林中，故此兴起大军，亲自统率，预备前来捉拿他的兄长，把他杀死除害。他到了这座树林的边界，遇见了一位高年的修道士，交谈之下，悔悟前非，便即停止进兵；同时看破红尘，把他的权位归还给他的被放逐的兄长，一同流亡在外的诸人的土地，也都各还原主。这不是假话，我可以用生命作担保。

长公爵　欢迎，年轻人！你给你的兄弟们送了很好的新婚贺礼来了：一个是他的被扣押的土地；一个是一座绝大的公国，享有着绝对的主权。先让我们在这林中把我们已经在进行得好好的事情办了；然后，在这幸运的一群中，每一个曾经跟着我忍受过艰辛的日子的人，都要按着各人的地位，分享我的恢复了的荣华。现在我们且把这种新近得来的尊荣暂时搁在脑后，举行起我们乡村的狂欢来吧。奏起来，音乐！你们各位新娘新郎，大家欢天喜地地，跳起舞来呀！

杰奎斯　先生，恕我冒昧。要是我没有听错，好像您说的是那公爵已经潜心修道，抛弃富贵的宫廷了？

贾奎斯　是的。

杰奎斯　我就找他去；从这种悟道者的地方，很可以得到一些绝妙的教训。（向公爵）我让你去享受你那从前的光荣吧；那是你的忍耐和德行的酬报。（向奥兰多）你去享受你那用忠心赢得的爱情吧。（向奥列佛）你去享有你的土地、爱人和权势吧。（向西尔维斯）你去享用你那用千辛万苦换来的老婆吧。（向试金石）至于你呢，我让你去口角吧；因为在你的爱情的旅程上，你只带了两个月的粮草。好，大家各人去找各人的快乐；跳舞可不是我的份。

长公爵　别走，杰奎斯，别走！

杰奎斯　我不想看你们的作乐；你们将会得到些什么，我就在被你们遗弃了的山窟中也可以知道的。（下）

长公爵　进行下去吧，开始我们的嘉礼；自始至终谁都是满心的欢喜。（跳舞。众下）

收场白

罗瑟琳　叫娘儿们来念收场白，似乎不大合适；可是那也不见得比叫老爷子来念开场白更不成样子些。要是好酒无须招牌，那么好戏也不必有收场白；可是好酒要用好招牌，好戏倘再加上一段好收场白，岂不更好？那么我现在的情形是怎样的呢？既然不会念一段好收场白，又不能用一出好戏来讨好你们！我并不穿着得像个叫花一样，因此我不能向你们求乞；我的唯一的法子是恳请。我要先向女人们招手。女人们啊！为着你们对于男子的爱情，请你们尽量地喜欢这本戏。男人们啊！为着你们对于女子的爱情——瞧你们那副痴笑的神气，我就知道你们没有一个讨厌她们的——请你们学着女人们的样子，也来喜欢这本戏。假如我是一个女人[①]，你们中间只要谁的胡子生得叫我满意，脸蛋长得讨我欢喜，而且气息也不叫我恶心的，我都愿意给他一吻。为了我这种慷慨的奉献，我相信凡是生得一副好胡子、长得一张好脸蛋或是有一口好气息的诸君，当我屈膝致敬的时候，都会向我道别。（下）

① 伊丽莎白时代舞台上女角皆用男童扮演。

莎翁年谱

一五六四年　四月二十三日，威廉・莎士比亚生于英国沃里克郡（Warwickshire）埃文河上之斯特拉福德镇（Stratford-on-Avon）。关于莎氏出生日期，未能十分确定，惟受洗于是年四月二十六日，则有教堂簿籍可稽，依照当时习俗，小儿于出生后三日内受洗，故诞辰可能为四月二十三日。

莎氏先世务农，父约翰，为一识字不多之手套商人，兼营畜牧农产，有住宅二所。母玛丽・阿登（Mary Arden），为乡间富农之嗣女。

是年为伊丽莎白女王（Queen Elizabeth）即位后之第七年，适当"文艺复兴"以后，英国在宗教上已脱离旧教之羁绊，商业繁盛，与欧洲大陆各国来往频繁。学术文艺方面，因感染外国影响，渐露新面目，不复为上层阶级之专有品。在戏剧方面，旧日之神迹剧（Miracle Plays）及教训剧（Morality），日趋没落；纯粹娱乐之民间戏剧逐渐发达，古典型之悲剧喜剧，亦开始为文人所仿作。是年戏剧家克里斯多夫・马洛（Christopher Marlowe）生，至一五九三年即卒。

一五六八年　四岁。王后剧团（The Queen’s Players）来镇表演，翌年复来。是年，父约翰任斯特拉福德镇长。

一五七一年　七岁，入本地圣十字义务小学（The Free Grammar School of the Holy Cross）就读。

一五七三年　九岁。大文豪（诗人，散文家，戏剧家）本·琼森（Ben Jonson）生。

一五七五年　十一岁。是年伦敦始有戏院。当时职业伶人虽有贵族及宫廷为其护符，且深得民众之欢迎，惟颇受地方官府之压迫。戏院皆建立于城外，均以木料建成，构造至为简陋；中央为露天之池座，不设座位，舞台即突出其间；楼座成圆环形围绕四周。无布景，亦无幕布；后台用幕遮隔，代表密室山洞等隐藏之处；其上层为阳台，代表楼房城墙等较高之处；两旁各设一门出入。演员均为男子，女角皆以儿童扮演。另有以纯粹儿童演员为号召之私家戏院，则设于寺院之内，设备较佳，取费较贵，该项儿童均系由大教堂唱诗班中遴选而来。

一五七七年　十三岁，辍学。是时家道中落，食口众多（有弟妹四五人），故被迫辍学佐理父业。

一五七八年　十四岁。是年约翰·黎里（John Lyly1554?—1606）所著小说《优弗伊斯》（Euphues）出版，其过度运用辞藻之文体，蔚为当时宫廷阶级流行之风尚。莎氏初期喜剧《爱的徒劳》即以该项文体为讽刺对象。

一五七九年　十五岁。是年托马斯·诺斯（Thomas North）所译普鲁塔克著之《希腊罗马名人传》（Plutarch's Lives）出版，为莎氏罗马史剧所取资。

约翰·弗莱彻（John Fletcher）生，后亦为戏剧家，一六二五年卒。

一五八二年　十八岁，娶安妮·哈撒韦（Anne Hathaway），安妮为邻邑农家女，长莎氏八岁。

一五八三年　十九岁，长女苏珊娜（Susannah）生。

一五八四年　二十岁。是年剧作家弗朗西斯·博蒙特（Francis Beaumont）生，后与莎氏同年卒。

一五八五年　二十一岁，孪生子哈姆奈特（Hamnet）及女朱迪斯（Judith）生。

一五八六年　二十二岁，离家赴伦敦，投身戏剧界。

传说莎氏偷入托马斯·卢西爵士（Sir Thomas Lucy）之私家苑囿查莱克特林（The Woods of Charlecote）中捕鹿事发，此为其离家之动机。自此十一年中，与家人鲜通音问。并有谓《亨利四世》及《温莎的风流娘儿们》中之夏禄法官即系影射卢西爵士。然此说于事实上颇少根据。

贵族文人菲利普·西德尼（Sir Philip Sidney生于一五五四年）卒。

一五八七年　二十三岁。是年马洛所著悲剧《帖木儿大帝》（Tamburlaine）上演。基德（Thomas　Kyd　1558—1594），格林（Robert　Greene　1560? —1592），皮尔（GeorgePeele），黎里等，当时均为各戏院撰作剧本。

一五九〇年　二十六岁。是年斯宾塞（Edmund Spenser 1552—1599）寓言诗《仙后》（The Fairie Queen）前三卷出版。

一五九一年　二十七岁，是时已开始写作剧本。按莎氏最初仅在伦敦戏院中充打杂役务，其后饰无关紧要之角色，演技上即崭露头角，乃渐以自编剧本问世。

《爱的徒劳》写成。《错误的喜剧》及《亨利六世》约于此时上演。自此以剧作家与名伶驰誉伦敦。

一五九二年　二十八岁。是年格林卒（格林生于1560? 为讽刺剧作家及诗人。）《维洛那二绅士》约于此时写成。

一五九三年　二十九岁，长诗《维纳斯与阿多尼斯》（Venus and Adonis）出版。莎氏以此诗献于骚散普顿伯爵（TheEarl of Southompton），伯爵为伊丽莎白女王宫廷中一青年贵族，一般推测即系其十四行诗（Sonnets）中赞美之对象。

《理查三世》《约翰王》，约于此年写成。

马洛卒。按马洛虽与莎氏同年，其写作剧本实远在莎氏之先。莎氏初期所作史剧如《理查三世》等，作风颇受马洛影响。其悲剧打破

“三一律”之限制，首先运用“无韵诗”（blank verse），其主人公多为一受某种情欲支配卒陷于无可避免之失败之人物，已为莎氏后期诸悲剧之前驱。

一五九四年　三十岁。宫内大臣剧团（Lord Chamberlain’s Players）组成，莎氏为该团之一员。因有当时首席名伶Richard Burbage为其台柱，且得莎氏为之经常编剧，该团声誉鹊起。

是年奉女王之召，在格林尼治行宫（Greenwich Palace）演剧。

长诗《鲁克丽丝遭强暴记》（The Rape of Lucrece）出版，仍献与骚散普顿伯爵。《十四行诗》之一部分约于此时写成。

《泰特斯·安德洛尼克斯》出版。

自一五九〇年至此，论者均认为莎氏写作之初期，亦可称为习作时期。此期作品大多改编旧剧，其创作者亦未脱模拟他人之痕迹。喜剧方面受黎里、格林之影响，悲剧史剧则受马洛之影响。

一五九五年　三十一岁。《仲夏夜之梦》《罗密欧与朱丽叶》《理查二世》，约于此年写成。

一五九六年　三十二岁，子哈姆奈特死，始返家。《威尼斯商人》约于此年写成。

一五九七年　三十三岁，在斯特拉福德镇购巨宅一所，名曰“新地”（New Place），为全镇房屋之冠。此后数年中，在本镇及伦敦陆续

购置地产一百余亩。

《罗密欧与朱丽叶》《理查二世》《理查三世》均出版。《驯悍记》约于是年写成。

是年文哲巨子弗朗西斯·培根（Francis Bacon 1561—1626）之论文集（Essays）出版。按有人以为莎氏戏剧实系培根所作，其说至为牵强，不足成立。

一五九八年　三十四岁。《亨利四世》《温莎的风流娘儿们》，约于此年写成。

琼森之喜剧《诙谐大成》（Everyman in His Humour）上演，莎氏参加演出。琼森在当时戏剧界中，为主张严守古典格律最力者之一，其持论与莎氏自由创造之作风相反。然莎氏死后，琼森为其全集题词，中有“君非属于某一时代，乃属于一切时代者”之语，可见其推崇之深。

一五九九年　三十五岁。环球剧院（The Globe Theatre）落成于南华克（Southwark）之班克塞德（Bankside），莎氏为股东兼演员。是年因父约翰申请之结果，“纹章院”特许莎氏家族世袭“纹章”（Coat of arms）。

《无事生非》《亨利五世》《裘力斯·凯撒》约于此年写成。是年斯宾塞卒。

一六〇〇年　三十六岁。《皆大欢喜》约于是年写成。

一六〇一年　三十七岁。《第十二夜》约于是年写成。至此为莎氏写作之第二期，最佳喜剧均于此期产生。当时戏剧盛行，著名剧作家除莎氏及琼森、博蒙、弗莱彻外，为Thomas Dekker（1570?—1632），Thomas Middleton（1580—1627），John Webster（1575?—1625），George Chapman（1559?—1634），John Marston（1575?—1634）等。

一六〇二年　三十八岁，《哈姆莱特》上演。按约在马洛发表《帖木儿大帝》同时，基德已用同类题材写成一剧，名曰《西班牙悲剧》（The Spanish Tragedy）。《特洛伊罗斯与克瑞西达》《终成眷属》约于此年写成。

一六〇三年　三十九岁。新王詹姆斯一世（James I）即位。莎氏所属剧团更名“国王剧团”（The King's Players）。

莎氏放弃演剧工作，惟仍继续撰写剧本。《哈姆莱特》第一四开本出版。《一报还一报》约于此年写成。

一六〇四年　四十岁。《奥瑟罗》上演。

一六〇六年　四十二岁。《李尔王》《麦克白》，约于此年写成。是年黎里卒。

一六〇七年　四十三岁。《雅典的泰门》约于此年写成。

一六〇八年　四十四岁。《安东尼与克莉奥佩特拉》《泰尔亲王配力克里斯》约于此年写成。

大诗人约翰·弥尔顿（John Milton）生（卒于一六七四年）。

一六〇九年　四十五岁。《科利奥兰纳斯》约于此年写成。至此为莎氏写作之第三期，此期莎氏几以全力专心写作悲剧，为其艺术成就之极峰。

是年其《十四行诗》出版。按“十四行诗”诗体，最初藉怀特（Thomas Wyatt　1503? —1542）及萨里伯爵（Henry Howard，Earl of Surrey　1517—1546）二人之介绍，自意大利传入英国。伊丽莎白朝诸人纷起模仿，大率千篇一律，不脱恋爱范围，其中以西德尼及斯宾塞两人所作为最称杰构。及莎氏《十四行诗》出，乃以情感之丰富热烈，意境之婉转深刻，辞采之瑰丽优美，盖掩前人。全部共一百五十四首，其前半所赞美爱慕之对象，为一年轻貌美之男性友人；其一往情深之处，令人低徊欲绝。后半则系为一“肤色黝黑之女郎”（此称为“the　dark　lady”）而作。词多怨愤，似莎氏曾为此女郎所玩弄而终遭遗弃者然。唯此中情事究系确实或仅属诗人骋其想象所构造，则非后人所能断言矣。

一六一〇年　四十六岁。《暴风雨》上演。《辛白林》约于此年写成。加入黑教士戏院（The Blackfriar’s Theatre）为股东。

一六一一年　四十七岁。自舞台退隐乡居。《冬天的故事》上演。是年，詹姆斯王钦定本英译《圣经》（The Bible）出版。

一六一三年　四十九岁。《亨利八世》上演。至此为莎氏写作之第四期，此期作品较少，大率为悲喜杂糅之传奇剧，而以复合团圆为

结束者。除《暴风雨》外，文笔远较前期为松懈而散漫。

一六一六年　四月二十三日卒于故居，适近其五十二岁生辰。临终时妻及二女均在侧，并及见一外孙女。葬于三一教堂（The Trinity Church）。博蒙于同年逝世。又《唐吉坷德》（Don Quixote）之著者西班牙小说家塞万提斯（Miguel de Cerventes Saavedra 生于 1547）亦于此年逝世。

一六二三年　莎氏死后第七年，其友人约翰·赫敏（John Heming）及亨利·康德尔（Henry Condell）始将其所著戏剧装订出版，即所谓“第一对开本”（The First Folio）是也。

莎士比亚经典戏剧集 全5册

[英] 威廉·莎士比亚 著　　朱生豪 译

罗密欧与朱丽叶　　特洛伊罗斯与克瑞西达

江苏凤凰文艺出版社
JIANGSU PHOENIX LITERATURE AND ART PUBLISHING, LTD

图书在版编目（CIP）数据

莎士比亚经典戏剧集：全5册 /（英）威廉·莎士比亚著；朱生豪译. -- 南京：江苏凤凰文艺出版社，2018.10

ISBN 978-7-5594-2812-7

Ⅰ. ①莎… Ⅱ. ①威… ②朱… Ⅲ. ①剧本－作品集－英国－中世纪 Ⅳ. ①I561.33

中国版本图书馆CIP数据核字（2018）第195313号

书　　名	莎士比亚经典戏剧集：全5册
著　　者	（英）威廉·莎士比亚
译　　者	朱生豪
策划编辑	李　艳
责任编辑	袁　媛　姚　丽
出版发行	江苏凤凰文艺出版社
出版社地址	南京市中央路165号，邮编：210009
出版社网址	http://www.jswenyi.com
印　　刷	北京市昌平新兴胶印厂
开　　本	880×1230毫米　1/32
印　　张	44
字　　数	650千字
版　　次	2018年10月第1版　2018年10月第1次印刷
标准书号	ISBN 978-7-5594-2812-7
定　　价	198.00元（全5册）

（江苏文艺版图书凡印刷、装订错误可随时向承印厂调换）

出版说明

莎士比亚留存至今的戏剧共三十九部，其中悲剧和喜剧最为普及。他的戏剧广泛而深刻地反映了十六世纪至十七世纪英国的社会百态，被称为文艺复兴时期人文主义文学的集大成者。他的写作前无古人，后无来者，既博大精深，也庞杂通俗。

本套书收录了莎翁的经典之作，精选出悲剧、喜剧及悲喜剧共十部，包括人们耳熟能详的四大悲剧《哈姆莱特》《奥瑟罗》《李尔王》《麦克白》，四大喜剧《仲夏夜之梦》《皆大欢喜》《第十二夜》《威尼斯商人》，以及盛传不衰的悲喜剧《罗密欧与朱丽叶》《特洛伊罗斯与克瑞西达》两部。

一九四七年，朱生豪先生译著《莎士比亚戏剧全集》由世界书局出版。本版即以该版为底本进行甄选与编校。

作为中国较早译介莎士比亚作品的翻译家，朱生豪译文首要宗旨系“保持原作之神韵”，其次为晓畅明白。译著至今已七十载有余，仍广受欢迎。朱译与当今汉语格调基本一致，其中颇有特色的吴语方言，及为现代读者不识却富含典故、文采斐然的语词，本版皆予以保留。若联系语境，这些表达既不会对理解原文造成障碍，读者也可由此领略原译神韵。

本版编校原则如下：

一、根据最新版《通用规范汉字字典》就部分字形规范统一；个别未改动的旧字形，在全书最初出现处作编者注；其余未加特别说明的注释皆为译者注。

二、就专有名词，如书名、人名、地名等，按现代习惯统一修订。

三、为避免因标点造成歧义，据现代汉语规范，修订部分标点符号的用法。

四、为保持易读性，全书脚注统一注在该页页码面。

五、希望本书能带给读者原汁原味的阅读感受。

译者自序

于世界文学史中，足以笼罩一世，凌越千古，卓然为词坛之宗匠，诗人之冠冕者，其唯希腊之荷马，意大利之但丁，英之莎士比亚，德之歌德乎。此四子者，各于其不同之时代及环境中，发为不朽之歌声。然荷马史诗中之英雄，既与吾人之现实生活相去过远，但丁之天堂地狱，复与近代思想诸多抵牾；歌德去吾人较近，彼实为近代精神之卓越的代表。然以超脱时空限制一点而论，则莎士比亚之成就，实远在三子之上。盖莎翁笔下之人物，虽多为古代之贵族阶级，然彼所发掘者，实为古今中外贵贱贫富人人所同具之人性。故虽经三百余年以后，不仅其书为全世界文学之士所耽读，其剧本且在各国舞台与银幕上历久搬演而弗衰，盖由其作品中具有永久性与普遍性，故能深入人心如此耳。

中国读者耳莎翁大名已久，文坛知名之士，亦尝将其作品，译出多种，然历观坊间各译本失之于粗疏草率者尚少，失之于拘泥生硬者实繁有徒。拘泥字句之结果，不仅原作神味，荡焉无存，甚且艰深晦涩，有若天书，令人不能卒读，此则译者之过，莎翁不能任其咎者也。

余笃嗜莎剧，尝首尾严诵全集至十余遍，于原作精神，自觉颇有会心。廿四年[①]春，得前辈同事詹文浒先生之鼓励，始着手为翻译全集之尝试。越年战事发生，历年来辛苦搜集之各种莎集版本，及诸家注释考证批评之书，不下一二百册，悉数毁于炮火，仓猝中惟携出牛津版全集一册，及译稿数本而已。厥后转辗流徙，为生活而奔波，更无暇晷，以续未竟之志。及三十一年春，目睹事变日亟，闭户家居，摈绝外务，始得专心一志，致力译事。虽贫穷疾病，交相煎迫，而埋头伏案，握管不辍。凡前后历十年而全稿完成[②]，夫以译莎工作之艰巨，十年之功，不可云久，然毕生精力，殆已尽注于兹矣。

余译此书之宗旨，第一在求于最大可能之范围内，保持原作之神韵；必不得已而求其次，亦必以明白晓畅之字句，忠实传达原文之意趣；而于逐字逐句对照式之硬译，则未敢赞同。凡遇原文中与中国语法不合之处，往往再四咀嚼，不惜全部更易原文之结构，务使作者之命意豁然呈露，不为晦涩之字句所掩蔽。每译一段竟，必先自拟为读者，查阅译文中有无暧昧不明之处。又必自拟为舞台上之演员，审辨语调之是否顺口，音节之是否调和。一字一句之未惬，往往苦思累日。然才力所限，未能尽符理想；乡居僻陋，既无参考之书籍，又鲜质疑之师友。谬误之处，自知不免。所望海内学人，惠予纠正，幸甚幸甚！

生豪书于三十三年[③]四月

---

① 民国廿四年，即一九三五年——编者注。

② 案译者撰此文时，原拟在半年后可以译竟。讵意体力不支，厥功未就，而因病重辍笔。

③ 民国三十三年，即一九四四年——编者注。

目　录

罗密欧与朱丽叶

罗密欧与朱丽叶的爱情悲剧，据说历史上确有其事，它于一三〇三年发生在意大利维罗纳城。有人还援引但丁《神曲》作为佐证。但此说难以定论。故事中的爱情简单而真诚，冲动而自然，故事中的仇恨则是直接而暴力，此种情感和其他沙剧有显著不同。莎士比亚将这股爱情的力量用作悲剧作为结束，恰巧显示了人们对伊丽莎白时期的浪漫主义思想，有着焦虑悲观的一面。西欧人承认欲望的重要性，他们认为此剧深刻的表现个人主张，而且让女性和男性都获得了自我实现。

剧中人物

爱斯卡勒斯	维洛那亲王
帕里斯	少年贵族，亲王的亲戚
蒙太古 **凯普莱特**	互相敌视的两家家长
罗密欧	蒙太古之子
茂丘西奥	亲王的亲戚　罗密欧的朋友
班伏里奥	蒙太古之侄　罗密欧的朋友
提伯尔特	凯普莱特之侄
劳伦斯神父	法兰西斯派教士
约翰神父	与劳伦斯同门的教士
鲍尔萨泽	罗密欧的仆人
山普孙 **葛莱古里**	凯普莱特的仆人
彼得	朱丽叶乳媪的从仆
亚伯拉罕	蒙太古的仆人
卖药人	
乐工三人	

茂丘西奥的侍童

帕里斯的侍童

蒙太古夫人

凯普莱特夫人

朱丽叶　　凯普莱特之女

朱丽叶的乳媪

维洛那市民；两家男女亲属；跳舞者、卫士、巡丁及侍从等致辞者

地点

维洛那；曼多亚

开场诗

致辞者上。

故事发生在维洛那名城，
有两家门第相当的巨族，
累世的宿怨激起了新争，
鲜血把市民的白手污渎。
是命运注定这两家仇敌，
生下了一双不幸的恋人，
他们的悲惨凄凉的殒灭，
和解了他们交恶的尊亲。
这一段生生死死的恋爱，
还有那两家父母的嫌隙，
把一对多情的儿女杀害，
演成了今天这一本戏剧。
交代过这几句挈领提纲，
请诸位耐着心细听端详。（下）

第一幕

第一场

维洛那。广场

山普孙及葛莱古里各持盾剑上。

山普孙　葛莱古里，咱们可真的不能让人家当做苦力一样欺侮。

葛莱古里　对了，咱们不是可以随便给人欺侮的。

山普孙　我说，咱们要是发起脾气来，就会拔刀子动武。

葛莱古里　对了，你可不要把脖子缩进领口里去。

山普孙　我一动性子，我的剑是不认人的。

葛莱古里 可是你不大容易动性子。

山普孙 我见了蒙太古家的狗子就生气。

葛莱古里 有胆量的，生了气就应当站住不动；逃跑的不是好汉。

山普孙 我见了他们家里的狗子，就会站住不动；是男人我就把他们从墙边推出去，是女人我就把她们望着墙壁摔过去。

葛莱古里 吵架是咱们两家主仆男人们的事，与她们女人有什么相干？

山普孙 那我不管，我要做一个杀人不眨眼的魔王；一面跟男人们打架，一面对娘儿们也不留情面，我要割掉她们的头。

葛莱古里 割掉娘儿们的头吗？

山普孙 对了，娘儿们的头，或是她们的奶奶头，你爱怎么说就怎么说。

葛莱古里 拔出你的家伙来；有两个蒙太古家的人来啦。

亚伯拉罕及鲍尔萨泽上。

山普孙 我的刀子已经出鞘；你去跟他们吵起来，我就在你背后帮你的忙。

葛莱古里 怎么？你想转过背逃走吗？

山普孙　你放心吧，我不是那样的人。

葛莱古里　哼，我倒有点不放心！

山普孙　还是让他们先动手，打起官司来也是咱们的理直。

葛莱古里　我走过去向他们横个白眼，瞧他们怎么样。

山普孙　好，瞧他们有没有胆。我要向他们咬我的大拇指，瞧他们能不能忍受这样的侮辱。

亚伯拉罕　你向我们咬你的大拇指吗？

山普孙　我是咬我的大拇指。

亚伯拉罕　你是向我们咬你的大拇指吗？

山普孙　（向葛莱古里旁白）要是我说是，那么打起官司来是谁的理直？

葛莱古里　（向山普孙旁白）是他们的理直。

山普孙　不，我不是向你们咬我的大拇指；可是我是咬我的大拇指。

葛莱古里　你是要向我们挑衅吗？

亚伯拉罕　挑衅！不，哪儿的话。

山普孙　你要是想跟我们吵架，那么我可以奉陪；你也是你家主子的奴才，我也是我家主子的奴才，难道我家的主子就比不上你家的主子？

罕亚伯拉　比不上。

山普孙　好。

葛莱古里（向山普孙旁白）说“比得上”；我家老爷的一位亲戚来了。

山普孙　比得上。

亚伯拉罕　你胡说。

山普孙　是汉子就拔出刀子来。葛莱古里，别忘了你的杀手锏。（双方互斗）

班伏里奥上。

班伏里奥　分开，蠢材！收起你们的剑；你们不知道你们在干些什么事。（击下众仆的剑）

提伯尔特上。

提伯尔特　怎么！你跟这些不中用的奴才吵架吗？过来，班伏里奥，让我结果你的性命。

班伏里奥　我不过维持和平；收起你的剑，或者帮我分开这些人。

提伯尔特　什么！你拔出了剑，还说什么和平？我痛恨这两个字，就跟我痛恨地狱，痛恨所有蒙太古家的人和你一样。照剑，懦夫！（二人相斗）

两家各有若干人上，加入争斗；一群市民持枪棍继上。

众市民　打！打！打！把他们打下来！打倒凯普莱特！打倒蒙太古！

凯普莱特穿长袍及凯普莱特夫人同上。

凯普莱特　什么事吵得这个样子？喂！把我的长剑拿来。

凯普莱特夫人　我的拐杖呢？我的拐杖呢？你要剑做什么用？

凯普莱特　快拿剑来！蒙太古那老东西来啦；他还晃着他的剑，明明在跟我寻事。

蒙太古及蒙太古夫人上。

蒙太古　凯普莱特，你这奸贼！——别拉住我；让我去。

蒙太古夫人　你要去跟人家吵架，我不让你走一步路。

亲王率侍从上。

亲王　目无法纪的臣民，扰乱治安的罪人，你们的刀剑都被你们邻人的血玷污了；——他们不听我的话吗？喂，听着！你们这些人，你们这些畜生，你们为了扑灭你们怨毒的怒焰，不惜让殷红的流泉从你们的血管里喷涌出来；你们要是畏惧刑法，赶快给我把你们的凶器从你们血腥的手里丢下来，静听你们震怒的君王的判决。凯普莱特，蒙太古，你们已经三次为了一句口头上的空言，引起了市民的械斗，扰乱了我们街道上的安宁，害得维洛那的年老公民，也不能不脱下他们尊严的装束，在他们习于安乐的苍老衰弱的手里掮起古旧的长枪来，分解你们溃烂的纷争。要是你们以后再在市街上闹事，就要把你们的生命作为扰乱治安的代价。现在别人都给我退下去；凯普莱特，你跟我来；蒙太古，你今天下午到自由村的审判厅里来，听候我对于今天这一案的宣判。大家散开去，倘有逗留不去的，格杀不论！（除蒙太古夫妇及班伏里奥外皆下）

蒙太古　谁把这一场宿怨重新挑起纷争？侄儿，对我说，他们动手的时候，你也在场吗？

班伏里奥　我还没有到这儿来，您的仇家的仆人跟你们家里的仆人已经打成一块了。我拔出剑来分开他们；就在这时候，那个性如烈火的提伯尔特提着剑来了，他向我口出不逊之言，把剑在他自己头上挥舞，那剑在风中发出嘶嘶的声音，就像风在那儿讥笑他的装腔作势一样。当我们正在剑来剑去的时候，人越来越多，有的帮这一面，有的帮那一面，乱哄哄地互相争斗，直等亲王来了，方才把两边的人喝开。

蒙太古夫人　啊，罗密欧呢？你今天见过他吗？我很高兴他没有参加这场争斗。

班伏里奥 伯母，在尊严的太阳开始从东方的黄金窗里探出头来的前一个时辰，我因为心中烦闷，到郊外去散步，在城西一丛枫树的下面，我看见罗密欧兄弟一早在那儿走来走去。我正要向他走过去，他已经看见了我，就躲到树林深处去了。我因为自己也是心灰意冷，觉得连自己这一身也是多余的，只想找一处没有人迹的地方，所以凭着自己的心境推测别人的心境，也就不去多事追寻他，彼此互相避开了。

蒙太古 好多天的早上曾经有人在那边看见过他，用眼泪洒为清晨的露水，用长叹嘘成天空的云雾；可是一等到鼓舞众生的太阳在东方的天边开始揭起黎明女神床上灰黑色的帐幕的时候，我那怀着一颗沉重的心的儿子，就逃避了光明，溜回到家里；一个人关起了门躲在房间里，闭紧了窗子，把大好的阳光锁在外面，为他自己造成了一个人工的黑夜。他这一种怪脾气恐怕不是好兆，除非良言劝告可以替他解除心头的烦恼。

班伏里奥 伯父，您知道他的烦恼的根源吗？

蒙太古 我不知道，也没有法子从他自己嘴里探听出来。

班伏里奥 您有没有设法探问过他？

蒙太古 我自己以及许多其他的朋友都曾经探问过他，可是他把心事一起闷在自己肚里，总是绝口严守着秘密，不让人家试探出来，正像一朵初生的蓓蕾，还没有迎风舒展它的嫩瓣，向太阳献吐它的娇艳，就给妒忌的蛀虫咬啮了一样。只要能够知道他的悲哀究竟是从什么地方来的，我们一定会尽心竭力替他找寻治疗的方案。

班伏里奥　瞧，他来了；请您站在一旁，等我去问问他究竟有些什么心事，看他理不理我。

蒙太古　但愿你留在这儿，能够听到他的真情的吐露。来，夫人，我们去吧。（蒙太古夫妇同下）

罗密欧上。

班伏里奥　早安，兄弟。

罗密欧　天还是这样早吗？

班伏里奥　刚才敲过九点钟。

罗密欧　唉！在悲哀里度过的时间似乎是格外长的。急忙忙地走过去的那个人，不就是我的父亲吗？

班伏里奥　正是。什么悲哀使罗密欧的时间过得这样长？

罗密欧　因为我缺少了可以使时间变为短促的东西。

班伏里奥　你跌进了恋爱的网里了吗？

罗密欧　我徘徊在恋爱的门外，因为我不能得到我的意中人的欢心。

班伏里奥 唉！想不到爱神的外表这样温柔，实际上却是如此残暴！

罗密欧 唉！想不到爱神蒙着眼睛，却会一直闯进了人们的心灵！我们在什么地方吃饭？哎哟！又是谁在这儿打过架了？可是不必告诉我，我早就知道了。这些都是怨恨造成的后果，可是爱情的力量比它还要大过许多。啊，吵吵闹闹的相爱，亲亲热热的怨恨！啊，无中生有的一切！啊，沉重的轻浮，严肃的狂妄，整齐的混乱，铅铸的羽毛，光明的烟雾，寒冷的火焰，憔悴的健康，永远觉醒的睡眠，否定的存在！我感觉到的爱情正是这么一种东西，可是我并不喜爱这一种爱情。你不会笑我吗？

班伏里奥 不，兄弟，我倒是有点儿想哭。

罗密欧 好人，为什么呢？

班伏里奥 因为瞧着你善良的心受到这样的痛苦。

罗密欧 唉！这就是爱情的错误，我自己已经有太多的忧愁重压在我的心头，你对我表示的同情，徒然使我在太多的忧愁之上，再加上一重忧愁。爱情是叹息吹起的一阵烟；恋人的眼中有它净化了的火星；恋人的眼泪是它激起的波涛。它又是最智慧的疯狂，哽喉的苦味，沁舌的蜜糖。再见，兄弟。（欲去）

班伏里奥 且慢，让我跟你一块儿去；要是你就这样丢下了我，未免太不给我面子啦。

罗密欧 嘿！我已经遗失了我自己；我不在这儿；这不是罗密欧，他是在别的地方。

班伏里奥 老实告诉我，你所爱的是谁？

罗密欧 什么！你要我在痛苦呻吟中说出她的名字来吗？

班伏里奥 痛苦呻吟！不，你只要告诉我她是谁就得了。

罗密欧 叫一个病人郑重其事地立起遗嘱来！啊，对于一个病重的人，还有什么比这更刺痛他的心？老实对你说，兄弟，我是爱上了一个女人。

班伏里奥 我说你一定有了恋爱，果然猜得不错。

罗密欧 好一个每发必中的射手！我所爱的是一位美貌的姑娘。

班伏里奥 好兄弟，只要目标准确，不怕发而不中。

罗密欧 你这一箭就射岔了。丘比特的金箭不能射中她的心；她有狄安娜女神的圣洁，不让爱情稚弱的弓矢损害她的坚不可破的贞操。她不愿听任深怜密爱的词句把她包围，也不愿让灼灼逼人的眼光向她进攻，更不愿接受可以使圣人动心的黄金的诱惑；啊！美貌便是她巨大的财富，只可惜她一死以后，她的美貌也要化为黄土！

班伏里奥 那么她已经立誓终身守贞不嫁了吗？

罗密欧　她已经立下了这样的誓言，为了珍惜她自己，造成了莫大的浪费；因为她让美貌在无情的岁月中日就枯萎，不知道替后世传留下她的绝世容华。她是个太美丽、太聪明的人儿，不应该剥夺她自身的幸福，使我抱恨终天。她已经立誓割舍爱情，我现在活着也就等于死去一般。

班伏里奥　听我的劝告，别再想起她了。

罗密欧　啊！那么你教我怎样忘记吧。

班伏里奥　你可以放纵你的眼睛，让它们多看几个世间的美人。

罗密欧　那不过格外使我觉得她的美艳无双罢了。那些吻着美人娇额的幸运的面罩，因为它们是黑色的缘故，常常使我们想起被它们遮掩的面庞，不知应该多么娇丽。突然盲目的人，永远不会忘记存留在他消失了的视觉中的宝贵的影像。给我看一个姿容绝代的美人，她的美貌除了使我记起世上有一个人比她更美以外，还有什么别的用处？再见，你不能教我怎样忘记。

班伏里奥　我一定要证明我的意见不错，否则死了也不瞑目。（同下）

第二场

同前。街道

凯普莱特、帕里斯及仆人上。

凯普莱特 可是蒙太古也负着跟我同样的责任；我想象我们这样有了年纪的人，维持和平还不是难事。

帕里斯 你们两家都是很有名望的大族，结下了这样不解的冤仇，真是一件不幸的事。可是，老伯，您对于我的求婚有什么见教？

凯普莱特 我的意思早就对您表示过了。我的女儿今年还没有满十四岁，完全是一个不懂事的孩子；再过两个夏天，才可以谈到亲事。

帕里斯 比她年纪更小的人，都已经做了幸福的母亲了。

凯普莱特 早结果的树木一定早凋。我在这世上什么希望都已经没有了，只有她是我的唯一的安慰。可是向她求爱吧，善良的帕里斯，得到她的欢心；只要她愿意，我的同意是没有问题的。今天晚上，我要按照旧例，举行一次宴会，邀请许多友好参加；您也是我所要邀请的一个，请您接受我的最诚意的欢迎。在我的寒舍里，今晚您可以见到灿烂的群星翩然下降，照亮了黑暗的天空；在蓓蕾一样娇艳的女郎丛里，您可以充分享受青春的愉快，正像盛装的四月追随着残冬的足迹降临人世，年轻人的心里充满着活跃的欢欣一样。您可以听一个畅，看一个饱，从许多美貌的女郎中间，连我的女儿也在其内，拣一个最好的做您的意中人。来，跟我去。（以一纸交仆）你到维洛那全城去走一转，一个一个去找这单子上有名字的人，请他们到我的家里来。（凯普莱特、帕里斯同下）

仆人　找这单子上有名字的人！人家说，鞋匠的针线，裁缝的钉锤，渔夫的笔，画师的网，各人有各人的职司；可是我们的老爷却叫我找这单子上有名字的人，我怎么知道写字的人在这上面写着些什么？我一定要找个识字的人。来得正好。

班伏里奥及罗密欧上。

班伏里奥　不，兄弟，新的火焰可以把旧的火焰扑灭，大的苦痛可以使小的苦痛减轻；头晕目眩的时候，只要转身向后；一桩绝望的忧伤，也可以用另一桩烦恼把它驱除。给你的眼睛找一个新的迷惑，你的原来的痼疾就可以霍然脱体。

罗密欧　你的药草只好医治——

班伏里奥　医治什么？

罗密欧　医治你的跌伤的胫骨。

班伏里奥　怎么，罗密欧，你疯了吗？

罗密欧　我没有疯，可是比疯人更不自由；关在牢狱里，不进饮食，挨受着鞭挞和酷刑，——晚安，好朋友！

仆人　晚安！请问先生，您念过书吗？

罗密欧　是的，这是我的贫困的资产。

仆人　也许您会不看着书念；可是请问您会不会看着字一个一个儿地念？

罗密欧　是我认得的字，我就会念。

仆人　您说得很老实；上帝保佑您！（欲去）

罗密欧　等一等，朋友；我会念。“玛丁诺先生暨夫人及诸位令爱；安赛尔美伯爵及诸位令妹；寡居之维特鲁维奥夫人；帕拉森西奥先生及诸位令侄女；茂丘西奥及其令弟凡伦丁；凯普莱特叔父暨婶母及诸位贤妹；罗瑟琳贤侄女；里维娅；伐伦西奥先生及其令表弟提伯尔特；路西奥及活泼之海丽娜。”好一群名士贤媛！请他们到什么地方去？

仆人　到我们家里吃饭去。

罗密欧　谁的家里？

仆人　我的主人的家里。

罗密欧　那还用问吗？

仆人　那么好，您不用问我，我就告诉您吧。我的主人就是那个有财有势的凯普莱特；要是您不是蒙太古家里的人，请您也来跟我们喝一杯酒，上帝保佑您！（下）

班伏里奥　在这一个凯普莱特家里按照旧例举行的宴会中间，你所热恋的美人罗瑟琳也要跟着维洛那城里所有的绝色名媛一同去赴宴。你也到那儿去吧，用着不带成见的眼光，把她的容貌跟别人比较比较，你就可以知道你的天鹅不过是一只乌鸦罢了。

罗密欧　要是我的虔敬的眼睛会相信这种谬误的幻象，那么让眼泪变成火焰，把这一双罪状昭著的异教邪徒烧成灰烬吧！比我的爱人还美！烛照万物的太阳，自有天地以来也不曾看见过一个可以和她媲美的人。

班伏里奥　嘿！你看见她的时候，因为没有别人在旁边，你的两只眼睛里只有她一个人，所以你以为她是美丽的；可是在你那水晶的天秤里，要是把你的恋人跟另外一个我可以在这宴会里指点给你看的美貌的姑娘同时较量起来，那么她现在虽然仪态万方，那时候就要自惭形秽了。

罗密欧　我倒要去这一次；不是去看你所说的美人，只要看看我自己的爱人怎样大放光彩，我就心满意足了。（同下）

第三场

同前。凯普莱特家中一室

凯普莱特夫人及乳媪上。

凯普莱特夫人 奶妈，我的女儿呢？叫她出来见我。

乳媪 凭着我十二岁时候的童贞发誓，我早就叫过她了。喂，小绵羊！喂，小鸟儿！上帝保佑！这孩子到什么地方去啦？喂，朱丽叶！

朱丽叶上。

朱丽叶 什么事？谁叫我？

乳媪 你的母亲。

朱丽叶 母亲，我来了。您有什么吩咐？

凯普莱特夫人 是这么一件事。奶妈，你出去一会儿。我们要谈些秘密的话。——奶妈，你回来吧；我想起来了，你也应当听听我们的谈话。你知道我的女儿年纪也不算怎么小啦。

乳媪　对啊，我把她的时辰八字记得清清楚楚的。

凯普莱特夫人　她现在还不满十四岁。

乳媪　我可以用我的十四颗牙齿打赌，——唉，说来伤心，我的牙齿掉得只剩四颗啦！——她还没有满十四岁呢。现在离开收获节还有多久？

凯普莱特夫人　两个星期多一点。

乳媪　不多不少，不先不后，到收获节的晚上她才满十四岁。苏珊跟她同年，——上帝安息一切基督徒的灵魂！唉！苏珊是跟上帝在一起啦，我命里不该有这样一个孩子。可是我说过的，到收获节的晚上，她就要满十四岁啦；正是，一点不错，我记得清清楚楚的。自从地震那一年到现在，已经十一年啦；那时候她已经断了奶，我永远不会忘记，不先不后，刚巧在那一天；因为我在那时候用艾叶涂在奶头上，坐在鸽棚下面晒着太阳；老爷跟您那时候都在曼多亚。瞧，我的记性可不算坏。可是我说的，她一尝到我奶头上的艾叶的味道，觉得变了苦啦，哎哟，这可爱的小傻瓜！她就发起脾气来，把奶头摔开啦。这句话说来话长，算来也有十一年啦；后来她就慢慢儿会一个人站得直挺挺的，还会摇呀摆呀地到处乱跑，就是在她跌破额角的那一天，我那去世的丈夫——上帝安息他的灵魂！他是个喜欢说说笑笑的人，——把这孩子抱了起来，“啊！”他说，“你扑在地上了吗？再过两年，你就要仰在床上了；是不是呀，朱丽？”谁知道这个可爱的坏东西忽然停住了哭声，说“嗯。”哎哟，真把人都笑死了！要是我活到一千岁，我也再不会忘记这句话。“是不是呀，朱丽？”他说；这可爱的小傻瓜就停住了哭声，说“嗯”。

凯普莱特夫人　得了得了，请你别说下去了吧。

乳媪　是，太太。可是我一想到她会停住了哭说“嗯”，就禁不住笑起来。不说假话，她额角上肿起了像小雄鸡的睾丸那么大的一个块哩；她痛得放声大哭；“啊！”我的丈夫说，“你扑在地上了吗？等你年纪一大，你就要仰在床上了；是不是呀，朱丽？”她就停住了哭声，说“嗯”。

朱丽叶　我说，奶妈，你也可以停住嘴了。

乳媪　好，我不说啦，我不说啦。上帝保佑你！你是在我手里抚养长大的一个最可爱的小宝贝；要是我能够活到有一天瞧着你嫁了出去，也算了结我的一桩心愿啦。

凯普莱特夫人　是呀，我现在就是要谈起她的亲事。朱丽叶，我的孩子，告诉我，要是现在把你嫁了出去，你觉得怎么样？

朱丽叶　这是我做梦也没有想到过的一件荣誉。

乳媪　一件荣誉！倘不是你只有我这一个奶妈，我一定要说你的聪明是从奶头上得来的。

凯普莱特夫人　好，现在你把婚姻问题考虑考虑吧。在这儿维洛那城里，比你再年轻点儿的千金小姐们，都已经做了母亲啦。就拿我来说吧，我在你现在这样的年纪，也已经生下了你。废话用不到多说，少年英俊的帕里斯已经来向你求过婚啦。

乳媪　真是一位好官人，小姐！像这样的一个男人，小姐，真是天下少有。哎哟！他才是一位十全十美的好郎君。

凯普莱特夫人　维洛那的夏天找不到这样一朵好花。

乳媪　是啊，他是一朵花，真是一朵好花。

凯普莱特夫人　你怎么说？你能不能够欢喜这个绅士？这晚上在我们家里的宴会中间，你就可以看见他。从年轻的帕里斯的脸上，你可以读到用秀美的笔写成的迷人的字句；一根根齐整的线条，交织成整个的一幅谐和的图画；要是你想探索这一卷美好的书中的奥秘，在他的眼角上可以找到微妙的诠释。这本珍贵的恋爱的经典，只缺少一帧可以使它相得益彰的封面；正像游鱼需要活水，美妙的内容也少不了美妙的外表陪衬。记载着金科玉律的宝籍，锁合在金漆的封面里，它的辉煌富丽为众目所共见；要是你做了他的封面，那么他所有的一切都属于你所有了。简简单单回答我，你能够接受帕里斯的爱吗？

朱丽叶　要是我看见了他以后，能够发生好感，那么我是准备欢喜他的。可是我的眼光的飞箭，倘然没有得到您的允许，是不敢大胆发射出去的呢。

一仆人上。

仆人　太太，客人都来了，餐席已经摆好了，请您跟小姐快些出去。大家在厨房里埋怨着奶妈，什么都乱成一团糟。我要侍候客人去；请您马上来。

凯普莱特夫人　我们就来了。朱丽叶，那伯爵在等着哩。

乳媪　去，孩子，快去找天天欢乐，夜夜良宵。（同下）

第四场

同前。街道

罗密欧、茂丘西奥、班伏里奥及五六人或戴假面或持火炬上。

罗密欧　怎么！我们就用这一番话作为我们的进身之阶，还是就这么昂然直入，不说一句道歉的话？

班伏里奥　这种虚文俗套，现在早就不流行了。我们用不到蒙着眼睛的丘必特，背着一张花漆的木弓，像个稻草人似的去吓那些娘儿们；也用不到跟着提示的人一句一句念那从书上默诵出来的登场白；凭他们把我们认做什么人，我们只要跳完一回舞，走了就完啦。

罗密欧 给我一个火炬，我不高兴跳舞。我的阴沉的心需要着光明。

茂丘西奥 不，好罗密欧，我们一定要你陪着我们跳舞。

罗密欧 我实在不能跳。你们都有轻快的舞鞋；我只有一个铅一样重的灵魂，把我的身体紧紧地钉在地上，使我的脚步也不能移动。

茂丘西奥 你是一个恋人，你就借着丘必特的翅膀，高高地飞起来吧。

罗密欧 他的羽镞已经穿透我的胸膛，我不能借着他的羽翼高翔；他束缚住了我整个的灵魂，爱的重担压得我向下坠沉。

茂丘西奥 爱是一件温柔的东西，要是你拖着它一起沉下去，那未免太难为它了。

罗密欧 爱是温柔的吗？它是太粗暴，太专横，太野蛮了；它像荆棘一样刺人。

茂丘西奥 要是爱情虐待了你，你也可以虐待爱情；它刺痛了你，你也可以刺痛它；这样你就可以战胜了爱情。给我一个脸具，让我把我的尊容藏起来；（戴假面）哎哟，好难看的鬼脸！再给我拿一个脸具来把它罩住吧。也罢，就让人家笑我丑，也有这一张鬼脸儿替我遮羞。

班伏里奥 来，敲门进去；大家一进门，就跳起舞来。

罗密欧 拿一个火炬给我。让那些无忧无虑的公子哥儿们去卖弄他们的舞步吧；莫怪我说句老气横秋的话，我对于这种玩意儿实在敬谢不敏，还是作个壁上旁观的人吧。

茂丘西奥 胡说！要是你已经没头没脑深陷在恋爱的泥沼里——恕我说这样的话——那么我们一定要拉你出来。来来来，别浪费光阴啦！

罗密欧 我们去参加他们的舞会，实在不是一件聪明的事。

茂丘西奥 为什么？请问。

罗密欧 昨天晚上我做了一个梦。

茂丘西奥 我也做了一个梦。

罗密欧 好，你做了什么梦？

茂丘西奥 我梦见做梦的人老是说谎。

罗密欧 一个人在睡梦里往往可以见到真实的事情。

茂丘西奥 啊！那么一定春梦婆来望过你了。

班伏里奥 春梦婆！她是谁？

茂丘西奥 她是精灵们的稳婆；她的身体只有郡吏手指上一颗玛瑙那么大；几匹蚂蚁大小的细马替她拖着车子，越过酣睡的人们的鼻梁，她的车辐是用蜘蛛的长脚做成的；车篷是蚱蜢的翅膀；挽索是如水的月光；马鞭是蟋蟀的骨头；缰绳是天际的游丝。替她驾车的是一头小小的灰色的蚊虫，它的大小还不及从一个贪懒丫头的指尖上挑出来的懒虫的一半。她的车子是野蚕用一个榛子的空壳替她造成，它们从古以来，就是精灵们的车匠。她每夜驱着这样的车子，穿过情人们的脑中，他们就会在梦里谈情说爱；经过官员们的膝上，他们就会在梦里打躬作揖；经过律师们的手指，他们就会在梦里伸手讨讼费；经过娘儿们的嘴唇，她们就会在梦里跟人家接吻，可是因为春梦婆讨厌她们嘴里吐出来的口香糖的气息，往往罚她们满嘴长着水泡。有时她从捐献给教会的猪身上拔下它的尾巴来，撩拨着一个牧师的鼻孔，他就会梦见他自己又领到一份俸禄；有时她绕过一个兵士的颈项，他就会梦见杀敌人的头，进攻，埋伏，锐利的剑锋，淋漓的痛饮，忽然被耳边的鼓声惊醒，咒骂了几句，又翻了个身睡去了。就是这一个春梦婆在夜里把马鬣打成了辫子，把懒女人的龌龊的乱发烘成一处处胶黏的硬块，倘然把它们疏通了，就要遭逢祸事；就是这个婆子在人家女孩子们仰面睡觉的时候，压在她们的身上，教会她们怎样养儿子；就是她——

罗密欧 得啦，得啦，茂丘西奥，别说啦！你全然在那儿痴人说梦。

茂丘西奥 对了，梦本来是痴人脑中的胡思乱想；它的本质像空气一样稀薄；它的变化莫测，就像一阵风，刚才还在向着冰雪的北方求爱，忽然发起恼来，一转身又到雨露的南方来了。

班伏里奥 你讲起的这一阵风，把我们自己不知吹到哪儿去了。人家晚饭都用过了，我们进去怕要太晚啦。

罗密欧 我怕也许是太早了；我觉得仿佛有一种不可知的命运，将要从我们今天晚上的狂欢开始它的恐怖的统治，我这可憎恨的生命，将要遭遇残酷的夭折而告一结束。可是让支配我的前途的上帝指导我的行动吧！前进，勇敢的朋友们！

班伏里奥　来，把鼓擂起来。（同下）

第五场

同前。凯普莱特家中厅堂

乐工各持乐器等候；众仆上。

仆甲　卜得潘呢？他怎么不来帮忙把这些盆子拿下去？他不愿意搬碟子！他不愿意揩砧板！

仆乙　自己没有洗净手，却怪人家不懂规矩，这才糟糕！

仆甲　把折凳拿进去，把食器架搬开，留心打碎盆子。好兄弟，留一块杏仁酥给我；谢谢你去叫那管门的让苏珊跟耐儿进来。安东尼！卜得潘！

仆乙　啊，兄弟，我在这儿。

仆甲　里头在找着你，叫着你，问着你，到处寻着你。

仆丙　咱们可不能一个身子分在两处呀。

仆乙　来，孩儿们，大家出力！（众仆退后）

凯普莱特、朱丽叶及其家族等自一方上；众宾客及假面跳舞者等自另一方上，相遇。

凯普莱特　诸位朋友，欢迎欢迎！足趾上不生茧的小姐太太们要跟你们跳一回舞呢。啊哈！我的小姐们，你们中间现在有什么人不愿意跳舞？我可以发誓，谁要是推三阻四的，一定脚上长着老大的茧；果然给我猜中了吗？诸位朋友，欢迎欢迎！我从前也曾经戴过假脸，在一个标致姑娘的耳朵旁边讲些使得她心花怒放的话儿；这种时代现在是过去了，过去了，过去了。诸位朋友，欢迎欢迎！来，乐工们，奏起音乐来吧。站开些！站开些！让出地方来。姑娘们，跳起来吧。（奏乐；众开始跳舞）混蛋，把灯点亮一点，把桌子一起搬掉，把火炉熄了，这屋子里太热啦。啊，好小子！这才玩得有兴。啊！请坐，请坐，好兄弟，我们两人现在是跳不起来的了；您还记得我们最后一次戴着假脸跳舞是在什么时候？

凯普莱特族人　这句话说来也有三十年啦。

凯普莱特　什么，兄弟！没有这么久，没有这么久；那是在路森修结婚的那年，大概离开现在有二十五年模样，我们曾经跳过一次。

凯普莱特族人　不止了，不止了；大哥，他的儿子也有三十岁啦。

凯普莱特　我难道不知道吗？他的儿子两年以前还没有成年哩。

罗密欧　搂着那位武士的手的那一位小姐是谁？

仆人　我不知道，先生。

罗密欧　啊！火炬远不及她的明亮；
她皎然照耀在暮天颊上，
像黑奴耳边璀璨的珠环；
她是天上明珠降落人间！
瞧她随着女伴进退周旋，
像鸦群中一头白鸽蹁跹。
我要等舞阑后追随左右，
握一握她那纤纤的素手。
我从前的恋爱是假非真，
今晚才遇见绝世的佳人！

提伯尔特　听这个人的声音，好像是一个蒙太古家里的人。孩儿，拿我的剑来。哼！这不知死活的奴才，竟敢套着一个鬼脸，到这儿来嘲笑我们的盛会吗？为了保持凯普莱特家族的光荣，我把他杀死了也不算是罪过。

凯普莱特　哎哟，怎么，侄儿！你怎么动起怒来啦？

提伯尔特　姑父，这是我们的仇家蒙太古家里的人；这贼子今天晚上到这儿来，一定不怀好意，存心来捣乱我们的盛会。

凯普莱特 他是罗密欧那小子吗?

提伯尔特 正是他，正是罗密欧这小杂种。

凯普莱特 别生气，好侄儿，让他去吧。瞧他的举动倒也规规矩矩；说句老实话，在维洛那城里，他也算得一个品行很好的青年。我无论如何不愿意在我自己的家里跟他闹事。你还是耐着性子，别理他吧。我的意思就是这样，你要是听我的话，赶快收下了怒容，和和气气的，不要打断了大家的兴致。

提伯尔特 这样一个贼子也来做我们的宾客，我怎么不生气?我不能容他在这儿放肆。

凯普莱特 不容也得容；哼，目无尊长的孩子！我偏要容他。嘿！谁是这里的主人?是你还是我?嘿！你容不得他！什么话！你要当着这些客人的面前吵闹吗?你不服气！你要充好汉！

提伯尔特 伯父，咱们不能忍受这样的耻辱。

凯普莱特 得啦，得啦，你真是一点规矩都不懂。——是真的吗?您也许不喜欢这个调调儿。——我知道你一定要跟我闹别扭！——说得很好，我的好人儿！——你是个放肆的孩子；去，别闹！不然的话，——把灯再点亮些！把灯再点亮些！——不害臊的！我要叫你闭嘴。——啊！痛痛快快玩一下，我的好人儿们！

提伯尔特 我这满腔怒火偏给他浇下一盆冷水，好教我气得浑身起

了哆嗦。我且退下去；可是今天由他闯进了咱们的屋子，看他不会有一天得意翻成了后悔。（下）

罗密欧 （向朱丽叶）

要是我这俗手上的尘污，
亵渎了你的神圣的庙宇，
这两片嘴唇，含羞的信徒，
愿意用一吻乞求你宥恕。

朱丽叶 信徒，莫把你的手儿侮辱，
这样才是最虔诚的礼敬；
神明的手本许信徒接触，
掌心的密合远胜如亲吻。

罗密欧 生下了嘴唇有什么用处？

朱丽叶 信徒的嘴唇要祷告神明。

罗密欧 那么我要祷求你的允许，
让手的工作交给了嘴唇。

朱丽叶 你的祷告已蒙神明允准。

罗密欧 神明，请容我把殊恩受领。（吻朱丽叶）

罗密欧 这一吻涤清了我的罪孽。

朱丽叶 你的罪却沾上我的唇间。

罗密欧 啊！请原谅我无心的过失，这一次我要把罪恶收还。

乳媪 小姐，你妈要跟你说话。

罗密欧 谁是她的母亲？

乳媪 小官人，她的母亲就是这儿府上的太太，她是个好太太，又聪明，又贤德；我替她抚养她的女儿，就是刚才跟您说话的那个；告诉您吧，谁要是娶了她去，才发财啦。

罗密欧 她是凯普莱特家里的人吗？哎哟！我的生死现在操在我的仇人的手里了！

班伏里奥 去吧，跳舞快要完啦。

罗密欧 是的，我只怕盛筵易散，良会难逢。

凯普莱特 不，列位，请慢点儿去；我们还要请你们稍微用一点茶点。真的吗？那么谢谢你们；各位朋友，谢谢，谢谢，再会！再会！再拿几个火把来！来，我们去睡吧。啊，好小子！天真的不早了；我是要去休息一会儿。（除朱丽叶及乳媪外俱下）

朱丽叶 过来，奶妈。那边的那位绅士是谁？

乳媪 提伯里奥那老头儿的儿子。

朱丽叶 现在跑出去的那个人是谁？

乳媪 呃，我想他就是那个年青的彼特鲁乔。

朱丽叶 那个跟在人家后面不跳舞的人是谁？

乳媪 我不认识。

朱丽叶 去问他叫什么名字。——要是他已经结过婚，那么婚床便是我的新坟。

乳媪 他的名字叫罗密欧，是蒙太古家里的人，咱们仇家的独子。

朱丽叶 恨灰中燃起了爱火融融，
要是不该相识，何必相逢！
昨天的仇敌，今日的情人，
这场恋爱怕要种下祸根。

乳媪 你在说什么？你在说什么？

朱丽叶 那是刚才一个陪我跳舞的人教给我的几句诗。（内呼，“朱丽叶！”）

乳媪 就来，就来！——来，咱们去吧；客人们都已经散了。（同下）

开场诗

致辞者上。

旧日的温情已尽付东流，
新生的爱恋正如日初上；
为了朱丽叶的绝世温柔，
忘却了曾为谁魂思梦想。
罗密欧爱着她媚人容貌，
把一片痴心呈献给仇雠；
朱丽叶恋着他风流才调，
甘愿被香饵钓上了金钩。
只恨解不开的世仇宿怨，
这段山海深情向谁声诉？
幽闺中锁住了桃花人面，
要相见除非是梦魂来去。
可是热情总会战胜辛艰，
苦味中间才有无限甘甜。（下）

第二幕

第一场

维洛那。凯普莱特花园墙外的小巷

罗密欧上。

罗密欧　我的心还逗留在这里，我能够就这样掉头前去吗？缩回去吧，无情的土地，让我回到这世界的中心。（攀登墙上，跳入墙内）

班伏里奥及茂丘西奥上。

班伏里奥　罗密欧！罗密欧兄弟！

茂丘西奥　他是个乖巧的家伙；我说他一定溜回家去睡了。

班伏里奥　他望着这条路上跑，一定跳进这花园的墙里去了。好茂丘西奥，你叫叫他吧。

茂丘西奥　不，我还要念咒喊他出来呢。罗密欧！痴人！疯子！恋人！情郎！快快化作一声叹息出来吧！我不要你多说什么，只要你念一行诗，叹一口气，把咱们那位维纳斯奶奶恭维两句，替她的瞎眼儿子丘必特少爷取个绰号就行啦。他没有听见，他没有作声，他没有动静；这猴儿崽子难道死了吗？待我咒他的鬼魂出来。凭着罗瑟琳的光明的眼睛，凭着她的高额角，她的红嘴唇，她的玲珑的脚，挺直的小腿，弹性的大腿和大腿附近的那一部分，凭着这一切的名义，赶快给我现出真形来吧！

班伏里奥　他要是听见了，一定会生气的。来，他已经躲到树丛里，跟那多露水的黑夜作伴去了；爱情本来是盲目的，让他在黑暗里摸索去吧。

茂丘西奥　罗密欧，晚安！我要上床睡觉去；这儿草地上太冷啦，我可受不了。来，咱们去吧。

班伏里奥　好，去吧；他要避着我们，找他也是白费辛勤。（同下）

第二场

同前。凯普莱特家的花园

罗密欧上。

罗密欧 没有受过伤的才会讥笑别人身上的创痕。（朱丽叶自上方窗户中出现）轻声！那边窗子里亮起来的是什么光？那就是东方，朱丽叶就是太阳！起来吧，美丽的太阳！赶走那妒忌的月亮，她因为她的女弟子比她美得多，已经气得面色惨白了。既然她这样妒忌着你，你不要皈依她吧；脱下她给你的这一身惨绿色的贞女的道服，它是只配给愚人穿着的。那是我的意中人；啊！那是我的爱；唉，但愿她知道我在爱着她！她欲言又止，可是她的眼睛已经道出了她的心事。待我去回答她吧；不，我不要太鲁莽，她不是对我说话。天上两颗最灿烂的星，因为有事他去，请求她的眼睛替代它们在空中闪耀。要是她的眼睛变成了天上的星，天上的星变成了她的眼睛，那便怎样呢？她脸上的光辉会掩盖了星星的明亮，正像灯光在朝阳下黯然失色一样；在天上的她的眼睛，会在太空中大放光明，使鸟儿们误认为黑夜已经过去而展开它们的歌声。瞧！她用纤手托住了脸庞，那姿态是多么美妙！啊，但愿我是那一只手上的手套，好让我亲一亲她脸上的香泽！

朱丽叶 唉！

罗密欧 她说话了。啊！再说下去吧，光明的天使！因为我在这夜色之中仰视着你，就像一个尘世的凡人，张大了出神的眼睛，瞻望着一个生着翅膀的天使，驾着白云缓缓地驰过了天空一样。

朱丽叶 罗密欧啊，罗密欧！为什么你偏偏是罗密欧呢？否认你的父亲，抛弃你的姓名吧；也许你不愿意这样做，那么只要你宣誓做我的爱人，我也不愿再姓凯普莱特了。

罗密欧 （旁白）我还是继续听下去呢，还是现在就对她说话？

朱丽叶 只有你的名字才是我的仇敌；你即使不姓蒙太古，仍然是这样的一个你。姓不姓蒙太古又有什么关系呢？它又不是手，又不是脚，又不是手臂，又不是脸孔，又不是身体上任何其他的部分。啊！换一个姓名吧！姓名本来是没有意义的；我们叫做玫瑰的这一种花，要是换了个名字，它的香味还是同样的芬芳；罗密欧要是换了别的名字，他的可爱的完美也绝不会有丝毫改变。罗密欧，抛弃了你的名字吧；我愿意把我整个的心魂，赔偿你这一个身外的空名。

罗密欧 那么我就听你的话，你只要叫我作爱，我就有了一个新的名字；从今以后，永远不再叫罗密欧了。

朱丽叶 你是什么人，在黑夜里躲躲闪闪地偷听人家的说话？

罗密欧 我没法告诉你我叫什么名字。敬爱的神明，我痛恨我自己的名字，因为它是你的仇敌；要是把它写在纸上，我一定把这几个字撕成粉碎。

朱丽叶　我的耳朵里还没有灌进从你嘴里吐出来的一百个字，可是我认识你的声音；你不是罗密欧，蒙太古家里的人吗？

罗密欧　不是，美人，要是你不喜欢这两个名字。

朱丽叶　告诉我，你怎么会到这儿来，为什么到这儿来？花园的墙这么高，不是容易爬得上的；要是我家里的人瞧见你在这儿，他们一定不让你活命。

罗密欧　我借着爱的轻翼飞过园墙，因为瓦石的墙垣是不能把爱情阻隔的；爱情的力量所能够做到的事，它都会冒险尝试，所以，我不怕你家里人的干涉。

朱丽叶　要是他们瞧见了你，一定会把你杀死的。

罗密欧　唉！你的眼睛比他们二十柄刀剑还厉害；只要你用温柔的眼光看着我，他们就不能伤害我的身体。

朱丽叶　我怎么也不愿让他们瞧见你在这儿。

罗密欧　朦胧的夜色可以替我遮过他们的眼睛。只要你爱我，就让他们瞧见我吧；与其因为得不到你的爱情而在这世上捱命，还不如在仇人的刀剑下丧生。

朱丽叶 谁叫你找到这儿来的？

罗密欧 爱情怂恿我探听出这一个地方；他替我出主意，我借给他眼睛。我不会操舟驾舵，可是倘使你在辽远辽远的海滨，我也会冒着风波把你寻访。

朱丽叶 幸亏黑夜替我罩上了一重面幕，否则为了我刚才被你听去的话，你一定可以看见我脸上羞愧的红晕。我真想遵守礼法，否认已经说过的言语，可是这些虚文俗礼，现在只好一切置之不顾了！你爱我吗？我知道你一定会说“是的”；我也一定会相信你的话；可是也许你起的誓只是一个谎，人家说，对于恋人们的寒盟背信，上帝是一笑置之的。温柔的罗密欧啊！你要是真的爱我，就请你诚意告诉我；你要是嫌我太容易降心相从，我也会堆起怒容，装出倔强的神气，拒绝你的好意，好让你向我婉转求情，否则我是无论如何不会拒绝你的。俊秀的蒙太古啊，我真的太痴心了，所以也许你会觉得我的举动有点轻浮；可是相信我，朋友，总有一天你会知道我的忠心远胜过那些善于矜持作态的人。我必须承认，倘不是你乘我不备的时候偷听去了我的真情的表白，我一定会更加矜持一点的；所以原谅我吧，是黑夜泄漏了我心底的秘密，不要把我的允诺看作了无耻的轻狂。

罗密欧 姑娘，凭着这一轮皎洁的月亮，它的银光涂染着这些果树的梢端，我发誓——

朱丽叶 啊！不要指着月亮起誓，它是变化无常的，每个月都有盈亏圆缺；你要是指着它起誓，也许你的爱情也会像它一样无常。

罗密欧 那么我指着什么起誓呢？

朱丽叶 不用起誓吧；或者要是你愿意的话，就凭着你优美的自身起誓，那是我所崇拜的偶像，我一定会相信你的。

罗密欧 要是我的出自深心的爱情——

朱丽叶 好，别起誓啦。我虽然喜欢你，却不喜欢今天晚上的密约；它是太仓卒，太轻率，太出人意外了，正像一闪电光，等不及人家开一声口，已经消隐了下去。好人，再会吧！这一朵爱的蓓蕾，靠着夏天的暖风的吹拂，也许会在我们下次相见的时候，开出鲜艳的花来。晚安，晚安！但愿恬静的安息同样降临到你我两人的心头！

罗密欧 啊！你就这样离我而去，不给我一点满足吗？

朱丽叶 你今夜还要什么满足呢？

罗密欧 你还没有把你的爱情的忠实的盟誓跟我交换。

朱丽叶 在你没有要求以前，我已经把我的爱给了你了；可是我很愿意再把它重新收回转来。

罗密欧 你要把它收回去吗？为什么呢，爱人？

朱丽叶 为了表示我的慷慨，我要把它重新给你。可是这样等于希望得到自己已经有的东西：我的慷慨像海一样浩渺，我的爱情也像海一样深沉；我给你的越多，我自己也越是富有，因为这两者都是没有穷尽的。（乳媪在内呼唤）我听见里面有人在叫；亲爱的，再会吧！——就来了，好奶妈！——亲爱的蒙太古，愿你不要负心。再等一会儿，我就会来的。（自上方下）

罗密欧　幸福的，幸福的夜啊！我怕我只是在晚上做了一个梦，这样美满的事不会是真实的。

朱丽叶自上方重上。

朱丽叶　亲爱的罗密欧，再说三句话，我们真的要再会了。要是你的爱情的确是光明正大，你的目的是在于婚姻，那么明天我会叫一个人到你的地方来，请你叫他带一个信给我，告诉我你愿意在什么地方什么时候举行婚礼；我就会把我的整个命运交托给你，把你当做我的主人，跟随你到世界的尽头。

乳媪　（在内）小姐！

朱丽叶　就来。——可是你要是没有诚意，那么我请求你，——

乳媪　（在内）小姐！

朱丽叶　等一等，我来了。——停止你的求爱，让我一个人独自伤心吧。明天我就叫人来看你。

罗密欧　凭着我的灵魂——

朱丽叶　一千次的晚安！（自上方下）

罗密欧　晚上没有你的光，我只有一千次的心伤！恋爱的人去赴他情人的约会，像一个放学归来的儿童；可是当他和情人分别的时候，却像上学去一般满脸懊丧。（退后）

朱丽叶自上方重上。

朱丽叶　嘘！罗密欧！嘘！唉！我希望我会发出呼鹰的声音，招这只鹰儿回来。我不能高声说话，否则我要捣毁厄科[①]的洞穴，让她的无形的喉咙因为反复叫喊着我的罗密欧的名字而变成嘶哑。

罗密欧　那是我的灵魂在叫喊着我的名字。恋人的声音在晚间多么清婉，听上去就像最柔和的音乐！

朱丽叶　罗密欧！

罗密欧　我的爱！

朱丽叶　明天我应该在什么时候叫人来看你？

罗密欧　就在九点钟吧。

朱丽叶　我一定不失信；挨到那个时候，该有二十年那么长久！我

---

① 厄科是希腊神话中的仙女，因爱恋美少年那喀斯不遂而形消体灭，化为山谷中的回声。

记不起为什么要叫你回来。

罗密欧 让我站在这儿，等你记起来告诉我。

朱丽叶 你这样站在我的面前，我一心想着多么爱跟你在一块儿，一定永远记不起来了。

罗密欧 那么我就永远等在这儿，让你永远记不起来，忘记除了这里以外还有什么家。

朱丽叶 天快要亮了；我希望你快去；可是我就好比一个淘气的女孩子，像放松一个囚犯似的让她心爱的鸟儿暂时跳出她的掌心，又用一根丝线把它拉了回来，爱的私心使她不愿意给它自由。

罗密欧 我但愿我是你的鸟儿。

朱丽叶 好人，我也但愿这样；可是我怕你会死在我的过分的抚爱里。晚安！晚安！离别是这样甜蜜的凄清，我真要向你道晚安直到天明！（下）

罗密欧 但愿睡眠合上你的眼睛！
但愿平和安息我的心灵！
我如今要去向神父求教，
把今宵的艳遇诉他知晓。（下）

第三场

同前。劳伦斯神父的寺院

劳伦斯神父携篮上。

劳伦斯 黎明笑向着含愠的残宵，
金鳞浮上了东方的天梢；
看赤轮驱走了片片乌云，
像一群醉汉向四处狼奔。
趁太阳还没有睁开火眼，
晒干深夜里的涔涔露点，
我待要采摘下满箧盈筐，
毒草灵葩充实我的青囊。
大地是生化万类的慈母，
她又是掩藏群生的坟墓，
试看她无所不载的胸怀，
哺乳着多少的姹女婴孩！
天生下的万物没有弃掷，
什么都有它各自的特色，
石块的冥顽，草木的无知，

都含着玄妙的造化生机。
莫看那蠢蠢的恶木莠蔓，
对世间都有它特殊贡献；
即使最纯良的美谷嘉禾，
用得失当也会害性戕躯。
美德的误用会变成罪过，
罪恶有时反会造成善果。
这一朵有毒的弱蕊纤苞，
也会把淹煎的痼疾医疗；
它的香味可以祛除百病，
吃下腹中却会昏迷不醒。
草木和人心并没有不同，
各自有善意和恶念争雄；
恶的势力倘然占了上风，
死便会蛀蚀进它的心中。

罗密欧上。

罗密欧　早安，神父。

劳伦斯　上帝祝福你！是谁的温柔的声音这么早就在叫我？孩子，你一早起身，一定有什么心事。老年人因为多忧多虑，往往容易失眠，可是身心壮健的青年，一上了床就应该酣然入睡；所以你的早起，倘不是因为有什么烦恼，一定是昨夜没有睡过觉。

罗密欧　你的第二个猜测是对的；我昨夜享受到比睡眠更甜蜜的安息。

劳伦斯　上帝饶恕我们的罪恶！你是跟罗瑟琳在一起吗？

罗密欧　跟罗瑟琳在一起，我的神父？不，我已经忘记了那一个名字，那是个使人不快的名字。

劳伦斯　那才是我的好孩子；可是你究竟在什么地方呢？

罗密欧　我愿意在你没有问我第二遍以前告诉你。昨天晚上我跟我的仇敌在一起宴会，突然有一个人伤害了我，同时她也被我伤害了；只有你的帮助和你的圣药，才会医治我们两人的重伤。神父，我并不怨恨我的敌人，因为瞧，我来向你请求的事，不单为了我自己，也同样为了她。

劳伦斯　好孩子，说明白一点，把你的意思老老实实告诉我，别打着哑谜了。

罗密欧　那么老实告诉你吧，我心底的一往深情，已经完全倾注在凯普莱特的美丽的女儿身上了。她也是同样爱着我；一切都完全定当了，只要你肯替我们主持神圣的婚礼。我们在什么时候遇见，在什么地方求爱，怎样彼此交换着盟誓，这一切我都可以慢慢儿告诉你；可是无论如何，请你一定答应就在今天替我们成婚。

劳伦斯　圣芳济啊！多么快的变化！难道你所深爱着的罗瑟琳，就这样一下子被你抛弃了吗？这样看来，年青人的爱情，都是见异思迁，不是发于真心的。耶稣，马利亚！你为了罗瑟琳的缘故，曾经用多少的眼泪洗过你消瘦的脸庞！为了替无味的爱情添加一点辛酸的味道，曾经浪费掉多少的咸水！太阳还没有扫清你吐向苍穹的怨气，我这龙钟的耳朵里还留着你往日的呻吟；瞧！就在你自己的颊上，还剩着一丝不曾揩去的旧时的泪痕。要是你不曾变了一个人，这些悲哀都是你真实的情感，那么你是罗瑟琳的，这些悲哀也是为罗瑟琳而发；难道你现在已经变心了吗？男人既然这样没有恒心，那就莫怪女人家朝秦暮楚了。

罗密欧　你常常因为我爱罗瑟琳而责备我。

劳伦斯　我的学生，不是说你不该恋爱，我只叫你不要因为恋爱而发痴。

罗密欧　你又叫我把爱情埋葬在坟墓里。

劳伦斯　我没有叫你把旧的爱情埋葬了，再去另找新欢。

罗密欧　请你不要责备我；我现在所爱的她，跟我心心相印，不像前回那个一样。

劳伦斯　啊，罗瑟琳知道你对她的爱情完全抄着人云亦云的老调，你还没有读过恋爱入门的一课哩。可是来吧，朝三暮四的青年，跟我来；为了一个理由，我愿意帮助你一臂之力：因为你们的结合也许会使你们两家释嫌修好，那就是天大的幸事了。

罗密欧　啊！我们就去吧，我巴不得越快越好。

劳伦斯　凡事三思而行；跑得太快是会滑倒的。（同下）

第四场

同前。街道

班伏里奥及茂丘西奥上。

茂丘西奥 见鬼的，这罗密欧究竟到哪儿去了？他昨天晚上没有回家吗？

班伏里奥 没有，我问过他的用人了。

茂丘西奥 哎哟！那个白脸孔狠心肠的女人，那个罗瑟琳，把他虐待得一定要发疯了。

班伏里奥 提伯尔特，凯普莱特那老头子的亲戚，有一封信送到他父亲那里。

茂丘西奥 一定是一封挑战书。

班伏里奥 罗密欧一定会给他一个答复。

茂丘西奥 只要会写几个字，谁都会写一封复信。

班伏里奥　不，我说他一定会接受他的挑战。

茂丘西奥　唉！可怜的罗密欧！他已经死了，一个白女人的黑眼睛戳破了他的心；一支恋歌穿过了他的耳朵；瞎眼的丘必特的箭把他当胸射中；他现在还能够抵得住提伯尔特吗？

班伏里奥　提伯尔特是个什么人？

茂丘西奥　我可以告诉你，他不是个平常的阿猫阿狗。啊！他是个顶懂得礼节的人。他跟人打起架来，就像照着乐谱唱歌一样，一板一眼都不放松，一秒钟的停顿，然后一、二、三，刺进了人家的胸膛；他全然是个穿礼服的屠夫，一个决斗的专家。啊！那了不得的侧击！那反击！那直中要害的一剑！

班伏里奥　那什么？

茂丘西奥　见他的鬼！这种怪模怪样扭扭捏捏的装腔作势，说起话来怪声怪气的，“耶稣哪，好一柄锋利的刀子！”——好一个高大的汉子，好一个风流的婊子！嘿，老爹，咱们中间有这么一群不知从哪儿飞来的苍蝇，这一群满嘴法国话的时髦人，他们因为趋新好异，坐在一张旧凳子上也会不舒服，这不是一件可以痛哭流涕的事吗？

罗密欧上。

班伏里奥　罗密欧来了，罗密欧来了。

茂丘西奥　瞧他孤零零的神气，倒像一条风干的咸鱼。现在他又要念起彼特拉克的诗句来了：罗拉比起他的情人来不过是个灶下的丫头，虽然她有一个会做诗的爱人；狄多是个蓬头垢面的村妇；克莉奥佩屈拉是个吉卜赛姑娘；海伦希罗都是下流的娼妓；提斯柏也许有一双美丽的灰色眼睛，可是也不配相提并论。早安，罗密欧先生！

罗密欧　两位大哥早安！

茂丘西奥　你昨天晚上逃走得好。

罗密欧　对不起，茂丘西奥，我因为有一件很重要的事情，所以只好失礼了。

乳媪及彼得上。

乳媪　彼得！

彼得　有！

乳媪　彼得，我的扇子。

茂丘西奥　好彼得，替她把脸孔遮了；因为她的扇子比她的脸孔好看一点。

乳媪　早安，列位先生。

茂丘西奥　早安，好太太。

乳媪　列位先生，你们有谁能够告诉我年轻的罗密欧在什么地方？

罗密欧　我可以告诉你；可是等你找到他的时候，年轻的罗密欧已经比你寻访他的时候老了点儿了。我因为取不到一个好一点的名字，所以就叫做罗密欧；在取这一个名字的人们中间，我是最年青的一个。

乳媪　您真会说话。先生，要是您就是他，我要跟您讲几句心腹话儿。

班伏里奥　她要拉他吃晚饭去。

茂丘西奥　一个老虔婆，哼！罗密欧，你到不到你父亲那儿去？我们要在那边吃饭。

罗密欧　我就来。

茂丘西奥　再见，老太太；（唱）

再见，我的好姑娘！（茂丘西奥、班伏里奥下）

乳媪　好，再见！先生，这个满嘴胡说八道的放肆家伙是什么人？

罗密欧　奶妈，这位先生最喜欢听他自己讲话；他在一分钟里所说的话，比他在一个月里听人家讲的话还多。

乳媪　要是他对我说了一句不客气的话，尽管他力气再大一点，我也要给他一顿教训；这种家伙二十个我都对付得了，要是对付不了，我会叫那些对付得了他们的人来。混账东西！他把老娘看做什么人啦？我不是那些烂污婊子，由他随便取笑的。（向彼得）你也是个好东西，看着人家把我欺侮，站在旁边一动也不动！

彼得　我没有看见什么人欺侮你；要是我看见了，一定会立刻拔出刀子来的。碰到吵架的事，只要理直气壮，打起官司来不怕人家，我是从来不肯落在人家后头的。

乳媪　哎哟！真把我气得浑身发抖。混账的东西！对不起，先生，让我跟您说句话儿。我刚才说过的，我家小姐叫我来找您；她叫我说些什么话我可不能告诉您；可是我要先明白对您说一句，要是正像人家说的，您想骗她做一场春梦，那可真是人家说的一件顶坏的行为；因为这位姑娘年纪还小，所以您要是欺骗了她，实在是一桩对无论那一位好人家的姑娘都是对不起的事情，而且也是一桩顶不应该的举动。

罗密欧　奶妈，请你替我向你家小姐致意。我可以对你发誓——

乳媪　很好，我就这样告诉她。主啊！主啊！她听见了一定会非常欢喜的。

罗密欧　奶妈，你去告诉她什么话呢？你没有听我说呀。

乳媪　我就对她说您发过誓了，那可以证明您是一位正人君子。

罗密欧 你请她今天下午想个法子出来到劳伦斯神父的寺院里忏悔，就在那个地方举行婚礼。这几个钱是给你的酬劳。

乳媪 不，真的，先生，我一个钱也不要。

罗密欧 别客气了，你还是拿着吧。

乳媪 今天下午吗，先生？好，她一定会去的。

罗密欧 好奶妈，请你在这寺墙后面等一等，就在这一点钟之内，我要叫我的仆人去拿一捆扎得像船上的软梯一样的绳子来给你带去；在秘密的夜里，我要凭着它攀登我的幸福的尖端。再会！愿你对我们忠心，我一定不会有负你的辛劳。再会！替我向你的小姐致意。

乳媪 天上的上帝保佑您！先生，我对您说。

罗密欧 你有什么话说，我的好奶妈？

乳媪 您那仆人可靠得住吗？您不听见老古话说，两个人知道是秘密，三个人知道就不是秘密吗？

罗密欧 你放心吧，我的仆人是再可靠不过的。

乳媪 好先生，我那小姐是个最可爱的姑娘，——主啊！主啊！——那时候她还是个咿咿呀呀怪会说话的小东西，——啊！本地有一位叫做帕里斯的贵人，他巴不得把我家小姐抢到手里；可是她，好人儿，瞧他比瞧一只蛤蟆还讨厌。我有时候对她说帕里斯人品不错，你才不知道哩，她一听见这样的话，就会气得面如土色。

罗密欧　替我向你小姐致意。

乳媪　一定一定。（罗密欧下）彼得！

彼得　有！

乳媪　给我带路，快些走。（同下）

第五场

同前。凯普莱特家的花园

朱丽叶上。

朱丽叶　我在九点钟差奶妈去；她答应在半小时以内回来。也许她碰不见他；那是不会的。啊！她的脚走起路来不大方便。恋爱的使者应当是思想，因为它比驱散山坡上的阴影的太阳光还要快过十倍；所以维纳斯的云车是用白鸽驾驶的，所以凌风而飞的丘必特生着翅膀。现在太阳已经升上中天，从九点钟到十二点钟是三个很长的钟点，可是她还没有回来。要是她是个有感情有温暖的青春的血液的人，她的行动一定会像球儿一样敏捷，我用一句话就可以把她抛到我的心爱的情人那里，他也可以用一句话把她抛回到我这里；可是老年纪的人，大多像死人一般，手脚滞钝，呼唤不灵，慢吞吞地没有一点精神。

乳媪及彼得上。

朱丽叶　啊，上帝！她来了。啊，好心肝奶妈！什么消息？你碰到他了吗？叫那个人出去。

乳媪　彼得，到门口去等着。（彼得下）

朱丽叶　亲爱的好奶妈，——哎呀！你怎么一脸孔的懊恼？即使是坏消息，你也应该装着笑容说；如果是好消息，你就不该用这副难看的脸孔奏出美妙的音乐来。

乳媪　我累死了，让我歇一会儿吧。哎呀，我的骨头好痛！我赶了多少的路！

朱丽叶　我但愿把我的骨头给你，你的消息给我。求求你，快说呀；好奶妈，说呀。

乳媪　耶稣哪！你忙着什么？你不能等一下子吗？你没见我气都喘不过来吗？

朱丽叶 你既然气都喘不过来，那么你怎么会告诉我说你气都喘不过来？你费了这么久的时间推三阻四的，要是干脆告诉了我，还不是几句话就完了。我只要你回答我，你的消息是好的还是坏的？只要先回答我一个字，详细的话慢慢再说好了。快让我知道了吧，是好消息还是坏消息？

乳媪 好，你是个傻孩子，选中了这么一个人；你不知道怎样选一个男人。罗密欧！不，他不行，虽然他的脸孔长得比人家漂亮一点；可是他的腿才长得有样子；讲到他的手，他的脚，他的身体，虽然这种话是不大好出口，可是的确谁也比不上他。他不是顶懂得礼貌，可是温柔得就像一头羔羊。好，看你的运气吧，姑娘；好好敬奉上帝。怎么，你在家里吃过饭了吗？

朱丽叶 没有，没有。你这些话我都早就知道了。他对于结婚的事情怎么说？

乳媪 主啊！我的头痛死了！我害了多厉害的头痛！痛得好像要裂成二十块似的。还有我那一边的背痛；哎哟，我的背！我的背！你的心肠真好，叫我到外边东奔西走去寻死。

朱丽叶 害你这样不舒服，我真是说不出的抱歉。亲爱的，亲爱的，亲爱的奶妈，告诉我，我的爱人说些什么话？

乳媪 你的爱人说，——他说得很像个老老实实的绅士，很有礼貌，很和气，很漂亮，而且也很规矩，——你的妈呢？

朱丽叶　我的妈！她就在里面；她还会在什么地方？你回答得多么古怪："你的爱人说，他说得很像个老老实实的绅士，你的妈呢？"

乳媪　哎哟，圣母娘娘！你这样性急吗？哼！反了反了，这就是你瞧着我筋骨酸痛替我涂上的药膏吗？以后还是你自己去送信吧。

朱丽叶　别缠下去啦！快些，罗密欧怎么说？

乳媪　你已经得到准许今天去忏悔吗？

朱丽叶　我已经得到了。

乳媪　那么你快到劳伦斯神父的寺院里去，有一个丈夫在那边等着你去做他的妻子。现在你的脸孔红起来啦。你到教堂里去吧，我还要到别处去搬一张梯子来，等到天黑的时候，你的爱人就可以凭着它爬进鸟窠里。去吧，我还没有吃过饭呢。

朱丽叶　我要找寻我的幸运去！好奶妈，再会。（各下）

第六场

同前。劳伦斯神父的寺院

劳伦斯神父及罗密欧上。

劳伦斯 愿上天祝福这神圣的结合，不要让日后的懊恨把我们谴责！

罗密欧 阿门，阿门！可是无论将来会发生什么悲哀的后果，都抵不过我在看见她这短短一分钟内的欢乐。不管侵蚀爱情的死亡怎样伸展它的魔手，只要你用神圣的言语，把我们的灵魂结为一体，让我能够称她一声我的人，我也就不再有什么遗恨了。

劳伦斯 这种狂暴的快乐将会产生狂暴的结局，正像火和火药的亲吻，就在最得意的一刹那烟消云散。最甜的蜜糖可以使味觉麻木；不太热烈的爱情才会维持久远；太快和太慢，结果都不会圆满。

朱丽叶上。

劳伦斯 这位小姐来了。啊！这样轻盈的脚步，是永远不会踹破神龛前的砖石的；一个恋爱中的人，可以踏在随风飘荡的蛛网上而不会跌下，幻妄的幸福使他灵魂飘然轻举。

朱丽叶 晚安，神父。

罗密欧 啊，朱丽叶！要是你感觉到像我一样多的快乐，要是你的灵唇慧舌，能够宣述你衷心的快乐，那么让空气中满布着从你嘴里吐出来的芳香，用无比的妙乐，把这一次会晤中我们两人给与彼此的无限欢欣倾吐出来吧。

朱丽叶 充实的思想不在于言语的富丽；只有乞儿才能够计数他的家私。真诚的爱情充溢在我的心里，我无法估计自己享有的财富。

劳伦斯 来，跟我来，我们要把这件事情早点办好；因为在神圣的教会没有把你们两人结合以前，你们两人是不能在一起的。（同下）

第三幕

第一场

维洛那。广场

茂丘西奥、班伏里奥、侍童及若干仆人上。

班伏里奥 好茂丘西奥，咱们还是回去吧。天这么热，凯普莱特家里的人满街都是，要是碰到了他们，又免不了一场吵架；因为在这种热的天气，一个人的脾气最容易暴躁起来。

茂丘西奥 你就像有一种家伙，他们跑进了酒店的门，把剑在桌子上一放，说，“上帝保佑我不要用到你！”等到两杯喝罢，他就无缘无故拿起剑来跟酒保吵架。

班伏里奥 我难道是这样一种人吗？

茂丘西奥　得啦得啦，你的坏脾气比得上意大利无论那一个人；动不动就要生气，一生气就要乱动。

班伏里奥　再以后怎样呢？

茂丘西奥　哼！要是有两个像你这样的人碰在一起，结果总会一个也没有，因为大家都要把对方杀死了方肯甘休。你！嘿，你会跟人家吵架，因为他比你多一根或是少一根胡须。瞧见人家咬栗子，你也会跟他闹翻，你的理由只是因为你有一双栗色的眼睛。除了生着这样一双眼睛的人以外，谁还会像这样吹毛求疵地去跟人家寻事？你的脑袋里装满了惹是招非的念头，正像鸡蛋里装满了蛋黄蛋白，虽然为了惹是招非的缘故，你的脑袋曾经给人打得像个坏蛋一样。你曾经为了有人在街上咳了一声嗽而跟他吵架，因为他咳醒了你那条在太阳底下睡觉的狗。不是有一次你因为看见一个裁缝在复活节以前穿起他的新背心来，所以跟他大闹吗？不是还有一次因为他用旧带子系他的新鞋子，所以又跟他大闹吗？现在你却要教我不要跟人家吵架！

班伏里奥　要是我像你一样爱吵架，不消一时半刻，我的性命早就卖给人家了。——哎哟！凯普莱特家里的人来了。

茂丘西奥　我可不把他们放在我的脚跟上。

提伯尔特及余人等上。

提伯尔特　你们跟着我不要走开，等我去向他们说话。两位晚安！我要跟你们中间无论那一位说句话儿。

茂丘西奥　您只要跟我们两人中间的一个人讲一句话吗？那未免太不成意思了。要是您愿意在一句话以外，再跟我们较量一两手，那我们倒愿意奉陪。

提伯尔特　只要您给我一个理由，您就会知道我也不是个怕事的人。

茂丘西奥　您不会自己想出一个什么理由来吗？

提伯尔特　茂丘西奥，你陪着罗密欧到处乱闯，——

茂丘西奥　到处拉唱！怎么！你把我们当作一群沿街卖唱的人吗？你要是把我们当作沿街卖唱的人，那么我们倒要请你听一点儿不大好听的声音；这就是我的胡琴上的拉弓，拉一拉就要叫你跳起舞来。他妈的！到处拉唱！

班伏里奥　这儿来往的人太多，讲话不大方便，最好还是找个清静一点的地方去谈谈；要不然大家别闹意气，有什么过不去的事平心静气理论理论；否则各走各的路，也就完了，别让这么许多人的眼睛瞧着我们。

茂丘西奥　人们生着眼睛总要瞧，让他们瞧去好了；我可不能趁着别人的高兴。

罗密欧上。

提伯尔特　好，我的人来了；我不跟你吵。

茂丘西奥　他又不吃你的饭不穿你的衣服，怎么是你的人？可是他虽然不是你的跟班，要是你逃走起来，他倒一定会紧紧跟住你的。

提伯尔特　罗密欧，我对你的仇恨，使我只能用一个名字称呼你——你是一个恶贼！

罗密欧　提伯尔特，我跟你无冤无恨，你这样无端挑衅，本来我是不能容忍的，可是因为我有必须爱你的理由，所以也不愿跟你计较了。我不是恶贼；再见，我看你还不知道我是个什么人。

提伯尔特　小子，你冒犯了我，现在可不能用这种花言巧语掩饰过去；赶快回过身子，拔出剑来吧。

罗密欧　我可以郑重声明，我从来没有冒犯过你，而且你想不到我是怎样爱你，除非你知道了我所以爱你的理由。所以，好凯普莱特——我尊重这一个姓氏，就像尊重我自己的姓氏一样——咱们还是讲和了吧。

茂丘西奥　哼，好丢脸的屈服！只有武力才可以洗去这种耻辱。（拔剑）提伯尔特，你这捉耗子的猫儿，你愿意跟我决斗吗？

提伯尔特　你要我跟你干么？

茂丘西奥　好猫儿精，听说你有九条性命，我只要取你一条命，留下那另外八条，等以后再跟你算账。快快拔出你的剑来，否则莫怪无情，我的剑就要临到你的耳朵边了。

提伯尔特 （拔剑）好，我愿意奉陪。

罗密欧 好茂丘西奥，收起你的剑。

茂丘西奥 来，来，来，我倒要领教领教你的剑法。（二人互斗）

罗密欧 班伏里奥，拔出剑来，把他们的武器打下来。两位老兄，这算什么？快别闹啦！提伯尔特，茂丘西奥，亲王已经明令禁止在维洛那的街道上斗殴。住手，提伯尔特！好茂丘西奥！（提伯尔特及其党徒下）

茂丘西奥 我受伤了。你们这两家倒霉的人家！我已经完啦。他不带一点伤就去了吗？

班伏里奥 啊！你受伤了吗？

茂丘西奥 嗯，嗯，擦破了一点儿；可是伤得很厉害。我的童儿呢？狗才，快去找个外科医生来。（侍童下）

罗密欧 放心吧，老兄；这伤口不会十分厉害的。

茂丘西奥 是的，它没有一口井那么深，也没有一扇门那么阔，可是这一点点儿伤也就够要命了；要是你明天找我，就到坟墓里来看我吧。我这一生是完了。你们这两家倒霉的人家！他妈的！狗，耗子，猫儿，都会咬得死人！这个说大话的家伙，这个混账东西，打起架来也要按照着数学的公式！谁叫你把身子插了进来？都是你把我拉住了，我才中了伤。

罗密欧　我完全是出于好意。

茂丘西奥　班伏里奥，快把我扶进什么屋子里去，不然我就要晕过去了。你们这两家倒霉的人家！我已经死在你们手里了。——你们这两家人家！（茂丘西奥、班伏里奥同下）

罗密欧　他是亲王的近亲，也是我的好友；如今他为了我的缘故受到了致命的重伤。提伯尔特杀死了我的朋友，又毁谤了我的名誉，虽然他在一小时以前还是我的亲人。亲爱的朱丽叶啊！你的美丽使我变成懦弱，磨钝了我的勇气的锋刃！

班伏里奥重上。

班伏里奥　啊，罗密欧，罗密欧！勇敢的茂丘西奥死了；他已经撒手离开尘世，他的英魂已经升上天庭了！

罗密欧　今天这一场意外的变故，怕要引起日后的灾祸。

提伯尔特重上。

班伏里奥　暴怒的提伯尔特又来了。

罗密欧　茂丘西奥死了，他却耀武扬威活在人世！现在我只好抛弃了一切顾忌，不怕伤了亲戚的情分，让眼睛里喷出火焰的愤怒支配着我的行动了！提伯尔特，你刚才骂我恶贼，我要你把这两个字收回去；茂丘西奥的阴魂就在我们头上，他在等着你去跟他作伴；我们两个人中间必须有一个人去陪陪他，要不然就是两人一起死。

提伯尔特 你这该死的小子，你生前跟他做朋友，死后也去陪他吧！

罗密欧 这柄剑可以替我们决定谁死谁生。（二人互斗；提伯尔特倒下）

班伏里奥 罗密欧，快走！市民们都已经被这场争吵惊动了，提伯尔特又死在这儿。别站着发怔；要是你给他们捉住了，亲王就要判你死刑。快去吧！快去吧！

罗密欧 唉！我是受命运玩弄的人。

班伏里奥 你为什么还不走？（罗密欧下）

市民等上。

市民甲 杀死茂丘西奥的那个人逃到那儿去了？那凶手提伯尔特逃到什么地方去了？

班伏里奥 躺在那边的就是提伯尔特。

市民甲 先生，请你跟我去。我用亲王的名义命令你服从。

亲王率侍从；蒙太古夫妇、凯普莱特夫妇及余人等上。

亲王 这一场争吵的肇祸的罪魁在什么地方？

班伏里奥 啊，尊贵的亲王！我可以把这场流血的争吵的不幸的经过向您从头告禀。躺在那边的那个人，就是把您的亲戚，勇敢的茂丘西奥杀死的人，他现在已经被年轻松的罗密欧杀死了。

凯普莱特夫人 提伯尔特，我的侄儿！啊，我的哥哥的孩子！亲王啊！侄儿啊！丈夫啊！哎哟！我的亲爱的侄儿给人杀死了！殿下，您是正直无私的，我们家里流的血，应当用蒙太古家里流的血来报偿。哎哟，侄儿啊！侄儿啊！

亲王 班伏里奥，是谁开始这一场流血的争斗的？

班伏里奥 死在这儿的提伯尔特，他是被罗密欧杀死的。罗密欧很诚恳地劝告他，叫他想一想这种争吵多么没意思，并且也提起您的森严的禁令。他用温和的语调，谦恭的态度，赔着笑脸向他反复劝解，可是提伯尔特充耳不闻，一味逞着他的骄横，拔出剑来就向勇敢的茂丘西奥胸前刺了过去；茂丘西奥也动了怒气，就和他两下交锋起来，自恃着本领高强，满不在乎地一手挡开了敌人致命的剑锋，一手向提伯尔特还刺过去，提伯尔特眼明手快，也把它挡开了。那个时候罗密欧就高声喊叫，“住手，朋友；两下分开！”说时迟，来时快，他的敏捷的腕臂已经打下了他们的利剑，他就插身在他们两人中间；谁料提伯尔特怀着毒心，冷不防打罗密欧的手臂下面刺了一剑过去，竟中了茂丘西奥的要害，于是他就逃走了。等了一会儿他又回来找罗密欧，罗密欧这时候正是满腔怒火，就像闪电似的跟他打起来，我还来不及拔剑阻止他们，勇猛的提伯尔特已经中剑而死，罗密欧见他倒在地上，也就转身逃走了。我所说的句句都是真话，倘有虚言，愿受死刑。

凯普莱特夫人 他是蒙太古家的亲戚，他说的话都是徇着私情，完全是假的。他们一共有二十来个人参加这场残酷的斗争，二十个人合力谋害一个人的生命。殿下，我要请您主持公道，罗密欧杀死了提伯尔特，罗密欧必须抵命。

亲王 罗密欧杀了他，他杀了茂丘西奥；茂丘西奥的生命应当由谁抵偿?

蒙太古 殿下，罗密欧不应该偿他的命；他是茂丘西奥的朋友，他的过失不过是执行了提伯尔特依法应处的死刑。

亲王 为了这一个过失，我现在宣布把他立刻放逐出境。你们双方的憎恨已经牵涉到我的身上，在你们残暴的争斗中，已经流下了我的亲人的血；可是我要给你们一个重重的惩罚，儆戒儆戒你们的将来。我不要听任何的请求辩护，哭泣和祈祷都不能使我枉法徇情，所以不用想什么挽回的办法，赶快把罗密欧遣送出境吧；不然的话，他在什么时候被我们发现，就在什么时候把他处死。把这尸体扛去，不许违抗我的命令；对杀人的凶手不能讲慈悲，否则就是鼓励杀人了。（同下）

第二场

同前。凯普莱特家的花园

朱丽叶上。

朱丽叶 快快跑过去吧，踏着火云的骏马，把太阳拖回到它的安息的所在；但愿驾车的法厄[①]同鞭策你们飞驰到西方，让阴沉的暮夜赶快降临。展开你密密的帷幕吧，成全恋爱的黑夜！遮住夜行人的眼睛，让罗密欧悄悄地投入我的怀里，不被人家看见也不被人家谈论！恋人们可以在他们自身美貌的光辉里互相缱绻；即使恋爱是盲目的，那也正好和黑夜相称。来吧，温文的夜，你朴素的黑衣妇人，教会我怎样在一场全胜的赌博中失败，把各人纯洁的童贞互为赌注。用你黑色的罩巾遮住我脸上羞怯的红潮，等我深藏内心的爱情慢慢儿胆大起来，不再因为在行动上流露真情而惭愧。来吧，黑夜！来吧，罗密欧！来吧，你黑夜中的白昼！因为你将要睡在黑夜的翼上，比乌鸦背上的新雪还要皎白。来吧，柔和的黑夜！来吧，可爱的黑颜的夜，把我的罗密欧给我！等他死了以后，你再把他带

---

① 法厄是希腊神话中日神的儿子，为其父驾御日车。

去，分散成无数的星星，把天空装饰得如此美丽，使全世界都恋爱着黑夜，不再崇拜眩目的太阳。啊！我已经买下了一所恋爱的华厦，可是它还不曾属我所有；虽然我已经把自己出卖，可是还没有被买主领去。这日子长得真叫人厌烦，正像一个做好了新衣服的小孩，在节日的前夜焦躁地等着天明一样。啊！我的奶妈来了。

乳媪携绳上。

朱丽叶 她带着消息来了。谁的舌头上只要说出了罗密欧的名字，他就在吐露着天上的仙音。奶妈，什么消息？你带着些什么来了？那就是罗密欧叫你去拿的绳子吗？

乳媪 是的，是的，这绳子。（将绳掷下）

朱丽叶 哎哟！什么事？你为什么扭着你的手？

乳媪 唉！唉！唉！他死了，他死了，他死了！我们完了，小姐，我们完了！唉！他去了，他给人杀了，他死了！

朱丽叶 天道竟会这样狠毒吗？

乳媪 不是天道狠毒，罗密欧才下得了这样狠毒的手。啊！罗密欧，罗密欧！谁想得到会有这样的事情？罗密欧！

朱丽叶 你是个什么鬼，这样煎熬着我？这简直就是地狱里的酷刑。罗密欧把他自己杀死了吗？你只要回答我一个“是”字，这一个“是”字就比毒龙眼里射放的死光更会致人于死命。要是他死了，你就说“是”；要是他没有死，你就说“不”；这两个简单的字就可以决定我的终身祸福。

乳媪 我看见他的伤口，我亲眼看见他的伤口，慈悲的上帝！就在他的勇敢的胸前。一个可怜的尸体，一个可怜的流血的尸体，像灰一样苍白，满身都是血，满身都是一块块的血；我一瞧见就晕过去了。

朱丽叶 啊，我的心要碎了！——可怜的破产者，你已经丧失了一切，还是赶快碎裂了吧！失去了光明的眼睛，你从此不能再见天日了！你这俗恶的泥土之躯，赶快停止呼吸，复归于泥土，去和罗密欧同眠在一个圹穴里吧！

乳媪 啊！提伯尔特，提伯尔特！我的顶好的朋友！啊，温文的提伯尔特，正直的绅士！想不到我活到今天，却会看见你死去！

朱丽叶 这是一阵什么风暴，一会儿又换了方向！罗密欧给人杀了，提伯尔特又死了吗？一个是我的最亲爱的哥哥，一个是我的更亲爱的夫君？那么，可怕的号角，宣布世界末日的来临吧！要是这样两个人都可以死去，谁还应该活在这世上？

乳媪 提伯尔特死了，罗密欧放逐了；罗密欧杀了提伯尔特，他现在被放逐了。

朱丽叶 上帝啊！提伯尔特是死在罗密欧的手里吗？

乳媪 是的，是的；唉！是的。

朱丽叶 啊，花一样的面庞里藏着蛇一样的心！那一条恶龙曾经栖息在这样清雅的洞府里？美丽的暴君！天使般的魔鬼！披着白鸽羽毛的乌鸦！豺狼一样残忍的羔羊！圣洁的外表包覆着丑恶的实质！你的内心刚巧和你的形状相反，一个万恶的圣人，一个庄严的奸徒！造物主啊！你为什么要从地狱里提出这一个恶魔的灵魂，把它安放在这样可爱的一座肉体的天堂里？那一本邪恶的书籍曾经装订得这样美观？啊！谁想得到这样一座富丽的宫殿里，会容纳着欺人的虚伪！

乳媪 男人都靠不住，没有良心，没有真心的；谁都是三心二意，反复无常，奸恶多端，净是些骗子。啊！我的人呢？快给我倒点儿酒来；这些悲伤烦恼，已经使我老起来了。愿耻辱降临到罗密欧的头上！

朱丽叶 你说出这样的愿望，你的舌头上就应该长起水疱来！耻辱从来不曾和他在一起，它不敢侵上他的眉宇，因为那是君临天下的荣誉的宝座。啊！我刚才把他这样辱骂，我真是个畜生！

乳媪 杀死了你的族兄的人，你还说他好话吗？

朱丽叶 他是我的丈夫，我应当说他坏话吗？啊！我的可怜的丈夫！你的三小时的妻子都这样凌辱你的名字，谁还会对它说一句温情的慰藉呢？可是你这恶人，你为什么杀死我的哥哥？他要是不杀死我的哥哥，我的凶恶的哥哥就会杀死我的丈夫。回去吧，愚蠢的眼泪，流回到你的源头；你那滴滴的细流，本来是悲哀的倾注，可是你却错把它呈献给喜悦。我的丈夫活着，他没有被提伯尔特杀死；提伯尔特死了，他想要杀死我的丈夫！这明明是喜讯，我为什么要哭泣呢？还有两个字比提伯尔特的死更使我痛心，像一柄利刃刺进了我的胸中；我但愿忘了它们，可是唉！它们紧紧地牢附在我的记忆里，就像萦回在罪人脑中的不可宥恕的罪恶。“提伯尔特死了，罗密欧放逐了！”放逐了！这“放逐”两个字，就等于杀死了一万个提伯尔特。单单提伯尔特的死，已经可以令人伤心了；即使祸不单行，必须在“提伯尔特死了”这一句话以后，再接上一句不幸的消息，为什么不说你的父亲，或是你的母亲，或是父母两人都死了，那也可以引起一点人情之常的哀悼？可是在提伯尔特的噩耗以后，再接连一记更大的打击，“罗密欧放逐了！”这句话简直等于说，父亲，母亲，提伯尔特，罗密欧，朱丽叶，一起被杀，一起死了。“罗密欧放逐了！”这一句话里面包含着无穷无际无极无限的死亡，没有字句能够形容出这里面蕴蓄着的悲伤。——奶妈，我的父亲、我的母亲呢？

乳媪　他们正在抚着提伯尔特的尸体痛哭。你要去看他们吗？让我带着你去。

朱丽叶　让他们用眼泪洗涤他的伤口，我的眼泪是要留着为罗密欧的放逐而哀哭的。拾起那些绳子来。可怜的绳子，你是失望了，我们俩都失望了，因为罗密欧已经被放逐；他要借着你做接引相思的桥梁，可是我却要做一个独守空闺的怨女而死去。来，绳儿；来，奶妈。我要去睡上我的新床，把我的童贞奉献给死亡！

乳媪　那么你快到房里去吧；我去找罗密欧来安慰你，我知道他在什么地方。听着，你的罗密欧今天晚上一定会来看你；他现在躲在劳伦斯神父的庵里，我就去找他。

朱丽叶 啊！你快去找他；把这指环拿去给我的忠心的武士，叫他来作一次最后的诀别。（各下）

第三场
同前。劳伦斯神父的庵院

劳伦斯神父上。

劳伦斯 罗密欧，跑出来；出来吧，你受惊的人，你已经和坎坷的命运结下了不解之缘。

罗密欧上。

罗密欧 神父，什么消息？亲王的判决怎样？还有什么我所没有知道的不幸的事情将要来找到我？

劳伦斯 我的好孩子，你已经遭逢到太多的不幸了。我来报告你亲王的判决。

罗密欧 除了死罪以外，还会有什么判决？

劳伦斯 他的判决是很温和的：他并不判你死罪，只宣布把你放逐。

罗密欧　嘿！放逐！慈悲一点，还是说“死”吧！不要说“放逐”，因为放逐比死还要可怕。

劳伦斯　你必须立刻离开维洛那境内。不要懊恼，这是一个广大的世界。

罗密欧　在维洛那城以外没有别的世界，只有地狱的苦趣；所以从维洛那放逐，就是从这世界上放逐，也就是死。明明是死，你却说是放逐，这就等于用一柄利斧砍下我的头，反因为自己犯了杀人罪而洋洋得意。

劳伦斯　哎哟，罪过罪过！你怎么可以这样不知恩德！你所犯的过失，按照法律本来应该处死，幸亏亲王仁慈，特别对你开恩，才把可怕的死罪改成了放逐；这明明是莫大的恩典，你却不知道。

罗密欧　这是酷刑，不是恩典。朱丽叶所在的地方就是天堂；这儿的每一只猫、每一只狗、每一只小小的老鼠，都生活在天堂里，都可以瞻仰到她的容颜，可是罗密欧却看不见她。污秽的苍蝇都可以接触亲爱的朱丽叶的皎洁的玉手，从她的嘴唇上偷取天堂中的幸福，那两片嘴唇是这样的纯洁贞淑，永远含着娇羞，好像觉得它们自身的相吻也是一种罪恶一样；苍蝇可以这样做，我却必须远走高飞，它们是自由人，我却是一个放逐的流徒。你还说放逐不是死吗？难道你没有配好的毒药、锋锐的刀子，无论什么致命的利器，而必须用“放逐”两个字把我杀害吗？放逐！啊，神父！只有沉沦在地狱里的鬼魂才会用到这两个字，伴着凄厉的呼号；你是一个教士，一个替人忏罪的神父，又是我的朋友，怎么忍心用这两个字，

“放逐”，来寸磔我呢?

劳伦斯　你这痴心的疯子，听我说一句话。

罗密欧　啊！你又要对我说起放逐了。

劳伦斯　我要教给你怎样抵御这两个字的方法，用哲学的甘乳安慰你的逆运，让你忘却被放逐的痛苦。

罗密欧　又是“放逐”！我不要听什么哲学！除非哲学能够制造一个朱丽叶，迁徙一个城市，撤销一个亲王的判决，否则它就没有什么用处。别再多说了吧。

劳伦斯　啊！那么我看疯人是不生耳朵的。

罗密欧　聪明人不生眼睛，疯人何必生耳朵呢?

劳伦斯　让我跟你讨论讨论你现在的处境吧。

罗密欧　你不能谈论你所没有感觉到的事情；要是你也像我一样年轻，朱丽叶是你的爱人，才结婚了一个小时，就把提伯尔特杀了；要是你也像我一样热恋，像我一样被放逐，那时你才可以讲话，那时你才会像我现在一样扯着你的头发，倒在地上，替自己量一个葬身的墓穴。（内叩门声）

劳伦斯　快起来，有人在敲门；好罗密欧，躲起来吧。

罗密欧 我不要躲，除非我心底里发出来的痛苦呻吟的气息，会像一重云雾一样把我掩过了追寻者的眼睛。(叩门声)

劳伦斯 听！门打得多么响！——是谁在外面？——罗密欧，快起来，你要给他们捉住了。——等一等！——站起来；(叩门声)跑到我的书斋里去。——就来了！——上帝啊！瞧你多么不听话！——来了，来了！(叩门声)谁把门敲得这么响？你是什么地方来的？你有什么事？

乳媪 (在内)让我进来，你就可以知道我的来意；我是从朱丽叶小姐那里来的。

劳伦斯 那好极了，欢迎欢迎！

乳媪上。

乳媪 啊，神父！啊，告诉我，神父，我的小姐的姑爷呢？罗密欧呢？

劳伦斯 在那边地上哭得如醉如痴的就是他。

乳媪 啊！他正像我的小姐一样，正像她一样！唉！真是同病相怜，一般的伤心！她也是这样躺在地上，一头唠叨一头哭，一头哭一头唠叨。起来，起来；您是个男子汉就该起来；为了朱丽叶的缘故，为了她的缘故，站起来吧。为什么您要伤心到这个样子呢？

罗密欧 奶妈！

乳媪　唉，姑爷！唉，姑爷！一个人到头来总是要死的。

罗密欧　你刚才不是说起朱丽叶吗？她现在怎么样？我现在已经用她近亲的血液玷污了我们的新欢，她不会把我当作一个杀人的凶犯吗？她在什么地方？她怎么样？我这位秘密的新妇对于我们这一段中断的情缘说些什么话？

乳媪　啊，她没有说什么话，姑爷，只是哭呀哭的哭个不停；一会儿倒在床上，一会儿又跳了起来；一会儿叫一声提伯尔特，一会儿哭一声罗密欧；然后又倒了下去。

罗密欧　好像那一个名字是从枪口里瞄准了射出来似的，一弹出去就把她杀死，正像我这一双该死的手杀死了她的亲人一样。啊！告诉我，神父，告诉我，我的名字是在我身上那一处万恶的地方？告诉我，好让我捣毁这可恨的巢穴。（拔剑）

劳伦斯　放下你的鲁莽的手！你是一个男子吗？你的形状是一个男子，你却流着妇人的眼泪；你的狂暴的举动，简直是一头野兽的无可理喻的咆哮。你这须眉的贱妇，你这人头的畜类！我真想不到你的性情竟会这样毫无涵养。你已经杀死了提伯尔特，你还要杀死你自己吗？你不想到你对自己采取了这种万劫不赦的暴行，不也就是杀死与你相依为命的你的妻子吗？为什么你要怨恨天地，怨恨你自己的生不逢辰？天地好容易生下你这一个人来，你却要亲手把你自己摧毁！呸！呸！你有的是一副堂堂的七尺之躯，有的是热情和智慧，你却不知道把它们好好利用，这岂不是辜负了你的七尺之躯，辜负了你的热情和智慧？你的堂堂的仪表不过是一尊蜡塑的形象，没有一点男子汉的血气；你的山盟海誓都是些空虚的谎语，杀害你所发誓珍爱的情人；你的智慧不知道指示你的行动，驾驭你的感情，它已经变成了愚妄的谬见，正像装在一个笨拙的军士的枪膛里的火药，本来是自卫的武器，因为不懂得点燃的方法，反而毁损了自己的肢体。怎么！起来吧，孩子！你刚才几乎要为了你的朱丽叶而自杀，可是她现在好好活着，这是你的第一件幸事。提伯尔特要把你杀死，可是你却杀死了提伯尔特，这是你的第二件幸事。法律上本来规定杀人抵命，可是它对你特别留情，减成了放逐的处分，这是你的第三件幸事。这许多幸事照顾着你，幸福穿着盛装向你献媚，你却像一个倔强乖僻的女孩，向你的命运和爱情撅起了嘴唇。留心，留心，像这样不知足的人是不得好死的。去，快去会见你的情人，按照预定的计划，到她的寝室里去，安慰安慰她；可是在逻骑没有出发以前，你必须及早离开，否则你就不能到曼多亚去。你可以暂时在曼多亚住下，等我们觑着机会，把你们的婚姻宣布出来，和解了你们两家的亲族，向亲王请求特赦，那时我们就可以用超过你现在离别的悲痛二百万倍的欢乐招呼你回来。奶妈，你先去，替我向你家小姐致意；叫她设法催促她家里的人早早安睡，他们在遭到这样重大的悲伤以后，这是很容易办到的。你对她说，罗密欧就要来了。

乳媪　主啊！像这样好的教训，我就是在这儿听上一整夜都愿意；啊！真是有学问人说的话！姑爷，我就去对小姐说您就要来了。

罗密欧　很好，请你再叫我的爱人端整备好一顿责骂。

乳媪　姑爷，这一个戒指小姐叫我拿来送给您，请您赶快就去，天色已经很晚了。（下）

罗密欧　现在我又重新得到了多大的安慰！

劳伦斯　去吧，晚安！你的命运在此一举：你必须在巡逻者没有开始查缉以前脱身，否则就得在黎明时候化装逃走。你就在曼多亚安下身来；我可以找到你的仆人，倘使这儿有什么关于你的好消息，我会叫他随时通知你。把你的手给我。时候不早了，再会吧。

罗密欧　倘不是一个超乎一切喜悦的喜悦在招呼着我，像这样匆匆的离别，一定会使我黯然神伤。再会！（各下）

第四场

同前。凯普莱特家中一室

凯普莱特、凯普莱特夫人及帕里斯上。

凯普莱特　伯爵，舍间因为遭逢变故，我们还没有时间去开导小女；您知道她跟她那个族兄提伯尔特是友爱很笃的，我也非常喜欢他；唉！人生不免一死，也不必再去说他了。现在时间已经很晚，她今夜不会再下来了；不瞒您说，倘不是您大驾光临，我也早在一小时以前上了床啦。

帕里斯 我在你们正在伤心的时候来此求婚，实在是太冒昧了。晚安，伯母；请您替我向令爱致意。

凯普莱特夫人 好，我明天一早就去探听她的意思；今夜她已经抱着满腔的悲哀关上门睡了。

凯普莱特 帕里斯伯爵，我可以大胆替我的孩子作主，我想她一定会绝对服从我的意志；是的，我对于这一点可以断定。夫人，你在临睡以前先去看看她，把这位帕里斯伯爵向她求爱的意思告诉她知道；你再对她说，听好我的话，叫她在星期三——且慢！今天星期几？

帕里斯 星期一，老伯。

凯普莱特 星期一！哈哈！好，星期三是太快了点儿，那么就是星期四吧。对她说，在这个星期四，她就要嫁给这位尊贵的伯爵。您预备得起来吗？您不嫌太匆促吗？咱们也不必十分铺张，略为请几位亲友就够了；因为提伯尔特才死得不久，他是我们自己家里的人，要是我们大开欢宴，人家也许会说我们对去世的人太没有情分。所以我们只要请五六个亲友，把仪式举行一下就算了。您说星期四怎样？

帕里斯 老伯，我但愿星期四便是明天。

凯普莱特　好，你去吧；那么就是星期四。夫人，你在临睡前先去看看朱丽叶，叫她预备预备，好作起新娘来啦。再见，伯爵。喂！掌灯！时候已经很晚，等一会儿我们就要说它很早了。晚安！（各下）

第五场

同前。朱丽叶的卧室

罗密欧及朱丽叶上。

朱丽叶　你现在就要去了吗？天亮还有一会儿呢。那刺进你惊恐的耳膜中的，不是云雀，是夜莺的声音；它每天晚上在那边石榴树上歌唱。相信我，爱人，那是夜莺的歌声。

罗密欧　那是报晓的云雀，不是夜莺。瞧，爱人，不作美的晨曦已经在东天的云朵上镶起了金线，夜晚的星光已经烧尽，愉快的白昼蹑足踏上了迷雾的山巅。我必须到别处去找寻生路，或者留在这儿束手待死。

朱丽叶　那光明不是晨曦，我知道；那是从太阳中吐射出来的流星，要在今夜替你拿着火炬，照亮你到曼多亚去。所以你不必急着要去，再耽搁一会儿吧。

罗密欧 让我被他们捉住，让我被他们处死；只要是你的意思，我就毫无怨恨。我愿意说那边灰白色的云彩不是黎明睁开它的睡眼，那不过是从月亮的眉宇间反映出来的微光；那响彻云霄的歌声，也不是出于云雀的喉中。我巴不得留在这里，永远不要离开。来吧，死，我欢迎你！因为这是朱丽叶的意思。怎么，我的灵魂？让我们谈谈；天还没有亮哩。

朱丽叶 天已经亮了，天已经亮了；快去吧，快去吧！那唱得这样刺耳、嘶着粗涩的噪声和讨厌的锐音的，正是天际的云雀。有人说云雀会发出千变万化的甜蜜的歌声，这句话一点不对，因为它只使我们彼此分离；有人说云雀曾经和丑恶的蟾蜍交换眼睛，啊！我但愿它们也交换了声音，因为那声音使你离开了我的怀抱，用催醒的晨歌催促你就到。啊！现在你快去吧；天越来越亮了。

罗密欧 天越来越亮，我们悲哀的心却越来越黑暗。

乳媪上。

乳媪 小姐！

朱丽叶 奶妈？

乳媪 你的母亲就要到你房里来了。天已经亮啦，留点儿心。（乳媪下）

朱丽叶　那么窗啊，让白昼进来，让生命出去。

罗密欧　再会，再会！给我一个吻，我就下去。（由窗口下降）

朱丽叶　你就这样去了吗？我的夫君，我的爱人，我的朋友！我必须在每一小时内的每一天听到你的消息，因为一分钟就等于许多日子。啊！照这样计算起来，等我再看见我的罗密欧的时候，我不知道已经老到怎样了。

罗密欧　再会！我决不放弃任何的机会，爱人，向你传达我的衷忱。

朱丽叶　啊！你想我们会不会再有见面的日子？

罗密欧　一定会的；我们现在这一切悲哀痛苦，到将来便是握手谈心的资料。

朱丽叶　上帝啊！我有一颗预感不祥的灵魂；你现在站在下面，我仿佛望见你像一具坟墓底下的尸骸。也许是我的眼光昏花，否则就是你的面容太惨白了。

罗密欧　相信我，爱人，在我的眼中你也是这样；忧伤吸干了我们的血液。再会！再会！（下）

朱丽叶　命运啊命运！谁都说你反复无常；要是你真的反复无常，那么你怎样对待一个忠贞不二的人呢？愿你不要改变你的轻浮的天性，因为这样也许你会厌倦于把他玩弄，早早打发他回来。

凯普莱特夫人 （在内）喂，女儿！你起来了吗？

朱丽叶 谁在叫我？是我的母亲吗？——难道她这么晚还没有睡觉？还是这么早就起来了？什么特殊的原因使她到这儿来？

凯普莱特夫人上。

凯普莱特夫人 啊！怎么，朱丽叶！

朱丽叶 母亲，我不大舒服。

凯普莱特夫人 老是为了你族兄的死而掉泪吗？什么！你想用眼泪把他从坟墓里冲出来吗？就是冲得出来，你也没法子叫他复活；所以还是算了吧。适当的悲哀可以表示感情的深切，过度的伤心却可以证明智慧的欠缺。

朱丽叶 可是让我为了这样一个痛心的损失而流泪吧。

凯普莱特夫人 损失固然痛心，可是一个失去的亲人，不是可以用眼泪哭得回来的。

朱丽叶 因为这损失是如此太痛心，我不能不为了失去的亲人而痛哭。

凯普莱特夫人 好，孩子，人已经死了，你也不用多哭他了；顶可恨的是那杀死他的恶人仍旧活在世上。

朱丽叶 什么恶人，母亲？

凯普莱特夫人 就是罗密欧那个恶人。

朱丽叶 （旁白）恶人跟他相去着不知多少距离呢。——上帝饶恕他！我愿意全心饶恕他；可是像他这样的人，是不值得我为他伤心的。

凯普莱特夫人 那是因为这个万恶的凶手还活在世上。

朱丽叶 是的，母亲，我恨不得把他抓住在我的手里。但愿我能够独自报复这一段杀兄之仇！

凯普莱特夫人 我们一定要报仇的，你放心吧；别再哭了。这个亡命的流徒现在到曼多亚去了，我要差一个人到那边去，用一种稀有的毒药把他毒死，让他早点儿跟提伯尔特见面；那时候我想你一定可以满足了。

朱丽叶 真的，我心里永远不会感到满足，除非我看见罗密欧在我的面前——死去；我这颗可怜的心是这样为了一个亲人而痛楚！母亲，要是您能够找到一个愿意带毒药去的人，让我亲手把它调好，好叫那罗密欧服下以后，就会安然睡去。唉！我心里多么难过，只听到他的名字，却不能赶到他的面前，让他知道我是多么爱着我的——提伯尔特哥哥。

凯普莱特夫人 你去想办法，我一定可以找到这样一个人。可是，孩子，现在我要告诉你好消息。

朱丽叶　在这样不愉快的时候，好消息来得真是再适当没有了。请问母亲，是什么好消息呢？

凯普莱特夫人　哈哈，孩子，你有一个体贴你的好爸爸哩；他为了替你排解愁闷已经为你选定了一个大喜的日子，不但你想不到，就是我也没有想到。

朱丽叶　母亲，快告诉我，是什么日子？

凯普莱特夫人　哈哈，我的孩子，星期四的早晨，那位风流年少的贵人，帕里斯伯爵，就要在圣彼得教堂里娶你做他的幸福的新娘了。

朱丽叶　凭着圣彼得教堂和圣彼得的名字起誓，我决不让他娶我做他的幸福的新娘。世间哪有这样匆促的事情，人家还没有来向我求过婚，我倒先做了他的妻子了！母亲，请您对我的父亲说，我现在还不愿意就出嫁；就是要出嫁，我可以发誓，我也宁愿嫁给我所痛恨的罗密欧，不愿嫁给帕里斯。真是些好消息！

凯普莱特夫人　你爸爸来啦；你自己对他说去，看他会不会受你的话。

凯普莱特及乳媪上。

凯普莱特　太阳西下的时候，天空中散下了濛濛的细露；可是我的侄儿死了，却有倾盆的大雨送着他下葬。怎么！装起喷水管来了吗，孩子？咦！还在哭吗？雨到现在还没有停吗？你这小小的身体里面，也有船，也有海，也有风；因为你的眼睛就是海，永远有泪潮在那儿涨退；你的身体是一艘船，在这泪海上面航行；你的叹气是海上的狂风；你的身体经不起风浪的吹打，是会在这汹涌的怒海中覆没的。怎么，妻子！你没有把我们的主张告诉她吗？

凯普莱特夫人 我告诉她了；可是她说谢谢你，她不要嫁人。我希望这傻丫头还是死了干净！

凯普莱特 且慢！讲明白点儿，讲明白点儿，妻子。怎么！她不要嫁人吗？她不谢谢我们吗？她不称心吗？像她这样一个贱丫头，我们替她找到了这么一位高贵的绅士做她的新郎，她还不想想这是多大的福气吗？

朱丽叶 我没有欢喜，只有感激；你们不能勉强我欢喜一个我对他没有好感的人，可是我感激你们爱我的一片好心。

凯普莱特 怎么！怎么！胡说八道！这是什么话？什么欢喜不欢喜，感激不感激！好丫头，我也不要你感谢，我也不要你欢喜，只要你预备好星期四到圣彼得教堂里去跟帕里斯结婚；你要是不愿意，我就把你装在木笼里拖了去。不要脸的死丫头，贱东西！

凯普莱特夫人 哎哟！哎哟！你疯了吗？

朱丽叶 好爸爸，我跪下来求求您，请您耐心听我说一句话。

凯普莱特 该死的小贱妇！不孝的畜生！我告诉你，星期四给我到教堂里去，不然以后再也不要见我的面。不许说话，不要回答我；我的手指痒着呢。——夫人，我们常常怨叹自己福薄，只生下这一个孩子；可是现在我才知道就是这一个已经太多了，总是家门不幸，出了这一个冤孽！不要脸的贱货！

乳媪　上帝祝福她！老爷，您不该这样骂她。

凯普莱特　为什么不该！我的聪明的老太太？谁要你多嘴，我的好大娘？你去跟你那些婆婆妈妈们谈天去吧，去！

乳媪　我又没有说过一句冒犯您的话。

凯普莱特　闭嘴，你这叽哩咕噜的蠢婆娘！我们不要听你的教训。

凯普莱特夫人　你的脾气太躁了。

凯普莱特　哼！我气都气疯啦。每天每夜，时时刻刻，不论忙着空着，独自一个人或是跟别人在一起，我心里总是在盘算着怎样替她配一份好好的人家；现在好容易找到一位出身高贵的绅士，又有家私，又年轻，又受过高尚的教养，正是人家说的十二分的人才，好到没得说的了；偏偏这个不懂事的傻丫头，放着送上门来的好福气不要，说什么“我不要结婚”“我不懂恋爱”“我年纪太小”“请你原谅我”；好，你要是不愿意嫁人，我可以放你自由，尽你的意思到什么地方去，我这屋子里可容不得你了。你给我想想明白，我是一向说到那里做到那里的。星期四就在眼前；自己仔细考虑考虑。你倘然是我的女儿，就得听我的话嫁给我的朋友；你倘然不是我的女儿，那么你去上吊也好，做叫花子也好，挨饿也好，死在路上也好，我都不管，因为凭着我的灵魂起誓，我是再也不会认你这个女儿的，你也别想我会分一点什么给你。我不会骗你，你想一想吧；我誓也发过了，我一定要把它做到的。（下）

朱丽叶 天知道我心里是多么难过，难道它竟会不给我一点慈悲吗？啊，我的亲爱的母亲！不要丢弃我！把这门亲事延期一个月或是一个星期也好；或者要是您不答应我，那么请您把我的新床安放在提伯尔特长眠的幽暗的坟茔里吧！

凯普莱特夫人 不要对我讲话，我没有什么话好对你说。随你的便吧，我是不管你的啦。（下）

朱丽叶 上帝啊！啊，奶妈！这件事情怎么避过去呢？我的丈夫还在世间，我的誓言已经上达天听；倘使我的誓言可以收回，那么除非我的丈夫已经脱离人世，从天上把它送还给我。安慰安慰我，替我想想办法吧。唉！唉！想不到天也会作弄像我这样一个柔弱的人！你怎么说？难道你没有一句可以使我快乐的话吗？奶妈，给我一点安慰吧！

乳媪 好，那么你听我说。罗密欧是已经放逐了；我可以打赌无论什么东西，他再也不敢回来责问你，除非他偷偷儿溜了回来。事情既然这样，那么我想你最好还是跟那伯爵结婚。啊！他真是个可爱的绅士！罗密欧比起他来只好算是一块抹布；小姐，一头鹰也没有像帕里斯那样一双又是碧绿得好看、又是锐利的眼睛。说句该死的话，我想你这第二个丈夫，比第一个丈夫好得多啦；话也许不是这么说，可是你的第一个丈夫虽然还在世上，对你已经没有什么用处，也就跟死了差不多啦。

朱丽叶　你这些话是从心里说出来的吗？

乳媪　那不但是我心里的话，也是我灵魂里的话；倘有虚假，让我的灵魂下地狱。

朱丽叶　阿门！

乳媪　什么！

朱丽叶　好，你已经给了我很大的安慰。你进去吧；告诉我的母亲说我出去了，因为得罪了我的父亲，要到劳伦斯的庵院里去忏悔我的罪过。

乳媪　很好，我就这样告诉她；这才是聪明的办法哩。（下）

朱丽叶　老而不死的魔鬼！顶丑恶的妖精！她希望我背弃我的盟誓；她几千次向我夸奖我的丈夫，说他比谁都好，现在却又用同一条舌头说他的坏话！去，我的顾问；从此以后，我再也不把你当作心腹看待了。我要到神父的地方去向他求救；要是一切办法都已穷尽，我唯有一死了之。（下）

第四幕

第一场

维洛那。劳伦斯神父的庵院

劳伦斯神父及帕里斯上。

劳伦斯 星期四吗，伯爵？时间未免太局促了。

帕里斯 这是我的岳父凯普莱特的意思；他既然这样性急，我也不愿把时间延迟下去。

劳伦斯 您说您还没有知道那小姐的心思；我不赞成这种片面决定的事情。

帕里斯 她为了提伯尔特的死流着过度的眼泪，所以我没有多跟她谈恋爱，因为在一间哭哭啼啼的屋子里，维纳斯也是露不起笑容来的。神父，她的父亲因为瞧她这样一味伤心，恐怕会发生什么意外，所以他才决定替我们提早完婚，免得她一天到晚哭得像个泪人儿一般；一个人在房间里最容易触绪兴怀，要是有了伴侣，也许可以替她排去悲哀。现在您可以知道我这次匆促结婚的理由了。

劳伦斯 （旁白）我希望我不知道它为什么必须延迟的理由。——瞧，伯爵，这位小姐到我庵里来了。

朱丽叶上。

帕里斯 您来得正好，我的爱妻。

朱丽叶 伯爵，等我做了妻子以后，也许您可以这样叫我。

帕里斯 爱人，这个也许到星期四就会成为事实了。

朱丽叶 事实是无可避免的。

劳伦斯 那是当然的道理。

帕里斯 您是来向这位神父忏悔吗？

朱丽叶 回答您这一个问题，我必须向您忏悔了。

帕里斯 不要在他的面前否认您爱我。

朱丽叶 我愿意在您的面前承认我爱他。

帕里斯 我相信您也一定愿意在我的面前承认您爱我。

朱丽叶 要是我必须承认，那么在您的背后承认，比在您的面前承认好得多啦。

帕里斯 可怜的人儿！眼泪已经毁损了你的美貌。

朱丽叶 眼泪并没有得到多大的胜利；因为我这副容貌在没有被眼泪毁损以前，已经够丑了。

帕里斯 你不该说这样的话诽谤你的美貌。

朱丽叶 这不是诽谤，伯爵，这是实在的话，我当着我自己的脸说的。

帕里斯 你的脸是我的，你不该侮辱它。

朱丽叶 也许是的，因为它不是我自己的。神父，您现在有空吗？还是让我在晚祷的时候再来？

劳伦斯 我还是现在有空，多愁的女儿。伯爵，我们现在必须请您离开我们。

帕里斯 我不敢打扰你们的祈祷。朱丽叶，星期四一早我就来叫醒你；现在我们再会吧，请你保留下这一个神圣的吻。（下）

朱丽叶　啊！把门关了！关了门，再来陪着我哭吧。没有希望，没有补救，没有挽回了！

劳伦斯　啊，朱丽叶！我早已知道你的悲哀，实在想不出一个万全的计策。我听说你在星期四必须跟这伯爵结婚，而且毫无拖延的可能了。

朱丽叶　神父，不要对我说你已经听见这件事情，除非你能够告诉我怎样避免它；要是你的智慧不能帮助我，那么只要你赞同我的决心，我就可以立刻用这把刀解决一切。上帝把我的心和罗密欧的心结合在一起，我们两人的手是你替我们结合的；要是我这一只已经由你证明和罗密欧缔盟的手，再去和别人缔结新盟，或是我的忠贞的心起了叛变，投进别人的怀里，那么这把刀可以割下这背盟的手，诛戮这叛变的心。所以，神父，凭着你的丰富的见识阅历，请你赶快给我一些指教；否则瞧吧，这把血腥气的刀，就可以在我跟我的困难之间做一个公证人，替我解决你的经验和才能所不能替我觅得一个光荣解决的难题。不要老是不说话；要是你不能指教我一个补救的办法，那么我除了一死以外，没有别的希冀。

劳伦斯　住手，女儿；我已经望见了一线希望，可是那必须用一种非常的手段，方才能够抵御这一种非常的变故。要是你因为不愿跟帕里斯伯爵结婚，能够毅然立下视死如归的决心，那么你也一定愿意采取一种和死差不多的办法，来避免这种耻辱；倘然你敢冒险一试，我就可以把办法告诉你。

朱丽叶　啊！只要不嫁给帕里斯，你可以叫我从那边塔顶的雉堞上跳下来；你可以叫我在盗贼出没，毒蛇潜迹的路上匍匐行走；把我和咆哮的怒熊锁禁在一起；或者在夜间把我关在堆积尸骨的地窟里，用许多陈死的白骨，霉臭的腿胴和失去下颚的焦黄的骷髅掩盖着我的身体；或者叫我跑进一座新坟里去，把我隐匿在死人的殓衾里；无论什么使我听了战栗的事，只要可以让我活着对我的爱人做一个纯洁无瑕的妻子，我都愿意毫不恐惧、毫不迟疑地做去。

劳伦斯 好，那么放下你的刀；快快乐乐地回家去，答应嫁给帕里斯。明天就是星期三了；明天晚上你必须一人独睡，别让你的奶妈睡在你的房间里；这一个药瓶你拿去，等你上床以后，就把这里面炼就的汁液一口喝下，那时就会有一阵昏昏沉沉的寒气通过你全身的血管，跟着脉搏就会停止下来；没有一丝温暖和呼吸可以证明你还活着；你的嘴唇和颊上的红色都会变成灰白；你的眼睑闭下，就像死神的手关闭了生命的白昼；你身上的每一部分失去了灵活的控制，都像死一样僵硬寒冷；在这种与死无异的状态中，你必须经过四十二小时，然后你就仿佛从一场酣睡中醒了过来。当那新郎在早晨来催你起身的时候，他们会发现你已经死了；然后，照着我们国里的规矩，他们就要替你穿起了盛装，用柩车载着你到凯普莱特族中祖先的坟茔里。一方面我这里因为要预备你醒来，我可以写信给罗密欧，告诉他我们的计划，叫他立刻到这儿来；我跟他两个人就守在你的身边，等你一醒过来，当夜就叫罗密欧带着你到曼多亚去。只要你不临时变卦，不中途气馁，这一个办法一定可以使你避免这一场眼前的耻辱。

朱丽叶 给我！给我！啊，不要对我说起害怕两个字！

劳伦斯　拿着；你去吧，愿你立志坚强，前途顺利！我就叫一个弟兄飞快到曼多亚，带我的信去送给你的丈夫。

朱丽叶　爱情啊，给我力量吧！只有力量可以打救我。再会，亲爱的神父！（各下）

第二场

同前。凯普莱特家中厅堂

凯普莱特、凯普莱特夫人、乳媪及众仆上。

凯普莱特　这单子上有名字的，都是要去邀请的客人。（仆甲下）来人，给我去雇二十个有本领的厨子来。（仆乙下）咱们这一次实在有点儿措手不及。什么！我的女儿到劳伦斯神父那里去了吗？

乳媪　正是。

凯普莱特　好，也许他可以劝告劝告她；真是个乖僻不听话的浪蹄子！

乳媪　瞧她已经忏悔完毕，高高兴兴地回来啦。

朱丽叶上。

凯普莱特 啊，我的倔强的丫头！你荡到什么地方去啦？

朱丽叶 我因为自知忤逆不孝，违抗了您的命令，所以特地前去忏悔我的罪过。现在我听从劳伦斯神父的指教，跪在这儿请您宽恕。爸爸，请您宽恕我吧！从此以后，我永远听您的话了。

凯普莱特 去请伯爵来，对他说：我要把婚礼改在明天早上举行。

朱丽叶 我在劳伦斯庵里遇见这位少年伯爵；我已经在不超过礼法的范围以内，向他表示过我的爱情了。

凯普莱特 啊，那很好，我很高兴。站起来吧；这样才对。让我见见这伯爵；喂，快去请他过来。多谢上帝，把这位可尊敬的神父赐给我们！我们全城的人都感戴他的好处。

朱丽叶 奶妈，请你陪我到我的房间里去，帮我检点检点衣饰，看有哪几件可以在明天穿戴。

凯普莱特夫人 不，还是到星期四再说吧，急什么呢？

凯普莱特 去，奶妈，陪她去。我们一定明天上教堂。（朱丽叶及乳媪下）

凯普莱特夫人 我们现在预备起来怕来不及；天已经快入夜了。

凯普莱特 胡说！我现在就动手起来，你瞧着吧，太太，到明天一定什么都安排得好好的。你快去帮朱丽叶打扮打扮；我今天晚上不睡了，让我一个人在这儿做一次管家妇。喂！喂！这些人一个都不在。好，让我自己跑到帕里斯那里去，叫他准备明天做新郎。这个倔强的孩子现在回心转意，真叫我高兴得了不得。（各下）

第三场

朱丽叶的卧室

朱丽叶及乳媪上。

朱丽叶　嗯，那些衣服都很好。可是，好奶妈，今天晚上请你不用陪我，因为我还要念许多祷告，求上天宥恕我过去的罪恶，默佑我将来的幸福。

凯普莱特夫人上。

凯普莱特夫人　啊！你正在忙着吗？要不要我帮你？

朱丽叶　不，母亲；我们已经选择好了明天需用的一切，所以现在请您让我一个人在这儿吧；让奶妈今天晚上陪着您睡，因为我相信这次事情办得太匆促了，您一定忙得不可开交。

凯普莱特夫人　晚安！早点睡觉，你应该好好休息休息。（凯普莱特夫人及乳媪下）

朱丽叶　再会！上帝知道我们将在什么时候相见。我觉得仿佛有一阵寒颤刺激着我的血液，简直要把生命的热流冻结起来似的；待我叫她们回来安慰安慰我。奶妈！——要她到这儿来干什么？这凄惨的场面必须让我一个人扮演。来，药瓶。要是这药水不发生效力呢？那么我明天早上就必须结婚吗？不，不，这把刀会阻止我；你躺在那儿吧。（将匕首置枕边）也许这瓶里是毒药，那神父因为已经替我和罗密欧证婚，现在我再跟别人结婚，恐怕损害他的名誉，所以有意骗我服下去毒死我；我怕果然会有这样的事；可是他一向是众人公认为道高德重的人，我想大概不至于；我不能抱着这样卑劣的思想。要是我在坟墓里醒了过来，罗密欧还没有到来把我救出去呢？这倒是很可怕的一点！那时我不是要在终年透不进一丝新鲜空气的地窟里活活闷死，等不及我的罗密欧到来吗？即使不闷死，那死亡和长夜的恐怖，那古墓中阴森的气象，几百年来，我祖先的尸骨都堆积在那里，入土未久的提伯尔特蒙着他的殓衾，正在那里腐烂；人家说，一到晚上，鬼魂便会归返他们的墓穴；唉！唉！要是我太早醒来，这些恶臭的气味，这些使人听了会发疯的凄厉的叫声；啊！要是我醒来，周围都是这种吓人的东西，我不会心神迷乱，疯狂地抚弄着我的祖宗的骨骼，把肢体溃烂的提伯尔特拖出了他的殓衾吗？在这样疯狂的状态中，我不会拾起一根老祖宗的骨头来，当作一根棍子，打破我的发昏的头颅吗？啊，瞧！那不是提伯尔特的鬼魂，正在那里追赶罗密欧，报复他的一剑之仇吗？等

一等，提伯尔特，等一等！罗密欧，我来了！我为你干了这一杯！（倒在幕内的床上）

第四场

同前。凯普莱特家中厅堂

凯普莱特夫人及乳媪上。

凯普莱特夫人 奶妈，把这串钥匙拿去，再拿一点香料来。

乳媪 点心房里在喊着要枣子和榅桲呢。

凯普莱特上。

凯普莱特 来，赶紧点儿，赶紧点儿！鸡已经叫了第二次，熄灯钟已经打过，三点钟到了。好安吉丽加[①]，当心看看肉饼有没有烘焦。多花费几个钱没有关系。

乳媪 走开，走开，女人家的事用不到您多管；快去睡吧，今天吵了一个晚上，明天又要害病了。

---

① 安吉丽加，凯普莱特夫人的名字。

凯普莱特　不，哪儿的话！嘿，我为了没要紧的事，也曾经整夜不睡，几曾害过病来？

凯普莱特夫人　对啦，你从前也是顶惯偷女人的夜猫儿，可是现在我却不放你出去胡闹啦。（凯普莱特夫人及乳媪下）

凯普莱特　真是个醋娘子！真是个醋娘子！

三四仆人持炙叉、木柴及篮上。

凯普莱特　喂，这是什么东西？

仆甲　老爷，这些都是拿去给厨子的，我也不知道是什么东西。

凯普莱特　赶紧点儿，赶紧点儿。（仆甲下）喂，木头要拣干燥点儿的，你去问彼得，他可以告诉你什么地方有。

仆乙　老爷，我自己也长着眼睛会拣木头，用不到麻烦彼得。（下）

凯普莱特　嘿，倒说得有理，这个淘气的小杂种！哎哟！天已经亮了；伯爵就要带着乐工来了，他说过的。（内乐声）我听见他已经走近了。奶妈！妻子！喂，喂！喂，奶妈呢？

乳媪重上。

凯普莱特　快去叫朱丽叶起来，把她打扮打扮；我要去跟帕里斯谈天去了。快去，快去，赶紧点儿；新郎已经来了；赶紧点儿！（各下）

第五场

同前。朱丽叶的卧室

乳媪上。

乳媪 小姐！喂，小姐！朱丽叶！她准是睡熟了。喂，小羊！喂，小姐！哼，你这懒丫头！喂，亲亲！小姐！心肝！喂，新娘！怎么！一声也不响？现在尽你睡去，尽你睡一个星期；到今天晚上，帕里斯伯爵可不让你安安静静休息一忽儿了。上帝饶恕我，阿门，她睡得多熟！我必须叫她醒来。小姐！小姐！小姐！好，让那伯爵自己到你床上来吧，那时你可要吓得跳起来了，是不是？怎么！衣服都穿好了，又重新睡下去吗？我必须把你叫醒。小姐！小姐！小姐！哎哟！哎哟！救命！救命！我的小姐死了！哎哟！我还活着做什么！喂，拿一点酒来！老爷！太太！

凯普莱特夫人上。

凯普莱特夫人 吵些什么？

乳媪 哎哟，好伤心啊！

凯普莱特夫人 什么事？

乳媪　瞧，瞧！哎哟，好伤心啊！

凯普莱特夫人　哎哟，哎哟！我的孩子，我的唯一的生命！醒醒！睁开你的眼睛来！你死了，叫我怎么活得下去？救命！救命！大家来啊！

凯普莱特上。

凯普莱特　还不送朱丽叶出来，她的新郎已经来啦。

乳媪　她死了，死了，她死了！哎哟，伤心啊！

凯普莱特夫人　唉！她死了，她死了，她死了！

凯普莱特　嘿！让我瞧瞧。哎哟！她身上冰冷的；她的血液已经停止不流，她的手脚都硬了；她的嘴唇里已经没有了生命的气息；死像一阵未秋先降的寒霜，摧残了这一朵最鲜嫩的娇花。

乳媪　哎哟，好伤心啊！

凯普莱特夫人　哎哟，好苦啊！

凯普莱特　死神夺去了我的孩子，他使我悲伤得说不出话来。

劳伦斯神父、帕里斯及乐工等上。

劳伦斯　来，新娘有没有预备好上教堂去？

凯普莱特　她已经预备动身，可是这一去再不回来了。啊贤婿！死神已经在你新婚的前夜降临到你妻子的身上。她躺在那里，像一朵被他摧残了的鲜花。死神是我的新婿，是我的后嗣，他已经娶去了我的女儿。我也快要死了，把我的一切都传给他；我的生命财产，一切都是死神的！

帕里斯　难道我眼巴巴望到天明，却让我看见这一个凄惨的情景吗？

凯普莱特夫人　倒霉的、不幸的、可恨的日子！永无休止的时间的运行中的一个顶悲惨的时辰！我就生了这一个孩子，这一个可怜的疼爱的孩子，她是我唯一的欢喜和安慰，现在却被残酷的死神从我眼前夺了去啦！

乳媪　好苦啊！好苦的，好苦的，好苦的日子啊！我这一生一世里顶伤心的日子！顶凄凉的日子！哎哟，这个日子！这个可恨的日子！从来不曾见过这样倒霉的日子！好苦的、好苦的日子啊！

帕里斯　最可恨的死，你欺骗了我，杀害了她，拆散了我们的良缘，一切都被残酷的残酷的你破坏了！啊！爱人！啊，我的生命！没有生命，只有被死亡吞噬了的爱情！

凯普莱特　悲痛的命运，为什么你要来打破、打破了我们的盛礼？儿啊！儿啊！我的灵魂，你死了！你已经不是我的孩子了！死了！唉！我的孩子死了，我的快乐也随着我的孩子埋葬了！

劳伦斯 静下来！不害羞吗？你们这样乱哭乱叫是无济于事的。上天和你们共有着这一个好女儿；现在她已经完全属于上天所有，这是她的幸福，因为你们不能使她的肉体避免死亡，上天却能使她的灵魂得到永生。你们竭力替她找寻一个美满的前途，因为你们的幸福是寄托在她的身上；现在她高高的升上云中去了，你们却为她哭泣吗？啊！你们瞧着她享受最大的幸福，却这样发疯一样号啕叫喊，这可以算是真爱你们的女儿吗？活着，嫁了人，一直到老，这样的婚姻有什么乐趣呢？在年轻时候结了婚而死去，才是最幸福不过的。揩干你们的眼泪，把你们的香花散布在这美丽的尸体上，按照着习惯，把她穿着盛装抬到教堂里去。愚痴的天性虽然使我们伤心痛哭，可是在理智眼中，这些天性的眼泪却是可笑的。

凯普莱特 我们本来为了喜庆预备好的一切，现在都要变成悲哀的殡礼；我们的乐器要变成忧郁的丧钟，我们的婚筵要变成凄凉的丧席，我们的歌诗要变成沉痛的挽曲，新娘手里的鲜花要放在坟墓中殉葬，一切都要相反而行。

劳伦斯 凯普莱特先生，您进去吧；夫人，您陪他进去；帕里斯伯爵，您也去吧；大家准备送这具美丽的尸体下葬。上天的愤怒已经降临在你们身上，不要再违逆他的意志，招致更大的灾祸。（凯普莱特夫妇、帕里斯、劳伦斯同下）

乐工甲 真的，咱们也可以收起笛子来走啦。

乳媪 啊！好兄弟们，收起来吧，收起来吧；这真是一场伤心的横祸！（下）

彼得上。

彼得　乐工！啊！乐工，《心里的安乐》，《心里的安乐》！啊！替我奏一曲《心里的安乐》，否则我要活不下去了。

乐工甲　为什么要奏《心里的安乐》呢？

彼得　啊！乐工，因为我的心在那里唱着《我心里充满了忧伤》。啊！替我奏一支快活的歌儿，安慰安慰我吧。

乐工甲　不奏不奏，现在不是奏乐的时候。

彼得　那么你不奏吗？

乐工甲　不奏。

彼得　那么我就给你们——

乐工甲　你给我们什么？

彼得　我可不给你们钱，哼！我要给你们一顿骂；我骂你们是一群卖唱的叫花子。

乐工甲　那么我就骂你是个下贱的奴才。

彼得　那么我就把奴才的刀搁在你们的头颅上。

乐工乙　且慢，君子动口，小人动手。

彼得　好，那么让我用舌剑唇枪杀得你们抱头鼠窜。有本领的，回答我这一个问题：

悲哀伤痛着心灵，
忧郁萦绕在胸怀，
唯有音乐的银声——

为什么说“银声”？为什么说“音乐的银声”？西门·凯特林，你怎么说？

乐工甲　因为银子的声音很好听。

彼得　说得好！休·利培克，你怎么说？

乐工乙　因为乐工奏乐的目的，是想人家赏他几两银子。

彼得　说得好！詹姆士·桑德普斯特，你怎么说？

乐工丙　不瞒你说，我可不知道应当怎么说。

彼得　啊！对不起，你是只会唱唱歌的；我替你说了吧：因为乐工尽管奏乐奏到老死，也换不到一些金子。唯有音乐的银声，可以把烦闷推开。（下）

乐工甲　真是个讨厌的家伙！

乐工乙　该死的奴才！来，咱们且慢回去，等吊客来的时候吹奏两声，吃他们一顿饭再去。（同下）

第五幕

第一场

曼多亚。街道

罗密欧上。

罗密欧 要是梦寐中的美景果然可以成为事实，那么我的梦预兆着将有好消息到来；我觉得心君宁恬，整日里有一种向来所没有的精神，用快乐的思想把我从地面上飘扬起来。我梦见我的爱人来看见我死了，——奇怪的梦，一个死人也会思想！——她吻着我，把生命吐进了我的嘴唇里，于是我复活了，并且成为一个君王。唉！仅仅是爱的影子，已经给人这样丰富的欢乐，要是占有了爱的本身，那该是多少的甜蜜！

鲍尔萨泽上。

罗密欧 从维洛那来的消息！啊，鲍尔萨泽！不是神父叫你带信来给我吗？我的爱人怎样？我父亲好吗？我再问你一遍，我的朱丽叶安好吗？因为只要她安好，一定什么都是好好儿的。

鲍尔萨泽 那么她是安好的，什么都是好好儿的；她的身体长眠在凯普莱特家的坟茔里，她的不死的灵魂和天使们在一起。我看见她下葬在她亲族的墓穴里，所以立刻飞马前来告诉您。啊，少爷！恕我带了这恶消息来，因为这是您吩咐我做的事。

罗密欧 有这样的事！命运，我咒诅你！——你知道我的住处；给我买些纸笔，雇下两匹快马，我今天晚上就要动身。

鲍尔萨泽 少爷，请您宽心一下；您的脸色惨白而仓皇，恐怕是不吉之兆。

罗密欧 胡说，你看错了。快去，把我叫你做的事赶快办好。神父没有叫你带信给我吗？

鲍尔萨泽 没有，我的好少爷。

罗密欧 算了，你去吧，把马匹雇好了；我就来找你。（鲍尔萨泽下）好，朱丽叶，今晚我要睡在你的身旁。让我想个办法。啊，罪恶的念头！你会多么快钻进一个绝望者的心里！我想起了一个卖药的人，他的铺子就开设在附近，我曾经看见他穿着一身破烂的衣服，皱着眉头在那儿拣药草；他的形状十分消瘦，贫苦把他熬煎得只剩一把骨头；他的寒伧的铺子里挂着一头乌龟，一头剥制的鳄鱼，还有几张形状丑陋的鱼皮；他的架子上稀疏地散放着几只空匣子，绿色的瓦罐，一些胞囊和发霉的种子，几段包扎的麻绳，还有几块陈年的干玫瑰花，作为聊胜于无的点缀。看到这一种寒酸的样子，我就对自己说，在曼多亚城里，谁出卖了毒药是会立刻处死的，可是倘有谁现在需要毒药，这儿有一个可怜的奴才会卖给他。啊！不料我这一个思想，竟会预兆着我自己的需要，这个穷汉的毒药却要卖给我。我记得这里就是他的铺子；今天是假日，所以这叫花子没有开门。喂！卖药的！

卖药人上。

卖药人 谁在高声叫喊？

罗密欧 过来，朋友。我瞧你很穷，这儿是四十块钱，请你给我一点能够迅速致命的毒药，厌倦于生命的人一服下去便会散入全身的血管，立刻停止呼吸而死去，就像火药从炮膛里放射出去一样快。

卖药人 这种致命的毒药我是有的；可是曼多亚的法律严禁出卖，出卖的人是要处死刑的。

罗密欧 难道你这样穷苦，还怕死吗？饥寒的痕迹刻在你的脸颊上，贫乏和迫害在你的眼睛里射出了饿火，轻蔑和卑贱重压在你的背上；这世间不是你的朋友，这世间的法律也保护不到你，没有人为你定下一条法律使你富有；那么你何必苦耐着贫穷呢？违犯了法律，把这些钱拿下了吧。

卖药人 我的贫穷答应了你，可是那是违反我的良心的。

罗密欧 我的钱是给你的贫穷，不是给你的良心的。

卖药人 把这一服药放在无论什么饮料里喝了下去，即使你有二十个人的气力，也会立刻送命。

罗密欧 这儿是你的钱，那才是害人灵魂的更坏的毒药，在这万恶的世界上，它比你那些不准贩卖的微贱的药品更会杀人；你没有把毒药卖给我，是我把毒药卖给你。再见；买些吃的东西，把你自己喂得胖一点。——来，你不是毒药，你是替我解除痛苦的仙丹，我要带着你到朱丽叶的坟上去，少不得要借重你一下哩。（各下）

第二场

维洛那。劳伦斯神父的庵院

约翰神父上。

约翰 喂！师兄那里？

劳伦斯神父上。

劳伦斯 这是约翰师弟的声音。欢迎你从曼多亚回来！罗密欧怎么说？要是他的意思在信里写明，那么把他的信给我吧。

约翰　我临走的时候，因为要找寻一个同伴，去看一个同门的师弟，他正在这城里访问病人，不料给本地巡逻的人看见了，疑心我们走进了一家染着瘟疫的人家，把门封锁住了，不让我们出来，所以耽误了我的曼多亚之行。

劳伦斯　那么谁把我的信送去给罗密欧呢？

约翰　我没有法子把它送出去，现在我又把它带回来了；因为他们害怕瘟疫传染，也没有人愿意把它送还给你。

劳伦斯　糟了！这封信不是等闲，性质十分重要，把它耽误下来，也许会引起极大的灾祸。约翰师弟，你快去给我找一柄铁锄，立刻带到这儿来。

约翰　好师兄，我去给你拿来。（下）

劳伦斯　现在我必须独自到墓地里去；在这三小时之内，朱丽叶就会醒来，她因为罗密欧不曾知道这些事情，一定会责怪我。我现在要再写一封信到曼多亚去，让她留在我的庵里，直等罗密欧到来。可怜的没有死的尸体，幽闭在一座死人的坟墓里！（下）

第三场

同前。凯普莱特家坟茔所在的墓地

帕里斯及侍童携鲜花火炬上。

帕里斯 孩子，把你的火把给我；走开，站在远远的地方；还是熄了吧，我不愿给人看见。你去在那边的紫杉树底下直躺下来，把你的耳朵贴着中空的地面，听听有没有跟跄的脚步走到坟地上来发掘坟墓；要是听见了什么声息，便吹一个嘧哨通知我。把那些花给我。照我的话做去，走吧。

侍童 （旁白）我简直不敢独个儿站在这墓地上，可是我要硬着头皮试一下。（退后）

帕里斯 这些鲜花替你铺盖新床；
惨啊，一朵娇红永委沙尘！
我要用沉痛的热泪淋浪，
和着香水浇灌你的芳坟；
夜夜到你墓前散花哀泣，
这一段相思啊永无消歇！（侍童吹口哨）

这孩子在警告我有人来了。那一个该死的家伙在这晚上到这儿

来打扰我在爱人墓前的凭吊？什么！还拿着火把来吗？——让我躲在一旁看看他的动静。（退后）

罗密欧及鲍尔萨泽持火炬锹锄等上。

罗密欧　把那锄头跟铁钳给我。且慢，拿着这封信；等天一亮，你就把它送去给我的父亲。把火把给我。听好我的吩咐，无论你听见什么瞧见什么，都只好远远地站着不许动，免得妨碍了我的事情；要是动一动，我就要你的命。我之所以要跑下这个坟墓里去，一部分的原因是要探望探望我的爱人，可是主要的理由却是要从她的手指上取下一个宝贵的指环，因为我有一个很重要的用途。所以你赶快给我走开吧；要是你不相信我的话，胆敢回来窥伺我的行动，那么，我可以对天发誓，我要把你的骨骼一节一节扯下来，让这饥饿的墓地上散满了你的肢体。我现在的心境非常狂野，比饿虎或是咆哮的怒海都要凶猛无情，你可不要惹我性起。

鲍尔萨泽　少爷，我去就是了，决不来打扰您。

罗密欧　这才像个朋友。这些钱给你拿去，愿你一生幸福。再会，好朋友。

鲍尔萨泽　（旁白）虽然这么说，我还是要躲在附近的地方看着他；他的脸色使我害怕，我不知道他究竟打算做些什么出来。（退后）

罗密欧　你无情的泥土，吞噬了世上最可爱的人儿，我要擘开你的馋吻，（将墓门掘开）索性让你再吃一个饱！

帕里斯 这就是那个已经放逐出去的骄横的蒙太古，他杀死了我爱人的族兄，据说她就是因为伤心他的惨死而夭亡的。现在这家伙又要来盗尸发墓了，待我去抓住他。（上前）万恶的蒙太古！停止你的罪恶的工作，难道你杀了他们还不够，还要在死人身上发泄你的仇恨吗？该死的凶徒，赶快束手就捕，跟我见官去！

罗密欧 我果然该死，所以才到这儿来。好孩子，不要激怒一个不顾死活的人，快快离开我走吧；想想这些死了的人，你也该胆寒了。孩子，请你不要激动我的怒气，使我再犯一次罪；啊，去吧！我可以对天发誓，我爱你远过于爱我自己，因为我来此的目的，就是要跟自己作对。别留在这儿，去吧；好好儿留着你的活命，以后也可以对人家说一个疯子发了慈悲，叫你逃走的。

帕里斯 我不听你这种鬼话；你是一个罪犯，我要逮捕你。

罗密欧 你一定要激怒我吗？那么好，来，孩子！（二人格斗）

侍童 哎哟，主啊！他们打起来了，我去叫巡逻的人来！（下）

帕里斯 （倒下）啊，我死了！——你倘有几分仁慈，打开墓门来，把我放在朱丽叶的身旁吧！（死）

罗密欧 好，我愿意成全你的志愿。让我瞧瞧他的脸孔；啊，茂丘西奥的亲戚，尊贵的帕里斯伯爵！当我们一路上骑马而来的时候，我的仆人曾经对我说过几句话，那时我因为心绪烦乱，没有听得进去；他说些什么？好像他告诉我说帕里斯本来预备娶朱丽叶为妻；

他不是这样说吗？还是我做过这样的梦？或者还是我神经错乱，听见他说起朱丽叶的名字，所以发生了这一种幻想？啊！把你的手给我，你我都是登录在厄运的黑册上的人，我要把你葬在一个胜利的坟墓里；一个坟墓吗？啊，不！被杀害的少年，这是一个灯塔，因为朱丽叶睡在这里，她的美貌使这一个墓窟变成一座充满着光明的欢宴的华堂。死了的人，躺在那儿吧，一个死了的人把你安葬了。（将帕里斯放下墓中）人们在临死的时候，往往反会觉得心中愉快，旁观的人便说这是死前的一阵回光返照；啊！这也就是我的回光返照吗？啊，我的爱人！我的妻子！死虽然已经吸去了你呼吸中的芳蜜，却还没有力量摧残你的美貌；你还没有被他征服，你的嘴唇上、脸庞上，依然呈现着红润的美艳，不曾让灰白的死亡进占。提伯尔特，你也裹着你的血淋淋的殓衾躺在那儿吗？啊！你的青春葬送在你仇人的手里，现在我来替你报仇来了，我要亲手杀死那杀害你的人。原谅我吧，兄弟！啊！亲爱的朱丽叶，你为什么仍然是这样美丽？难道那虚无的死亡，那枯瘦可憎的妖魔，也是个多情种子，所以把你藏匿在这幽暗的洞府里做他的情妇吗？为了防止这样的事情，我要永远陪伴着你，再不离开这漫漫长夜的幽宫；我要留在这儿，跟你的侍婢，那些蛆虫们在一起；啊！我要在这儿永久安息下来，从我这厌倦人世的凡躯上挣脱厄运的束缚。眼睛，瞧你的最后一眼吧！手臂，作你最后一次的拥抱吧！嘴唇，啊！你呼吸的门户，用一个合法的吻，跟网罗一切的死亡订立一个永久的契约吧！来，苦味的向导，你绝望的领港人，现在赶快把你的厌倦于风涛的船舶向那巉岩上冲撞过去吧！为了我的爱人，我干了这一杯！（饮药）啊！卖药的人果然没有骗我，药性很快地发作了。在这一吻中我死去。（死）

劳伦斯神父持灯笼锄锹自墓地另一端上。

劳伦斯　圣芳济保佑我！我这双老脚今天晚上怎么老是在坟堆里绊来跌去的！那边是谁？

鲍尔萨泽　是一个朋友，也是一个跟您熟识的人。

劳伦斯　祝福你！告诉我，我的好朋友，那边是什么火把，对蛆虫和没有眼睛的骷髅浪费着它的光明？照我辨认起来，那火把亮着的地方，似乎是凯普莱特家里的坟茔。

鲍尔萨泽　正是，神父；我的主人，他是您的好朋友，就在那儿。

劳伦斯　他是谁？

鲍尔萨泽　罗密欧。

劳伦斯　他来多久了？

鲍尔萨泽　足足半点钟。

劳伦斯　陪我到墓穴里去。

鲍尔萨泽　我不敢，神父。我的主人不知道我还没有走；他曾经对我言辞恐吓，说要是我留在这儿窥伺他的动静，就要把我杀死。

劳伦斯　那么你留在这儿，让我一个人去吧。恐惧临到我的身上；啊！我怕会有什么不幸的祸事发生。

鲍尔萨泽 当我在这株紫杉树底下睡了过去的时候，我梦见我的主人跟另外一个人打架，那个人被我的主人杀了。

劳伦斯 （趋前）罗密欧！哎哟！哎哟，这坟墓的石门上染着些什么血迹？在这安静的地方，怎么横放着这两柄无主的血污的刀剑？（进墓）罗密欧！啊，他的脸色这么惨白！还有谁？什么！帕里斯也躺在这儿，浑身浸在血泊里？啊！多么残酷的时辰，造成了这场凄惨的意外！那小姐醒了。（朱丽叶醒）

朱丽叶 啊，善心的神父！我的夫君呢？我记得很清楚我应当在什么地方，现在我正在这地方。我的罗密欧呢？（内喧声）

劳伦斯 我听见有什么声音。小姐，赶快离开这个密布着毒气腐臭的死亡的巢穴吧；一种我们所不能反抗的力量已经阻挠了我们的计划。来，出去吧。你的丈夫已经在你的怀中死去；帕里斯也死了。来，我可以替你找一处地方出家做尼姑。不要耽误时间盘问我，巡夜的人就要来了。来，好朱丽叶，去吧。（内喧声又起）我不敢再等下去了。

朱丽叶 去，你去吧！我不愿意走。（劳伦斯下）这是什么？一只杯子，紧紧地握住在我的忠心的爱人的手里？我知道了，一定是毒药结果了他的生命。唉，冤家！你一起喝干了，不留下一滴给我吗？我要吻着你的嘴唇，也许这上面还留着一些毒液，可以让我当作兴奋剂服下而死去。（吻罗密欧）你的嘴唇还是温暖的！

巡丁甲 （在内）孩子，带路；在那一个方向？

朱丽叶 啊，人声吗？那么我必须快一点了结。啊，好刀子！（攫住罗密欧的匕首）这就是你的鞘子；（以匕首自刺）你插了进去，让我死了吧。（扑在罗密欧身上死去）

巡丁及帕里斯侍童上。

侍童 就是这儿，那火把亮着的地方。

巡丁甲 地上都是血；你们几个人去把墓地四周搜查一下，看见什么人就抓起来。（若干巡丁下）好惨！伯爵被人杀了躺在这儿，朱丽叶胸口流着血，身上还是热热的好像死得不久，虽然她已经葬在这里两天了。去，报告亲王，通知凯普莱特家里，再去把蒙太古家里的人也叫醒了，剩下的人到各处搜搜。（若干巡丁续下）我们看见这些惨事发生在这个地方，可是在没有得到人证以前，却无法明了这些惨事的真相。

若干巡丁率鲍尔萨泽上。

巡丁乙 这是罗密欧的仆人；我们看见他躲在墓地里。

巡丁甲 把他好生看押起来，等亲王来审问。

若干巡丁率劳伦斯神父上。

巡丁丙 我们看见这个教士从墓地旁边跑出来，神色慌张，一边叹气一边流着眼泪，他手里还拿着锄头铁锹，都给我们拿下来了。

巡丁甲　他有很重大的嫌疑；把这教士也看押起来。

亲王及侍从上。

亲王　什么祸事在这样早的时候发生，打断了我的清晨的安睡？

凯普莱特、凯普莱特夫人及余人等上。

凯普莱特　外边这样乱叫乱喊，是怎么一回事？

凯普莱特夫人　街上的人们有的喊着罗密欧，有的喊着朱丽叶，有的喊着帕里斯；大家沸沸扬扬地向我们家里的坟上奔去。

亲王　这么许多人为什么发出这样惊人的叫喊？

巡丁甲　王爷，帕里斯伯爵被人杀死了躺在这儿；罗密欧也死了；已经死了两天的朱丽叶，身上还热着，又被人重新杀死了。

亲王　用心搜寻，把这场万恶的杀人命案的真相调查出来。

巡丁甲　这儿有一个教士，还有一个被杀的罗密欧的仆人，他们都拿着掘墓的器具。

凯普莱特　天啊！——啊妻子！瞧我们的女儿流着这么多的血！这把刀弄错了地位了！瞧，它的空鞘子还在蒙太古家小子的背上，它却插进了我的女儿的胸前！

凯普莱特夫人 哎哟！这些死的惨象就像惊心动魄的钟声，警告我这风烛残年，快要不久于人世了。

蒙太古及余人等上。

亲王 来，蒙太古，你起来得虽然很早，可是你的儿子倒下得更早。

蒙太古 唉！殿下，我的妻子因为悲伤小儿的远逐，已经在昨天晚上去世了；还有什么祸事要来跟我这老头子作对呢？

亲王 瞧吧，你就可以看见。

蒙太古 啊，你这不孝的东西！你怎么可以抢在你父亲的前面，自己先钻到坟墓里去呢？

亲王 暂时停止你们的悲恸，让我把这些可疑的事实讯问明白，知道了详细的原委以后，再来领导你们放声一哭吧；也许我的悲哀还远胜过你们多多呢！——把嫌疑人犯带上来。

劳伦斯 时间和地点都可以作不利于我的证人；在这场悲惨的血案中，我虽然是一个能力最薄弱的人，但却是嫌疑最重的人。我现在站在殿下的面前，一方面是要供认我自己的罪过，一方面也要为我自己辩解。

亲王 那么快把你所知道的一切说出来。

劳伦斯 我要把经过的情形尽简单地叙述出来，因为我的短促的残生还不及一段冗烦的故事那么长。死了的罗密欧是死了的朱丽叶的丈夫，她是罗密欧的忠心的妻子，他们的婚礼是由我主持的。就在他们秘密结婚的那天，提伯尔特死于非命，这位才做的新郎也从这城里被放逐出去；朱丽叶是为了他，不是为了提伯尔特，才那样伤心憔悴的。你们因为要替她解除烦恼，把她许婚给帕里斯伯爵，还要强迫她嫁给他，她就跑来见我，神色慌张地要我替她想个办法避免这第二次的结婚，否则她要在我的庵里自杀。所以我就根据我的医药方面的学识，给她一服安眠的药水；它果然发生了我所预期的效力，她一服下去就像死了一样昏沉过去。同时我写信给罗密欧，叫他就在这一个悲惨的晚上到这儿来，帮助把她搬出她的寄寓的坟墓，因为药性一到时候便会过去。可是替我带信的约翰神父却因遭到意外，不能脱身，昨天晚上才把我的信依然带了回来。那时我只好按照着预先算定她醒来的时间，一个人前去把她从她家族的墓茔里带出来，预备把她藏匿在我的庵里，等有方便再去叫罗密欧来；不料我在她醒来以前几分钟到这儿来的时候，尊贵的帕里斯和忠诚的罗密欧已经双双惨死了。她一醒过来，我就请她出去，劝她安心忍受这一种出自天意的变故；可是那时我听见了纷纷的人声，吓得逃出了墓穴，她在万分绝望之中不肯跟我去，看样子她是自杀了。这是我所知道的一切，至于他们两人的结婚，那么她的乳母也是预闻的。要是这一场不幸的惨祸，是由我的疏忽所造成，那么我这条老命愿受最严厉的法律的制裁，请您让它提早几点钟牺牲了吧。

亲王　我一向知道你是一个道行高尚的人。罗密欧的仆人呢？他有些什么话说？

鲍尔萨泽　我把朱丽叶的死讯通知了我的主人，因此他从曼多亚急急地赶到这里，到了这座坟堂的前面。这封信他叫我一早送去给我家老爷；当他走进墓穴里的时候，他还恐吓我，说要是我不赶快走开，让他一个人在那儿，他就要杀死我。

亲王　把那信给我，我要看看。叫起巡丁来的那个伯爵的童儿呢？喂，你的主人到这地方来做什么？

侍童　他带了花来散在他夫人的坟上，他叫我站得远远的，我就听他的话；不多一会儿工夫，来了一个拿着火把的人把坟墓打开了。后来我的主人就拔剑跟他打了起来，我就奔去叫巡丁来。

亲王　这封信证实了这个神父的话，讲起他们恋爱的经过和她的去世的消息；他还写着说他从一个穷苦的卖药人手里买到一种毒药，要把它带到墓穴里来准备和朱丽叶长眠在一起。这两家仇人在哪里？——凯普莱特！蒙太古！瞧你们的仇恨已经受到了多大的惩罚，上天借手于爱情，夺去了你们心爱的人；我为了忽视你们的争执，也已经丧失了一双亲戚，大家都受到惩罚了。

凯普莱特　啊，蒙太古大哥！把你的手给我；这就是你给我女儿的一份聘礼，我不能再作更大的要求了。

蒙太古　但是我可以给你更多的；我要用纯金替她铸一座像，只要维洛那一天不改变它的名称，任何塑像都不会比忠贞的朱丽叶那一座更为超卓。

凯普莱特 罗密欧也要有一座同样富丽的金像卧在他情人的身旁，这两个在我们的仇恨下惨遭牺牲的可怜虫！

亲王 清晨带来了凄凉的和解，

太阳也惨得在云中躲闪。

大家先回去发几声感慨，

该恕的该罚的再听宣判。

古往今来多少离合悲欢，

谁曾见像这样哀怨辛酸！（同下）

特洛伊罗斯与克瑞西达

该剧的特别之处在于它包含了悲剧、喜剧和史剧三种基本模式的因素，是一种混合体裁，可称为悲喜混杂剧或悲喜剧。其最显著的特征就是寓喜剧性的讽刺于悲剧性的情节发展之中。莎士比亚要说更多的话来表达他对人类未来的深刻忧虑和关切。于是他构思了《特洛伊罗斯与克瑞西达》，透过战争故事表现英雄理想的幻灭，又透过恋爱故事表现爱情理想的幻灭。

剧中人物

普里阿摩斯	特洛亚国王
赫克托	普里阿摩斯之子
特洛伊罗斯	
帕里斯	
得伊福玻斯	
赫勒诺斯	
玛伽瑞隆	普里阿摩斯的庶子
埃涅阿斯	特洛亚将领
安忒诺	
卡尔卡斯	特洛亚祭司，投降于希腊
潘达洛斯	克瑞西达的舅父
阿伽门农	希腊主帅
墨涅拉俄斯	伽门农之弟，希腊将领
阿喀琉斯	希腊将领
埃阿斯	
俄底修斯	
涅斯托	

狄俄墨得斯 **帕特洛克罗斯**	希腊将领
忒耳西忒斯	丑陋而好谩骂的希腊人
亚历山大	克瑞西达的仆人
特洛伊罗斯的仆人	
帕里斯的仆人	
狄俄墨得斯的仆人	
海伦	墨涅拉俄斯之妻
安德洛玛刻	赫克托之妻
卡珊德拉	普里阿摩斯之女，能预知未来
克瑞西达	卡尔卡斯之女

特洛亚及希腊兵士、侍从等

地点

特洛亚；特洛亚郊外的希腊营地

开场白

这一本戏的地点是在特洛亚。一群心性高傲的希腊王子，怀着满腔的愤怒，把他们满载着准备一场恶战的武器的船舶会集在雅典港口。六十九个戴着王冠的武士，从雅典海湾浩浩荡荡向弗里吉亚出发。他们立誓荡平特洛亚，因为在特洛亚的坚强的城墙里，墨涅拉俄斯的王妃，被奸污的海伦，正在风流的帕里斯怀抱中睡着——这就是引起战衅的原因。他们到了忒涅多斯，从庞大的船舶上搬下了他们的坚甲利器。这批新上战场未临矢石的希腊人，就在达耳丹平原上扎下他们威武的营寨。普里阿摩斯的城市的六个城门：达耳丹、丁勃里亚、伊里亚斯、契他斯、特洛琴和安替诺力第斯，都用重重的铁锁封闭起来，关住了特洛亚的健儿。一边是特洛亚人，一边是希腊人，两方面各自提心吊胆，不知道谁胜谁败；正像我这念开场白的人，既要担心编剧的一支笔太笨拙，又要担心演戏的嗓子太坏，不知道这出戏究竟会演成什么样子一样。在座的观众诸君，我要声明一句，我们并不从这场战争开始的时候演起，却是从中途开始演起，后来的种种事实，都尽量在这出戏里表演出来。诸位喜欢它也好，不满意也好，都随诸位的高兴；本来胜败兵家常事，万一我们演得不好，也是不足为奇的呀。

第一幕

第一场

特洛亚。普里阿摩斯王宫门前

特洛伊罗斯披甲胄上，潘达洛斯随上。

特洛伊罗斯 叫我的仆人来，我要把盔甲脱下了。我自己心里正在激战，为什么还要到特洛亚的城外去作战呢？让每一个能够主宰自己心的特洛亚人去上战场吧。唉！特洛伊罗斯的心早就不属于他自己了。

潘达洛斯 您不能把您的精神振作起来吗？

特洛伊罗斯 希腊人又强壮，又有智谋，又凶猛，又勇敢；我却比妇人的眼泪还柔弱，比一头绵羊还温驯，比无知的蠢汉还痴愚，比夜间的处女还懦怯，比不懂事的婴儿还笨拙。

潘达洛斯 好，我的话也早就说完了，我自己实在不愿再多管什么闲事。一个人要吃面饼，总得先等把麦子磨成了粉。

特洛伊罗斯 我不是已经等过了吗？

潘达洛斯 嗯，您已经等到麦子磨成了面粉，可是您必须再等面粉放在筛里筛过。

特洛伊罗斯 那我不是也已经等过了吗？

潘达洛斯 嗯，您已经等到面粉放在筛里筛过，可是您必须再等它发起酵来。

特洛伊罗斯 那我也已经等过了。

潘达洛斯 嗯，您已经等它发过酵了，可是以后您还要等面粉搓成了面团，炉子里生起了火，把面饼烘熟；就是烘熟以后，您还要等它凉一凉，免得烫痛了您的嘴唇。

特洛伊罗斯 忍耐的女神也没有遭受过像我所遭受的那么多的苦难。当我坐在普里阿摩斯的华贵的餐桌上的时候，我一想起美丽的克瑞西达——该死的家伙！“我一想起”！什么时候她离开过我的脑海呢？

潘达洛斯 嗯，我从来没有看见过她像昨天晚上那样美丽，她比无论哪一个别的女人都美丽。

特洛伊罗斯 我要告诉你：当我那颗心好像要被叹息劈成两半的时候，为了恐怕被赫克托或是我的父亲觉察，我不得不把这叹息隐藏在笑纹的后面，正像懒洋洋的阳光勉强从阴云密布的天空探出头来一样。可是强作欢娱的忧伤，是和乐极生悲同样使人难堪的。

潘达洛斯 她的头发倘不是比海伦的头发略微黑了点儿——嗯，那也不用说了，她们这两个人是无法比较的；可是拿我自己来说，她是我的外甥女，我当然不好意思像人家说的过分夸奖她，不过我倒很希望有人听见她昨天的谈话，像我听见的一样。令姐卡珊德拉的口才固然很好，可是——

特洛伊罗斯 啊，潘达洛斯！我对你说，潘达洛斯——当我告诉你我的希望沉没在什么地方的时候，你不该回答我它们葬身的深渊是有多么深。我告诉你我为了克瑞西达爱到发疯；你却回答我她是多么美丽，把她的眼睛、她的头发、她的面庞、她的步态、她的语调，尽量地倾注在我心头的伤口上。啊！你口口声声对我说，一切洁白的东西，和她的玉手一比，都会变成墨水一样黝黑，写下它们自己的谴责；比起她那柔软的一握，天鹅的绒毛是坚硬的，最敏锐的感觉，相形之下也会变成农夫的手掌一样粗糙。当我说我爱她的时候，你这样告诉我；你的话并没有说错，可是你不但不替我在爱情所加于我的伤痕上敷抹油膏，反而用刀子加深我的一道道伤痕。

潘达洛斯　我说的不过是真话。

特洛伊罗斯　你的话还没有说到十分。

潘达洛斯　真的，我以后不管了。随她美也好，丑也好，如果她确实美，那是她自己的福气；要是她不美，也只好让她自己去设法补救。

特洛伊罗斯　好潘达洛斯，怎么啦，潘达洛斯！

潘达洛斯　我为你们费了许多的气力，她也怪我，您也怪我；在你们两人中间跑来跑去，今天一趟，明天一趟，也不曾听见一句感谢的话。

特洛伊罗斯　怎么！你生气了吗，潘达洛斯？怎么！生我的气吗？

潘达洛斯　因为她是我的亲戚，所以她就比不上海伦美丽；倘使她不是我的亲戚，那么她在星期五也像海伦在星期日一样美丽。可是那跟我有什么相干呢！即使她是个黑丑的非洲人，也不关我的事。

特洛伊罗斯　我说她不美吗？

潘达洛斯　您说她美也好，说她不美也好，我都不管。她是个傻瓜，不跟她父亲去，偏要留在这儿。让她到希腊人那儿去吧，下次我看见她的时候，一定这样对她说。拿我自己来说，那么我以后可再也不管人家的闲事了。

特洛伊罗斯 潘达洛斯——

潘达洛斯 我什么都不管。

特洛伊罗斯 好潘达洛斯——

潘达洛斯 请您别再跟我多说了！言尽于此，我还是让一切照旧的好。（潘达洛斯下。内号角声）

特洛伊罗斯 别闹，你们这些聒耳的喧哗！别闹，粗暴的声音！两方面都是些傻瓜！无怪海伦是美丽的，因为你们每天用鲜血涂染着她的红颜。我不能为了这一个理由去和人家作战；它对于我的剑是一个太贫乏的题目。可是潘达洛斯——天哪！您怎么这样作弄着我！我要向克瑞西达传达我的情愫，只有靠着潘达洛斯的力量；可是央他去说情，他自己就是这么难说话，克瑞西达又是那么冷若冰霜，把一切哀求置之不闻。阿波罗，为了你对达美妮的爱，告诉我，克瑞西达是什么，潘达洛斯是什么，我们都是些什么？她的眠床就是印度；她睡在上面，是一颗无价的明珠；一道汹涌的波涛隔开在我们的中间；我是个采宝的商人，这个潘达洛斯便是我的不可靠的希望，我的载登彼岸的渡航。

号角声。埃涅阿斯上。

埃涅阿斯 啊，特洛伊罗斯王子！您怎么不上战场去？

洛伊罗斯 我不上战场就是因为我不上战场：这是一个娘儿们的答

案，因为不上战场就不是男子汉的行为。埃涅阿斯，战场上今天有什么消息？

埃涅阿斯 帕里斯受了伤回来了。

特洛伊罗斯 谁伤了他，埃涅阿斯？

埃涅阿斯 墨涅拉俄斯。

特洛伊罗斯 让帕里斯流血吧；一个替人家戴上头巾，一个替人家挂上彩，只算礼尚往来。（号角声）

埃涅阿斯 听！今天城外厮杀得多么热闹！

特洛伊罗斯 我倒宁愿在家里安静点儿。可是我们也去凑凑热闹吧，你是不是要到那边去？

埃涅阿斯 我立刻就去。

特洛伊罗斯 好，那么我们一块儿去吧。（同下）

第二场

同前。街道

克瑞西达及亚历山大上。

克瑞西达 走过去的那些人是谁?

亚历山大 赫卡柏王后和海伦。

克瑞西达 她们到什么地方去?

亚历山大 她们是上东塔去的，从塔上可以俯瞰山谷，看到战事的进行。赫克托素来是个很有涵养的人，今天却发了脾气；他骂过他的妻子安德洛玛刻，打过他的造甲胄的人；看来战事吃紧，在太阳升起以前他就披着轻甲，上战场去了。那战地上的每一朵花，都像一个先知似的，在赫克托的愤怒中看到了将要发生的一场血战而凄然垂泪。

克瑞西达 他为什么发怒?

亚历山大 据说是这样的：在希腊军队里有一个叫特洛亚血统的将

领，是赫克托的侄子；他们叫他做埃阿斯。

克瑞西达 好，他怎么样？

亚历山大 他们说他是个与众不同的人。这个人，姑娘，从许多野兽身上偷到了它们的特点：他像狮子一样勇敢，熊一样粗蠢，象一样迟钝。造物主在他身上放进了太多的怪脾气，以至于把他的勇气揉成了愚蠢，在他的愚蠢之中，却又有几分聪明。每一个人的好处，他都有一点；每一个人的坏处，他也都有一点。他会无缘无故地垂头丧气，也会莫名其妙地兴高采烈。什么事情他都懂得几分，可是什么都是鸡零狗碎的，就像一个害着痛风的布里亚柔斯，生了许多的手，一点用处都没有；又像一个昏眊的阿耳戈斯，生了许多的眼睛，瞧不见什么东西。

克瑞西达 可是这个人我听了会好笑，怎么会把赫克托激怒了呢？

亚历山大 他们说他昨天和赫克托交战，把赫克托打下马来；赫克托受到这场耻辱，气得饭也吃不下，觉也睡不着。

克瑞西达 谁来啦？

潘达洛斯上。

亚历山大 姑娘，是您的舅父潘达洛斯。

克瑞西达 赫克托是一条好汉子。

亚历山大 他在这世上可算是一条好汉，姑娘。

潘达洛斯 你们说些什么？你们说些什么？

克瑞西达 早安，潘达洛斯舅舅。

潘达洛斯 早安，克瑞西达甥女。你们在那儿讲些什么？早安，亚历山大。你好吗，甥女？你什么时候到王宫里去过？

克瑞西达 今天早上，舅舅。

潘达洛斯 我来的时候你们在讲些什么？赫克托在你进宫去的时候已经披上甲出去了吗？海伦还没有起来吗？

克瑞西达 赫克托已经出去了，海伦还没有起来。

潘达洛斯 是这样吗？赫克托起身得倒很早。

克瑞西达 我们刚才就在讲这件事，也说起了他的愤怒。

潘达洛斯 他在发怒吗？

克瑞西达 这个人说他在发怒。

潘达洛斯 不错，他是在发怒；我也知道他为什么发怒。大家瞧着吧，他今天一定要显一显他的全身本领。还有特洛伊罗斯，他的武艺也不比他差多少哩。大家留意特洛伊罗斯吧，看我的话有没有错。

克瑞西达　什么！他也发怒了吗？

潘达洛斯　谁，特洛伊罗斯吗？这两个人比较起来，还是特洛伊罗斯强。

克瑞西达　天哪！这两个人怎么比得起来？

潘达洛斯　什么！特洛伊罗斯不能跟赫克托相比吗？你眼睛里认得英雄吗？

克瑞西达　嗯，要是我见过他，我会认识他的。

潘达洛斯　好，我说特洛伊罗斯是特洛伊罗斯。

克瑞西达　那么您的意思跟我一样，因为我相信他一定不是赫克托。

潘达洛斯　赫克托也有不如特洛伊罗斯的地方。

克瑞西达　不错，他们各有特色；各人都是他自己。

潘达洛斯　他自己！唉，可怜的特洛伊罗斯！我希望他是他自己。

克瑞西达　他正是他自己呀。

潘达洛斯　他自己！不，他不是他自己。但愿他是他自己！好，天神在上，时间倘不照顾人，也会替人了结一切的。好，特洛伊罗斯，好！我希望我的心在她的胸膛里。不，赫克托并不比特洛伊罗斯更好。

克瑞西达 对不起。

潘达洛斯 他年纪大了些。

克瑞西达 对不起。

潘达洛斯 那一个还不曾到他这样的年纪。等到那一个也到了这样的年纪，你就要对他刮目相看了。赫克托今年已经老得有点头脑糊涂了，他没有特洛伊罗斯的聪明。

克瑞西达 他有他自己的聪明，用不到别人的聪明。

潘达洛斯 也没有特洛伊罗斯的才能。

克瑞西达 那也用不到。

潘达洛斯 也没有特洛伊罗斯的漂亮。

克瑞西达 那是和他的威武不相称的；还是他自己的相貌好。

潘达洛斯 甥女，你真是不长眼睛。海伦前天也说过，特洛伊罗斯虽然皮肤黑了点儿——我必须承认他的皮肤是黑了点儿，不过也不算怎么黑——

克瑞西达 不，就是有点儿黑。

潘达洛斯 凭良心说，黑是黑的，可是也不算黑。

克瑞西达 说老实话，真是真的，可是有点儿假。

潘达洛斯 她说他的皮肤的颜色胜过帕里斯。

克瑞西达 啊，帕里斯的皮肤难道血色不足吗？

潘达洛斯 不，他的血色很足。

克瑞西达 那么特洛伊罗斯的血色就显得太多了：要是她说他的皮肤的颜色胜过帕里斯，那么他的血色一定比帕里斯更旺。一个的血色已经很足，一个却比他更旺，那一定红得像火烧一样，还有什么好看？我倒还是希望海伦的金口恭维特洛伊罗斯长着一个紫铜色的鼻子。

潘达洛斯 我向你发誓，我想海伦爱他胜过帕里斯哩。

克瑞西达 那么她真是一个风流的希腊女人了。

潘达洛斯 是的，我的的确确知道她爱着他。有一天她跑到他的房间里去——你知道他的下巴上不过长出了三四根胡子——

克瑞西达 不错，一个酒保都可以很快地把他的胡子算出一个总数来。

潘达洛斯 他年纪很轻，可是他的哥哥赫克托能够举起的重量，他也举得起来。可是我要向你证明海伦的确爱他：她跑过去把她白嫩的手摸他的下巴——你知道他的脸上有两个酒窝，他笑起来比弗里吉亚无论哪一个人都好看。

克瑞西达 啊，他笑得很好看。

潘达洛斯 不是吗？

克瑞西达 是，是，就像一朵秋天的乌云。

潘达洛斯 那就是了。可是我要向你证明海伦爱着特洛伊罗斯——

克瑞西达 要是您证明有这么一回事，特洛伊罗斯一定不会否认。

潘达洛斯 特洛伊罗斯！嘿，他才不把她放在心上，就像我瞧不起一个坏蛋一样呢。

克瑞西达 要是您喜欢吃坏蛋，就像您喜欢胡说八道一样，那您一定会在蛋壳里找小鸡吃。

潘达洛斯 我一想到她怎样摸弄他的下巴，就忍不住发笑。她的手真是白得出奇，我必须承认——

克瑞西达 这一点是不用上刑罚您也会承认的。

潘达洛斯 她在他的下巴上发现了一根白须。

克瑞西达　唉！可怜的下巴！许多人的肉瘤上都比你长着更多的毛呢。

潘达洛斯　可是大家都笑得不亦乐乎，赫卡柏王后笑得眼珠都打起滚来。

克瑞西达　就像两块磨石似的。

潘达洛斯　卡珊德拉也笑。

克瑞西达　可是她眼窝里的火要柔和些；她的眼珠也打滚吗？

潘达洛斯　赫克托也笑。

克瑞西达　他们究竟都在笑些什么？

潘达洛斯　哈哈，他们就是笑那根海伦在特洛伊罗斯下巴上发现的白胡须。

克瑞西达　要是那是根绿胡须，那么我也要笑起来了。

潘达洛斯　这根胡须还不算好笑，他那俏皮的回答才叫他们笑得透不过气来。

克瑞西达　他怎么说？

潘达洛斯　她说，“你的下巴上一共只有五十二根胡须，其中倒有一根是白的。”

克瑞西达 这是她提出的问题。

潘达洛斯 不错，那是没说的。但是特洛伊罗斯答道，“五十二根胡须，一根是白的；这根白须是我的父亲，其余都是他的儿子。”“天哪！”海伦说，“哪一根胡须是我的丈夫帕里斯呢？”“出角的那一根，”他说，“拔下来，给他拿去吧。”大家听了都哄然大笑起来，害得海伦怪不好意思的，帕里斯气得满脸通红，别的人一个个哈哈大笑，简直笑得合不拢嘴来。

克瑞西达 说了这许多时候的话，现在您也可以合拢嘴了。

潘达洛斯 好，甥女，昨天我对你说起的事情，请你仔细想一想。

克瑞西达 我正在想着呢。

潘达洛斯 我可以发誓那是真的。他哭起来就像个四月里出世的泪人儿一般。

克瑞西达 那么我就像一棵五月里的荨麻一样，在他的泪雨之下长了起来。（内吹归营号）

潘达洛斯 听！他们从战场上回来了。我们站在这儿高一点的地方，看他们回宫去好不好？好甥女，看一看吧，亲爱的克瑞西达。

克瑞西达 随您的便。

潘达洛斯　这儿，这儿，这儿有一块很好的地方，我们可以看得清清楚楚。他们走过的时候，我可以一个个把他们的名字告诉你，可是你尤其要注意特洛伊罗斯。

克瑞西达　说话轻一点。

埃涅阿斯自台前走过。

潘达洛斯　那是埃涅阿斯；他不是一个好汉子吗？我告诉你，他是特洛亚的一朵花。可是留心看好特洛伊罗斯；他就要来了。

安忒诺自台前走过。

克瑞西达　那个人是谁？

潘达洛斯　那是安忒诺。我告诉你，他是一个很有机智的人，也是一个很好的汉子；他在特洛亚是一个顶有见识的人，他的仪表也很不错。特洛伊罗斯什么时候才来呢？等他来的时候，我就可以把特洛伊罗斯指点给你看；他要是看见我，一定会向我点头招呼的。

赫克托自台前走过。

潘达洛斯　那是赫克托，你瞧，你瞧，这才是个汉子！愿你胜利，赫克托！甥女，这才是个好汉子。啊，勇敢的赫克托！瞧他的神气多么威严！他不是个好汉子吗？

克瑞西达　啊！真是个好汉。

潘达洛斯　不是吗？看见了这样的人，真叫人心里高兴。你瞧他盔上有多少刀剑的痕迹！瞧那边，你看见吗？瞧，瞧，这不是说笑话；那一道一道的，好像在说，有本领的，把我挑下来吧！

克瑞西达　那些都是刀剑割破的吗？

潘达洛斯　刀剑？他什么都不怕；即使魔鬼来找着他，他也不放在心上。看见了这样的人，真叫人心里高兴。帕里斯打那边来了，帕里斯打那边来了。

帕里斯自台前走过。

潘达洛斯　甥女，你瞧那边；他不也是个英俊的男子吗？哎哟，瞧他多神气！谁说他今天受了伤回来？他没有受伤，海伦看见了一定很高兴，哈哈！我希望现在就看见特洛伊罗斯！你就可以看见特洛伊罗斯了。

克瑞西达　那是谁？

赫勒诺斯自台前走过。

潘达洛斯　那是赫勒诺斯。我不知道特洛伊罗斯到什么地方去了。那是赫勒诺斯。我想他今天大概没有出去。那是赫勒诺斯。

克瑞西达　赫勒诺斯会不会打仗，舅舅？

潘达洛斯　赫勒诺斯？不，是，他还能应付两下。我不知道特洛伊罗斯到什么地方去了。听！你不听见人们在喊“特洛伊罗斯”吗？赫勒诺斯是个祭司。

克瑞西达 那边来的那个鬼鬼祟祟的家伙是谁？

特洛伊罗斯自台前走过。

潘达洛斯 什么地方？那边吗？那是得伊福玻斯。啊，那是特洛伊罗斯！甥女，这才是个好汉子！喝！勇敢的特洛伊罗斯！武士中的魁首！

克瑞西达 轻一点！不害羞吗？别嚷啦！

潘达洛斯 瞧着他，留心瞧着他；啊，勇敢的特洛伊罗斯！甥女，好好瞧着他；瞧他的剑上沾着多少的血，他的盔被刀剑斫得比赫克托那顶还要破；瞧他的神气，瞧他走路的姿势！啊，可钦佩的少年！他还没有满二十三岁哩。愿你胜利，特洛伊罗斯，愿你胜利！要是我有一个姊妹是女神，或是有一个女儿是天仙，我也愿意让他自己选一个去。啊，可钦佩的男子！帕里斯？嘿！帕里斯比起他来简直泥土不如。我可以大胆说一句，海伦要是能够把帕里斯换了特洛伊罗斯，就是叫她挖出一颗眼珠来她也是心甘情愿的。

克瑞西达 又有许多人来了。

众兵士自台前走过。

潘达洛斯 驴子！傻瓜！蠢材！麸皮和糠屑，麸皮和糠屑！大鱼大肉以后的稀粥！我可以在特洛伊罗斯的眼睛里度过我的一生。别瞧啦，别瞧啦，鹰隼已经过去，现在就剩了些乌鸦，就剩了些乌鸦！我宁愿做一个像特洛伊罗斯那样的男子，不愿做阿伽门农以及整个的希腊。

克瑞西达　在希腊人中间有一个阿喀琉斯，他比特洛伊罗斯强得多啦。

潘达洛斯　阿喀琉斯！他只好推推车子，扛扛东西，他简直是只骆驼。

克瑞西达　好，好。

潘达洛斯　“好，好”！嘿，难道你一点不懂得好坏吗？难道你没有眼睛吗？你不知道怎样才算一个好男子吗？家世、容貌、体格、谈吐、勇气、学问、文雅、品行、青春、慷慨，这些不全是一个理想的男子少不了的条件吗？

克瑞西达　是，那个肉馅男子汉，不加枣就可以送进烤炉里去，那时这个男子汉也就不中用了。

潘达洛斯　你是这样不可捉摸的一个女人，男人都不知道你采用了什么护身符。

克瑞西达　仰天而卧保护我的肚子；靠我的机智保护我的计谋；用保守秘密来保住我的贞操；用我的面罩保护我的美貌；靠您来保护

我的一切：这就是我的护身符，再加上一千个小心。

潘达洛斯 说说你的一种小心。

克瑞西达 嘿，我要对您小心，而这是其中最需要小心的事情。如果我不能抵御外来的袭击，我可以防止您向外散布我是如何承受这一击的，除非肚子凸起而无法掩饰，那时也就不必小心了。

潘达洛斯 你真是个怪人。

特洛伊罗斯侍童上。

侍童 老爷，我的主人请您马上过去，有事相谈。

潘达洛斯 在什么地方？

侍童 就在您府上，他就在那里脱下他的盔甲。

潘达洛斯 好孩子，对他说我就来。（侍童下）我不知道他有没有受伤。再见，好甥女。

克瑞西达 再见，舅舅。

潘达洛斯 甥女，等会儿我就来看你。

克瑞西达 舅舅，您要带些什么来吗？

潘达洛斯 是的，我要带一件特洛伊罗斯的礼物给你。

克瑞西达 那么您真是个氤氲使者了。（潘达洛斯下）言语、盟誓、礼物、眼泪以及恋爱的全部祭礼，他都借着别人的手向我呈献过了。然而我从特洛伊罗斯本身所看到的，比之从潘达洛斯的谀辞的镜子里所看到的，还要清楚千倍。可是我却还不能就答应他。女人在被人追求的时候是个天使。无论什么东西，一到了人家手里，便一切都完了；无论什么事情，也只有正在进行的时候兴趣最为浓厚。一个被人恋爱的女子，要是不知道男人重视未获得的事物甚于既得的事物，她就等于一无所知。一个女人要是以为恋爱在达到目的以后，还是像热情未获满足以前一样的甜蜜，那么她一定从来不曾有过恋爱的经验。所以我从恋爱中间归纳出这一句箴言：既得之后是命令，未得之前是请求。虽然我的心里装满了爱情，我却不让我的眼睛泄漏我的秘密。（克瑞西达、亚历山大同下）

第三场

希腊营地。阿伽门农帐前

吹号；阿伽门农、涅斯托、俄底修斯、墨涅拉俄斯及余人等上。

阿伽门农 各位王子，你们的脸上为什么都这样郁郁不乐？希望所给我们的远大计划，并不能达到我们的预期。我们雄心勃勃的行为，发生了种种困难阻碍，正像壅结的树瘿扭曲了松树的纹理，妨害了它的发展。各位王子，你们都知道我们这次远征，已经遭遇意外的滞延，特洛亚城被围七年，还不能把它攻克下来；我们每一次的进攻，都不能收到理想中的效果。你们因为看到了这样的战绩，所以满脸羞愧，认为莫大的耻辱吗？实在说起来，那不过是伟大的天神朱庇特有意试探我们人类有没有恒心的一段长时期的测验而已。人们在被命运眷宠的时候，勇、怯、强、弱、智、愚、贤、不肖，都看不出什么分别来；可是一旦为幸运所抛弃，开始涉历惊涛骇浪的时候，就好像有一把广大有力的扇子，把他们扇分开来，柔弱无用的都被扇去，有毅力、有操守的却会卓立不动。

涅斯托　伟大的阿伽门农，恕我不揣冒昧，补充你的意思说几句话。在命运的颠沛中，最可以看出人们的气节：风平浪静的时候，有多少轻如一叶的小舟，敢在宁谧的海面上驶过，和那些载重的大船并驾齐驱！可是一等到风涛怒作的时候，你就可以看见那坚固的大船像一匹凌空的天马，从如山的雪浪里腾跃疾进；那凭着自己单薄脆弱的船身，便想和有力者竞胜的不自量力的小舟呢？不是逃进了港口，便是葬身在海神的腹中了。表面的勇敢和实际的威武，也正是这样在命运的风浪中区别出来：在和煦的阳光照耀之下，迫害着牛羊的不是猛虎而是蝇虻；可是当烈风吹倒了多节的橡树，蝇虻向有荫庇的地方纷纷飞去的时候，那山谷中的猛虎便会应和着天风的怒号，发出惊人的长啸，正像一个叱咤风云的志士，不肯在命运的困迫之前低头一样。

俄底修斯　阿伽门农，你伟大的统帅，整个希腊的神经和脊骨，我们全军的灵魂和主脑，听俄底修斯说几句话。对于你在你的崇高的领导的地位上所发表的有力的言词，以及你，涅斯托，凭着你的老成练达的人生经验所提出的可尊敬的意见，我只有赞美和同意。你的话，伟大的阿伽门农，应当刻在高耸云霄的铜柱上，让整个希腊都瞻望得到；你的话，尊严的涅斯托，应当像天轴地柱一样，把所有希腊人的心系束在一起：可是请你们再听俄底修斯说几句话。

阿伽门农 说吧，伊塔刻的王子，从你的嘴里吐出来的，一定不会是琐屑的空谈，无聊的废话，正像下流的忒耳西忒斯一张开嘴，我们便知道不会有音乐、智慧和天神的启示一样。

俄底修斯 特洛亚至今兀立不动，没有给我们攻下，赫克托的宝剑仍旧在它主人的手里，这都是因为我们漠视了军令的森严所致。看这一带大军驻屯的阵地，散布着多少虚有其表的营寨，谁都怀着各不相下的私心。大将就像是一个蜂房里的蜂王，要是采蜜的工蜂大家各自为政，不把采得的粮食归献蜂王，那么还有什么蜜可以酿得出来呢？尊卑的等级可以不分，那么最微贱的人，也可以和最有才能的人分庭抗礼了。诸天的星辰，在运行的时候，谁都恪守着自身的等级和地位，遵循着各自的不变的轨道，依照着一定的范围、季候和方式，履行它们经常的职责。所以灿烂的太阳才能高拱中天，洞察寰宇，纠正星辰的过失，揭恶扬善，发挥它的无上威权。可是众星如果出了常轨，陷入了混乱的状态，那么多少的灾祸、变异、叛乱、海啸、地震、风暴、惊骇、恐怖，将要震撼、摧裂、破坏、毁灭这宇宙间的和谐！纪律是达到一切雄图的阶梯，要是纪律发生动摇，啊！那时候事业的前途也就变成黯淡了。要是没有纪律，社会上的秩序怎么得以稳定？学校中的班次怎么得以整齐？城市中的和平怎么得以保持？各地间的贸易怎么可以畅通？法律上所规定的与生俱来的特权，以及尊长、君王、统治者、胜利者所享有的特殊权利，怎么可以确立不坠？只要把纪律的琴弦拆去，听吧！多少刺耳的噪音就会发出来；一切都是互相抵触；江河里的水会泛滥得高过堤岸，淹没了整个的世界；强壮的要欺凌老弱，不孝的儿子要打死他的父亲；威力将代替了公理，没有了是非之分，也没有正义存在。那时候权力便是一切，而凭仗着权力，便可以逞着自己的意志，放纵他的无厌的贪欲。欲望，这一头贪心不足的饿狼，得到了意志和权力的两重辅佐，势必至于把全世界供它的馋吻，然后把自己也吃下去了。伟大的阿伽门农，这一种混乱的状态，只有在纪律被人扼毙以后才会发生。就是因为漠视了纪律，有意前进的才会反而向后退却。主帅被他属下的将领所轻视，那将领又被他的属下所轻视，这样上行下效，谁都瞧不起他的长官，结果就引起了猜忌争竞的心理，损害了整个军队的元气。特洛亚所以至今兀立不动，不是靠着它自己的力量，乃是靠着我们的这一种弱点。换句话说，它的生命是全赖我们的弱点替它支持下来的。

涅斯托　俄底修斯已经很智慧地指出了我们的士气不振的原因。

阿伽门农　俄底修斯，病源已经发现了，那么应当怎样对症下药呢？

俄底修斯　公认为我军中坚的阿喀琉斯，因为听惯了人家的赞誉，养成了骄矜自负的心理，常常高卧在他的营帐里，讥笑着我们的战略；还有帕特洛克罗斯也整天陪着他懒洋洋地躺在一起，说些粗俗的笑话，用荒唐古怪的动作扮演着我们，说是模拟我们的神气。有时候，伟大的阿伽门农，他模仿着崇高的你，像一个高视阔步的伶人似的，走起路来脚底下发出蹬蹬的声响，用这种可怜可笑的夸张的举止，表演着你的庄严的形状；当他说话的时候，就像一串哑钟的声音，发出一些荒诞无稽的怪话。魁梧的阿喀琉斯听见了这腐臭的一套，就会笑得在床上打滚，从他的胸口笑出了一声洪亮的喝彩：“好哇！这正是阿伽门农。现在再给我扮演涅斯托，咳嗽一声，摸摸你的胡须，就像他正要发表什么演说一样。”帕特洛克罗斯就这样扮了，扮得一点也不像，可是阿喀琉斯仍旧喊着，“好哇！这正是涅斯托。现在，帕特洛克罗斯，给我表演他穿上盔甲去抵御敌人夜袭的姿态。”于是老年人的弱点，就要成为他们取笑的资料：咳一声嗽，吐一口痰，瘫痪的手乱抓乱摸着领口的钮钉。我们的英雄看见了这样的把戏，简直的要笑死了，他喊着，“啊！够了，帕特洛克罗斯，我的肋骨不是钢铁打的，你再扮下去，我要把它们一起笑断了。”他们这样嘲笑着我们的能力、才干、性格、外貌，各个的和一般的优长；我们的进展、计谋、命令、防御、临阵的兴奋、议和的言论，我们的胜利或失败，以及一切真实的或无中生有的事情，都被这两人引为信口雌黄的题目。

涅斯托 许多人看着这两个人的榜样，也已经沾上了这一种恶习。埃阿斯也变得执拗起来了，他那目空一切的神气，就跟阿喀琉斯没有两样。他也照样在自己的寨中独张一帜，聚集一班私党饮酒喧哗，大言无忌地指斥着战争的现状。他手下有一个名叫忒耳西忒斯的奴才，一肚子都是骂人的言语，他就纵容着他把我们比并得泥土不如；使军中对我们失去了信仰，也不管这种言论会引起多么危险的后果。

俄底修斯 他们斥责我们的政策，说成是懦怯；他们以为在战争中间用不到智慧；先见之明是不需要的，唯有行动才是一切。至于怎样调遣适当的军力，怎样估量敌人的强弱，这一类运筹帷幄的智谋，在他们的眼中都不值一提，认为只是些痴人说梦，纸上谈兵。所以在他们看来，一辆凭着它的庞大的蛮力冲破城墙的战车，它的功劳远过于制造这战车的人，也远过于运用他们的智慧，指挥它的行动的人。

涅斯托 如果承认这一点，那么阿喀琉斯的战马也顶得上他许多兄弟了。（喇叭奏花腔）

阿伽门农 这是哪里来的喇叭声音？墨涅拉俄斯，你去瞧瞧。

墨涅拉俄斯 是从特洛亚来的。

埃涅阿斯上。

阿伽门农 你到我们的帐前来有什么事？

埃涅阿斯 请问一声，这就是伟大的阿伽门农的营寨吗？

阿伽门农 正是。

埃涅阿斯 我是一个使者，也是一个王子，可不可以让我把一个善意的音信传到他的尊贵的耳中？

阿伽门农　当着全体拥戴阿伽门农为他们统帅的希腊将士面前，我给你比阿喀琉斯的手臂更坚强的保证，你可以对他说话。

埃涅阿斯　谢谢你给我这样宽大的允许和保证。可是一个异邦人怎么可以从这许多人中间，辨别出哪一个是他们最尊贵的领袖呢？

阿伽门农　怎么！

埃涅阿斯　是的，我这样问着，因为我要唤起我的敬意，叫我的颊上准备着呈现一重羞愧的颜色，就像黎明冷眼窥探着少年的太阳神一样。哪一位是那指导世人的天神，尊贵威严的阿伽门农？

阿伽门农　这个特洛亚人在嘲笑我们；否则特洛亚人都是些善于辞令的朝士。

埃涅阿斯　在和平的时候，他们是以天使般坦白、文雅温恭而著称的朝士；可是当他们披上甲胄的时候，他们有的是无比的胆量、精良的武器、强健的筋骨、锋利的刀剑，什么也比不上他们的勇敢。可是住口吧，埃涅阿斯！赞美倘然从被赞美者自己的嘴里发出，是会减去赞美的价值的；从敌人嘴里发出的赞美，才是真正的光荣。

阿伽门农　特洛亚的使者，你说你的名字是埃涅阿斯吗？

埃涅阿斯　是，希腊人，那是我的名字。

阿伽门农　你来有什么事？

埃涅阿斯　恕我，将军，我必须向阿伽门农当面说知我的来意。

阿伽门农　从特洛亚带来的消息，他必须公之于众人。

埃涅阿斯　我从特洛亚奉命来此，也不是来向他耳边密语的；我带了一个喇叭来，要吹醒他的耳朵，唤起他的注意，然后再让他听我的话。

阿伽门农　请你像风一样自由地说吧，现在不是阿伽门农酣睡的时候。特洛亚人，你将要知道他是清醒着，因为他亲口这样告诉你。

埃涅阿斯　喇叭，吹响起来吧，把你的响亮的声音传进这些怠惰的营帐；让每一个有骨气的希腊人知道，特洛亚的意旨是要用高声宣布出来的。（喇叭吹响）伟大的阿伽门农，在我们特洛亚有一位赫克托王子，普里阿摩斯是他的父亲，他在这沉闷的长期的休战中，感到了髀肉复生的悲哀；他叫我带了一个喇叭来通知你们：各位贤王、各位王子、各位将军！要是在希腊的济济英才之中，有谁重视荣誉甚于安乐；有谁为了博取世人的赞美，不惜冒着重大的危险；有谁信任着自己的勇气，不知道世间有可怕的事；有谁爱恋他的情人，不仅托之于当着他所爱者的面前所发的空言，并且也敢在别人的怀抱里矢言她的美貌和才德：要是有这样的人，那么请他接受赫克托的挑战。赫克托愿意当着特洛亚人和希腊人的面前，用他的全力证明他有一个比任何希腊人所曾经拥抱过的更聪明、更美貌、更忠心的爱人。明天他要在你们的阵地和特洛亚的城墙之间的地带，用喇叭声唤起一个真心爱他情人的希腊人来，赫克托愿意和他一角胜负。倘然没有这样的人，那么他要回到特洛亚去向人家说，希腊的姑娘们都是又黑又丑，不值得为之一战的。这就是他叫我来说的话。

阿伽门农　埃涅阿斯将军，这番话我可以去告诉我们军中的情人们；要是我们军中没有这样的人，那么我们一定把这样的人都留在国内了。可是我们都是军人；一个军人要是不想恋爱、不曾恋爱或者不是正在恋爱，他一定是个卑怯的家伙！我们中间倘有一个正在恋爱，或者曾经恋爱过的，或者准备恋爱的，他可以接受赫克托的挑战；要是没有别人，我愿意亲自出马。

涅斯托　对他说有一个涅斯托，在赫克托的祖父还在吃奶的时候就是个汉子了，他现在虽然上了年纪，可是在我们希腊军中，倘然没有一个胸膛里燃着一星光荣的火花，愿意为他的恋人而应战的勇士，你就去替我告诉他，我要把我的银须藏在黄金的面甲里，凭着我这一身衰朽的筋骨，也要披上甲胄，和他在战场上相见。我要对他说我的爱人比他的祖母更美，全世界没有比她更贞洁的女子。为了证明这一个事实，我要用我仅余的两三滴老血，和他的壮年的盛气决一高下。

埃涅阿斯　天哪！难道年轻的人这么少，一定要您老人家上阵吗？

阿伽门农　埃涅阿斯将军，让我搀着您的手，先带您到我们大营里看看，阿喀琉斯必须知道您这次的来意；各营各寨，每一个希腊将领，也都要一体传闻。在您回去以前，我们还要请您喝杯酒儿，表示我们对于一个高贵的敌人的敬礼。（除俄底修斯、涅斯托外，皆下）

俄底修斯　涅斯托！

涅斯托　你有什么话，俄底修斯？

俄底修斯　我想起了一个幼稚的念头；请您帮我斟酌斟酌。

涅斯托　你想起些什么？

俄底修斯　我说，钝斧斩硬节，阿喀琉斯骄傲到这么一个地步，倘不把他及时挫折一下，让他的骄傲的种子播散开去，恐怕后患不堪设想。

涅斯托　那么你看应当怎么办？

俄底修斯　赫克托的这一次挑战虽然没有指名道姓，实际上完全是对阿喀琉斯而发的。

涅斯托　他的目的很显然。我们在宣布他挑战的时候，应当尽力使阿喀琉斯明白——即使他的头脑像利比亚沙漠一样荒凉——赫克托的意中是以他为目标的。

俄底修斯　您以为我们应当激起他来，叫他去应战吗？

涅斯托　是的，这是最适当的办法。除了阿喀琉斯以外，谁还能从赫克托的手里，夺下胜利的光荣呢？虽然这不过是一场游戏的斗争，可是从这回试验里，却可以判断出两方实力的高低。因为特洛亚人这次用他们最优秀的将才来试探我们的声威，相信我，俄底修斯，我们的名誉在这场儿戏的行动中将要遭受严重的考验，结果如何，虽然只是一时的得失，但一隅可窥全局，未来的重大演变，未始不可以从此举的结果观察出来。前去和赫克托决战的人，在众人的心目中必须是从我们这里挑选出来的最有本领的人物，为我们全军的灵魂所寄，就好像他是从我们各个人的长处中提炼出来的精华；要是他失败了，那得胜的一方不是将要勇气百倍，格外加强了他们的自信，即使单凭着一双赤手，也会出入白刃之间而不知恐惧吗？

俄底修斯　恕我这样说，我以为唯其如此，所以不能让阿喀琉斯去接受赫克托的挑战。我们应当像商人一样，尽先把次货拿出来，试试有没有脱售的可能，要是次货卖不出去，然后再把上等货色拿出来，那么在相形之下，更可以显出它的光彩。不要容许赫克托和阿喀琉斯交战，因为我们全军的荣辱，虽然系此一举，可是无论哪一方面得胜，胜利的光荣总不会属于我们的。

涅斯托　我老糊涂了，不能懂得你的意思。

俄底修斯　阿喀琉斯倘不是这样骄傲，那么他从赫克托手里取得的光荣，也就是我们共同的光荣。可是他现在已经是这样傲慢不逊，倘使赫克托也不能取胜于他，那他一定会更加目空一世，在他侮蔑的目光下，我们都要像置身于非洲的骄阳中一样汗流浃背了；要是他失败了，那么他是我们的首将，他的耻辱当然要影响到我们全军的声誉。不，我们还是采取抽签的办法，预先安排好让愚蠢的埃阿斯抽中，叫他去和赫克托交战；我们在私人之间，再竭力捧他一下，把他恭维得比阿喀琉斯还强，那对于我们这位戴惯高帽子的大英雄可以成为一服清心的药剂，把他冲天的傲气挫折几分。要是那个没有头脑的、愚蠢的埃阿斯奏凯而归，我们不妨替他大吹特吹；要是他失败了，那么他本来不是什么了不得的人物，也不算丢了我们的脸。不管胜负如何，我们主要的目的，是要借着埃阿斯的手，压下阿喀琉斯的气焰。

涅斯托　俄底修斯，你的意思果然很好，我可以先去向阿伽门农说说；我们现在就去找他吧。制伏两条咬人的恶犬，最好的办法是请它们彼此相争，骄傲便是挑拨它们搏斗的一根肉骨。（同下）

第二幕

第一场

希腊营地的一部分

埃阿斯及忒耳西忒斯上。

埃阿斯　忒耳西忒斯！

忒耳西忒斯　要是阿伽门农浑身长起毒疮来呢？

埃阿斯　忒耳西忒斯！

忒耳西忒斯　要是那些毒疮都出起脓来呢？

埃阿斯　狗！

忒耳西忒斯 那么咱们这位大帅不是变成一个脓包了吗？

埃阿斯 你这狼狗养的，你没听见吗？我打你。（打忒耳西忒斯）

忒耳西忒斯 整个希腊的瘟疫降在你身上，你这蠢牛一样的狗杂种将军！

埃阿斯 你再说，你这发霉的酵母。再说，我要打掉你这丑陋的皮囊。

忒耳西忒斯 我要骂开你那糊涂的心窍；可是我想等到你能够不瞧着书本念熟一段祷告的时候，你的马儿也会背诵一篇演说了。你会打人吗？你这害血瘟症的！

埃阿斯 坏东西，把布告念给我听。

忒耳西忒斯 你这样打我，你以为我是没有知觉的吗？

埃阿斯 那布告上怎么说？

忒耳西忒斯 我想它说你是个傻瓜。

埃阿斯 你再说，野猪，你再说；我的手指头痒着呢。

忒耳西忒斯 我希望你从头上痒到脚上，让我把你浑身的皮都搔破了，叫你做一个全希腊顶讨人厌的癞皮花子。在你冲锋上阵的时候，你就打不动了。

埃阿斯　我叫你把布告念给我听！

忒耳西忒斯　你一天到晚叽哩咕噜地骂阿喀琉斯，因为他比你神气，所以你一肚子的不舒服，就像一个丑妇瞧不惯别人长得比她好看一样；哼，你简直像狗一样地向他叫个不停。

埃阿斯　忒耳西忒斯老太太！

忒耳西忒斯　你可以打他呀。

埃阿斯　你这烘坏了的歪面包块儿！

忒耳西忒斯　他会像一个水手砸碎一块硬面包似的，一拳头就把你打得血肉横飞。

埃阿斯　你这婊子生的贱狗！（打忒耳西忒斯）

忒耳西忒斯　你打，你打。

埃阿斯　你这替妖精垫屁股的凳子！

忒耳西忒斯　好，你打，你打，你这糊涂将军！我的臂弯里也比你有更多的头脑。一头蠢驴都可以做你的老师，你这下贱的莽驴子！他们叫你到这儿来打几个特洛亚人，你却给那些聪明人卖来卖去，好像一个蛮族的奴隶一般。要是你尽打我，我就从你的脚跟骂起，一寸一寸骂上去，一直骂到你的头顶，你这没有肚肠的东西，你！

埃阿斯　你这狗!

忒耳西忒斯　你这下贱的将军!

埃阿斯　你这恶狗!（打忒耳西忒斯）

忒耳西忒斯　你这战神手下的白痴！你打，不讲理的东西！你打，蠢骆驼！你打，你打。

阿喀琉斯及帕特洛克罗斯上。

阿喀琉斯　啊，怎么，埃阿斯！你为什么打他？喂，忒耳西忒斯！怎么一回事？

忒耳西忒斯　你瞧他，你看见吗？

阿喀琉斯　我看见，是怎么一回事？

忒耳西忒斯　不，你再瞧瞧他。

阿喀琉斯　好，是怎么一回事？

忒耳西忒斯　不，你仔细瞧瞧他。

阿喀琉斯　好，我瞧过了。

忒耳西忒斯　可是你还没有把他瞧清楚；因为无论你把他当作什么

人，他总是埃阿斯。

阿喀琉斯 那我也知道，傻瓜。

忒耳西忒斯 不错，可是那傻瓜却不知道他自己。

埃阿斯 所以我打你。

忒耳西忒斯 听，听，听，听，这还成什么话！简直是驴子的理由。我可以拿一个铜子去买九只麻雀，可是他的脑袋还不值一只麻雀的九分之一。我告诉你，阿喀琉斯，这家伙把思想装在肚子里，把大肠小肠一起塞在他的脑袋里，让我告诉你我对他说些什么话。

阿喀琉斯 你怎么说？

忒耳西忒斯 我说，这个埃阿斯——（埃阿斯举手欲打）

阿喀琉斯 且慢，好埃阿斯。

忒耳西忒斯 他所有的一点点儿智慧——

阿喀琉斯 不，你不要动手。

忒耳西忒斯 还塞不满海伦的针眼。

阿喀琉斯 住口，傻瓜！

忒耳西忒斯　我倒是想安安静静的，可是那傻瓜一定要跟我闹。瞧他，瞧他，你瞧。

埃阿斯　啊，你这该死的贱狗！我要——

阿喀琉斯　你何必跟一个傻瓜斗嘴呢？

忒耳西忒斯　不，他才不敢哩。他还斗不过一个傻瓜的嘴。

帕特洛克罗斯　说得好，忒耳西忒斯。

阿喀琉斯　为什么闹起来的？

埃阿斯　我叫这坏猫头鹰去替我看看布告上说些什么话，他就骂起我来了。

忒耳西忒斯　我又不是替你做事的。

埃阿斯　好，很好。

忒耳西忒斯　我是自己到这儿来的。

阿喀琉斯　你是自己到这儿来挨打的吗？

忒耳西忒斯　哼，你也是条没脑子的蛮牛。赫克托要是把你们两个人的脑壳捶了开来，那才是个大笑话，因为这简直就跟捶碎一个空心的烂胡桃没有分别。

阿喀琉斯　怎么，忒耳西忒斯，你把我也骂起来了吗？

忒耳西忒斯　俄底修斯，还有那个涅斯托老头子，他们的头脑在你们的祖父还没有长脚爪的时候就已经发了霉了，把你们当作牛马一样驾驭，赶你们到战场上去替他们打仗。

阿喀琉斯　什么？什么？

忒耳西忒斯　是的，老实对你们说吧。哼，阿喀琉斯！哼，埃阿斯！哼！

埃阿斯　我要割下你的舌头。

忒耳西忒斯　没有关系，我被割下了舌头还比你会说话些。

帕特洛克罗斯　别多说啦，忒耳西忒斯；还不住口！

忒耳西忒斯　阿喀琉斯的走狗叫我别说话，我就闭上了嘴吗？

阿喀琉斯　他骂到你身上来了，帕特洛克罗斯。

忒耳西忒斯　我要瞧你们像一串猪狗似的吊起来，然后再会踏进你们的营帐里；我要去找一处有聪明人的地方住下，再不跟傻瓜们混在一起了。（下）

帕特洛克罗斯　他去了倒也干净。

阿喀琉斯　埃阿斯，传谕全军的是这么一件事：赫克托要在明天早上五点钟的时候，在我们的营地和特洛亚城墙之间，用喇叭为号，召唤我们这儿的一个武士去和他决战；要是谁敢宣称——我记不得那一套话，全是些胡说八道。再见。

埃阿斯　再见。那么派谁去应战呢？

阿喀琉斯　我不知道；那是要用抽签决定的；否则他们应该知道叫谁去的。

埃阿斯　啊，你的意思是说你自己。待我再去探听探听消息。（各下）

第二场

特洛亚。普里阿摩斯宫中一室

普里阿摩斯、赫克托、特洛伊罗斯、帕里斯及赫勒诺斯上。

普里阿摩斯　抛掷了这许多时间、生命和言语以后，希腊军中的涅斯托又向我们发出了这样的通牒：“把海伦交还我们，那么一切其他的损害，例如荣誉上的污辱，时间上的损失，人力物力的消耗，将士的伤亡，以及充填战争欲壑所消费的一切，都可以置之不问。”赫克托，你的意思怎样？

赫克托 就我个人而论，虽然我比谁都不怕这些希腊人，可是，尊严的普里阿摩斯，没有一个软心肠的女人会像我这样瞻望着不可知的前途而忧惧。放海伦回去吧；自从为了这一个问题开始掀动干戈以来，我们已经牺牲了无数的兵士，他们每一个人的生命都像海伦一样宝贵；要是我们丧亡了这许多的同胞，去保卫一件既不属于我们、对于我们又没有多大价值的东西，那么我们凭着什么理由，拒绝把她交还给人家呢？

特洛伊罗斯 什么话！哥哥，你把我们伟大尊严的父王的荣誉，去和微贱的生命放在一个天平里称量吗？你要用算盘来计算出他无限的广大，用恐惧和理智的狭窄的分寸来束缚不可测度的巨人的腰身吗？呸，说这样丢脸的话！

赫勒诺斯 你这样痛斥理智是不足为奇的，因为你是个完全没有理智的人。是不是因为你说了这一套意气用事的话，我们的父王就不该用理智来处理他的事务了吗？

特洛伊罗斯 你还是去做梦打瞌睡吧，我的祭司哥哥。我可以把你的这番大道理替你说了出来：你知道敌人是要来加害于你的；你知道一柄出鞘的剑是危险的，按照理智，一个人应当明哲保身；所以赫勒诺斯一看见拿起了剑的希腊人，就会像一颗出了轨道的流星似的，借着理智的翅膀高飞远走，这还用得着奇怪吗？不，我们要是谈理智，那么还是关起大门睡觉吧。一个堂堂男子，要是让他的脑中塞满了理智，就会变成一个胆小怕事的懦夫，汩没了他的英勇的气概。

赫克托　兄弟，她是不值得我们费了这么多代价去保留下来的。

特洛伊罗斯　哪一样东西的价值不是按照着人们的估计而决定的？

赫克托　可是价值不能凭着私心的爱憎而决定；一方面这东西的本身必须确有可贵的地方，一方面它必须为估计者所重视，这样它的价值才能确立。要是把隆重的祭礼，去向一个卑微的神祇献祭，那就是疯狂的崇拜；偏执着私人的感情，而不知辨别是非利害，那也是溺爱不明。

特洛伊罗斯　假如我今天娶了一个妻子，我的选择是取决于我的意志，我的意志是受我的耳目所左右；假如我在选定以后，我的意志重新不满于我的选择，那么我怎么可以避免既成的事实呢？一方面逃避责任，一方面又要不损害自己的荣誉，这样的事是不可能的。我们把绸缎污毁了以后，就不能再把它向商家退换；我们也不因为已经吃饱，就把剩余的食物倒在肮脏的阴沟里。当初大家都赞成帕里斯去向希腊人报复；你们的一致同意鼓励了他的远行，善于捣乱的海浪和天风，也协力帮助他一帆风顺地到了他的目的地；因为希腊人俘虏了我们一个年老的姑母，他夺回了一个希腊的王妃作为交换，她的青春和娇艳，掩盖了朝暾的美丽。我们为什么留住她不放？因为希腊人没有放还我们的姑母。她是值得我们保留的吗？啊，她是一颗明珠，它的高贵的价值，曾经掀动过千百个国王迢迢渡海而来，大家都要做一个觅宝的商人。你们不能不承认帕里斯的前去并不是失策，因为你们大家都喊着“去！去！”你们也不能不承认他带回了光荣的战利品，因为你们大家都拍手欢呼，说她的价值是不可估计的；那么你们现在为什么要诋毁从你们自己的智慧中产生的结果，把你们曾经估计为价值超过海洋和陆地的宝物重新贬斥得一文不值呢？啊！赃物已经偷了来了，我们却不敢把它保留下来，这才是最卑劣的偷窃！这样的盗贼是不配偷窃这样的宝物的。

卡珊德拉 （在内）痛哭吧，特洛亚人！痛哭吧！

普里阿摩斯 什么声音？谁在那儿喊叫？

特洛伊罗斯 这是我们那位发疯的姐姐，我听得出她的声音。

卡珊德拉 （在内）痛哭吧，特洛亚人！

赫克托 这是卡珊德拉。

卡珊德拉上，狂呼。

卡珊德拉 痛哭吧，特洛亚人！痛哭吧！借给我一万只眼睛，我要让它们充满了先知的眼泪。

赫克托 安静些，妹妹，别闹！

卡珊德拉 少年的男女们，中年的、老年的人们，还有只会哭泣的荏弱的婴孩们，大家帮着我哭喊呀！让我们先付清一部分将来的重大的悲恸。痛哭吧，特洛亚人！痛哭吧！让你们的眼睛练习练习哭泣吧！特洛亚要化为一片平地，我们美好的宫殿要变成一堆瓦砾；我们那闯祸的兄弟帕里斯放了一把火，把我们一起烧成灰烬啦！痛哭吧，特洛亚人！痛哭吧！海伦是我们的祸根！痛哭吧，痛哭吧！特洛亚要烧起来啦，快把海伦放回去吧（下）

赫克托　特洛伊罗斯兄弟，你听了我们的姊妹这一种激昂的预言，难道无动于衷吗？难道你的血液竟是这样狂热得无可理喻，不知道师出无名，必遭天谴吗？

特洛伊罗斯　赫克托大哥，行动的是非曲直，只有从事实的发展上去判断，卡珊德拉的疯话，更不能沮丧我们的勇气。我们已经把我们各人的荣誉寄托在这一次战争里了，她的神经错乱的谵语，决不能抹杀我们行动的光明正大。拿我自己来说，我正像所有普里阿摩斯的儿子一样，什么都不能动摇我的决心。愿上帝唾弃我们中间那些畏首畏尾的懦夫！

帕里斯　要是我们不能贯彻始终，那么世人将要讥笑我的行动的轻率，也要讥笑你们决策的鲁莽；可是我指着天神为证，我因为得到了你们完全的同意，方才敢放胆行事，屏除一切的恐惧，去进行这一个危险的计划；要不然单凭着这一双赤手空拳，能够做出什么事情来呢？一个人的匹夫之勇，怎么抵挡得了倾国之众的敌意呢？然而我可以说一句，要是我必须独自担当这些困难，要是我能够运用充分的权力，那么帕里斯决不从他已经做下的事情缩回手来，也绝不会中途气馁。

普里阿摩斯　帕里斯，你的话说得完全像一个沉醉于自己的欢乐中的人；你自己吮吸着蜜糖，让人家去尝胆汁的苦味。我不敢恭维你的勇敢。

帕里斯　父王，我本来不敢独占这样一个美人所带来的欢乐，可是为了洗刷她的失身的羞辱，我不能不保持她的光荣的完整。要是现在因为迫于对方的威胁，再把她还给敌人，那对于这位被劫的王妃是一件多么不可容忍的罪恶，对于您的尊严是一个多大的污点，对于我又是一桩多么难堪的耻辱！难道像这样一种卑劣的念头，也会侵入您的高贵的心里吗？在我们这儿即使是一个最凡庸的懦夫，为了保卫海伦的缘故，也会挺身而出，拔剑而起；无论怎样高贵的人，都愿意为海伦献身效命。她既然是这样一个绝世无双的美人，我们难道不应该为她而作战吗？

赫克托　帕里斯，特洛伊罗斯，你们两人的话都说得很好；可是你们对于我们现在讨论的问题，不过作了一番文饰外表的诡辩，正像亚理士多德所说的那种不适宜于听讲道德哲学的年轻人一样。你们所提出的理由，只能煽动偏激的意气，不能作为抉择是非的标准；因为一个耽于欢乐或是渴于复仇的人，他的耳朵是比蝮蛇更聋，听不见正确的判断的。物各有主，这是造物的意旨；在一切人类关系之中，还有什么比妻子对于丈夫更亲近的？要是这一条自然的法律为感情所破坏，思想卓越的人因为被私心所蒙蔽，也对它悍然不顾，那么在每一个组织健全的国家里，都有一条制定的法律，抑制这一类悖逆的乱行。海伦既然是斯巴达的王妃，按照自然的和国家的道德法律，就应该把她还给斯巴达。错误已经铸成，倘再执迷不悟地坚持下去，那就大错而特错了。这是赫克托的良心上的见解；可是虽然这么说，我的勇敢的兄弟们，我仍旧赞同你们的意思，把海伦留下来，因为这是对于我们全体和各个的荣誉大有关系的。

特洛伊罗斯 你这句话才真说中了我们的本意。倘然这不过是一场意气之争，而不是因为重视我们的光荣，那么我也不愿为了保卫她的缘故，再洒一滴特洛亚的血。可是，尊贵的赫克托，她是一个光荣的题目，可以策励我们建立英勇卓绝的伟业，使我们战胜当前的敌人，树下万世不朽的声名；我相信即使有人给他整个世界的财富，勇敢的赫克托也不愿放弃这一个千载一时的机会。

赫克托 我愿意和你们通力合作，伟大的普里阿摩斯的英勇的后人。我已经向这些行动迟钝、党派纷歧的希腊贵人们提出挑战，惊醒他们昏睡的灵魂。我听说他们的主将只会睡觉不会管事，听任手下的将士们明争暗斗；也许我这一声怒吼，可以叫他觉醒过来。（同下）

第三场

希腊营地。阿喀琉斯帐前

忒耳西忒斯上。

忒耳西忒斯 怎么，忒耳西忒斯！你把头都气昏了吗？埃阿斯这蠢象欺人太过，他居然动手打人；可是他会打我，我就会骂他，总算也出过气了。要是颠倒过来，他骂我的时候我也可以打他，那才痛快呢！狗娘养的！我一定要去学会一些降神召鬼的法术，让我瞧见我的咒诅降在他身上。还有那个阿喀琉斯，也真是一尊好大炮。要是特洛亚一定要等这两个人去打下来，那么除非等到城墙自己坍倒。啊！你奥林匹斯山上发射雷霆的朱必特大神，还有你，蛇一样狡猾的麦鸠利，你们要是不能把他们所有的不过这么一点点儿的智慧拿去，那么还算什么万神之王，还算什么足智多谋？他们的智慧是这样稀少得出奇，为了搭救一只黏在蜘蛛网上的飞虫，他们也不知道除了拔出他们的刀剑来把蛛丝斩断以外还有什么别的办法。然后，我希望整个的军队都遭到灾殃；或者让他们一起害疮，因为他们为了一个婊子打仗，这是他们应得的报应。我的祷告已经说过了，让不怀好意的魔鬼去说他们吧。喂！阿喀琉斯将军！

帕特洛克罗斯上。

帕特洛克罗斯 是谁？忒耳西忒斯！好忒耳西忒斯，进来骂几句人给我们听吧。

忒耳西忒斯 要是我能够记得一枚镀金的铅币，我一定会想起你；可是那也不用说了，我要骂你的时候，只要提起你自己的名字就够了。但愿人类共同的咒诅，无知和愚蠢一起降在你的身上！上天保佑你终身得不到明师的指示，听不到教诲的启迪！让你的血气引导着你直到死去！等你死了的时候，替你掩埋的那位太太要是说你是一个漂亮的尸首，我就要再三发誓，说她一直都是掩埋着害大麻疯的病人。阿门。阿喀琉斯呢？

帕特洛克罗斯 什么！你也会虔诚了吗？你刚才在祷告吗？

忒耳西忒斯 是的，上天听着我的话！

阿喀琉斯上。

阿喀琉斯 谁在这儿？

帕特洛克罗斯 是忒耳西忒斯，将军。

阿喀琉斯 哪儿？哪儿？你来了吗？啊，我的干酪，我的开胃的妙药，你为什么不常常到我的桌子上来吃饭呢？来，告诉我阿伽门农是什么？

忒耳西忒斯 你的主帅，阿喀琉斯。告诉我，帕特洛克罗斯，阿喀琉斯是什么？

帕特洛克罗斯 你的主人，忒耳西忒斯。再请你告诉我，你自己是什么？

忒耳西忒斯 我是知道你的人，帕特洛克罗斯。告诉我，帕特洛克罗斯，你是什么？

帕特洛克罗斯 你知道我，就不用问我。

阿喀琉斯 啊，你说，你说。

忒耳西忒斯 我可以把整个问题演绎下来。阿伽门农指挥阿喀琉斯；阿喀琉斯是我的主人；我是知道帕特洛克罗斯的人；帕特洛克罗斯是个傻瓜。

帕特洛克罗斯 你这浑蛋！

忒耳西忒斯 闭嘴，傻瓜！我还没有说完呢。

阿喀琉斯 他是一个特许谩骂的人。说下去吧，忒耳西忒斯。

忒耳西忒斯 阿伽门农是个傻瓜；阿喀琉斯是个傻瓜；忒耳西忒斯是个傻瓜；帕特洛克罗斯已经说过了是个傻瓜。

阿喀琉斯 来，把你的理由推论出来。

忒耳西忒斯 阿伽门农倘不是个傻瓜，他就不会指挥阿喀琉斯；阿喀琉斯倘不是个傻瓜，他就不会受阿伽门农的指挥；忒耳西忒斯倘不是个傻瓜，不会侍候这样一个傻瓜；帕特洛克罗斯不用说啦，当然是个傻瓜。

帕特洛克罗斯 为什么我是个傻瓜？

忒耳西忒斯 那你该去问造下你来的上帝。我只要知道你是个傻瓜就够了。瞧，谁来啦？

阿喀琉斯 帕特洛克罗斯，我不想跟什么人说话。跟我进来，忒耳西忒斯。（下）

忒耳西忒斯 全是些捣鬼的家伙！为来为去不过是为了一头王八和一个婊子，结果弄得彼此猜忌，白白流了多少人的血。但愿战争和奸淫把他们一起抓了去！（下）

阿伽门农、俄底修斯、涅斯托、狄俄墨得斯及埃阿斯上。

阿伽门农 阿喀琉斯呢？

帕特洛克罗斯 在他的帐里，元帅；可是他的身子不大舒服。

阿伽门农 你去对他说，我在这儿。他辱骂我的使者，现在我又卑躬屈节地来拜访他。你这样明白告诉他，叫他不要以为我不敢在他面前提起我的地位，也不要以为我不知道我自己的身份。

帕特洛克罗斯　我就照这样对他说。（下）

俄底修斯　我们刚才看见他站在营帐的前面，他没有病。

埃阿斯　他害的是狮子的病，骄傲是他的病根。你们要是喜欢这个人，那么也可以说是一种忧郁症；可是照我说起来，完全是骄傲。他凭着什么理由这样骄傲呢？元帅，我对你说句话。（拉阿伽门农立一旁）

涅斯托　埃阿斯为什么这样骂他？

俄底修斯　阿喀琉斯把他的弄人骗了去了。

涅斯托　谁，忒耳西忒斯吗？

俄底修斯　正是他。

涅斯托　那很好，我们希望看见他们分裂，不希望看见他们勾结；可是为了这样一个傻子就会叫他们彼此不和，那么他们的友谊也实在太顽固了。

俄底修斯　智慧联络不起来的好感，愚蠢一下子就会把它打破。帕特洛克罗斯来了。

帕特洛克罗斯重上。

涅斯托　阿喀琉斯没有跟他来。

俄底修斯　巨象的腿是为步行用的，不是为屈膝用的。

帕特洛克罗斯　阿喀琉斯叫我回复元帅，要是元帅的大驾光临敝寨，除了游玩以外还有其他的目的，那么他真是抱歉万分；他希望您不过是因为要在饭后活活筋骨，助助消化，所以才出来散散步的。

阿伽门农　听着，帕特洛克罗斯，他这种语含讥讽的推托，我们早就听厌了。他这个人不是没有可取的地方，可是因为自恃已长的缘故，他的优点已经开始在我们的眼中失去光彩，正像一枚很好的鲜果，因为放在龌龊的盆子里，没有人要去吃它，只好听任它腐烂。你去对他说，我们要来找他说话。你尽管大胆告诉他，说我们认为他太骄傲，太自负了，要是他把自己估价得这么高，那么我们也用不着他这么一个人，只好让他像一架无法拖曳的重炮一样，搁在武器库里生锈；对他说，我们宁愿重用一个活跃的侏儒，不要一个贪睡的巨人。

帕特洛克罗斯　是，我就去这样对他说，把他的回音立刻带出来。（下）

阿伽门农　我们是来找他说话的，一定要听到他亲口的答复。俄底修斯，你进去。（俄底修斯下）

埃阿斯　他有什么胜过别人的地方？

阿伽门农　他不过自己以为比别人了得罢了。

埃阿斯 他竟是这样好吗？您想他是不是以为他比我还强？

阿伽门农 那是没有问题的。

埃阿斯 您也跟他有同样见解，认为他比我强吗？

阿伽门农 不，尊贵的埃阿斯，你跟他一样强，一样勇敢，一样聪明，一样高贵，可是你比他脾气好得多，也比他更听号令。

埃阿斯 一个人为什么要骄傲？骄傲的心理是怎么起来的？我就不知道什么是骄傲。

阿伽门农 埃阿斯，你的头脑比他清楚，你的人格也比他清高。一个骄傲的人，结果总是在骄傲里毁灭了自己。

埃阿斯 我讨厌一个骄傲的人，就像讨厌一窠癞蛤蟆一样。

涅斯托 （旁白）可是他却不讨厌他自己，这不是很奇怪吗？

俄底修斯重上。

俄底修斯 阿喀琉斯明天不愿上阵。

阿伽门农 他有什么理由？

俄底修斯 他也不讲什么理由，只逞着自己的性子，一味执拗，把什么人都不放在眼里。

阿伽门农 我们再三请他，为什么他总不出来？

俄底修斯 他的骄傲已经病入膏肓，无可救药了。

阿伽门农 让埃阿斯去叫他出来。将军，你到他帐里去看看他，听说他对你的感情不错，也许你去请他，他会却不过你的情面。

俄底修斯 啊，阿伽门农！不要这样。我们应当让埃阿斯离开阿喀琉斯越远越好。这个骄悍的将军用傲慢塞住了自己的心窍，眼睛里只有自己没有别人，难道我们反要叫一个更被我们敬重的人去向他礼拜吗？不，我们不能让这位比他尊贵三倍的、勇武超群的将军污损了他的血战得来的光荣；他的才能并不在阿喀琉斯之下，为什么要叫他贬低他的身份去向阿喀琉斯央求呢？那不过格外助长他的骄傲的气焰罢了。叫这位将军去看他！不，天神不容许这样的事，他要用雷鸣怒吼着说，“叫阿喀琉斯出来见他吧！”

涅斯托 （旁白）啊！这样很好，他说到他的心窝里去了。

狄俄墨得斯 （旁白）瞧他一声不响地听得多么出神！

埃阿斯 要是我去看他，我要一拳打歪他的脸孔。

阿伽门农 啊，不！你不要去。

埃阿斯 要是他对我神气活现，我可老实不客气要教训他一下。让我去看他。

俄底修斯　不，你无论如何不能去。

埃阿斯　下贱的、放肆的家伙！

涅斯托　（旁白）他把自己形容得一点不错！

埃阿斯　他不能客气一点吗？

俄底修斯　（旁白）乌鸦也会骂别人太黑！

埃阿斯　要是大家的思想都跟我一样——

俄底修斯　（旁白）那么世上没有聪明人了。

埃阿斯　一定不让他放肆到这个地步；他要是装腔作势，就叫他吞下他的刀子。尽管他是个铁铮铮的硬汉，我也要把他揉做面团。

涅斯托　（旁白）他的热度还不是顶高，再恭维他几句，把他的野心煽起来。

俄底修斯　（向阿伽门农）元帅，你太容忍他了。

狄俄墨得斯　你必须准备不靠阿喀琉斯的力量去和特洛亚人作战。

俄底修斯　就是因为人家把他的名字挂在嘴边，所以养成了他的骄傲。我倒想起了一个人——可是他就在我们眼前，我还是不说了吧。

涅斯托 你为什么不说呢？他又不像阿喀琉斯一样争强好胜。

俄底修斯 整个世界都知道他是跟阿喀琉斯一样勇敢的。

埃阿斯 婊子养的畜生！在我们面前摆他的臭架子！但愿他是个特洛亚人！

涅斯托 要是埃阿斯现在也像他一样骄傲——

俄底修斯 像他一样要人家拍他的马屁——

狄俄墨得斯 像他一样坏脾气——

俄底修斯 像他一样的目中无人、妄自尊大——

狄俄墨得斯 那才是天大的不幸！

俄底修斯 感谢上天，将军，你的天性是这样仁厚，那生下你的令尊、乳哺你的令堂，真是应该赞美；教你念书的那位先生，愿他名垂万世；你那非博学所能几及的天赋聪明，更可与日月争光；至于传授你武艺的那位师傅，那么他是应该和战神配享，庙食千秋的。讲到你的神勇，那么力举全牛的迈罗，也不得不向强壮的埃阿斯甘拜下风。我用不到称赞你的智慧，那是像一道围墙、一堵堤岸，包围着你的广大丰富的才能。咱们这位涅斯托老将军眼睛里见过的多，自然智慧超人一等；可是对不起，涅斯托老爹，要是您也像埃阿斯一样年轻，您的教育也不过像他一样，那么您的智慧也绝不会超过他的。

埃阿斯 我拜您做干爹吧。

俄底修斯 好，我的好儿子。

狄俄墨得斯 你要听他的话啊，埃阿斯将军。

俄底修斯 咱们不要在这儿多耽搁了，阿喀琉斯这野兔子在丛林里躲着呢。请元帅立刻传令全军，召集所有的人马；新的君王们到特洛亚来了，明天我们一定要用全力保持我们的声威。这儿有一位大将，让从东方到西方来的武士们各自争取他们的光荣吧，最大的胜利将是属于埃阿斯的。

阿伽门农 我们就去召开会议。让阿喀琉斯睡吧；正是轻舟虽捷，怎及巨舶容深。（同下）

第三幕

第一场

特洛亚。普里阿摩斯宫中

潘达洛斯及一仆人上。

潘达洛斯 喂，朋友！对不起，请问一声，你是跟随帕里斯王子的吗?

仆人 是的，老爷，他走在我前面的时候，我就跟在他后面。

潘达洛斯 我的意思是说，你是靠他吃饭的吗?

仆人 老爷，我是靠天吃饭的。

潘达洛斯 你依靠着一位贵人，我必须赞美他。

仆人 愿赞美归于上帝！

潘达洛斯 你认识我吗？

仆人 说老实话，老爷，我只是觉得面熟。

潘达洛斯 朋友，我们应当大家熟悉一点。我是潘达洛斯老爷。

仆人 我希望以后跟您老爷熟悉一点。

潘达洛斯 那很好。

仆人 您是个殿下吗？

潘达洛斯 殿下！不，朋友，你只可以叫我老爷或是大人。（内乐声）这是什么音乐？

仆人 我不大知道，老爷，那是数部合奏的音乐。

潘达洛斯 你认识那些奏乐的人吗？

仆人 我全都认识，老爷。

潘达洛斯 他们奏乐给谁听的？

仆人 他们奏给听音乐的人听，老爷。

潘达洛斯 什么人叫他们奏的？

仆人 呃，老爷，是我的主人帕里斯叫他们奏的，他就在里面；那位人间的维纳斯，美的心血，爱的微妙的灵魂，也陪着他在一起。

潘达洛斯 谁，我的甥女克瑞西达吗？

仆人 不，老爷，是海伦；您听了我形容她的话还不知道吗？

潘达洛斯 朋友，看来你还没有见过克瑞西达小姐。我是奉特洛伊罗斯王子之命来见帕里斯的，我的事情很要紧，来不及等你通报了。

帕里斯及海伦率侍从上。

潘达洛斯 您好，我的好殿下，这些好朋友们都好！愿美好的欲望好好地领导他们！您好，我的好娘娘！愿美好的思想做您的美好的枕头！

海伦 好大人，您满嘴都是好话。

潘达洛斯 谢谢您的谬奖，好娘娘。好殿下，刚才的音乐很好，怎么忽然停了？

帕里斯 是你把它打断的，贤卿。现在我们就罚你唱歌一曲，把它续起来。耐儿[①]，他会唱很好的歌呢。

潘达洛斯 真的，娘娘，没有这回事。

海伦 啊，大人！

潘达洛斯 粗俗得很，真的，粗俗不堪。好娘娘，我有事情要来对殿下说。殿下，您允许我跟您说句话吗？

海伦 不，您不能这样躲赖过去。我们一定要听您唱歌。

潘达洛斯 哎，好娘娘，您在跟我开玩笑啦。可是，殿下，您的令弟特洛伊罗斯殿下——

海伦 潘达洛斯大人，甜甜蜜蜜的大人——

潘达洛斯 算了，好娘娘，算了。——叫我向您致意问候。

海伦 您不能赖去我们的歌，要是您不唱，我可要生气了。

潘达洛斯 好娘娘，好娘娘！真是位好娘娘。

海伦 叫一位好娘娘生气是一件大大的罪过。

---

① 海伦的爱称。

潘达洛斯 不，不，不，哪儿的话，哪儿的话，哈哈！殿下，他要我对您说，晚餐的时候王上要是问起他，请您替他推托一下。

海伦 潘达洛斯大人？

潘达洛斯 我的好娘娘，我的顶好的好娘娘怎么说？

帕里斯 他有些什么要事？今晚他在什么地方吃饭？

海伦 可是，大人——

潘达洛斯 我的好娘娘怎么说？我的这位老弟会和您生气的。

海伦 你一定知道他在什么地方吃饭。

帕里斯 我可以拿我的生命打赌，他一定看克瑞西达去啦。

潘达洛斯 不，不，哪有这样的事；您真是说笑话了。您的那位小姐在害病呢。

帕里斯 好，我就替他捏造一个托辞。

潘达洛斯 是，我的好殿下。您为什么要说克瑞西达呢？不，您的那位小姐在害病呢。

帕里斯 我早就看出来了。

潘达洛斯 您看出来了！我的外甥女一心想着您的一件东西，娘娘。

海伦 只要不是我的丈夫帕里斯，我可以给她。

潘达洛斯 他？不！她不会要他。他们两个是对头。

海伦 吵架，再和好，可以使他们两个变成三个。

潘达洛斯 好了，好了，我不听这种话了。我给您唱一支歌。

海伦 好，好，请你快唱吧。好大人，你的额角长得很好看哩。

潘达洛斯 啊，谬奖谬奖。

海伦 你要给我唱一支爱情的歌；这个爱情要把我们一起葬送了。啊，丘必特，丘必特，丘必特！

潘达洛斯 爱情！啊，很好，很好。

帕里斯 对了，爱情，爱情，只有爱情是一切！

潘达洛斯 这支歌正是这样开始的：（唱）

爱情，爱情，只有爱情是一切！
爱情的宝弓，射雌也射雄；
爱情的箭锋，射中了心胸，
不会伤人，只叫人心头火热。

那受伤的恋人痛哭哀号，
啊！啊！啊！这一回性命难逃！
等会儿他就要放声大笑，
哈！哈！哈！爱情的味道真好！
暂时的痛苦呻吟，啊！啊！啊！
变成了一片笑声，哈！哈！哈！
呵呵！

海伦　哎哟，他的鼻尖儿都在恋爱哩。

帕里斯　爱人，他除了鸽子以外什么东西都不吃；一个人多吃了鸽子，他的血液里会添加热力，血液里添加热力便会激动情欲，情欲激动了便会胡思乱想，胡思乱想的结果就是玩女人闹恋爱。

潘达洛斯　这就是恋爱的产生经过吗？好殿下，今天是什么人上阵？

帕里斯　赫克托、得伊福玻斯、赫勒诺斯、安忒诺以及所有特洛亚的英雄们都去了。我本来也想去的，可是我的耐儿不放我走。我的兄弟特洛伊罗斯为什么不去？

海伦　他撅起了嘴唇，好像有些什么心事似的。潘达洛斯大人，您一定什么都知道。

潘达洛斯　哪儿的话，甜甜蜜蜜的姑娘。我很想听听他们今天打得怎样。您会记得替令弟设辞推托吗？

帕里斯　我记得就是了。

潘达洛斯　再会，好姑娘。

海伦　给我望望您的外甥女。

潘达洛斯　是，好姑娘。（下，内吹归营号）

帕里斯　他们从战场上回来了，我们到普里阿摩斯的大厅上去迎接这一群战士吧。亲爱的海伦，我必须请求你帮助我们的赫克托卸下他的甲胄，他的坚强的带扣、利剑的锋刃和希腊人的武力都不能把它打开，却不能抵抗你的纤指的魔力。你的力量胜过这岛国上所有的国王。替伟大的赫克托卸除他的甲胄吧。

海伦　帕里斯，我能够做他的仆人是莫大的荣幸；为他服役的光荣，比我们天生的美貌更值得夸耀。

帕里斯　亲爱的，我爱你爱到不可思议。（同下）

第二场

同前。潘达洛斯的花园

潘达洛斯及特洛伊罗斯的侍童自相对方向上。

潘达洛斯　啊！你的主人呢？在我的外甥女克瑞西达家里吗？

侍童　不，老爷；他等着您带他去呢。

特洛伊罗斯上。

潘达洛斯　啊！他来了。怎么，怎么！

特洛伊罗斯　孩儿，走开去。（侍童下）

潘达洛斯　您见过我的外甥女吗？

特洛伊罗斯　不，潘达洛斯，我在她的门口踯躅，像一个站在冥河边岸的游魂，等待着渡船的接引。啊！请你做我的船夫卡戎[①]，赶快把我载到得救者往生的乐土里去，让我徜徉在百合花的中央！好潘达洛斯啊！请你从丘必特的肩背上拔下他的彩翼来，陪着我飞到克瑞西达身边去吧！

潘达洛斯　您在这园子里随便玩玩。我立刻就去带她来。（下）

特洛伊罗斯　我觉得眼前迷迷糊糊的，期望使我的头脑打着回旋。想象中的美味是这样甘芳，它迷醉了我的神经。要是我的生津的齿颊果然尝到了经过三次提炼的爱情的旨酒，那该怎样呢？我怕我会死去，昏昏沉沉地倒下去不再醒来；我怕那种太微妙渊深的快乐，调和在太芳冽的甘美里，不是我的粗俗的感官所能禁受。我怕，我更怕在无边的幸福之中，我会失去一切的知觉，正像大军冲锋、敌人披靡的时候，每个人忘记了自己一样。

---

① 卡戎，希腊神话中在冥河上渡亡魂到冥府去的船夫。

潘达洛斯重上。

潘达洛斯 她正在打扮；她就要来了。您说话可要机灵点儿。她怕难为情得了不得，慌张得气都喘不过来，好像给一个鬼附上了身似的。我就去带她来。她真是个顶可爱的坏东西，就像一只刚给人捉住的麻雀似的慌张得喘不过气来。（下）

特洛伊罗斯 我自己的心里也感到了这样一种情绪，我的心跳得比一个害热病的人的脉搏还快。我的一切感官都失去了他们的作用，正像奴仆在无意中瞥见了主人威严的眼光一样。

潘达洛斯偕克瑞西达重上。

潘达洛斯 来，来，有什么害羞呢？小孩子才怕难为情。她来了，把您向我发过的誓当着她的面再发一遍吧。怎么！你又要回去了吗？你在没有给人家驯服以前，一定要有人看守着你吗？来吧，来吧，要是你再退回去，我们可要把你像一匹马似的套在辕木里了。您为什么不对她说话呢？来，掀开面纱，让我们看看你的面容。哎呀，你为什么这样不愿意得罪日光！如果是黑夜，你们早就到一起了。来，往前滚球，照直去吻那目标。在才对，一吻定终身。木匠，在这块地上盖栋房子，空气是多么甜美。在我拆散你们之前，你们两颗心要扭成一团。雌鹰配雄鹰，真是一对。去啊，去啊。

特洛伊罗斯 姑娘，您使我一句话也说不出来。

潘达洛斯 相思债是不能用说话去还清的，你还是给她一些行动吧，不要又是一动也不会动的。怎么！又在亲嘴了吗？好，“良缘永缔，互结同心”——进来吧，进来吧；我先去拿个火来。（下）

克瑞西达 请进去吧，殿下。

特洛伊罗斯 啊，克瑞西达！我好容易盼望到这一天！

克瑞西达 盼望，殿下！但愿——啊，殿下！

特洛伊罗斯 但愿什么？为什么您又不说下去了？我的亲爱的姑娘在我们爱的灵泉里发现什么渣滓了？

克瑞西达 要是我的恐惧是长眼睛的，那么我看见的渣滓比泉水还多。

特洛伊罗斯 恐惧可以使天使变成魔鬼，它所看到的永远不是真实。

克瑞西达 盲目的恐惧有明眼的理智领导，比之凭着盲目的理智，毫无恐惧地横冲直撞，更容易找到一个安全的立足点。倘能时时忧虑着最大的不幸，那么在较小的不幸来临的时候往往可以安之若素。

特洛伊罗斯 啊！让我的爱人不要怀着丝毫恐惧；在爱神导演的戏剧里是没有恶魔的。

克瑞西达 也没有可怕的巨人吗?

特洛伊罗斯 没有，只有我们自己才是可怕的巨人，因为我们会发誓泪流成海，入火吞山，驯伏猛虎，凡是我们的爱人所想得到的事，我们都可以做到。姑娘，这就是恋爱的可怕的地方：意志是无限的，实行起来就有许多不可能；欲望是无穷的，行为却必须受制于种种的束缚。

克瑞西达 人家说恋人们发誓要做的事情，总是超过他们的能力，可是他们却保留着一种永不实行的能力；他们发誓做十件以上的事，实际做到的还不满一件事的十分之一。这种声音像狮子、行动像兔子一样的家伙，可不是怪物吗?

特洛伊罗斯 果然有这样的怪物吗?我可不是这样。请您在把我试验以后，再来估计我的价值吧，当我没有用行为证明我的爱情以前，我是不愿戴上胜利的荣冠的。特洛伊罗斯将会向克瑞西达证明，一切出于恶意猜忌的诽谤，都可以反映出他的忠心；真理所能宣说的最真实的言语，也不会比特洛伊罗斯的爱情更真实。

克瑞西达 请进去吧，殿下。

潘达洛斯重上。

潘达洛斯 怎么！还有点不好意思吗?你们的话还没有说完吗?

克瑞西达 好，舅舅，要是我干下了什么错事，那都是您的不好。

潘达洛斯 那么要是你给殿下生下了一位小殿下，你就把他抱来给我好了。你对殿下要忠心；他要是变了心，你尽管骂我。

特洛伊罗斯 令舅的话，和我的不变的忠诚，都可以给您做保证。

潘达洛斯 我也可以替她向您保证：我们家里的人都是不轻易许诺的，可是一旦许身于人，便永远不会变心，就像芒刺一样，碰上了身，再也掉不下来。

克瑞西达 我现在已经提起了我的勇气：特洛伊罗斯王子，我已经朝思暮想，苦苦地爱着您几个月了。

特洛伊罗斯 那么我的克瑞西达为什么这样不容易征服呢？

克瑞西达 似乎不容易征服，可是，殿下，当您第一眼看着我的时候，我早就给您征服了——恕我不再说下去，要是我招认得太多，您会看轻我的。我现在爱着您，可是直到现在为止，我还能够控制我自己的感情。不，说老实话，我说了谎了，我的思想就像一群顽劣的孩子，倔强得不受他们母亲的管束。瞧，我们真是些傻瓜！为什么我要说这些唠唠叨叨的话呢？要是我们不能替自己保守秘密，谁还会对我们忠实呢？可是我虽然这样爱您，我却没有向您求爱；然而说老实话，我却希望我自己是个男子，或者我们女子也像男子一样有先启口的权利。亲爱的，快叫我止住我的舌头吧，因为我这样得意忘形，一定会说出将会使我后悔的话来。瞧，瞧！您这么狡猾地一声不响，已经使我从我的脆弱当中流露出我的内心来了。封住我的嘴吧。

特洛伊罗斯　好，虽然甜蜜的音乐从您嘴里发出，我愿意用一吻封住它。

潘达洛斯　妙得很，妙得很。

克瑞西达　殿下，请您原谅我；我并不是有意要求您吻我。真是怪羞人的！天哪！我做了什么事啦？现在我真的要告辞了，殿下。

特洛伊罗斯　告辞了，亲爱的克瑞西达？

潘达洛斯　告辞！你就是告辞到明天早晨，还是跟他在一起的。

克瑞西达　请你不要多说。

特洛伊罗斯　姑娘，什么事情使您生气了？

克瑞西达　我讨厌我自己。

特洛伊罗斯　您可不能逃避您自己。

克瑞西达　让我去试一试。我有另外一个自己跟您在一起，可是它是无情的，宁愿离开它自己，去受别人的愚弄。我真的要走了。我的智慧掉在什么地方了？我自己也不知道自己在说些什么话。

特洛伊罗斯　说着这样聪明话的人，是不会不知道自己所说的话的。

克瑞西达　殿下，也许您会以为我所吐露的不是真情，我不过在玩弄着手段，故意用这种不害羞的招认，来试探您的意思，可是您是个聪明人，否则您也许不在恋爱，因为智慧和爱情只有在天神的心里才会同时存在，人们是不能兼而有之的。

特洛伊罗斯　啊！要是我能够相信一个女人会永远点亮她的爱情的不灭的明灯，保持她的不变的忠心和不老的青春，她那永远美好的灵魂，不会随着美丽的外表同归衰谢；只要我能够相信我对您的一片至诚和忠心，会换到您的同样纯洁的爱情，那时我的灵魂将要怎样飘举起来！可是，唉！我的忠心是这样单纯，比赤子之心还要简单而纯朴。

克瑞西达　在那一点上我要跟您互相竞争。

特洛伊罗斯　啊，当两种真理为了互争高下而相战的时候，那是一场多么道义的战争！从今以后，世上真心的情郎们都要以特洛伊罗斯为榜样：当他们充满了申诉、盟誓和夸大的比拟的诗句中缺少新的譬喻的时候，当他们厌倦于那些陈陈相因的套语，例如像钢铁一样坚贞，像草木对于月亮、太阳对于白昼、斑鸠对于她的配偶一样忠心——当他们用尽了这一切关于忠诚的譬喻，而希望援引一个更有力的例证的时候，他们便可以加上一句去说，“像特洛伊罗斯一样忠心。”

克瑞西达　愿您的话成为预言！要是我变了心，或者有一丝不忠不贞的地方，那么当时间变成古老而忘记了它自己的时候，当特洛亚的岩石被水珠滴烂、无数的城市被盲目的遗忘所吞噬、无数强大的国家了无痕迹地化为一堆泥土的时候，让我的不贞继续存留在人们的记忆里，永远受人唾骂！当他们说过了“像空气、像水、像风、像沙土一样轻浮；像狐狸对于羔羊、豺狼对于小牛、豹子对于母鹿、继母对于前妻的儿子一样虚伪”以后，让他们举出一个最轻浮最虚伪的榜样来，说，“像克瑞西达一样负心。”

潘达洛斯 好，交易已经作成，两方面盖个印吧。来，来，我替你们做证人。这儿我握着您的手，这儿我握着我甥女的手。我这样辛辛苦苦把你们两人拉在一起，要是你们中间无论哪一个变了心，那么从此以后，让世上所有可怜的媒人们都叫着我的名字，直到永远！让一切忠心的男人都叫做特洛伊罗斯，一切负心的女子都叫做克瑞西达，一切做媒的人都叫做潘达洛斯！大家说阿门。

特洛伊罗斯 阿门。

克瑞西达 阿门。

潘达洛斯 阿门。现在我要带你们到一间房间里去，那里面还有一张眠床。那张床是不会泄漏你们的秘密的，你们尽管去成其美事吧。去！（特洛伊罗斯、克瑞西达下）愿丘必特给所有不开口的女士床、卧室和潘达洛斯以成其好事。（下）

第三场

希腊营地

阿伽门农、俄底修斯、狄俄墨得斯、涅斯托、埃阿斯、墨涅拉俄斯及卡尔卡斯上。

卡尔卡斯 各位王子，为了我给你们所做的事情，现在我可以向你们要求报偿了。请你们想一想，我因为审察未来的大势，决心舍弃了特洛亚，丢下了我的家产，顶上一个叛逆的名字；牺牲了现成的安稳的地位，来追求不可知的命运；抛开了我所熟悉习惯的一切，到这举目生疏的地方来替你们尽力：你们曾经允许给我许多好处，现在我只要求你们让我略沾小惠，想来你们总不会拒绝我吧。

阿伽门农 特洛亚人，你要向我们要求什么？说吧。

卡尔卡斯 你们昨天捉来了一个特洛亚的俘虏，名叫安忒诺；特洛亚对他是很重视的。你们常常要求他们拿我的女儿克瑞西达来交换被俘的特洛亚重要将士，可是特洛亚总是加以拒绝；据我所知，这个安忒诺在特洛亚军中是一个很重要的人物，一切事务倘没有他去处理，都要陷于停顿，他们甚至于愿意拿一个普里阿摩斯亲生的王子来和他交换。各位殿下，把他送回去，交换我的女儿来吧，只要让我瞧见她一面，就可以抵消我替你们所尽的一切劳力。

阿伽门农 让狄俄墨得斯把他送去，带克瑞西达回来吧。卡尔卡斯的要求可以让他得到满足。狄俄墨得斯，你去准备好这一次交换所需要的一切，同时带个信去，问一声赫克托明天是不是预备决战，埃阿斯已经预备好了。

狄俄墨得斯 我愿意担负这一个使命，并且认为这是莫大的光荣。（狄俄墨得斯、卡尔卡斯同下）

阿喀琉斯及帕特洛克罗斯自帐内走出。

俄底修斯 阿喀琉斯站在他的帐前，请元帅在他面前走了过去，理也不要理他，就好像忘记了他是个什么人似的。各位王子也都对他装出一副冷淡的态度。让我在最后走过，他一定会问我，为什么人家都向他投掷这样轻蔑的眼光，那时我就借你们的冷淡做题目，对他的骄傲发出一些意含针砭的讥讽，使他不能不饮下我给他的这一服清心药剂。这服药也许会发生效力。要一个骄傲的人看清他自己的嘴脸，只有用别人的骄傲给他做镜子；倘然向他卑躬屈节，不过添长了他的气焰，徒然自取其辱。

阿伽门农 我就依照你的计策而行，当我走过他身旁的时候，故意装出一副冷淡的神气。每一位将军也都要这样，或者不去理睬，或者用轻蔑的态度向他打个招呼，那是会比完全不理他更使他难堪的。大家跟着我来。

阿喀琉斯　怎么！元帅又要来找我说话了吗？您知道我的意思，我是不愿再跟特洛亚人打仗了。

阿伽门农　阿喀琉斯说些什么？他有什么事要跟我说？

涅斯托　将军，您有什么事要对元帅说吗？

阿喀琉斯　没有。

涅斯托　元帅，他说没有。

阿伽门农　那再好没有。（阿伽门农、涅斯托同下）

阿喀琉斯　早安，早安。

墨涅拉俄斯　您好？您好？（下）

阿喀琉斯　怎么！那王八也瞧我不起吗？

埃阿斯　啊，帕特洛克罗斯！

阿喀琉斯　早安，埃阿斯。

埃阿斯　嘿？

阿喀琉斯　早安。

埃阿斯　是，是，早安，早安。（下）

阿喀琉斯　这些家伙都是什么意思？他们不认识阿喀琉斯了吗？

帕特洛克罗斯　他们大模大样地走了过去。从前他们一看见阿喀琉斯，总是鞠躬如也，笑脸相迎，那一副恭而敬之的神气，就像礼拜神明一样。

阿喀琉斯　怎么！难道我的威风已经衰落了吗？大丈夫在失欢于命运以后，不用说会被众人所厌弃，他可以从别人的眼睛里看到他自己的没落；因为人们都是像蝴蝶一样，只会向炙手可热的夏天翩翩起舞；在他们的俗眼之中，只有富贵尊荣，这一些不一定用才能去博得的身外浮华，才是值得敬重的；当这些不足恃的浮华化为乌有的时候，人们的敬意也就会烟消云散。可是我还没有到这样的地步，命运依然是我的朋友，我依然充分享受着我所有的一切，只有这些人却对我改变了态度，我想他们一定对我有什么不满意的地方。俄底修斯也来了，他在读些什么；待我前去打断他的诵读。啊，俄底修斯！

俄底修斯　啊，阿喀琉斯！

阿喀琉斯　你在读些什么？

俄底修斯　有一个不认识的人写给我这样几句话："无论一个人的天赋如何优异，他的外表或内在的姿质无论如何丰美，也必须在他的德性的光辉照耀到他人身上，发生了热力，再由感受他的热力的人把那热力反射到自己身上的时候，才会体味到他本身的价值的存在。"

阿喀琉斯 这没有什么奇怪，俄底修斯！一个人不会知道他自己的美貌，他的美貌只能反映在别人的眼里。眼睛，那最灵敏的感官，也看不见它自己，只有当自己的眼睛和别人的眼睛相遇的时候，才可以交换彼此的形象，因为视力不能反及自身，除非把自己的影子映在可以被自己看见的地方。这是一点也不奇怪的事。

俄底修斯 我并不重视这一种很普通的道理，可是我不懂写这几句话的人的用意；他用迂回婉曲的说法，证明一个人无论禀有着什么奇才异能，倘然不把那种才能传达到别人的身上，他就等于一无所有；也只有在把才能发展出去以后所博得的赞美声中，才可以认识他本身的价值，正像一座穹窿把声音弹射回来，又像一扇迎着阳光的铁门，反映出太阳所投射的形状，同时吐发出它所吸收的热力一样。他这番话很引起了我的思索，使我立刻想起了默默无闻的埃阿斯。天哪，这是一个多好的汉子！真是一匹轶群的骏马，他的奇才还没有为他自己所发现。天下真有这样被人贱视的珍宝！也有毫无价值的东西，反会受尽世人的赞赏！明天我们可以看见埃阿斯在无意中得到一个大展身手的机会，从此以后，他的威名将要遍传人口了。天啊！有些人会乘着别人懈怠的时候，干出怎样一番事业！有的人悄悄地钻进了反复无常的命运女神的厅堂，有的人却在她的眼中扮演着痴人！有的人利用着别人的骄傲而飞黄腾达，有的人却因为骄傲而使他的地位一落千丈！瞧这些希腊的将军们！他们已经在那儿拍着粗笨的埃阿斯的肩膀，好像他的脚已经踏在勇敢的赫克托的胸口，强大的特洛亚已经濒于末日了。

阿喀琉斯　我相信你的话，因为他们走过我的身旁，就像守财奴看见叫花子一样，没有一句好话，也没有一张好脸孔。怎么！难道我的功劳都已经被人忘记了吗？

俄底修斯　将军，时间老人的背上负着一个庞大的布袋，那里面装满着被寡恩负义的世人所遗忘的丰功伟业；那些已成过去的美绩，一转眼间就会在人们的记忆里消失。只有继续不断的精进，才可以使荣名永垂；如果一旦罢手，就会像一套久遭搁置的生锈的铠甲，谁也不记得它的往日的勋劳，徒然让它的不合时宜的式样，留作世人揶揄的资料。不要放弃眼前的捷径，光荣的路是狭窄的，一个人只能前进，不能后退；所以你应该继续在这一条狭路上迈步前进，因为无数竞争的人都在你的背后，一个紧追着一个；要是你略事退让，或者闪在路旁，他们就会像汹涌的怒潮一样直冲过来，把你遗弃在最后；又像一匹落伍的骏马，倒在地上，下驷的驽骀都可以追上它的前面，从它的身上践踏过去。那时候人家现在所做的事，虽然比不上你从前所做的事，但是你的声名却要被他们所掩盖，因为时间正像一个趋炎附势的主人，对于一个临去的客人不过和他略微握了握手，对于一个新来的客人，却伸开了两臂，飞也似的过去抱住他。欢迎是永远含笑的，告别总是带着叹息。啊！不要让德行追索它旧日的酬报，因为美貌、智慧、门第、膂力、功业、爱情、友谊、慈善，这些都要受到无情的时间的侵蚀。世人有一个共同的天性，他们一致赞美新制的玩物，虽然它们原是从旧有的材料改造而成的；他们宁愿拂拭发着亮光的金器，却不去顾问那被灰尘掩蔽了光彩的金器。人们的眼睛只能看见现在，他们所赞赏的也只有眼前的人物。所以不用奇怪，你伟大的完人，一切希腊人都在开始崇拜埃阿斯，因为活动的东西是比停滞不动的东西更容易引人注目的。众人的属望曾经集于你的身上，要是你不把你自己活活埋葬，把你的威名收藏在你的营帐里，那么你也未始不可恢复旧日的光荣；不久以前，你那在战场上的赫赫声威，是曾经使天神为之侧目的。

阿喀琉斯　我这样深居简出，却是有极大的理由。

俄底修斯　可是有更强大、更有力的理由反对你的深居简出。阿喀琉斯，人家都知道你恋爱着普里阿摩斯的一个女儿。

阿喀琉斯　嘿！人家都知道！

俄底修斯　你以为那很奇怪吗？什么事情都逃不过旁观者的冷眼；渊深莫测的海底也可以量度得到，潜藏在心头的思想也会被人猜中。你和特洛亚人之间的关系，我们是完全明白的；可是阿喀琉斯，倘然是个真正的英雄，他就应该去把赫克托打败，不应该把波吕克塞娜丢弃不顾。要是现在小小的皮洛斯在家里听见了光荣的号角在我们诸岛上吹响，所有的希腊少女们都在跳跃欢唱，“伟大的赫克托的妹妹征服了阿喀琉斯，可是我们的伟大的埃阿斯勇敢地把他打倒，”那时候他的心里该是多么难受。再见，将军，我对你这样说完全是出于好意。留心你脚底下的冰块，不要让一个傻子打这上面滑了过去，你自己却把它踹碎了。（下）

帕特洛克罗斯　阿喀琉斯，我也曾经用这种意思劝告过您。一个男人在需要行动的时候优柔寡断，没有一点丈夫的气概，是比一个鲁莽粗野的男性化的女子更为可憎的。人家常常责怪我，以为我对于战争的厌恶，以及您对于我的亲密的友谊，是使您懈怠到现在这种样子的根本原因。好人，振作起来吧，只要您振臂一呼，那柔弱轻佻的丘必特就会从您的颈上放松他的淫荡的拥抱，像雄狮鬣上的一滴露珠似的，摇散在空气之中。

阿喀琉斯　埃阿斯要去和赫克托交战吗?

帕特洛克罗斯　是的，也许他会在他身上得到极大的荣誉。

阿喀琉斯　我的声誉已经遭到极大的危险，我的威名已经受到严重的损害。

帕特洛克罗斯　啊！那么您要留心，自己加于自己的伤害是最不容易治疗的。忽略了应该做的事，往往会引起危险的后果，这种危险就像寒热病一样，会在我们向阳闲坐的时候侵袭到我们的身上。

阿喀琉斯　好帕特洛克罗斯，去把忒耳西忒斯叫来。我要差这傻瓜去见埃阿斯，请他在决战完毕以后，邀请特洛亚的武士们到我们这儿来，大家便服相见。我简直像一个女人似的害着相思，渴想着会一会卸除武装的赫克托，跟他握手谈心，把他的面貌瞧一个清楚——他来得正好！

忒耳西忒斯上。

忒耳西忒斯　怪事，怪事！

阿喀琉斯　什么怪事？

忒耳西忒斯　埃阿斯在战场上走来走去，到处录访他自己。

阿喀琉斯　是怎么一回事？

忒耳西忒斯　他明天必须单人匹马去和赫克托交战。他因为预想到这一场英勇的厮杀，骄傲得了不得，所以满口乱嚷乱叫，却没有说出一句话来。

阿喀琉斯　怎么会有这样的事？

忒耳西忒斯　他跨着大步，像一头孔雀似的走来走去，踱了一步又立定了一会儿。他那满腹心事的样子，就像一个靠着脑筋打算盘的女店主。他咬着嘴唇，装出一副深谋远虑的神气，好像说，“我这儿有一脑袋的神机妙算，你们等着瞧吧；”他说得不错，可是他那脑袋里的智慧，就像打火石里的火花一样，不去打它是不肯出来的。这家伙一辈子完了，因为赫克托倘不在交战的时候扭断他的头颈，凭着他那股摇头摆脑的得意劲儿，也会把自己的头颈摇断的。他认也不认识我；我说，“早安，埃阿斯。”他却回答我，“谢谢，阿伽门农。”你们看他还算个什么人，会把我当作了元帅！他简直变成了一条失水的鱼儿，一个不会说话的怪物啦。该死的荣誉！一个人可以两面穿它，就像是件皮背心。

阿喀琉斯　忒耳西忒斯，你必须做我的使者，替我带一个信给他。

忒耳西忒斯　谁，我吗？嘿，他见了谁都不睬；他不愿意回答人家；只有叫花子才老是开口；他的舌头是长在臂膀上的。我可以扮作他的样子，让帕特洛克罗斯向我提出问题，你们就可以瞧瞧埃阿斯是怎么样的。

阿喀琉斯　帕特洛克罗斯，对他说：我恭恭敬敬地请求英武的埃阿斯邀请骁勇无比的赫克托便服至敝寨一叙；关于他的人身安全，我可以要求慷慨宽宏、声名卓著、高贵尊荣的希腊军大元帅阿伽门农特予保证，等等等等，你这样说吧。

帕特洛克罗斯　朱庇特大神祝福伟大的埃阿斯！

忒耳西忒斯　哼！

帕特洛克罗斯　我奉尊贵的阿喀琉斯的命令前来——

忒耳西忒斯　嘿！

帕特洛克罗斯　他，恭恭敬敬地请求您邀请赫克托到他的寨内一叙——

忒耳西忒斯　哼！

帕特洛克罗斯 他可以从阿伽门农取得安全通行的保证。

忒耳西忒斯 阿伽门农！

帕特洛克罗斯 是，将军。

忒耳西忒斯 嘿！

帕特洛克罗斯 您的意思怎样？

忒耳西忒斯 愿上帝和你同在。

帕特洛克罗斯 您的答复呢，将军？

忒耳西忒斯 明天要是天晴，那么在十一点钟的时候，一定可以见个分晓；可是他即使得胜，我也要叫他付下了重大的代价。

帕特洛克罗斯 您的答复呢，将军？

忒耳西忒斯 再见，再见。

阿喀琉斯 啊，难道他就是这么一副腔调吗？

忒耳西忒斯 不，他简直是脱腔走调。我不知道赫克托捶破了他的脑壳以后，他还会唱些什么调调儿出来，不过我想他是不会有什么调调儿唱出来的，除非阿波罗抽了他的筋去做琴弦。

阿喀琉斯 来，你必须立刻替我去把一封信送给他。

忒耳西忒斯 让我再带一封去给他的马吧。比较起来，还是他的马有些知觉呢。

阿喀琉斯 我的心里很乱，就像一池搅乱了的泉水，我自己也看不见它的底。

阿喀琉斯、帕特洛克罗斯同下。

忒耳西忒斯 但愿你那心里的泉水再清澈起来，好让我把我的驴子牵下去喝几口水！我宁愿做一只羊身上的虱子，也不愿做这么一个没有头脑的勇士。（下）

第四幕

第一场

特洛亚。街道

埃涅阿斯及仆人持火炬自一方上；帕里斯、得伊福玻斯、安忒诺、狄俄墨得斯及侍从等各持火炬自另一方上。

帕里斯 瞧！喂！那边是谁？

得伊福玻斯 那是埃涅阿斯将军。

埃涅阿斯 那一位是帕里斯王子吗？要是我也安享着像您这样的艳福，除了天大的事情以外，什么也不能叫我离开我的床头的伴侣的。

狄俄墨得斯 我也是这样想着。早安，埃涅阿斯将军。

帕里斯　埃涅阿斯，这是一位勇敢的希腊人，你跟他握握手吧。你不是说过，狄俄墨得斯曾经有整整一个星期在战场上把你纠缠住了不放吗？现在你可以认清楚他的面貌了。

埃涅阿斯　在我们继续休战的期中，勇敢的将军，我愿意祝您健康；可是当我们戎装相见的时候，我对您只有不共戴天的敌忾。

狄俄墨得斯　狄俄墨得斯对于您的友情和敌意，都是同样欣然接受。当我们现在心平气和的时候，请您许我向您还祝健康；可是我们要是在战场上角逐起来，那么朱庇特在上，我要用我全身的力量和计谋，来取得你的生命。

埃涅阿斯　你将要猎逐一头狮子，当它逃走的时候，是用它的脸奔向着敌人的。现在我却用善意的温情，欢迎你到特洛亚来！凭着维纳斯的玉手起誓，世上没有人会像我一样爱着他所准备杀死的东西。

狄俄墨得斯　我们完全理解。天呀，要是埃涅阿斯的末日不就是我的宝剑的光荣，那么愿他活到千秋万岁吧！可是当我们为了光荣而互相争斗的时候，那么愿他明天就死去，每一处骨节上都留着一个伤痕！

埃涅阿斯　我们真是知己相逢。

狄俄墨得斯　正是；我们更希望下一次相逢的时候，彼此互成仇敌。

帕里斯　像这样满含着敌意的热烈欢迎，像这样无上高贵的憎视的友情，真是我平生所未闻。将军，你有什么事起得这样早？

埃涅阿斯　王上叫我去，可是我不知道为了什么事。

帕里斯　这儿就是他所要叫你干的事：你带着这位希腊人到卡尔卡斯的家里，在那边把美丽的克瑞西达交给他，作为他们把安忒诺放还过来的交换。你可以陪着我们一块儿去，或者你先去一步也可以。我总是觉得——也可以说的确相信——我的兄弟特洛伊罗斯昨天晚上在那里过夜，你去就把他叫醒起来，通知他我们就要来了，同时把一切情形告诉他。我怕我们此去是一定非常不受欢迎的。

埃涅阿斯　那还用说吗？特洛伊罗斯宁愿让希腊人拿了特洛亚去，也不愿让克瑞西达被人从特洛亚带走。

帕里斯　那也没有办法；时势所迫，不得不然。请吧，将军，我们随后就来。

埃涅阿斯　那么各位早安！

帕里斯　告诉我，尊贵的狄俄墨得斯，像一个好朋友似的老实告诉我，照您看起来，我跟墨涅拉俄斯两个人究竟是谁更配得上美丽的海伦？

狄俄墨得斯　你们两人都差不多。一个不以她的失节为嫌，费了这么大的力气想要把她追寻回来；一个也不以舔人唾余为耻，不惜牺牲了如许的资财将士，把她保留下来。他像一个懦弱的王八似的，甘心喝下人家残余的无味的糟粕；您像一个好色的登徒似的，愿意从她淫荡的身体里生育您的后嗣。照这样比较起来，你们正是一个半斤，一个八两。

帕里斯 您把您的同国的姊妹说得太不堪入耳了。

狄俄墨得斯 她太对不起她的祖国。听我说，帕里斯，在她的淫邪的血管里，每一滴负心的血液，都有一个希腊人为它而丧失了生命；在她的腐烂的尸体上，每一分、每一厘的皮肉，都有一个特洛亚人为它而暴骨沙场。自从她牙牙学语以来，她所说过的好话的数目，还抵不上死在她手里的希腊人和特洛亚人的总数。

帕里斯 好，狄俄墨得斯，您说的话就像一个做买卖的人似的，故意把您所要买的东西说得这样坏；可是我们却不愿多费唇舌，夸赞我们所要出卖的东西。请往这边走。（同下）

第二场

同前。潘达洛斯家的庭前

特洛伊罗斯及克瑞西达上。

特洛伊罗斯 亲爱的，进去吧，早晨很冷呢。

克瑞西达 那么，我的好殿下，让我去叫舅舅下来替您开门。

特洛伊罗斯 不要麻烦他。去睡吧，去睡吧；你那双可爱的眼睛已经倦得睁不开，你的全身有一种软绵绵的感觉，好像一个没有思虑的婴孩。

克瑞西达 那么再会吧。

特洛伊罗斯 请你快去睡一会儿。

克瑞西达 您已经讨厌我了吗？

特洛伊罗斯 啊，克瑞西达！倘不是忙碌的白昼被云雀叫醒，惊起了无赖的乌鸦；倘不是酣梦的黑夜不再遮掩我们的欢乐，我是怎么也不愿离开你的。

克瑞西达 夜是太短了。

特洛伊罗斯 可恨的妖巫！对于心绪烦乱的人们，她会像地狱中的长夜一样逗留不去；对于欢会的恋人们，她就驾着比思想还快的翅膀迅速飞走。你再不进去，会受了寒的，那时你又要骂我了。

克瑞西达 请您再稍留片刻吧，你们男人总是不肯多留一会儿的。唉，好傻的克瑞西达！我应该继续推拒您的要求，那么您就不肯走开了。听！有人起来啦。

潘达洛斯 （在内）怎么！这儿的门都开着吗？

特洛伊罗斯 这是你的舅舅。

克瑞西达 真讨厌！现在他又要来把我取笑了；叫人怪不好意思的！

潘达洛斯上。

潘达洛斯 啊，啊！其味如何？喂，你这位大娘子！我的甥女克瑞西达呢？

克瑞西达 该死的坏舅舅，老是把人取笑！你自己害得我——现在却来讥笑我。

潘达洛斯 害得你怎样？害得你怎样？让她自己说，我害得你怎样？

克瑞西达 算了，算了，你这坏人！你自己永远做不出好事来，也不让人家做一个安安分分的人。

潘达洛斯 哈，哈！唉，可怜的东西！真是个傻丫头！昨天晚上没有睡觉吗？他这个坏家伙不让你睡吗？让妖精抓了他去！

克瑞西达 我不是对您说过吗？我恨不得打他一顿才痛快！（内叩门声）谁在打门？好舅舅，去瞧瞧。殿下，您再到我房里坐一会儿。您在笑我，好像我的话里头存着邪心似的。

特洛伊罗斯 哈哈！

克瑞西达 不，您弄错了，我没有转这种念头。（内叩门）他们把门擂得多急！请您快进去吧，我怎么也不愿让人家瞧见您在这儿。（特洛伊罗斯、克瑞西达同下）

潘达洛斯 （往门口）是谁？什么事？你们要把门都打破了吗？怎么！什么事？

埃涅阿斯上。

埃涅阿斯 早安，大人，早安。

潘达洛斯 是谁？埃涅阿斯将军！哎哟，我人都不认识啦。您这么早来有什么见教？

埃涅阿斯 特洛伊罗斯王子在这儿吗？

潘达洛斯 在这儿？他在这儿干什么？

埃涅阿斯　算了，大人，我知道他在这儿，您不用瞒我。我有一些对他很有关系的话要跟他说。

潘达洛斯　您说他在这儿吗？那么我可以发誓，我一点也不知道，我自己是很晚才回来的。他到这儿来干吗呢？

埃涅阿斯　算了，算了，您这样替他遮瞒，也许是对朋友的一片好心，可是对他没有什么好处的。不管您知道不知道，快去叫他出来；去。

特洛伊罗斯重上。

特洛伊罗斯　怎么！什么事？

埃涅阿斯　殿下，恕我无礼，我的事情很紧急。令兄帕里斯、得伊福玻斯、希腊来的狄俄墨得斯和被释归来的安忒诺很就要来了。因为希腊人把安忒诺还给我们，所以我们必须在这一小时内，把克瑞西达姑娘交给狄俄墨得斯带回希腊，作为交换。

特洛伊罗斯　已经这样决定了吗？

埃涅阿斯　这件事情已经由普里阿摩斯和全体廷臣通过，立刻就要实行。

特洛伊罗斯　好容易如愿以偿，又变了一场梦幻！我要见他们去，埃涅阿斯将军，请你装作我们是偶然相遇的，不要说在这儿找到了我。

埃涅阿斯　很好，很好，殿下；我决不泄露秘密。

特洛伊罗斯、埃涅阿斯同下。

潘达洛斯　有这等事？刚才到手就丢了？魔鬼把安忒诺抓了去！这位小王子准要发疯了。该死的安忒诺！我希望他们扭断他的头颈！

克瑞西达重上。

克瑞西达　怎么！什么事？刚才是谁？

潘达洛斯　唉！唉！

克瑞西达　您为什么这样长叹？他呢？去了！好舅舅，告诉我，是怎么一回事？

潘达洛斯　我还是死了干净！

克瑞西达　天哪！是什么事？

潘达洛斯　你进去吧。你为什么要生下这世上来？我知道你会把他害死的。唉，可怜的王子！该死的安忒诺！

克瑞西达　好舅舅，我求求您，我跪在地上求求您，告诉我究竟发生了什么事啦？

潘达洛斯　你要去了，丫头，你要去了；人家拿安忒诺来换你来了。你必须到你父亲那儿去，不能再跟特洛伊罗斯在一起。他一定要伤心死的，他再也受不了的。

克瑞西达 啊，你们天上的神明！我是不愿意去的。

潘达洛斯 你非去不可。

克瑞西达 我不愿意去，舅舅。我已经忘记了我的父亲，我不知道什么骨肉之情，只有亲爱的特洛伊罗斯才是我最亲近的亲人。神明啊！要是克瑞西达有一天会离开特洛伊罗斯，那么让她的名字永远被人唾骂吧！时间、武力、死亡，尽你们把我的身体怎样摧残吧；可是我的爱情的基础是这样坚固，就像吸引万物的地心，永远不会动摇的。我要进去哭了。

潘达洛斯 好，你去哭吧。

克瑞西达 我要扯下我的光亮的头发，抓破我的被人赞美的脸庞，哭哑我的娇好的喉咙，用特洛伊罗斯的名字捶碎我的心。我不愿离开特洛亚一步。（同下）

第三场

同前。潘达洛斯家门前

帕里斯、将洛伊罗斯、埃涅阿斯、得伊福玻斯、安忒诺及狄俄墨得斯上。

帕里斯 天已经大亮，把她交给这位希腊勇士的预订时间很快就要到了。特洛伊罗斯，我的好兄弟，你去告诉这位姑娘她所应该做的事，催她赶快收拾一切，准备动身。

特洛伊罗斯 你们各位都跟我到她家里去，我立刻带她出来。当我把她交给这个希腊人的时候，请你把他的手当作一座祭坛，你的兄弟特洛伊罗斯是个祭司，把他自己的心挖出来作为献祭了。（下）

帕里斯 我知道一个人在恋爱中的心情，可是我虽然老大不忍，却没有法子帮助他！各位将军，请进去吧。（同下）

第四场

同前。潘达洛斯家中一室

潘达洛斯及克瑞西达上。

潘达洛斯 别太伤心啦，别太伤心啦。

克瑞西达 你为什么叫我别太伤心呢？我所感到的悲哀是这样的深刻、广泛、透彻而强烈，我怎么能够把它压抑下去呢？要是我可以节制我的感情，或是把它的味道冲得淡薄一些，那么也许我也可以节制我的悲哀；可是我的爱是不容许掺入任何水分的，我的损失这样大，悲哀是没有法子可以排遣的。

特洛伊罗斯上。

潘达洛斯 他、他、他来了。啊！好一对鸳鸯！

克瑞西达 （抱特洛伊罗斯）啊，特洛伊罗斯！特洛伊罗斯！

潘达洛斯 瞧这一双痴男怨女！我也要想抱着什么人哭一场哩。那歌儿上是怎么说的？

啊，心啊，悲哀的心，

你这样叹息为何不破碎？

下面的答句是——

因为言语或友情，

都不能给你的痛苦以安慰。

这几行诗句真是说得入情入理。可见什么东西都不应该随便丢弃，因为我们也许会有一天用得着这样几句诗儿的。喂，小羊们！

特洛伊罗斯 克瑞西达，我因为爱你爱得这样虔诚，远胜于从我的冷淡的嘴唇里所吐出来的对于神明的颂祷，所以激怒了天神，把你夺了去了。

克瑞西达 天神也是会嫉妒的吗？

潘达洛斯 是，是，是，是，这是一桩非常明显的事实。

克瑞西达 我真的必须离开特洛亚吗？

特洛伊罗斯 这是一件无可避免的恨事。

克瑞西达 怎么！也必须离开特洛伊罗斯吗？

特洛伊罗斯 你必须离开特洛亚，也必须离开特洛伊罗斯。

克瑞西达 真会有这种事吗？

特洛伊罗斯 而且是这样匆促。运命的无情的毒手把我们硬生生拆分开来，不留给我们一些从容握别的时间。它粗暴地阻止了我们唇吻的交融，用蛮力打散了我们紧紧的偎抱，把我们无限郑重的深盟密誓扼毙在我们的喉间。我们用千万声叹息买到了彼此的爱情，现在却必须用一声短促的叹息把我们自己廉价出卖。无情的时间像一个强盗似的，现在必须把他所偷到的珍贵的宝物急急忙忙地塞在他的包裹里：像天上的星那么多的离情别意，每一句道别都伴着一声叹息一个吻，都被他挤塞在一句简单的“再会”里；只剩给我们草草的一吻，被断续的泪珠和成了辛酸的滋味。

埃涅阿斯 （在内）殿下，那姑娘预备好了没有？

特洛伊罗斯 听！他们在叫你啦。有人说，一个人将死的时候，催命的鬼使也是这样向他“来啦！”“来啦！”地招呼着的。叫他们耐心等一会儿，她就要来了。

潘达洛斯 我的眼泪呢？快下起雨来，把我的叹息打下去，因为它像一阵大风似的，要把我的心连根吹了起来呢！（下）

克瑞西达 那么我必须到希腊人那儿去吗？

特洛伊罗斯 没有挽回的余地了。

克瑞西达 那么我要在快活的希腊人中间，做一个伤心的克瑞西达了！我们什么时候再相会呢？

特洛伊罗斯 听我说，我的爱人。只要你忠心不变——

克瑞西达 我忠心不变！怎么！你怀疑我吗？

特洛伊罗斯 不，你不要误会我的意思；我说“只要你忠心不变”，不是对你有什么不放心的地方，我不过用这样一句话，引起我下面的意思。只要你忠心不变，我一定会来看你的。

克瑞西达 啊！殿下，那您就要遭到不测的危险啦；可是我的忠心是不会变的。

特洛伊罗斯 我要出入危险，习以为常。你佩戴着我这衣袖吧。

克瑞西达 这手套也请您永远戴在手上。我什么时候再看见您呢？

特洛伊罗斯 我会贿赂希腊的守兵，每天晚上来探望你。可是你不要变心。

克瑞西达 天啊！又是“不要变心”！

特洛伊罗斯 爱人，听我告诉你我说这句话的理由：希腊的青年们都是充满美好的品性的，他们都很可爱，很俊秀，有很好的天赋，又博学多能，我怕你也许会得新忘旧；唉！一种真诚的嫉妒占据着我的心头，请你把它叫作纯洁的罪恶吧。

克瑞西达 天啊！您不爱我。

特洛伊罗斯 那么让我像一个恶徒一样不得好死！我不是怀疑你的忠心，只是不相信自己有什么长处：我不会唱歌，不会跳舞，不会讲那些花言巧语，也不会跟人家勾心斗角，这些都是希腊人最擅长的本领；可是我可以说在每一种这一类的优点中间，都潜伏着一个不动声色的狡猾的恶魔，引诱人家堕入他的圈套。希望你不要被他诱惑。

克瑞西达　您想我会被他诱惑吗？

特洛伊罗斯　不。可是有些事情不是我们的意志所能做主的，有时候我们会变成引诱自己的恶魔，因为过于相信自己的脆弱易变的心性，而陷于身败名裂的地步。

埃涅阿斯　（在内）殿下！

特洛伊罗斯　来，吻我；我们就此分别了。

帕里斯　（在内）特洛伊罗斯兄弟！

特洛伊罗斯　哥哥，你带着埃涅阿斯和那希腊人进来吧。

克瑞西达　殿下，您不会变心吗？

特洛伊罗斯　谁，我吗？唉，忠心是我唯一的过失：当别人用手段去沽名钓誉的时候，我却用一片忠心博得一个痴愚的名声；人家用机诈在他们的铜冠上镀了一层金，我只有纯朴的真诚，我的王冠是敝旧而没有虚饰的。

埃涅阿斯、帕里斯、安忒诺、得伊福玻斯及狄俄墨得斯上。

特洛伊罗斯　欢迎，狄俄墨得斯将军！这就是我们向你们交换安忒诺的那位姑娘，等我们到了港口的时候，我就把她交给你，一路上我还要告诉你她是怎样的一个人。你要好好看顾她，凭着我的灵魂起誓，希腊人，要是有一天你的生命悬在我的剑下，只要一提起克瑞西达的名字，你就可以像普里阿摩斯坐在他的深宫里一样安全。

狄俄墨得斯　克瑞西达姑娘，您无须感谢这位王子的关切，您那明亮的眼睛，您那天仙化人的脸庞，就是最有力的言辞，使我不能不给您尽心的爱护。您今后就是狄俄墨得斯的女主人，他愿意一切听从您的吩咐。

特洛伊罗斯　希腊人，你用这种恭维她的话语，来嘲笑我的诚意的请托，未免太没有礼貌了。我告诉你吧，希腊的将军，她的好处是远超过你的恭维以上的，你也不配称为她的仆人。我吩咐你好好看顾她，因为这就是我的吩咐；要是你胆敢欺负她，那么即使阿喀琉斯那个大汉做你的保镖，我也要切断你的喉咙。

狄俄墨得斯　啊！特洛伊罗斯王子，您不用生气，让我凭着我的地位和使命所赋有的特权，说句坦白的话：当我离开这儿以后，我爱怎么做就怎么做，什么人也不能命令我。我将按照她本身的价值看重她，可是您要是叫我必须怎么怎么做，那么我就用我的勇气和荣誉，回答您一个“不”字。

特洛伊罗斯　来，到港口去吧。我对你说，狄俄墨得斯，你今天对我这样出言不逊，以后你可不要碰在我的手里。姑娘，让我搀着您的手，我们就在路上谈谈我们两人所要说的话吧。（特洛伊罗斯、克瑞西达、狄俄墨得斯同下；喇叭声）

帕里斯 听！赫克托的喇叭声。

埃涅阿斯 我们把这一个早晨浪费过去了！我曾经对他发誓，要比他先到战场上去，现在他一定要怪我怠惰迟慢了。

帕里斯 这都是特洛伊罗斯不好。来，来，到战场上去会他。

得伊福玻斯 我们立刻就去吧。

埃涅阿斯 好，让我们像一个精神奋发的新郎似，赶快去追随在赫克托的左右；我们特洛亚的光荣，今天完全倚靠着他一个人的神威。（同下）

第五场

希腊营地。前设围场

埃阿斯披甲胄及阿伽门农、阿喀琉斯、帕特洛克罗斯、墨涅拉俄斯、俄底修斯、涅斯托等同上。

阿伽门农 你已经到了约定的地点，勇气勃勃地等候时间的到来。威武的埃阿斯，用你的喇叭向特洛亚高声吹响，让它传到你那英勇的敌人的耳中，召唤他出来吧。

埃阿斯 吹喇叭的，我多赏你几个钱，你替我使劲地吹，把你那喇叭管子都吹破了吧。吹啊，家伙，鼓起你的腮帮，挺起你的胸脯，吹到你的眼睛里冒血，给我把赫克托吹出来。（吹喇叭）

俄底修斯 没有喇叭回答的声音。

阿喀琉斯 时候还早哩。

阿伽门农 那边不是狄俄墨得斯带着卡尔卡斯的女儿来了吗？

俄底修斯 正是他，我认识他的走路的姿态。看他趾高气扬的样子，好像非常得意。

狄俄墨得斯及克瑞西达上。

阿伽门农 这位就是克瑞西达姑娘吗？

狄俄墨得斯 正是。

阿伽门农 好姑娘，欢迎您到我们这儿来。

涅斯托 我们的元帅用一个吻来欢迎您哩。

俄底修斯 可是那只能表示他个人的盛意；她是应该让我们大家都有接吻一次的机会的。

涅斯托　说得有理；我来开始吧。涅斯托已经吻过了。

阿喀琉斯　美人，让我吻去您嘴唇上的冰霜；阿喀琉斯向您表示他的欢迎。

墨涅拉俄斯　我也有吻她一次的权利。

帕特洛克罗斯　你还是放弃了你的权利吧；帕里斯也正是这样打旁边杀了过来，把你的权利夺了去的。姑娘，这第一个吻是墨涅拉俄斯的；第二个是我的：帕特洛克罗斯吻着您。

墨涅拉俄斯　啊！这是什么话！

帕特洛克罗斯　帕里斯跟我两个人总是代替他和人家接吻。

墨涅拉俄斯　我一定要得到我的一吻。姑娘，恕我。

克瑞西达　在接吻的时候，是您给我吻呢还是您受我的吻？

帕特洛克罗斯　我给您吻，也受您的吻。

克瑞西达　您所受的吻胜过您所给的吻，所以我不让您吻我。

墨涅拉俄斯　那么我给您利息；让我用三个吻换您的一个吧。

俄底修斯　你这笔买卖是做不成的。好姑娘，我可以向您讨一个吻吗？

克瑞西达　好，您讨吧。

俄底修斯　那么，为了维纳斯的缘故，给我一个吻；等海伦再变成一个处女的时候，她也可以吻您，他的吻也让我代领了吧。

克瑞西达　这一笔债可以记在账上，等它到期的时候，您再来问我讨吧。

俄底修斯　那是永远不会到期的，那么把我的一吻给您。

狄俄墨得斯　姑娘，我带您去见令尊吧。

狄俄墨得斯偕克瑞西达下。

涅斯托　一个伶俐的女人。

俄底修斯　不要脸的东西！她的眼睛里、面庞上、嘴唇边都有话，连她的脚都会讲话呢；她身上的每一处骨节，每一个行动，都透露出风流的惰性。（内喇叭声）

众人　特洛亚人的喇叭。

阿伽门农　他们的军队来了。

赫克托披甲胄与埃涅阿斯、特洛伊罗斯与其他特洛亚将士等上。

埃涅阿斯　各位希腊将军请了！赫克托叫我来问你们，在今天这次比武中间，交战双方是不是一定要一决雌雄，死伤流血在所不计，还是在一方面已经占到上风的时候，就由监战的人发令双方停止？

阿伽门农 赫克托愿意采取哪一种方式？

埃涅阿斯 他没有意见，他愿意服从两方面议定的条件。

阿喀琉斯 这正是赫克托的作风，想得很周到，有点儿骄傲，可是未免太小看对方的武士了。

埃涅阿斯 将军，您倘然不是阿喀琉斯，那么请问您叫什么名字？

阿喀琉斯 我倘不是阿喀琉斯，就是个无名小子。

埃涅阿斯 那么尊驾正是阿喀琉斯了。可是让我告诉您吧：赫克托有的是吞吐宇宙的无限大的勇气，却没有一丝一毫的骄傲。您要是知道他的为人，那么他这种表面上的骄傲，正是他的礼貌。你们这位埃阿斯的身体上有一半是和赫克托同血统的，为了顾念亲属的情谊，今天只有半个赫克托出场，用他一半的心，一半的身体，来跟这个一半特洛亚人一半希腊人的混血武士相会。

阿喀琉斯 那么今天的战争只是一场娘儿们的打架吗？啊！我知道了。

狄俄墨得斯重上。

阿伽门农 狄俄墨得斯将军来了。善良的武士，你去站在我们这位埃阿斯的旁边；你和埃涅阿斯将军就做两方面的监战人吧，或者让他们战到精疲力竭，或者让他们略为交锋一两回合，都由你们两人决定。这两个交战的既然是亲戚，恐怕他们剑下不免有所顾忌。

埃阿斯、赫克托二人入场。

俄底修斯　他们已经拔剑相向了。

阿伽门农　那个满脸懊丧的特洛亚人是谁?

俄底修斯　普里阿摩斯的最小的儿子，一个真正的武士：他不曾经过多大的历练，可是已经卓尔不群；他的出言很坚决，他的行为代替了他的言辞，他也从不矜功伐能；他不容易动怒，可是一动了怒，他的怒气却不容易平息下来；他有一颗坦白的心和一双慷慨的手，他所有的都可以给人家，他所想到的都不加掩饰，可是他的慷慨并不是滥施滥与，他的嘴里也从不曾吐露过一些卑劣的思想。他像赫克托一样勇敢，可是比赫克托更厉害；因为赫克托在盛怒之中，只要看见柔弱的事物，就会心软下来，可是他在激烈行动的时候，是比善妒的爱情更为凶狠的。他们称他为特洛伊罗斯，在他的身上建立着未来的希望，足与赫克托后先媲美。这是埃涅阿斯对我说的，他很熟悉这个少年，当我在特洛亚宫里的时候，他这样私下告诉我。（号角声；赫克托与埃阿斯交战）

阿伽门农　他们打起来了。

涅斯托　埃阿斯，出力!

特洛伊罗斯　赫克托，你睡着了吗？醒来！

阿伽门农　他的剑法很不错；好啊，埃阿斯！

狄俄墨得斯　大家住手。（号角声停止）

埃涅阿斯　两位王子，够了，请歇手吧。

埃阿斯　我还没有上劲呢，再打一会儿吧。

狄俄墨得斯　请问赫克托的意思。

赫克托　好，那么我是不愿意再打下去了。将军，你是我的父亲的妹妹的儿子，伟大的普里阿摩斯的外甥；血统上的关系，阻止我们作流血的竞争。要是在你身上混合着的希腊和特洛亚的血液，可以使你这样说，“这一只手是完全属于希腊的，这一只是属于特洛亚的；这腿上的筋肉全然是希腊的，这腿上全然是特洛亚的；右边的脸上流着我母亲的血液，左边的流着我父亲的血液，”那么凭着万能的丘必特起誓，我要用我的剑在你每一处流着希腊血液的肢体上留下这一场恶战的痕迹。可是我不能上干天怒，让我的利剑沾上一滴你所得自你的母亲、我的可尊敬的姑母的血液。让我拥抱你，埃阿斯；凭着震响着雷霆的天神起誓，你有很壮健的手臂：兄弟，愿你得到一切的光荣！

埃阿斯　谢谢你，赫克托；你是一个太仁厚慷慨的人。我本意是要来杀死你，替自己博得一个英雄的名声的。

赫克托 即使最有名的涅俄普托勒摩斯[1]，也不能希望从赫克托身上夺得光荣。

埃涅阿斯 两方面都在等着看你们两位还有什么行动。

赫克托 我们就这样回答：拥抱是这一场决战的结果。埃阿斯，再会。

埃阿斯 这是一个难得的机会，要是我的请求可以获得胜利，那么我要请我的著名的表兄到我们希腊营中一叙。

狄俄墨得斯 这是阿伽门农的意思，伟大的阿喀琉斯也想见一见解除甲胄的赫克托的英姿。

赫克托 埃涅阿斯，叫我的兄弟特洛伊罗斯过来见我，把这次友谊的访问通知我们特洛亚方面的观战将士，叫他们回去吧。兄弟，把你的手给我，我愿意陪你一起吃吃喝喝，认识认识你们的武士。

埃阿斯 伟大的阿伽门农亲自来迎接我们了。

赫克托 凡是他们中间最有名的人物，都请你一个一个把他们的名字告诉我，可是轮到阿喀琉斯的时候，我要凭着我自己的眼睛，从他魁梧庞大的身体上认出他来。

---

① 涅俄普托勒摩斯是阿喀琉斯之子。此处实是指阿喀琉斯本人。

阿伽门农　尊贵的英雄！我们热烈欢迎你，正像我们热烈希望早早去掉你这样一位敌人一样；可是在欢迎的时候，不该说这样的话，请你明白我的意思，在过去和未来的路上，是散满着毁灭的零落的残迹的，可是在此时此刻，我们却用毫无猜疑的诚意，从心底里向你表示欢迎，伟大的赫克托！

赫克托　谢谢你，尊严的阿伽门农。

阿伽门农　（向特洛伊罗斯）特洛亚著名的将军，我们同样欢迎你的光临。

墨涅拉俄斯　让我跟在我的王兄之后，欢迎你们两位英雄的兄弟。

赫克托　这一位将军是谁？

埃涅阿斯　尊贵的墨涅拉俄斯。

赫克托　啊！是您吗，将军？凭着战神的臂鞲，谢谢您！不要笑我发这样古怪的誓，您那位从前的太太总是凭着爱神的手套起誓的。她很安好，可是没有叫我向您问候。

墨涅拉俄斯　别提起她，将军；她是一个死了的题目。

赫克托　啊！对不起，恕我失言。

涅斯托　勇敢的特洛亚人，我常常看见你冲入希腊青年的队伍，像披荆斩棘一样挥舞着你的宝剑，一手操纵着死生的命运；我也看见你像一个盛怒的珀耳修斯[1]似的鞭策着骏马驰骋，把你的剑停留在空中，不去加诛那些望风披靡的败将降卒。那时我曾经对旁边的人说，“瞧！那边正是天神朱庇特在那儿决定人们的生死呢！”我也看见一群希腊人把你紧紧包围在中间，像一场奥林匹斯山上的角技，你却从容不迫地在那儿休息。可是当我看见你的时候，你的脸孔总是深锁在钢铁的面甲里，直到现在方才看到你的面目。我认识你的祖父，曾经跟他交手过一次，他是一位很好的军人；可是凭着伟大的战神起誓，你比他强得多啦。让一个老年人拥抱你，可尊敬的战士，欢迎你驾临我们的营地。

埃涅阿斯　这位是年老的涅斯托。

赫克托　让我拥抱你，久历沧桑的好老人家，最可尊敬的涅斯托，我很高兴遇见你。

涅斯托　我希望我的臂膀不但能够拥抱你，也能够和你在疆场上决战。

赫克托　我也希望它们能够。

涅斯托　嘿！凭着我这一把白须，我明天可要跟你决战几回合呢。好，欢迎，欢迎！我现在是老了——

---

① 珀耳修斯，希腊神话中的著名英雄。

俄底修斯 特洛亚的柱石已经在我们这儿了，我不知道现在那座城会不会倒下来。

赫克托 俄底修斯将军，您的容貌我还记得很清楚。啊！自从上次您跟狄俄墨得斯出使到敝城来，我们初次会面的那时候以后，已经死了多少的希腊人和特洛亚人啦。

俄底修斯 将军，我那时候早就向您预告后来的事情了；我的预言还不过应验了一半，因为那座屏障贵邦的顽强的城墙，那些高耸云霄的碉楼，都必须吻它们自己脚下的泥土。

赫克托 我不能相信您的话，它们现在还是固若金汤；照我并不夸大的估计，打落每一块弗里吉亚的石头，都必须用一滴希腊人的血做代价。什么事情都要到结局方才知道究竟，那位惯于调停一切的时间老人，总有一天会替我们结束这一场纷争。

俄底修斯 那么就让他去解决一切吧。最温良最勇武的赫克托，欢迎！等元帅宴请过您以后，我也要请您驾临敝营，让我略尽地主之谊。

阿喀琉斯 对不起，俄底修斯将军，我要占先一下！赫克托，我已经把你看了个饱，仔细端详过你的脸貌，把你身上的每一处地方都牢牢记住了。

赫克托 这位就是阿喀琉斯吗？

阿喀琉斯　我就是阿喀琉斯。

赫克托　请你站好，我也要看看你。

阿喀琉斯　你尽管看吧。

赫克托　我已经看好了。

阿喀琉斯　你看得太快了。我可要像买东西似的再把你从头到脚细细儿的看一遍。

赫克托　啊！你要把我当作一本兵法书似的读着吗？可是我怕你有许多地方读不懂。为什么你要这样用你的眼睛尽盯住我？

阿喀琉斯　天神啊，告诉我，我应该在他身上的哪一部分把他杀死？是这儿，是这儿，还是这儿？让我认清在什么方位结果赫克托的生命。天神啊，回答我吧！

赫克托　骄傲的人，天神倘会回答这样一个问题，他们也不成其为天神了。请你再立定一下。你以为取我的命是这样一件容易的事，可以让你预先认清在什么地方把我杀死吗？

阿喀琉斯　我告诉你，是的。

赫克托　即使你的话是天神的启示，我也不会相信。你还是自己留心点儿吧，因为我要把你杀死的时候，我不是在这儿那儿杀死你，凭着替战神打盔的铁砧起誓，我要在你身上每一处地方杀死你。各位聪明的希腊人，恕我夸下了这样的大口，他的出言不逊，激动我说出这样狂妄的话来；可是我倘不能用行为证实我的说话，我就永不——

埃阿斯 表兄，你不必生气。阿喀琉斯，您也不用说这种恫吓的话，等您用得到它们的时候再拿出来吧；只要您有胃口，您可以每天去跟赫克托厮杀的。可是我怕我们全营将士请您出马的时候，您又是请也请不出来的了。

赫克托 请您让我在战场上跟您相见好不好？自从您不肯替希腊人出力以来，我们已经好久不曾有过痛快的厮杀了。

阿喀琉斯 赫克托，你请求我吗？好，明天我一定和你相会，决一个你死我活；可是今天晚上我们是好朋友。

赫克托 一言为定，把你的手给我。

阿伽门农 各位希腊将士，你们大家先到我的营帐里来，参加共同的欢宴，要是赫克托有功夫，你们有谁想要表示你们好客的殷勤，再可以各自招待他。把鼓儿高声打起来，把喇叭吹起来，让这位大英雄知道我们对他的欢迎。

除特洛伊罗斯、俄底修斯二人外皆下。

特洛伊罗斯 俄底修斯将军，请您告诉我，卡尔卡斯住在什么地方？

俄底修斯　在墨涅拉俄斯的营帐里，尊贵的特洛伊罗斯；狄俄墨得斯今晚就在那儿陪他喝酒，这家伙眼睛里不见天地，只是瞧着美丽的克瑞西达。

特洛伊罗斯　将军，我们从阿伽门农帐里出来以后，可不可以有劳您带我到那里去？

俄底修斯　您可以命令我。我也要请问一声，这位克瑞西达姑娘在特洛亚的名誉怎样？她在那里有没有什么情人因为跟她分别而伤心？

特洛伊罗斯　啊，将军！我真像一个向人夸示他的伤疤的人一样，反而遭到您的讥笑了。请吧，将军。她曾经被人爱，她也爱过人，她现在还是这样；可是甜蜜的爱情往往是命运嘴里的食物。（同下）

第五幕

第一场

希腊营地。阿喀琉斯帐前

阿喀琉斯及帕特洛克罗斯上。

阿喀琉斯　今夜我要用希腊的美酒烧热他的血液，明天再用我的宝剑叫它冷下来。帕特洛克罗斯，我们一定要痛痛快快地请他吃喝一个尽兴。

帕特洛克罗斯　忒耳西忒斯来了。

忒耳西忒斯上。

阿喀琉斯　啊，你这嫉妒的核儿！你这天生的硬面包壳儿！有什么消息？

忒耳西忒斯　嘿，你这虚有其表的画像，你这痴人崇拜者的偶像，这儿有一封信给你。

阿喀琉斯　从哪儿来的，你这七零八碎的东西？

忒耳西忒斯　嘿，你这满盘的傻瓜，从特洛亚来的。

帕特洛克罗斯　现在谁在看守着营帐？

忒耳西忒斯　请你免开尊口，孩子；我一点也不能从你的谈话里得到什么好处。人家都以为你是阿喀琉斯的雄丫头。

帕特洛克罗斯　浑蛋！什么叫做雄丫头？

忒耳西忒斯　嘿，雄丫头就是男婊子。但愿南方的各种恶病:绞肠、脱肠、伤风、肾砂、昏睡症、瘫痪、烂眼、坏肝、哮喘、膀胱肿毒、坐骨神经痛、灰掌疯、无药可医的筋骨痛、终身不治的水泡疹，一股脑儿染到你这荒唐家伙的身上！

帕特洛克罗斯　怎么，你这该死的恶毒匣子，你这样咒人是什么意思？

忒耳西忒斯　我咒你吗？

帕特洛克罗斯　哼，你这半橛儿的坏木头，你这婊子生的不成形的恶狗，你没有咒我。

忒耳西忒斯　没有！那么你为什么发急，你这一绞轻薄的丝绒线，你这坏眼病的人的绿绸眼罩，你这浪子钱袋上的流苏，你？啊！这个寒伧的世间怎么净是这些水面的飞虫，这些可厌的渺小的生物！

帕特洛克罗斯　闭嘴，恶毒的东西！

忒耳西忒斯　你这麻雀蛋儿！

阿喀琉斯　我的好帕特洛克罗斯，我明天出战的雄心已经受到挫折。这儿是一封从赫邱琶王后写来的信，还有她的女儿，我的爱人，给我的一件礼物，她们都恳求我遵守我从前发过的一句誓言。我不愿背反我的誓言。让希腊没落，让名誉消失，让光荣或去或留吧；我必须服从我所已经发过的重誓。来，来，忒耳西忒斯，帮着布置布置我的营帐；今夜一定要在欢宴中消度过去。去吧，帕特洛克罗斯！（阿喀琉斯、帕特洛克罗斯同下）

忒耳西忒斯　这两个人有太多的血气，太少的头脑，也许会发起疯来；要是他们因为有太多的头脑，太少的血气而发疯，那么我倒可以治愈他们的疯病。还有那个阿伽门农，人倒很老实，他也很爱吃鹌鹑，可是他的头脑总共还不过像耳屎那么一点点。讲到他那个外表像天神的兄弟，那头公牛，那尊原始的雕像，那座歪斜的王八的纪念碑，他不过是用链条穿起了挂在他哥哥腿上的一块小小的鞋拔。像他这种家伙，智慧里掺了些奸恶，奸恶里拼了些智慧，还能够叫他变得比现在的样子好一点吗？变一头驴子，那也不算什么；他又是驴子又是牛。变一头牛，那也不算什么；他又是牛又是驴子。变一条狗、一头骡子、一头猫、一头臭鼬、一只蛤蟆、一条蜥蜴、一只枭、一只鹞子，或是一条没有卵的鲱鱼，我都不在乎；可是倘要叫我变一个墨涅拉俄斯！嘿，我才要向命运造反呢。要是我不是忒耳西忒斯，那么别问我愿意变什么，因为就是叫我做癞病人身上的一头虱子我都愿意，只要不是做墨涅拉俄斯。哎呦！精灵们带着火把来啦！

赫克托、特洛伊罗斯、埃阿斯、阿伽门农、俄底修斯、涅斯托、墨涅拉俄斯及狄俄墨得斯各持火炬上。

阿伽门农　我们走错了，我们走错了。

埃阿斯　不，那边正是，就在有火光的地方。

赫克托　真的太麻烦你们了。

埃阿斯　不，没有什么。

俄底修斯　他自己来接您啦。

阿喀琉斯重上。

阿喀琉斯　欢迎，勇敢的赫克托；欢迎，各位王子。

阿伽门农　特洛亚的英雄的王子，我现在要向您道晚安了。埃阿斯会吩咐卫士们侍候您的。

赫克托　谢谢您，愿您晚安，希腊的元帅。

墨涅拉俄斯　晚安，将军。

赫克托　晚安，墨涅拉俄斯好将军。

阿喀琉斯　回去的人我向他们道晚安，留着的人我欢迎他们。

阿伽门农　晚安。（阿伽门农、墨涅拉俄斯同下）

阿喀琉斯　年老的涅斯托也没有去；狄俄墨得斯，你也在这儿耽搁一二小时，陪陪赫克托吧。

狄俄墨得斯　我不能，将军；我有重要的事情，现在就要去了。晚安，伟大的赫克托。

赫克托　把您的手给我。

俄底修斯　（向特洛伊罗斯旁白）跟着他的火把跑；他是到卡尔卡斯的帐里去的。我陪您走走。

特洛伊罗斯　真是有劳您啦。

赫克托　好，晚安。

狄俄墨得斯下；俄底修斯、特洛伊罗斯随下。

阿喀琉斯　来，来，我们进帐吧。

阿喀琉斯、赫克托、埃阿斯、涅斯托同下。

忒耳西忒斯　那个狄俄墨得斯是个奸诈小人，一个居心不正的坏家伙；当他斜着眼睛瞧人的时候，正像一条发着嘶嘶声音的蛇一样靠不住。他会随口许愿，可是等到他履行许愿的时候，天文学家也会发出预告，因为那时候天象一定会发生巨大的变化，太阳反而要向月亮借光了。我宁愿不看赫克托，一定要跟住他；人家说他养着一个特洛亚的婊子，借那卖国贼卡尔卡斯的营帐幽会。我要跟他去。奸淫，只有奸淫！全都是些不要脸的淫棍！（下）

第二场

同前。卡尔卡斯帐前

狄俄墨得斯上。

狄俄墨得斯　喂！你睡了没有？

卡尔卡斯　（在内）谁在叫？

狄俄墨得斯　狄俄墨得斯。是卡尔卡斯吗？你的女儿呢？

卡尔卡斯　（在内）她就来了。

特洛伊罗斯及俄底修斯自远处上；忒耳西忒斯随上。

俄底修斯 站远一些，别让火把照见我们。

克瑞西达上。

特洛伊罗斯 克瑞西达出来会他了。

狄俄墨得斯 啊，我的被保护人！

克瑞西达 我的亲爱的保护人！来！我给您说句话。（向狄俄墨得斯耳语）

特洛伊罗斯 哼，这样亲热！

俄底修斯 她会向无论哪个初次见面的男人唱歌。

狄俄墨得斯 你会记得吗？

克瑞西达 记得，记得。

狄俄墨得斯 好，你可记住了；不要口不应心。

特洛伊罗斯 叫她记住些什么？

俄底修斯 听好！

克瑞西达 甜甜蜜蜜的希腊人，别再诱我干那些傻事情了。

忒耳西忒斯　捣什么鬼！

狄俄墨得斯　不，那么——

克瑞西达　我对您说呀——

狄俄墨得斯　算了，算了，有什么说的；你已经背了誓了。

克瑞西达　真的，我不能。你要我怎么样？

忒耳西忒斯　一个鬼把戏——公开的秘密。

狄俄墨得斯　你不是发过誓要给我一件什么东西吗？

克瑞西达　请您不要逼我履行我的誓言了，亲爱的希腊人；除了这一件事情以外，我什么都依你。

狄俄墨得斯　晚安！

特洛伊罗斯　忍耐，把这口怒气压下去吧！

俄底修斯　你怎么啦，特洛亚人？

克瑞西达　狄俄墨得斯——

狄俄墨得斯　不，不，晚安；我不愿再被愚弄了。

特洛伊罗斯　比你更好的人也被她愚弄过了。

克瑞西达　听着！我向您的耳边说句话。

特洛伊罗斯　该死，该死！

俄底修斯　您在动怒了，王子，我们还是去吧，免得您的脾气越发越大。这地方是个危险的地方，这时间也是容易闯祸的时间。请您回去吧。

特洛伊罗斯　不，你瞧你瞧！

俄底修斯　您还是去吧；您已经气得发疯了。来，来，来。

特洛伊罗斯　请你再等一会儿。

俄底修斯　您快要忍耐不住了；来。

特洛伊罗斯　请你等一会儿。凭着地狱和一切地狱里的酷刑发誓，我决不说一句话！

狄俄墨得斯　好，晚安！

克瑞西达　可是您是含怒而去的。

特洛伊罗斯　那使你心里难过吗？啊，枯萎了的忠心！

俄底修斯　怎么，怎么，王子！

特洛伊罗斯　天神在上，我忍耐就是了。

克瑞西达 我的保护人！——喂，希腊人！

狄俄墨得斯 呸，呸！再见；你老是作弄人家。

克瑞西达 凭良心说，我没有，您回来呀。

俄底修斯 您在气得发抖了，王子，我们走吧，您要忍不住了。

特洛伊罗斯 她摸他的脸！

俄底修斯 来，来。

特洛伊罗斯 不，等一会儿；天神在上，我决不说一句话；在我的意志和一切耻辱的中间，有忍耐在那儿看守着；再等一会儿吧。

忒耳西忒斯 那个屁股胖胖的、手指粗得像马铃薯般的荒淫的魔鬼怎么会把这两个宝货撮在一起！煎吧，都给我在奸淫里煎枯了吧！

狄俄墨得斯 那么你答应了吗？

克瑞西达 是，我答应了；不骗您。

狄俄墨得斯 给我一件什么东西做保证吧。

克瑞西达 我去给您拿来。（下）

俄底修斯 您发誓说一定忍耐的。

特洛伊罗斯　你放心吧，好将军；我一定抑制住自己，不让我的感情暴露出来；我满心都是忍耐。

克瑞西达重上。

忒耳西忒斯　抵押品来了！瞧，瞧，瞧！

克瑞西达　狄俄墨得斯，这衣袖请您收下了吧。

特洛伊罗斯　啊，美人！你的忠心呢？

俄底修斯　王子——

特洛伊罗斯　我会忍耐；在外表上忍住我的怒气。

克瑞西达　您瞧瞧那衣袖；瞧清楚了。他曾经爱过我——啊，负心的女人！把它还给我。

狄俄墨得斯　这是谁的？

克瑞西达　您已经还了我，不用再问了。明天晚上我不愿跟您相会。狄俄墨得斯，请您以后不要再来看我了吧。

忒耳西忒斯　现在她又要磨他了；说得好，磨石！

狄俄墨得斯　拿来给我。

克瑞西达　什么，是这个吗？

狄俄墨得斯　是这个。

克瑞西达　天上的诸神啊！你可爱的、可爱的信物！你的主人现在正在床上躺着想起你也想起我；他一定在那儿叹气，拿着我的手套，一边回忆一边轻轻地吻着它；就像我吻着你一样。不，不要从我手里把它夺去；谁拿了它去，就是把我的心也一块儿拿去了。

狄俄墨得斯　你的心已经给了我了；这东西也是我的。

特洛伊罗斯　我已经发誓忍耐。

克瑞西达　你不能把它拿去，狄俄墨得斯；真的您不能拿去；我宁愿把别的东西给您。

狄俄墨得斯　我一定要这个。它是谁的？

克瑞西达　您不用问。

狄俄墨得斯　快说，它本来是属于谁的？

克瑞西达　它本来是属于一个比您更爱我的人的。可是您既然已经拿了去，就给了您吧。

狄俄墨得斯　它是谁的？

克瑞西达　凭着狄安娜女神和侍候她的那群星娥们起誓，我不愿告诉您它是谁的。

狄俄墨得斯　明天我要把它佩在我的战盔上，要是他不敢向我挑战，也叫他看着心里难过。

特洛伊罗斯　即使你是魔鬼，把它挂在你的角上，我也要向你挑战。

克瑞西达　好，好，事情已经过去，也不用说了；可是不，我不愿应您的约会。

狄俄墨得斯　好，那么再见；狄俄墨得斯以后再不给你玩弄了。

克瑞西达　您不要去；人家刚说了一句话，您又恼起来啦。

狄俄墨得斯　我不喜欢让人开这样的玩笑。那么我要不要来？什么时候？

克瑞西达　好，你来吧；天啊！你来吧——我一定要受神明的惩罚了！

狄俄墨得斯　再会。

克瑞西达　晚安；请你一定来。（狄俄墨得斯下）别了，特洛伊罗斯！我的一只眼睛还在望着你，可是另一只眼睛已经随着我的心转换了方向。唉，我们可怜的女人！我发现了我们这一个弱点，我们的眼睛所犯的错误支配着我们的心；一时的失足把我们带到了永远错误的路上。（下）

忒耳西忒斯 这是她对于她自己的贞节的最老实的供认，除非她再说一句，“我的心现在已经变成了一个娼妇。”

俄底修斯 没有什么好看的了，王子。

特洛伊罗斯 是的，一切都完了。

俄底修斯 那么我们还留在这儿干吗？

特洛伊罗斯 我要把他们在这儿说的话一个字一个字地记录在我的灵魂里。可是我倘把这两个人共同串演的这一出活剧告诉人家，虽然我宣布的是事实，这事实会不会是一个谎呢？因为在我的心里还留着一个顽强的信仰，不肯接受眼睛和耳朵的见证，好像这两个器官都是善于欺骗，它们的作用只是颠倒是非，淆乱黑白。刚才出来的真是克瑞西达吗？

俄底修斯 我又不会驱神役鬼，特洛亚人。

特洛伊罗斯 一定不是她。

俄底修斯 的确是她。

特洛伊罗斯 我还没有发疯，我知道那不是她。

俄底修斯 难道倒是我疯了吗？刚才明明是克瑞西达。

特洛伊罗斯 为了女人的光荣，不要相信她是克瑞西达！我们都是有母亲的；不要让那些找不到诽毁的题目的顽固批评家们得到借口，用克瑞西达的例子来评断一切的女性；还是相信她不是克瑞西达吧。

俄底修斯 王子，她干了些什么事，可以使我们的母亲都蒙上污辱呢？

特洛伊罗斯 她没有干什么事，除非刚才的女人真的就是她。

忒耳西忒斯 他自己亲眼瞧见了还要强词诡辩吗？

特洛伊罗斯 这是她吗？不，这是狄俄墨得斯的克瑞西达。美貌如果是有灵魂的，这就不是她；灵魂如果指导着誓言，誓言如果代表着虔诚的心愿，虔诚如果是天神的喜悦，世间如果有不变的常道，这就不是她。啊，疯狂的理论，矛盾的事实！这是克瑞西达，又不是克瑞西达。我的灵魂里正在进行着一场奇怪的战争，一件不可分的东西，分隔得比天地相去还要辽阔；可是在这样广大的距离中间，却又找不到一个针眼大的线缝。像地狱之门一样坚强的证据，证明克瑞西达是我的，上天的赤绳把我们结合在一起。像上天本身一样坚强的证据，却证明神圣的约束已经分裂松解，她的破碎的忠心、她的残余的爱情、她的狼藉的贞操，都拿去与狄俄墨得斯另结新欢了。

俄底修斯 尊贵的特洛伊罗斯也会受制于他所吐露的那种感情吗？

特洛伊罗斯 是的，希腊人；我要用像热恋着维纳斯的战神马斯的心一样鲜红的大字把它书写出来；从来不曾有过一个年轻的男子用我这样永恒而坚定的灵魂恋爱过。听着，希腊人，正像我深爱着克瑞西达一样，我也同样痛恨着她的狄俄墨得斯；他将要佩在盔上的那块衣袖是我的，即使他的盔是用天上的神火打成的，我的剑也要把它挑下来；疾风卷海，波涛怒立的声势，也将不及我的利剑落在狄俄墨得斯身上的时候那样惊心动魄。

忒耳西忒斯　这是他偷女人的报应。

特洛伊罗斯　啊，克瑞西达！负心的克瑞西达！你好负心！一切不忠不信、无情无义，比起你的失节负心来，都会变成光荣。

俄底修斯　啊！您忍着些吧；您这一番愤激的话，已经给人家听见了。

埃涅阿斯上。

埃涅阿斯　殿下，我已经找了您这一点钟。赫克托现在正在特洛亚披起他的甲胄来了。埃阿斯等着护送您回去。

特洛伊罗斯　那么我们一同走吧。多礼的将军，再会。别了，叛逆的美人！狄俄墨得斯，留心站稳了，顶一座堡垒在你的头上吧！

俄底修斯　我送你们两位到门口。

特洛伊罗斯　请接受我中心烦恼的感谢。（特洛伊罗斯、埃涅阿斯、俄底修斯同下）

忒耳西忒斯 要是我碰见了那个浑蛋狄俄墨得斯！我要向他学老鸦叫，叫得他满身晦气。我倘把这婊子的事情告诉了帕特洛克罗斯，他一定愿意把无论什么东西送给我；鹦鹉瞧见了一粒杏仁，也不及他听见了一个近在手头的婊子更高兴。奸淫，奸淫；永远是战争和奸淫，别的什么都不时髦。浑身火焰的魔鬼抓了他们去！（下）

第三场

特洛亚。普里阿摩斯王宫门前

赫克托及安德洛玛刻上。

安德洛玛刻 我的夫君今天怎么脾气坏到这样子，不肯接受人家的劝告呢？脱下你的甲胄来，今天不要出去打仗了。

赫克托 不要激怒我，快进去；凭着一切永生的天神起誓，我非去不可。

安德洛玛刻 我的梦一定会应验的。

赫克托 别多说啦。

卡珊德拉上。

卡珊德拉 我的哥哥赫克托呢?

安德洛玛刻 在这儿，妹妹；他已经披上甲胄，充满了杀心。陪着我向他高声恳求吧；让我们跪下来哀求他，因为我梦见流血的混乱，整夜里只是梦着屠杀的惨象。

卡珊德拉 啊！这是真的。

赫克托 喂！叫我的喇叭吹起来。

卡珊德拉 看在上天的面上，好哥哥，不要吹起进攻的信号来。

赫克托 快去，天神已经听见我发过誓了。

卡珊德拉 天神对于愤激暴怒的誓言是充耳不闻的，它们是不洁的祭礼，比污秽的兽肝更受憎恨。

安德洛玛刻 啊！听从我们的劝告吧。不要以为自恃正义，便可以伤害他人；如果那是合法的，那么用暴力劫夺所得的财物拿去布施，也可以说是合法的了。

卡珊德拉 誓言是否有效，必须视发誓的目的而决定；不是任何的目的都可以使誓言发生力量。脱下你的甲胄吧，亲爱的赫克托。

赫克托 你们别闹。我的荣誉主宰着我的命运。生命是每一个人所重视的；可是高贵的人重视荣誉远过于生命。

特洛伊罗斯上。

赫克托　啊，孩子！你今天预备上战场吗？

安德洛玛刻　卡珊德拉，叫我们的父亲来劝劝他。（卡珊德拉下）

赫克托　不，你不要去，特洛伊罗斯；脱下你的战甲，孩子；我今天充满了武士的精神。让你的筋骨再长得结实一点，不要就去试探战争的锋刃吧。脱下你的战甲，去，不要怀疑，勇敢的孩子，我今天要为了你、为了我、为了整个的特洛亚而作战。

特洛伊罗斯　哥哥，您有一个太仁慈的弱点，这弱点适宜于一头狮子，却不适宜于一个勇士。

赫克托　是怎样一个弱点，好特洛伊罗斯？你指出来责备我吧。

特洛伊罗斯　好几次战败的希腊人倒在地上，您虽然已经举起您的剑，却叫他们站起来，放他们活命。

赫克托　啊！那是公道的行为。

特洛伊罗斯　不，那是傻气的行为，赫克托。

赫克托　怎么！怎么！

特洛伊罗斯　看在一切天神的面上，让我们把恻隐之心留在我们母亲的地方；当我们披上甲胄的时候，让残酷的愤怒指挥着我们的剑锋，执行无情的杀戮。

赫克托　嘿！那太野蛮了。

特洛伊罗斯　赫克托，这样才是战争呀。

赫克托　特洛伊罗斯，我今天不要你临阵。

特洛伊罗斯　谁可以阻止我？命运、命令，或是握着火红的指挥杖的战神的手，都不能叫我退下。普里阿摩斯父王和赫卡柏母后含着满眶的眼泪跪在地上，都不能打消我的决心；就是您，我的哥哥，拔出您的锋利的剑来，也挡不住我；除了我自己的毁灭以外，我不怕任何的阻力。

卡珊德拉偕普里阿摩斯上。

卡珊德拉　拖住他，普里阿摩斯，不要放松。他是你的拐杖；要是你失去你的拐杖，那么你依靠着他，整个的特洛亚依靠着你，大家都要一起倒下了。

普里阿摩斯　来，赫克托，来，回来；你的妻子做了噩梦，你的母亲看见幻象，卡珊德拉预知未来，我自己也像一个突然得到天启的先知一样，告诉你今天是一个不祥的日子，所以你回来吧。

赫克托　埃涅阿斯在战场上等我；我和许多希腊人有约在先，今天一定要去跟他们相会。

普里阿摩斯　可是你不能去。

赫克托　我不能失信于人。您知道我一向是不敢违抗您的意志的，所以，亲爱的父亲，不要使我负上一个不孝的名声，请您允许我出战吧。

卡珊德拉　普里阿摩斯啊！不要听从他。

安德洛玛刻　不要允许他，亲爱的父亲。

赫克托　安德洛玛刻，你使我生气了。为了你对我的爱情，快给我进去吧。（安德洛玛刻下）

特洛伊罗斯　都是这个愚蠢的、做梦的、迷信的姑娘，凭空虚构出这许多么噩兆。

卡珊德拉　啊，别了！亲爱的赫克托！瞧，你死了！瞧，你的眼睛变成惨白了！瞧，你满身的伤口都在流血！听，特洛亚在呼号，赫卡柏在痛哭，可怜的安德洛玛刻在发出她尖锐的悲声！瞧，慌乱、疯狂和惊愕，像一群没有头脑的痴人彼此相遇，大家都在哭喊着赫克托：赫克托死了！啊，赫克托！

特洛伊罗斯　去！去！

卡珊德拉　别了。且慢，赫克托，我还要向你告别：你欺骗了你自

己，也欺骗了我们全体特洛亚人。（下）

赫克托 父王，您听见她这样嚷叫，有点儿惊恐吗？进去安慰安慰我们的军民；我们现在要出去作战，干一些值得赞美的事情，今天晚上再来讲给您听吧。

普里阿摩斯 再会，愿神明保佑你平安！（普里阿摩斯、赫克托各下；号角声）

特洛伊罗斯 他们已经打起来了，听！骄傲的狄俄墨得斯，相信我，我今天不是失去我的手臂，就要夺回我的衣袖。

洛伊罗斯将去时，潘达洛斯自另一方上。

潘达洛斯 您听见吗，殿下？您听见吗？

特洛伊罗斯 现在又有什么事？

潘达洛斯 这儿是那可怜的女孩子寄来的一封信。

特洛伊罗斯 让我看。

潘达洛斯 这倒霉的混账咳嗽害得我好苦，还要让这傻丫头把我搅得心神不安，又是这样，又是那样，看来我这条老命也活不长久了；我的眼睛里又害起了风湿症，我的骨节又是这么痛得厉害，不知道我作了什么孽，才受到这样的罪。她说些什么？

特洛伊罗斯　空话，空话，只有空话，没有一点真心；行为和言语背道而驰。（撕信）去，你风一样轻浮的，跟着风飘去，也化成一阵风吧。她用空话和罪恶搪塞我的爱情，却用行为去满足他人。（各下）

第四场

特洛亚及希腊营地之间

号角声；兵士混战；忒耳西忒斯上。

忒耳西忒斯　现在他们在那儿打起来了，待我去看个热闹。那个奸诈的卑鄙小人，狄俄墨得斯，把那个下流的痴心的特洛亚小傻瓜的衣袖裹在他的战盔上；我巴不得看见他们碰头，看那头爱着那婊子的特洛亚小驴子怎样放那个希腊淫棍回到那只假情假意的浪蹄子那儿去，叫他有袖而来，无袖而归。在另一方面，那些狡猾的信口发誓的坏东西——那块耗子咬过的陈年干酪，涅斯托，和那头狗狐俄底修斯，他们定下的计策，简直不值一颗乌莓子：他们的计策是要叫那条杂种恶狗埃阿斯去对抗那条同样坏的恶狗阿喀琉斯；现在埃阿斯那恶狗已经变得比阿喀琉斯那恶狗更骄傲了，今天他不肯出战；所以那些希腊人都像野蛮人一样胡作非为起来，计策权谋把军誉一起搅坏了。且慢！衣袖来了；那一个也来了。

狄俄墨得斯上，特洛伊罗斯随上。

特洛伊罗斯　别逃走；你就是跳下了冥河，我也要入水来追你。

狄俄墨得斯　你弄错了，我没有逃；因为你们人多，好汉不吃眼前亏，所以我才抽身出来。看剑！

忒耳西忒斯　守住你那婊子，希腊人！为了那婊子的缘故，特洛亚人，出力吧！挑下那衣袖来，挑下那衣袖来！（特洛伊罗斯、狄俄墨得斯随战随下）

赫克托上。

赫克托　希腊人，你是谁？你也是要来跟赫克托比一个高下的吗？你是不是一个贵族？

忒耳西忒斯　不，不，我是个无赖，一个只会骂人的下流汉，一个卑鄙龌龊的小人。

赫克托　我相信你；放你活命吧。（下）

忒耳西忒斯　慈悲的上帝，你居然会相信我！这天杀的把我吓了这么一跳！那两个扭成一团的浑蛋呢？我想他们也许把彼此吞下去了，那才是个笑话哩。我去找他们去。（下）

第五场

战地的另一部分

狄俄墨得斯及仆人上。

狄俄墨得斯 来，给我把特洛伊罗斯的骏马牵了回去，把它奉献给我的爱人克瑞西达，向她表示我对于她的美貌的敬礼；对她说，我已经教训过那个多情的特洛亚人，用事实证明我是她的武士了。

仆人 我就去，将军。（下）

伽门农上。

阿伽门农 添救兵，添救兵！凶猛的波吕达玛斯已经把门农打了下来；那私生子玛伽瑞隆把多里俄斯捉了去，像一尊巨大的石像似的，站在被杀的厄庇斯特洛福斯和刻狄俄斯二王的尸体上，挥舞着他的枪杆；波吕克塞诺斯也死了；安菲玛科斯和托阿斯都受到致命的重伤；帕特洛克罗斯被擒被杀，下落不明；帕拉墨得斯身受重创；可怕的萨癸塔里大逞威风，把我们的兵士吓得四散奔窜。狄俄墨得斯，快去添救兵，否则我们要一败涂地了。

涅斯托上。

涅斯托 去，把帕特洛克罗斯的尸体抬到阿喀琉斯帐里；再叫那像蜗牛一样慢吞吞的埃阿斯赶快披上甲胄。有一千个赫克托在战场上，一会儿他骑着马在这儿鏖战，一会儿他又在那边徒步奔突，挡着他的人逃的逃，死的死，就像一群轻舟小艇，遇见了一头吸海的巨鲸一样；一会儿他又在别的地方，把那些稻草般的希腊人摧枯拉朽似的杀得望风披靡，这里，那里，到处有他神出鬼没的踪迹，他的敏捷的行动，简直是得心应手，要怎么样便怎么样，看见了也会叫人不相信自己的眼睛。

俄底修斯上。

俄底修斯 啊！勇气，勇气，王子们！伟大的阿喀琉斯在披起战甲来了；他在哭泣，咒骂，发誓复仇，帕特洛克罗斯身上的创伤已经激起了他的昏睡的雄心；他手下的那些负伤的壮士，有的割去了鼻子，有的砍掉了手，断臂的，刖足的，都在叫喊着赫克托的名字。埃阿斯也失去了一个朋友，恼得他咬牙切齿，已经披甲出战，要去找特洛伊罗斯拼命；那特洛伊罗斯今天就像发了疯似的横冲直撞，勇不可当，命运也像故意讥讽智谋的无用一样，对他特别照顾，使他战无不胜。

埃阿斯上。

埃阿斯 特洛伊罗斯！你这懦夫躲到哪里去了？（下）

狄俄墨得斯 在那儿，在那儿。

涅斯托　好，好，我们也上去杀一阵。

阿喀琉斯上。

阿喀琉斯　这赫克托在什么地方？来，来，你这吓吓小孩子的家伙，还不给我露脸吗？我要让你知道遇见一个发怒的阿喀琉斯是怎么样的。赫克托！赫克托呢？我只要找赫克托。（各下）

第六场

战地的另一部分

埃阿斯上。

埃阿斯　特洛伊罗斯，你这懦夫，出来！

狄俄墨得斯上。

狄俄墨得斯　特洛伊罗斯！特洛伊罗斯在什么地方？

埃阿斯　你要找他干什么？

狄俄墨得斯　我要教训教训他。

埃阿斯　等我做了元帅，你在我的地位，你再来教训他吧。特洛伊罗斯！喂，特洛伊罗斯！

特洛伊罗斯上。

特洛伊罗斯　啊，奸贼，狄俄墨得斯！转过你的奸诈的脸来，你这奸贼！拿你的命来赔偿我的马儿！

狄俄墨得斯　嘿！你来了吗？

埃阿斯　我要独自跟他交战；站开，狄俄墨得斯。

狄俄墨得斯　他是我的目的物；我不愿意袖手旁观。

特洛伊罗斯　来，你们这两个希腊贼子；你们一起来吧！（随战随下）

赫克托上。

赫克托　呀，特洛伊罗斯吗？啊，打得好，我的小兄弟！

阿喀琉斯上。

阿喀琉斯　现在我看见你了。嘿！照剑，赫克托！

赫克托　住手，你还是休息一会儿。

阿喀琉斯　我不要你卖什么人情，骄傲的特洛亚人。我的手臂久已不举兵器了，这是你的幸运；我的休息和怠惰，给你很大的便宜；

可是我不久就会让你知道我的厉害。现在你还是去追寻你的命运吧。（下）

赫克托 再会，要是我早知道会遇见你，我的勇气一定会增加百倍。啊，我的兄弟！

特洛伊罗斯重上。

特洛伊罗斯 埃阿斯把埃涅阿斯捉了去了；真有这样的事吗？不，凭着那边天空中灿烂的阳光发誓，他不能让他捉去；我一定要去救他出来，否则宁愿让他们把我也一起捉了去。听着，命运！今天我已经把死生置之度外了。（下）

一武士披富丽铠甲上。

赫克托 站住，站住，希腊人；你是一个很好的目标。啊，你不愿站住吗？我很喜欢你这身甲胄，即使把它割破砍碎，也要剥它下来。畜生，你不愿站住吗？好，你逃，我就追，非得剥下你的皮来不可。（同下）

第七场

战地的另一部分

阿喀琉斯及众武士上。

阿喀琉斯 过来，我的武士们，听好我的话。你们看我到什么地方，就跟到什么地方。不要动你们的刀剑，蓄养好你们的气力；当我找到了凶猛的赫克托以后，你们就用武器把他密密围住，一阵乱剑剁死他。跟我来，孩子们，留心我的行动；伟大的赫克托决定要在今天丧命。（同下）

墨涅拉俄斯及帕里斯互战上；忒耳西忒斯随上。

忒耳西忒斯 那王八跟那奸夫也打起来了。出力，公牛！出力，狗子！呦，帕里斯，呦！啊，我的两个雌儿的麻雀！呦，帕里斯，呦！那公牛打胜了；喂，留心他的角！（帕里斯、墨涅拉俄斯下）

玛伽瑞隆上。

玛伽瑞隆 奴才，转过来跟我打。

忒耳西忒斯 你是什么人？

玛伽瑞隆　普里阿摩斯的庶子。

忒耳西忒斯　你是个私生子，我也是个私生子，我喜欢私生子。一头熊不会咬它的同类，那么私生子为什么要自相残杀呢？再会，私生子。（下）

玛伽瑞隆　魔鬼抓了你去，懦夫！（下）

第八场

战地的另一部分

赫克托上。

赫克托　富丽的外表包裹着一个腐烂不堪的核心，你这一身好盔甲送了你的性命。现在我已经做完毕一天的工作，待我好好休息一下。我的剑啊，你已经饱餐了鲜血和死亡，你也休息休息吧。（脱下战盔，将盾牌悬挂背后）

阿喀琉斯及众武士上。

阿喀琉斯　瞧。赫克托，太阳已经开始没落，丑恶的黑夜在他的背后追踪而来；赫克托的生命，也要跟太阳一起西沉，结束了这一个白昼。

赫克托 我现在已经解除武装；不要乘人不备，希腊人。

阿喀琉斯 动手，孩子们，动手！这就是我所要找的人。（赫克托倒地）现在，特洛亚，你也跟着倒下来吧！这儿躺着你的心脏，你的筋肉，你的骨骼。上去，武士们！大家齐声高呼，“阿喀琉斯已经把勇武的赫克托杀死了！”（吹归营号）听！我军在吹归营号了。

武士 主将，特洛亚的喇叭跟我们的喇叭声音是一样的。

阿喀琉斯 黑夜的巨龙之翼已经覆盖了大地，分开了交战的两军。我的尚未餍足的宝剑，因为已经尝到了美味，也要归寝了。（插剑入鞘）来，把他的尸体缚在我的马尾巴上，我要把这特洛亚人拖过战场。（同下）

第九场

战地的另一部分

阿伽门农、埃阿斯、墨涅拉俄斯、涅斯托、狄俄墨得斯及余人等列队行进，内喧呼声。

阿伽门农 听！听！那是什么呼声？

涅斯托 静下来，鼓声！

内呼声　“阿喀琉斯！阿喀琉斯！赫克托被杀了！阿喀琉斯！”

狄俄墨得斯　听他们的呼声，好像是赫克托给阿喀琉斯杀了。

埃阿斯　果然有这样的事，我们也不要自夸；伟大的赫克托并没有不如他的地方。

阿伽门农　大家静静前进。派一个人到阿喀琉斯那里去，请他到我的大营里来。要是他的死是天神有心照顾我们，那么伟大的特洛亚已经是我们的，残酷的战争也要从此结束了。（众列队行进下）

第 十 场

战 地 的 另 一 部 分

埃涅阿斯及特洛亚兵士上。

埃涅阿斯　站住！我们现在还控制着这战场。不要回去，让我们忍着饥饿挨过这一夜。

特洛伊罗斯上。

特洛伊罗斯　赫克托被杀了。

众人　赫克托！哪有这样的事！

特洛伊罗斯　他死了，他的尸体缚在那凶手的马尾上，惨无人道地拖过了充满着耻辱的战场。天啊，颦蹙你的怒眉，赶快降下你的惩罚来吧！神明啊，坐在你们的宝座上，眷顾着特洛亚吧！让你们的迅速的灾祸变成慈悲，不要拖延我们无可避免的毁灭吧！

埃涅阿斯　殿下，您不要瓦解我们全军的士气。

特洛伊罗斯　你没有了解我的意思，所以才会对我说这样的话。我没有说到逃走、恐惧和死亡；我是向着一切天神和世人所加于我们的迫切的危险挑战。赫克托已经离我们而去了；谁去把这样的消息告诉普里阿摩斯和赫卡柏呢？有谁现在到特洛亚去，宣布赫克托的死讯的，让他永远被称为不祥的啼枭吧。这样一句话是会使普里阿摩斯变成一座石像，使妇女们变成泪泉和化石，使少年们变成冰冷的雕像，使整个的特洛亚惊怖失色的。可是去吧，赫克托死了，还有什么话说呢？且慢！你们这些可恶的营帐，这样骄傲地布下在我们弗里吉亚的平原上，无论太阳起得多早，我要把你们踏为平地！还有你，你这肥胖的懦夫。无论怎样广阔的距离，都不能分解我们两人的仇恨；我要永远像一颗疑神疑鬼的负疚的良心一样缠绕着你！回到特洛亚去！我们不要懊恼，让复仇的希望掩盖我们内心的悲痛。

埃涅阿斯及特洛亚军队下特洛伊罗斯将去时，潘达洛斯自另一方上。

潘达洛斯　听我说，听我说！

特洛伊罗斯 滚开，下贱的龟奴！丑恶和耻辱追随着你，永远和你的名字连在一起！（下）

潘达洛斯 好一服医治我的骨痛的妙药！啊，世界，世界，世界！一个替别人奔走的人，是这样被人轻视！做卖国贼的，做淫媒的，人家用得着你们的时候，是多么的重用你们，可是他们会给你们些什么好处呢？为什么人家这样喜欢我们所干的事，却这样痛恨我们的行业？有什么诗句可以证明？让我想一想——

那采蜜的蜂儿无虑无愁，
终日在花丛里歌唱优游；
等到它一朝失去了利刺，
甘蜜和柔歌也一齐消逝。

奉告吃风月饭的朋友们，把这几句诗做你们的座右铭吧。（下）

莎翁年谱

一五六四年　四月二十三日，威廉·莎士比亚生于英国沃里克郡（Warwickshire）埃文河上之斯特拉福德镇（Stratford-on-Avon）。关于莎氏出生日期，未能十分确定，惟受洗于是年四月二十六日，则有教堂簿籍可稽，依照当时习俗，小儿于出生后三日内受洗，故诞辰可能为四月二十三日。

莎氏先世务农，父约翰，为一识字不多之手套商人，兼营畜牧农产，有住宅二所。母玛丽·阿登（Mary Arden），为乡间富农之嗣女。

是年为伊丽莎白女王（Queen Elizabeth）即位后之第七年，适当“文艺复兴”以后，英国在宗教上已脱离旧教之羁绊，商业繁盛，与欧洲大陆各国来往频繁。学术文艺方面，因感染外国影响，渐露新面目，不复为上层阶级之专有品。在戏剧方面，旧日之神迹剧（Miracle Plays）及教训剧（Morality），日趋没落；纯粹娱乐之民间戏剧逐渐发达，古典型之悲剧喜剧，亦开始为文人所仿作。是年戏剧家克里斯多夫·马洛（Christopher Marlowe）生，至一五九三年即卒。

一五六八年　四岁。王后剧团（The Queen’s Players）来镇表演，翌年复来。是年，父约翰任斯特拉福德镇长。

一五七一年　七岁，入本地圣十字义务小学（The Free Grammar School of the Holy Cross）就读。

一五七三年　九岁。大文豪（诗人，散文家，戏剧家）本·琼森（Ben Jonson）生。

一五七五年　十一岁。是年伦敦始有戏院。当时职业伶人虽有贵族及宫廷为其护符，且深得民众之欢迎，惟颇受地方官府之压迫。戏院皆建立于城外，均以木料建成，构造至为简陋；中央为露天之池座，不设座位，舞台即突出其间；楼座成圆环形围绕四周。无布景，亦无幕布；后台用幕遮隔，代表密室山洞等隐藏之处；其上层为阳台，代表楼房城墙等较高之处；两旁各设一门出入。演员均为男子，女角皆以儿童扮演。另有以纯粹儿童演员为号召之私家戏院，则设于寺院之内，设备较佳，取费较贵，该项儿童均系由大教堂唱诗班中遴选而来。

一五七七年　十三岁，辍学。是时家道中落，食口众多（有弟妹四五人），故被迫辍学佐理父业。

一五七八年　十四岁。是年约翰·黎里（John Lyly1554？—1606）所著小说《优弗伊斯》（Euphues）出版，其过度运用辞藻之文体，蔚为当时宫廷阶级流行之风尚。莎氏初期喜剧《爱的徒劳》即以该项文体为讽刺对象。

一五七九年　十五岁。是年托马斯·诺斯（Thomas North）所译普鲁塔克著之《希腊罗马名人传》（Plutarch's Lives）出版，为莎氏罗马史剧所取资。

约翰·弗莱彻（John Fletcher）生，后亦为戏剧家，一六二五年卒。

一五八二年　十八岁，娶安妮·哈撒韦（Anne Hathaway），安妮为邻邑农家女，长莎氏八岁。

一五八三年　十九岁，长女苏珊娜（Susannah）生。

一五八四年　二十岁。是年剧作家弗朗西斯·博蒙特（Francis Beaumont）生，后与莎氏同年卒。

一五八五年　二十一岁，孪生子哈姆奈特（Hamnet）及女朱迪斯（Judith）生。

一五八六年　二十二岁，离家赴伦敦，投身戏剧界。

传说莎氏偷入托马斯·卢西爵士（Sir Thomas Lucy）之私家苑囿查莱克特林（The Woods of Charlecote）中捕鹿事发，此为其离家之动机。自此十一年中，与家人鲜通音问。并有谓《亨利四世》及《温莎的风流娘儿们》中之夏禄法官即系影射卢西爵士。然此说于事实上颇少根据。

贵族文人菲利普·西德尼（Sir Philip Sidney生于一五五四年）卒。

一五八七年　二十三岁。是年马洛所著悲剧《帖木儿大帝》（Tamburlaine）上演。基德（Thomas　Kyd　1558—1594），格林（Robert　Greene　1560? —1592），皮尔（GeorgePeele），黎里等，当时均为各戏院撰作剧本。

一五九〇年　二十六岁。是年斯宾塞（Edmund Spenser 1552—1599）寓言诗《仙后》（The Fairie Queen）前三卷出版。

一五九一年　二十七岁，是时已开始写作剧本。按莎氏最初仅在伦敦戏院中充打杂役务，其后饰无关紧要之角色，演技上即崭露头角，乃渐以自编剧本问世。

《爱的徒劳》写成。《错误的喜剧》及《亨利六世》约于此时上演。自此以剧作家与名伶驰誉伦敦。

一五九二年　二十八岁。是年格林卒（格林生于1560？为讽刺剧作家及诗人。）《维洛那二绅士》约于此时写成。

一五九三年　二十九岁，长诗《维纳斯与阿多尼斯》（Venus and Adonis）出版。莎氏以此诗献于骚散普顿伯爵（TheEarl of Southompton），伯爵为伊丽莎白女王宫廷中一青年贵族，一般推测即系其十四行诗（Sonnets）中赞美之对象。

《理查三世》《约翰王》，约于此年写成。

马洛卒。按马洛虽与莎氏同年，其写作剧本实远在莎氏之先。莎氏初期所作史剧如《理查三世》等，作风颇受马洛影响。其悲剧打破

“三一律”之限制，首先运用“无韵诗”（blank verse），其主人公多为一受某种情欲支配卒陷于无可避免之失败之人物，已为莎氏后期诸悲剧之前驱。

一五九四年　三十岁。宫内大臣剧团（Lord Chamberlain’s Players）组成，莎氏为该团之一员。因有当时首席名伶Richard Burbage为其台柱，且得莎氏为之经常编剧，该团声誉鹊起。

是年奉女王之召，在格林尼治行宫（Greenwich Palace）演剧。

长诗《鲁克丽丝遭强暴记》（The Rape of Lucrece）出版，仍献与骚散普顿伯爵。《十四行诗》之一部分约于此时写成。

《泰特斯·安德洛尼克斯》出版。

自一五九〇年至此，论者均认为莎氏写作之初期，亦可称为习作时期。此期作品大多改编旧剧，其创作者亦未脱模拟他人之痕迹。喜剧方面受黎里、格林之影响，悲剧史剧则受马洛之影响。

一五九五年　三十一岁。《仲夏夜之梦》《罗密欧与朱丽叶》《理查二世》，约于此年写成。

一五九六年　三十二岁，子哈姆奈特死，始返家。《威尼斯商人》约于此年写成。

一五九七年　三十三岁，在斯特拉福德镇购巨宅一所，名曰“新地”（New Place），为全镇房屋之冠。此后数年中，在本镇及伦敦陆续

购置地产一百余亩。

《罗密欧与朱丽叶》《理查二世》《理查三世》均出版。《驯悍记》约于是年写成。

是年文哲巨子弗朗西斯·培根（Francis Bacon 1561—1626）之论文集（Essays）出版。按有人以为莎氏戏剧实系培根所作，其说至为牵强，不足成立。

一五九八年　三十四岁。《亨利四世》《温莎的风流娘儿们》，约于此年写成。

琼森之喜剧《诙谐大成》（Everyman in His Humour）上演，莎氏参加演出。琼森在当时戏剧界中，为主张严守古典格律最力者之一，其持论与莎氏自由创造之作风相反。然莎氏死后，琼森为其全集题词，中有“君非属于某一时代，乃属于一切时代者”之语，可见其推崇之深。

一五九九年　三十五岁。环球剧院（The Globe Theatre）落成于南华克（Southwark）之班克塞德（Bankside），莎氏为股东兼演员。是年因父约翰申请之结果，“纹章院”特许莎氏家族世袭“纹章”（Coat of arms）。

《无事生非》《亨利五世》《裘力斯·凯撒》约于此年写成。是年斯宾塞卒。

一六〇〇年　三十六岁。《皆大欢喜》约于是年写成。

一六〇一年　三十七岁。《第十二夜》约于是年写成。至此为莎氏写作之第二期，最佳喜剧均于此期产生。当时戏剧盛行，著名剧作家除莎氏及琼森、博蒙、弗莱彻外，为Thomas Dekker（1570? —1632），Thomas Middleton（1580—1627），John Webster（1575? —1625），George Chapman（1559? —1634），John Marston（1575? —1634）等。

一六〇二年　三十八岁，《哈姆莱特》上演。按约在马洛发表《帖木儿大帝》同时，基德已用同类题材写成一剧，名曰《西班牙悲剧》（The Spanish Tragedy）。《特洛伊罗斯与克瑞西达》《终成眷属》约于此年写成。

一六〇三年　三十九岁。新王詹姆斯一世（James I ）即位。莎氏所属剧团更名“国王剧团”（The King’s Players）。

莎氏放弃演剧工作，惟仍继续撰写剧本。《哈姆莱特》第一四开本出版。《一报还一报》约于此年写成。

一六〇四年　四十岁。《奥瑟罗》上演。

一六〇六年　四十二岁。《李尔王》《麦克白》，约于此年写成。是年黎里卒。

一六〇七年　四十三岁。《雅典的泰门》约于此年写成。

一六〇八年　四十四岁。《安东尼与克莉奥佩特拉》《泰尔亲王配力克里斯》约于此年写成。

大诗人约翰·弥尔顿（John Milton）生（卒于一六七四年）。

一六〇九年　四十五岁。《科利奥兰纳斯》约于此年写成。至此为莎氏写作之第三期，此期莎氏几以全力专心写作悲剧，为其艺术成就之极峰。

是年其《十四行诗》出版。按“十四行诗”诗体，最初藉怀特（Thomas Wyatt　1503?—1542）及萨里伯爵（Henry Howard，Earl of Surrey　1517—1546）二人之介绍，自意大利传入英国。伊丽莎白朝诸人纷起模仿，大率千篇一律，不脱恋爱范围，其中以西德尼及斯宾塞两人所作为最称杰构。及莎氏《十四行诗》出，乃以情感之丰富热烈，意境之婉转深刻，辞采之瑰丽优美，盖掩前人。全部共一百五十四首，其前半所赞美爱慕之对象，为一年轻貌美之男性友人；其一往情深之处，令人低徊欲绝。后半则系为一“肤色黝黑之女郎”（此称为“the dark lady”）而作。词多怨愤，似莎氏曾为此女郎所玩弄而终遭遗弃者然。唯此中情事究系确实或仅属诗人骋其想象所构造，则非后人所能断言矣。

一六一〇年　四十六岁。《暴风雨》上演。《辛白林》约于此年写成。加入黑教士戏院（The Blackfriar's Theatre）为股东。

一六一一年　四十七岁。自舞台退隐乡居。《冬天的故事》上演。是年，詹姆斯王钦定本英译《圣经》（The Bible）出版。

一六一三年　四十九岁。《亨利八世》上演。至此为莎氏写作之第四期，此期作品较少，大率为悲喜杂糅之传奇剧，而以复合团圆为

结束者。除《暴风雨》外，文笔远较前期为松懈而散漫。

一六一六年　四月二十三日卒于故居，适近其五十二岁生辰。临终时妻及二女均在侧，并及见一外孙女。葬于三一教堂（The Trinity Church）。博蒙于同年逝世。又《唐吉坷德》（Don Quixote）之著者西班牙小说家塞万提斯（Miguel de Cerventes Saavedra 生于 1547）亦于此年逝世。

一六二三年　莎氏死后第七年，其友人约翰·赫敏（John Heming）及亨利·康德尔（Henry Condell）始将其所著戏剧装订出版，即所谓“第一对开本”（The First Folio）是也。